Tereza Vanek

Im Dienst der Gräfin

DRACHENMOND VERLAG

DRACHENMOND VERLAG

Astrid Behrendt
Rheinstraße 60
51371 Leverkusen
http: www.drachenmond.de
E-Mail: info@drachenmond.de

Satz, Layout: Astrid Behrendt, Leverkusen
Umschlaggestaltung: Gina Brooks, Melbourne
www.GeorginaGibson.com
Druck: EuroPB, Tschechien

ISBN 978-3-931989-81-1

Mehr über Tereza Vanek:
http://www.tereza-vanek.de

Prolog

Wien, 1604

„Vorgänge so ungeheuerlich, dass sie jeder Beschreibung entbehren!“, wetterte die Stimme des Mannes von der Kanzel herab. „Wider die Gesetze Gottes, die menschliche Natur, die Ordnung der Welt! Ein Weib so verderbt, dass es nur ein Geschöpf Satans sein kann, treibt ungehindert sein Unwesen, geschützt durch ihre hohe Geburt und ihre einflussreiche Verwandtschaft. Ich bitte euch, rechtschaffene Bürger dieser Stadt, betet für die armen Seelen eurer Schwestern, die den widerwärtigen Gelüsten dieser Frau ausgeliefert sind! Auf dass der Kaiser in seiner Macht und Weisheit, die Gott der Herr ihm geschenkt hat, diese Kreatur des Teufels in ihre Schwanken zu weist!“

„In seiner Macht und Weisheit“, murmelte ein alter Mann ganz hinten in der kleinen Kapelle spöttisch, „hat der Kaiser in seinen Ländereien die lutheranische Konfession verboten, sodass wir uns nun heimlich treffen müssen. Wer ist denn dieser Kerl, der uns da drängt, den Kaiser um irgendwas anzuflehen?“

„István Magyari, ein ungarischer Kirchengelehrter“, belehrte ihn seine Tochter. „Er ist nach Wien gekommen, um sein Anliegen dem Kaiser vorzutragen.“

„Als ob der Kaiser auf einen Protestanten hört!“, meldete sich nun ein weiterer Mann zu Wort, der, allmählich ermüdet von der langen Predigt, lieber dem Gespräch seiner Nachbarn gelauscht hatte. Um seine Aussage zu bekräftigen, spuckte er in hohem Bogen Kautabak aus. Ein weiterer Zuhörer, davon getroffen, drehte sich empört um, konnte den Übeltäter aber in der Menge nicht entdecken.

„Dieser Magi-Irgendwas wäre besser in seiner Heimat geblieben, wo unsereiner sich nicht verstecken muss“, sagte der Alte zu seiner Tochter. „Egal, wie viele Teufelsweiber sich da herumtreiben, schlimmer als die katholischen Pfaffen, die uns jagen, können sie nicht sein. Was soll diese Hexe eigentlich angestellt haben, dass er deshalb bis nach Wien fahren muss, anstatt den Fall der ungarischen Obrigkeit zu übergeben?"

„Also wenn du von Anfang an richtig zugehört hättest", wurde er sogleich von dem streng dreinblickenden Mädchen ermahnt, „dann wüsstest du, dass diese Frau zum ungarischen Hochadel gehört."

Der Tabakspucker hatte sich so unauffällig wie möglich dem Mädchen genähert, denn es gefiel ihm trotz seiner altklugen Art.

„Dann kann er sich die ganze Mühe sparen", erzählte er Vater und Tochter, um endlich mit ihnen ins Gespräch zu kommen. „Die Mächtigen und Reichen stecken doch alle unter einer Decke, außer sie beschließen plötzlich, sich zu bekriegen. Ich finde, dieses Gezeter wird langsam ermüdend. Wollen wir in eine Weinschenke gehen?"

Das Angebot war recht dreist gewesen, doch der Vater des Mädchens nickte mit leuchtenden Augen.

„Lass uns gehen, Tochter. Der Prediger verrät ja nicht einmal, was dieses Teufelsweib angestellt hat, und wiederholt sich ständig!"

Das Mädchen zog eine enttäuschte Miene. „Ich würde wenigstens gern ihren Namen wissen. Den hat er noch gar nicht genannt."

„Das wird er auch nicht", erklärte ihr der Tabakspucker. „Dazu ist er zu vorsichtig. Es gibt hier nichts Neues mehr zu erfahren, aber ich kenne eine Schenke, wo der Lammbraten es mit den Speisen an fürstlichen Tafeln aufnehmen kann. Und eine so schöne Maid bekommt dazu sicher einen Krug Wein umsonst."

Er lächelte das Mädchen an und beobachtete zufrieden, wie die weichen Wangen sich rosig färbten. Die Kleine hatte in ihrem Leben wohl noch nicht allzu viele Komplimente bekommen.

„Nun gut, wenn es der Wunsch meines Vaters ist", gab sie auch schon nach. Der Tabakspucker legte seine Hand auf ihren Ellbogen, um sie aus der Kapelle zu führen. Der Vater folgte ihnen auf dem Fuße.

István Magyari sah von seiner Kanzel aus, wie die Ersten seiner Zuhörer sich entfernten, und für einen Augenblick versagte ihm die Stimme, da er von der langen Rede bereits heiser zu werden begann. Wie aussichtslos schien doch der Kampf, auf den er sich eingelassen hatte! Wie gering die Aussichten, eine Angehörige des mächtigsten ungarischen Adelsgeschlechts zu zwingen, sich an Gottes Gebote zu halten. Aber er hatte in die Abgründe der Seele dieses Weibes blicken können und würde nicht aufgeben, die Welt vor ihnen zu warnen, so lange Gott der Herr ihm die Kraft dazu gab.

I. Buch

I. Kapitel

„Gib es mir, ich kann das flicken!“, rief Emilia hoffnungsvoll, als sie sah, wie Tante Irmgard eine schon mehrfach zerrissene Bluse den Flammen des Herdfeuers überlassen wollte. Als der verärgerte Blick ihrer Tante sie streifte, machte sie sich etwas kleiner, denn sobald die Hausherrin genug Gewürzwein getrunken hatte, warf sie gerne mal mit schwereren Gegenständen als Kleidungsstücken um sich.

„Na meinetwegen kümmere dich drum. Vielleicht taugst du wenigstens dazu!“, knurrte Tante Irmgard nach einem kurzen Moment des Nachdenkens, und die zerstörte Bluse landete auf Emilias Kopf. Es war nur Stoff, der nicht wehtat. Emilia legte erfreut die Schüssel mit den Bohnen beiseite, die sie zu putzen und zu schälen hatte. Die Magd konnte das ebenso gut erledigen, wenn sie endlich vom Markt zurückkam, und ihre Tante hatte ihr diese Aufgabe nur zugeteilt, weil sie es stets hasste, wenn Emilia eine Weile untätig herumsaß. Gierig griff sie nach dem Stoff. Es war grobes, dickes, uneben gewebtes Tuch, aber geschickt verarbeitet. Tante Irmgard hatte das Kleidungsstück von einer der reichen Damen, deren Messer Onkel Hayo regelmäßig schliff, als milde Gabe erhalten, nachdem die letzte Arbeit nicht rechtzeitig bezahlt worden war. An vielen Stellen war der Stoff aufgerieben, da Tante Irmgard ständig irgendwo anstieß, doch ließ sich der Makel noch mit robustem Garn beheben. Ansonsten waren die weit ausladenden Ärmel geschickt an der Schulter gerafft, sodass sie weit fielen und an den Handgelenken wieder zusammenwuchsen. Hier wiesen die schmalen, akkuraten Stiche auf einen Meister seines Handwerks hin. Es wäre allzu schade gewesen, dieses Kleidungsstück vom Feuer auffressen zu lassen.

Emilia zog schnell die Nadel aus ihrem Beutel. Sie besaß nur noch braunes Garn, aber die sicher einst weiße Bluse hatte im Laufe der

Zeit einen tiefen Gelbstich bekommen, sodass die Farbmischung weniger auffallen würde. Das Gefühl, endlich wieder die Nadel durch Stoff gleiten lassen zu können, war fast berauschend. In ein paar Stunden hätte sie aus der Bluse wieder ein vorzeigbares Kleidungsstück gemacht! Vielleicht würde die Familie ihres Onkels dann endlich erkennen, worin die wahre Begabung des widerwillig aufgenommenen Waisenkindes lag, und aufhören, sie Töpfe scheuern und Bohnen putzen zu lassen, bis ihre Hände rissig waren.

Das Licht der Talgkerze war schwach, sodass Emilia sich tief über ihre Arbeit beugen musste. Schmerzhafte Sehnsucht schnürte ihre Kehle zusammen, als sie an die Tage in der Werkstatt ihres Vaters dachte, wo weit geöffnete Fenster und zahlreiche Wachskerzen all seinen Lehrlingen und auch ihr die Arbeit erleichtert hatten. Damals hatte es Garn in fast allen Farben von Gottes Schöpfung gegeben, Nadeln verschiedener Größe, stets frisch gewetzte Scheren zum Zuschneiden der Stoffe, die so kostbar und fein gewesen waren, dass Emilia zunächst Angst gehabt hatte, sie könnten durch eine einzige, unvorsichtige Berührung Schaden nehmen.

Es war, wie es war, sagte sie sich. Sie lebte noch, als Einzige ihrer Familie, hatte ein Dach über dem Kopf und regelmäßiges Essen auf dem Tisch. Wenn sie ihre Verwandten nur von ihren Fähigkeiten überzeugen konnte und mehr Näharbeiten bekam, würde sich ihr Talent in Augsburg herumsprechen. Vielleicht bekäme sie sogar eine Anstellung bei einem Schneidermeister, konnte seinen Sohn heiraten und sich so ihren Traum von einer eigenen Werkstatt erfüllen. Einen Weg musste es geben, denn es schien ihr unglaubwürdig, dass Gott der Herr ihr die Liebe zum Umgang mit Stoffen geschenkt hätte, nur damit sie für den Rest ihres irdischen Lebens vor Sehnsucht danach verging.

Grete, die Dienstmagd, kam hereingetänzelt, als es bereits zu dämmern begann. Auf ihren Wangen lag ein sehr tiefer, rötlicher Ton, ihre Augen glänzten, als litte sie an Fieber. Achtlos warf sie den halb vollen Korb in eine Zimmerecke und hockte sich auf einen Stuhl neben die bereits schnarchende Hausherrin. „Bist du mit den Bohnen fertig?“, fragte sie Emilia, die nur kurz aufgeblickt hatte.

„Nein. Ich erledige eine Näharbeit. Du wirst dich um das Abendessen kümmern müssen.“

Emilia war stolz, wie entschieden sie geklungen hatte. Ihr Vater hätte es niemals geduldet, dass eine Magd sich den ganzen Nachmittag auf dem Markt herumtrieb und dann faul herumhockte.

„Das hat doch wirklich bis morgen Zeit“, erwiderte Grete, die mit einer gelassenen Handbewegung ihr Gähnen verbarg. „Hayo hat auf dem Markt einen Verwandten getroffen, diesen Hausierer, und ihn zum Essen eingeladen. Also sollte auch etwas auf dem Tisch stehen, wenn die zwei hier eintreffen.“

„Ja, das sollte es wohl“, sagte Emilia und nähte beharrlich weiter. Sie kam nicht gegen das Gefühl an, dass sie diesen Kampf unbedingt gewinnen musste.

„Na gut.“ Grete war mit einem weiteren Gähnen aufgestanden. „Du putzt die Bohnen, ich brate Würste, und die Dame des Hauses schläft weiter ihren Rausch aus.“

Gretes breites, schelmisches Grinsen versöhnte Emilia mit ihrer Trägheit, und sie legte die Näharbeit schweren Herzens beiseite. Ihr Magen knurrte bereits, und wenn sie sich auf Tante Irmgard verließ, würde sie hungrig zu Bett gehen müssen. Seufzend ging sie zu dem kleinen Tisch dicht neben dem Herd und machte sich wieder an den Bohnen zu schaffen. Grete holte bedächtig ein paar Würste aus der Vorratskammer und steckte sie auf einen Spieß, den sie über dem Herdfeuer zu drehen begann. Diese Art von Tätigkeit gefiel ihr, da sie einfach war, nicht sonderlich anstrengend, und ihr genug Gelegenheit zum Plaudern ließ.

„Dieser Kurt, der Hausierer, hat diesmal ein paar sehr schöne Kleider dabei“, erzählte sie, während Emilia die nun geputzten Bohnen in eine Tonschüssel mit Wasser füllte und eine Prise Salz hinzugab. Wenn sie sich schon die Mühe mit dem Kochen machte, sollte es auch einigermaßen schmecken! Gleichzeitig aber weckten Gretes Worte ihre Aufmerksamkeit.

„Was für Kleider? Und woher hat er sie?“

Bisher hatte Kurt nur Lumpen mitgebracht, deren unangenehmer Geruch in ihr Widerwillen geweckt hatte, sie überhaupt anzufassen. Ihre Gedanken wanderten zu ihrer letzten Näharbeit zurück. Vielleicht konnte sie mit dem braunen Garn ein Muster auf die Bluse sticken, in das die geflickten Stellen sich derart einfügten, dass sie kaum noch als solche zu erkennen wären. Leider wäre es nachts zu dunkel für diese Aufgabe. Sie würde sich bis zum nächsten Morgen gedulden müssen.

„Irgendwo muss er einer Edelfrau in Not ihre Roben abgekauft haben", plauderte Grete weiter. Sie hatte sich auf den Tisch neben Emilias Schüssel gesetzt und ließ ihre Beine baumeln.

„Wahrscheinlich sind sie Diebesgut, was soll's. Er meint, dass er nun endlich ein gutes Geschäft machen kann, aber so dumm, wie der sich immer anstellt, habe ich meine Zweifel. Vielleicht gibt er mir ja ein Gewand ab, wenn ich nett zu ihm bin …"

Sie lächelte verträumt. Emilias Bewegungen waren schneller und fahriger geworden. Als sie die Schüssel an einem Haken über dem Herd befestigte, um die Bohnen aufkochen zu lassen, verschüttete sie etwas Wasser und ein beißendes Zischen erklang. Wie lange war es her, dass sie edle, kunstvoll verarbeitete Stoffe in den Händen gehalten hatte, die zähe, zarte Glätte von Seide spüren konnte, weichen Samt, gestärkte Spitze, harten, glänzenden Taft? Sie durfte nicht zu viel erwarten, mahnte sie sich, denn wirklich edle Gewänder gerieten selten in die Hände eines gewöhnlichen Hausierers, aber auf einmal sah sie Kurts Ankunft mit Ungeduld entgegen.

„Gibt es noch etwas Speck im Haus? Ich könnte damit die Bohnen anbraten", schlug sie vor. Mit einer leckeren Mahlzeit im Magen wäre der Hausierer vielleicht auch ihr wohlgesonnen, denn auf Gretes Art wollte sie sich nicht gefällig zeigen müssen. Grete zuckte gelangweilt mit den Schultern.

„Speck haben wir keinen mehr. Aber ich habe einen Brotfladen vom Markt mitgebracht. Zusammen mit deinen Bohnen und den Würsten muss es reichen. Bier haben wir jedenfalls genug, damit die Herrschaften zufrieden sind."

Sie kicherte, und Emilia glitt wieder in einen Sog von Erinnerungen. Ihre Mutter hatte es stets verstanden, aus einfachen Zutaten leckere Mahlzeiten zu zaubern, jeden Sonntag hatte es frisches Fleisch gegeben und wohlschmeckenden Wein statt des billigen Biers, das Onkel Hayo bevorzugte. Saubere, hübsch bestickte Decken, Teller aus Ton und blank poliertes Besteck hatten stets den Tisch geziert, an dem die Familie ihre Mahlzeiten einnahm. Tante Irmgard hatte zwar das meiste davon mitgenommen, doch war es inzwischen entweder zerbrochen oder zu schlechten Zeiten gegen Nahrungsmittel eingetauscht worden. Nur ihr Nähzeug hatte Emilia bewahren können, da sie es meist versteckt hielt und zudem niemand hier etwas damit hätte anfangen können. Tante Irmgard und Onkel Hayo störten sich nicht an Rissen, wenn es zu viele wurden, warfen sie das Kleidungsstück einfach fort.

Die Tür knarrte und Tante Irmgard fuhr auf. Völlig gelassen erhob sie sich aus dem Sessel, in dem sie eingeschlafen war, rieb sich die Augen und ging den Gästen entgegen.

„Schau her, wer da ist, mein Schatz!“, rief Onkel Hayo und schloss seine Frau in die Arme. Emilia überkam ein kurzer, ungewohnter Moment der Rührung. Juliane Maibacher, die Nachbarin, wurde von ihrem Mann regelmäßig verprügelt, weil sie keinen ordentlichen Haushalt zu führen vermochte, doch Tante Irmgard konnte schlampig sein und sich schon tagsüber betrinken, wie sie wollte, für ihren Gemahl blieb sie ein anbetungswürdiges Geschöpf. Es mangelte in diesem Haus zwar an Ordnung und Wohlstand, doch nicht an Zuneigung. Nur beschränkten die Eheleute sich darin gänzlich aufeinander, alle anderen waren ausgeschlossen, wie Emilia jeden Tag deutlich zu spüren bekam.

„Der Kurt ist wieder da!“, verkündete Hayo und schob Irmgards Neffen durch die Tür. Der Hausierer war ein Mann von etwa dreißig Jahren, dunkelhaarig, hager und mit einem scharf geschnittenen Profil. Wäre er etwas sauberer gewesen, hätte Emilia ihn vielleicht als gut aussehend eingeschätzt, doch die abgewetzte Lederhose und sein mit Dreck verschmiertes Hemd missfielen ihr, ebenso wie das zu einem Pferdeschwanz gebundene, fettig glänzende Haar.

„Wie schön, dich wieder zu sehen, Junge!“, rief Tante Irmgard und drückte den Neuankömmling an ihren weichen, ausladenden Busen. „Du bist sicher hungrig. Wir haben schon etwas zu essen gemacht.“

Stolz deutete sie auf das von Grete und Emilia zubereitete, bescheidene Mahl. Der Sessel wurde dem Gast überlassen, Irmgard und Hayo beschieden sich mit den einzigen zwei Holzstühlen im Haus und für Emilia blieb nur ein wackeliger Schemel. Grete trug das Essen auf, setzte sich dann unaufgefordert auf einen umgedrehten Eimer und griff eifrig zu, um nicht leer auszugehen.

„Na erzähl schon, Junge, wo bist du überall herumgekommen?“, fragte die Tante, während sie an ihrer Wurst kaute.

„Ach, überall und nirgendwo“, begann der Hausierer und brachte mit einer ausladenden Handbewegung fast den Bierkrug zum Umfallen. „Ich war in Schweden bei den Lutheranern, dann geriet ich im Osten an die Grenzen, wo die Türken wüten. Einmal musste ich mich im Wald vor einer Horde Ungläubiger verstecken, die die Leute aus einem kleinen Dorf in die Sklaverei verschleppten! Zwei Tage irrte ich dann mit knurrendem Magen durchs Schneegestöber, bis endlich in der Ferne der Turm einer kleinen Kirche auftauchte, wo ich Unterschlupf fand, und ein hübsches Mädchen, das dort betete, rettete mich vor dem Verhungern.“

Er nahm einen tiefen Schluck Bier und lehnte sich in den Sessel, während er sich mit dem Handrücken den Mund abwischte.

„Du warst vor etwa zwei Monaten das letzte Mal hier“, mischte Emilia sich nun ins Gespräch. „Da war noch Frühling. Wie konntest du also ins Schneetreiben geraten, wenn doch noch gar kein Schnee gefallen ist?“ Sie schenkte Kurt einen harten, geraden Blick.

„Im Norden, da schneit es immer“, antwortete er völlig gelassen.

„Aber du hast vom Osten erzählt, dort, wo die Türken wüten.“

Emilia spürte, wie Tante Irmgards Blick sie wütend streifte, gab aber nicht nach, obwohl es vernünftiger gewesen wäre.

„Der Nordosten eben!“, sagte Karl lachend. „Ein Mädchen, das noch nie aus Augsburg herausgekommen ist, hat von der Welt doch keine Ahnung!“

Tante Irmgard brach in schallendes Lachen aus. In Emilias Ohren klang es boshaft, und sie spürte, wie ihr Tränen in die Augen schossen.

„Ich habe gehört, der junge Herr hat unterwegs einer Edelfrau ihre Gewänder abgekauft“, mischte sich nun plötzlich Grete ins Gespräch, und Emilia war ihr dankbar dafür.

„Ja, so ist es“, sagte Kurt und Gretes Lächeln streichelte ihn sanft, sodass er gleich fortfuhr. „Ich denke, mit diesen Sachen kann ich gutes Geld verdienen und mir einen neuen Karren leisten, denn der alte macht es nicht mehr lange.“

Die Frage, wie er denn seinen Karren vor den Türken gerettet hatte, lag Emilia auf der Zunge, aber sie zwang sich zu schweigen, denn im Augenblick gab es wichtigere Angelegenheiten.

„Würdest du uns diese Gewänder zeigen? Oder hast du sie irgendwo verborgen, wo sie erst einmal unauffindbar sind?“, forderte sie Kurt erneut heraus. Er zögerte keinen Augenblick, stand auf und schleppte einen großen Sack herein, den er mitten im Raum ausschüttete.

Emilia schnappte nach Luft. Da war es tatsächlich, wonach sie sich so lange gesehnt hatte: Spitze, Taft, Samt und Seide in schillernden Farben, doch ging ein modriger Geruch von diesem Stoffhaufen aus, und als Kurt eine Kerze darauf richtete, erkannte sie zahlreiche Flecken. Gretes Hände hatten sogleich zu wühlen begonnen, und mit einem Laut der Begeisterung zog die Magd ein hellgrünes Seidenkleid hervor.

„Das ist wunderschön und es würde mir sicher passen!“, rief sie, während sie es an ihren Körper hielt. „Leider ist der Kragen zerrissen, ich bräuchte einen Ersatz.“

Sie warf Kurt einen schmachtenden Blick unter halb geschlossenen Lidern zu. Emilia, die ihr Verhalten peinlich fand, nahm das Kleid schnell an sich. Es war tatsächlich eine wunderschöne Arbeit mit gerade Nähten und einem ordentlichen Saum. Der Anblick des zerfetzten Kragens versetzte ihr einen Stick, doch sah sie mitten im Kleiderhaufen eine weiße, unversehrte Halskrause aufleuchten.

„Man sollte den Kragen mit der Krause ersetzen“, sagte sie sogleich und zog das Fundstück hoch. Dann wühlte sie aufgeregt weiter, fand einen Wams aus Samt, der ein paar Löcher aufwies, die sich aber mühelos flicken ließen, zwei Paar ausgetretener Samtschuhe, die dringend gebürstet werden mussten, und einen schlichten Rock aus braunem Tuch.

„Dieser Rock könnte zu deiner Bluse passen, die ich neu herrichten wollte“, teilte sie Tante Irmgard unaufgefordert mit. „Ich könnte ihn mit einem ähnlichen Muster besticken, damit er etwas hübscher aussieht.“

Die Ideen drehten sich in ihrem Kopf und nahmen all ihre Aufmerksamkeit in Anspruch, sodass ihr Kurts durchdringender Blick erst nach einer Weile auffiel, ebenso wie Tante Irmgards wütendes Schnauben.

„Es tut mir sehr leid, aber dieses Mädchen muss sich ständig wichtig machen. Sie hält sich für etwas Besseres, seit sie hier hereinspaziert ist“, sagte die Tante an den Hausierer gewandt. Emilia schnappte nach Luft und wollte widersprechen, aber Selbsterkenntnis lähmte ihre Zunge. Ja, sie hielt sich für besser, weil sie von klein auf gelernt hatte, sorgfältig zu arbeiten und stets nach einer Verbesserung ihrer Leistung zu streben. Irmgard und Hayo lebten in den Tag hinein, genossen es, sich allabendlich gemeinsam zu betrinken und waren zufrieden, wenn sie irgendwie ihren Magen füllen und das Haus behalten konnten. Vielleicht wäre es anders gewesen, wenn Gott der Herr ihnen Nachkommen geschenkt hätte. Emilia ahnte, dass sie den beiden wohlgesonnener wäre, hätten sie sie wie eine Tochter angenommen, doch war sie gerade für Irmgard stets nur ein widerwillig geduldeter Eindringling gewesen.

„Ich wollte lediglich ein paar Vorschläge machen, wie ich Kurt zu einem besseren Geschäft verhelfen könnte“, widersprach sie nun. Tante Irmgard sog zischend Luft ein, aber der Hausierer legte ihr eine Hand auf die Schulter, um sie zu beruhigen.

„Die Kleine hat völlig recht, Tantchen“, sagte er. „Die Sachen müssen geschrubbt und geflickt werden, bevor ich sie verkaufen kann.“

Sein Blick glitt an Emilias Körper entlang, als wolle er ihn ausmessen und sein Gewicht einschätzen.

„Wie alt ist das Mädel jetzt eigentlich? Sie sieht mir schon fast erwachsen aus?“, fragte er seine Tante.

„Ich bin vor zwei Wochen siebzehn geworden“, erwiderte Emilia, um ihn daran zu erinnern, dass sie durchaus für sich selbst sprechen konnte. Kurt rieb sich seine Hände an der Lederhose und grinste breit, wodurch seine schief sitzenden Schneidezähne sichtbar wurden.

„Langsam wird es Zeit für einen Bräutigam.“

Etwas an dem neckischen, schmeichelnden Unterton trieb Emilia das Blut in die Wangen, und sie hatte Lust, Kurt allein deshalb die Augen auszukratzen.

„Ach was, wer wird die schon nehmen?“, seufzte Tante Irmgard. „Keinen Gulden Mitgift, aber so hochnäsig wie eine Fürstentochter.“

Emilia fuhr herum. Die kostbaren, eben noch bewunderten Stoffe entglitten ihren Händen, und sie ließ sie achtlos zu Boden fallen.

„Wenn ihr nicht die Werkstatt meines Vaters gleich nach seinem Tod verkauft und das Geld versoffen hättet, dann hätte ich sehr wohl eine Mitgift, und zwar keine schlechte!“, schrie sie ihrer Tante ins Gesicht und spürte zu ihrem Entsetzen, wie ihr die Tränen über die Wangen rannen. Tante Irmgards Augen wurden so riesig, dass es schien, sie könnten jeden Augenblick ihr ganzes Gesicht verdrängen. Die sonst schlaffen Wangen bliesen sich auf. Sie sah fast so grotesk aus wie eine jener Karikaturen, die Zeichner auf den Straßen Augsburgs verkauften. Ein Fisch vielleicht, der am Ufer angespült worden war, und nun fassungslos nach Luft schnappte. Ihre Hand hob sich drohend.

„Seit fünf Jahren füttern wir dich durch, du undankbare Göre! Dafür haben wir das bisschen Geld gebraucht, das wir für das Haus deines Vaters bekamen. Wer will schon irgendwo einziehen, wo eine Seuche gewütet hat?“

Diese Worte trafen Emilia heftiger, als die angedrohte Ohrfeige es vermocht hätte. Sie sackte wieder auf den Schemel, verschränkte die Hände vor der Brust, um Erinnerungen abzuwehren, doch wurde sie trotzdem von ihnen überwältigt. Die sich krümmenden, fiebernden Körper, die Schmerzensschreie, der Gestank von Exkrementen, blutiger Kot auf den Laken, die ihre Mutter stets weiß und sauber hatte halten wollen. Den Vater hatte die rote Krankheit als Ersten niedergestreckt, doch hatte er noch lange genug gelebt, um den Tod seiner zwei jüngeren Töchter mitzubekommen, die beide noch so klein und schwach gewesen waren, dass sie nur einen einzigen Tag standhielten. Die Mutter hatte sich bis zum letzten Augenblick ihre Familie gepflegt, sich dann hingelegt, um schnell und still zu sterben. Nur Augustus war noch eine Weile am Leben geblieben, der geschickteste Lehrling ihres Vaters, der Emilia eines Tages heiraten und mit ihr zusammen die Werkstatt übernehmen sollte. Als auch bei ihm die Krämpfe begonnen hatten, waren Emilias Schreie fast lauter gewesen als die seinen. Schließlich hatte sie allein zwischen fünf Leichnamen in einem leeren Haus gesessen, denn die Bediensteten hatten bereits die Flucht ergriffen. Völlig ruhig hatte sie auf die ersten Blutflecken im Nachttopf gewartet, auf jenen Schmerz, der sich wie ein Feuerbrand durch ihre Eingeweide fressen würde, doch nichts war geschehen. Lange hatte sie nicht gewusst, ob Gott besonders gütig oder unerklärlich grausam gewesen war, als er sie als Einzige am Leben ließ.

„Nun hört endlich auf, euch zu zanken“, hörte sie Onkel Hayo versöhnlich sagen. „Emmy, räum die Kleider wieder in den Sack. Morgen kannst du dich damit befassen, wenn du willst. Aber jetzt geh schlafen!“

Unter anderen Umständen hätte es Emilia vielleicht geärgert, einfach wie ein kleines Kind ins Bett geschickt zu werden, doch nun war sie erleichtert, sich in ihre kleine Kammer zurückziehen zu können.

„Hilf Grete noch, den Tisch abzuräumen und das Geschirr zu säubern!“, hielt Tante Irmgards Stimme sie zurück. Sie gehorchte mit zusammengebissenen Zähnen.

Die Arbeit war schnell erledigt, denn Grete beschränkte sich darauf, mit einem feuchten, leider nicht ganz sauberen Lappen über das Geschirr zu wischen, bevor es wieder in ein Regal neben der Kochecke geschoben wurde.

„Jetzt bringe ich ihnen den nächsten Krug Bier und setze mich dazu“, flüsterte sie Emilia dann ins Ohr. „Und ich schwöre dir, bevor der Morgen graut, gehört dieses grüne Kleid mir, zusammen mit der Krause. Die machst du mir doch dran, nicht wahr?“

Sie stupste Emilia in die Seite. Ihr breites Grinsen war von so ansteckender Heiterkeit, dass Emilia spürte, wie die dunklen Wolken von ihrer Seele flogen.

„Natürlich tue ich das. Ich wünsche dir viel Erfolg heute Abend“, sagte sie zum Abschied, bevor sie die schmalen Stiegen in ihre Kammer hochkletterte. Dort schaffte sie es gerade noch, aus Rock, Bluse und Mieder zu schlüpfen und sich ihr Nachthemd überzustreifen, das sie aus dem Elternhaus mitgebracht hatte. Inzwischen reichte es ihr gerade mal bis zu den Knien, doch hingen zu viele glückliche Erinnerungen an dem inzwischen zerschlissenen Stoff, sodass sie sich nicht davon trennen konnte. Sie streckte sich auf der Matratze aus und löschte die Kerze. Es war eine Erleichterung, mit diesem Tag abschließen zu können. Sie musste den Blick vorwärts richten, auf den Moment warten, da ihr Leben wie ein Fluss wieder seinen vorbestimmten Lauf nehmen würde.

Sie war bereits in einen tiefen, traumlosen Schlaf gefallen, als Gretes Eindringen sie weckte.

„Rück ein Stück, ich bin hundemüde“, flüsterte die Magd. Emilia kam der Aufforderung wortlos nach, denn sie teilte sich ihr Lager mit Grete, seit sie hier eingezogen war. Die Nähe des vertrauten Körpers tat wohl, obwohl er nach Bier und nach Männerschweiß roch.

„Hast du das Kleid jetzt bekommen?“, fragte Emilia im Halbschlaf.

„Nein", kam es sogleich zurück. „Und das ist deine Schuld. Du hast dem Kurt Flausen in den Kopf gesetzt mit deinem Gerede, was sich aus den Gewändern alles machen lässt, und jetzt hat er mir nur diesen lumpigen Wollrock gegeben."

Emilia ergriff schuldbewusst Gretes Hand.

„Ich werde den Rock für dich aufhübschen. Du bekommst auch noch eine passende Bluse dazu, denn meine Tante hat nach mehreren Bierkrügen sicher schon vergessen, dass sie eigentlich ihr gehört."

„Ach, was soll's!" Grete streckte sich gähnend. „Den Mannsbildern kommt es nicht auf unsere Kleider an. Die wollen sehen, was da drinsteckt."

Sie kicherte und stützte ihr Kinn auf der Handfläche ab, während sie ihren Ellbogen in die Matte bohrte.

„Ich glaube, der Kurt ist gar nicht so blöd, wie er aussieht. Sonst hätte er nicht begriffen, wie gut deine Vorschläge sind."

„Schon möglich", erwiderte Emilia und schloss wieder die Augen, denn sie war zu müde für eine längere Unterhaltung. Das wahre Ausmaß von Kurts Verstand war ihr gleichgültig.

„Da unten haben sie übrigens noch lange über dich geredet."

Gretes Worte drangen nur noch schwach in ihr Bewusstsein und schlugen dort keine Wurzeln.

2. Kapitel

„Nein!“, sagte Emilia, „das tue ich nicht.“

Sie krallte ihre Finger um die Tischkante. Ihr war schwindelig und sie nahm die vertrauten Gesichter wie durch einen Nebel wahr. Tante Irmgards Wangen blähten sich wieder auf. Vielleicht würden sie gleich mit einem lauten Knallen platzen. Grete sah enttäuscht aus, Onkel Hayo hatte den Blick gesenkt, doch Kurt starrte sie mit spöttisch glänzenden Augen an, als fände er ihren Protest belustigend.

„Niemand hat hier gefragt, was du tun willst oder nicht“, erklärte Tante Irmgard laut. „Dein Onkel ist dein Vormund und entscheidet über dein Leben.“

„Aber ich werde es nicht tun“, erwiderte Emilia. „Ich gehe nicht mit Kurt. Ihr habt das Vermögen meiner Eltern genommen und …“

„Und deshalb sind wir für dich verantwortlich“, fuhr die Tante ihr ins Wort. „Wir entscheiden, was am Besten für dich ist. Hier fühlst du dich nicht wohl und kannst dich nicht einfügen. Vom Messerschleifen verstehst du nichts, vom Nähen aber schon. Der Kurt kann eine wie dich gebrauchen.“

Emilia schüttelte fassungslos den Kopf.

„Ich habe hier in eurem Haus wie eine Magd gearbeitet, obwohl ich die Tochter eines angesehenen Schneidermeisters bin.“

„Mein Bruder ist leider tot“, unterbrach nun Onkel Hayo sie leise. „Ich weiß, du hattest einst die Aussicht auf ein Leben als angesehene Bürgerin, aber das ist nun einmal vorbei. Was möchtest du denn, Emilia? Glaubst du wirklich, ein wohlhabender Mann wird dich heiraten, nur weil dein Vater einst selbst einer war? Ich weiß, wir konnten dir nicht bieten, wozu du erzogen wurdest. Ich stand mein Leben lang im Schatten meines Bruders. Aber ich glaube, diese Entscheidung ist das Beste für dich. Kurt kann deine Talente nutzen.“

Emilia senkte ihren Blick auf das zerkratze Holz des Tisches. Pökelfleisch, Käse und Brot lagen zum Morgenmahl bereit, aber sie verspürte keinerlei Hungergefühl.

„Ich könnte versuchen, irgendwo eine Stelle als Näherin zu bekommen, damit ich euch nicht länger zur Last falle“, schlug sie vor und sah ihrem Onkel flehend ins Gesicht.

„Du kannst genauso gut für den Kurt nähen, und er wird dich dafür durchfüttern“, erwiderte Tante Irmgard gelassen. „So kommst du herum und siehst etwas von der Welt. Was ist so schlimm daran?“

„Mein Vater war ein angesehener Bürger und ich soll mit einem Hausierer herumziehen“, murmelte Emilia, mehr zu sich selbst als zu ihrer Familie. Die Erkenntnis, dass sie keine andere Wahl hatte, als sich zu fügen, sank langsam auf sie herab wie eine schwere Decke, unter der sie zu ersticken drohte.

„Du wirst die Kleider ausbessern können, die er dir gezeigt hat“, hörte sie Onkel Hayos tröstende Stimme und staunte, dass er kurz ihre Hand drückte. „Das hast du dir doch gestern erst gewünscht.“

Emilia senkte den Kopf. Die Idee, einfach davonzulaufen, schoss ihr kurz durch den Kopf, aber sie wusste, dass sie dann vermutlich ein noch schlimmeres Schicksal erwarten würde als bei Kurt. Wenn sie mit ihm ging, würde sie tun können, was sie wirklich gut beherrschte. Vielleicht fand sich irgendwo unterwegs die Möglichkeit, eine Stellung als Näherin zu bekommen.

Sie blickte dem Hausierer gerade in die Augen und bemerkte triumphierend, wie das spöttische Grinsen von seinem Gesicht rutschte.

„Ich komme als Arbeitskraft mit, nichts weiter“, sagte sie. „Ich nähe für dich und dafür wirst du mich ernähren. Andere Ansprüche hast du nicht auf mich.“

Tante Irmgard lachte höhnisch auf, doch Kurt nickte nach kurzem Zögern.

„Um etwas Anderes ist es niemals gegangen“, erwiderte er.

„Der Kurt kann viel Bessere haben als dich“, fügte ihre Tante hinzu, bevor Onkel Hayo sie aufforderte zu schweigen. Emilia sah eine Mischung aus Mitgefühl und Bewunderung in Gretes Augen und begann in diesem Augenblick zu ahnen, dass sie von allen Bewohnern dieses Hauses die Magd am meisten vermissen würde.

„Wann brechen wir auf?“, fragte sie und hörte zu ihrem Bedauern, dass die Worte nicht so stolz und entschlossen aus ihrem Mund kamen, wie sie es sich gewünscht hatte. Die Aussicht, zum zweiten Mal in ihrem Leben ihr Zuhause zu verlieren, schnürte ihr die Kehle zusammen. Sie fürchtete, in Tränen auszubrechen, wenn sie nur noch ein einziges Wort sagte.

„Ich würde gern morgen aufbrechen", erwiderte Kurt. „Aber wenn du noch länger brauchst, um von allen hier Abschied zu nehmen, dann warte ich natürlich."

Er bemühte sich, Emilia freundlich anzulächeln, doch sie nahm nur seine schiefen Zähne wahr, die zudem von häufigem Tabakkauen braun wie Kuhdung waren.

„Es gibt gar keinen Grund, warum sie nicht morgen schon aufbrechen sollte", meldete sich wieder Tante Irmgard zu Wort. „Ihr werdet ja immer wieder hierherkommen, wenn der Kurt gerade in der Gegend ist. Dann kann Emilia ihre alten Bekannten treffen."

Eben diese Worte brachten Emilias Augen zum Überlaufen. Sie wischte sich schnell mit dem Handrücken die Wangen trocken, sprang dann auf und lief hoch in ihre Kammer, wo sie sich auf die Matratze warf. Die Schluchzer schüttelten sie eine gefühlte Ewigkeit, und ihr war, als vergieße sie endlich all jene Tränen, die sie nach dem Tod ihrer Familie nicht hatte weinen können. Als die Tür hinter ihr sich knarrend öffnete, fuhr sie widerwillig herum. War es Grete? Sie ahnte, dass die Magd gern an ihrer Stelle mit Kurt aufgebrochen wäre, und die Erkenntnis, wie ungerecht das Leben war, trieb ihr neue Tränen in die Augen. Aber sie erblickte die schmächtige, leicht gebückte Gestalt ihres Onkels, der diese Kammer niemals betreten hatte, seitdem Emilia sie bewohnte.

„Ich würde gern mit dir reden, Emmy", begann er so leise, wie er meist redete. Sie richtete sich auf und wischte nochmals ihre Augen trocken.

„Wozu? Es steht doch schon alles fest. Was hat der Kurt euch denn gegeben, damit er mich bekommt?"

Onkel Hayo seufzte und ging vor ihr in die Hocke. „Er hat deiner Tante zwei Flaschen Schnaps versprochen, wenn er das nächste Mal wiederkommt. Aber ich hätte diesem Handel nicht zugestimmt, wenn ich nicht glauben würde, dass es das Beste für dich ist."

Emilias Drang, ihm eine bissige Antwort ins Gesicht zu schleudern, wurde von seinem todernsten, ehrlichen Blick gezähmt.

„Ich weiß, dass du dir vom Leben einst mehr erhoffen konntest", sagte er und legte seine Hand auf ihre Schulter. „Ich habe versucht, dir etwas von deinem Erbe zu erhalten, aber die Zeiten waren hart und wir mussten dich durchfüttern. Nun scheint es mir die beste Lösung, dich mit Kurt in die Welt zu schicken. Hier würde es auf Dauer nicht gut gehen."

Emilia streckte ihr Kinn hoch.

„Weil deine Frau mich nicht leiden kann", fasste sie das bisher Unausgesprochene in Worte. Sie rechnete mit Widerspruch, den sie höhnisch zurückweisen könnte, doch kam nur ein stummes Nicken.

„Als Irmi jung war, da wünschte sie sich Kinder, wie es die meisten Frauen tun", erzählte ihr Onkel. „Doch uns wurden keine geboren. Manchmal reichte der Anblick einer Nachbarin, die ihr Neugeborenes im Arm hielt, um sie in Tränen ausbrechen zu lassen. Dann hörte ich von dem Unglück, das meinen Bruder und seine Familie getroffen hatte. Ich brachte dich in unser Haus und hoffte, meiner Frau so das ersehnte Kind zu schenken. Und dir ein neues, nicht ganz so wohlhabendes Zuhause, wo du dich trotzdem eingewöhnen würdest."

Die Worte rieselten sanft auf Emilia hinab, befreiten sie für einen Moment von aller Bitterkeit und Trauer.

„Wenn sie mich wie ihr Kind geliebt hätte, wäre ich hier glücklich geworden, auch wenn mein Elternhaus reicher war", erkannte sie plötzlich. „Aber wenn sie eine Ersatztochter hat, dann ist es Grete."

Onkel Hayo nickte nochmals.

„Ja, so ist es leider. Etwas stand von Anfang an zwischen dir und Irmi. Deshalb glaube ich, es wäre am Besten, wenn du dieses Haus verlässt, denn euer Zwist wird nur wachsen, je älter du wirst. Der Kurt ist ein anständiger Kerl. Und du wirst immer wieder hierherkommen. Wenn er dich schlecht behandeln sollte, so sage es mir, und ich werde eine andere Lösung suchen."

Emilia staunte, als ihre Finger sich plötzlich um Onkel Hayos Hand legten und sie kurz drückten. Es tat so wohl, zu wissen, dass sie einem Menschen auf dieser Welt nicht ganz gleichgültig war.

„Gut, dann packe ich jetzt meine Sachen und morgen früh brechen wir auf", sagte sie nun völlig ruhig. Zwar saß der Schmerz weiter hartnäckig in ihrer Brust, doch war er auf ein erträgliches Maß geschrumpft.

Kurts Karren sah so klapprig aus, dass Emilia ernsthafte Zweifel hatte, ob sie darauf überhaupt bis zur Augsburger Stadtmauer kämen. Der davor gespannte Esel musste auch schon bessere Tage gesehen haben, denn die Knochen stachen wie Nägel aus seinem schmutzigen, grauen Fell und er bewegte sich so langsam, dass Emilia überzeugt war, zu Fuß flotter voranzukommen. Kurt weigerte sich, den Esel durch Hiebe voranzutreiben, was ihr wie ein Zeichen löblichen Mitgefühls schien, aber dazu führte, dass sie fast eine Stunde brauchten, um aus der Stadt zu kommen. Emilia konnte in Ruhe den Dom und das Rathaus betrachten, jene zwei Bauwerke, die sie von Kindheit an für die größten und prächtigsten der Welt gehalten hatte, bevor sie zum Fischertor hinausfuhren. Das dahinterliegende Viertel der Fischer bestand hauptsächlich aus ärmlichen und schmutzigen Hütten, die Emilia an Onkel Hayos schmales Holzhaus erinnerten. Wieder fühlte sie sich von Wehmut niedergedrückt, denn selbst ein solches Heim war einem schlichten Karren vorzuziehen. Sie hatte es seit der Abreise vermieden, Kurt anzusehen, und wollte ihm auch keine Fragen stellen, da die Tränen immer noch in den Tiefen ihrer Kehle lauerten. Daher hatte sie keine Ahnung, wohin es nun ging und wo sie die nächste Nacht verbringen würden.

Es schmerzte sie, wie wenig Menschen gekommen waren, um von ihr Abschied zu nehmen. Grete natürlich, die hatte sie umarmt, fest an sich gedrückt und alles Gute gewünscht.

„Ein kluges, fleißiges Mädchen wie du wird da draußen in der Welt schon zurechtkommen. Und der Kurt ist kein schlechter Kerl", waren ihre Abschiedsworte gewesen, und Emilia wiederholte sie immer wieder in ihrem Kopf, um gegen Angst und Hoffnungslosigkeit anzukämpfen. Tante Irmgard hatte sie nur ermahnt, sich stets daran zu erinnern, wo ihr Platz in dieser Welt war und die Nase nicht zu hoch zu tragen. Onkel Hayo hatte ihr schweigend die Hand gedrückt, denn alles, was es zwischen ihnen zu sagen gab, war schon gesagt worden. Dann war der Karren die schmale Gasse entlanggerollt, einige Nachbarn hatten neugierig gestarrt und getuschelt, doch mehr als ein knappes Kopfnicken hatte Emilia nicht zum Abschied erhalten. Dabei hatte sie die letzten fünf Jahre ihres Lebens in unmittelbarer Nähe dieser Menschen verbracht, mit ihnen am Brunnen Wasser geholt und schwere Körbe vom Markt heimwärts geschleppt.

Trotzdem schien man sie nicht als einen Teil der Gemeinschaft zu betrachten, der nun herausgerissen wurde. Hatte Tante Irmgard am Ende recht gehabt, als sie ihr ständig Hochmut vorwarf? Die ganzen Jahre hatte Emilia darauf gewartet, ihr altes, so plötzlich ausgelöschtes Leben wieder aufnehmen zu können und diese einfache Gegend nur als Übergangsort betrachtet, den sie irgendwann verlassen würde. Nun, da sie ihn tatsächlich verließ, war sie die Gefährtin eines Hausierers geworden! Wollte Gott sie verhöhnen oder Demut lehren? Sie zwang sich wieder einmal, ihren Blick auf die Zukunft zu richten. Vielleicht würde sie auf diesem Umweg an ihr eigentliches Ziel gelangen und an irgendeinem unbekannten Ort, der noch vor ihr lag, Gewandschneiderin werden.

Die Türme Augsburgs waren noch als schwarze Spitzen am Horizont zu erkennen, doch vor ihnen lagen nur Felder und Bäume. Emilia wurde bewusst, dass sie die Mauern der Stadt bisher nur selten verlassen hatte, da es keine Veranlassung dafür gegeben hatte. Nun überkam sie ein Gefühl völliger Verlorenheit, und sie sehnte sich nach einer einzigen Hauswand oder Mauer, an der sie sich hätte abstützen können. Über ihr begann der Himmel, sich bereits zu verdunkeln. Wo würden sie Schutz suchen können, wenn es völlig finster war?

Sie zwang sich, den Hausierer neben ihr auf dem Kutschbock endlich anzusehen. Sein Haar war immer noch von Fett verklebt, seine Kleidung schmutzig, aber niemand außer ihm konnte ihr hier draußen Schutz bieten, wenn ein Unglück geschah.

„Wo schlafen wir heute Nacht?“, fragte sie. Kurt wandte ihr den Kopf zu.

„Wenn es gut läuft, erreichen wir noch eine kleine Herberge, bevor es dunkel wird. Andernfalls“, er zuckte mit den Schultern, „übernachten wir irgendwo zwischen ein paar Bäumen, wo wir nicht gleich dem nächsten Straßenräuber ins Auge stechen.“

Es war zwar bereits Mai, doch die Nächte blieben frostig. Emilia straffte den Rücken, denn nun war es an der Zeit, sich durchzusetzen.

„Die Gewänder in deinem Besitz sind wertvoll. Draußen können sie jederzeit gestohlen werden, und das wäre ein erheblicher Verlust. Daher würde ich vorschlagen, dass wir uns beeilen, um die Herberge zu erreichen.“

Sie wandte sich um und zog eine alte Wolldecke, die Tante Irmgard ihr großzügigerweise mitgegeben hatte, aus ihrem Beutel. Sobald der raue Stoff auf ihren Schultern lag, fühlte sie sich etwas weniger schutzlos in dieser gottverlassenen Natur, deren Ausmaße ihr vorher nie bewusst gewesen waren.

„Na gut, dann beeilen wir uns", hörte sie Kurt widerstandslos zustimmen und konnte nicht umhin, ihn nochmals anzusehen, denn mit einem so schnellen Erfolg hatte sie nicht gerechnet. Sein Blick war neckend, schelmisch, aber dennoch auf eine gewisse Art unangenehm, denn sie fühlte sich von ihm an Stellen berührt, die nur ihr allein gehörten.

„Ja", erklärte sie überflüssigerweise. „Wir sollten uns beeilen." Dann sah sie nur noch geradeaus, musterte den mageren Rücken des Esels, um nicht die menschenleere Weite der Felder und die düsteren Schatten von Bäumen wahrnehmen zu müssen. Zum Glück vernahm sie nach einer Weile auch menschliche Stimmen, was ihr Gefühl völliger Verlorenheit etwas milderte. Bauern kamen von den Feldern zurück, einige von ihnen grüßten Kurt, ja fragten ihn gar, ob er etwas zu verkaufen hätte. Ein Hornkamm und eine Kette aus Holzperlen wurden gegen einen Laib Brot und drei Eier eingetauscht.

„Jetzt haben wir auch ein Abendbrot", erklärte Kurt, als sie endlich weiterfuhren. Emilia fragte sich, wo sie die Eier kochen sollten, denn einen Herd gab es im Wald sicher nicht. Vielleicht ließ sich in der Herberge etwas machen, denn Kurt wollte ganz offensichtlich Geld sparen und sich daher keine Mahlzeit auftischen lassen. Ihr wurde unangenehm bewusst, dass sich bereits ein nagendes Hungergefühl in ihrem Magen breitmachte, doch war sie zu stolz, um ein Stück von dem Brot zu erflehen.

Es war bereits finstere Nacht, als sie die Herberge erreichten, ein schmales, wackeliges Holzhaus an einer Straßenkreuzung, dessen Fenster in der Dunkelheit leuchteten. Als sie eintraten, wehte ihnen der Geruch ranzigen Fetts entgegen. In einem kleinen Raum war eine alte Frau am Tisch eingeschlafen. Sie erhob sich bei Kurts Anblick, nahm zwei Münzen von ihm an und führte sie beide in ein Hinterzimmer. „Der Raum ist noch frei", knurrte sie und verschwand dann ohne weitere Kommentare.

Emilia starrte stumm. Das Zimmer war bedrückend eng und schmutzig. In einer Ecke stand ein schmales Bett, daneben ein winziger Tisch. Das Fenster war mit einem Stück Leder abgedeckt, an dem der kühle Nachtwind vorbeiblies.

„Wo schlafe ich?", fragte sie ratlos. Auf dem Boden kroch mit Sicherheit Ungeziefer herum, davon abgesehen würde sie dort erbärmlich frieren.

Kurt antwortete nicht gleich. Er setzte sich auf das Bett, brach den Laib Brot in zwei Teile, von denen Emilia einen erhielt. Sie biss gierig zu, denn auf einmal schien trockenes Brot ihr die köstlichste Mahlzeit der Welt. Kurt balancierte einer der Eier auf seiner Handfläche, dann stach er mit einem Messer ein Loch hinein und trank es roh.

„Anders geht es nicht. Wir haben kein Feuer", erklärte er, während er sich mit dem Handrücken den Mund abwischte. Das zweite Ei wurde Emilia hingehalten, aber sie winkte ab.

„Morgen vielleicht. Für den Moment bin ich satt."

Dann saß sie weiter stumm da, ein sicheres Stück von Kurt entfernt auf der Bettkante. In der Ecke des Zimmers stand ein Nachttopf, aber sie konnte sich nicht vorstellen, ihn in Kurts Gegenwart zu benutzen. Die einzige andere Möglichkeit wäre, nach draußen zu gehen, doch ihr graute vor der einsamen Finsternis.

„Zeit zu schlafen, würde ich sagen", erklärte Kurt und zog mit leisem Stöhnen seine Stiefel aus. Emilia verharrte wie zur Salzsäule erstarrt, beobachtete aus den Augenwinkeln jede seiner Bewegungen. Er streckte sich aus dem Bett aus, zog die Decke bis zu seinem Kinn und musterte sie abwartend.

„Na komm schon. Ich lösche gleich die Kerze. Willst du im Sitzen schlafen?"

Sein freundlich neckender Tonfall war Emilia vertraut, aber nicht die Lage, in der sie sich jetzt befand. Sie verknotete ihre Finger und spürte ein Stechen in ihrem Rücken, da ihre Knochen dort zusammenzuwachsen schienen. Er hatte recht. Sie würde nicht im Sitzen schlafen können, ebenso wenig wie auf dem Boden.

Rasch streifte sie ihre Holzschuhe ab und legte sich auf die Matratze. Obwohl sie gern darauf verzichtet hätte, unter die Decke zu kriechen, war es dafür im Zimmer zu kalt. Sie rutschte so nah an die Bettkante, wie es nur möglich war, ohne dass sie auf den Boden fiel. In ihrem Rücken vernahm sie das leise Zischen, als Kurt die Kerze löschte, und schloss die Augen, dankbar für die Finsternis, in die sie eintauchen und ihre Lage vergessen konnte. Sie brauchte jetzt nur schnell einzuschlafen, und wenn sie ihre Augen wieder öffnete, wäre es bereits heller Tag.

Kurts Atem knarzte in ihrem Rücken. Sie bewegte sich noch ein Stück Richtung Bettkante, staunte, dass sein Schweißgeruch nun stärker in ihre Nase kroch als bisher, obwohl sie sich den ganzen Tag in seiner Nähe befunden hatte.

Als sie die Wärme seiner Hand auf ihrer Hüfte spürte, war ihr dies im allerersten Augenblick sogar angenehm, eine tröstliche Berührung in dieser erbarmungslosen Welt. Dann wanderten die Finger aufwärts, berührten ihre Taille und versuchten, unter ihr Mieder zu gleiten.

Emilia fuhr auf.

„Du hast gesagt, dass ich nichts weiter als deine Hilfskraft sein werde!“, rief sie empört. Seine Antwort war ein leises Seufzen.

„Sonst wärest du doch nicht mitgekommen. Du bist immer so … verbissen. Versuche doch, das Leben etwas leichter zu nehmen.“

Die Hand strich nun wieder über ihren Rücken, berührte jene Stelle, wo schmerzhafte Verhärtung sich zu verbreiten begann, und Emilia spürte, wie ihr Körper kurz von Wohlbehagen überflutet wurde, bis sich ihr plötzlich die Nackenhaare aufstellten. Mit einer raschen, fast beiläufigen Bewegung hatte Kurt ihre linke Brust umfasst und hielt sie nun fest wie etwas, das ihm gehörte. Sie musste aufspringen, um sich seinem Zugriff zu entziehen.

„Ich will das nicht! Du bist nicht mein Gemahl. Ich werde auf dem Boden schlafen“, sagte sie und zwang sich, auf die harten Holzfliesen zu sinken. Ihr war kalt. Etwas krabbelte über ihre linke Hand, sie zuckte mit einem leisen Schrei zurück und spürte wieder Tränen in ihrer Kehle würgen. Würde der Rest ihres Lebens nun so verlaufen, dass sie nicht einmal mehr in Frieden schlafen konnte?

„Mein Gott, Emmy, ich bin kein Frauenschänder“, erklärte Kurt mit bemühter Nachsicht. „Komm wieder her. Du weißt einfach nicht, was du versäumst. Den meisten Frauen gefällt es am Anfang nicht, aber das ändert sich schnell.“

Emilia überkam der Wunsch, wild um sich zu schlagen, doch hätte sie in der Dunkelheit nichts und niemanden getroffen.

„Wenn ich sage, dass ich es nicht will, dann ist es auch so."

Kurt schwieg eine Weile, dann vernahm sie einen leisen Gähnlaut.

„Meinetwegen, ich lasse dich in Frieden. Leg dich jetzt wieder hin, sonst bist du morgen wie gerädert und du wolltest doch die Kleider herrichten."

Sie tastete sich langsam zu dem Bett zurück, da sie ohnehin kaum eine andere Wahl hatte. Kurt war tatsächlich ein Stück zur Seite gerückt, sodass sie sich hinlegen konnte, ohne seinen Körper an dem ihren zu spüren. Nur ein Rascheln der Strohmatte verriet, dass er noch nicht zur Ruhe gekommen war.

„Unser nächstes größeres Ziel ist Wien", erzählte er. „Eine große, prächtige Stadt, Sitz des Habsburger Kaisers. Es wird dir gefallen."

Emilia verweigerte eisern eine Unterhaltung, doch spürte sie, wie Hoffnung in ihr aufkeimte.

„In Wien gibt es viele Kleinadelige und Theatertruppen, die einen guten Preis für ein gebrauchtes Fürstengewand zahlen", hörte sie Kurt weiter sagen, und diese Worte entspannten endgültig ihren verkrampften Rücken. An einem solchen Ort würde sie ihr Können unter Beweis stellen und vielleicht eine Anstellung als Näherin finden. Bis dahin musste sie Kurt ertragen, doch mit der Aussicht, ihm bald schon zu entkommen, schien ihre Lage weniger verzweifelt. Sie fiel in den Schlaf wie ein Mensch, der plötzlich in eine Schlucht stolperte. Die dunkle Tiefe, von der sie empfangen wurde, war ihr angenehm, fast wie ein Ort der Erlösung.

Zehn Tage vergingen. Der Karren rollte Feldwege entlang, verirrte sich in dichte Wälder, von denen Emilia verschlungen zu werden glaubte, und machte manchmal in Dörfern und kleinen Ortschaften Halt, wo sie Vorräte erwarben. Eine Nacht im Freien blieb Emilia erspart, da Kurt ihren Rat, keinen Diebstahl der Gewänder zu riskieren, wohl sehr ernst genommen hatte. Stattdessen suchten sie regelmäßig schäbige Herbergen auf, wo das Geld gerade mal für ein winziges Zimmer reichte. Dort versuchte sie durch eine steife, unnahbare Haltung sämtliche Berührungen abzuwehren. Kurt war in der Tat nicht mehr so dreist wie in der ersten Nacht, doch rückte er manchmal näher an sie heran als notwendig, regte sich immer wieder, wenn sie endlich einzuschlafen hoffte, und ließ auch tagsüber keine Gelegenheit aus, ihr wie zufällig über den Arm zu streichen, sich gegen ihren Rücken zu pressen oder seine Finger in ihrem Haar zu vergraben. In Augsburg hätte sie sich kaum an diesen winzigen Augenblicken der körperlichen Nähe gestört, doch nach der ersten gemeinsamen Nacht war sie höchst empfindlich geworden. Ihr empörtes Zurückweichen, das zornige Funkeln ihrer Augen, mit dem sie ihn in Grenzen weisen wollte, lockten nur ein schiefes Grinsen auf sein Gesicht.

Emilia richtete ihre ganze Aufmerksamkeit auf die Aufgaben, die zu erfüllen sie sich vorgenommen hatte. Sie nutzte die kostbaren Augenblicke, in denen sie genug Licht und Raum hatte, um die Gewänder auszubreiten und zu überlegen, wie sie sich ausbessern und umarbeiten ließen. An einem Bach setzte sie sich neben die Frauen aus dem benachbarten Dorf und schrubbte emsig mit einer Lauge aus Buchenasche, die sie von ihnen erhielt. In ihrem Elternhaus war Seife verwendet worden, um kostbare Stoffe zu reinigen, doch die konnte Kurt sich nicht leisten. Danach saß sie in den winzigen Räumen der Herbergen, manchmal auch im Freien auf dem Karren, wenn dichte Bewaldung ihr nicht das Licht raubte, flickte und nähte. Der steife Kragen wurde an dem grünen Seidenkleid befestigt, ein Wams mit samtenen Vierecken, die sie aus einem hoffnungslos von Motten zerfressenen Umhang geschnitten hatte, verziert, um hartnäckige Flecken zu verdecken. Fünf Unterröcke schrubbte sie, bis sie so weiß wie frisch gefallener Schnee waren. Im Sack fand sich noch eine Robe aus Brokat, die vorne zerrissen war, als hätte ein scharfes Schwert sie durchtrennt. Emilia nähte den Stoff so akkurat zusammen wie möglich, doch blieb der Schaden sichtbar. Sie grübelte eine Nacht lang, während Kurt in ihrem Rücken schnarchte. Dann opferte sie einen der blütenreinen Unterröcke, trennte die Naht wieder auf und legte eine Bahn aus feinem, weißen Leinen dazwischen, die zum Saum hin immer breiter wurde. Am Ausschnitt formte sie Rosen aus eben jenem Stoff. Der Makel wurde dadurch nicht verborgen, doch konnte man meinen, er sei dem Gewand mit Absicht zugefügt worden, um es auszuschmücken. Schließlich ging ihr das Garn aus, aber sie war mit ihrer bereits vollbrachten Leistung zufrieden. Ihr Vater wäre stolz auf sie gewesen, Augustus, der einstige Verlobte, ebenso.

Als sie in Linz haltmachten, konnte Kurt sich nur noch einen großen Schlafsaal leisten, wo Männer und Frauen gemeinsam auf dem Boden lagen, durch einen Vorhang voneinander getrennt. Emilia ertrug die Nähe der stinkenden, furzenden und bis in die späte Nacht hinein miteinander flüsternden Gefährtinnen gut, denn wenigstens wurde sie von ihnen in Frieden gelassen. Am nächsten Morgen saßen sie vor der Herberge auf dem Boden und vertilgten einen Laib Brot, ein paar Äpfel und einen Humpen Bier. Es war ein angenehm warmer, sonniger Tag, und die Luft schmeckte draußen trotz allem besser als in der stickigen, überfüllten Herberge. Emilia war gespannt auf Wien, und je näher sie der Stadt kamen, desto mehr erhellte sich ihre Stimmung.

Kurt riss ein weiteres Stück von dem Laib Brot ab und kaute langsam.

„Wir können jetzt auf der Donau weiterfahren. Da sind wir schneller als auf dem Landweg“, sagte er dabei. Emilia bemerkte einen Brotkrümel zwischen seinen Vorderzähnen.

„Schön. Das ist gut. Können wir auch den Karren mitnehmen?“, fragte sie und überlegte gleichzeitig, wie sie ihre Habseligkeiten sonst transportieren könnten. Der Karren war ja schon alt, man konnte auf ihn verzichten, aber …

„Wir nehmen eine Fähre. Mit dem Karren“, erwiderte Kurt, und für einen Moment war sie ganz und gar zufrieden mit ihm. Dann rückte er ein Stück näher an sie heran.

„Siehst du den Kerl da vorn ganz rechts. Der ist ein Fährmann. Ich habe ihn gestern Abend im Schlafsaal kennengelernt.“

Emilia nickte. Der Fährmann hatte graues, schütteres Haar, trug einen völlig zerschlissenen Wams und schmutzige Kniebundhosen. Sie fand nichts Besonderes an ihm und fragte sich, warum Kurt weiterhin in seine Richtung starrte.

„Er nimmt uns natürlich nicht umsonst mit“, kam es nach einer Weile.

„Hast du noch genug Geld?“, fragte Emilia und nippte an dem Bierkrug. „Sonst könnten wir vielleicht schon hier etwas verkaufen.“

Kurt antwortete nicht gleich, sondern ergriff einen kleinen Stein, den er in seiner linken Hand zu drehen begann.

„Er hat dich bei unserer Ankunft kurz gesehen und du gefällst ihm“, sagte er nachdenklich. „Ich glaube, wir könnten umsonst mitfahren, wenn du ein bisschen nett zu ihm bist.“

Er hob den Kopf und lächelte Emilia ins Gesicht. Wieder schien der Brotkrümel zwischen den Zähnen das Auffälligste an seinem Anblick. Emilia spürte den Zorn wie einen Ball in ihrer Kehle, an dem sie würgte, den sie aber nicht ausspucken konnte.

„Du hast kein Recht ...“, flüsterte sie, denn die Lage war ihr so unangenehm, dass sie keine unerwünschten Zuhörer haben wollte. „Ich wurde dir als Hilfskraft mitgegeben. Onkel Hayo hat gesagt, dass ...“

„Und wo ist er jetzt, dein Onkel Hayo? Willst du zu ihm laufen und dich beschweren? Ich bestimme unsere Route, und es kann sein, dass wir sehr lange nicht wieder nach Augsburg zurückkommen.“

Emilia spürte, wie ihr Tränen in die Augen schossen, und kämpfte sie tapfer nieder.

„Ich werde es nicht tun“, sagte sie. „Und das ist mein letztes Wort.“

Kurt ergriff ihr Handgelenk und drückte es so fest, dass es schmerzte.

„Und wenn ich dich einfach hier zurücklasse? Allein in Linz? Was machst du dann?“

Sie zerrte, bis sie ihren Arm freibekam. In Kurts Augen tanzte der Spott.

„Du weißt genau, dass ich dich zwingen könnte“, fuhr er genüsslich fort. „Denn falls du allein hier bleibst, hast du ohnehin keine andere Wahl, als dich an Männer zu verkaufen.“

Emilia schlang die Arme um ihre Knie. Es musste einen Weg geben, wie sie anderweitig zurechtkäme, dachte sie. Sie würde von Haus zu Haus gehen und um Arbeit bitten. Wenn sie genug Geld gespart hätte, könnte sie eine Möglichkeit suchen, wieder nach Augsburg zu kommen. Aber dann? Wie würde Tante Irmgard sie wohl empfangen?

„Ich werde dich nicht zwingen“, unterbrach Kurt plötzlich ihre Gedanken. Sein Grinsen wurde breiter, gleichzeitig gutmütiger. „Aber vergiss nicht. Ich hätte es tun können. Und nun müssen wir los.“

Die Erleichterung war wie ein kurzer, heftiger Regenguss, der kein echtes Wohlbehagen hinterließ. In Emilias Magen saß das Gefühl von Demütigung als schwerer, drückender Stein. Sie wechselte kein Wort mehr mit Kurt, während sie ihre Habseligkeiten wieder auf den Karren luden, der dann langsam zum Ufer der Donau rollte. Es war eng auf der Fähre, da sehr viele Menschen mitgenommen wurden, was sicher an dem günstigen Fahrpreis lag. Emilia saß neben zwei Frauen in Bauernkleidung, die einen großen Käfig mit Gänsen auf ihren Knien balancierten. Sie hatten Verwandtschaft in Wien, wie Emilia aus ihrem Gespräch aufschnappte, und bei der wollten sie nicht mit leeren Händen auftauchen.

Sie richtete ihren Blick auf die blauen Fluten der Donau. In Wien würde ihr Leben anders werden.

3. Kapitel

Emilia hatte niemals gedacht, dass es so große Städte gab, die sich bis zum Horizont erstreckten und mit ihm zu verschmelzen schienen. Wien war ein von den Fluten der Donau umschlossenes Reich aus Türmen und roten Ziegeldächern, das vor Menschen überquoll. Sie verspürte ein Gefühl von Vertrautheit und Erleichterung, als sie sich endlich wieder durch enge Gassen kämpfen musste, Bettler in sämtlichen Ecken hocken sah, den Kutschen vornehmer Herrschaften auswich und ständig das Schreien von Straßenhändlern im Ohr hatte. Hier musste es Abnehmer für ihre Gewänder geben, die einen halbwegs anständigen Preis zahlen würden, und vielleicht auch die Möglichkeit einer Anstellung. Sie vernahm eine neue Sprechweise des Deutschen, die ihr weich und melodisch schien. Immer wieder hörte sie auch unverständliche Sprachen, sah sich neugierig um, aus welchen Mündern sie kamen, doch war das Gedränge meist zu groß, um die Ausländer entdecken zu können. Feine Damen in seidenen Gewändern entstiegen Karossen, Männer trugen breite, mit Federn geschmückte Hüte, Baretts und ausladende, farbenfrohe Kniebundhosen. Vor einigen Häusern standen grell bemalte Mädchen, die ihre Hände nach Kundschaft ausstreckten. Manche von ihnen hatten die Körper von Kindern, auf die jemand bereits von zu viel Leben gezeichnete Gesichter geschraubt hatte. Emilia wandte entschlossen den Blick ab. Ein solches Leben kam für sie nicht infrage, und sie würde es schaffen, ihre Füße aus dem Morast zu befreien, in dem sie zu versinken drohte.

Kurt lenkte den Wagen zu einer heruntergekommenen Herberge in einer stark verschmutzten Straße, wo nur ärmliche Hütten standen. Der Anblick dämpfte Emilias Begeisterung, aber sie wusste, dass jeder Protest aussichtslos gewesen wäre.

„Hier muss ich nicht gleich zahlen, weil der Wirt mich kennt", erklärte er seine Wahl. „Mein letztes Geld ging an den Fährmann – weil du die eiskalte, tugendhafte Jungfer spielen musstest."

Sein Blick streifte Emilia mit einer Mischung aus Tadel und Spott.

Sie starrte ihn kurz zornig an, senkte dann den Kopf und packte den Sack mit den Gewändern, um ihn selbst hineinzutragen. Ihr war, als höre sie Kurt in ihrem Rücken lachen, und kämpfte mit dem Drang, ihm das Gesicht zu zerkratzen. Was hatte Grete nur an dem Kerl gefunden? Seine Geschenke mussten es gewesen sein, aber Emilia verzichtete gern darauf.

Nach einer kurzen Unterhaltung mit einem dicken, rotwangigen Wirt erhielten sie wieder eine winzige Kammer. Emilia trauerte der Nacht in dem großen Schlafsaal hinterher, denn da hatte sie sich völlig sicher vor Kurts Zudringlichkeit gefühlt. Doch er leerte nur einen Krug Wein mit ihr, ließ sie großzügig bei dem bestellten Schweinebraten mitessen, und schlief dann neben ihr ein, wobei er seinen Rücken an den ihren schmiegte. Emilia wäre ihm gern ausgewichen, doch war das Bett dafür zu eng. So ließ sie sich von seinen Schnarchern in den Schlaf begleiten, ein ihr bereits vertrautes Geräusch, und hoffte, dass bald schon ein besseres Leben anbrechen würde.

Der Hohe Markt befand sich nur ein Stück vom Stephansdom entfernt, war von ehrbaren Bürgerhäusern umgeben und dennoch eine unüberschaubare, völlig mit Menschen und Ständen zugedeckte Fläche. Emilia spürte, wie die Sorge in ihr zu nagen begann. Wie würde sie unter all diesen Händlern, die Stoffe in allen Farben des Regenbogens, leuchtenden Schmuck, Gewürze und Delikatessen feilboten, auf ihre paar Gewänder aufmerksam machen können? Und würden vornehme Herrschaften sich überhaupt hierher verirren, wäre es ihnen nicht zu schmutzig und zu eng? Aber sie hatte keine Wahl, sie kannte die Stadt zu wenig, um einen passenderen Ort für das Anbieten ihrer Waren zu suchen. Vielleicht wäre es später möglich, gezielt in Häusern nachzufragen, wo sich passende Kundschaft befinden konnte. Als Tochter eines Schneidermeisters hatte sie ein recht genaues Bild von den Leuten, die ihre Arbeit sicher zu schätzen wüssten: aufstrebende Bürger, die sich neue Kleidung dieser Art nicht leisten konnten und sie daher heimlich gebraucht kauften. Davon musste es in Wien sicher genug geben. Sie würde sich umhören, beschloss sie, und dieser Markt wäre sicher eine gute Gelegenheit dazu.

Kurt plauderte ausgelassen mit zwei zerlumpten Kerlen, die ihn an ihrer Schnapsflasche nippen ließen. Im Hintergrund führte ein

Feuerschlucker seine Kunststücke vor und zwei Marktweiber zankten sich lautstark um ein letztes bisschen Platz für ihre Körbe. Schnell, damit niemand ihr zuvorkommen konnte, breitete Emilia eine Decke auf dem Boden zu ihren Füßen aus, auf die sie ihre Gewänder legte. Leider hatte sie nicht genug Platz, um sie alle nebeneinander auszubreiten, und für einen überdachten Stand fehlten ihr die nötigen Utensilien. Sie würde aufpassen müssen, dass Leute nicht auf ihrer Ware herumtrampelten. Nach einer Weile gesellte auch Kurt sich hinzu.

„Fleißig und tugendhaft wie immer", kommentierte er Emilias Mühen, machte sich aber auch daran, seine Waren auszupacken, weshalb Emilias Gewänder noch zur Seite geschoben werden mussten. Er hatte ein paar Ketten aus Glas und Holz anzubieten, gebrauchtes Essbesteck aus Messing und bereits verbeultes, aber noch gut brauchbares Geschirr. Wirksamer als Emilia vermochte er die Ware vor Fußtritten und den gierigen Griffen von Taschendieben zu schützen, sodass sie ihr Urteil, der Hausierer sei völlig nutzlos, allmählich ändern musste. Für ein paar hölzerne Becher und Kellen fanden sich schnell Abnehmer. Drei Gabeln wurden zunächst bestaunt, dann von einem Pfarrer lautstark als weibisches Teufelswerkzeug verunglimpft, denn Gott der Herr hatte dem Manne Finger gegeben, um Essen zu Munde zu führen. Gleich darauf erschien ein höchst elegant gekleideter junger Herr in geschlitzter Pluderhose, der sofort sämtliche Gabeln erwarb. Emilia musterte ihn hoffnungsvoll, doch er entfernte sich, ohne den von ihr hergerichteten Wams auch nur eines Blickes gewürdigt zu haben. Eine in unnötig bunte, aber saubere und feine Kleidung gehüllte Dame blieb kurz stehen, um den Stoff des grünen Kleides zu befühlen.

„Reine Seide", erklärte Emilia ihr sogleich. „Wie neu, ohne jeden Makel. Ihr könnt es überprüfen."

Sie hob das Kleid an, um seinen Schnitt deutlicher sichtbar zu machen, doch die mögliche Kundin schaute bereits zu einem dicken, alten Mann an ihrer Seite. „So etwas möchten ich haben. Aber neu. Sauber. Nicht auf Boden gefunden", verkündete sie in einem harten, messerscharfen, fremden Deutsch.

„Sollst kriegn, Herzerl", versprach der Alte und legte einen besitzergreifenden Arm um ihre Taille.

Emilia hätte vor Enttäuschung schreien können, als die zwei sich wieder entfernten.

Gleich darauf erschienen zwei junge Mädchen, deren frühzeitig verlebte Gesichter eine dicke Schicht aus Schminke bedeckte. Sie hätten frische Kleidung brauchen können, dachte Emilia, denn die ihre war bereits zerschlissen und von großen Flecken entstellt. Tatsächlich hockten sie sich nieder, um die Stoffe zu befühlen.

„Ned schlecht, aber da drin schaust ja aus wie a Nonne. Dem Sepp gefällst damit sicher, der glaubt ja auch, du bist noch a Jungfrau", tuschelten sie miteinander, brachen dann in glockenhelles Kichern aus, schubsten sich gegenseitig und eilten davon. Emilia begann zu grübeln, ob sie nicht etwas falsch gemacht und die Kleider zu wenig aufreizend gestaltet hatte. Würde sie in Zukunft Huren einkleiden müssen? Es wäre allemal besser, als selbst eine von ihnen zu werden.

Kurt hatte sich wieder abgewandt, um über den Preis von zwei Holzperlenketten zu verhandeln. Die Aussicht, dass er mit seinem Plunder mehr Geld machen würde als sie, begann wie ein Stein in Emilias Magen zu drücken. Waren all ihre Hoffnungen vergeblich gewesen?

Sie hockte sich ein Stück neben Kurt auf den Boden und war bemüht, Haltung zu wahren. Es war nur der allererste Versuch am falschen Ort, nichts weiter. Morgen würde sie gewiss mehr Glück haben. Gerade war es ihr gelungen, sich selbst etwas Mut zuzusprechen, da erblickte sie, worauf sie gewartet hatte.

Die junge Dame, die sich entschlossen durchs Getümmel kämpfte, war eine auffällige Erscheinung, sauber, sittsam, aber dennoch mit ungewöhnlicher Eleganz gekleidet. Das hellrote Kleid brachte ihr pechschwarzes Haar zur Geltung, auf dem eine blütenweiße Spitzenhaube saß. Sie balancierte auf Samtschuhen durch den Schmutz der Straße, hob gelegentlich den weit schwingenden Rock an, sodass ebenfalls weiße, makellose Strümpfe sichtbar wurden. In ihrer Hand lag ein Beutel aus schwarzem Samt, der sorgfältig mit Rosen bestickt war. Allzu reich konnte sie dennoch nicht sein, sonst wäre sie nicht zu Fuß auf einem Markt für das gemeine Volk unterwegs.

„Edles Fräulein!", rief Emilia entschlossen, obwohl es ihr höchst unangenehm war. „Seht her, meine Gewänder sind wie für Euch geschaffen!"

Sie stellte sich auf die Zehenspitzen und winkte, denn sie fürchtete, dass ihre Stimme im allgemeinen Getümmel untergehen würde. Die Dame blieb verwirrt stehen und sah sich um.

„Hierher, edles Fräulein!“, fuhr Emilia, nun etwas mutiger, fort. „Seht, was ich für Euch habe.“

Nach kurzem Zögern setzte die Dame sich tatsächlich in Bewegung, obwohl ihr Gesicht einen missmutig gelangweilten Ausdruck angenommen hatte. Sie beugte sich zu Emilias Ware, befühlte sorgfältig das Material, um schließlich selbst das grüne Seidenkleid anzuheben.

„Es scheint mir etwas groß, aber die Schnürung lässt sich enger ziehen“, murmelte sie mehr zu sich selbst als zu Emilia. „Der Kragen ist wundervoll, fast wie bei einer Gräfin.“

Sie sah Emilia endlich ins Gesicht.

„Wie viel willst du dafür?“

Obwohl die Dame Schriftdeutsch sprach, schwang die Wiener Melodik darin mit. Emilias Herz tat einen Sprung, dann wurde ihr bewusst, dass sie sich über den Preis noch gar keine Gedanken gemacht hatte, so bemüht war sie gewesen, nach Kundschaft Ausschau zu halten.

„Zehn Taler“, murmelte sie zaghaft und fürchtete sich vor dem Moment, da die Dame das Kleid wieder auf den Boden werfen würde. Aber sie umklammerte es nun wie ein herausragendes Stück Beute, das ihr keinesfalls entrissen werden sollte.

„Gut, das nehme ich dann. Und lass mich sehen, was du sonst noch hast.“

Emilia hielt das bereits verkaufte Kleid glücksstrahlend fest, während die Dame sich weiter durch den Kleiderberg wühlte. Die Unterröcke nahm sie sogleich an sich, das schwarze Gewand mit den weißen Rosen am Ausschnitt brachte ihre Augen zum Leuchten.

„Darin kommt meine milchweiße Haut zur Geltung“, sagte sie und zwei rote Flecken der Freude malten sich auf ihren Wangen. „Ich gebe dir zwanzig Taler und nehme alles mit.“

Emilia wurde vor Aufregung fast schwindelig, aber sie hatte von Kurt gelernt, was sie nun tun musste.

„Fünfundzwanzig“, forderte sie, wieder mit der Befürchtung, ihre erste Kundin könne sich sogleich empört davonmachen. Aber die

Dame griff nur in ihren Beutel, wühlte herum und begann, eine verärgerte Miene zu ziehen, während ihre Lippen unverständliche Worte formten.

„László!“, rief die Dame mit einer Stimme, bei der die Gewohnheit, Befehle zu erteilen, deutlich wurde. „Wo ist er denn, wenn ich ihn brauche?“

Sie wandte Emilia den Rücken zu, um die Menschenmenge eindringlich zu mustern. Dabei scharrten ihre Füße über den Boden wie bei einem ungeduldigen Pferd.

„Fräulein Hertz! Da seid Ihr ja, ich suchte Euch bereits“, meldete sich plötzlich eine helle Männerstimme und ein Jüngling in roten Kniebundhosen schälte sich aus der Menge, um auf die junge Dame zuzueilen.

„Die Gräfin erwartet Euch, damit Ihr heute Abend für Ihre Gäste singt. Ihr müsst Euch herrichten.“

„Eben darum kümmere ich mich in diesem Moment“, erwiderte die Dame. „Er soll kommen und mir fünf Taler geben, damit ich die Kleidung für meinen Auftritt bezahlen kann.“

„Aber die Gräfin wird Euch sicher …“

Bevor der Mann zu Ende sprechen konnte, war die Dame auf ihn zugeeilt und hatte ihn am Arm gepackt.

„Ich weiß, was ich tue. Er soll mir das Geld geben.“

Der Mann, offenbar ein Diener, gehorchte nun. Emilias Hände zitterten vor Aufregung, als sie die Münzen in Empfang nahm. In ihrem Rücken spürte sie Kurts Schatten und hörte, wie er die Dame für ihren erlesenen Geschmack beglückwünschte. Obwohl sie seinen Tonfall unangenehm schmeichlerisch fand, erhellte ein Lächeln das Gesicht des Fräulein Hertz. Erst jetzt fiel Emilia auf, wie ausnehmend hübsch ihre erste Kundin war, mit dem glänzend schwarzen Haar, der hellen Haut und einem Gesicht, dessen Herzform zu ihrem Namen passte.

„Kann man dich irgendwo in Wien finden, außer auf dem Marktplatz?“, fragte sie Emilia schnell, während der Diener die erworbene Kleidung an sich nahm. „Deine Arbeit ist gut und günstig. Ich würde dich gern noch öfter aufsuchen.“

Emilia wollte sich in den Arm zwicken, um sicherzustellen, dass sie nicht träumte. Kurt antwortete an ihrer Stelle.

„Wir sind noch ein paar Tage hier, in einem Gasthof gleich beim Kärntner Tor. Er heißt *Zur alten Eiche.*“ Er machte eine kurze Pause, und obwohl Emilia ihn nicht sehen konnte, meinte sie, die übertriebene Süße seines Lächelns riechen zu können.

„Gut, ich werde es mir merken“, erwiderte das Fräulein Hertz, neigte kurz den Kopf zum Gruß und stolzierte, gefolgt von dem Diener, davon.

„Donnerwetter, die ist zum Anbeißen“, flüsterte Kurt und stieß einen anerkennenden Pfeifton aus.

„Ich glaube, an der knabbern ganz andere als du“, sagte Emilia sogleich. Sein Lachen war gutmütig, fast freundschaftlich.

„Da hat die sittsame Jungfrau wohl recht. Aber so zieren wie du tut die sich niemals, wenn der richtige Kerl kommt“, erwiderte er und legte einen Arm um Emilia Schulter. Sie schüttelte ihn verärgert ab.

„Na komm, du hast heute gute Arbeit geleistet. Wir werden im Wirtshaus feiern“, rief er unbeirrt fröhlich. Emilia sammelte den Wams auf, der als Einziger von ihren Waren übrig geblieben war, und machte sich auf den Weg, um ihm zu folgen. Ihr heutiger Erfolg versöhnte sie mit der ganzen Welt, so auch mit Kurt.

Im Wirtshaus war es deutlich voller geworden, es stank nach ranzigem Fett, Schweiß und Kienspänen. Der Rauch brannte in Emilias Augen, aber sie wurde von einem Gefühl tiefer Zufriedenheit überkommen, als Kurt die noch offene Rechnung beim Wirt bezahlen konnte und das Zimmer außerdem für weitere vier Tage mietete. Auch er schien auf ein Wiedersehen mit dem Fräulein Hertz zu hoffen. Wenn sie als Sängerin an Fürstenhöfen auftrat, brauchte sie sicher einen größeren Vorrat an passender Kleidung.

Sie teilten sich einen Krug Wein, Knödel und gebratene Rindernieren, die der Wirt ihnen empfahl, nach erfolgter Bezahlung nun sichtlich freundlicher geworden. In der hinteren Ecke des großen Speiseraums stellten sich drei Männer mit dunklem Haar und braunen Gesichtern plötzlich auf einen Tisch und riefen laut um etwas Ruhe, womit sie aber nicht viel Erfolg hatten. Ungeachtet des lauten Geredes der Gäste stimmte einer von ihnen auf der Fidel eine wilde Melodie an und die zwei anderen begannen gemeinsam, in einer fremden Sprache zu singen. Trotz der schnellen Melodie lag ein Hauch von

Wehmut in ihren Stimmen, als hätten sie so lange Wein getrunken, bis ihr Schmerz sich in zügellosem Toben entladen konnte.

„Ungarn würde ich sagen“, kommentierte Kurt die Darbietung. „Vielleicht mit einem Schuss türkischen Bluts. Es könnten auch Kroaten oder Rumänen sein. Auf jeden Fall stammen sie aus der Grenzregion zum Osmanenreich, daher haben ihre Gesichter die Farben von Haselnüssen.“

„Was die Grenze zum Osmanischen Reich betrifft, kennst du dich ja hervorragend aus“, erwiderte Emilia, aber zwei Becher Wein und der heutige Erfolg hatten ihrem Spott etwas an Schärfe genommen.

„Weißt du, was ich an dir mag, Emmy?“, sagte Kurt mit einem leichten Funkeln in den Augen. „Du lässt dich nicht so leicht beeindrucken wie andere Weiber. Du hast deinen eigenen Kopf und glaubst nicht gleich alles, was einer dir erzählt. Ich habe mir schon im Haus von Tante Irmi gedacht: Aus dem Mädl könnte noch was werden. Und deshalb wollte ich dich mitnehmen, damit wir gemeinsam zu Geld kommen, verstehst du?“

Emilia verstand, dass er etwas von dem Geld abbekommen wollte, das sie noch verdienen konnte. Aber war das wirklich so verwerflich? Eine junge Frau allein war völlig schutzlos in dieser Welt und es gab wirklich schlimmere Kerle als Kurt, von dem sie heute auch einiges gelernt hatte. Solange er sie nachts nicht weiter belästigte, gab es keinen Grund, vor ihm zu fliehen.

„Auf die zukünftige Zusammenarbeit!“, sagte sie und hob ihren Weinbecher. Kurt stieß grinsend mit ihr an. Emilia merkte, wie ihr Fuß im Takt der Melodie zu wippen begann.

Ein grell geschminktes Mädchen tauchte plötzlich auf, setzte sich neben Kurt auf die Bank und lehnte ihren Kopf an seine Schulter. Emilia starrte verwirrt. War es eine der zwei Dirnen vom Markt? Sie konnte es nicht genau sagen, denn all diese frühzeitig gealterten, bemalten Gesichter glichen einander.

„Magst Gesellschaft?“, fragte das Mädchen mit einem schmachtenden Blick in Kurts Gesicht. Er grinste breit und legte seinen Arm um sie. Die Dirne sah zufrieden aus, dann erst schien ihr Emilia aufzufallen und sie musterte die zweite Frau am Tisch mit einer gewissen Ratlosigkeit, als wisse sie nicht, ob ihr nicht gleich der Angriff einer eifersüchtigen Furie bevorstand.

„Ich gehe dann mal schlafen, und ihr beiden könnt euch einen schönen Abend machen", sagte Emilia und stand auf. Zwar würde die Dirne von den heutigen Einnahmen bezahlt werden, aber wenigstens hätte sie dann die Kammer für sich allein. Sie stieg die Stufen hoch, wusch sich schnell das Gesicht mit dem bereitgestellten Wasser und kroch unter die Decke. Es war lange her, dass sie so entspannt und zufrieden eingeschlafen war.

Es war bereits völlig finster und still, als sie vom Knarren der Tür geweckt wurde. Gleich darauf folgten das Kichern einer weiblichen Stimme und schließlich Kurts mahnende Worte: „Sei leise, die Emmy schläft schon."

Emilia wandte ihren Blick zur Wand. Wie dumm es doch gewesen war, davon auszugehen, dass ein billiges Freudenmädchen ihr eigenes Zimmer hatte, wohin sie ihre Freier einlud! Eine Kerze warf einen schwachen Lichtstrahl in das ansonsten völlig dunkle Zimmer. Emilia beschloss, sich weiter schlafend zu stellen, und schloss die Augen.

„Da is no a Deckn", rief die Mädchenstimme, und Emilia stellte erleichtert fest, dass man offenbar nicht plante, sie aus dem Bett zu jagen. Sie wusste nicht, wie sie mit dieser Lage umgehen sollte, und wollte möglichst wenig von dem mitbekommen, was sich nun wohl abspielen würde. Doch so hartnäckig sie ihre Sinne auch zu verschließen suchte, blieben sie dennoch geschärft.

Das aufdringlich kichernde Mädchen wurde zunächst stiller, begann dann auf einmal spitze, schrille Laute auszustoßen. Kurts Stöhnen war nur kurz zu hören, wenn die Dirne gerade verstummt war, doch schließlich steigerte es sich zu einem wilden, fast tierischen Schrei. Danach wurde es fast gespenstisch still. Emilia hörte nur noch rasselnde, schnelle Atemzüge. Eine seltsame Unruhe machte sich in ihrem Körper breit, als würden Ameisen durch ihr Glieder krabbeln. Wie von selbst schob ihre Hand sich zwischen ihre Beine und ertastete dort verstörende Feuchtigkeit. Dann wurde Emilia endlich von den Schwingen des Schlafes erfasst und fiel in erlösendes Dunkel.

Als sie erwachte, musste es bereits Vormittag sein, denn durch das kleine Fenster drang gleißendes Sonnenlicht. Ihr Magen meldete sich knurrend, sie rieb ihre Augen und richtete sich auf. Ein Stück neben ihr lag Kurt auf der Decke, nur mit einem Hemd bekleidet, das seinen Oberkörper bedeckte. Emilia musterte mit einer Mischung aus Faszination und Widerwillen die nackten, stark behaarten Männerbeine. Die Dirne war zu Glück verschwunden.

„Kurt", sagte sie entschlossen. „Ich habe Hunger. Ich hätte jetzt gern ein Morgenmahl."

Er wandte sich stöhnend um und sie bemerkte, wie blutunterlaufen seine Augen waren.

„Ja, gut, gib mir noch einen Augenblick."

Er gähnte und rollte sich nochmals zusammen, während Emilia aufstand. Rasch zog sie sich Mieder und Rock an, flocht ihr Haar zu einem Zopf und schlüpfte in ihre Holzschuhe.

„Lass uns nach unten gehen!", drängte sie.

„Ich brauche noch einen Moment. Geh schon einmal vor", murmelte er und vergrub sein Gesicht in der Ellenbogenbeuge. Emilia stieg verärgert über ihn hinweg. Sie wollte nicht wissen, wie viele Krüge er gestern Abend noch geleert hatte, vermutlich gemeinsam mit seiner Dirne, die aber sicher keinen einzigen davon bezahlt hatte. Wenn er zu lange schlief, würden sie viel zu spät zum Marktplatz kommen, um noch einen freien Platz ergattern zu können.

Unten waren die meisten Tische leer. Der Wirt begrüßte Emilia mit einem freundlichen Lächeln und brachte ihr bald darauf einen Pfannkuchen mit Speck, den sie gierig verschlang.

„Da warn Leut da", sagte er, als sie noch um etwas Brot bitten wollte. „Ham a Madl gesucht, das nähen kann. Bist du's vielleicht?"

Emilias Herz begann zu hüpfen. „Ja, die könnten mich gemeint haben. Was haben sie gesagt? Kommen sie wieder?"

„Denk schon, dass die wiederkommen", erwiderte der Wirt gleichmütig und entfernte sich. Emilia war schlagartig alle Lust auf weiteres Essen vergangen, denn die Aufregung schnürte ihr den Magen zu. Warum musste Kurt gerade heute seinen Rausch ausschlafen? Sie hätte ein paar Ratschläge brauchen können, wie sie einer größeren Menge Kundschaft gegenübertreten sollte. Außerdem würde sie vielleicht bald selbst bessere Kleidung brauchen, denn eine gefragte Gewandschneiderin lief nicht in einem zerlumpten Rock herum.

Sie beschloss, Kurt sogleich zu wecken, selbst wenn sie ihm den Eimer Wasser ins Gesicht schütten musste, leerte schnell ihren Krug verdünnten Weins, wischte sich den Mund ab und stand auf. Als sie schon die Hälfte der Stiegen erklommen hatte, hörte sie plötzlich wieder die Stimme des Wirts in ihrem Rücken.

„Da, die sucht ihr, glaub ich. Keine Ahnung, wie's heißt".

Ihr Herz blieb vor Aufregung fast stehen, aber sie drehte sich tapfer um und zwang ein Lächeln auf ihr Gesicht, um die Kundschaft angemessen zu begrüßen. Sie wusste nicht genau, wen sie erwartet hatte, das Fräulein Hertz auf jeden Fall, mit ein paar Dienern und vielleicht auch ein paar andere Damen. Doch da unten stand nur eine Gruppe von Männern in weit schwingenden Mänteln, breiten Gürteln und Federn auf ihren Hüten. In deren Mitte entdeckte sie jenen Lakaien, mit dem gestern das Fräulein Hertz gesprochen hatte. Ihr wurde ein klein wenig wohler zumute und sie stieg die Stufen hinab.

„Das sind ungarische Heiducken", beschrieb der Wirt die ungewohnten Gäste. Emilia wusste nicht, was sie mit dieser Neuigkeit anfangen sollte. Die Männer mit den Federhüten trugen Karabiner am Gürtel, was sie wenig vertrauenserweckend machte. War das Fräulein Hertz aus irgendeinem Grunde unzufrieden mit der erworbenen Ware gewesen? Emilia konnte nur hoffen, dass Kurt nicht die ganzen Einnahmen versoffen hatte, sodass sie die Dame würde entschädigen können.

„Ist sie jene Näherin und Marktfrau, bei der das edle Fräulein Ilona Hertz gestern Einkäufe getätigt hat?", fragte der ihr bekannte Lakai.

„Die bin ich", antwortete sie. „Emilia Sternerin ist mein Name. Ich stamme aus Augsburg."

Gleich darauf fragte sie sich, ob dies nicht ein Fehler gewesen war. Aber der Lakai hatte sie sicher wiedererkannt und an eine Flucht war in dieser Lage nicht zu denken.

„Dann soll sie jetzt bitte mitkommen", fuhr der Diener gleichmütig fort. Emilia musterte ratlos die Gesichter der bewaffneten Männer. Sie konnte keinerlei Gefühl in ihnen lesen, nur leichte Zeichen der Ungeduld, da sie nicht sogleich gehorchte.

„Aber … wohin denn? Und warum?", flüsterte sie.

„Das wird ihr erklärt werden, wenn sie am Ziel ist. Die Kutsche wartet draußen."

Emilia wusste nicht, ob sie dies als gute Nachricht oder als Drohung auffassen sollte. Würde man sie in der Kutsche einsperren?

„Ich ... ich muss noch meinem ... Dienstherrn Bescheid geben“, begann sie, um Zeit zu gewinnen. In seinem gegenwärtigen Zustand wäre Kurt ihr wahrscheinlich keine besondere Hilfe, aber sobald sie den Eimer Wasser über ihm ausgeschüttet hätte, bekäme er vielleicht eine rettende Idee. Da schadete es auch nicht, ihn zum allerersten Mal als ihren Herrn zu bezeichnen.

„Der Wirt ist sicher bereit, diese Dinge zu erklären“, meinte der Diener nur. „Und jetzt müssen wir aufbrechen.“

Emilia vernahm noch das leicht verwirrte, aber zustimmende Murmeln des Wirtes, dem eine Münze in die Hand gedrückt wurde. Dann standen die bewaffneten Männer auch schon um sie herum und sie bewegte sich wie eine willenlose Gliederpuppe nach draußen. Würde Kurt ihr zu Hilfe kommen? Oder sie einfach aufgeben und weiterziehen?

Die Kutsche sah erstaunlich vornehm aus, zwei weiße Pferde waren davor gespannt und auf der Eingangstür prangte ein Wappen. Emilia konnte einen kurzen Blick auf einen Drachen werfen, der sich um drei spitze Krallen schlang, bevor die Tür aufging und sie hineingeschubst wurde. Sie fiel auf eine weiche, gepolsterte Bank, spürte das Holpern, als die Kutsche losfuhr. Für eine Fahrt ins Schuldengefängnis war dies ein ungewöhnlich nobles Gefährt. Neugier verdrängte ihre Angst, und sie presste ihr Gesicht gegen die Fensterscheibe. So feines, durchsichtiges Glas hatte es nicht einmal in ihrem Elternhaus gegeben.

Die Kutsche kam bald wieder zum Stillstand, Emilia erblickte die schlichte, aber höchst elegante Fassade eines großen, grauen Hauses. Die Kutschentür öffnete sich, der ihr bereits vertraute Lakai streckte seine Hand aus, um Emilia hinauszuhelfen. Sie fühlte sich wie eine vornehme Dame behandelt, denn die Heiducken gingen respektvoll hinter ihr her, als sie das Haus betrat.

Es war weitläufig und prächtig eingerichtet, Schnitzereien verzierten die Möbel, auf dem Boden lagen weiche Teppiche und Gemälde hingen an den Wänden. Emilia hatte kaum Zeit, sich all dies genauer anzusehen, denn die Männer in ihrem Rücken drängten sie zur Eile. Es ging einen langen Korridor entlang, dann schwang eine weitere Tür auf und sie fand sich in einem großen Zimmer wieder. In der Mitte des Raumes stand ein Sessel, in dem eine Frau Platz genommen hatte. Ihre Haltung war aufrecht, fast starr. Sie trug eine weit ausladende Robe aus Samt, einen steifen Kragen und sehr viel Schmuck, der teuer aussah. Ihr Gesicht war schmal wie das eines Mädchens, allein die Falten an den Mundwinkeln und unter den großen, braunen Augen wiesen auf ein fortgeschrittenes Alter hin. Ihre hohe Stirn deutete Klugheit an, doch lag ein hochmütiger, kalter Ausdruck in ihrem Blick, der Emilia missfiel. Als sie ein Stück dahinter eine aufrecht stehende Ilona Hertz entdeckte, war sie beinahe erleichtert.

„Ist das die Näherin vom Hohen Markt?", fragte die Dame. Ihr Deutsch war fehlerfrei, doch hatte es jenen scharfen, harten Klang, den Emilia bereits von anderen Osteuropäern kannte.

Ilona Hertz trat einen Schritt vor. Emilia bemerkte, dass sie das schwarze Kleid mit den weißen Rosen am Ausschnitt trug. Das Fräulein sah darin wirklich wunderschön aus, der schwarze Samt floss an ihrer schlanken Gestalt entlang, machte ihr Haar noch glänzender, ließ ihre Haut schneeweiß schimmern.

„Das ist sie, Euer Durchlaucht", erwiderte Ilona Hertz und lächelte die Dame an. Dann richtete sie ihren Blick erwartungsvoll auf Emilia, machte eine ungeduldige Handbewegung.

Emilia erahnte, was von ihr erwartet wurde, und sank in einen tiefen Knicks.

„Es ist mir eine große Ehre, von Euch empfangen zu werden, Euer Durchlaucht." Sie war stolz, die Lage so schnell erfasst zu haben. Wäre das Fräulein Hertz unzufrieden mit den erworbenen Gewändern, so würde sie nun kaum eines davon tragen.

Die Hausherrin winkte sie näher heran.

Emilia trat vor und staunte, wie ruhig sie dabei blieb. Sie wusste nicht, was nun geschehen würde, doch musste sie sich der neuen Lage stellen.

Aus der Nähe betrachtet sah die Frau noch etwas älter aus, denn der Haaransatz unter ihrer Haube war bereits stark ergraut, nur ein paar verlorene Strähnen deuteten auf die einstige braune Farbe hin. Gleichzeitig bemerkte Emilia den sehr klugen Blick, der sie wie ein Speer durchbohrte, um bis in ihr Inneres einzudringen. Ein paar andere Mädchen standen im Hintergrund, alle so jung wie Ilona Hertz, doch schlichter gekleidet. Ihre Gesichter waren starr wie eine Mauer, verrieten keinerlei Empfindungen.

„Das Fräulein Hertz ist gestern Abend aufgetreten, um für meine Gäste zu singen", unterbrach die Hausherrin das allgemeine Schweigen. „Ihre Darbietung gefiel, so wie es stets der Fall ist."

Emilia bemerkte, wie ein Strahlen das Gesicht von Ilona Hertz belebte.

„Aber mir gefiel auch ihr Kleid", redete die Dame sogleich weiter. „Zwar war es schlichter als alle Gewänder, die ich ihr bisher überlassen habe, doch zog sie eben dadurch alle Blicke auf sich. Es schien von der Hand eines begnadeten Schneiders gefertigt und daher habe ich wissen wollen, von wem es stammt."

„Ich …" Emilia hatte sagen wollen, dass sie ein bereits fertiges Kleid nur umgearbeitet hatte, dann fiel ihr ein, wie dumm dies gewesen wäre. „Ich bin Emilia Sternerin, die Tochter eines angesehenen Augsburger Schneidermeisters namens Josef Sterner, der die Edelleute und reichen Bürger der Stadt mit Gewändern ausstattete. Leider starb er, als ich erst zwölf war. Aber ich habe nicht vergessen, was er mich lehrte." Das klang gut und war nicht einmal gelogen.

„Nun, dann möchte ich ein ähnliches Gewand", erwiderte die Hausherrin. „Ich gebe dir eine Woche Zeit, es anzufertigen. Natürlich wirst du kostbarere Stoffe verwenden, die ich dir besorgen werde. Zudem stelle ich dir meine Näherinnen zur Verfügung. Sobald du fertig bist, wirst du eine angemessene Entlohnung erhalten."

Die Worte klangen so endgültig wie das Urteil eines Richters. Emilia spürte, wie die Gedanken sich in ihrem Kopf überschlugen. Kurt musste benachrichtigt werden. Oder würde der Wirt ihm alles erklären? Wie sah eine angemessene Entlohnung aus? Drohte ihr ernste Gefahr, wenn sie innerhalb der gesetzten Frist nicht fertig wurde oder die Dame nicht mit ihrer Arbeit zufrieden wäre? Aber all dies waren überflüssige Erwägungen, denn sie wusste, dass sie alles tun würde, um diese wohlhabende Adelige zufriedenzustellen, selbst wenn sie in den nächsten Tagen völlig auf Schlaf verzichten musste.

„Vergebt mir, edle Dame, aber niemand sagte mir bisher, wer Ihr seid?", fragte sie, ohne weiter zu überlegen.

Ein feines, spöttisches Lächeln umspielte die Lippen der Gräfin.

„Du hast mein Wappen nicht erkannt? Nun, ich vergebe dir, denn du stammst nicht aus Ungarn. Meine Familie ist dort das älteste, mächtigste Fürstengeschlecht. Ich bin Erzsébet Báthory."

Emilia vollführte einen weiteren tiefen Knicks. „Ich fühle mich geehrt, dass meine bescheidene Arbeit Euer Wohlgefallen geweckt hat, Euer Durchlaucht."

Sie wusste, dass ihr Vater in diesem Augenblick stolz auf sie gewesen wäre.

Erzsébet Báthory verzog keine Miene, doch in den schwarzen Augen von Ilona Hertz blitzte der Hohn.

Gleich darauf wurde Emilia in einen Nebenraum geführt, wo bereits Stoffballen bereitlagen. Ehrfürchtig berührte sie weichen, grünen Samt, in dem der Drache des Wappens eingewebt worden war. Daneben lagen bläulich schimmernde, schwarze Seide und schließlich strahlend weißes Leinen. Bänder in verschiedenen Farben waren ihr ebenfalls zur Verfügung gestellte worden, dicke und dünne Nadeln, Scheren und Kreide. Sie fühlte sich in die Werkstatt ihres Vaters zurückversetzt, was ihr im allerersten Augenblick Tränen in die Augen trieb.

„Ich möchte ein Gewand mit schwarzen Verzierungen am Rock und einer weißen Halskrause", erklärte die Gräfin. Im Hintergrund entdeckte Emilia etwa zehn schlicht gekleidete junge Mädchen, deren Blick starr auf den Boden geheftet blieb. Es mussten die versprochenen Näherinnen sein, aber sie rührten sich nicht. Emilia zweifelte für einen Moment, ob sie überhaupt atmeten oder nur Figuren aus Wachs waren.

„Dann würde ich sogleich Maß nehmen, wenn es Euch recht ist, Euer Durchlaucht", begann sie voller Tatendrang. Erzsébet Báthory runzelte leicht die Stirn.

„Du kannst das Fräulein Hertz als Maßstab nehmen."

„Aber …" Emilia zögerte einen Moment, doch dann fuhr sie fort, denn sie wollte ein passendes Gewand anfertigen. „Das Kleid ist doch für Euch, nicht für das Fräulein Hertz. Ihr scheint mir von höherem Wuchs, was Eurer Stellung entspricht."

Ein Raunen drang aus der Menge der Näherinnen, als seien sie plötzlich zum Leben erwacht. Auf den Lippen von Ilona Hertz tanzte ein böses Lächeln. Erzsébet Báthory starrte Emilia eine Weile stumm an. Ihr Gesicht verriet keinerlei Gefühl, dennoch spürte Emilia, wie der Schweiß über ihren Rücken zu perlen begann.

„Du bist eine ziemlich vorlaute Person, aber nicht dumm. Mir scheint, du verstehst dein Handwerk", sagte die Gräfin schließlich.

Zum ersten Mal vernahm Emilia ihr Lachen. Es klang hell, klar und frostig.

„Dann nimm an mir Maß. Eva, hol den Maßstab."

Eine der Näherinnen sprang auf und kam gleich darauf mit dem gewünschten Gegenstand angerannt. Es schien der Gräfin nicht angenehm zu sein, dass Emilia sich ihr näherte, ja sie notgedrungen mit dem Maßstab berührte, denn ihr Körper wirkte verkrampft, fast erstarrt. Aber sie verzog keine Miene, sondern wartete geduldig, bis die Prozedur beendet war. Emilia fiel auf, wie makellos die Gestalt dieser Frau fortgeschrittenen Alters war, weder asketisch ausgemergelt noch aufgequollen durch Jahre der Völlerei. Die junge, liebliche Ilona Hertz hätte tatsächlich ihren Platz einnehmen können, wäre sie nicht deutlich kleiner gewesen.

„Ich danke Euch, Euer Durchlaucht", sagte Emilia, als sie die erste Aufgabe erledigt hatte. „Ihr habt mir eine große Ehre erwiesen. Doch nun frage ich mich, welche Art von Verzierung Ihr an dem Rock haben möchtet. Soll ich schwarze Bahnen hineinnähen?"

Sie wartete neugierig auf eine Antwort, doch die Gräfin schnalzte nur mit der Zunge.

„Ich sagte doch schon, so, wie bei dem Gewand von Fräulein Hertz, die das ihre selbstverständlich nicht mehr öffentlich tragen wird."

Die junge Dame verzog kurz das Gesicht, murmelte aber gleich darauf ihr untertänigstes Einverständnis. Emilia begann nach einer klar umrissenen Vorstellung zu suchen, die das Gewand in ihrem Kopf annehmen musste, um innerhalb kürzester Zeit fertiggestellt werden zu können.

„Ihr wollt eine Krause aus Spitze statt der Rosen am Ausschnitt. Soll die Spitze auch an den Ärmeln angebracht werden?"

Erzsébet Báthory runzelte die Stirn.

„Ja, ich denke, das wäre angemessen. Füge noch ein paar der Bänder hinzu. In Rot und Gelb vielleicht, damit es nicht zu streng ausfällt."

Sie warf Emilia noch einen kurzen Blick zu, dann machte sie Anstalten, aus dem Raum zu schreiten.

„Aber das scheinen mir zu viele Farben, Euer Durchlaucht!", rief Emilia ihr hinterher. „Vergebt mir, aber so kleiden sich die Freudenmädchen auf dem Markt. Es entspräche Eurer Stellung weitaus mehr, wenn Ihr Euch beschränken würdet, sagen wir auf grün, schwarz und weiß. Ich könnte noch eine passende Haube anfertigen, die ich mit jenen Rosen aus Spitze verzieren würde, die Ihr am Ausschnitt nicht haben wollt."

Sie spürte das Glück wie eine Wolke, auf der sie emporschwebte, denn nun konnte sie das Gewand klar und deutlich vor ihrem inneren Auge sehen, als sei es bereits genäht. Die fassungslosen Blicke der Näherinnen nahm sie kaum wahr, nur der spöttische Lacher von Ilona Hertz drang in ihr Bewusstsein.

„Nun erklärt uns also ein dahergelaufenes Marktweib, wie eine Fürstin sich zu kleiden hat!", rief die junge Dame. „Aber Ihr wisst doch, Erzsébet, an Euch vermag nichts billig auszusehen und Eure Erscheinung stellt selbst die zauberhafteste Jungfrau in den Schatten."

Emilias erster Gedanke war, dass dies nicht stimmte. Die Gräfin mochte eine makellose Gestalt besitzen, aber ihre jugendliche Frische hatte sie verloren. Vielleicht hatte sie diese auch niemals besessen, denn in vieler Hinsicht schien sie alterslos, eine Frau, die bereits in jungen Jahren vornehm, erhaben und kühl gewesen sein konnte.

Erzsébet Báthory drehte sich langsam um, musterte Emilia vom Scheitel bis zur Sohle wie eine seltene Tierart.

„Du bist nicht nur vorlaut, sondern regelrecht dreist", stellte sie fest. „Ich hätte alles Recht, dich zu strafen, aber ich mag kluge Menschen, die wissen, was sie können. Nähe mein Gewand so, wie du es für richtig hältst."

Das Gesicht von Ilona Hertz nahm einen grünen Farbton an. Die Näherinnen waren wieder verstummt, starrten nur ungläubig in Emilias Richtung, während die Gräfin langsam aus dem Raum spazierte. Ilona hastete ihr hinterher. Als sie Tür zugefallen war, holte Emilia Luft und sah ihre Näherinnen an.

„Wir sollten uns an die Arbeit machen, die Zeit drängt!", rief sie fröhlich und winkte die Mädchen zu sich heran. Sie kamen zunächst zögernd, dann immer schneller, und ihre Steifheit löste sich wie durch magische Worte. Emilia nahm Maßstab und Kreide in die Hand. Ihr Vater hatte sie gelehrt, wie aus den Maßen einer menschlichen Gestalt die Umrisse für das passende Gewand anzufertigen waren. In seiner Werkstatt hatte es auch ein paar grundlegende Schnittmuster gegeben, doch waren diese gemeinsam mit dem Haus verkauft worden. Emilia hätte gern eine genaueren Entwurf ihrer Idee auf Papier skizziert und vielleicht sogar eine erste Version des Gewandes aus schlichteren Stoffen genäht, doch war die von der Gräfin gesetzte Frist zu knapp für lange Vorbereitungen. Obwohl sie Angst hatte, zu versagen, blieb ihr nichts anderes übrig, als auf ihre Kenntnisse zu vertrauen. Zwei der Mädchen rollten den Stoff unaufgefordert aus. Sie spürte, wie das Blut schneller durch ihre Adern pulsierte, zeichnete die Umrisse für Mieder und Rockteil mit der Kreide auf und nahm schließlich die Schere in die Hand. Es schien ihr fast ein Sakrileg, jenen prachtvollen Kettsamt zu zerschneiden, der, wie ihr Vater ihr einst erklärt hatte, angefertigt wurde, indem man einen zweiten Kettfaden mit einwebte. Dabei ließ man Schlaufen auf der Oberfläche, die anschließend aufgeschnitten wurden. So entstand jener tiefe, weiche Flor, über den sie nun ihre Hand gleiten lassen konnte. Das erste metallene Klicken, als die Schere zuschnappte, verursachte ihr fast körperliche Schmerzen. Sie musste an all die Weber denken, die Stunden mühsamer Arbeit in diesen Stoff gesteckt hatten, den sie nun durch einen unbedachten Schnitt zerstören konnte.

Sie holte Luft und rief sich wieder ihre Vorstellung des Gewandes in Erinnerung. Sie würde dieses Meisterwerk der Webkunst erst wirklich zur Geltung bringen, indem sie ein wahrhaft fürstliches Kleidungsstück daraus machte.

Die nächsten Tage vergingen wie im Flug. Emilia maß aus, zeichnete, schnitt Stoffe zu, bis alle einzelnen Teile des Gewandes und der Haube bereitlagen und nur noch zusammengefügt werden mussten. Die Näharbeit hatten im Hause ihres Vaters einfache Knechte verrichtet, da die wahre Kunst des Meisters im richtigen Zuschneiden bestand. Emilia schien es jedoch unangebracht, sich von den Mädchen abzugrenzen, indem sie ihnen vermeintlich niedere Aufgaben überließ. So verbrachte sie viele Stunden mit ihnen und ließ ihre Nadel durch das Gewebe fahren, fertigte selbst die Rosen an und befestigte sie schließlich an der Haube. Die anfängliche Schüchternheit der Näherinnen verwandelte sich schnell in ausgelassenes Geplauder. Emilia lernte ihre Namen kennen, teils deutsche, teils fremdländische, erfuhr, aus welchen Orten sie stammten und wie sie in den Dienst der Gräfin gekommen waren.

„Meine Mutter sagte, ich sollte mich glücklich schätzen", erzählte jene Eva, die den Maßstab geholt hatte. „Ich würde einer vornehmen Dame dienen, könnte etwas von der Welt sehen und Deutsch lernen, was doch nur die feinen Herrschaften in meiner Heimat sprechen."

„Damit hatte sie doch recht", erwiderte Emilia und beobachtete zufrieden, wie akkurat und winzig Evas Stiche ausfielen, auch wenn es sich nur um ein erstes Nähen zur Anprobe handelte und die endgültigen Nähte erst später angefertigt werden sollten. Gleichzeitig bemerkte sie eine kreisrunde Narbe auf dem Handdrücken des Mädchens.

„Ja, das stimmt", erwiderte Eva, starr über ihre Näharbeit gebeugt. „Nur bin ich leider oft ungeschickt. Schon meine Mutter rügte mich dafür."

Emilia begriff nicht ganz, worin diese Ungeschicklichkeit bestehen sollte, nahm es aber hin. Vermutlich war die Narbe dadurch entstanden, denn sie sah wie die Folge einer Verbrennung aus.

„Hast du dich an einem heißen Gegenstand gestoßen?", fragte sie. Eva blickte kurz auf. Ein Schatten von Unbehagen huschte über ihr Gesicht, und Emilia bemerkte, dass es plötzlich wieder so mucksmäuschenstill geworden war wie bei ihrem ersten Betreten des Zimmers.

„Ja, es geschah durch meine Ungeschicklichkeit", bestätigte Eva sehr leise.

„Aber so kreisrund?", überlegte Emilia weiter. „Was war es denn?"

„Eine heiße Münze … fiel auf meine Hand", presste Eva mühsam hervor, als leide sie noch unter der Erinnerung daran.

Emilia wollte gerade staunend fragen, wie es dazu gekommen war, da begann Annie, ein blondes, rundliches Wiener Mädel, sich ins Gespräch zu mischen.

„Ich bin noch bis Fronleichnam hier, dann holt mich mein Franz und wir heiraten, weil er seinen Meister hat und den Laden von seinem Vater übernimmt", plauderte sie munter drauflos. „Ich habe lieber mein eigenes Heim, egal, wie ärmlich, als nach der Pfeife einer feinen Dame zu tanzen."

Eva glitt der Stoff aus den Händen. Ein paar andere Mädchen sogen lautstark Luft ein.

„Annie!“, zischte eine kleine, bleiche Blondine, die bisher meist geschwiegen hatte. „Bis Fronleichnam sind es noch fünf Wochen. Wenn die Gräfin dich solche Sachen sagen hört …“

Emilia bemerkte die fremdartige Aussprache, die sich ein wenig von der Evas unterschied. In den ungarischen Regionen, aus denen Erzsébets Mädchen stammten, mussten unterschiedliche Sprachen gesprochen werden.

„Die Gräfin ist ausgegangen. Das hatte ich im ersten Augenblick ganz vergessen“, sagte Eva mit sichtlicher Erleichterung und nahm ihre Näharbeit wieder auf.

„Aber das Herzerl ist da“, flüsterte Annie, mit einem Schlag erbleicht. „Yveta, meinst du, sie hat mich gehört?“

Yveta, die blasse Blondine, schüttelte nach kurzem Überlegen den Kopf. „Die will mit gewöhnlichen Bediensteten nichts zu tun haben. Wahrscheinlich schleicht sie jetzt heimlich durch die Gemächer der Gräfin und wälzt sich auf deren Sesseln, um den Duft ihrer Durchlaucht einzuatmen.“

Verhaltenes Gekicher erklang, dessen Bosheit ziemlich deutlich machte, wie die meisten der Mädchen zu dem Fräulein standen.

„Was hat es denn mit dieser Ilona auf sich?“, fragte Emilia, nun neugierig geworden. „Warum hält sie sich für etwas Besseres?“

„Weil sie von Adel ist“, erwiderte Annie sogleich.

„Nur ist ihre Familie ärmer als die meisten Handwerker“, fügte Eva hinzu. „Sie musste sich ihren Lebensunterhalt verdienen, indem sie auf den Festen der feinen Herrschaften Lieder sang, bis die Gräfin Báthory sie zu sich holte und zu ihrem liebsten Schoßhund machte.“

„Für etwas Besseres hält sie sich trotzdem“, kam es nun von Yveta.

„Ja, das ist mir aufgefallen“, nickte Emilia. „Sie ist sehr kühl und misstrauisch. Aber so, wie ihr redet, tut sie mir fast leid. Sie muss sich einsam fühlen, weil sie nicht genau weiß, wo sie hingehört.“

Wieder wurde es schlagartig still. Eva nähte emsig weiter. Yveta tuschelte in einer fremden Sprache mit der Näherin an ihrer Seite.

„Nimm dich bloß vor dem Herzerl in Acht“, sagte Annie leise zu Emilia. „Das ist eine falsche Schlange. Die hat schon genug von uns bei der Gräfin angeschwärzt. Und dich kann sie nicht leiden.“

Niemand fügte dem irgendetwas hinzu, was Emilia als allgemeine Zustimmung deutete. Sie wollte gerade fragen, was Ilona Hertz denn gegen sie haben konnte, denn eine gewisse Feindseligkeit war ihr auch schon aufgefallen. Doch gerade in dem Augenblick, da sie den Mund geöffnet hatte, ging auch die Tür des Raumes auf.

„Ich soll fragen, wie weit ihr schon seid", erklärte Ilona Hertz. „Die Gräfin ist gerade eingetroffen. In drei Tagen hat sie eine weitere Einladung und würde gern das neue Gewand tragen."

Sie warf einen erwartungsvollen Blick in die Runde. Emilia stand auf, sah sich die bereits zusammengenähten Teile an und lächelte dem Fräulein Hertz freundlich ins Gesicht.

„Ich denke, die erste Anprobe kann bereits stattfinden. Wenn alles passt, fangen wir gleich an, die endgültigen Nähte festzumachen und Verzierungen anzubringen. Mit der nötigen Anstrengung dürften wir auch rechtzeitig fertig werden."

Ilona Hertz musterte sie kühl, beinahe abfällig.

„Ihr sollt fertig werden, also würde ich euch auch dazu raten, sonst ist die Gräfin ungehalten. Sie sagte übrigens, dass die erste Anprobe an mir stattfinden soll, da sie im Augenblick beschäftigt ist."

Emilia biss sich auf die Lippen. Eine strenge, unnahbare Erzsébet Báthory wäre ihr lieber gewesen als das Herzerl mit seinem unauffällig versprühten Gift.

„Gut. Die Anprobe kann beginnen", sagte sie mit gekünstelter Heiterkeit und erhielt dafür einen gequälten Blick von Ilona Hertz, die es offenbar nicht mochte, sich vor so vielen Blicken entkleiden zu müssen. Yveta löste mit sehr vorsichtigen Bewegungen die Verschnürungen ihres Mieders, zwei weitere Mädchen halfen, es ihr über den Kopf zu ziehen. Schließlich stand sie nur noch ein einem dünnen Leibchen da und rieb sich die Arme, denn das Wetter war in den letzten Tagen abgekühlt. Fast nackt wirkte sie ungewohnt verletzlich, als sei ihr Hochmut nur eine Schutzschicht, mit der sie sich in einer frostigen Welt umgeben musste.

„Dauert es noch lange? Ihr dummen Gänse wisst genau, was euch blühen würde, wenn ihr die Gräfin so langsam ankleidet."

Yveta, die das grüne Gewand herbeitrug, verzog unauffällig das Gesicht. Emilia sah, wie ihre Lippen sich bewegten, um wahrscheinlich nicht sehr freundliche Worte zu formen. Ilona hob nochmals die Arme, damit ihr das Gewand übergestreift werden konnte. Emilia trat einen Schritt näher, ungeduldig, das Ergebnis all der arbeitsamen Stunden endlich an einem Frauenkörper prüfen zu können. Da sah sie für den Bruchteil eines Atemzugs blaue und grüne Flecken an Ilonas Handgelenken, die sogleich in den spitzenbesetzten Manschetten der Ärmel verschwanden. Sie hatte kaum Zeit zu überlegen, woher diese Verletzungen stammen konnten, die sie an Spuren von Fesseln erinnert hatten, denn gleich darauf stand Ilona in dem neuen Gewand vor ihr und alle anderen Mädchen formten einen Kreis von Bewunderinnen um sie. Das satte Grün passte zu ihrem tiefschwarzen Haar, die Bahnen aus Seide am Saum spiegelten diese Farbe wieder und die locker sitzende Haube vollendete ein Bild makelloser, weiblicher Anmut.

„Das ist … zauberhaft“, murmelte Ilona fassungslos, beinahe ehrfürchtig, als Emilia ihr einen großen Spiegel hinhielt. „Alle Damen, die Erzsébet darin sehen, werden vor Neid erblassen.“

Sie fuhr mit dem Handrücken über ihre Stirn. Emilia bemerkte eine weitere Verletzung ein Stück unterhalb ihres Daumens, die aber schon älter sein musste und zu vernarben begann.

„Wie kommt es, dass du so gut schneidern kannst?“, fragte Ilona Hertz mit ehrlichem Staunen. Angesichts des Lobs war Emilia bereit, ihr alle früheren Feindseligkeiten zu vergeben, und maß der eben gesichteten Wunde auch keine Bedeutung mehr bei.

„Ich denke, dass Gott der Herr mich geschaffen hat, damit ich Gewandschneiderin werde“, erwiderte sie. Obwohl sie lächelte, um ihre Worte weniger hochtrabend klingen zu lassen, war sie von tiefstem Herzen überzeugt, die Wahrheit zu sprechen.

4. Kapitel

Das Gewand war rechtzeitig fertig geworden und Erzsébet Báthory hatte es durch Ilona Hertz in Empfang nehmen lassen. Den als Näherinnen eingesetzten Mädchen waren wieder anderen Aufgaben zugeteilt worden, nachdem Emilia gemeinsam mit ihnen noch das Mittagsmahl hatte einnehmen dürfen. Nun saß sie in der kleinen Kammer im obersten Stockwerk des Hauses, die ihr zugewiesen worden war, und wartete auf Weisungen, was weiter mit ihr geschehen würde. Im Haus waren das Klappern von Holzschuhen und das Zanken von Stimmen zu vernehmen. Es kam ihr nun vor wie eine eigene Welt, in der sie keinen klaren Platz einnehmen durfte, und diese Vorstellung weckte unerklärlich tiefe Trauer in ihr.

Es klopfte. Emilia rief den Besuch erwartungsvoll herein, hoffte, dass ein paar der Mädchen vielleicht einen freien Augenblick gefunden hatten, um mit ihr zu plaudern. Als das schöne, steife Gesicht von Ilona Hertz sich durch den Türrahmen schob, zwang sie sich mühsam, ihre Enttäuschung verbergen.

„Ich soll dir deine Entlohnung bringen."

Das Fräulein hielt ihr einen samtenen Beutel hin.

Emilia griff zu und staunte, wie schwer es war. Sie konnte sich nicht erinnern, jemals so viele Münzen auf einmal in der Hand gespürt zu haben.

„Sechzig Taler. Die Gräfin ist großzügig, obwohl das Gewand nicht ganz passend ausfiel. Es war so kurz, dass man ihre Strümpfe sehen konnte."

„Aber …", stammelte Emilia. „Wir hatten doch ausgemessen!"

„Nicht ganz korrekt, wie es scheint." Ilonas lächelndes Gesicht erinnerte sie an eine Schlange, der die Zunge aus dem Mund fuhr. „Aber es ist nicht schlimm. Die Gräfin hat begriffen, dass dich keine Schuld trifft, denn du bist nun einmal keine Meisterin der Schneiderei."

Emilia vermochte nichts zu sagen, denn sie fürchtete, in Tränen auszubrechen, sobald sie den Mund öffnete. Lieber hätte sie auf alles

Geld verzichtet und stattdessen ein Lob ihrer Arbeit zu hören bekommen.

„Nun kannst du das Haus verlassen", sagte Ilona noch. „Du wirst hier nicht mehr benötigt."

Emilia riss stauend die Augen auf.

„Einfach so, ich meine ... werde ich wieder in die Herberge gebracht?"

Die Gedanken überschlugen sich in ihrem Kopf. Ob Kurt dort noch überhaupt auf sie wartete? Wenn er allein weiter gereist war, wäre sie nun völlig allein in einer unbekannten Stadt.

„Die Gräfin braucht ihre Kutsche derzeit anderweitig", erwiderte Ilona kühl. „Aber falls du den Weg nicht weißt, wird einer der Heiducken dich begleiten."

Emilia atmete erleichtert auf, bedankte sich und war froh, als die Tür hinter dem Fräulein Hertz zufiel. Wie um sich die Zeit mit irgendeiner Beschäftigung zu vertreiben, zählte sie die Münzen im Beutel durch. Wenigstens würde sie sich noch für ein paar Wochen in der Herberge einquartieren können, um in Ruhe zu überlegen, wie es nun weitergehen sollte, mit oder auch ohne Kurt.

Obwohl das Gasthaus sich kaum verändert haben konnte, kam es ihr nun erstaunlich schmutzig und schäbig vor. Sie verabschiedete den bärtigen, bewaffneten Mann, der sie durch das Getümmel der Stadt gelotst hatte, ohne ein Wort mit ihr zu wechseln, und drückte ihm zum Dank einen ihrer Taler in die Hand. Es tat wohl, so großzügig sein zu können, und sie wäre ohne ihren Begleiter niemals in der Lage gewesen, die Herberge zu finden.

Dann trat sie ein und versuchte, nicht auf den Geruch von Schweiß, Bier und Erbrochenem zu achten, der ihr aus der Stube entgegenwehte. Der Wirt lag auf einer langen Bank in der Ecke und schnarchte. Sie überlegte, ob sie nicht einfach in das Zimmer hochsteigen sollte, das sie mit Kurt bewohnt hatte, um selbst nachzusehen, da hob er plötzlich den Kopf.

„Da bist ja wieder, Madl. Dein Mann hat dich schon erwartet."

Emilia verzichtete darauf, ihm zu erklären, dass Kurt nicht ihr Mann war.

„Er wusste aber, wo ich bin, oder?"

„Na ja." Der Wirt kam langsam in die Senkrechte und rieb seine verquollenen Augen. „Ich hab ihm gsagt, dass die Heiducken von der Báthory dich geholt haben, da isser zu dem Haus von ihr gelaufen. Dort hams ihn nicht reingelassen, aber ihm gsagt, dass du für sie arbeitest. Seitdem wartet er, dass du wiederkommst."

Erleichtert atmete Emilia auf. Obwohl sie nicht behaupten konnte, Kurt vermisst zu haben, wäre sie doch ungern ganz allein in der Herberge geblieben.

Sie stieg die Stufen hoch und öffnete die Tür zu ihrem Zimmer. Wieder schlug ihr verbrauchte Luft entgegen und sie wurde von heftiger Sehnsucht nach dem blitzsauberen Haus der Gräfin überkommen. Ein paar Kleidungsstücke lagen zerstreut herum. Den Wams, ihr einziges, noch nicht verkauftes Werk, hatte Kurt einfach auf einen Stuhl geworfen, gleich neben dem Tisch, auf dem ein Bierkrug umgekippt war. Emilia erblickte entsetzt die verklebte Fläche und hastete zu dem Kleidungsstück. Zum Glück war es unbefleckt geblieben. Dann beugte sie sich, um ein wenig Ordnung zu machen, und dabei fiel ihr Blick auf das Bett.

Etwas wölbte sich unter der Decke, eine längliche Form.

„Kurt!", rief sie ungeduldig. „Wach auf! Ich bin wieder da."

Da auf ihre Worte keine Reaktion folgte, riss sie entschlossen die Decke weg. Es war aber nicht Kurt, der da lag, sondern der Körper einer nackten Frau. Emilia schrie erschrocken auf, dann wurde sie von zwei Augen fassungslos gemustert.

„Wie? Schon zurück? Der Kurt hat gesagt, es dauert länger", stammelte eine Mädchenstimme. Emilia erkannte ein kindliches, von Schlieren aus verlaufener Schminke bedecktes Gesicht unter der zerzausten Haarmähne. Vielleicht war es die Dirne, die Kurt schon einmal mitgenommen hatte, oder eine andere. Es war kein Unterschied.

„Zieh dich an und verschwinde!", herrschte sie das Mädchen an. Die Dirne gehorchte widerstandslos, tastete am Boden nach ihrer Kleidung.

„Weißt du, wo Kurt jetzt ist?", fragte Emilia unterdessen.

„Auf dem Marktplatz, hat er gesagt. Da trifft er ein paar Freunde."

Mit diesen Worten huschte die immer noch spärlich bekleidete Dirne hinaus. Emilia sank auf den leeren Stuhl und atmete tief durch. Soweit schien alles in Ordnung, Kurt versuchte, weitere Waren zu verkaufen, und sie musste einfach nur warten, bis er wiederkam, damit sie ihr weiteres Vorgehen besprechen konnten. Doch nun, da die größten Sorgen verflogen waren, begann das Gefühl der Enttäuschung sie niederzudrücken. Sie hatte bei dem ersten Versuch, ein wahrhaft schönes Gewand zu schneidern, kläglich versagt, und wusste nicht, wann sich jemals wieder eine solche Möglichkeit für sie auftun würde. Wie hatte sie nur beim Ausmessen so ungenau sein können? Bei der Anprobe war es nicht aufgefallen, weil Ilona Hertz kleiner war als die Gräfin, aber sie hatte sich von der Schönheit ihres Werkes blenden lassen und eine überaus wichtige Kleinigkeit nicht beachtet. Ein gravierender Fehler, wie ihr Vater gesagt hätte. Doch hätte er ihr als Ratgeber zur Seite gestanden, wäre es niemals zu diesem Missgeschick gekommen.

Kurts Eintreffen bei Einbruch der Dämmerung erlöste sie aus ihrer Grübelei. Er schwankte leicht, und als er sich zu ihr beugte, atmete sie den Geruch von Wein ein.

„Da bist du ja wieder. Die Rosi hat's mir schon gesagt. War nicht nett von dir, die so rauszuwerfen."

„Es war nicht nett von ihr, in meinem Bett zu schlafen", gab Emilia zurück. „Ich will gar nicht wissen, wie viel Geld sie an dir verdient hat, während ich weg war."

„Aber du", erwiderte Kurt grinsend, „hast ja jetzt auch neues Geld mitgebracht, oder? Ich konnte es kaum glauben, als der Wirt es mir erzählte. Eine echte Gräfin hatte dich entführt!"

Er stützte sich mit den Handflächen am Tisch ab und musterte Emilia abwartend. Sie krallte ihre Hände um den Beutel mit den Talern.

„Was ich verdient habe, gehört mir!"

„Ach ja?" Kurt beugte sich zu ihr hinab. Sie sah rote Flecken im Weiß seiner Augen. „Nur dir? Und wer hat dich die ganzen Wochen bis hierher durchgefüttert, Herbergen für dich bezahlt und deine Launen ertragen?"

Emilia zwang sich, die Ruhe zu bewahren. Sie brauchte jetzt keinen Streit mit Kurt.

„Ich will nicht, dass du mein Geld an Huren verschwendest, das ist alles. Wenn du es auf sinnvolle Weise ausgibst, soll es mir recht sein."

Er lachte kurz auf und hob die Hände.

„Nun gut, wie die Dame befielt. Zunächst einmal muss ich den Wirt für die letzten Tage bezahlen. Dann treffe ich mich noch mit einem Freund, der wieder abgelegte Kleidung von feinen Damen für mich hat. Daraus kannst du doch was machen, das tust du gern! Und wenn ich noch den Aufseher vom Markt besteche, dann haben wir beim nächsten Mal einen richtig guten Stand. Dort kannst du gleich zehn weitere Gräfinnen von deinem Talent überzeugen."

Emilia biss sich auf die Lippen. Sie konnte erkennen, wie Kurt sie zu beeinflussen versuchte, aber im Wesentlichen klangen seine Worte überzeugend. Sie würden neue Ware brauchen, die sie verkaufen konnten, und vielleicht bestand ja wirklich noch Hoffnung, dass sie sich durch einen ersten Fehler nicht all ihre Aussichten auf eine Zukunft als Gewandschneiderin zerstört hatte. „Gut, wie viel brauchst du?", fragte sie und hob den Beutel hoch. Noch bevor sie den nächsten Atemzug tun konnte, wurde er ihr aus Hand gerissen.

„Ich werde sehen, wie viel ich brauche", rief Kurt fröhlich, als er schon wieder im Türrahmen stand. „Du kannst dir unten noch ein Essen bringen lassen. Dann warte, bis ich wieder da bin."

Er verschwand so schnell, dass sie keine Gelegenheit hatte, etwas zu erwidern. Empört sprang sie auf, um ihm hinterherzurennen, aber als sie die Stube erreicht hatte, war dort keine Spur mehr von ihm zu entdecken. Sie würgte Zornestränen herunter. Wenn Kurt tat, wovon er gesprochen hatte, so würde er ihren Verdienst wenigstens sinnvoll ausgeben. Andernfalls wäre sie ohnehin machtlos, wie ihr wieder einmal schmerzlich bewusst wurde. Ohne Kurt kam sie nicht zurecht, und konnte ihr daher nicht daran hindern, ihr jeden Verdienst sogleich abzunehmen.

Sie aß eine Wurstsuppe und trank einen Humpen Bier, dann stieg sie wieder in das Zimmer hoch, um zu warten. Ihre Laune war durch einen vollen Magen deutlich besser geworden, sie begann den Schlafmangel der letzten Nächte zu spüren und streckte sich zufrieden im Bett aus. Wenn Kurt wieder einmal eine Dirne mitbrachte, würde sie wahrscheinlich gar nichts davon mitbekommen, und darüber war sie erleichtert.

Etwas glitt über ihre Hüften, verharrte dort für einen Augenblick und kroch dann unter ihr Leibchen. Sie zuckte zusammen. Gab es

Ungeziefer in der Herberge? Entsetzt versuchte sie, das Tier wegzufegen, und plötzlich wurde ihr Handgelenk von einem eisernen Griff umklammert.

„Du siehst wunderschön aus, wenn du schläfst. So jung und unschuldig. Man kann sich gar nicht vorstellen, was für eine Kratzbürste du sein kannst."

Kurts Stimme holte sie endgültig in den Wachzustand zurück. Er roch so stark nach Wein, dass ihr fast übel wurde. Sie zerrte, bis er ihre Hand endlich losließ, und rückte an die Zimmerwand. Warum nur hatte sie die Dirne weggeschickt?

„Dann lass mich jetzt weiterschlafen!", murrte sie und zog sich die Decke über den Kopf. Eine Weile blieb er völlig ruhig und sein Atem kündigte an, bald schon in die üblichen, regelmäßigen Schnarcher überzugehen. Emilia hoffte bereits, in Frieden wieder in den Schlaf gleiten zu können, da lag plötzlich die ganze Schwere seines Körpers auf dem ihren.

„Na komm schon, Emmy. Das kann doch nicht ewig so weitergehen."

Er umklammerte nun beide ihrer Handgelenke und drückte sie auf die Matratze, sodass sie ihn nicht abwehren konnte. Seine Zunge glitt wie ein Wurm in ihr Ohr und leckte.

„Jede Frau tut es irgendwann, außer, sie wird Nonne. Du bist alt genug."

Seine Knie zwängten ihre Schenkel auseinander. Er rülpste und für einen Moment hoffte sie, dass er zu betrunken wäre, um sie noch weiter zu bedrängen, doch gleich darauf knabberten seine Zähne an ihrem Hals. Emilia schrie angewidert auf. Sogar Rattenbisse wären ihr lieber gewesen.

„Lass mich in Ruhe! Du bist nicht mein Gemahl!"

„Dann heirate ich dich eben", entgegnete er lallend, was den Vorteil hatte, dass er wieder für einen Augenblick von ihrem Hals abließ. „Morgen schon, wenn du willst. Das wird unsere Verlobungsnacht!"

Eines ihrer Handgelenke wurde befreit, damit er ihre Brüste begrapschen konnte. Emilia packte ihn am Haarschopf und zerrte mit aller Kraft.

„Hundsfott! Begreif es endlich, ich will dich nicht, lieber gehe ich ins Kloster!"

„Als ob die dich dort nehmen, so ganz ohne einen Kreuzer in der Tasche!", erwiderte er lachend und schlug ihren Arm zur Seite. Mit einem Mal wurde ihr bewusst, wie viel stärker er war, und ein Hauch von Angst mischte sich in ihre Empörung. Mit einem Ruck wurde ihr Leibchen aufgerissen, und sein Mund näherte sich ihrer nackten Haut. Emilia gab es auf, zu fluchen und zu drohen, stattdessen bohrte sie ihre Nägel in seinen Rücken, trat nach ihm und biss mit aller Kraft in seine Schulter. Es tat wohl, ihn vor Schmerz schreien zu hören. Sie wand sich und kämpfte, bis sie es ihr gelang, vom Bett zu fallen. Die Trunkenheit musste seine Reaktionen verlangsamt haben, was Emilia nun die Möglichkeit gab, ihre abgelegte Kleidung zu packen und aus dem Zimmer zu flüchten. Oberhalb der Treppe blieb sie schnaufend stehen. Halb nackt konnte sie nicht in die Stube hinunterrennen, denn sie wusste nicht, wer dort vielleicht noch saß. Sie wartete ein paar Atemzüge lang, und da Kurt keine Anstalten machte, sie gewaltsam zurückzuholen, kleidete sie sich rasch im Dunkeln an. Ihre Schuhe hatte sie in der Eile vergessen, aber daran war nichts zu ändern. Auf nackten Sohlen stieg sie die Stufen hinab. Es war dunkel in der Stube, obwohl der Geruch von Kienspänen, Bier und gebratenem Fleisch noch in der Luft schwebte. Sie ertastete eine Decke auf einem Tisch und wickelte sich darin ein, bevor sie sich auf einer Bank ausstreckte. Mitten in der Nacht konnte sie nicht aus der Herberge laufen, aber ebenso gefährlich schien es ihr, zu Kurt zurückzukehren. Bis zur Morgendämmerung würde sie hier schlafen und dann überlegen, was sie weiter tun konnte. Ihre Zähne klapperten und sie zitterte, obwohl es angenehm warm im Raum war. Jene Stellen ihrer Haut, die Kurt berührt hatte, schmerzten, als seien sie von einem Brenneisen getroffen worden.

Das Licht einer Laterne weckte sie und sie zuckte erschrocken zusammen, doch es war nicht Kurts Gesicht, das sich über sie beugte. Eines der Schankmädchen stand neben ihr, eine blasse Gestalt mit roter, verquollener Nase, die ständig schniefte.

„Was machst denn hier? Bist doch das Madl vom Hausierer. Hat er dich rausgeworfen?", fragte sie mitleidig.

„Nein." Emilia richtete sich auf und rieb sich die Augen. Ihre Knochen schmerzten von der Nacht auf der harten Bank, als sei sie verprügelt worden. „Wir … wir hatten Streit. Er wurde zudringlich." Voller Hoffnung auf Verständnis und vielleicht sogar ein Hilfsangebot sah sie das Mädchen an, erhielt aber nur einen fassungslosen Blick.

„Aber du bist doch sein Madl."

„Ich bin nicht mit ihm vermählt", beharrte Emilia. „Nur seine Hilfskraft."

„Na ja, das bin ich auch für den Wirt. Der kommt trotzdem in meine Kammer, wenn's ihm passt. So sind die Mannsbilder halt", sagte das Schankmädchen schulterzuckend, stellte die Laterne ab und begann, ein paar Kienspäne im Raum anzuzünden. „Ich muss jetzt die Tische wischen, bevor die ersten Gäste aufstehen. Magst nicht besser wieder hochgehen und ein bisserl nett zu ihm sein? Was machst, wenn er dich rauswirft?"

Emilia schüttelte energisch den Kopf.

„Ich … ich mache solche Sachen nicht. Das kann ich nicht." Sie hörte, wie hilflos, fast weinerlich ihre Stimme plötzlich klang. Das Mädchen hatte ihr allzu deutlich klar gemacht, in welcher Lage sie sich befand. Nun drehte die Magd sich nochmals zu Emilia um und nahm auf der Bank ihr gegenüber Platz, um ihre Hand zu tätscheln.

„Is net schön am Anfang. Weh tut's. Aber du gewöhnst dich dran, ganz schnell. Dann isses halb so schlimm, zählst langsam bis zehn, schon isser fertig."

Sie lächelte und zeigte gelbe, verfaulte Zähne. Emilia riss ihre Hand zurück.

„Ich … ich will den nicht", stammelte sie nun mit Tränen in den Augen.

„Ach was, der is doch net schlimm. Netter Kerl, hat die Rosie gesagt. Er hat ihr viel Geld gegeben, Essen, wie viel sie wollte, Wein, und brutal war er auch net. Sei froh, dass du an den geraten bist."

Auf diese Worte folgte noch ein letzter, stärkerer Händedruck, dann stand das Mädchen auf, um sich wieder an seine Arbeit zu machen. Emilia wurde klar, dass sie vielleicht störte, doch war sie nicht willens, wieder zu Kurt zurückzugehen.

„Kannst du mir vielleicht ein paar Eier zum Frühstück braten?", fragte sie zaghaft, denn ihr Magen knurrte bereits. Das Mädchen blickte kurz auf, nickte murrend und verschwand in der Küche. Emilia vergrub ihr Gesicht in den Handflächen, um verzweifelt zu überlegen.

Gab es vielleicht irgendeine Möglichkeit, wieder nach Augsburg zu gelangen? Sie würde Onkel Hayo erzählen, wie sehr Kurt sie bedrängt hatte, und dann ...

Sie wusste nicht wirklich, was dann wäre. Kurt hatte gestern sogar angeboten, sie zu heiraten, und Tante Irmie wäre wohl mehr als aufgebracht, dass sie es gewagt hatte, dieses Angebot auszuschlagen. Selbst wenn es ihr gelang, zu ihren Verwandten zu kommen, würde man sie wieder Kurt übergeben, sobald er ebenfalls dort auftauchte. Oder gar einem anderen Mann, der weitaus schlimmer sein konnte.

Wut vereinte sich mit Schmerz zu einem Feuer, das ihre Eingeweide verbrannte. Sie wollte schreien, um sich schlagen, wusste aber, dass dies nichts an ihrer Lage geändert hätte. Sollte sie tatsächlich tun, wozu das Schankmädchen ihr geraten hatte, zu Kurt gehen, die Augen schließen und langsam bis zehn zählen, in der Hoffnung, dass es zu ertragen war? Wäre ihre Familie nicht gestorben, so hätte sie inzwischen sicher schon einen Ehemann, Augustus, den fähigsten Lehrling ihres Vaters. Sie stellte entsetzt fest, dass sie sich kaum noch an ihn erinnern konnte. Groß und dünn war er gewesen, strohblond, mit einem Gesicht, das schnell errötete, wenn er sich aufregte oder unsicher war. Aber seine genauen Züge vermochte sie nicht mehr in ihrem Gedächtnis heraufzubeschwören. Wäre es anders gewesen mit ihm? Sie konnte es schwer beurteilen, doch als Tochter seines Meisters wäre sie ihm nicht völlig ausgeliefert gewesen, hätte mehr Möglichkeiten gehabt, ihre eigenen Wünsche durchzusetzen.

Aber vielleicht gab es noch ein Fünkchen Hoffnung für sie, dem Schicksal, das die Dienstmagd ihr als unausweichlich geschildert hatte, zu entgehen.

Als das Schankmädchen mit den Eiern zurückkam, bedankte Emilia sich artig, um dann ihre Frage zu stellen.

„Kannst du mir sagen, wie ich zum Haus einer ungarischen Gräfin komme, die Báthory genannt wird?“

Der Teller entglitt den Händen der Magd und landete mit einem Scheppern auf dem Tisch.

„Was willst'n von der?“

„Ich ... ich habe bereits für sie gearbeitet. Vielleicht ist sie bereit, mich einzustellen.“ Emilia versuchte, so selbstsicher wie möglich zu klingen.

Das Mädchen schubste den Teller in ihre Richtung.

„Das lass mal besser bleiben. Über die gibt's Geschichten. Da sollen Leute nachts im Haus schreien."

„Tatsächlich?", entgegnete Emilia lachend. „Ich habe ein paar Nächte in ihrem Haus verbracht und nichts Derartiges gehört."

Die Schankmagd zuckte mit den Schultern.

„Wie du meinst. Aber die ist komisch. A Hex, sagen die Leut."

Emilia rief sich das glatte, vornehme Gesicht der älteren Dame in Erinnerung. Erzsébet Báthory hatte einen unnahbaren Eindruck gemacht und war sicher kein Mensch, dessen Mitgefühl leicht zu wecken wäre. Aber sie hatte sich mehrfach lobend über Emilia geäußert, und vielleicht wäre sie bereit, ihr den einen Fehler zu vergeben. Sie konnte anbieten, zunächst ohne Lohn zu arbeiten, nur für eine Unterkunft und regelmäßiges Essen. Sobald sie gezeigt hatte, was sie konnte, würde sie allmählich andere Forderungen stellen. Sie musste nur geschickt vorgehen. Und keinesfalls dürfte sie noch etwas falsch machen.

„Also, weißt du, wo sie wohnt?"

„Ja. Gegenüber von der Augustinerkirch und dem Kloster", murrte die Magd, als sie Emilia unaufgefordert noch einen Becher Milch hinstellte. „Ich kann dir erklären, wie du hinkommst. Aber willst du wirklich …"

„Kannst du mir noch Schuhe besorgen?", unterbrach Emilia ungeduldig. Das Mädchen stemmte die Hände in die Hüften, was sie unerwartet entschlossen aussehen ließ.

„Ein Frühstück und auch noch Schuhe. Umsonst gibt's das nicht."

Emilia seufzte. Warum nur hatte sie ihren ganzen Verdienst Kurt überlassen müssen?

„Na gut, dann eben keine Schuhe", gab sie nach. „Ich habe welche. Die muss ich nur holen."

Nachdem sie ihr Morgenmahl verzehrt hatte, schlich sie nochmals in das Zimmer hoch. Ihr Magen verkrampfte sich, als sie eintrat, aber sie überwand ihren Widerwillen. Der Raum sah aus, als hätte dort ein Wirbelwind gewütet, stank nach Wein, Schweiß und menschlichen Ausdünstungen, doch drohte ihr hier keinerlei Gefahr, denn Kurt lag mit weit aufgerissenem Mund schnarchend im Bett. Sie schlich vorsichtig herein, um ihn nicht zu wecken, und holte ihre Holzschuhe.

Dann entdeckte sie mitten auf dem Boden den Beutel, den die Gräfin ihr gegeben hatte. Er war wesentlich leichter geworden, aber es klimperten noch ein paar Münzen darin. Emilia nahm ihn an sich, bevor sie noch einen letzten Blick auf Kurts verwahrloste Gestalt warf.

„Leb wohl", flüsterte sie. „Unser beider Lebenswege passen nicht zueinander."

Als sie hinausging, empfand sie plötzlich einen Stich von Wehmut.

Emilia wiederholte die Wegbeschreibung immer wieder, bis sie ihr so vertraut war wie das Vaterunser. Sie musste bloß um ein paar Ecken biegen, dann stand sie wieder vor der schlichten, vornehmen, grauen Fassade und trat unschlüssig von einem Fuß auf den anderen. In der Herberge war sie sich noch völlig sicher gewesen, dass dies der einzig richtige Weg war, aber nun kam sie sich vor wie eine Straßenkatze, die am grundfalschen Ort um einen Teller Milch mauzen wollte. Ihr zerrissenes Leibchen hatte sie so gut es ging unter dem Mieder versteckt, aber ihr Haar war völlig zerzaust und sie hätte sich gern insgesamt gesäubert, bevor sie einer derart vornehmen Dame gegenübertrat. Sie überlegte angestrengt, wo sie vielleicht eine Gelegenheit dazu finden konnte, als die Tür plötzlich aufschwang und zwei der Männer mit Federn an den Hüten hinaustraten. Heiducken, hatte der Wirt sie genannt. Emilia erkannte das von einem dichten Bart überwucherte Gesicht jenes Mannes, der sie noch am Tag vorher zur Herberge begleitet hatte.

„Bitte, Herr", begann sie mit einem Knicks. „Ich würde sehr gern noch einmal ihre Durchlaucht, die Gräfin Báthory sprechen. Meint Ihr, sie würde ein paar Augenblicke ihrer Zeit für mich opfern können?"

Der Mann sah sie verdattert an, und als sie hörte, wie er ein paar Worte in einer fremden Sprache mit seinem Gefährten wechselte, begann sie sich zu fragen, ob er überhaupt Deutsch verstand.

„Die Gräfin Báthory", versuchte sie es nochmals, nun deutlicher und langsamer. „Ich will sie sprechen."

Die zwei Heiducken sahen einander an, als wollten sie sich nun wortlos abstimmen. Gleich darauf wurde Emilia an beiden Armen gepackt und ins Haus gezogen. Sie zappelte empört, denn auf diese Weise hatte sie nicht eintreten wollen, doch kam sie erwartungsgemäß nicht gegen zwei kräftige Kerle an. Ihr Protestschrei drang in die dichte Menge aus neugierig gaffenden Zuschauern, zeigte auf diese aber nicht die erwünschte Wirkung, denn niemand wagte es, sich den Bütteln der Gräfin in den Weg zu stellen. Als die Eingangstür hinter Emilia zufiel, wurde ihr bewusst, dass sie sich gänzlich in der Gewalt einer fremden Adeligen befand. Sollte sie nachträglich bestraft werden, weil das Gewand nicht wunschgemäß ausgefallen war?

Wieder ging es einen langen Gang entlang zu einem Gemach, aus dem der Gesang einer glockenhellen Frauenstimme erklang. Ilona Hertz, vermutete Emilia, und aus unklaren Gründen steigerte diese Annahme jene Angst, die nun durch all ihre Gliedmaßen kroch.

Einer der Heiducken stieß die Tür auf und sagte ein paar Worte zu der Gräfin, die wieder in ihrem Stuhl thronte. Ein Stück neben ihr stand das Fräulein Hertz, dessen liebliche Gesangsstimme schlagartig verstummte. Im Hintergrund entdeckte Emilia noch ein paar weitere bekannte Gesichter. Eva und Yveta saßen über eine Stickerei gebeugt auf einer Bank, neben ihnen einige andere ihrer einstigen Näherinnen. Nur die pausbäckige Annie konnte sie nirgends entdecken.

Die Heiducken schubsten Emilia herein. Sie strauchelte, vermochte aber ihr Gleichgewicht zu wahren und gefasst vorzutreten, bevor sie in einen tiefen Knicks sank.

„Verzeiht mein plötzliches Eindringen, Euer Durchlaucht", sagte sie ehrerbietig, obwohl diese Worte nicht ganz den Umständen entsprachen. Die Fassung zu wahren, nicht zu betteln, zu zittern und zu jammern erschien ihr die einzig richtige Vorgehensweise gegenüber einer kühlen, aber klugen Frau wie Erzsébet Báthory.

Überraschtes Getuschel drang an ihr Ohr. Ilona Hertz stieß einen leisen, fast kläglichen Laut aus.

„Da bist du ja wieder", sagte die Gräfin. „Aus welchem Grunde hast du mein Haus verlassen, obwohl ich dir keine Erlaubnis dazu erteilt hatte?"

Emilia glaubte für einen Augenblick, sich verhört haben zu müssen.

„Aber …", begann sie und warf dem Fräulein Hertz einen fassungslosen Blick zu. Sie sah, wie das Gesicht der schönen Dame zu einer starren Maske gefror, doch für einen Augenblick erkannte sie nackte, stumm schreiende Angst in deren Augen. Sie begriff, dass sie gerade ein Messer in der Hand hielt, das sie einer eiskalten, berechnenden Gegnerin in die Brust stoßen konnte, und beschloss, auf diesen Akt der Rache zu verzichten.

„Ich fürchte, ich habe die Botschaft von Fräulein Hertz missverstanden", sagte sie nur. „Mir wurde mitgeteilt, dass meine Arbeit nicht zur Zufriedenheit vor Eurer Durchlaucht ausfiel, und daher hielt ich mich nicht für würdig, Euch weiter zu dienen."

Sie knickste nochmals. Erzsébet Báthory musterte sie mit ihrem bohrenden, verständigen Blick, der stets ins Wesentliche vordringen wollte. „An dem Gewand hatte ich nichts auszusetzen. Ich begreife nicht, wovon du sprichst."

Die vornehme Blässe von Ilona Hertz wurde zu einem kränklichen Grün, wie man es manchmal an ausgezehrten Bettlern sah. Emilia gönnte sich einen Atemzug des Schweigens, bevor sie beschloss, die Intrigantin nochmals zu schonen.

„Ein weiteres Missverständnis, fürchte ich. Das Fräulein Hertz sagte hierzu nichts, und dies hielt ich für ein Zeichen von Missfallen, das Eure Durchlaucht gnädigerweise nicht in Worte fassen wollte."

Die Gräfin wandte sich nun an Ilona, die künstlich lächelte und nickte.

„So war es wohl, Erzsébet. Ich sagte nichts über Eure Freude an dem Gewand, denn ich dachte, Ihr wolltet es der Schneiderin selbst mitteilen. Und dann war sie plötzlich fort."

Eine Falte erschien zwischen den Brauen der Gräfin und ihre Lippen wurden schmal.

„In Zukunft warte einfach ab, was ich zu dir sage, bevor du irgendwelche Mutmaßungen anstellst", meinte sie dann zu Emilia. „Ich schätze es nicht, wenn meine Bediensteten einfach tun und lassen, was ihnen gefällt."

Die Stimme war scharf gewesen wie das Knallen einer Peitsche. Emilia zuckte unwillkürlich zusammen. War es ein Fehler gewesen, Ilona zu schützen, nur weil sie ihre neue Anwesenheit im Haus der Gräfin nicht gleich damit beginnen wollte, eine bereits bestehende Feindschaft noch zu vertiefen? Sie spürte, wie ihr der Angstschweiß aus den Poren zu treten begann.

„Ich war sehr zufrieden mit den Gewand", fuhr Erzsébet Báthory aber etwas sanfter fort. „Demnächst will ich in Ungarn meine jüngere

Tochter verheiraten, und dafür werde ich eine entsprechende Ausstattung für sie und ihre Damen brauchen. Zwar gibt es genug Gewandschneider in meiner Heimat, aber du scheinst mir sehr begabt, vernünftig und insgesamt umgänglich. Daher wäre es mein Wunsch, dass du mich begleitest, um an der Vorbereitung der Hochzeit mitzuwirken."

Emilia konnte mühsam einen lauten Schrei der Freude unterdrücken, der in Gegenwart einer Fürstin sicher unangebracht gewesen wäre, doch genoss sie es, dem Fräulein Hertz ins fassungslose Gesicht lächeln zu können. Die Mädchen im Hintergrund hatten ihre Stickerei kurz sinken lassen, um Emilia eindringlich zu mustern. Da sie davon ausging, auch in Zukunft mit diesen Gefährtinnen zu arbeiten, nickte sie ihnen zu. Eva sah froh aus, Yveta eher bedrückt, die anderen Gesichter blieben ausdruckslos.

„Nun, bist du einverstanden, mich nach Ungarn zu begleiten?", fragte die Gräfin mit leicht ungeduldigem Unterton. Emilia war überrascht, denn etwas an der Art, wie Erzsébet Báthory sprach, machte es schwer vorstellbar, dass sie Widerspruch überhaupt für möglich hielt.

„Es ist eine sehr große Ehre, Euer Durchlaucht", sagte Emilia. „Ich hoffe, dass ich mich würdig erweisen werde."

„Das hoffe ich auch", entgegnete die Gräfin trocken. „Nun kannst du wieder auf deine Kammer gehen. Wir brechen übermorgen auf. Solltest du noch von jemandem Abschied nehmen wollen, erledige es schnell, damit du bei den Reisevorbereitungen mit anpacken kannst."

Mit einer Handbewegung machte sie deutlich, dass Emilia sich entfernen konnte.

Die Kammer hatte sich kaum verändert, sie war sauber, aber spärlich eingerichtet. Emilia setzte sich zunächst aufs Bett, um tief durchzuatmen. Alles war anders gekommen als erwartet und sie konnte ihr Glück kaum fassen. Sollte sie schnell Kurt benachrichtigen? Nach seinem Benehmen in der vergangenen Nacht war sie ihm keine Erklärung für ihr Verschwinden schuldig und das Schankmädchen würde ihm sicher sagen, wohin sie gegangen war. Den Rest konnte er herausbekommen, wenn er nachfragte, falls es ihm der Mühe wert war. Onkel Hayo hätte sie gern von ihrem Glück erzählt, aber dies war schwer möglich. Emilia ging davon aus, dass sie irgendwann nach

Wien zurückkäme, vielleicht auch einmal nach Augsburg. Dann konnte sie nach ihren Verwandten sehen. Was für ein Gesicht Tante Irmie wohl machen würde, wenn sie ihr als fürstliche Gewandschneiderin gegenübertrat? Zufrieden lehnte sie sich auf dem Bett zurück, um in glückliche Tagträume zu gleiten.

Es klopfte an der Tür und sie rief den Besuch herein. Evas Gesicht schob sich durch den geöffneten Spalt. Eine große Schüssel mit Wasser ruhte in ihren Händen, außerdem hatte sie ein graues Kleid, das die meisten der Dienstmägde hier trugen, über die Schulter geworfen.

„Das ist für dich. Ich bin froh, dass du jetzt auf Dauer hier bist", sagte sie, während sie ihre Mitbringsel abstellte. „Es hat mir Freude gemacht, für dich zu arbeiten. Du bist nett."

Sie schenkte Emilia ein offenes, warmes Lächeln.

„Ich bin auch froh", erwiderte Emilia, gerührt und leicht verlegen. „Wir haben sicher viel Arbeit vor uns, sobald wir in Ungarn sind, aber das wird uns schon gelingen."

Sie hatte den Erfolg noch nie so nahe gespürt, fast als sei er ein Gegenstand mit klaren Umrissen, nach dem sie nur die Hände auszustrecken brauchte, um ihn zu packen und für alle Zeit an sich zu reißen.

„Du stammst aus Ungarn, nicht wahr?", ermutigte sie Eva zum Reden, denn sie wollte mehr über das Land erfahren, in das sie unterwegs war. Das Mädchen nickte.

„Ja. Mein Vater ist Magister, ein Schullehrer. Aber er hatte nicht viel Geld. Ich kam bereits als Kind in den Dienst der Gräfin."

„Und? Bist du zufrieden?"

Ein Schatten huschte über Evas rundes, hübsches Gesicht.

„Es ist so wie überall auf der Welt", meinte sie schulterzuckend. „Die einen haben das Sagen, die anderen müssen gehorchen."

Sie blieb eine Weile ratlos stehen und Emilia forderte sie mit einer Handbewegung auf, sich zu ihr aufs Bett zu setzen.

„Erzähl mir etwas über die Gräfin und ihre Familie. Ich möchte wissen, was mich erwartet."

Eva legte ihre Hände in den Schoß und ihre Finger verknoteten sich ineinander. Ihr Blick war gerade auf den Boden zu ihren Füßen gerichtet, und sie legte eine kurze Pause ein, bevor sie zu sprechen begann: „Erzsébet Báthory hat drei Kinder. Ihre älteste Tochter

Anna ist bereits verheiratet. Kata, die jüngere, wird die nächste Braut werden. Dann gibt es noch einen Sohn Pál, der bei seinem Erzieher lebt. Ihr Gemahl, der Fürst Nádasdy ist tot."

„Warum nennt sie sich Gräfin Báthory, wenn ihr Gemahl Nádasdy hieß?", fragte Emilia und hörte Eva leise auflachen.

„Weil sie stolz auf ihre Herkunft ist. Die Báthorys sind ein sehr mächtiges Geschlecht, nicht nur in Ungarn. Der König von Polen ist ein Báthory. Und auch der neue Woiwode von Transsylvanien, Gábor, der ist der Neffe der Gräfin. Sie kann ihn gut leiden, fast, als wäre er ihr Sohn. Die Nádasdys sind nicht ganz so wichtig, das sollte ihr verstorbener Gemahl wohl nicht vergessen, deshalb behielt sie ihren Namen nach der Hochzeit bei."

Emilia neigte nachdenklich den Kopf. Sie konnte nicht umhin, von Erzsébet beeindruckt zu sein, denn sie mochte willensstarke Menschen.

„Sie ist eine anspruchsvolle Herrin, nicht wahr?", sprach sie ihre erste Ahnung aus. Eva nickte mit unerwartet ernster Miene. Emilia lächelte sie aufmunternd an und legte einen Arm um ihre Schulter.

„Wir werden es schaffen, sie zufriedenzustellen. Alle zusammen. So, wie wir mit dem Gewand rechtzeitig fertig wurden."

Evas Anspannung schien ein klein wenig nachzulassen, aber sie erwiderte das Lächeln nicht.

„Unter deiner Leitung könnten wir es wirklich schaffen", sagte sie nur. Emilia drückte das Mädchen erfreut an sich. Es tat wohl, in diesem Haus bereits eine Freundin zu haben.

„Ich bin froh, dass wir uns verstehen. Mit den anderen will ich auch auskommen, das ist wichtig, wenn man ständig gemeinsam arbeitet. Übrigens, wo ist eigentlich Annie?"

Nun verzog sich Evas Gesicht schlagartig, als leide sie plötzlich an Schmerzen. „Die hat Ärger bekommen. Wegen Ilona."

Emilia überkam eine ungute Ahnung.

„Wurde sie bei der Gräfin angeschwärzt, weil sie ein paar freche Bemerkungen machte?"

Eva nickte schweigend.

„Und was ist jetzt mit ihr? Wurde sie aus dem Haus gejagt?"

Nachdem Annie ohnehin vorhatte, demnächst zu heiraten, wäre das für sie wohl nicht weiter schlimm gewesen.

„Nein", erwiderte Eva. „Sie ist im Haus eingesperrt und wird heute Abend ihre Strafe bekommen."

Dann stand sie schnell auf.

„Ich muss jetzt los. Hüte dich vor der Sängerin, die ist jetzt schon eifersüchtig auf dich."

„Aber ich bin doch gar nicht von Adel", erwiderte Emilia lachend.

Eva drehte sich kurz um, bevor sie aus dem Zimmer huschte. „Die Gräfin mag dich. Das haben alle gemerkt. Deshalb pass auf wegen der Hertz, denn die teilt die Zuneigung ihrer Herrin nicht gern."

Bevor Emilia genauer nachfragen konnte, war die Tür zugefallen.

Sie genoss es, sich in Ruhe waschen und umkleiden zu können, dann klopfte es nochmals. Diesmal war es die schmächtige Yveta, die sie aufforderte, mit ihr nach unten zu kommen. Emilia gehorchte, ohne weiter nachzufragen, obwohl nun von ihr verlangt wurde, beim Fegen und Staubwischen im großen Speisesaal des Hauses mitzuhelfen. Es gefiel ihr, sich nach vier Jahren bei der schlampigen Tante Irmie und mehreren Wochen in billigen Absteigen endlich wieder in einer tadellos sauberen Umgebung zu befinden, und daher trug sie auch gern ihren Teil dazu bei, diesen Zustand aufrecht zu halten. Die Mädchen arbeiteten alle mit lobenswerter Gründlichkeit, doch vermisste sie jenes ausgelassene Plaudern, das sie von den Dienerinnen und Näherinnen im Haus ihres Vaters kannte. Eine fast beklommene Stille herrschte, bei der man allzu deutlich vernahm, wie Vasen und Statuen nach erfolgter Reinigung wieder auf Simse oder Tische zurückgestellt wurden. Einmal hörte Emilia sogar Yvetas Schnaufen, als diese am anderen Ende des Raumes eine schwere Kiste in die Höhe hob.

„Soll ich dir helfen?", rief sie spontan, doch das Mädchen schüttelte nur den Kopf und kam schweigend auf sie zu.

„Es ist besser, nicht viel bei der Arbeit zu reden", flüsterte sie Emilia ins Ohr. „Das wird uns schnell als Trödelei ausgelegt."

Emilia empfand solche Strenge zwar als übertrieben, beschloss aber, sich fürs Erste an die Regeln zu halten. Sobald die Näharbeiten losgingen, hätte sie wieder die Aufsicht über ihre Mädchen und würde das Plaudern erlauben. Wenn die Gewänder trotzdem rechtzeitig fertig wurden, könnte eine so kluge Frau wie die Gräfin Báthory vielleicht erkennen, dass es auch anders ging.

Sobald der Speisesaal gereinigt war, musste Geschirr aufgetragen werden.

„Hat die Gräfin heute Abend Gäste?", wagte Emilia Eva zu fragen, denn es waren über zehn Teller, die auf der Tafel verteilt wurden.

„Nein!", kam es sehr leise zurück. „Wir essen mit ihr. Das möchte sie, damit sie mit uns gemeinsam beten und uns ermahnen kann."

Emilia verspürte ein nervöses Ziehen in ihrem Magen, der gleichzeitig fordernd knurrte, denn sie hatte seit den Eiern in der Früh nichts mehr gegessen. Während ihrer ersten Tage im Haus der Gräfin hatte sie gemeinsam mit den Näherinnen das Morgen- und Mittagsmahl eingenommen, abends wurde ihr ein Teller in ihre Kammer gebracht. Nun aber gehörte sie gänzlich zur Gemeinschaft, was sie mit Freude erfüllte. Außerdem war sie gespannt, wie es wäre, mit Erzsébet Báthory an einem Tisch zu sitzen.

Sie erhielten nochmals Gelegenheit, sich nach getaner Arbeit in einem Eimer Wasser die Hände zu reinigen, dann begannen andere Bedienstete, die wohl in der Küche arbeiteten, Schüsseln und Bretter hereinzutragen. Die Mädchen standen still, fast versteinert hinter ihren Stühlen, bis die gegenüberliegende Tür aufschwang. Erzsébet Báthory erschien in einem schlichten, dunklen Gewand, um das sie eine mit Spitzen verzierte Schürze gebunden hatte. Jene Haube, die Emilia für sie angefertigt hatte, bedeckte ihr Haar. Hinter ihr schritt Ilona in dem grünen Seidenkleid. Emilias Herz tat einen freudigen Sprung, denn diese Wahl von Kleidungsstücken sagte mehr als tausend blumige Worte des Lobes.

Die Mädchen nahmen nun mit gesenktem Blick Platz, doch bis auf das Rücken von hölzernen Stuhlbeinen über die Dielen blieb es weiterhin so still, als befänden sich nur schwerelose Geister im Raum. Die Gräfin setzte sich an den Kopf der Tafel Platz, Ilonas Platz war unmittelbar neben ihr. Beide falteten die Hände, wobei Ilona noch eine höchst vergeistigte Miene aufsetzte, die Emilia so gekünstelt schien, dass sie mühsam ein Grinsen unterdrückte. Ein Vaterunser wurde gemeinsam auf Deutsch gesprochen. Dann griff die Gräfin zu einer großen Schüssel mit Krautsuppe, an der sie sich bediente. Nach ihr kam Ilona an die Reihe, schließlich die übrigen Mädchen.

„Die hier ist ein protestantisches Haus", sagte Erzsébet Báthory unerwartet zu Emilia. „In welcher Konfession wurdest du erzogen?"

Emilia biss sich auf die Lippen. Der Glaube verbot ihr zu lügen.

„Ich wurde katholisch getauft und erzogen“, gestand sie daher, fügte nach kurzem Überlegen hinzu: „Aber ich habe nichts gegen die reformierte Kirche.“

Erneut wurde sie von der Gräfin prüfend gemustert wie ein neu erworbener Gegenstand, dessen genaue Beschaffenheit noch untersucht werden musste.

„Damit kann ich zufrieden sein“, verkündete sie schließlich zu Emilias Erleichterung. Dann wanderte der stechende Blick ihrer Augen zu den anderen Mädchen. Immer noch war es sehr still, selbst bei der Benutzung des Essgeschirrs gelang es allen Anwesenden, kaum Geräusche zu machen.

„Ich bin nicht unzufrieden mit euch“, unterbrach die Gräfin plötzlich das allgemeine Schweigen. „Ihr seid fleißig und arbeitsam. Doch wünschte ich mir, dass nicht nur Ilona mich darauf aufmerksam macht, wenn eine von euch freche Reden hinter meinem Rücken führt.“

Nun klapperten ein paar Löffel, da sie auf Teller fielen, aber niemand antwortete.

Emilia tat einen tiefen Atemzug. Sie wollte wirklich wissen, worum es jetzt eigentlich ging.

„Meint Ihr Annie, Euer Durchlaucht?“

„Ja, eben die meine ich“, erwiderte die Gräfin sogleich. „Leider ist deutschstämmiges Volk oft nicht willens, sich ungarischem Adel unterzuordnen, obwohl dies der gottgewollten Standesordnung entspricht.

„Annie mag frech gewesen sein, aber ich hatte nicht den Eindruck, dass sie gegen Euch im Besonderen sprach“, meinte Emilia. Wieder hörte sie, wie einige der Mädchen entsetzt Luft holten. Sie zwang sich in eine aufrechte Haltung. An ihren Worten war nichts Unrechtes gewesen.

„Dies war dein Eindruck, aber überlasse es mir, ein Urteil zu fällen“, kam es entschieden von der Gräfin. Emilia nahm die Rüge hin und schwieg.

„Annie wird uns jedenfalls nicht nach Ungarn begleiten“, fuhr Erzsébet fort. „Ich erwarte mir mehr Respekt von meinen Untergebenen.“

Das, erwog Emilia, wäre für Annie sicher kein Weltuntergang, denn sie hatte nicht so geklungen, als ob sie im Dienst der Gräfin bleiben wollte. Falls es ihr an Geld mangelte, würde sie sicher eine andere Stellung finden, wenigstens, bis sie verheiratet war. Da die Angelegenheit also nicht besonders tragisch schien, begann sie, mit Genuss zu essen. Auf die Suppe folgte ein gut gewürzter Rehbraten mit Sauerkraut. Der aufgetragene Wein schmeckte köstlich, sie durfte sich zwei Gläser einschenken und befand, dass es sich bei Erzsébet Báthory nicht schlecht lebte. Nur vermisste sie jene Gesprächigkeit, die sowohl im Haus ihres Vaters als auch bei Onkel Hayo üblich gewesen war. Hier saßen über ein Dutzend Frauen am Tisch, doch gaben sie kaum andere Laute von sich als ein gelegentliches Schmatzen.

Nach dem Abendessen durfte sie wieder in ihre Kammer hochsteigen, denn es dämmerte bereits. Die anderen Mädchen verteilten sich ebenfalls in den Räumen dicht unter dem Dach, doch war es nur ihr vergönnt, allein zu schlafen. Während sie an dem Gewand gearbeitet hatte, war es ihr mehr als recht gewesen, nachts in Ruhe grübeln und sich anschließend kurz ausruhen zu können, doch nun fühlte sie sich von der Gemeinschaft ausgeschlossen. Aber sie würde schon genug Gelegenheiten finden, ihre Gefährtinnen etwas besser kennenzulernen, und vielleicht konnte sie auch für etwas lebhaftere Unterhaltungen bei den Mahlzeiten sorgen.

Als sie die Tür hinter sich geschlossen hatte, setzte sie sich erleichtert auf ihr Bett und zog das weiße Häubchen von ihrem Kopf, um sich mit den Fingern durchs Haar zu fahren, denn ihren Kamm hatte sie in der Herberge vergessen. Dann zog sie ihr neues Gewand aus und löschte die Kerze, mit der sie hereingekommen war. Von draußen drangen noch Stimmen an ihr Ohr, Gefährte quietschten, Pferde wieherten und eine betrunkene Frauenstimme krächzte ein Lied in einer unbekannten Sprache. Große Städte waren niemals völlig still, doch sie wusste, dass sie dennoch gut schlafen würde. Der Wein hatte ihr ein angenehmes Gefühl von Leichtigkeit geschenkt, und sie kroch zufrieden unter ihre Decke. Nun musste sie nicht mehr befürchten, von Kurts gierigen Händen belästigt zu werden.

Sie hatte gerade die Augen geschlossen, als der erste Schrei erklang.

5. Kapitel

Emilia richtete sich auf und rieb ihre Augen. Durch die Butzenscheiben des Fensters drang ein spärlicher Lichtstrahl, sie tastete nach der Kerze und dann fiel ihr ein, dass sie keinen Feuerstein hatte, um sie anzuzünden.

Wieder hörte sie das spitze, verzweifelte Klagen einer Frauenstimme, die Schmerz in die Welt herausschrie. Sie tastete im Dunkeln nach dem Kleid und es gelang ihr, es rasch überzustreifen. Die Schuhe konnte sie nicht finden, schlich daher auf bloßen Füßen über die Dielen zur Tür. Die gepeinigte Frau heulte erneut auf und plötzlich knallte auch von draußen etwas gegen die Hauswand.

„Ketzerweib!“, rief eine junge Männerstimme. „Hexe, du gehörst auf den Scheiterhaufen!“

Emilia stieß die Tür ihrer Kammer auf und tapste in den dunklen Gang. „Was ist da draußen los?“, fragte sie in die Finsternis hinein. Eine Weile blieb es still, dann hörte sie das Knarren einer Tür, die ein Stück neben ihr aufging. Schritte trappelten, zwei weiche Arme umfingen sie. Im Dunkelgrau tauchten die Umrisse von Evas rundem, hübschen Gesicht auf.

„Reg dich nicht auf und geh wieder schlafen. Die Gräfin bestraft gerade Annie, die deshalb ein großes Geplärr veranstaltet.“

Emilia zog das Mädchen zu einem Fenster, um etwas besser sehen zu können. Ein weiterer Schrei erschreckte sie, doch klang er nun kläglicher, schwächer, als hätte wütender Protest sich in Resignation verwandelt. Prompt knallte draußen wieder etwas gegen die Wand.

„Der Onkel von Annies Verlobten ist Mönch im Augustinerkloster gegenüber“, erklärte Eva. „Der hetzt schon länger gegen die Gräfin, weil sie Lutheranerin ist. Die Mönche werfen daher Töpfe an die Mauer. Das haben sie schon öfter getan, höre einfach nicht hin.“

Emilia umschlang ihren Oberkörper mit den Armen, denn sie fror. „Was geschieht mit Annie?“, stammelte sie.

„Prügel wahrscheinlich“, erwiderte Eva gleichmütig. „Sie hätte besser aufpassen sollen, was sie sagt.“

Oder schweigen, schoss es Emilia durch den Kopf. So wie hier alle meist schwiegen.

„Aber sie hat doch nur gesagt, dass sie lieber einen Ehemann haben will, als einer feinen Dame zu dienen“, widersprach sie ratlos.

„Die Hertz schilderte es sicher schlimmer. Die Gräfin mochte Annie zunächst, da sie energisch und klug ist, und das missfiel der Hertz. Hüte dich vor ihr, das habe ich schon gesagt.“

Evas ernste Stimme rieselte sanft auf Emilia hinab wie ein leises Lied, das sie beruhigen sollte.

„Ein paar freche Worte und sie wird gleich geprügelt?“, widersprach Emilia, denn sie kannte solches Verhalten nicht. Ihr Vater war niemals so hart mit Bediensteten umgegangen. Und Tante Irmie hätte Grete in dem Fall schon längst totschlagen müssen.

„Mein Vater schlug mich auch, wenn ich ihm widersprach“, entgegnete Eva. „Und in anderen Fürstenhäusern wird ebenso geprügelt. Nimm es hin, denn du kannst es nicht ändern. Mache deine Arbeit weiter gut und sei vorsichtig, was du sagst. Und jetzt geh schlafen.“

Sie begann, sich zu entfernen. Emilia streckte zaghaft die Hände aus, denn in ihrem Inneren brodelte es und sie hätte das Gespräch gern fortgesetzt, doch Eva entzog sich ihr.

„Es macht keinen guten Eindruck, wenn wir hier nachts herumstehen. Geh lieber in deine Kammer zurück“, flüsterte sie schnell, bevor sie hinter einer Tür verschwand. Emilia blieb dennoch eine Weile stehen, die Arme vor der Brust verschränkt, den Kopf gegen die Butzenscheiben gelehnt. Sie spürte, dass sie zitterte, was nicht nur an der nächtlichen Frische lag. Die rasende Freude, in den Dienst der Gräfin aufgenommen worden zu sein, war einem dumpfen Gefühl des Unbehagens gewichen. Wollte sie wirklich die nächsten Monate, vielleicht Jahre ihres Lebens bei jedem Wort, das sie sprach, achtsam sein müssen? Aber vielleicht ließ sich dieses Problem lösen, indem sie sich mit Ilona Hertz anfreundete oder einen unanfechtbar sicheren Platz in der Gunst der Gräfin gewann. Warum sollte sie sich so schnell entmutigen lassen?

Annies Schreie waren zum Glück verstummt und begannen in ihrer Erinnerung bereits leiser zu werden. Sie tastete sich vorsichtig in ihre Kammer zurück, fand das Bett und war erleichtert, als sie unter der Decke nur noch Dunkel, Wärme und Stille wahrnahm.

Wieder schrie jemand, doch diesmal klang es nicht nach Schmerz, sondern nach blankem Entsetzen. Emilia sprang noch im Halbschlaf aus dem Bett. Draußen dämmerte bereits der Morgen, sodass sie keine Schwierigkeiten hatte, ihre Schuhe zu finden, noch bevor sie ihr Kleid wieder übergestreift hatte. Mit zerzaustem Haar und ohne Haube rannte sie nach draußen, wo die übrigen Mädchen bereits eine aufgebracht tuschelnde Traube geformt hatten. Worte in einer fremden Sprache flogen durch die Luft wie ein Schwarm verschreckter Vögel.

„Jemand muss die Gräfin wecken", sagte plötzlich Yveta auf Deutsch. Auch sie trug keine Haube, stand gar noch in ihrem Leibchen da und hatte sich eine Decke über die Schultern geworfen. „Sie muss erfahren, was geschehen ist, am Besten aber nicht von Ilona Hertz."

Erwartungsvoll blickte sie in Emilias Richtung. Ein paar der Mädchen nickten zustimmend. Eva, die bereits vollständig bekleidet war, hielt sich im Hintergrund und sah schweigend zu Boden.

„Was ist denn überhaupt geschehen?", fragte Emilia verwirrt. „Warum hat jemand geschrien?"

„Dorota!", rief eine unbekannte Stimme in einem harten, fremd klingenden Deutsch. „Dorota hat gesehen Annie. Deshalb hat geschrien."

„Aber wo ist Annie denn?", sprudelte es mit unguter Ahnung aus Emilia heraus. Wieder fröstelte sie, obwohl jenseits der Mauern bereits ein heißer Sommertag aufzuziehen begann. Die Mädchen antworteten nicht, nur Yveta trat langsam vor und legte ihre Hand auf Emilias Arm.

„Komm!", sagte sie nur und zog Emilia zu der Treppe, die ins untere Stockwerk führte. Es waren steile, schmale Stiegen, denn hier oben hausten nur gewöhnliche Dienstmägde. Unmittelbar darunter begann das herrschaftliche Haus und an der Wand war von oben aus ein buntes Stück Tapisserie zu erkennen. Womöglich befand sich das Schlafgemach der Gräfin in diesem Stockwerk. Ein weicher Teppich zierte den Boden, auf dem Annie in ihrem grauen Gewand ruhte. Die Haube war ihr vom Kopf gerutscht und hatte sich rot verfärbt. Die Arme lagen reglos da wie zufällig hingeworfene Stöcke. Emilia hörte sich selbst leise aufschreien und eilte dann die Stufen hinunter, um

Annies Gesicht bald schon aus der Nähe betrachten zu können. Die starr geradeaus blickenden Augen waren weit aufgerissen, die linke Wange geschwollen. Aus dem Hinterkopf floss ein dicker, roter Strom, der weiter die Haube durchtränkte. Ihr Körper schien unversehrt, war vollständig bekleidet, als könnte sie jeden Augenblick aufstehen und weiter den Gang entlanglaufen, doch entdeckte Emilia an den Handgelenken rote, wunde Streifen, die auf eine Fesselung hinwiesen.

„Dorota hat sie gefunden", hörte sie Yveta in ihrem Rücken sagen. „Sie stand früh auf, weil sie im Speisesaal kehren sollte, bevor das Morgenmahl aufgetragen wird. Dann sah sie Annie hier liegen und schrie."

Emilia ging langsam in die Knie und entdeckte ein verschnürtes Bündel dicht neben dem reglosen Körper. Sie strich über Annies pausbäckiges Gesicht, streichelte sanft die wunde Wange und legte ihre Hand dann auf die Stelle, wo das Herz hätte schlagen sollen.

Annie würde ihren Verlobten nicht an Fronleichnam heiraten und auch nicht später. Sie würde niemals wieder aufstehen, lachen und freche Bemerkungen machen. Die prächtige Tapisserie an der Wand begann zu verschwimmen und im Kreis zu tanzen, während Emilia für einen Augenblick in die Vergangenheit glitt, in jenes Elternhaus, das sich innerhalb weniger Tage in eine Herberge der Toten verwandelt hatte. Sie musste sich an der Wand abstützen, um nicht zu fallen und neben Annie liegen zu bleiben.

„Sie muss gestürzt sein", vernahm sie plötzlich Evas Stimme. „Ich glaube, sie rutschte auf der Treppe aus."

Emilia packte und schüttelte Annies Körper noch einmal in der verzweifelten Hoffnung auf eine Regung, einen schwachen Hauch von Leben. Als sie ihn anhob, bemerkte sie, dass auch der Stoff am Rücken Blutspuren aufwies, doch waren diese geradlinig wie die Folgen von Hieben.

„Sie ist geschlagen worden", murmelte sie mit zusammengebissenen Zähnen.

„Ja, das war ihre Strafe", sagte Eva unbeirrt. Emilia ergriff mit zitternden, schweißnassen Händen das Bündel und zerrte daran, bis sie das dicke Leinen aufgerissen hatte. Weiße Unterröcke quollen ihr entgegen, eine spitzenverzierte Haube, und schließlich purzelte ein Holzschuh heraus. Wahrscheinlich hatte Annie in ihrer knapp bemessenen freien Zeit bereits an ihrem Hochzeitskleid gearbeitet, das sie nun niemals tragen würde.

„Jemand muss es der Gräfin sagen“, wiederholte Yveta kurz darauf. „Sie wird nicht begeistert sein. Bitte, Emilia, dich mag sie. Tue du es, denn du bekommst ihren Zorn nicht so schnell zu spüren.“

Zustimmendes Gemurmel erklang. Emilia stand langsam auf. Ihr ganzer Körper bebte und sie spürte das Nass der Tränen, die ihr über die Wangen liefen, obwohl sie sich innerlich tot fühlte, als sei der Schmerz nicht wirklich Teil ihrer selbst.

„Es sieht aus, als hätte sie das Haus verlassen wollen. Deshalb hatte sie ein Bündel mit ihren Habseligkeiten dabei“, überlegte sie laut. In diesem Fall wäre Annie nur ein paar Treppenstiegen von ihrem erträumten Glück entfernt gestorben.

„Die Gräfin wird Nachforschungen anstellen, was wirklich geschehen ist“, meinte Eva. „Aber sie muss davon erfahren.“

„Vielleicht sollte Ilona Hertz mit der Gräfin reden“, überlegte Emilia laut, während sie sich mit dem Ärmel das Gesicht abwischte. „Wo ist die denn überhaupt?“

„Sie hockt zu Füßen ihrer Herrin, wie es sich für einen guten Schoßhund gehört“, rief plötzlich eine unbekannte Mädchenstimme aus dem oberen Stockwerk. Verhaltenes Gekicher erklang. Emilia verstand nicht, wie jemandem in dieser Lage nach Scherzen zumute sein konnte.

„Ich führe dich zu den beiden“, bot Eva sich an. „Aber bitte vergib mir, wenn ich nicht mit hineinkomme. Die Gräfin kann bei schlechten Nachrichten sehr unleidlich werden.“

„Ach ja, und mir gegenüber wird sie das nicht?“, entgegnete Emilia schnippisch, denn sie hatte das Gefühl, dass eine schwere Last hier allein ihr aufgebürdet werden sollte.

„Du bist hier in deiner Heimat“, erwiderte Yveta. „Zudem bist du keine Leibeigene und kannst dir eine andere Dienstherrin suchen.“

Eben dies hätte Annie auch gekonnt, fiel Emilia ein, doch war es ihr nicht gelungen, lebend dieses Haus zu verlassen.

Sie zögerte kurz, brachte Ordnung in ihre Gedanken. Vielleicht war es besser, gleich zu erfahren, wie Erzsébet Báthory mit einem solch tragischen Ereignis umging, denn sie hatte wirklich immer noch die Möglichkeit, auf die Mitfahrt nach Ungarn zu verzichten. Dort, so ahnte sie, wäre sie der ungarischen Gräfin gänzlich ausgeliefert, und daher sollte sie besser herausfinden, was von ihr zu halten war.

„Gut“, stimmte sie schließlich zu. „Ich werde mit der Gräfin reden.“

Die Mädchengesichter starrten sie nur stumm an, doch meinte sie, eine gewisse Erleichterung auf ihnen zu entdecken. Eva ging sogleich entschlossen los, und Emilia folgte. Es ging den Gang entlang, einmal um die Ecke, und schließlich blieben sie von einer breiten Tür stehen.

„Dahinter ist das Schlafgemach der Gräfin“, sagte Eva. Emilia zögerte einen Moment, sah Eva an, und als die nichts tat, begann sie selbst zaghaft zu klopfen.

„Lauter. Die Gräfin schläft“, sagte Eva. Emilia folgte der Anweisung, obwohl sie etwas verärgert war, dass Eva ihr kein bisschen helfen wollte. Mit der Faust schlug sie gegen die Tür.

„Euer Durchlaucht, vergebt mir, aber es ist etwas Schreckliches geschehen!“, rief sie und war stolz, wie fest ihre Stimme dabei klang.

Sobald die Tür sich knarrend zu öffnen begann, huschte Eva davon. Emilia holte Luft, erwartete Erzsébets strenges Gesicht und trat unwillkürlich einen Schritt zurück, als Ilona Hertz ihr entgegenblickte.

„Was gibt es?“, fragte die junge Dame.

„Annie ist tot“, erwiderte Emilia sogleich. „Es … es sieht wie ein Unfall aus.“

Ilona verzog leicht das Gesicht und verschwand für einen Augenblick.

Emilia vernahm Getuschel in einer fremden Sprache. Sie war überrascht, denn sie hatte nicht damit gerechnet, dass das Fräulein Hertz Ungarisch reden konnte.

„Komm herein!“, erklang schließlich Erzsébets kühle Stimme und die Tür wurde weiter geöffnet. Emilia betrat ein großes Zimmer, nahm mit Schnitzereien verzierte Möbel und ein Bett mit samtenem Baldachin wahr. Die Gräfin trug ein weißes Nachtgewand. In dem Licht, das von den Butzenscheiben gedämpft ins Zimmer drang, hatte ihr Haar die Farbe von Asche, doch hing es in sehr dichten, kräftigen Strähnen bis zu ihren Hüften hinab. Trotz aller unleugbaren Zeichen des Alters hatte diese Frau die grazile Gestalt einer Waldfee.

Emilia knickste.

„Euer Durchlaucht, die Mägde haben Annies unterhalb der Stufen gefunden. Sie regt sich nicht, ich fürchte, sie ist tot."

Erzsébet sog laut Luft ein. Ihre Hände verkrampften sich ineinander und ein paar Falten erschienen auf ihrer Stirn.

„Wie ist das geschehen?", fragte sie völlig ruhig.

„Ich kann es nicht mit Sicherheit sagen, aber es sieht so aus, als hätte sie das Haus verlassen wollen und sei dabei gestürzt", erwiderte Emilia.

„Es sähe ihr ähnlich, sich so ungeschickt anzustellen", mischte Ilona sich ein. Emilia warf ihr einen empörten Blick zu, den sie nicht beachtete. Die Gräfin ging nicht darauf ein.

„Ich muss einen Blick auf den Leichnam werfen", sagte sie nur und ergriff einen samtenen Umhang, der neben dem Bett lag. Dann lief sie gemeinsam mit Emilia los.

Einige der Mädchen mussten bereits in ihren Kammern verschwunden sein, denn die Gruppe um Annie war kleiner geworden. Beim Eintreffen der Gräfin wichen auch die Verbliebenen schweigend zurück. Erzsébet beugte sich über Annies Körper, befühlte die Kehle und den Puls. Ein Stück hinter ihr stand Ilona, die unaufgefordert mitgekommen war. Auch sie trug ein spitzenverziertes Nachthemd, das teuer gewesen sein musste, und hatte sich einen gehäkelten Schal um die Schultern geschwungen. Emilia begann sich für einen Moment zu fragen, weshalb die Sängerin im Schlafgemach der Gräfin gewesen war, doch wurde ihre Aufmerksamkeit bald wieder von wichtigeren Dingen in Anspruch genommen.

„Mein verstorbener Gemahl sagte mir, dass man Ohnmächtigen brennendes Papier zwischen die Zehen stecken soll, und dann würden sie wieder zu sich kommen. So machten sie es im Heereslager", erklärte Erzsébet. „In einigen Fällen hatte ich damit Erfolg, aber ich fürchte, jetzt hat es keinen Sinn. Dieses Mädchen ist mit Sicherheit tot."

Sie rieb ihre Hände, die blutverschmiert waren, da sie Annies Kopf berührt hatte.

„Weckt die Wachleute, damit sie den Leichnam der Familie überbringen", fuhr sie fort. „Die lebt nicht weit weg von hier. Wahrscheinlich wollte Annie sich unerlaubt entfernen, um zu ihnen zu gehen."

„Ihr hattet sie bestraft?", wagte Emilia zu fragen. Erzsébet musterte sie überrascht, aber nicht zornig.

„Ja, denn sie war frech gewesen. Aber ich hatte ihr die Erlaubnis erteilt, meine Dienste Ende dieser Woche zu verlassen. Sie wollte früher gehen, und das wurde ihr zum Verhängnis."

Die Gräfin richtete sich auf. Etwas an der Art, wie sie sprach und sich bewegte, machte stets deutlich, dass sie die meiste Zeit ihres Leben zu den Leuten gehört hatte, die anderen Befehle erteilen konnten.

„Sobald der Leichnam fortgeschafft wurde, könnt ihr euch zum Morgenmahl fertigmachen. Wir werden beim gemeinsamen Gebet Annies gedenken und Gott den Herrn bitten, ihre Seele gnädig aufzunehmen. Später im Laufe des Tages werde ich noch eine Nachricht an ihre Familie schicken, um alles zu klären, und natürlich eine entsprechende Entschädigung hinzufügen."

Die Mädchen schwiegen weiter, und ihre Gesichter verrieten keinerlei Gefühlsregung.

„Ihr wollt der Familie Geld schicken?", meldete Emilia sich nochmals zu Wort. Sie hatte nicht vorwurfsvoll klingen wollen, doch ahnte sie, dass ihre Worte trotzdem eine solche Wirkung erzielen konnten.

Evas Augen wurden etwas größer.

„Ja, das werde ich", entgegnete Erzsébet völlig gelassen. „Und es ist großzügig von mir, denn das Mädchen starb durch eigene Ungeschicklichkeit, nicht durch mein Verschulden. Es war wahrscheinlich noch dunkel, als sie die Stufen hinunterging, gegen meinen ausdrücklichen Befehl, bis Ende der Woche im Haus zu bleiben. Angesichts der tragischen Umstände sehe ich aber über ihren Ungehorsam hinweg."

Sie entfernte sich mit raschen Schritten und Ilona eilte wie ein treues Hündchen hinterher.

Sobald sie um die Ecke gebogen waren, setzte wieder Getuschel ein, doch blieb es recht leise. Die Mädchen begannen, wieder die Stiegen hochzugehen.

„Ich werde der Wache Bescheid geben, sobald ich angekleidet bin", sagte Yveta und winkte Emilia dann, ihr nach oben zu folgen.

„Ist die Sache denn damit erledigt?", fragte Emilia, deren Knie sich immer noch anfühlten wie aus Butter geformt. Sie wusste, dass Annies ins Leere starrende Augen und der Anblick ihrer von Schlägen geschwollenen Wange in einem toten Gesicht sie noch lange Zeit verfolgen würden.

„Was sollte denn noch getan werden?“, fragte Eva. „Die Gräfin trug es mit Fassung. Wir werden für Annie beten und ihre Familie erhält eine Entschädigung.“

„Ich glaube, Annie wollte das Haus verlassen, weil sie wütend über die Prügel war“, warf Emilia ein. Yveta, die bereits im oberen Stockwerk stand, beugte sich kurz, um sie anzusehen.

„Annie war noch nicht lang genug im Dienst der Gräfin, um aufzupassen, was sie sagte. Das solltest auch du lernen, wenn du uns nach Ungarn begleiten willst. In Csejte geht es noch strenger zu.“

„Aber warum?“, fragte Emilia.

„Weil wir dort alle Leibeigene sind. Und die Frauen, die in Csejte das Sagen haben, also die Haushälterinnen des Schlosses, überwachen uns ständig. Sie prügeln gern, glaub mir.“

Zustimmendes Gemurmel erklang.

„In Wien ist es besser für uns“, erklärte Eva und hakte sich bei Emilia ein. „Bevor die Hertz kam, da war es sogar richtig schön hier, aber auch mit ihr geht es noch. Aber wir sind alle froh, dass du mit uns nach Ungarn kommen willst, denn die Gräfin schätzt dich und du behandelst uns gut, wenn wir für dich arbeiten.“

Sie schob Emilia die Stiegen hoch und schien sie dabei fast gewaltsam festzuhalten.

Zwei Tage später begann die Abreise. Vorher war Emilia von Sonnenaufgang bis zum Einbruch der Nacht damit beschäftigt gewesen, Kleidungsstücke und Schmuck in Kisten zu verstauen. Zudem wurden auch ein paar kleine Möbelstücke, Vasen und Statuen in Tücher gewickelt, damit sie während der Reise keinen Schaden nahmen. Beim Verladen auf Karren packten die Heiducken mit an, während die Mädchen noch das Haus fegten und Staub wischten, bevor die verbleibenden Möbel mit großen Tüchern abgedeckt wurden. Ein älterer Herr mit ungarischem Namen, der Anführer der Heiducken, sollte als Verwalter zurückbleiben, außerdem das Küchenpersonal, das nun auch für die Ordnung im ganzen Haus zuständig wäre. Emilia erfuhr überrascht, dass ihr das Privileg zustehen sollte, gemeinsam mit Ilona in der Kutsche der Gräfin zu sitzen, während die übrigen Mädchen auf einem offenen Karren reisen würden. Niemand außer ihr selbst staunte über diese Entscheidung, die von Erzsébet beim Frühstück verkündet wurde. Ilona lächelte ihr daraufhin mit zuckersüßer Miene ins Gesicht und beteuerte, wie sehr sie sich über die unerwartete Gesellschaft freute, doch Emilia vermeinte, ein zorniges Blitzen in den Augen der Dame zu erkennen. Sobald das Geschirr abgetragen worden war, mussten die letzten Gepäckstücke verladen werden. Emilia trat mit einem Bündel Kleidung aus dem Haus, sah etliche Bedienstete aufgeregt herumhuschen und wollte sich einen Weg durch die Menge bahnen, als jemand plötzlich ihren Ärmel packte.

„Emmy!“

Vor Schreck ließ sie beinahe ihr Bündel fallen. Kurt stand unmittelbar neben ihr. Er stank nicht mehr nach Wein, doch war sein Hemd von großen, hässlichen Flecken bedeckt und ein dichter Bart wucherte auf der unteren Hälfte seines Gesichts. Unter den verquollenen Augen lagen tiefe Schatten, die ihn ungewohnt alt wirken ließen.

„Was willst du?“, fuhr Emilia ihn an, denn sein Auftauchen schien ihr höchst unangebracht.

„Mit dir reden, was sonst?“ Er trat von einem Fuß auf den anderen. In dem Gedränge fiel ihre Unterhaltung kaum auf, nur wurden sie immer wieder angerempelt. Emilia trat so unauffällig wie möglich an die Hauswand, wohin Kurt ihr folgte.

„Es war falsch, wie ich mich dir gegenüber benommen habe“, begann er ohne Zögern. „Ich war völlig betrunken, und ehrlich gesagt …“

Er hob ratlos die Hände.

„Gewöhnlich mögen mich die Frauen. So eine wie du ist mir noch nicht untergekommen.“

„Ich bedauere, dass ich so eine Enttäuschung für dich war“, erwiderte Emilia schnippisch. „Da ist es doch gut, wenn unsere Wege sich jetzt trennen.“

Sie wollte sich an ihm vorbei schieben, aber er hielt ihren Arm fest.

„Bitte, Emmy, geh nicht mit dieser Gräfin Báthory!“

„Und warum nicht? Weil ich dort eine Zukunft haben könnte, die du mir niemals bieten kannst?“

Kurt schubste sie mit einem wütenden Stoß an die Mauer zurück.

„Weil es Gerede über sie gibt. Es heißt, sie sei grausam. Unberechenbar. Wie eine Hexe.“

Emilia lachte spöttisch auf.

„Das ist dummes Gerede! Was soll ich darauf geben? Ich bin die ganze Zeit gut mit ihr zurechtgekommen."

Mit diesem Wissen bekämpfte sie alles Unbehagen, das Kurts Worte trotz allem in ihr geweckt hatten. Annies Tod hing immer noch wie eine dunkle Wolke über diesem prächtigen Haus und raubte ihm etwas an Glanz. Aber ein tragischer Unfall konnte überall geschehen.

„Komm wieder mit mir, Emmy", drängte Kurt nun mit einem von Trauer umflorten Blick, der sie entfernt an einen bettelnden Hund erinnerte. „Ich werde mich besser benehmen, das verspreche ich dir. Es lief doch nicht schlecht mit uns beiden. Ich habe schon wieder ein paar gebrauchte Gewänder in Aussicht, aus denen du sicher etwas zaubern kannst."

Die Worte glitten sanft in ihre Ohren und weckten die Sehnsucht nach einem sicheren, vertrauten Ort, den sie in der Nähe erahnte. Sie hatte in Kurts Gegenwart niemals wirkliche Furcht empfunden, selbst in der Nacht, als er sich auf sie hatte stürzen wollen, war Empörung ihr stärkstes Gefühl gewesen, denn sie hatte gewusst, dass er im Grunde ein gutmütiger Kerl war, der niemandem echtes Leid zufügen würde. Das Leben im Dienst der Gräfin hingegen glich einem Weg über spiegelglatt gefrorenen Boden, bei dem sie stets achtgeben musste, nicht auszurutschen oder in eisig kaltes Wasser zu fallen, weil sich unerwartet ein Loch unter ihr aufgetan hatte.

Sie hob ihren Kopf und sah in Kurts Gesicht. Er war in der Tat kein schlecht aussehender Mann, sobald er sich wieder rasiert hätte. Das Schankmädchen in der Herberge hatte recht gehabt, das Schicksal konnte einer Frau einen weitaus übleren Gefährten zuspielen. Gleichzeitig erwachte die Neugier, welche Gewänder er inzwischen wieder aufgetrieben hatte.

„Komm, Emmy", drängte Kurt, als könne er ihren allmählichen Sinneswandel spüren. „Wir gehen einfach. Sie kann dich nicht gewaltsam zurückhalten."

Das konnte die Gräfin in der Tat nicht, doch wäre dann jede Rückkehr unmöglich, denn Emilia hatte inzwischen begriffen, dass Erzsébet nicht zu jenen Menschen gehörte, die leicht vergaben. Während sie sich noch für ein paar Atemzüge an die Mauer lehnte, zog ein Leben an Kurts Seite vor ihr vorbei wie die Bilder, die Bänkelsänger hochhielten, um ihre Geschichten damit zu untermalen. Sie würde ihn nicht endlos abwehren können, denn es war der Lauf der Welt, dass eine Frau bei dem Mann lag, zu dem sie gehörte. Kinder würden folgen, die sie auf klappernden Wagen und in schäbigen Herbergen aufziehen würde. All ihre Mühen, sich durch Fleiß ein besseres Leben erkämpfen zu können, wären vergeblich, wenn Kurt alle überschüssigen Einnahmen sofort versoff oder Dirnen in den Rachen stopfte. Und die Gefährtin eines Hausierers käme für einen anständigen Bürger niemals als mögliche Braut infrage. Sicher, es gab schlimmere Leben als dieses. Aber sie hatte ein anderes gewollt. Die weiche, mit Leder bezogene Bank in der Kutsche der Gräfin stieg in ihrer Erinnerung hoch. Neben Ilona war nur ihr das Privileg zuteilgeworden, darauf sitzen zu dürfen.

„Es tut mir leid", sagte sie. „Aber meine Entscheidung ist gefallen. Wenn du wieder nach Augsburg kommst, dann erzähle bitte meinem Onkel, wohin ich gefahren bin, und dass ich mich bei ihm melden werde, sobald es möglich ist."

Sie lächelte Kurt zum Abschied kurz an und setzte sich in Bewegung. Wieder krallten seine Finger sich um ihren Ellbogen, doch diesmal fiel es einem der Heiducken auf, der sich sogleich mit grimmiger Miene vor den heruntergekommenen Hausierer stellte. Kurt schlug die Augen nieder und trat ein paar Schritte zur Seite. Als er in der Menschenmenge verschwand, überkam Emilia ein Anflug von Trauer, doch wurde sie rasch abgelenkt, als Erzsébet nach ihr rief.

Die Mittagssonne stand schon hoch am Himmel, als einer der Heiducken in ein Horn blies, um zur Abreise aufzurufen. Die Mädchen sprangen rasch in ihren Karren, Kutscher trieben die Pferde mit Schnalzlauten an und Emilia nahm gegenüber der Gräfin Platz, unmittelbar neben Ilona Hertz. Erzsébet saß aufrecht da, hatte ein Buch in den Schoß gelegt und faltete ein Schreiben auseinander, das ihr kurz vor der Abreise übergeben worden war. Ihre Lektüre malte ein paar Falten auf ihre Stirn, und ihre Lippen formten unverständliche Worte. „Es wird wirklich Zeit, nach Ungarn zurückzukehren", teilte sie schließlich niemand Bestimmtem mit. „Schon wieder hat jemand versucht, mir ein paar Ländereien zu entreißen. Graf Thurzó, der als neuer Palatin den Habsburger König in Ungarn vertritt, ist ein Versager. Er vermag nicht für Ordnung zu sorgen."

„Ich bin mir sicher, dass Ihr alles bald wieder zum Besten regeln werdet", erklang nun Ilonas Stimme. Erzsébet erwiderte nichts, sondern begann, durch das Fenster zu betrachten, wie die Gebäude Wiens an ihnen vorbeizogen. Emilia tat es ihr gleich. Bald schon würde sie sich an Orten aufhalten, wo fremde Sprachen gesprochen würden, was Wien zu einem letzten Stück Heimat für sie machte. Nun nahm sie leise Abschied.

Sie hatten schon den Roten Turm erreicht, hinter dem ein großes Stadttor den Weg nach Osten freigab, da erklang plötzlich ein heftiger Knall an der Tür der Kutsche. Emilia spürte, wie Ilona neben ihr zusammenzuckte. Die Gräfin hingegen blieb völlig ruhig, runzelte nur leicht die Stirn.

„Da ist etwas gegen die Wand geflogen, kein Grund zur Aufregung", sagte sie. „Aber warum fahren wir nicht weiter?"

Erst da fiel Emilia auf, dass die Kutsche tatsächlich stehengeblieben war. Die Gräfin stieß einen ungeduldigen Seufzer aus, tappte mit einem Fuß gegen den Boden und wandte sich dann zum Fenster, wohl um dem Kutscher etwas zuzurufen. Genau in diesem Moment prallte eine dunkle Form gegen die Scheibe, ein Klirren erklang, es regnete Scherben und ein Stein landete zu ihrer aller Füßen. Ilona stieß einen spitzen Schrei aus, auch Emilia fuhr diesmal erschrocken zusammen. Erzsébet war rechtzeitig zurückgewichen und daher unversehrt, doch schien ihr Gesichtsausdruck noch starrer als gewöhnlich.

„Eine von euch soll nachsehen, was da draußen los ist", wies sie ihre zwei Begleiterinnen an. Emilia nahm Ilonas Bewegung an ihrer Seite wahr, kam ihr aber, von schlichter Neugier angetrieben, zuvor. Sicherheitshalber öffnete sie die Tür nur einen Spaltbreit, denn ihr Gesicht wollte sie am Fenster nicht zeigen. Eine Gruppe junger Männer hatte die Kutsche umstellt. Zwar waren sie unbewaffnet, standen jedoch breitbeinig da wie eine Felsformation, die sich nicht so leicht entfernen lassen würde. Da sie die Kleidung einfacher, harmloser Bürger trugen und die Heiducken zudem hinter der Kutsche herritten, waren sie nicht gleich abgewehrt worden. Aber was wollten sie denn nun von der Gräfin?

„Mörderin!", rief einer von ihnen. „Vermaledeites Teufelsweib!"

Ein Gesicht tauchte dicht vor dem zerstörten Fenster auf. Es war blass, von einem blonden Bartflaum bedeckt und sehr, sehr zornig.

„In der Hölle wirst du schmoren, wie du es verdienst!", rief der Jüngling und spuckte aus. Emilia duckte sich vorsichtshalber, obwohl sie keine echte Furcht empfand, denn der Angreifer schien ihr nur hilflos in seinem Zorn, der ihm Tränen in die Augen getrieben hatte. Gleich würden die Heiducken eingreifen, dachte sie, doch Erzsébet kam ihnen zuvor, indem sie mit einem energischen Ruck die Tür aufstieß. Der Jüngling geriet dadurch ins Straucheln, stolperte ein paar Schritte rückwärts, fand dann aber sein Gleichgewicht wieder. Erzsébet stand nun unmittelbar vor ihm, aufrecht wie eine Säule.

„Wenn du mich für eine Mörderin hältst, so erhebe Anklage", sprach sie laut. „Du hast kein Recht, meine Kutsche zu beschädigen und meine Abreise zu verzögern."

Sie hob ihre rechte Hand und schlug ihm ins Gesicht. Für eine schmächtige Frau schien sie über viel Kraft zu verfügen, denn der Jüngling schwankte nochmals rückwärts. Die Gräfin rief ein paar Worte auf Ungarisch, wodurch sie ihre Heiducken endlich herbeizauberte. Angesichts all der bewaffneten Männer lief der Angreifer davon, gefolgt von seinen Begleitern, die ihm ohnehin keine besondere Hilfe gewesen waren.

„Ich glaube, das war Annies Verlobter", flüsterte Emilia Ilona zu, da es sonst niemanden gab, dem sie diesen Gedanken hätte mitteilen können. Die junge Dame nickte stumm. Sie sah blass und mitgenommen aus, als hätte sie um ihr Leben gefürchtet.

Im nächsten Moment hatte Erzsébet die Kutsche wieder bestiegen und rieb ihre Hand, die den Handwerker geohrfeigt hatte, mit einem kleinen Tuch, wie um sie von Schmutz zu befreien.

„Er hätte für diese Frechheit eine Tracht Prügel oder gar den Strang verdient", sagte sie nur. „Aber dazu haben wir nun nicht die Zeit. Also lasst uns endlich durch das Tor fahren. Sobald wir in Csejte sind, werde ich das Fenster richten lassen."

Als hätte der Kutscher ihre Worte hören können, setzte das Gefährt sich wieder in Bewegung. Emilia merkte, wie ihr das Herz in der Brust hämmerte. Die Wut, der Schmerz und die Hilflosigkeit im Gesicht der jungen Mannes würden sich in ihr Gedächtnis brennen, ebenso wie es der Anblick der toten Annie getan hatte. Aber der Drang, noch schnell aus der Kutsche zu springen, bevor sie Wien verlassen hatte, schien ihr übertrieben und deshalb zwängte sie ihn nieder.

6. Kapitel

In den nächsten Tagen bekam Emilia wieder hauptsächlich Wiesen, Wälder, Dörfer und Felder zu sehen, doch von einer bequemen Kutsche aus betrachtet waren sie durchaus malerisch. Im warmen Licht der Augustsonne leuchtete Gottes Schöpfung satt und golden, sandte angenehme, frische Gerüche durch das zerstörte Fenster der Kutsche und linderte so Emilias Sehnsucht nach der vertrauten Enge innerhalb sicherer Stadtmauern.

Schließlich erreichten sie Preßburg, das die Gräfin Pozsony nannte, die neue Hauptstadt Ungarns, nachdem vor etwa achtzig Jahren große Teile des Landes von den Türken erobert worden waren, darunter auch Pest, das einst Sitz der königlichen Residenz gewesen war. In Preßburg wurde eine Nacht verbracht, dann gelangten sie bereits zur Mittagszeit an einen kleineren Ort namens Vágújhely und schließlich ging es weiter zum Schloss der Gräfin. Csejte war ein kleines Dorf, eingebettet in eine hügelige, von dichten Wäldern überwucherte Landschaft. Stumpfe, von der Sonne verbrannte Gesichter, deren Haut an gegerbtes Leder erinnerte, sahen ihnen entgegen, als die Kutsche in den Ort hineinrollte. Emilia bemerkte, dass alle Bauern sicheren Abstand wahrten. Es gab keine Rufe der Begrüßung, kein Lächeln, nur bedrücktes Schweigen. In diesem Moment trieb ein starker Wind Wolken auf dem Himmel zusammen und verdrängte das Strahlen der Sonne.

„Gott sei Dank sind wir da, bevor das Gewitter losgeht", murmelte Ilona. Gleichzeitig blieb die Kutsche stehen.

Emilia erblickte ein Haus aus weißem Stein, das zwischen all den ärmlichen Hütten zwar wie ein Palast wirkte, aber kaum größer als das Heim eines wohlhabenden Bürgers war. „Ich dachte, die Gräfin hat ein Schloss", flüsterte sie Ilona zu.

„Das hat sie doch auch", erwiderte Ilona, während sie alle aus der Kutsche stiegen. „Dort oben, auf dem Hügel. Es ist aber schon sehr alt. In diesem Haus ist es viel komfortabler. Sei froh, dass wir hier wohnen werden."

Emilia richtete ihren Blick zum Horizont, wo die Umrisse eines gewaltigen Gebäudes den höchsten aller Hügel krönten. Die Wolken schienen sich dort versammelt zu haben und hüllten die stolzen Mauern in Finsternis. Emilia fröstelte, doch mochte es an dem frischen Wind liegen, der aufgezogen war. Bevor sie den Ort genauer betrachten konnte, war Eva an ihrer Seite und berührte sanft ihre Schulter.

„Nun sind wir da. Ich hoffe, du wirst dich gut einleben."

Yveta rief indessen die anderen Mädchen zu sich, um beim Abladen des Gepäcks zu helfen. Die Heiducken hatten bereits damit begonnen und auch andere Bedienstete waren wie aus dem Nichts aufgetaucht. Emilia wollte ebenfalls mit anpacken, doch die Gräfin winkte ihr zu.

„Komm. Du sollst meine Tochter kennenlernen, und auch die Frauen, die meinen Haushalt verwalten."

So gesellte Emilia sich nochmals zu Ilona Hertz, die an Erzsébets Seite verharrt war. Die große Eingangstür wurde geöffnet und Stimmen erklangen, wohl um eine Begrüßung auszusprechen. Emilia kam sich verloren vor, da sie kein Wort verstehen konnte, doch sobald sie einen Eingangssaal betreten hatten, nahmen die Anwesenden ihre ganze Aufmerksamkeit in Anspruch.

Zwei Frauen kamen der Gräfin entgegen, beugten ihre Knie und küssten die ihnen gnädig hingestreckte Hand. Emilia bemerkte ihre mit bunten Kreuzstichen geschmückten Blusen und den hellroten Farbton der Röcke. Dies war keine fürstliche Kleidung, aber dennoch sehr reizvoll gestaltet. Gewöhnliche Bauern konnten sich dies sicher nicht leisten oder trugen es nur an Festtagen.

Nachdem Erzsébet ein paar Worte zu ihnen gesprochen hatte, richteten die Frauen sich wieder auf. Eine von ihnen, die etwa im Alter der Gräfin sein durfte, hatte ein breites, fettig glänzendes Gesicht und plapperte drauflos wie ein stetig plätschernder Wasserfluss. Eben weil Emilia nichts verstehen konnte, war es ihr möglich, stärker auf die Mimik zu achten. Die Frau bemühte sich, ständig zu lächeln und einen demütigen Gesichtsausdruck zu wahren, doch schien sie dabei nicht ganz ehrlich, denn in ihren Augen blitzte ein verschlagener Geist auf. Die andere schwieg, streckte nur ihre Hand aus, um über Erzsébets Gesicht zu streichen. Emilia staunte über diese Geste echter Zuneigung, die von der Gräfin nicht abgewehrt wurde.

„Meine zwei Haushälterinnen", teilte sie Emilia mit. „Anna Darvulia und Dorottya Szentés. Anna kann leider nicht mehr gut sehen, deshalb berührt sie Menschen gern."

Erzsébet sagte ein paar Worte zu dieser Anna, die sich gleich darauf Emilia zuwandte und deren Gesicht kurz befühlte. Die Haut an ihren Fingern war durch jahrelange Arbeit hart geworden, die Augen blinzelten in dem vergeblichen Bemühen, etwas wahrzunehmen, aber ihre Gesichtszüge deuteten auf einen klugen, wachen Geist hin.

„Ficzkó, der hier alle handwerklichen Arbeiten erledigt. Darin ist er sehr tüchtig", sagte die Gräfin und wies auf einen Jungen, der ein Stück hinter den zwei Frauen stand. Er überragte alle Anwesenden um mindestens einen Kopf, hatte breite, fast wuchtige Schultern und sah aus, als könne er mit bloßen Händen ein Pferd anheben. Sein Gesichtsausdruck jedoch war von kindlicher Einfalt. Mit schwankenden Schritten, da er den rechten Fuß leicht nachzog, trat er heran, verbeugte sich erst vor Erzsébet, und als Anna Darvulia etwas gemurmelt hatte, grinste er Emilia auf fast unverfrorene Weise ins Gesicht.

„Ich nahm ihn auf, als er noch ein Kind war", erzählte die Gräfin. „Sein erster Dienstherr wollte ihn erschlagen, weil es ihm an Verstand mangelte, doch ich hatte sein Geschick im Umgang mit Werkzeug bemerkt und bezahlte Geld, damit er mir überlassen wurde. Er ist mir stets sehr nützlich gewesen."

Emilia musste schlucken. Zwar war es von der Gräfin sehr wohltätig gewesen, das Leben eines schwachsinnigen Knaben zu retten, aber musste sie diese Dinge in Ficzkos Gegenwart erwähnen? Er schien allerdings nichts zu begreifen, sondern grinste unermüdlich weiter, bis Dorottya Szentés ihn anstupste, damit er sich entfernte.

„Frau Mutter!", rief nun eine Mädchenstimme. „Es ist mir eine Freude, Euch wieder in unserem Zuhause begrüßen zu können."

Zwar waren die Worte auf Deutsch gesprochen worden, doch wies die harte, schnelle Aussprache auf eine osteuropäische Herkunft des Mädchens hin.

Emilia erblickte eine schmächtige Gestalt in einem Kleid aus blauem Samt, die hinter all den Dienern stand. Sie wies eine gewisse Ähnlichkeit mit der Gräfin auf, doch schien ihr Gesicht lebendiger, verletzlicher, war noch zu keiner Maske aus Stolz erstarrt. Kata Nádasdy war ein ausnehmend hübsches Geschöpf, vor dem sicher niemand Furcht empfand, sondern das in seiner Zartheit den Drang weckte, es in Schutz zu nehmen.

Die Diener waren zur Seite gewichen, sodass Mutter und Tochter aufeinander zugehen konnten. Emilia rechnete mit einer Umarmung, denn sie mussten etliche Wochen getrennt gewesen sein, doch Erzsébet musterte das Mädchen nur aufmerksam, wahrte aber Abstand. In ihrem Blick lag durchaus Wärme, aber sie schien zu sehr in der Steifheit ihres Körpers gefangen, um diese ausdrücken zu können.

„Wieso bist du nicht bei deiner Schwester? Es geziemt sich nicht, dass du als unvermählte Frau allein hier zurückbleibst, wenn ich fort bin."

Ein rosiger Farbton überzog Katas Gesicht.

„Vergebt mir, Frau Mutter, aber es drängte mich so sehr, Euch wiederzusehen. Zudem hatte ich manchmal Streit mir Anna."

„Du hast deiner älteren Schwester zu gehorchen, denn sie versteht bereits mehr vom Leben als du", tadelte Erzsébet weiter, wandte sich dann aber von Kata ab, um sich im Raum umzusehen.

„Wo ist István?"

„Nicht hier", erwiderte Anna Darvulia. Emilia staunte, denn sie hatte einer älteren Frau bäuerlicher Abkunft nicht zugetraut, die deutsche Sprache so fließend zu beherrschen. „Ihr wisst, wie er ist, Herrin. Er kommt und geht, wie es ihm beliebt. Das fahrende Volk hat in der Nähe haltgemacht und er ging dort einen Freund besuchen. Aber zum Abendessen wird er sicher kommen."

Emilia bemerkte, dass die Lippen der Gräfin zu einem schmalen Strich der Unzufriedenheit geworden waren.

„Nun, dann können wir alle erst einmal unsere Zimmer aufsuchen", entschied sie dann und wandte sich nochmals zu ihrer Tochter.

„Kata, dies ist eine Putzmacherin aus Wien, die dein Hochzeitsgewand entwerfen wird, und auch die Kleider deiner Brautjungfern. Du kannst dich mit ihr beraten und selbst entscheiden, welche Farbe du tragen möchtest, doch muss der Entwurf natürlich mit mir abgesprochen werden. Ihr solltet bald mit der Arbeit beginnen, denn die Zeit drängt."

Emilia fühlte neugierige Blicke auf sich ruhen. Selbst jene Diener, die kein Deutsch verstanden, mussten begriffen haben, dass sie hier als wichtige Person vorgestellt wurde. Kata schien über die Aussicht auf ein prächtiges Hochzeitskleid nicht erfreut, denn sie senkte nur den Kopf.

„Dann ist es also bereits beschlossen. Anna deutete so etwas an", murmelte sie.

„Ja, das ist es. Du bist alt genug, dich zu vermählen, und der Graf Hormonnay Drugeth gehört einer der edelsten Familien Ungarns an. Ich hätte keinen passenderen Bräutigam finden können."

Katas Gesicht erhellte sich nicht, aber sie nickte, um Emilia dann mit neu erwachter Aufmerksamkeit anzusehen.

„Ich heiße Euch willkommen. Ich hoffe, es wird Euch bei uns in Csejte gefallen", sagte sie und lächelte. Emilia staunte, denn sie hatte nicht damit gerechnet, von Erzsébets Tochter mit so viel unverstellter Herzlichkeit begrüßt zu werden. Alles Unbehagen verflog und sie begann, sich auf ihre bevorstehende Aufgabe zu freuen.

Emilia erhielt wieder eine eigene Kammer im höchsten Stockwerk des Hauses, ein Privileg, das ansonsten nur Ilona Hertz und Anna Darvulia zustand. Bei dem gemeinsamen Abendmahl sorgte Kata für etwas Lebendigkeit, da sie ihre Mutter mit Fragen über den Aufenthalt in Wien bedrängte. Erzsébets Antworten blieben einsilbig, und daher ging Kata schnell dazu über, ihre neue Putzmacherin auszufragen. Emilia gab eine etwas beschönigte Fassung ihres bisherigen Lebens zu besten, betonte, die Tochter eines angesehenen Schneidermeisters zu sein, verschwieg aber die Wochen an der Seite eines gewöhnlichen Hausierers. Kata hätte diese Geschichte vielleicht sogar aufregend gefunden, aber ihre Mutter mit Sicherheit nicht.

Erzsébet war während des Essens noch schweigsamer als gewöhnlich. Ihr Blick huschte immer wieder zur Tür und sie aß zwar eine Scheibe von einem Fladenbrot, das Lángos genannt wurde, verschmähte aber das Fleischgericht. Da keine weiteren Gäste mehr eintrafen, zogen sie sich früh auf ihre Gemächer zurück. Emilia legte sich schlafen, denn sie war erschöpft von der Reise. Mit der Stille der Nacht kehrte das Gefühl von Unbehagen zurück und Emilia musste sich zunächst lange unruhig herumwälzen, da der ersehnte Schlaf sie mied. Angespannt harrte sie auf den winzigsten Laut, spürte ganz tief in den geheimen Kammern ihres Inneren, dass sie sich vor weiteren Schreien fürchtete, doch hörte sie nur Wölfe in den Wäldern heulen.

„Was meint Ihr hierzu? Könnte es Euch gefallen?“

Emilia hielt Kata die sorgfältig ausgearbeitete Zeichnung eines Hochzeitsgewandes entgegen. Zwar drängte die Zeit, aber sie wusste, dass sie besonders gründlich arbeiten musste, denn Erzsébet würde ihr niemals vergeben, wenn sie ihre Tochter nicht angemessen gekleidet zum Traualtar schreiten ließ. Daher waren ihr nun alle nötigen Utensilien zur Verfügung gestellt worden, um den Schnitt des Gewandes gründlich zu planen, und sie hatte den ganzen Vormittag in ihrer Kammer über einem Blatt Papier gebrütet, bis die Kohlezeichnung fertig geworden war. Sie war stolz, denn dieses Kleid schien ihr der schönste aller Entwürfe, die sie jemals ersonnen hatte, doch die erhoffte Begeisterung auf Katas Gesicht blieb aus, sie zuckte nur gleichmütig mit den Schultern. Das Mädchen saß ein Stück neben dem Fenster und ließ den Blick immer wieder zu dem Kiesweg gleiten, der zur Eingangstür des Hauses führte. Emilia beschloss, dass sie sich damit zufriedengeben musste.

„Ich schlage grün vor, denn blau lässt euch sehr bleich wirken und rot wäre bei einer Jungfrau zu aufreizend“, redete sie weiter. „Der Rock am Besten aus Seide, am Mieder Brokat. Dabei müssten wir die Farben natürlich passend abstimmen, vielleicht ein goldenes Blumenmuster auf einem etwas dunkleren Grünton. Ein weich fließender Kragen aus Spitze, würde ich sagen, denn eine hochgeschlossene Krause wirkt sehr streng. Die Haube würde ich ebenfalls in einem tieferen Grün gestalten, mit Goldbrokat verziert. Das bringt den Farbton Eures Haares zur Geltung.“

Katas Blick blieb auf das Fenster gerichtet und Emilia fragte sich, ob die Fürstentochter ihr überhaupt zugehört hatte.

„Ihr habt sehr schönes Haar“, versuchte sie, die Aufmerksamkeit des Mädchens zu gewinnen. „Wie Herbstkastanien, zudem sehr dicht und kräftig.“

Ob Erzsébets Haar dieselbe Farbe gehabt hatte, bevor es ergraut war?

Kata wandte sich endlich vom Fenster ab.

„Und ich finde Euer Haar sehr schön“, erwiderte sie mit der gewohnten Herzlichkeit. „Wie Weizen.“

„Ein glanzloses Hellbraun, nichts weiter“, sagte Emilia etwas verlegen. „Die Hochzeit wird Euer großer Tag sein, und in dem richtigen

Gewand werdet ihr so strahlen, dass alle anwesenden Männer Euren Bräutigam beneiden."

Kata seufzte leise.

„Hattet Ihr jemals einen Geliebten?", fragte sie völlig unerwartet.

Emilia spürte, wie ihr das Blut in die Wangen schoss, denn sie musste an Kurts gierige Hände denken.

„Nein", erwiderte sie wahrheitsgemäß.

Kata sah etwas enttäuscht aus. „Habt ihr eine ältere Schwester?"

Wieder verneinte Emilia, diesmal ohne zu erröten.

„Dann schätzt Euch glücklich, denn Ihr musstet Euch nicht ständig anhören, wie viel klüger und sittsamer sie ist", erwiderte Kata. „Meine Schwester Anna ist ein wahrer Ausbund an Vernunft und Tugendhaftigkeit."

Sie sprang auf und lief ohne ersichtlichen Grund im Zimmer herum.

„Es ist mir völlig gleich, wie mein Hochzeitskleid aussieht", sprach sie aus, was Emilia bereits geahnt hatte. „Gestaltet es so, dass es meiner Mutter gefällt, denn sie will auch diese Hochzeit. Dann nehmt an mir Maß und lasst es nähen. Ich werde gern dabei zusehen, denn ich mag Eure Gesellschaft."

Emilia lächelte erleichtert. Kata war so erfrischend einfach zu handhaben!

„Gut, dann suche ich jetzt Eure Mutter auf", erwiderte sie und machte sich mit der Zeichnung auf den Weg. Sie kannte das Haus bereits recht gut, da es kleiner war als die Residenz in Wien, und wusste daher, wo das Gemach der Gräfin lag. Emilia beschloss, vorsichtig an der Tür zu klopfen und um Einlass zu bitten, doch bevor sie ihr Ziel erreicht hatte, tauchte plötzlich Anna Darvulia im Gang auf. Emilia trat ungewollt einen Schritt zurück, denn der Anblick der toten Augen in dem feinen, fast jugendlichen Gesicht erschreckte sie.

„Wohin willst du, Deutsche?", fragte Anna Darvulia nur. Emilia wunderte sich, wie die Frau sie so schnell erkannt haben konnte, ohne ihr Gesicht sehen zu können.

„Ich wollte zur Gräfin", antwortete sie. „Und mein Name ist Emilia."

„Das weiß ich, Deutsche", kam es nun von der Blinden. „Aber zur Gräfin kannst du nicht."

„Warum? Ist sie außer Haus? Es ist recht dringend, denn ..."
„Sie ist in ihrem Gemach, aber niemand darf herein. Ich würde dir raten, nicht so laut zu sprechen, denn sie könnte sehr ungehalten werden. Ihr Kopf und ihre Augen schmerzen."

„Das tut mir sehr leid", sagte Emilia nun bewusst leiser. „Aber ich müsste ihr wirklich nur kurz etwas zeigen, also vielleicht könnte ich selbst fragen, ob ..."

„Nein!", unterbrach die Blinde entschieden. „Störe sie nicht, wenn du ein Unglück verhindern willst."

Der todernste Tonfall ließ Emilia frösteln, aber sie hob dennoch ihre Zeichnung hoch. Sie hatte so viel Mühe darauf verwandt, war mehr als zufrieden mit dem Ergebnis und zudem drängte die Zeit, denn die Näharbeiten mussten baldmöglichst beginnen. Anna Darvulia schlug mit der Hand gegen ihren Arm, packte ihn dann und hielt ihn fest.

„Ich kann zwar nicht sehen, was du da hältst, aber belästige die Gräfin damit nicht!"

Emilia erschrak, über wie viel Kraft die alte Blinde verfügte.

„Schon gut, ich werde gehen", gab sie nach und trat drei Schritte zurück, nachdem sie losgelassen worden war. „Aber kannst du mir vielleicht sagen, ob schon einige Vorräte an Stoffballen eingetroffen sind? Dann könnte ich sie mir ansehen und überlegen, welche ..."

„Draußen gibt es ein weiteres steinernes Gebäude, in dem Vorräte gelagert werden", wurde sie erneut von Anna Darvulia unterbrochen. „Ich habe keine Ahnung, ob auch Stoffe darunter sind, aber du kannst nachsehen. Falls die Eingangstür verschlossen ist, suche Dorottya, denn sie hat den Schlüssel. Und nun muss ich zur Gräfin, um ihr einen Trank zu brauen."

Bevor Emilia etwas erwidert hatte, war sie mit sehr weichen, fast lautlosen Schritten in Erzsébets Gemach verschwunden. Emilia machte sich daher auf den Weg, um nach vorrätigen Stoffen zu suchen, denn es hätte ihr missfallen, untätig zu bleiben. Im Haus war es erstaunlich still, als hätten sich alle Bewohner in ihren Gemächern verkrochen wie die Gräfin, und abgesehen von ein paar ihr unbekannten Mägden, die Körbe mit Eiern und Brot in die Küche trugen, konnte Emilia auch keine Menschenseele entdecken. Es war ihr ein Rätsel, wie sie nun Dorottya ausfindig machen sollte, und sie konnte nur hoffen, dass sie ohne Schlüssel in das Gebäude mit den Vorräten käme.

Sobald sie das Haus verlassen hatte, sah sie sich erwartungsvoll um. Hinter den Hütten des Dorfes ragte der Turm einer Kirche Richtung Himmel, doch ansonsten sah alles hier nur ärmlich, grau und schmutzig aus. Es schien ihr unwahrscheinlich, dass die Gräfin kostbare Vorräte in solchen Behausungen lagern würde. Ein paar Bauern kamen ihr auf dem platt getreten Pfad entgegen. In der Hoffnung, sich irgendwie durch Zeichensprache verständlich machen zu können, lief Emilia auf sie zu, doch alle wichen ihrem Blick aus und verzogen sich schnell in eine Seitengasse.

Ratlos blieb sie stehen, war aber nicht willens, so schnell aufzugeben. Eine Möglichkeit war, ins Haus zurückzukehren und Kata um Rat zu fragen, doch sprach nichts gegen eine Gelegenheit, sich bei helllichtem Tage ein wenig im Dorf umzusehen. Emilia ging los. Es hatte in der vergangenen Nacht stark geregnet und ihre Schuhe versanken in dem Schlamm, der den Trampelpfad aufgeweicht hatte. Sie hob ihre Röcke an, um sie vor Beschmutzung zu schützen. Das Ende des Dorfes hatte sie schnell erreicht, da es nur aus wenigen Hütten bestand. Ein schmaler Pfad schlängelte sich in den Wald hinein und führte vermutlich zu der Burg am Gipfel des Berges hoch. Waren die Vorräte am Ende dort oben untergebracht? Emilia beschloss, den Aufstieg zu wagen, denn es würde ihr guttun, sich ein wenig die Beine zu vertreten.

Kaum hatte sie fünf Schritte getan, meinte sie, vom Wald verschluckt worden zu sein, da sie die Hütten des Dorfes nicht mehr sehen konnte. Das nächtliche Heulen der Wölfe erklang in ihrem Gedächtnis. War es wirklich eine gute Idee, allein weiterzugehen? Sie rief sich in Erinnerung, wie nah das Dorf trotz allem war. Sobald sie schrie, wäre sie dort mit Sicherheit zu hören, und um Angst auszudrücken, bedurfte es keiner besonderen Sprachkenntnisse. So schritt sie entschlossen voran. Bald schon spürte sie ein Ziehen in den Oberschenkeln, denn der Hügel war steil, doch die Anstrengung löste ihre innere Verspannung und ließ sie zuversichtlicher in die Zukunft blicken. Seit dem Aufbruch aus Wien hatte sie einfach zu viel Zeit im Sitzen zugebracht. Ihre anfängliche Furcht ließ nach, sie begann, die vom Regen erfrischte Sommerluft zu genießen, den herben Geruch des Waldes und seine gedämpften Farben. Um sie herum waren eben jene Grüntöne, aus denen sich ein passendes Gewand für Kata Nádasdy schaffen ließ. Sie musste nur noch die richtigen Stoffe auftreiben.

Sie war ganz in ihre Vorstellung von der Hochzeitsrobe versunken, als ein Knacksen von Zweigen sie plötzlich wieder in die Wirklichkeit zurückholte. Emilia blieb stehen und spürte, wie ihr Herzschlag sich beschleunigte. Wölfe griffen sicher auch tagsüber an, schoss es ihr durch den Kopf. Dabei heulten sie nicht unbedingt vorher, um die Beute zu warnen. Sie lauschte angespannt, vermochte aber nichts weiter zu hören als ihre eigenen, raschen Atemzüge. Kurz wurde der Wald wieder zu einem friedlichen, malerischen Ort, doch als sie erleichtert weitergehen wollte, knacksten die Zweige wieder, diesmal unmittelbar in ihrer Nähe.

Emilia wandte sich ohne weiteres Überlegen um und begann wieder abwärtszulaufen, denn das Dorf war immer noch näher als die Burg. Nach drei Schritten blieb ihr Fuß in einer Baumwurzel hängen, sie sah den Waldboden auf sich zurasen und landete recht sanft auf der vom Regen aufgeweichten Erde. Ihr erster Gedanke galt dem schlichten, aber säuberlich verarbeiteten Gewand, das sie von der Gräfin erhalten hatte und das nun irreparable Schäden davongetragen haben konnte. Sie fluchte leise über ihre mangelnde Umsicht, stützte sich mit den Armen ab, um wieder hochzukommen, und spürte gleichzeitig, wie ihre Handflächen brannten, da sie ein paar Schrammen abbekommen haben mussten. Nun würde sie wirklich einen schönen Anblick bieten, wenn sie ins Haus der Gräfin zurückkam!

Als sie unmittelbar hinter sich Schritte hörte, wurden diese Bedenken von einer Welle der Angst hinweggeschwemmt. Emilia war schneller auf den Beinen, als sie es für möglich gehalten hätte, konnte aber nicht sogleich entscheiden, ob sie in die Dichte des Waldes springen oder einfach den Pfad hinabrennen sollte.

Eine junge Männerstimme begann in einer fremden Sprache zu reden und Emilia wandte sich um. Der Sprecher war groß, schlank und fesselte ihren Blick auf eine Weise, die sie sich nicht gleich erklären konnte. Sie vergaß den Wunsch zu fliehen, sondern stand einfach nur da und starrte. Er trug ein weißes Hemd und eine lederne Weste, dazu dunkle Hosen. Ein Bündel hing an seiner Schulter. Er hätte ein wandernder Geselle oder auch ein Bauer sein können, doch schien sein Gesichtsausdruck dafür zu hochmütig. Sie nahm die hohen, breiten Wangenknochen wahr, die fast vornehm geschwungenen Lippen und das tiefe Schwarz seiner Augen, die sie mit unverhohlener Neugier musterten, als sei sie ein ihm bisher unbekanntes Geschöpf des Waldes.

Wieder sagte er ein paar Worte, die sie nicht verstand, und streckte ihr seine Hand entgegen. Es sollte wohl eine Geste der Hilfsbereitschaft sein, doch widersprach das spöttische Lächeln dieser wohlmeinenden Absicht.

„Ich kann Euch leider nicht verstehen“, erklärte Emilia, ohne seine Hand anzunehmen. „Sprecht Ihr Deutsch?“

Sie hoffte, er würde wenigstens begreifen, dass sie nur einer anderen Sprache mächtig war. Sein Lächeln wurde noch breiter, offenbarte eine Reihe makelloser Zähne.

„Ihr seid also das Mitbringsel aus Wien!“

Wieder die harte Sprache der Osteuropäer, bei denen jedes R sich anhörte wie der Schuss aus einer Muskete.

„Mein Name ist Emilia Sternerin“, stellte sie sich vor und erinnerte sich voller Entsetzen, wie hoffnungslos verdreckt und zerzaust sie im Moment wohl aussehen musste.

„Ja, ich hatte schon davon gehört.“ Er trat etwas näher an sie heran. „Aber dass die neue Putzmacherin noch eine *Dievča* ist, das wusste ich nicht.“

„Ist dies das ungarische Wort für Deutsche?“, fragte Emilia, die sich erinnerte, wie sie von Anna Darvulia angesprochen worden war.

De junge Mann neigte den Kopf leicht zur Seite, wie ein Vogel, der etwas genauer betrachten wollte. Emilia bemerkte, dass sein Haar ihm bis zu den Schultern fiel. Es war rabenschwarz, glatt und schien hart wie ein poliertes Brett. Ihre Handflächen sehnten sich plötzlich danach, es zu berühren. Ein Augenblick der verlegenen Stille entstand zwischen ihnen, und Emilia überkam eine neue, bisher gänzlich unbekannte Furcht. Wie albern war doch ein junges Mädchen, das einfach dastand und einen Fremden anschmachtete, nur, weil er der erste Mann war, an dessen Anblick sie wirklich Gefallen fand.

„*Dievča* ist ein slowakisches Wort. Es heißt einfach nur Mädchen“, führte er schließlich die Unterhaltung weiter.

Emilia schüttelte verwirrt den Kopf. „Ich dachte, in diesem Land spricht man ungarisch."

Er lachte auf eine Weise, die ihr abfällig schien. Plötzlich wollte sie ihn ohrfeigen, wodurch sie auch hätte spüren können, wie seine Haut sich anfühlte. Er war um einige Schattierungen dunkler als die meisten Männer, denen sie bisher begegnet war, was vielleicht darauf hindeutete, dass er viel Zeit im Freien verbrachte. Doch wirkte er nicht von der Sonne verbrannt, das Dunkle war ein Teil seiner selbst, sozusagen eine Gabe Gottes.

„In dieser Gegend leben hauptsächlich Slowaken", erklärte er. „Außerdem ein paar Kroaten, die eingewandert sind. Die Magyaren aber beherrschen hier alles."

„Magyaren?", fragte Emilia, nun endgültig ratlos.

„Jene Leute, die ungarisch sprechen. So wie die Gräfin."

Emilia stieß einen Seufzer aus.

„Bedeutet das denn, dass man gleich drei Sprachen beherrschen muss, um sich in diesem Land zu verständigen?"

„Nein", erwiderte er. „Ungarisch reicht im Allgemeinen, wenn Ihr nur mit den wichtigen Leuten reden wollt. Mit Deutsch kommt Ihr auch ganz gut zurecht, denn wer hierzulande als gebildet gelten will, hat es gelernt."

Emilia wurde bewusst, wie merkwürdig diese Unterhaltung angesichts der Umstände war. Ihre Furcht war verflogen, von schlichter Neugier verdrängt.

„Dann seid Ihr ja einer der Gebildeten!", bemerkte sie spitzer als notwendig.

„Dank dem Großmut unserer edlen Herrin, der Gräfin, die es mich lehrte", kam es sogleich in ähnlich schnippischem Ton zurück.

Emilia unternahm einen wenig erfolgreichen Versuch, den Schmutz von ihrem Rock zu fegen. Sie musste sich irgendwie beschäftigen, damit er nicht bemerkte, wie sehr seine Gegenwart sie verwirrte.

„Darf ich denn nun fragen, wer Ihr seid?", redete sie unterdessen weiter.

„István."

Sie erinnerte sich, diesen Namen schon einmal gehört zu haben.

„Und ich bin Emilia, wie ich bereits sagte. Die Putzmacherin. Das Mädchen. Ich komme aus Augsburg."

Er trat von einem Fuß auf den anderen.

„Es gab schon einmal eine deutsche Putzmacherin bei der Gräfin", sagte er. „Die machte es nicht lange. Ihr solltet vorsichtig sein, gerade bei Deutschen duldet die Gräfin keinen Ungehorsam."

Emilia erinnerte sich, schon einmal einen solchen Ratschlag erhalten zu haben, nur hatte sie ihn nicht besonders ernst genommen, da er von Ilona Hertz gekommen war.

„Ich danke Euch für Eure Fürsorge. Seid Ihr deshalb nicht gleich erschienen, obwohl die Gräfin Euch bei ihrer Rückkehr erwartete? Aber Ihr seid ja kein Deutscher, sondern Ungar, und dürft deshalb ungehorsamer sein."

Sie begriff nicht, warum sie so unnötig giftig wurde. Fast war es, als wolle sie ihn mit Worten vertreiben. Er sollte nicht merken, wie sehr sie sich danach sehnte, die Zeit für eine Weile anhalten zu können, damit sie noch weiter in einem verdreckten Kleid im Wald stehen und mit diesem merkwürdigen Mann reden konnte.

Er lachte wieder, diesmal etwas lauter als bisher. Sie meinte, einen leisen Klang von Bitterkeit in all dem Hohn zu vernehmen.

„Ich habe ebenso zu gehorchen wie alle anderen, aber manchmal, da tue ich es einfach nicht." Er streckte Emilia wieder die Hand entgegen. „Wollen wir nun gemeinsam zur Gräfin gehen? Vielleicht legt Ihr ja ein gutes Wort für mich ein, bevor ich ihren Zorn zu spüren bekomme."

Diesmal überließ sie ihm ihre Finger und spürte, wie sie energisch, aber nicht unnötig kräftig zusammengedrückt wurden.

„Dann gehen wir", stimmte sie zu, da es keine Entschuldigung gab, etwas anderes zu sagen. Zudem würde die Ankunft des zunächst vermissten István Erzsébet vielleicht aus ihrem Gemach locken, und dann könnte sie ihr endlich die Zeichnung zeigen. Die Zeichnung! Emilia erstarrte vor Schreck, sah sich dann auf dem Boden um und entdeckte zu ihrer Erleichterung jenes Blatt Papier, das sie bei ihrem Sturz vor Schreck hatte fallen lassen. Es lag auf einer von Moos überwucherten Wurzel, und als sie es aufhob, stellte sie zufrieden fest, dass die Kohlestriche keinen Schaden abbekommen hatten.

„Das ist mein Entwurf für das Hochzeitskleid von Kata Nádasdy", erklärte sie István stolz. Dann schilderte sie ihren Ausflug ins Dorf und den Grund, warum sie sich überhaupt in den Wald gewagt hatte.

Er lauschte mit gewölbten Brauen, unter denen seine Augen belustigt blitzten. „Da hat Anna Darvulia Euch bewusst in die Irre geführt. Die Vorräte werden im Haus gelagert. Im Keller."

Er hatte bereits ein paar Schritte den Pfad hinab getan und Emilia folgte.

„Warum sollte sie mich denn belügen?"

„Nun, ich denke, sie wollte Euch aus dem Haus schaffen." Er wandte sich kurz um und grinste ihr ins Gesicht. „Ihr macht einen überaus arbeitseifrigen, hartnäckigen Eindruck. Unsere Gräfin schätzt das gewöhnlich. Aber wenn sie gerade ihre Kopfschmerzen hat, dann schätzt sie nur ihre Ruhe und die Kräutertränke der Darvulia."

Emilia schien dies keine ausreichende Erklärung, warum sie auf eine aussichtslose Suche geschickt worden war, doch das würde sie beizeiten mit der merkwürdigen Blinden klären.

Sie erreichten das Dorf. Diesmal wichen die Leute nicht zurück, sondern musterten István und neigten ihre Köpfe zum Gruß. Er redete kurz mit einigen von ihnen, drückte einem mageren, zerlumpten Mädchen ein Stück Brot in die Hand, das er aus seinem Bündel fischte, und schüttelte einige Hände. Emilia staunte, wie lebendig jene Gesichter, die sie nur als abgestumpft erlebt hatte, plötzlich werden konnten. „Man mag Euch hier", stellte sie mit einem Stich von Neid fest. „Durch mich haben diese Leute schlichtweg hindurchgesehen. Wenn ich vielleicht die Sprache beherrschen würde … welche ist es eigentlich?"

„Slowakisch hauptsächlich. Aber das hätte Euch nicht viel genützt, denn mit Fremden redet man hier nicht."

„Na großartig", knurrte Emilia mit zusammengepressten Zähnen. Sie sollte sich wohl bemühen, wenigstens eine dieser Sprachen zu lernen, konnte sich aber für keine entscheiden. Im Augenblick gab es dringlichere Probleme.

Das Haus wirkte lebendiger, wie aus einer allgemeinen Angststarre erwacht. Erzsébets Dienstmägde huschten herum, ebenso ein paar Hausdiener, die Kisten trugen. Emilia sah Ficzkó die Treppe herunterhumpeln. Er zerrte ein Mädchen hinter sich her, das er am Arm gepackt hatte. Die anderen Diener wichen ihm stumm aus, nur sein Opfer stieß ein leises, aber hartnäckiges Wimmern aus. Die rechte

Wange des Mädchens wies tiefe, rote Schrammen auf, auch aus dem Mundwinkel tropfte Blut und ein Ärmel ihres Kleides war zerrissen. Emilia blieb erschrocken in der Eingangshalle stehen. Sie begriff nicht, warum alle anderen dieses Ereignis nicht weiter beachteten. Das Mädchen hatte sie bereits mehrfach gesehen, es gehörte zu den stillen, verhuschten Wesen unter Erzsébets Dienerinnen.

„Was geschieht da?“, wandte sie sich an István, der ebenfalls erstarrt war. Sein Gesicht schien sich noch ein wenig dunkler als draußen im Wald. Er wechselte ein paar Worte mit Ficzkó, dann wandte er sich wieder an Emilia.

„Die Bedienstete, Jana, ließ ein Tablett im Gemach der Gräfin fallen. Der Lärm störte unsere Herrin, die aufgrund ihrer Kopfschmerzen sehr empfindlich war. Sie schlug zu. Den Rest der Bestrafung soll Ficzkó durchführen.“

„Aber ... es war doch nur ein Missgeschick“, stammelte Emilia. István schob sie in eine Ecke des Raumes.

„Regt Euch nicht zu sehr auf, sonst werdet Ihr unnötig laut. Das Mädchen hat Glück. Ficzkó ist nicht so schlimm wie Dorottya.“

Fast, als hätte er einen Geist beschworen, kam ihnen eben jene Frau mit dem breiten Gesicht plötzlich entgegen. Sie redete mit István, und obwohl Emilia kein Wort verstand, schien ihr der Ton von Dorottyas Stimme so spiegelglatt, dass man auf ihm hätte ausrutschen können.

„Die Gräfin wird mich nun empfangen“, sagte István schließlich zu ihr. „Wollt Ihr mich begleiten? Dorottya meint, unsere Herrin hätte nichts dagegen. Sie hat Euch wirklich ins Herz geschlossen, scheint es.“

Obwohl Emilia nicht viel auf Dorottyas Urteil gab, stimmte sie zu, denn es wäre ihr nicht möglich gewesen, einfach wieder auf ihr Zimmer zu gehen. Dorottya musterte aus schmalen Augen Emilias verschmutztes Kleid, István redete wieder ein paar Worte und die Frau entfernte sich mit einem Schulterzucken. Sie summte vor sich hin, doch entging Emilia nicht, wie die anderen Dienstmädchen vor ihr zurückwichen, als sei sie eine Wölfin in einem Stall voller Lämmer.

„Ich mag diese Frau nicht“, teilte sie István mit. Vielleicht war es unklug, ihm gegenüber so ehrlich zu sein, aber sie wollte erfahren, was er dachte.

„Für Dorottya ist es nicht wichtig, ob man sie mag", erwiderte er. „Sie will gefürchtet sein und das gelingt ihr sehr gut."

Sie hatten das Gemach der Gräfin erreicht. Emilia bemerkte, wie István einen Moment zögerte und Luft holte, bevor er vorsichtig klopfte. Zunächst blieb es still, dann erklang Erzsébets Stimme, schwächer, müder als gewöhnlich. István öffnete die Tür.

Die Fensterläden waren halb geschlossen, sodass es dämmerig war wie zu den Abendstunden. Emilia erkannte die Umrisse des Mobiliars, was ihr half, sich im Raum zurechtzufinden, und folgte István zum Bett, auf dem die Gräfin lag. Ein Lichtstrahl drang durch den schmalen, noch offenen Spalt des Fensters herein, und als Erzsébet sich ihren Besuchern zuwandte, erhellte er ihr Gesicht. Sie sah ernsthaft krank aus, schmal, bleich und mit geröteten Augen, die hilflos blinzelten, als könnte sie selbst das spärliche Licht kaum ertragen. István sprach ein paar Worte, die beruhigend klangen. Seine Hand legte sich auf die Erzsébets, strich sanft über die blauen Adern, die sich dort deutlich abzeichneten. Sie murmelte etwas, wandte ihm den Kopf zu und lächelte wie ein junges Mädchen.

„László!"

Obwohl dies nicht sein Name war, blieb István still, hielt nur weiter ihre Hand. Emilia wurde unwohl, denn sie ahnte, dass sie in dieser Lage eine unerwünschte Zeugin sein musste. Aber sich unerlaubt zu entfernen, wäre dreist gewesen. Wenigstens fiel in dem Dämmerlicht der Schmutz an ihrer Kleidung kaum auf.

Eine Weile stand die Zeit still, dann richtete Erzsébet sich plötzlich auf. Ihr Gesicht schien plötzlich hellwach, die Augen wurden weiter und nahmen jenen klugen, scharfen Ausdruck an, den Emilia von ihr kannte.

„Da bist du also wieder", sagte sie auf Deutsch zu István. „Du hast dich lange herumgetrieben."

„Verzeiht mir, aber ich wusste nichts von Eurer Rückkehr."

„So. Das wusstest du nicht. Wenn du hier im Haus geblieben wärest, wie es deine Pflicht ist, dann hätte man dir erzählt, dass ich bald zurückkomme."

István neigte den Kopf wieder leicht zur Seite.

„Ich sprach des Öfteren mit dem Kastellan auf der Burg, um zu erfahren, wann Ihr zu erwarten seid."

„Deseö!“ Erzsébet stieß ein blechernes Lachen aus. „Der sitzt da oben in den uralten Mauern und bekommt fast nichts mit.“

Sie steckte ihre Füße in die Pantoffeln, die auf dem Boden lagen, und wickelte einen Schal um ihre Schultern.

„Ich möchte Kaffee. Gib diesen dummen, faulen Gänsen, die in meinem Haus durchgefüttert werden, Bescheid.“

István ging zur Tür. Emilia blieb unschlüssig stehen. Als sie Erzsébets prüfenden Blick spürte, brach ihr der Schweiß aus.

„Wie kommst du hierher?“

„Ich kam mit István“, stammelte Emilia. „Ich traf ihn draußen im Wald.“ Sie schilderte kurz, dass sie auf der Suche nach Stoffen gewesen war, was die Gräfin schweigend hinnahm.

„Der erste Entwurf für das Hochzeitskleid Eurer Tochter ist fertig“, sagte sie und bemerkte erleichtert, wie Erzsébets Blick von ihr abließ und sich der Zeichnung zuwandte.

„Das sieht schön aus“, stellte sie nach genauerem Betrachten fest. „Welche Farbe hast du dafür im Kopf?“

Ermutigt beschrieb Emilia ihre Vorstellungen, malte die Goldstickerei noch weiter aus und ergänzte die Haube mit einem Schleier.

„Smaragde“, fügte die Gräfin hinzu. „Sie sind der passendste Schmuck, aufgrund der Farbwahl. Vielleicht noch Perlen.“

Mit nachdenklich gerunzelter Stirn studierte sie weiter die Zeichnung.

„Man könnte denselben Schnitt auch für die Brautjungfern verwenden, natürlich in einer schlichteren Ausgestaltung. Ohne so viel Schmuck und Stickerei. Ein etwas anderes Grün vielleicht. Oder blau?“

Sie warf Emilia einen fragenden Blick zu.

„Um das einzuschätzen, müsste ich die jungen Damen vor mir sehen. Steht bereits fest, wer es sein wird?“

„Diese Entscheidung wollte ich meiner Tochter überlassen. Sie hat im Haus ihrer Schwester einige Mädchen von Adel kennengelernt, die in ihrem Alter sind. Diese könnten ihre Damen werden. Besprich es bei Gelegenheit mit ihr, sie kann sie dir dann beschreiben.“

Emilia erinnerte sich, wie wenig Begeisterung Kata bisher für ihre bevorstehende Hochzeit gezeigt hatte. Wahrscheinlich wäre sie ihrer Mutter gegenüber schneller willens, Pläne zu schmieden, denn

Sein ungehorsames Kind schien sie nicht. Aber eine innere Stimme flüsterte Emilia zu, dass es klüger wäre, der Gräfin nicht allzu oft zu widersprechen.

Die Tür öffnete sich, István kehrte zurück, gefolgt von Yveta, in deren Händen ein Brett lag. Ein bronzenes Kännchen und drei Tassen standen darauf. Sie stellte es sehr vorsichtig auf dem kleinen Tisch neben Erzsébets Bett ab, knickste und huschte dann so schnell wie möglich hinaus. Emilia musste wieder an das Mädchen mit dem zerkratzten Gesicht denken. Wahrscheinlich hatte sie sich im Halbdunkel an einem Möbelstück gestoßen und deshalb ihre Last fallen lassen, ein Missgeschick, das jedem hätte zustoßen können.

Erzsébet füllte selbst die Tassen, und Emilia brauchte eine Weile, um zu begreifen, dass eine davon tatsächlich für sie gedacht war. Sie musste in der Gunst der Gräfin höher stehen als angenommen.

„Kaffee ist eines der wenigen guten Dinge, das die Türken uns gebracht haben", erklärte Erzsébet, als sie an ihrer Tasse nippte. István trank ebenfalls, und Emilia folgte seinem Beispiel. Sie kannte dieses Getränk nicht, da es wohlhabenden Familien vorbehalten war. Der Geschmack schien ihr überaus bitter, doch merkte sie nach ein paar Schlucken, wie ihr Herzschlag sich beschleunigte und ihr ganzer Körper belebt wurde.

„Es freut mich, dass du so fleißig an deine Arbeit gehst", wurde sie nochmals von Erzsébet gelobt. „Ich wünschte, alle meine Dienerinnen wären so, das würde mir die Mühe ständiger Bestrafungen erspart bleiben."

Es mochte an der Ermutigung durch das Lob liegen oder auch an der Wirkung des Kaffees, dass Emilia beschloss, sich vorsichtig auf gefährliches Gelände zu tasten.

„Ich sah vorhin jenes unglückliche Mädchen, das Euch in Eurem Schlaf störte. Doch glaube ich, das all dies nur ein bedauernswerter Unfall war, Euer Durchlaucht."

Sie spürte Istváns Blick auf sich, voller Staunen und gleichzeitig warnend.

„Dass sie nicht so dämlich war, es absichtlich zu tun, habe ich mir auch gedacht", erwiderte Erzsébet sogleich. „Aber sie hätte vorsichtiger sein sollen. Die Strafe, die sie erhält, wird sie bis an ihr Lebensende daran erinnern."

Emilia lief ein Schauer über den Rücken.

„Aber wenn Ihr dieser ungeschickten Dienerin einmal vergeben würdet, Euer Gnaden, würde sie niemals vergessen, welch eine großmütige, edle Herrin Ihr sein."

Wieder erklang das blecherne Lachen, doch nun schwang ein Hauch von Bitterkeit darin mit. „So dachte ich auch, als ich noch jung war. Aber auf die Dankbarkeit des gemeinen Volkes zu vertrauen, führt nur zur Enttäuschung. Diese Leute brauchen eine harte Hand, sie müssen Angst haben und gehorchen."

Wieder wurde Emilia von István angesehen und empfand seinen Blick als eine sanfte, aber bestimmte Mahnung, das Thema nicht weiter zu verfolgen.

„Aber Untergebene gehorchen williger, wenn sie große Achtung vor ihrer Herrin haben", redete sie hartnäckig weiter. „Wenn Ihr diesem Mädchen einmal seine Ungeschicklichkeit vergebt, so werdet Ihr sehen, wie sie sich weiter verhält. Sollte sie ungeschickt bleiben, so holt die Strafe nach. Ich bin mir jedoch sicher, dass man Euch in diesem Haus schätzen wird, wenn Ihr Euch nun gnädig zeigt."

Erzsébet schenkte nochmals Kaffee ein, dann beugte sie sich vor, um Emilia anzusehen. Ihr Blick war nicht zornig, nur neugierig. Die Andeutung eines Schmunzelns entspannte ihr Gesicht, ließ sie plötzlich so anziehend wirken, wie sie als weniger verbitterter Mensch vielleicht hätte sein können.

„Du vermagst deinen Willen geschickt mit Worten zu verteidigen", gestand sie Emilia zu. „Das spricht für deinen Verstand. Ich war auch schon als junges Mädchen so. Obwohl man mich deshalb manchmal warnte, ich würde zu einem zänkischen Weib heranwachsen, hat mir diese Eigenschaft im Leben oft geholfen."

Sie lehnte sich gelassen zurück.

„Öffne das Fenster, István. Mein Kopfschmerz ist weg. Dann sage Ficzkó, er soll Janna fürs Erste in Frieden lassen – bis sie die nächste Dummheit begangen hat."

István, der bereits mit dem Fenster beschäftigt war, erstarrte in seiner Bewegung. Er drehte sich um, musterte die Gräfin zunächst ungläubig, doch als sie ihrer Rede nichts hinzufügte, ließ er frische Luft ins Zimmer und eilte dann zur Tür. Kurz bevor er aus dem Raum verschwand, schenkte er Emilia ein anerkennendes Nicken.

„Und du gehe nun meine Tochter holen“, redete die Gräfin weiter. „Mir geht es gut und ich will die Vorbereitung der Hochzeit am liebsten mit ihr persönlich besprechen.“

Emilia fand diesen Vorschlag sehr sinnvoll und sprang sogleich auf. „Ihr seid eine überaus kluge Herrin“, sagte sie, als sie bereits die Tür geöffnet hatte. „Es ist mir eine Ehre, Euch dienen zu dürfen.“

Zum allerersten Mal sah sie ein offenes Lächeln auf Erzsébets Gesicht, was ihr zunächst fast befremdlich schien, da es so gar nicht zu der strengen, kühlen Frau passte. Doch deutete es an, wie sie als junges Mädchen ausgesehen haben konnte, bevor das Leben sie misstrauisch und hart gemacht hatte. Emilia knickste und ging hinaus.

Kata, die lesend in ihrem Zimmer saß, erhob sich mit einem leisen Seufzer, machte sich aber gleich auf den Weg zu ihrer Mutter. Emilia blieb ohne eine klare Aufgabe zurück. Zunächst machte sie sich auf die Suche nach etwas Wasser, um ihr Kleid reinigen zu können. Ein junges Dienstmädchen, das zwar kein Wort Deutsch verstand, begriff dennoch, worum es ihr ging und führte sie in die Küche, wo sie sich säubern konnte. Danach sah sie sich nach Eva oder Yveta um, die vielleicht ihre Hilfe im Haushalt gebrauchen konnten, doch sobald sie sich einer Gruppe von mit Besen bewaffneten Dienerinnen genähert hatte, wurde sie von einer energischen Anna Darvulia davon gescheucht.

„Zum Putzen und Überwachen der Feuerstellen bist du nicht hier, Deutsche!“

Um niemandem im Weg zu sein, zog Emilia sich in ihre kleine Kammer zurück und versuchte, ihre Zeichnung des Gewandes noch weiter auszuschmücken und gleichzeitig schlichtere Variationen für die Brautjungfern zu entwerfen. Da diese Aufgabe schneller erledigt war als erwartet, streckte sie sich auf ihrem Bett aus und schloss die Augen. Ihr Erfolg bei der Gräfin stimmte sie euphorisch, weckte den Wunsch, im Raum herumzuspringen, doch war hierzu in der engen Kammer kaum Platz und vermutlich hätte sie sich den Kopf an der Decke gestoßen. Sie freute sich auf das bevorstehende Abendessen, wo sie alle Bewohner des Hauses wiedertreffen würde. Das Herz hüpfte in ihrer Brust wie ein aufgeregter Vogel, denn sie ging davon aus, dass auch István an der großen Tafel sitzen würde.

Die Stunden vergingen mit quälender Langsamkeit. Erst als es dämmerte, wurde sie durch laute Rufe in den Speisesaal geholt, der sich im untersten Geschoss des Hauses befand. Er war deutlich schlichter eingerichtet als im Wiener Stadtpalais, mit breiten Holzbänken ausgestattet, und als einziger Schmuck hingen Tücher an der Wand, die ähnlich farbenfroh bestickt waren wie die Kleidung einiger Dienstboten. Emilia nahm zwischen Yveta und Eva Platz, erleichtert, zwei vertraute Gesichter zu entdecken, und verzehrte eine Gemüsebrühe, auf die Lammbraten und Lángos folgten. Sie entdeckte István unmittelbar neben der Gräfin, gegenüber von Ilona Hertz, die sie seit ihrer Ankunft in Csejte kaum zu Gesicht bekommen hatte. Die Sängerin war wieder tadellos zurechtgemacht und wirkte unpassend in dieser etwas rustikalen Umgebung. István hatte sich ein frisches, weißes Hemd angezogen und sein Haar zu einem Pferdeschwanz gebunden. Von der Seite aus betrachtet hatte er das scharfe Profil eines Raben. Die meiste Zeit redete er mit Erzsébet, was Ilona zunehmend missmutig dreinblicken ließ, doch bemerkte Emilia bereits beim gemeinsamen Gebet, wie er immer wieder aufmerksam in ihre Richtung blickte. Aus Vorsicht unterdrückte sie den Wunsch, glücklich zurückzulächeln. Das verletzte Mädchen saß etwas weiter unten am Tisch, zu weit entfernt, als dass ein Gespräch möglich gewesen wäre. Das frische Blut war von ihrem Gesicht verschwunden, aber die Kratzer traten durch eine dunklere Färbung noch deutlicher hervor. Hinzu kam ein grünblauer Fleck unterhalb des linken Auges, der vielleicht von Ficzkó stammte. Küchenmägde trugen schließlich das Geschirr ab und damit war der Tag beendet. Emilia plauderte noch kurz mit Eva, die ihr hier die liebste war, und machte sich dann auf den Weg zurück in ihre Kammer. Kurz vor den Stufen wurde sie plötzlich am Ärmel gepackt. Sie drehte sich um, und als István vor ihr stand, blieb ihr Herz kurz stehen.

„Ihr wolltet Euch die Burg ansehen, nicht wahr? Bevor ich Euch erschreckt habe?"

Emilia nickte.

„Dann wartet nach dem ersten Morgenmahl auf mich hinter dem Eingangstor. Ich bringe Euch hin, ohne weitere Gefahren. Der Burgverwalter ist ein guter Freund von mir und wird uns ohne Probleme hereinlassen."

Sie stimmte sogleich zu, denn jedes andere Verhalten wäre ihr einfach nicht möglich gewesen, ohne sich selbst Gewalt anzutun. Ihr Herz schlug Luftsprünge. Alles in ihrem Leben entwickelte sich plötzlich so gut, dass sie Angst hatte, auf einmal in einer elenden Herberge aufzuwachen, mit Kurt oder auch mit Tante Irmie an ihrer Seite, um festzustellen, dass sie nur geträumt hatte.

Sobald sie in ihrem Zimmer war, wollte sie schnell unter die Decke schlüpfen, doch ein Klopfen an der Tür hinderte sie daran. Ungeduldig öffnete sie und empfand einen Hauch von Enttäuschung, als sie Yvetas blasses Gesicht sah.

„Eva sagte mir, dass István der Dickschädel sich an dich heranmacht."

Emilia wusste zunächst keine Antwort, doch der abfällige Tonfall weckte ihren Zorn.

„Er ist nett zu mir, nichts weiter."

Yveta seufzte leise.

„Rede dir das nicht ein. Und traue ihm nicht. Er ist schlimmer als alle anderen, die der Gräfin nahe stehen, auch als Dorottya und die Hertz."

„Warum sagst du das? Was hat er dir getan?"

Yvetas Mund zuckte gequält. Sie sah meist etwas missmutig aus, doch nun schien es, als hätte sie faules Fleisch schlucken müssen.

„Er hat meine Schwester auf dem Gewissen. Er ist der Teufel in Person. Halte dich von ihm fern, wenn dir dein Leben lieb ist!"

Dann erklangen Stimmen im unteren Stockwerk und Yveta war verschwunden, bevor Emilia sie weiter ausfragen konnte.

Am nächsten Tag wurde sie noch vor dem Morgenmahl ins Gemach der Gräfin gerufen. Die Stoffvorräte im Keller würden heute inspiziert werden, teilte Erzsébet ihr mit, damit man sobald wie möglich die nötigen Einkäufe vornehmen konnte. Dazu wäre eine Reise nach Pozsony nötig, ja vielleicht müsste man sogar eine Nachricht nach Wien schicken, wo die Gräfin einen zuverlässigen Händler namens Georg Pech kannte, der selbst die seltensten Schätze für sie auftreiben konnte. Die Zeit drängte, denn der Termin für die Hochzeit stand bereits fest. Sie sollte zu Beginn des neuen Jahres 1610 im Schloss von Sárvár, dem Familiensitz der Nádasdys stattfinden.

„Ich mag diesen Ort nicht besonders“, erzählte Erzsébet bei einer weiteren Tasse Kaffee und ein Schatten huschte über ihr Gesicht. „Aber das Schloss ist prächtiger als Csejte und daher für ein großes Fest besser geeignet. Im Winter ist es dort erträglicher. Im Sommer wird Sárvár von Mückenschwärmen angegriffen, die ebenso gnadenlos sind wie die Türken. Das liegt an den viele Seen im Umland.“

Die Zeit drängte und Emilia wurde klar, dass sie in den nächsten Monaten kaum einen freien Augenblick haben würde. Die Frage, ob sie heimliche Treffen mit István wagen sollte oder nicht, hatte sich damit im Grunde schon erledigt. Sie empfand einen Stich von Trauer, aber die Aufregung, nun eine wirklich wichtige Aufgabe zu haben, half ihr, allmählich zu vergessen.

7. Kapitel

Der Regen prasselte wie Kanonenfeuer gegen die Fenster des Schlosses von Nagybiccse, das die slowakische Bevölkerung Bytča nannte. György Homonnay Drugeth trat mit hastigen Schritten in den Empfangssaal, denn er hatte sich aufgrund des schlechten Wetters verspätet, und begrüßte die drei anderen Männer, die bereits am Tisch versammelt waren: Graf Thurzó von Bethlenfalva, der neue Palatin Ungarns und Herr dieses Schlosses, hatte sie alle gebeten, sich schnell und ohne größere Eskorte hierherzubegeben. Er war ein stattlicher Mann in den besten Jahren, dessen gekräuselter Bart bis zu der Mitte seiner Brust reichte. Unmittelbar neben ihm saß Miklós Zrínyi, Gemahl von Anna Báthory, der Schwester von Györgys Braut Kata. Auf der anderen Seite hatte ein gefeierter Kriegsheld Platz genommen: Imre Megyery, den man *den Roten* nannte. Er war der Erzieher von Pal Nádasdy, dem Bruder von Kata. György ahnte, dass er aufgrund dieser verwandtschaftlichen Beziehungen eingeladen war, obwohl er sich in Gegenwart dieser Männer jung und unbedeutend fühlte. Seine Familie gehörte zum ungarischen Hochadel, doch er selbst hatte bisher nichts Herausragendes vollbracht, außer mit Kata verlobt zu werden. Er setzte sich neben Miklós, seinen zukünftigen Schwager, der ihm der am wenigsten Einschüchternde unter der Anwesenden schien.

„Es freut mich, dass Ihr alle meiner Aufforderung sogleich nachgekommen seid", begann Graf Thurzó das Gespräch. „Mir scheint, wir werden alle durch eine gemeinsame Sorge verbunden: das Treiben eines störrischen, zänkischen Weibes."

Er lachte auf eine Weise, die um Zustimmung bat. Der rote Megyery stimmte grölend ein, dann redete er selbst drauflos.

„Hat es dich so hart getroffen, dass dieser Eisblock in Gestalt eines Weibes dich abwies? Aufgrund deiner Herkunft, die nicht ganz so nobel ist wie die ihre?"

Graf Thurzó sah für einen Moment aus, als sei er von Zahnwürmern geplagt, dann lachte er weiter, doch klang es sehr gezwungen.

„Ich muss Gott dem Herrn dankbar sein, denn er hat mir ein viel lieblicheres, tugendhaftes Wesen als Gemahlin geschenkt."

György stimmte ihm stillschweigend zu. Maria Czobor, die junge Frau des Palatin, war eine höchst liebreizende Erscheinung, zudem sanft und umgänglich. Warum ein Mann den Wunsch hegen sollte, sich mit der strengen, unnahbaren Witwe Erzsébet Nádasdy zu vermählen, war ihm ein einziges Rätsel.

„Aber die niedliche kleine Maria brachte nicht die Hälfte Ungarns mit in die Ehe", beantwortete der rote Megyery diese Frage, ohne dass sie gestellt worden war. „Sein Vergnügen kann ein Mann auch bei den Huren suchen, doch eine reiche Witwe hat als Ehefrau unersetzliche Vorzüge." Mit einem breiten Grinsen hob er seinen Weinkrug und nahm einen großzügigen Schluck.

„Na komm schon, du wirst mir einen kleinen Scherz auf deine Kosten doch nicht übel nehmen?", sagte er, als der Graf ihn nur stumm angesehen hatte. György überlegte, dass es wohl kein Scherz gewesen war, sondern die Wahrheit, weshalb Graf Thurzó auch nicht darüber lachen konnte.

„Ich finde es nicht besonders witzig, über das heilige Sakrament der Ehe zu scherzen", erwiderte der Graf schmallippig, was Imre aber nur noch lauter losprusten ließ.

„Der Übertritt zu den Katholiken scheint dir nicht zu bekommen. Früher warst du kein solcher Frömmler, wenn ich mich recht entsinne."

„Wir sind nicht hier, um vor diesen jungen Männern unsere Vergangenheit auszubreiten", ergriff nun der Hausherr erneut das Wort. „Ich wollte auch nicht die richtige Wahl einer Ehefrau besprechen, sondern das störrische Verhalten eines Weibes, für dessen Wohlergehen ich mich verantwortlich fühle."

„Ach ja, und warum gerade du?", konterte der rote Megyery unbeirrt. „Man könnte sagen, dass sie dir überaus deutlich gemacht hat, wie sehr sie sich deine Fürsorge wünscht."

Nun grinste er auch György und Miklós an, wie um nach Zustimmung zu suchen, die sie ihm aber aus Taktgefühl verweigerten.

„Ferenc Nádasdy, der, wie ich mich entsinne, auch dein Freund war, bat mich auf dem Totenbett, für das Wohlergehen seiner Frau und seiner Kinder zu sorgen", erklärte der Hausherr.

„Na dann", gab Imre allmählich nach. „Dein Verantwortungsgefühl in allen Ehren. Doch scheint mir, dass diese Witwe ihre eigenen Angelegenheiten gut selbst regeln kann, verwaltete sie doch schon zu Ferenc' Lebzeiten allein das ganze Vermögen, da er fast ständig im Krieg war. Ihre Töchter sind beide schon so gut wie vermählt, der Sohn lebt in meiner Obhut. Welchen Grund zur Sorge hast du?"

Der Graf schwieg einen Moment und gab dem Diener ein Zeichen, weiteren Wein zu holen, sodass der junge Mann den Raum verließ.

„Mir sind Gerüchte zu Ohren gekommen", sagte er dann deutlich leiser. „Über schwer verletzte oder gar tote Mädchen in ihren Diensten. Wenn ich mich recht entsinne, hat ein lutheranischer Pastor ihr vor einigen Jahren bereits Grausamkeit vorgeworfen"

György warf Miklós einen ratlosen Blick zu, denn er hörte zum ersten Mal von dieser Geschichte. Sein zukünftiger Schwager sah aber auch nicht wissender aus, sondern lauschte mit leicht gerunzelter Stirn.

„Dieser Vorwurf richtete sich auch gegen Ferenc, wahrscheinlich weil ..."

Imre Megyery verstummte plötzlich, als erscheine es ihm zum allerersten Male unklug, seine Gedanken einfach hinauszuposaunen. „Auf jeden Fall hat Ferenc diesen Kerl, der in seinem Haushalt Pastor war, zurechtgewiesen und danach hörten die Vorwürfe auf."

„Nicht ganz, fürchte ich. Sie wurden nur leiser. Aber dieser hartnäckige Priester ist vor einiger Zeit verstorben. Dennoch kamen mir weitere Gerüchte zu Ohren. Die Dienstmägde der Gräfin weisen auffallend oft schwere Verletzungen auf."

Er musterte seine Gäste erwartungsvoll, als sei er höchst gespannt auf die Wirkung seiner Worte. György wusste nicht, welche Reaktion der Palatin sich erhoffte, denn es war ihm ein einziges Rätsel, worum es hier eigentlich ging.

„Es ist nicht möglich, einen Haushalt ohne Strenge zu führen", mischte sich erstmals Miklós Zrínyi ins Gespräch. „Dies hat mein Weib von ihrer Mutter gelernt und ich kann nicht klagen, sie hat die Domestiken bestens im Griff. Zudem können sich Küchenmädchen am Herdfeuer verbrennen oder beim Zubereiten der Speisen ins Fleisch schneiden. Was ist Euer Anliegen, Graf Thurzó? Weshalb

Beschäftigt das Los unbedeutender Mägde Euch so sehr, dass Ihr uns hierher habt rufen lassen?"

György war erleichtert, dass endlich jemand diese Frage aussprach, und bewunderte gleichzeitig Miklós' Mut.

„Ich bekam kürzlich Besuch von einem Herrn niederen Adels, der seine Tochter in den Haushalt von Erzsébet Nádasdy gegeben hatte, damit sie eine angemessene Erziehung erhielt", sagte Graf Thurzó sogleich. „Als er sie einige Monate später besuchte, wirkte sie sehr blass, mager und krank."

„Und?", fragte Imre unbeeindruckt. „In jungem Alter, kurz vor der Vermählung, sind Weiber noch schwieriger und launischer als sonst. Wenn dieser Herr sich Sorgen um seine Tochter machte, warum packte er sie nicht gleich in seine Kutsche und nahm sie mit nach Hause?"

„Weil er wohl ähnlich dachte wie du", konterte der Graf. „Aber einige Monate später erhielt er die Nachricht, dass seine Tochter an einer Krankheit verstorben war."

„Was durchaus der Wahrheit entsprechen könnte", mischte Miklós sich erneut ein. „Will er denn Anklage erheben? Gegen die Gräfin Nádasdy?"

Die Vorstellung war so ungeheuerlich, dass György mühsam ein Lachen unterdrückte, Imre Megyery aber nicht.

„Nein", sagte der Graf Thurzó. „Das wagt er natürlich nicht. Aber vielleicht wird es irgendwann notwendig sein, dass jemand anderer es an seiner Stelle tut."

György traute seinen Ohren nicht und sah sich nach den anderen Männern um. Miklós schüttelte stumm den Kopf, Imre runzelte die Stirn und kratzte das spärlich werdende Haar an seinen Schläfen.

„Worauf willst du eigentlich hinaus?", fragte der rote Megyery. „Du magst Erzsébet nicht, das ist offensichtlich. Ich habe diesen Eisblock auch nicht ins Herz geschlossen, nicht einmal Ferenc mochte seine Frau besonders, wie wir beide wissen. Aber er achtete sie. Es ist schwer, das nicht zu tun. Sie ist klug und willensstark wie ein Mann. Aus welchem Grund willst du ihr schaden?"

Zum allerersten Mal schien Graf Thurzó um eine Antwort verlegen. Diener, die mit einer neuen Karaffe Wein sowie Brettern mit Speisen hereinkamen, befreiten ihn aus dieser Zwangslage, denn sie blieben im Hintergrund stehen, um die Gäste weiter bedienen zu können. Zunächst einmal wurde eine Gulaschsuppe mit Sauerkraut verzehrt, danach ein Paprikahuhn. György hatte bereits begriffen, dass was auch immer hier besprochen wurde, nicht nach Außen getragen werden sollte. Er aß, um seinen Magen zu füllen, doch vermochte er keinen Genuss auf seinem Gaumen zu verspüren. Etwas Übles lag in der Luft und es hing mit Katas Mutter zusammen. Falls es zu einem Skandal über die Witwe Nádasdy kam, würden seine Eltern sich vielleicht für eine andere Braut entscheiden. Dabei mochte er Kata, die er einige Male hatte sehen dürfen, denn sie war ein schlichtes, natürliches Mädchen, nicht so kühl und streng wie ihre Mutter. Vermutlich auch nicht so klug, aber das störte ihn nicht, fand er die große Erzsébet Nádasdy doch ebenso einschüchternd, wie viele andere Männer es taten.

„Du hast Angst, dass sie Gábor unterstützen könnte, nicht wahr?", fragte der rote Megyery, nachdem das Mahl beendet war und die Diener sich mit dem schmutzigen Geschirr entfernt hatten. Graf Thurzó schwieg, senkte nur leicht den Kopf. György blickte wieder einmal ratlos zu Miklós, der nur auf die Verzierungen des Tischtuchs starrte. Alle außer ihm selbst schienen die Anspielung zu begreifen. Er wagte nicht zu fragen, was Imre meinte, um nicht als unwissender Knabe dazustehen.

„Es geht mir um das Wohl unseres Landes", sagte der Palatin nach einem Räuspern. „Nur die Habsburger sind auf Dauer in der Lage, die Türken von unseren Grenzen fernzuhalten. Wenn wir es uns mit ihnen verderben, sind wir verloren."

Györgys Kopf begann sich zu drehen, was nicht nur an den mehreren Bechern Wein liegen konnte, die er bereits getrunken hatte. Was hatten nun die Habsburger damit zu tun, dass in dem Haushalt seiner zukünftigen Schwiegermutter angeblich Mädchen starben?

„Man könnte sagen, dass du als Erster verloren wärest, bist du doch der offizielle Stellvertreter unseres habsburgischen Königs. Aus lauter Treue zu ihm bist du ja wieder Katholik geworden", sagte Imre Megyery nun leiser und ernsthafter, als er bisher gesprochen hatte. Dann legte er eine Pause ein und musterte den Palatin nachdenklich. Erst als dieser weder protestierte noch zustimmte, redete Imre weiter. „Mir geht es vor allem um das Wohl von Ferenc' Sohn, der in meiner Obhut lebt. Und um das Ansehen meines alten Freundes. Was auch immer du vorhast, sorge bitte dafür, dass der Name von Ferenc Nádasdy unbefleckt bleibt."

Graf Thurzó rieb seinen gekräuselten Bart und die dicke, goldene Kette, die sich darunter verbarg. Dann sah er dem roten Megyery kurz in die Augen und nickte ohne weitere Worte.

„Nun gestatte mir, dass ich aufbreche", sagte Imre daraufhin und erhob sich. „Wichtige Aufgaben warten auf mich." Er verneigte sich zwar höflich vor dem Palatin, bevor er hinausging, aber György schien dieser sehr rasche Aufbruch dennoch fast ein Affront. Leider wusste er nicht, worüber er selbst mit dem mächtigsten Mann Ungarns reden sollte, und auch Miklós war wieder einmal keine Hilfe, da er mit gerunzelter Stirn weiterhin die Tischdecke studierte.

„Meine Herren, verzeiht, auch mich ruft die Pflicht", wurden sie von Graf Thurzó aus der Verlegenheit befreit. „Ich werde Euch natürlich Bescheid geben, wenn bedauerliche Schritte gegen Eure Schwiegermutter sich als nötig erweisen. Bis dahin würde ich es begrüßen, wenn Ihr die zarten Gemüter Eurer Gemahlinnen nicht mit diesen Dingen belasten würdet."

Miklós Zrínyi stimmte zu und verabschiedete sich mit ehrerbietiger Höflichkeit. György, der begriff, dass der Palatin ihrer beider Aufbruch wünschte, tat es ihm gleich. Er sehnte sich danach, wieder auf das heimatliche Schloss zu gelangen und dort in Ruhe über diese merkwürdige Unterhaltung nachzudenken. Sollte er seinem Vater davon berichten? Vermutlich würde er dadurch den Wünschen von Graf Thurzó zuwiderhandeln und zudem seine Eheschließung mit Kata gefährden. Noch bevor sie die Stallungen erreicht hatten und ein Knecht ihnen die Pferde brachte, hatte er diesen Gedanken wieder verworfen.

„Wollen wir einen Teil des Weges gemeinsam reiten?", schlug Miklós Zrínyi ihm unerwartet vor. „Auf Wunsch des Palatins sind wir ohne Gefolge gekommen, doch ist man so ein leichteres Opfer für Räuberbanden."

György stimmte zu. Er kannte seinen zukünftigen Schwager kaum, hatte ihn nur manchmal auf Festen des ansässigen Adels zu Gesicht bekommen, doch brannten ihm zu viele Fragen auf der Zunge, um den langen Weg allein reiten zu wollen.

„Wisst Ihr, was der rote Megyery meinte, als er sagte, die Gräfin Nádasdy könnte Gábor unterstützen?“, wollte er wissen, sobald sie das Eingangstor des Schlosses hinter sich gelassen hatten und auf den Wald zuritten.

Miklós Zrínyi musterte ihn kurz. Unter der breiten Krempe seines Hutes waren staunende, leicht spöttisch blickende Augen zu erkennen.

„Es ging wohl um Gábor Báthory, den neuen Woiwoden von Transsylvanien, einen Neffen der Gräfin Nádasdy.“

„Ja, natürlich, das dachte ich mir auch“, log György, um nicht als tumber Trottel dazustehen. „Aber worin sollte sie ihn unterstützen?“

Miklós Zrínyi brachte sein Pferd unter einer breiten Eiche zum Stillstand und winkte György heran, um dann sehr, sehr leise weiterzusprechen.

„Es heißt, Gábor Báthory hasst die Habsburger noch mehr als die Türken. Er träumt davon, ein starkes, protestantisches Ostreich zu schaffen, das ihnen die Stirn bieten könnte. Zu diesem Zweck soll Transsylvanien sich mit Ungarn und der Walachei verbünden, später sind noch andere Allianzen geplant.“

György blieb der Mund offen stehen.

„Aber das würde neuen Krieg bedeuten!“, rief er. „In Ungarn vielleicht auch Bürgerkrieg. Dabei haben wir uns gerade erst von den endlosen Kämpfen mit den Türken erholt. Meint Ihr wirklich, eine kluge Frau wie Erzsébet Nádasdy …“

„Sie ist überzeugte Protestantin“, unterbrach Miklós. „Sie mag Thurzó nicht, hält ihn für einen Speichellecker der Habsburger. Das hat mein Weib mir erzählt. Gábor Báthory ist ein Heißsporn, hochmütig und siegesgewiss. Es mag sein, dass eben diese Eigenschaften ihr imponieren. Jedenfalls kursieren bereits Gerüchte, dass sie ihm heimlich Geld schickt.“

Es dauerte eine Weile, bis György diese Neuigkeiten verdaut hatte. Er hatte sich gefreut, ein liebenswertes Mädchen heiraten zu können, von Nachkommen geträumt, und nun wurde er in ein Dickicht aus Intrigen und heimlichen Bündnissen gezogen, deren vollständige Zusammenhänge er sich nicht auszumalen vermochte.

„Aber wenn die Witwe Nádasdy Gábor Báthory in diesem Wahnwitz unterstützt, dann …“, überlegte er laut.

„Dann begeht sie Hochverrat", erwiderte Miklós in einem etwas ungeduldigen Ton, den György in einer anderen Lage als abfällig empfunden hätte. „Der Habsburger Matthias ist unser gekrönter König."

„In dem Fall müsste man sie ja hinrichten!", rief György völlig fassungslos.

„Allerdings", stimmte Miklós zu. „Und der König zöge ihr Vermögen ein, was ihm sicher sehr entgegenkäme, da er Schulden bei ihr hat. Dadurch verlören meine Gemahlin und Eure Braut auch ihr Erbe. Und ein großer Teil Ungarns fiele direkt an das Haus Habsburg. Ich glaube, dem Palatin geht es eben um diese Gefahr, die unbedingt verhindert werden muss, weniger um ein paar frühzeitig verstorbene Dienstmägde."

„Ich verstehe", sagte György, obwohl er das Gesamtbild nur schemenhaft zu erkennen vermochte. Miklós klopfte ihm anerkennend auf die Schulter.

„Gut. Das wurde auch Zeit."

Etwas raschelte im Dickicht des Waldes. Miklós Zrínyi sah sich aufmerksam um. Erst als er ein harmloses Reh an ihnen vorbeiflitzen sah, neigte er seinen Kopf noch dichter an den Györgys, sodass die Krempen ihrer Hüte sich berührten.

„Wir müssen in engem Kontakt mit dem Palatin bleiben. Er will uns nicht schaden, auch nicht Pál Nádasdy, sonst hätte er seinen Erzieher, den roten Megyery nicht eingeladen. Es ist nur die Witwe Nádasdy, die er zu Fall bringen will. Wenn sich dies nicht verhindern lässt, wozu es aufgrund der Halsstarrigkeit unserer Schwiegermutter durchaus kommen könnte, so sollten wir besser seine Verbündeten sein als seine Gegner."

György nickte. Das klang alles völlig überzeugend. Der politisch erfahrene Graf Thurzó war ein glaubwürdigerer Sieger als ein übermütiger, selbstverliebter Jüngling in Transsylvanien. Gleichzeitig tauchte Katas reines, liebreizendes Gesicht vor ihm auf und ihm war, als würde er in verschiedene Richtungen gezerrt wie ein Verbrecher, der zur Vierteilung verurteilt worden war.

„Aber hängt Eure Gemahlin denn nicht an ihrer Mutter?", fragte er Miklós.

„Gewiss", antwortete der. „Aber sie hat von eben dieser Mutter gelernt, sich im Leben den Notwendigkeiten anzupassen. Kata hingegen scheint mir von einem zarteren Gemüt. Vielleicht solltet Ihr sie zunächst einmal aus allem heraushalten."

Da dies die einfachste Lösung war, stimmte György zu. Miklós trieb sein Pferd an, damit sie rechtzeitig nach Hause kämen, und er folgte auch darin seinem Beispiel.

Emilia schickte eines der Mädchen in den Keller, um weitere Kerzen zu holen. Es war bereits September, die Tage begannen kürzer zu werden, aber es blieb ihr kaum etwas anderes übrig, als die Näherinnen bis in die Abendstunden hinein arbeiten zu lassen, damit sie rechtzeitig fertig wurden. Sie hatte nur fünf Mädchen zugewiesen bekommen, die als besonders geschickt galten, darunter ihre Freundinnen Yveta und Eva. Die Übrigen waren weiterhin für Aufgaben im Haushalt zuständig.

Der Wiener Händler Georg Pech hatte die gewünschten Stoffe termingerecht geliefert, die wichtigste und anstrengendste Arbeit, nämlich das Ausmessen und Zuschneiden, war bereits vollbracht, sodass sie in trauter Geselligkeit zusammensitzen und nähen konnten. Emilia hatte inzwischen einige Lieder gelernt, in Slowakisch und in Ungarisch, Evas Muttersprache. Zwar verstand sie nur einen Bruchteil der Worte, doch konnte sie immerhin mitsummen. Die Mädchen hatten sich bisher als erfreulich unkompliziert erwiesen, denn sie arbeiteten ohne Murren den ganzen Tag und schienen weiterhin glücklich, mit dieser Aufgabe betraut worden zu sein.

Doch nun rieb Emilia ihre schmerzenden Augen. Wo blieben bloß die neuen Kerzen? Bald schon würde sie zu wenig sehen, um akkurate Stiche machen zu können. Eva, die zu ihrer rechten Seite saß, arbeitete weiter konzentriert, und Emilia staunte über ihre Duldsamkeit. Man musste dieses Mädchen regelrecht von der Arbeit wegreißen, wenn Speisen hereingetragen wurden. Yvetas Lippen waren schmaler als sonst und sie wippte ungeduldig mit dem Fuß. Ein paar andere Näherinnen waren zum Fenster hingerückt, doch bedeckten inzwischen dunkle Wolken den Abendhimmel, was jede Hoffnung auf bessere Sicht zunichtemachte.

„Wir machen eine Pause", entschied Emilia spontan. „Niemand ist dadurch geholfen, dass wir uns hier die Augen verderben. Ich sehe nach, wo die Kerzen bleiben."

Yveta schenkte ihr ein anerkennendes Nicken und übersetzte die Anweisung dann für die anderen Näherinnen. Erleichtertes Gemurmel erklang.

„Soll ich mitkommen?“, bot Yveta sich an.

„Nein, das schaffe ich auch allein. Erholt euch inzwischen ein bisschen. Wir waren heute schon sehr fleißig.“

Sie erhielt ein paar dankbare, fast ungläubige Blicke, als sie aus dem Raum verschwand. Das Haus war ihr inzwischen vertraut und sie fand ohne Schwierigkeiten den Weg in den Keller, wo die Kerzen gelagert waren. Kaum hatte sie Hand auf die Türklinke gelegt, da erklang ein Schrei. Er war schrill, zerriss die Luft und enthielt so viel Qual, dass Emilia fast übel wurde.

Tiefere, ältere Frauenstimmen brüllten in der unverständlichen Landessprache, dann heulte ein Mädchen erneut wie ein verendendes Tier.

Emilia merkte, dass sie am ganzen Körper zitterte und der Schweiß in Bächen über ihren Rücken lief. Etwas Übles geschah hinter dieser Tür. Sie bezwang den Wunsch, einfach wegzulaufen, sondern drückte entschlossen die Klinke nach unten.

Auch in diesem Raum war es dunkel, denn nur ein an der Wand befestigter Kienspan spendete spärliches Licht. Truhen und Säcke versperrten Emilia den Blick, doch wies eine kläglich wimmernde Stimme ihr die Richtung, wohin sie sich bewegen musste. In der hintersten Ecke des Kellerraums kauerte jenes Mädchen, das losgezogen war, um die Kerzen zu holen. Die rechte Hand hatte sie an ihre Brust gepresst und ihren freien Arm darum geschlungen, doch konnte sie nicht verhindern, dass ein Strom von Blut ihr Gewand durchtränkte. Ihr Blick war angsterfüllt und flehend zu jener Person gerichtet, die unmittelbar neben ihr stand und in deren Hand ein Messer mit roter Klinge ruhte. Emilia erkannte die stämmige Gestalt im roten Rock, noch bevor sie sich zu ihr umgedreht hatte. Dorottya Szentés hatte von Anfang an einen verschlagenen, gleichzeitig auch etwas einfältigen Eindruck auf sie gemacht, doch nun glomm ein unangenehmes Licht in ihren Augen, als genieße sie ihre Grausamkeit wie einen Triumph oder einen Augenblick der Erfüllung.

Emilia suchte nach Worten, um ihrer Empörung Luft zu machen. Einige Ausdrücke auf Ungarisch und Slowakisch hatte sie zwar inzwischen aufgeschnappt, aber gerade jetzt, da sie sie so dringend gebraucht hätte, war ihr Kopf wie leer gefegt.

„Čo je?", hörte sie die Frau brummen und beschloss, ihr auf Deutsch zu antworten, um sich nicht durch hilfloses Gestammel lächerlich zu machen.

„Wie kommst du dazu, meine Näherin zu verletzen? Sie braucht ihre Hand. Wegen dir wird das Hochzeitsgewand der jungen Gräfin vielleicht nicht rechtzeitig fertig."

Dorottya zog eine grimmige, fast dummdreiste Miene, doch eine andere Stimme antwortete an ihrer Stelle.

„Zorah wollen stehlen!"

Zwischen zwei Reihen aufeinandergestapelter Kisten war eine zweite Frau hervorgetreten, ebenfalls in der farbenfroh bestickten Bauernkleidung und mit einer hohen Haube auf dem Kopf. Sie war etwas jünger als Dorottya, schlanker und durchaus hübsch zu nennen. Doch das zornige Funkeln der blauen Augen ließ Emilia einen Schritt zurücktreten.

„Wer bist du?", fragte sie die Unbekannte.

„Helena Jó. Bekannte von Dorottya. Was du hier wollen?"

Bevor Emilia antworten konnte, entstand ein schneller Wortwechsel zwischen Dorottya und dieser Helena, während das verletzte Mädchen leise wimmerte.

„Sie wollen stehlen", wiederholte Helena dann, nun etwas respektvoller, und richtete eine anklagenden Finger auf Zorah, die nicht fähig schien, sich selbst zu dem Vorfall zu äußern. Immer mehr Blut floss aus der verletzten Hand. Emilia ahnte, dass ein Verband vonnöten war, doch gleichzeitig hatten die zwei Frauen sich nun wie drohende Krieger neben ihr aufgebaut.

„Was hat sie denn gestohlen? Kerzen?", rief Emilia. „Ich habe sie deshalb losgeschickt, mein Gott, wie konntet ihr denn …?"

Auch in ihrer Muttersprache fand sie nun nicht mehr die passenden Worte, beugte sich stattdessen zu Zorah und presste einen Zipfel von deren Rock gegen die Wunde. Es nützte nicht viel, bald schon war er blutdurchtränkt. In ihrem Rücken debattierten die zwei Frauen nun miteinander und klangen dabei erstaunlich gefasst.

„Ihr hattet kein Recht, das zu tun!", rückte Emilia die Dinge zurecht. „Ich werde es der Gräfin melden."

Sie glaubte, nun endlich eine passende Drohung gegen die Übeltäterinnen gefunden zu haben, doch der erhoffte Erfolg blieb aus.

„Melde, wenn du wollen“, erwiderte Helena nur gleichmütig, während Dorottya ihr blutiges Messer mit einem Tuch abwischte, um es gleich darauf in einen Beutel an ihrer Schürze zu stecken. Wenigstens hatte sie eingesehen, dass sie nicht mehr würde zustechen können. Gleich darauf erklangen Schritte im Hintergrund. Emilia, die immer noch verzweifelt versuchte, die Blutung von Zorahs Hand zu stillen, war erleichtert, als sie Yveta mit einer Kerze in der Hand erblickte. Nun stritten drei Frauenstimmen miteinander. Yveta klang nicht so selbstbewusst, wie Emilia es sich gewünscht hätte, doch ließ sie sich nicht zum Schweigen bringen. Kurz darauf ging sie neben Emilia in die Knie, riss einen Streifen von ihrem Rock ab und machte daraus einen Verband, den sie mit raschen, festen Bewegungen um die verletzte Hand wickelte. Er färbte sich gleich darauf rot, doch hörte das Blut endlich auf zu fließen. Zorah saß mit halb geschlossenen Augen da, als fehle ihr inzwischen sogar die Kraft zu klagen.

„Sie haben nicht so oft zugestochen, wie sie wollten“, flüsterte Yveta Emilia ins Ohr. „Du bist rechtzeitig dazwischengegangen. Zorah hatte Glück, ich glaube, sie wird ihre Hand wieder benutzen können.“

Die Selbstverständlichkeit, mit der sie über diese Dinge sprach, schien Emilia nicht minder verstörend als der ganze Vorfall selbst.

„Wir müssen das der Gräfin melden“, beharrte sie. „Ich habe eine geschickte Näherin verloren. Es kann Wochen dauern, bis ihre Hand wieder verheilt ist.“

Yveta sah sie nachdenklich an.

„Ja, gut, melde es“, erwiderte sie nach kurzem Zögern. „Immerhin geht es um Katas Hochzeit. Vielleicht kannst du etwas ausrichten. Geh los, ich kümmere mich inzwischen um Zorah.“

Emilia sprang erleichtert auf. Sie sehnte sich geradezu nach Erzsébet, die hier für Gerechtigkeit würde sorgen können, und nahm zwei Stufen gleichzeitig ins erste Stockwerk, wo sich das Gemach der Gräfin befand.

Sie klopfte respektvoll und wurde hereingebeten. Erzsébet war bei Kerzenlicht über einen Brief gebeugt, doch sie hörte sich Emilias Geschichte geduldig an und stand dann auf, um sich einen Schal um die Schultern zu legen, da sie nur ein dünnes Leinenkleid trug und es nachts frisch zu werden begann.

„Dorottya ist für die Beaufsichtigung der Mädchen hier zuständig“, sagte sie. „Und Helena Jó wurde von ihr als Unterstützung in meinen Haushalt gebracht. Früher machte das Anna Darvulia, aber aufgrund ihrer Blindheit ist sie dazu nicht mehr in der Lage.“

„Aber sie haben beide Unrecht getan!“, beharrte Emilia. „Ich schickte das Mädchen, um Kerzen zu holen, und sie straften sie als Diebin, ohne mich überhaupt zu fragen.“

Die Gräfin sah eine Weile nachdenklich ins Kaminfeuer.

„Es fällt den Leuten hier schwer, Fremde anzuerkennen“, sagte sie dann. „Aber du hast recht, Dorottya sollte nicht deine Stellung im Haus missachten. Ich werde das nun regeln.“

Sie schlüpfte in ihre Pantoffeln und zog sich eine Haube über das offene Haar. Dann stieg sie, gefolgt von Emilia, in den Keller hinab und stieß die Tür zu dem Raum, wo das Unglück geschehen war, energisch auf.

Zorah saß inzwischen auf einer Kiste. Yveta hatte einen Arm um ihre Schultern gelegt und redete beruhigend auf sie ein. Ihre zwei Peinigerinnen plauderten indessen ein Stück davon entfernt miteinander, als stünden sie auf einem Jahrmarkt. Emilia freute sich fast auf den Augenblick, da sie von der Gräfin zurechtgewiesen würden.

Yveta begrüßte die Hausherrin mit einem Knicks, Zorah versuchte es ebenfalls, doch war sie vom Schmerz so geschwächt, dass sie sich kaum aufrecht halten konnte. Die zwei anderen Frauen neigten nur den Kopf, als Erzsébet auf sie zukam. Helena schien ein klein wenig verunsichert, doch Dorottyas breites Gesicht blieb völlig unbewegt. Ein kurzer Wortwechsel folgte, bei dem Dorottya nur wenige, aber sehr entschiedene Worte von sich gab. Dann brachte Helena einen Beutel.

„Sie sagen, dies sei das Diebesgut, mit dem sie Zorah erwischt haben, als sie den Keller verlassen wollte“, flüsterte Yveta Emilia ins Ohr. Zorah begann wieder zu wimmern, als der Inhalt zu ihren Füßen ausgeschüttet wurde. Vier Talgkerzen fielen auf den Boden, aber auch ein Topf mit Honig, ein fetter Schinken und zwei Scheiben Lángos.

„Das können die zwei Teufelinnen in den Beutel gesteckt haben, während ich weg war“, flüsterte Emilia Yveta zu, die den Kopf schüttelte. „Ich war doch die ganze Zeit hier“, erinnerte sie Emilia so leise wie möglich. Die Gräfin stand ein Stück weiter vorne bei Dorottya, sodass sie wirklich nichts gehört haben konnte, und Emilia fiel ein, wie leicht sich Zorah durch eine geschickte Lüge retten ließe. Leider konnte sie nun nicht mehr behaupten, sie auch wegen Essensvorräten losgeschickt zu haben, denn das hätte unglaubwürdig gewirkt. Doch Yveta brauchte nur zu sagen, dass sie zufällig mitbekommen hätte, wie eine der zwei Frauen etwas in den Sack steckte. Sie wusste aber nicht, wie sie Yveta hier und jetzt davon überzeugen sollte, und noch bevor sie einen neuen Gedanken hatte fassen können, lag Zorah schon laut wehklagend auf den Knien vor der Gräfin. Die verletzte Hand hatte sie weiterhin an ihre Brust gepresst, aber mit der freien griff sie nach Erzsébets Rocksaum, als wolle sie ihn küssen. Die Gräfin trat sichtlich angewidert ein paar Schritte zurück.

„Die kleine Schlampe hat sich an meinen Vorräten bedient!“, sagte sie auf Deutsch zu Emilia. „Sie hatte Dorottyas Strafe verdient. Ich werde morgen entscheiden, wie mit ihr zu verfahren ist. Bis dahin soll Ficzkó sie ins Verlies werfen.“

Sie drehte sich auf dem Absatz um und eilte zur Tür, um dann nach dem Jungen zu rufen. Ficzkó humpelte bald schon herein, packte die weiterhin erbärmlich schreiende Zorah und schleppte sie wie einen Sack mit sich nach draußen.

„Ist vorbei, Deutsche“, flüsterte Helena Emilia zu, nachdem Erzsébet den Raum verlassen hatte. „Geh zu Näherinnen, damit Kleid wird fertig.“

Dorottya warf ihr einen höhnischen Blick zu, dann verschwanden die zwei Frauen wieder mit vertrautem Geplauder. Emilia blickte zu Yveta, die noch blasser und angespannter wirkte als gewöhnlich.

„Warum musste sie so eine Dummheit machen?“, fragte Emilia leise.

„Sie hat eine kranke Mutter im Dorf, die etwas Stärkung hätte gebrauchen können“, kam es sogleich zurück.

„Aber …“. Emilia wollte vorschlagen, dass Zorah die Gräfin auch um Hilfe hätte bitten können, doch ihr fiel sogleich ein, wie unsinnig dieser Vorschlag war.

„Komm“, sagte Yveta. „Wir nehmen die Kerzen, damit wir noch etwas schaffen, bevor das Abendmahl beginnt.“

Sie hatte sich auch schon gebückt, um das Diebesgut aufzusammeln und es an seinen angestammten Platz zurückzubringen. Emilia ergriff indessen die Kerzen und sie machten sich gemeinsam auf den Rückweg. Die anderen Näherinnen saßen plaudernd am Fenster, nur Eva war noch über ihre Arbeit gebückt.

„Da kommt neues Licht!", rief Emilia bemüht fröhlich. Ihre Nachricht löste nur betretenes Schweigen aus.

„Stimmt es, dass Zorah im Verlies ist?", fragte Eva schließlich, ohne von ihrer Arbeit aufzublicken.

Yveta nickte.

Eva legte den Ärmel, den sie zusammengenäht hatte, langsam beiseite.

„Wir dachten, bei dir wären wir in Sicherheit", sagte sie zu Emilia. Es klang eher niedergeschlagen denn vorwurfsvoll, doch Emilia empfand es dennoch als persönliche Kritik.

„Es ist nicht meine Schuld, dass sie aus der Vorratskammer stahl und dabei auch noch erwischt wurde", gab sie sogleich zurück. Denn das stimmte doch, auch wenn es sie entsetzt hatte, dass einem Mädchen einfach ein Messer in die Hand gerammt worden war. Nach kurzem Überlegen fügte sie hinzu: „Ich werde versuchen, die Gräfin zu überzeugen, sie bald wieder freizulassen. Sie ist eine gute Näherin, und das heutige Erlebnis wird hoffentlich dafür sorgen, dass sie nicht mehr stiehlt."

Dann begann sie, die neuen Kerzen an den bereits brennenden anzuzünden und sie in den Ständer auf dem Tisch in der Mitte des Raumes zu stecken. Um sie herum blieb es weitgehend still, nur ein paar Worte wurden in den Landessprachen geflüstert.

„Jetzt sollten wir besser weiterarbeiten", schlug sie energisch vor. Die allgemeine Trübsal würde niemandem helfen. Es überraschte sie, wie schnell ihr gehorcht wurde.

Das gemeinsame Abendessen begann mit einer Gesangseinlage von Ilona Hertz, die von István auf der Fidel begleitet ein ungarisches Volkslied vortrug. Die Melodie war flott und gefällig. Unter anderen Umständen hätte Emilia die Darbietung vermutlich genossen, doch war die Erinnerung an Zorahs Schmerzensschreie lauter als Ilonas lieblicher Gesang.

„Ich habe beschlossen, dass die Diebin zunächst fünf Tage im Verlies bleibt", verkündete Erzsébet anschließend. „Ficzkó wird sie bewachen."

Es blieb still, nur Yveta seufzte leise an Emilias Seite. Dann begann die Gräfin eine Unterhaltung mit István. Ilona Hertz mischte sich rasch ein und allmählich plauderten auch die anderen Anwesenden. Emilia spürte immer wieder den spöttischen Blick von Dorottya, die weiter oben an der Tafel sitzen durfte als sie selbst. Es missfiel ihr, den heutigen Vorfall als eine Niederlage im Kampf gegen die Aufseherin der Dienstmägde zu betrachten, aber sie fühlte sich dazu herausgefordert. Helena Jó beachtete sie zum Glück nicht mehr, sondern half der blinden Darvulia, ihren Teller zu füllen.

„Fünf Tage sind doch nicht so schlimm", flüsterte Emilia Yveta zu. „Es ist ja nicht so, dass Zorah keine Strafe verdient hätte."

Der Kopf der jungen Frau blieb über ihren Teller mit Kohlsuppe gebeugt.

„Es ist schlimm, wenn man nichts zu essen bekommt", erwiderte sie nach einer Weile. „Und Ficzkó ausgeliefert ist."

Emilia verschluckte sich an ihrer Suppe und bekam einen Hustenanfall, der einen Moment des Schweigens am Tisch auslöste.

„Etwas nicht in Ordnung?", hörte sie Helenas unangenehme Stimme fragen.

„Nein. Mir geht es gut", widersprach Emilia und wischte sich mit einem Tuch den Mund ab.

„Es geht ja nicht, dass Ihr krank werdet", mischte Kata sich ein. „Dann wird mein Hochzeitskleid nicht rechtzeitig fertig."

Sie schenkte Emilia ein warmes Lächeln, das vor allem Zuneigung für ihre Person ausdrückte, denn der Hochzeit sah Erzsébets Tochter weiterhin nicht sehr ungeduldig entgegen.

„Ich denke, unsere junge Gewandschneiderin wird sich die Gelegenheit nicht entgehen lassen, einen Auftrag, der eigentlich angesehenen Meistern gebühren würde, zu Ende zu führen", sagte Ilona Hertz nun.

Emilia nahm sehr deutlich das nur schwach gesüßte Gift in ihrer Stimme wahr. Sie hatte fast vergessen, dass es neben Dorottya und Helena noch eine dritte Frau gab, die ihr feindselig gesonnen war. Aber im Augenblick hatte sie andere Sorgen.

„Ficzkó scheint mir von sehr schlichtem Geist“, teilte sie Yveta leise mit, als die Gespräche bei Tisch wieder eingesetzt hatten. „Aber ist er denn so grausam wie Dorottya?“

„Nein“, kam es zu ihrer Erleichterung zurück. „Er holt sich von den gefangenen Mädchen nur, was ihm kein Weib der Welt freiwillig geben würde.“

Emilia schauderte und musste daran denken, wie wehrlos sie sich unter dem Gewicht von Kurts Körper gefühlt hatte.

„Wie kann die Gräfin das dulden?“, fragte sie empört. Yveta gab ihr durch einen Tritt gegen ihr Bein zu verstehen, dass sie nicht so laut reden durfte.

„Glaubst du wirklich, die Gräfin kümmert sich um die Tugend einer gewöhnlichen Magd? Hör auf zu träumen!“

Die Erkenntnis, dass Yveta vollkommen recht hatte, ließ Emilia den Kopf senken.

„Aber das Schlimmste ist der Hunger“, fuhr Yveta fort. „Zorah ist bereits geschwächt, weil sie Blut verloren hat. Ich weiß nicht, ob sie es so lange überhaupt aushält.“

Emilia war der Appetit vergangen, obwohl der soeben aufgetragene Lammbraten hervorragend duftete.

„Wo ist dieses Verlies?“, fragte sie.

„Unten im Keller, gleich neben dem Raum mit den Vorräten. Dort bleibt sie noch heute Nacht, morgen wird sie wahrscheinlich auf die Burg gebracht, wo es zudem noch feucht und kalt ist.“

„Wer hat alles einen Schlüssel zu diesem Verlies?“, hauchte Emilia nun so leise, dass sie fast nicht mehr hoffte, verstanden zu werden. Vielleicht gab es noch eine Möglichkeit, Zorah in dieser Nacht eine Stärkung zu bringen.

Yveta begriff sofort und ein seltenes Lächeln huschte über ihr Gesicht.

„Dorottya, Helena – und du“, flüsterte sie. „Es ist derselbe wie für die Vorratskammer.“

Dann wandte sie sich ab und begann eine Unterhaltung mit drei anderen Mädchen. Emilia begriff, dass sie verdächtig wirken würden, wenn sie endlos miteinander tuschelten, und versuchte sich ebenfalls in eine der Unterhaltungen am Tisch zu mischen, was aber aufgrund der Sprachbarriere nicht einfach war. Als die Küchenmägde begannen, das Geschirr abzutragen, wagte sie endlich, sich an Erzsébet zu wenden.

„Vergebt mir, Euer Durchlaucht, aber dürfte ich etwas von den Speisen mit auf mein Zimmer nehmen? Heute Abend schmerzt mein Magen, aber ich fürchte, ich könnte in der Nacht Hunger bekommen."

Die Gräfin erfüllte ihre Bitte mit einem Nicken.

8. Kapitel

Emilia wartete, bis es so still geworden war, dass sie glaubte, die Zweige hinter ihrem Fenster miteinander flüstern zu hören. Gleich darauf stimmten die Wölfe ihr Klagelied an. In den ersten Nächten hatten diese Laute ihr den Schlaf geraubt, doch inzwischen hatte sie sich an das Leben auf dem Land gewöhnt.

Sie stand auf und schlüpfte in ihre Schuhe. Ihr Kleid hatte sie anbehalten, ebenso wie die Haube. Der Teller mit einem Stück Lammbraten, Brotfladen und Trauben stand auf ihrem Nachttisch, gleich daneben lag der Schlüssel. Sie ergriff die Kerze, die sie hatte brennen lassen, und machte sich auf den Weg. Wenn man sie unterwegs erwischte, konnte sie immer behaupten, zur Latrine unterwegs zu sein, wo sie auch inzwischen verdorbenes Essen wegwerfen wollte. Wenn sie Glück hatte, sah im Dunkeln keiner genauer hin.

Der Weg ins Erdgeschoss gelang ihr ohne Schwierigkeiten, dann musste sie die weite Eingangshalle durchqueren, denn die Stufen zum Keller befanden sich am anderen Ende. Kurz bevor sie dort angelangt war, stieß sie gegen eine Truhe, strauchelte und warf eine Statue um. Es war eine bunte Holzschnitzerei, die einen ungarischen Heiducken darstellte, und auf den ebenfalls hölzernen Fliesen zum Glück nicht viel Lärm machte. Emilia stellte sie rasch wieder auf, stand dann eine Weile still, um zu lauschen. Kurz meinte sie, das Schlurfen von Schritten zu hören, doch gleich darauf war das aufgeregte Hämmern ihres Herzens der einzige Laut in dem schlafenden Haus. Vielleicht hatte sie nur das Rauschen des Windes gehört.

Ohne weitere Unfälle gelangte sie in Zorahs Verlies. Es war ein ganz gewöhnlicher Raum, in dem sogar eine einfache Strohmatte lag und der frei von Ungeziefer schien. Man hatte das Mädchen auch nicht in Ketten gelegt, nur fehlte ihr eine Decke für die Nacht, die aber zum Glück nicht frostig war. Da sie mit Zorah nicht reden konnte, hielt sie ihr einfach den Teller mit dem Essen hin und das Mädchen verschlang es gierig. Daraufhin befühlte Emilia ihre Stirn. Es gab keinen Hinweis auf Fieber und auch der von Yveta angefertigte

Verband war noch nicht völlig blutgetränkt. Zudem befand sich in einer Ecke ein Eimer mit Wasser. Zorah würde also nicht verdursten, und wenn es nicht anders ging, musste sie noch vier Tage ohne Nahrung überstehen. Emilia drückte sie an sich, um ihr Mut zu schenken. Sie wusste, dass Diebe manchmal gehenkt wurden, und befand, dass diese Übeltäterin noch recht gut davongekommen war.

Mit Erleichterung sperrte sie die Tür wieder ab und machte sich auf den Rückweg, nun voller Sehnsucht nach ihrem Bett, da sie die Müdigkeit in allen Knochen zu spüren begann. Aber als sie nur noch ein paar Stufen vom Erdgeschoss entfernt war, hörte sie wieder Schritte. Diesmal verstummten sie nicht, sondern kamen immer näher, als wolle jemand in den Keller steigen. Emilia überlegte kurz, die Stufen wieder hinabzulaufen, aber sie fürchtete, besonders verdächtig zu wirken, wenn sie in der Nähe von Vorratskammer und Verlies entdeckt werden sollte. So hastete durch die Eingangshalle, voller Hoffnung, die Treppe zu ihrem Zimmer erreicht zu haben, bevor jemand auf sie aufmerksam wurde. Doch kurz vor ihrem Ziel wurde sie plötzlich an der Schulter gepackt und schrie auf.

Die Kerze zeigte ihr ein blasses, schmales Gesicht mit toten Augen. Kurz glaubte sie, einen Geist vor sich zu sehen, dann erkannte sie Anna Darvulia an der bunten Holzkette, die sie stets um den Hals trug. Nur eine Blinde hätte sich mit solchem Geschick im Dunkeln bewegen können. Emilia wollte sich losreißen, aber der Griff der alten Frau war wie eine eiserne Fessel.

„Was machst du hier, Deutsche?“

„Ich war auf der Latrine.“

„Ach ja, und wo ist das Essen hin, das du bei dir hattest?“

Emilia war so fassungslos, dass ihr die vorher sorgfältig überlegte Ausrede entglitt.

„Woher weißt du von dem Essen?“, fragte sie stattdessen.

Darvulias Lachen glich dem Meckern einer Ziege.

„Ich bin seit zwei Jahren blind. Inzwischen kann ich so gut riechen wie ein Hund. Also, wem hast du das Essen gebracht?“

Ihre Finger bohrten sich so fest in Emilias Hand, dass es tatsächlich dem Biss eines Hundes glich. Vielleicht wäre es möglich gewesen, die Blinde mit der Statue niederzuschlagen, aber wie sollte sie das der Gräfin erklären?“

„Sie brachte mir das Essen“, hörte sie plötzlich jene junge Männerstimme, die sie im Wald erschreckt und dadurch zu Fall gebracht hatte. István stand hinter ihnen, als sei er auf einmal vom Himmel gefallen.

„Ich schlief im Keller ein, wo ich auf meiner Fiedel übte, um niemanden im Haus zu stören“, fuhr er fort. „Emilias Schritte weckten mich, als sie zur Latrine wollte. Ich fragte sie, ob sie den Lammbraten auf ihrem Zimmer schon gegessen hätte, sie verneinte und war so freundlich, ihn mir zu bringen, als ich darum bat.“

Er befand sich nun im Lichtkreis der Kerze. Das schwarze Haar war immer noch so dick und gerade wie Nägel. Ein tiefer, blutiger Kratzer entstellte seine linke Wange, was ihn aber nicht weniger anziehend machte.

„Warum hast du dir nichts von den Vorräten im Keller genommen?“, fragte die Darvulia scharf. Er grinste nur.

„Dort gibt es keinen Lammbraten. Und ich hatte erfahren, wie unsere Gräfin mit Dieben verfährt.“

„Dir hätte sie verziehen“, entgegnete die Blinde. „Und wie soll es denn möglich sein, dass die Deutsche vorher schon einmal in den Keller ging und ich es nicht mitbekam?“

„Das weiß ich nicht“, antwortete István schulterzuckend. „Vielleicht schlafen auch Blinde manchmal tief und fest.“

„Fester als ein Türkenbalg, scheint es!“, schnaubte die Darvulia, aber sie ließ Emilias Arm los und entfernte sich schlurfend.

„Ein Hund, der seinen Herrn beißt, wird meist erschlagen“, rief sie ihnen zum Abschied zu.

Emilia merkte am Zucken der Kerzenflamme, dass ihre Hände vor Schreck zitterten.

„Ich danke Euch“, flüsterte sie István zu, als die Darvulia nicht mehr zu hören war. Er schüttelte den Kopf und bedeutete ihr zu schweigen, indem er einen Finger vor seinen Mund legte. Dann zog er sie zu den Stufen, die ins erste Stockwerk führten, und schob sie nach oben.

„Die Darvulia hockt meist irgendwo in der Nähe der Eingangstür, damit sie es mitbekommt, wenn sich jemand hereinschleichen will“, flüsterte er in Emilias Ohr. „Hier oben dürfte selbst sie uns nicht mehr hören können.“

„Schläft sie denn nie?“, wollte Emilia wissen.

„Wenig. Aber selbst dann wacht sie vom leisesten Geräusch auf. Sie fürchtet ständig, dass Erzsébet irgendeine Gefahr drohen könnte.“

„So eine treue Dienerin dürfte jeder Fürst sich wünschen“, erwiderte Emilia, der allmählich wohler zumute wurde.

„Sie ist von uns allen am Längsten im Dienst der Gräfin, kannte noch Erzsébets verstorbenen Gemahl. Es gibt Gerüchte, dass Erzsébet sie einst vor einer Anklage wegen Hexerei rettete, aber genau weiß das keiner. Fest steht, dass sie ihr Leben für die Gräfin geben würde.“

Emilia nickte. Dies war auch ihr Eindruck gewesen.

„Aber Ihr hattet noch Glück“, redete István weiter. „Wenn Dorottya Szentés oder ihre Busenfreundin Helena Jó Euch erwischt hätten, würden sie nichts unversucht lassen, um Euch bei der Gräfin anzuschwärzen. Die Darvulia hasst Euch nicht, sie will nur verhindern, dass jemand ihrer geliebten Erzsébet schadet.“

„Glaubt Ihr, sie wird etwas sagen?“, fragte Emilia.

„Vielleicht. Aber wir werden beide meine Geschichte von uns geben und ich denke, Erzsébet wird das hinnehmen. Sie hat im Augenblick ganz andere Dinge im Kopf.“

Emilia bedankte sich nochmals. Sie zweifelte, ob sie ohne Istváns Hilfe mit der Lage fertig geworden wäre. Im Dunkeln schien sein Arm ihr Schulter zu streifen und sie spürte, wie winzige Tiere durch ihre Adern zu krabbeln begannen, um sich dann in ihrem Magen zu sammeln, der nervös knurrte. Es gefiel ihr, hier allein mit diesem Mann zu stehen, der sich als unerwartet hilfreich erwiesen hatte.

„Dennoch solltet Ihr vorsichtig sein“, begann er nun sehr ernsthaft zu reden. „Erzsébet schätzt und vertraut Euch. Das geschieht selten. Die meisten Menschen hält sie auf Abstand und prüft ständig deren Verhalten, um sie beim ersten Vergehen zu strafen. Euch gegenüber war sie mehrfach nachsichtig. Doch sollte sie den Eindruck bekommen, dass Ihr sie hintergeht, dann mag ich mir nicht auszumalen, was sie tun würde.“

„Ist so etwas denn jemals vorgekommen?“

Wieder neigte István leicht den Kopf, ein Zeichen des Nachdenkens.

Emilia hätte gern gewusst, wie hart sein nagelgerades Haar wirklich war, doch wagte sie es nicht zu berühren.

„Da war die erste Putzmacherin, ein deutsche Frau namens Modl. Die verweigerte ihr einmal den Gehorsam und wurde dafür öffentlich bloßgestellt."

„Wie denn?"

István stieß ein leises Lachen aus.

„Sie weigerte sich, bei Tisch Gäste zu bedienen, weil sie doch keine gewöhnliche Dienstmagd war, sondern eine angesehene Witwe und Mutter mehrerer Kinder. Erzsébet zwang sie, mit entblößter Brust herumzulaufen wie ein Weib, das sein Kind säugt. Statt dieses Kindes musste sie einen Holzklotz in ihrem Arm tragen."

Das klang nicht nett, aber Frau Modl war wirklich anmaßend gewesen.

„Und dann?", fragte Emilia.

„Die Frau wurde fortgejagt. Die Leute sagen, sie sei bald darauf gestorben, aber das muss nicht Erzsébets Schuld gewesen sein."

„Nun gut, ich werde auf Euren Rat hören und aufpassen", versprach Emilia. Nun war es endgültig an der Zeit, in ihr Zimmer zu gehen, doch hielten unsichtbare Fesseln sie hier an der Seite dieses Mannes fest. Es gab so vieles, das sie gern von ihm erfahren hätte. Was war mit Yvetas Schwester geschehen, die er angeblich auf dem Gewissen hatte? Warum hatte die Darvulia ihn ein Türkenbalg genannt? Aber solch offene Fragen wären taktlos gewesen.

„Was ist eigentlich Eure Aufgabe in diesem Haus?", fiel ihr schließlich ein. Das schien ein unverfänglicher Versuch, ihr Gespräch fortzusetzen, doch István wandte kurz den Blick von ihr ab, als habe sie ihn verlegen gemacht. Gleich darauf zuckte er betont gelassen mit den Schultern. „Früher wollte ich fahrender Spielmann werden, aber ich fürchte, mein Talent reicht nicht aus. Manchmal unterhalte ich mit meiner Musik die Gräfin, sonst erledige ich Reparaturen, die in ihrem Haus oder oben auf der Burg anfallen."

„Ich dachte, dafür sei Ficzkó zuständig."

„Ich meinte Arbeiten, die etwas mehr Verstand erfordern."

Es hatte unnötig scharf geklungen.

„Ich wollte Euch nicht kränken", stammelte Emilia verwirrt. „Nur war mir nicht klar, aus welchem Grund Ihr hier seid."

„Ich habe keine so ehrenwerte Arbeit wie eine Gewandschneiderin", erwiderte er. „Und im Grunde hattet Ihr Recht. Ich bin wie

Ficzkó. Ein missratener Straßenköter, den Erzsébet davor bewahrte, ersäuft zu werden. Nun wünsche ich Euch eine gute Nacht."

Er drehte sich brüsk um und hastete die Stufen hinab.

Emilia wollte ihm etwas hinterherrufen, doch fielen ihr keine passenden Worte ein und sie fürchtete, ihn noch mehr zu kränken. Stattdessen schlich sie in ihr Zimmer zurück, schlüpfte rasch aus ihrem Kleid und kroch unter die Decke. Nach den ausgestandenen Schrecken war sie todmüde und die Aussicht auf ein paar Stunden Schlaf schien geradezu paradiesisch. Dennoch kam sie nicht gegen das Gefühl an, soeben etwas Kostbares durch mangelnde Vorsicht zerschlagen zu haben.

Zwei Tage später konnte Kata Nádasdy zur ersten Anprobe ihres Hochzeitsgewandes erscheinen. Im Licht der Kerzen leuchtete der grüne Samt wie eben jene Smaragde, die sie um ihren Hals tragen sollte, die Goldstickerei des Mieders erinnerte an Sternschnuppen am Nachthimmel und der weiße Kragen floss weich über die schmalen Schultern des Mädchens.

„*Nádherna*!", murmelten ein paar der Näherinnen begeistert. Kata richtete einen zaghaften Blick in den Spiegel, den Emilia ihr hinhielt. Als ihr die mit einem Schleier aus grüner Seide verzierte Haube auf den Kopf gesetzt wurde, begann endlich ein Funken von Begeisterung in den Augen des Mädchens zu leuchten.

„Ich sehe aus wie eine erwachsene Dame!", rief Kata ungläubig. „Nicht einmal meine Schwester hatte ein so wunderschönes Hochzeitskleid. Ich danke Euch!"

Vor allen Anwesenden fiel sie Emilia um den Hals, just in dem Moment, da die Tür aufging und Erzsébet eintrat, gefolgt von Ilona Hertz. Kata versteinerte, Emilia schob sie sanft von sich und ahnte, dass auch ihr eigenes Gesicht nun vor Verlegenheit rot angelaufen sein musste. So gefasst wie möglich sank sie in einen tiefen Knicks.

„Lass dich ansehen, Kind", sagte die Gräfin nun. Sie lächelte dabei, aber ihre Stimme klang weiterhin streng. Emilia ahnte bereits, dass Kata vor allem Angst vor ihrer Mutter empfand, doch zweifelte sie nicht an Erzsébets Liebe zu dem Mädchen. Leider war die Gräfin zu sehr in einer Rüstung aus Pflichtgefühl und Selbstbeherrschung gefangen, um solche Gefühle zeigen zu können.

„Es ist wirklich sehr schön geworden", lobte Erzsébet, als ihre Tochter sich vor ihr herumdrehte und die Röcke flogen. „Die Farbe passt zu deinem Haar, das leider von dem Schleier verdeckt wird."

„Man könnte ihn durch ein Haarnetz ersetzen", schlug Emilia sogleich vor. „Mit der Seide ließe sich der Kragen vielleicht noch weiter verzieren."

Erzsébet nickte nach kurzem Überlegen.

„Mache es, wie es dir richtig scheint. Ich vertraue auf dein Urteil."

Emilia bedankte sich und knickste nochmals.

„Sobald das Kleid fest vernäht ist, solltest du mit den Entwürfen für die Gewänder der Brautjungfern beginnen", fuhr die Gräfin fort. „Die Mädchen werden in den nächsten Tagen hier eintreffen, damit an ihnen Maß genommen werden kann. Aber angesichts von euer aller Fleiß in den letzten Wochen befreie ich euch für den heutigen Tag von der Arbeit. Die Mädchen aus dem Umland können ihre Familien besuchen, alle anderen sollen tun, wonach ihnen der Sinn steht."

Yveta übersetzte diese frohe Botschaft mit unbewegter Miene ins Slowakische und Ungarische. Ein paar erstaunte Jubelrufe erklangen. Erzsébet nickte zustimmend, sagte dann etwas auf Ungarisch zu Kata. Als Mutter und Tochter Anstalten machten, sich zu entfernen, holte Emilia Luft. Sie wusste, dass ihr Anliegen gewagt war, wollte es aber nicht unversucht lassen.

„Euer Gnaden, könntet Ihr in Eurem Großmut vielleicht in Erwägung ziehen, Zorah einen Tag früher aus dem Verlies zu lassen?"

Erzsébet verzog keine Miene, aber das höhnische Lächeln auf dem Gesicht von Ilona Hertz machte Emilia klar, dass sie soeben einen schweren Fehler begangen hatte.

„Ich habe sie zu fünf Tagen im Verlies verurteilt und die sollte sie absitzen", erwiderte Erzsébet. „Ich erwarte nicht, dass du mich verstehst, aber als Landesherrin kann ich Diebstahl nicht ungesühnt lassen."

Emilia ahnte, dass dies der Augenblick war, um einfach schweigend ihr Haupt zu beugen, aber sie konnte es nicht. Was war, wenn Zorah keinen weiteren Tag mehr ohne Nahrung überlebte?

„Sie hat bereits gebüßt und ich werde sie im Auge behalten, wenn sie weiter für mich näht. Aber je schneller sie zu Kräften kommt, desto früher wird sie wieder arbeiten können. Ihr habt selbst gesagt, dass die Zeit drängt. Deshalb flehe ich Euch an, in diesem Fall Milde walten zu lassen."

Entschlossen sank sie vor der Gräfin in die Knie. Ilonas süffisantes Lächeln wuchs zu einem breiten Grinsen heran. Die anderen Mädchen schwiegen mit gesenktem Kopf, nur Yveta warf Emilia einen erstaunten, fast schon besorgten Blick zu.

„Du setzt dich sehr für diese kleine Dirne ein", sagte Erzsébet unbewegt. „Ich wünsche dir, dass du nicht eines Tages erfahren musst, wie undankbar und hinterhältig derart gewöhnliche Wesen sind."

Sie hielt Emilia ihre schmale, mit schweren Ringen verzierte Hand hin, um ihr auf die Beine zu helfen.

„Du kannst deinen Willen haben, wenn du unbedingt möchtest. Aber falls Zorah wieder einen Diebstahl begeht, werde ich dich dafür verantwortlich machen."

Die großen, dunkelbraunen Augen waren abwartend auf Emilia gerichtet. Sie konnte kein anderes Gefühl als schlichte Neugier in ihnen erkennen, als sei die Gräfin höchst gespannt, wie sie sich nun entscheiden würde. Tatsächlich zögerte sie einen Augenblick, denn sie kannte Zorah zu wenig, um ihr Verhalten einschätzen zu können. Würde sie nach den erlittenen Qualen zu viel Angst empfinden, um sich noch einmal an den Vorräten in der Burg zu bedienen, oder wäre der Wunsch, der kranken Mutter zu helfen, am Ende doch übermächtig? Vielleicht ließ sich eine Lösung für das Problem finden, wenn sie Zorah selbst immer wieder Essensreste zukommen ließ. Sie würde einfach ein Auge auf das Mädchen haben müssen.

„Ich nehme die Bedingung an, Euer Durchlaucht", erwiderte sie mit Überzeugung und kam in den Genuss, für die Dauer eines Atemzugs eine völlig fassungslose Ilona Hertz vor sich zu sehen.

„Nun gut", erwiderte die Gräfin. „Dann nutze deinen freien Tag, um Zorah aus dem Verlies zu holen. Ich gebe dir eine kurze Nachricht für Deseö mit, denn mir fehlt heute die Zeit, um zum *vár* hochzusteigen."

Damit, so wusste Emilia inzwischen, war die Burg auf dem Berg gemeint. Das Haus im Dorf hieß *kastély*.

Sie knickste nochmals, erklärte, wie geehrt sie sich fühlte, mit so viel Vertrauen bedacht zu werden. Nun wurde ihr Erzsébets seltenes Lächeln geschenkt, jene Bewegung des Mundes, die nicht zu dem sonst so steifen und strengen Gesicht passen wollte. Aber in den Augen der Gräfin glomm tatsächlich ein Funken von Wärme auf. István hatte recht gehabt, erkannte Emilia. Jene stolze, kluge, mächtige Frau, die aller Welt misstraute, hatte sie in ihr Herz geschlossen. Leider löste diese Erkenntnis keine uneingeschränkte Freude in ihr aus, denn die Warnungen des jungen Mannes waren überaus deutlich gewesen. Je höher sie in Erzsébets Gunst stieg, desto tiefer und vernichtender könnte eines Tages ihr Absturz sein. Doch war daran im Augenblick nichts zu ändern, sodass sie diese unangenehmen Gedanken entschieden beiseiteschob, wartete, bis Erzsébet und Kata den Raum verlassen hatte, und sich dann an ihre Näherinnen wandte.

„Wer will mich begleiten, um Zorah zu befreien?"

Die erhoffte Begeisterung blieb aus, doch Yveta trat an sie heran.

„Ich tue es, wenn du willst."

Der Vorschlag gefiel Emilia, denn sie hatte sich schon länger eine Gelegenheit gewünscht, ungestört mit Yveta zu reden. Rasch warf sie sich einen Schal über die Schultern, da draußen ein frischer Wind aufgezogen war. Sobald Ficzkó ihnen die Nachricht der Gräfin für den Burgverwalter überreicht hatte, zogen sie gemeinsam los.

Das Dorf schien nun weniger ausgestorben, Yveta erhielt einige freundliche Grüße von den Bauern und wurde sogar in Gespräche verwickelt, von denen Emilia aber nicht sehr viel verstehen konnte. Sie hielt taktvollen Abstand, denn die ihr aus den Augenwinkeln zaghaft zugeworfenen Blicke machten ihr klar, dass sie hier weiterhin ein neu hinzugekommener Fremdkörper war, der nichts anderes tun konnte, als zu stören. Als sie den Aufstieg zum *vár* begannen, wurde ihr wohler zumute.

„Weshalb magst du István nicht?", fragte sie frei heraus, denn sie hatte zu wenig Zeit, um vorsichtig um ihr Ziel herumzuschleichen. Yveta blieb laut atmend stehen und sah ihr gerade ins Gesicht.

„Er gefällt dir, nicht wahr?"

Emilia vermochte nicht gleich zu antworten, denn sie kam sich wie eine auf frischer Tat ertappte Übeltäterin vor. Aber die Glut auf ihren Wangen kam mit Sicherheit einem Geständnis gleich.

„Halte dich von ihm fern", sagte Yveta und berührte ihren Arm, was nicht zu ihrer sonst eher zurückhaltenden Art passte. „Es ist am

Besten so. Du wirst einen anderen Mann finden, der besser für dich ist."

Für Emilia waren diese Worte wie Schalen ohne Inhalt. Sie wusste nicht einmal, ob sie wirklich einen Mann wollte.

„Also was geschah damals mit deiner Schwester? Warum hast du gesagt, dass er sie auf dem Gewissen hat?"

Yveta ließ sich auf einen Baumstumpf fallen und zertrat mit ihren Füßen die regenweiche Erde.

„Ich brachte Alena vor vier Jahren als Wäscherin ins Haus der Gräfin, weil es eine gut bezahlte Stellung war. Wir haben kein leichtes Leben unter der Fuchtel der Szentés, aber alle sagen, woanders ist es auch nicht besser. Meine Schwester war ein sehr hübsches Mädchen, hatte ein Gesicht wie ein Engel. Ich merkte gleich am ersten Abend beim Essen, wie sie für István schwärmte, denn sie konnte die Augen nicht von ihm abwenden. Aber er beachtete sie nicht, was mich beruhigte."

„Warum?", fragte Emilia und setzte sich ebenfalls auf den Baumstumpf. „Wenn er Alena doch gefiel, dann hätte sie sich sicher über seine Aufmerksamkeit gefreut."

Zorah würde noch ein Weilchen in ihrem Verlies warten müssen, denn Emilia wusste nicht, wann sie wieder die Gelegenheit zu so einer Unterhaltung mit Yveta bekäme.

„Weil er ein Findling ist, ein Mann ohne Familie und Besitz", erwiderte Yveta sogleich. „Manche Leute sagen, er hätte sogar türkisches Blut. Alena hätte jeden Kerl haben können, also sollte es wenigstens einer mit einem Dach über dem Kopf sein."

Emilia verstand, obwohl tief in ihr eine leise Stimme protestierte. Sie hatte István als hilfsbereit und klug erlebt, aber für sehr viele Leute wog ein eigenes Haus sicher mehr.

„Irgendwann bekam Alena einen Brief von ihm", erzählte Yveta weiter. „Sie war sehr aufgeregt, aber sie konnte nicht lesen und ich vermag es ebenso wenig. Ich riet ihr, das Schreiben einfach zu verbrennen. Sie stimmte zu, und da sie immer vernünftig gewesen war, überwachte ich sie nicht. Aber sie muss jemanden gefunden haben, der ihr den Brief vorlas."

Yveta sackte zusammen und vergrub ihr Gesicht in den Händen. Ihr Schluchzen war lautlos, nur als Beben ihrer Schultern zu erkennen. Emilia streichelte ihr den Rücken, bis sie sich beruhigt hatte und mit ihrer überaus klaren, kühlen Stimme das Ende der Geschichte erzählte.

„Alena blieb eine Nacht lang fort. Am nächsten Morgen fand ich sie vor der Tür des Zimmers, wo die einfachen Dienstmägde schlafen. Ihr Rücken war blutig von Hieben, an ihren Armen sah ich Brandblasen. Ich fragte sie, ob sie von der Szentés bestraft worden war, aber Alena sprach nicht, wollte mir nicht erzählen, was geschehen war, sondern weinte nur. An diesem Tag gab es viel zu tun, ich hatte Angst, Ärger zu bekommen, wenn ich trödelte, und drängte auch Alena zur Arbeit. Bei unserem Mittagsmahl flüsterte sie mir zu, sie sei ein schlechter, verdorbener Mensch und nicht mehr wert, meine Schwester zu sein. Dann verschwand sie auf einmal. Man fand ihren Leichnam im Wald, wo sie sich verkrochen hatte und über Nacht erfroren war, denn der Winter vor zwei Jahren war sehr hart. Die Gräfin ließ sie auf dem Friedhof von Csejte beisetzen, verlor aber kein Wort über ihren Tod. Ich lauerte István einmal auf und warf ihm vor, meine Schwester geschändet und misshandelt zu haben. Er sagte nur, es sei anders gewesen. Dann schubste er mich einfach zur Seite und lief fort."

Yveta rieb sich mit dem Handrücken die Augen trocken. Ihre Beine zuckten leicht, aber sonst verriet sie keinerlei Schmerz mehr, als hätte sie ihre eigenen Gefühle mit einer ebenso eisernen Faust eingeschlossen wie die Gräfin. Emilia fehlten für eine solche Geschichte die angemessenen Worte, sie konnte nur leise murmeln, wie leid es ihr tat. Doch blieben viele ungeklärte Fragen zurück.

„Du weißt doch gar nicht, ob István etwas damit zu tun hatte", wagte sie nach einer Weile zu sagen. „Vielleicht wurde Alena wirklich von der Szentés bestraft."

„Dazu waren ihre Verletzungen nicht schlimm genug", widersprach Yveta. „Wer in die Fänge der Szentés gerät, kann ein paar Wochen lang nicht aufstehen. Manche Mädchen vermochten ihre Hände niemals wieder zu bewegen, nachdem sie ihnen ein Messer hineingestochen hatte. Aber Alena litt vor allem unter dem Gefühl der Schande, deshalb verkroch sie sich, obwohl es bitterkalt war. Sie ist geschändet worden!"

Sie stand auf und machte Anstalten, den Aufstieg fortzusetzen.

Emilia packte sie am Arm.

„Aber das heißt immer noch nicht, dass es István war."

„Schon möglich", erwiderte Yveta. „Aber irgendwie hängt es mit István zusammen. Und eine so kluge, begabte Frau wie du, die kann einen angesehenen Bürger heiraten, statt die Metze eines Türkenbastards zu werden."

Die letzten Worte ließen Emilia zusammenzucken, als sei sie an einer empfindlichen Stelle geschlagen worden. Aber es gab jetzt wichtigere Dinge als einen Streit mit Yveta. Rasch erklommen sie den steilen Hang zum *vár*, um Zorah endlich befreien zu können. In einem Beutel, den Emilia mitgenommen hatte, steckten ein Laib Brot und ein Happen Käse, mit denen sich das Mädchen gleich stärken sollte, bevor es zum *kastély* zurückging. Nun, im hellen Tageslicht, schien die Burg Emilia nicht mehr bedrohlich, sondern war nur ein imposanter, grauer, wehrhafter Steinbau, der an vergangene Zeiten erinnerte, da der Adel sich auf hohen, bewaldeten Bergen angesiedelt hatte, anstatt elegante Stadtpaläste zu bauen.

Das Tor wurde geöffnet, nachdem Yveta ein paar Worte gerufen hatte. Deseö, der Burgverwalter, war ein untersetzter Mann mit breiten Schultern und einem dichten, gezwirbelten Schnurrbart. Er wies seine Wachmänner an, die zwei jungen Frauen hereinzulassen, und führte sie dann selbst über den Burghof zum Hauptgebäude. Emilia verstand sogleich, warum die Gräfin lieber im *kastély* wohnte, denn dieser Bau, der noch zur Zeit der Kreuzzüge errichtet worden war, bestand aus feuchtkalten, finsteren Räumen mit offenen Feuerstellen und engen Wendeltreppen, die vermutlich in winzige Turmzimmer führten. Sie hingegen stiegen nun hinab ins Verlies, ein dunkles Loch, aus dem ihnen der Geruch von Unrat und Fäulnis entgegenwehte. Emilia schlang die Arme um ihren Oberkörper, denn von der milden Herbstsonne war hier unten nichts zu spüren. Deseös Fackel warf tanzende Lichtflecken auf das Gemäuer. Ratten huschten in Scharen davon, als fürchteten sie, niedergetrampelt zu werden. Emilia wäre am liebsten auch davongerannt, denn sie meinte, mit jedem Schritt der Hölle näherzukommen.

Schließlich blieb Deseö vor einer Eisentür stehen, die er aufsperrte. Sie öffnete sich knarrend und die Fackel brachte ein wenig Licht in einen Ort völliger Finsternis. Emilia presste sich eine Hand vor den Mund, denn der Gestand von Exkrementen ließ sie würgen. Da war schmutziges Stroh, in dem weitere Ratten herumsprangen. Zorahs Rock tauchte auf, schwarz vor Schmutz, aber nicht zerrissen. Darunter lagen Beine, die sich nicht rührten.

„*Ty si volna*!“, rief Yveta, doch bröckelte die Fröhlichkeit in ihrer Stimme, als könne sie der Verzweiflung, die man in diesem Verlies einatmete, keinen Widerstand entgegensetzen.

Zorah lag weiterhin reglos da. Deseö trat an sie heran, packte ihre Schultern und schüttelte sie. Es war, als würde er einen Sack in den Händen halten, denn der Körper des Mädchens regte sich nicht aus eigenem Willen. Emilia hörte, wie der Burgverwalter und Yveta rasche, unruhige Worte austauschten. „Was ist los?“, fragte sie. Die Fackel erhellte Zorahs Gesicht und sie verstand, bevor eine Antwort gekommen war, denn aus den starren Zügen war jegliches Leben entwichen. Yveta stieß einen leisen Schrei aus und schloss den erschlafften Körper in ihre Arme. Emilia trat heran, strich Zorah ein paar schmutzverklebte Strähnen aus dem Gesicht und suchte im spärlichen Licht nach Zeichen einer Verletzung. Deseö redete weiter, die Worte galoppierten regelrecht aus seinem Mund und brachten etwas Leben in die allgemeine Schreckensstarre.

„Er sagt, dass er ihr heimlich Essen gebracht hat“, flüsterte Yveta. „Obwohl es verboten war. Sie tat ihm leid. Heute Morgen war sie noch lebendig, aber geschwächt. Wahrscheinlich starb sie an einem Fieber.“

Emilia unterdrückte mühsam den Wunsch, laut aufzuschreien. Sie waren zu spät gekommen. Um ein paar Tage, vielleicht auch nur um Stunden.

„Es ist nicht zu ändern“, sagte Yveta und legte Zorahs Leichnam wieder auf das schmutzige Stroh. „Deseö wird sie dem Priester übergeben, damit sie begraben wird. Wir müssen jetzt zurück.“

Sie packte Emilias Handgelenk und zerrte sie aus dem Raum und die Stufen hoch, als könne auch sie es kaum erwarten, endlich wieder reine, frische Luft einatmen und die Sonne auf der Haut spüren zu können. Emilia ließ sich willenlos ziehen. Die Gedanken wirbelten so rasch in ihrem Kopf herum, dass ihr davon fast schwindelig wurde. Noch vor wenigen Minuten war sie überzeugt gewesen, Zorahs Leben retten zu können. Nun gab es einen weiteren Leichnam.

„Was wohl die Gräfin sagen wird?“, fragte sie schließlich an niemand bestimmten gewandt. Yveta blieb kurz stehen und warf ihre einen überraschten Blick zu.

„Was soll sie schon sagen? Zorah war nicht der erste Mensch, der in einem Verlies am Fieber starb.“

„Aber ...“ Emilia fehlten kurz die Worte. „Sie war es doch, die Zorah in dieses Verlies steckte!“

„Ja und? Das Mädchen hatte gestohlen. Sie hatte Glück, dass du dazwischengegangen bist, als die Szentés auf sie losging, aber dann überlebte sie den Kerker nicht.“

Yveta packte sie wieder am Ärmel und zerrte energisch.

„Wir müssen uns beeilen. Wenn wir zu lange trödeln, wird die Gräfin vielleicht zornig.“

Emilia stolperte den Hügel hinab. Ihre Beine bewegten sich, als seien sie nicht wirklich Teile ihres Körpers, sondern Werkzeuge, die den Wunsch anderer ausführten. „Wie viele sind gestorben, seit du hier bist?“, fragte sie Yveta leise, als die ersten Hütten des Dorfes zwischen den Bäumen sichtbar wurden. Yveta blieb so schlagartig stehen, dass Emilia fast gegen sie stieß.

„Warum fragst du das?“

Der Blick der blauen Augen wurde fast stechend.

„Weil ... weil ihr es alle so selbstverständlich findet“, stammelte Emilia. „Zuerst Annie in Wien. Dann erzählst du mir die Geschichte mit deiner Schwester, die angeblich nicht die Erste war. Jetzt ist Zorah tot. Es ist fast wie ... als sei eine Seuche ausgebrochen.“

Die letzten Worte hatten unangenehme Erinnerungen in Emilia wachgerüttelt. Yveta legte die Stirn in Falten. An ihren bleichen Schläfen traten die Adern hervor.

„Alle sagen, es ist normal“, sagte sie nach einer Weile. „Die Gräfin straft, weil es ihr Recht als unsere Herrin ist. Die Szentés, Helena Jó und Ficzkó handeln in ihrem Namen. Manche sterben an den Strafen. Meinst du denn, es gibt jemanden, der etwas daran ändern könnte?“

Etwas leuchtete in Yvetas Augen, eine so starke Sehnsucht, dass es Emilia schmerzte, sie enttäuschen zu müssen.

„Ich wüsste nicht wer, außer vielleicht der König.“

„Der sitzt weit weg in Wien“, gab Yveta zurück. „Und warum sollte er sich um das Schicksal von ein paar Dienstmägden kümmern?“

„Dann vielleicht der Pfarrer!", fiel Emilia noch ein. „Es gibt hier doch eine Kirche. Wenn der Pfarrer die Gräfin daran erinnert, dass auch einfache Dienstmägde Geschöpfe Gottes sind, deren unsterbliche Seele …"

„… nach ihrem Tod hoffentlich in den Himmel wandert", unterbrach Yveta. „Pfarrer Ponicky hat bisher jeden Leichnam, den die Gräfin ihm brachte, brav beerdigt, nachdem sie ihm ein paar Münzen für seine Mühen in die Hände drückte. Wenn eine von uns sich bei ihm beschweren würde, ich glaube, er würde es auf der Stelle der Gräfin melden, in der Hoffnung auf ein paar weitere großzügige Spenden." Sie seufzte und machte sich auf den Weg ins Dorf.

Emilia trottete hinterher. Sie hatte das Gefühl, nicht nur Zorah, sondern nun auch Yveta tief enttäuscht zu haben.

Erzsébet nahm die Nachricht von Zorahs Tod mit eben jener Gelassenheit hin, die Yveta vorausgesagt hatte. Beim Abendmahl wurde ein kurzes Gebet gesprochen, dass Gott der Herr der Sünderin vergeben und sie in sein Reich aufnehmen möge. Danach teilte die Gräfin Emilia mit, dass mit der Ankunft von Katas Brautjungfern bereits am nächsten Tag zu rechnen sei.

„Ich habe die Entwürfe schon fertig, Euer Durchlaucht", versicherte Emilia, kaute dann noch eine Weile auf einem Hühnerschenkel herum, bis sie endlich den Mut fand auszusprechen, was ihr auf dem Herzen lag.

„Zorah hatte eine alte, kranke Mutter, die sie mit ihrem Lohn versorgte. Nun, da sie tot ist, hat die arme Frau vielleicht niemanden mehr."

Die Gräfin stellte ihren Weinbecher auf dem Tisch ab.

„Tatsächlich? Hat sie denn keine Familie, die sich ihrer annehmen könnte?"

Emilia verneinte, obwohl sie es nicht genau wusste. Ob Familie oder nicht, die Frau konnte sicher jede Hilfe gebrauchen.

„Nun gut", sagte Erzsébet leichthin. „Dann werde ich dieser Witwe monatlich ein paar Taler zukommen lassen. Deseö soll sich darum kümmern, ich regele das morgen mit ihm."

Anschließend wandte sie sich Ilona Hertz zu und begann ein Gespräch auf Ungarisch. Emilia suchte Yvetas Blick, doch ihre Hoffnung, wieder etwas Leuchten in die blauen Augen gebracht zu haben, wurde enttäuscht. Was auch immer Yveta sich erhofft hatte, Almosen für Zorahs Mutter waren es nicht. Stattdessen erhielt sie ein warmes, anerkennendes Lächeln von István, der wieder oben an der Tafel, dicht neben Erzsébet saß. Es war nur sehr kurz, da Kata bald darauf seine Aufmerksamkeit beanspruchte, doch schien es Emilia nach der schrecklichen Entdeckung von Zorahs Tod das erste, wahrhaft tröstliche Erlebnis dieses Tages.

9. Kapitel

Als der Aufbruch nach Sárvár begann, fiel bereits der erste Schnee. Emilia war etliche Wochen lang fast ununterbrochen beschäftigt gewesen, um alle Gewänder, Hauben, Spitzenkrägen, Handschuhe, Schuhe und den passenden Schmuck rechtzeitig zusammenzustellen. Je mehr die Zeit drängte, je größer die Verantwortung wurde, desto mehr fühlte sie sich von unerschöpflicher Energie erfüllt, denn endlich konnte sie tun, was immer ihr Wunsch gewesen war. Die Zusammenarbeit mit den Näherinnen lief erstaunlich reibungslos, es kam auch nicht mehr zu Diebstählen und die drei Schreckgespenster Dorottya, Helena Jó und Ficzkó blieben der Nähstube daher fern. Emilia lernte indessen genug Slowakisch, um selbst Anweisungen erteilen zu können, Kata brachte ihr mit Freuden auch etwas Ungarisch bei, und die Gräfin war weiterhin mit ihrer Arbeit zufrieden. Nun mussten Gewänder und Schmuck in Truhen gepackt und auf Karren verladen werden. Da die Reise etwa zwei Wochen dauern würde, länger als die Fahrt von Wien nach Csejte, war es wichtig, auch genug Proviant mitzunehmen. Erzsébet plante, unterwegs auf einigen Burgen haltzumachen, die sich ebenfalls in ihrem Besitz befanden und wo sie nach dem Rechten sehen musste, doch konnte man sich nicht darauf verlassen, dass die dortigen Vorräte für die ganze Gefolgschaft ausreichen würden.

Am letzten Tag vor der Abreise war Emilia wieder einmal vom Morgengrauen bis tief in die Nacht auf den Beinen, fiel gleich darauf wie ein schwerer Stein in ihr Bett, dankbar für ein paar Stunden der Ruhe. Sie schlief traumlos und tief. Es gab für sie keine andere Sehnsucht mehr, als dass die Hochzeitsfeier ein Erfolg werden würde, vor allem um Katas willen, die ihr ans Herz gewachsen war und die sich allmählich mit dem Los, bald schon vermählt zu sein, anzufreunden begann. Aber sie hatte sich auch zu sehr an Erzsébets Gunst gewöhnt und wollte sie nicht aufs Spiel setzen, indem sie irgendeine Nachlässigkeit beging. Der Tod von Annie und Zorah war zu einem dunkeln Schatten geworden, der irgendwo im Hintergrund harrte. Wenn sie beschäftigt war, dann nahm sie ihn nicht wahr. Sie war ohnehin meist zu erschöpft zum Grübeln.

Am späten Vormittag waren die Karren endlich voll beladen, die Heiducken saßen auf ihren Pferden, um während der Reise Räuber abzuwehren, und die Kutsche konnte bestiegen werden. Erzsébet und Kata traten als Erste ein, dann folgte Ilona Hertz und schließlich Emilia. Auch Yveta und Eva waren ausgewählt worden, nach Sárvár zu reisen, damit sie dort beim Ankleiden und Ausstaffieren der Damen mithelfen konnten. Sie saßen allerdings in einem zweiten Wagen, zusammen mit der Darvulia. Die Szentés und ihr treuer Schatten Helena Jó blieben in Csejte, worüber Emilia erleichtert war. Es schmerzte sie lediglich, ihre übrigen Näherinnen unter der Fuchtel dieser zwei Drachen zurücklassen zu müssen, aber daran war leider nichts zu ändern.

Kurz bevor die Kutsche losrollte, sah sie István mit seinem Bündel auf dem Rücken aus dem Haus laufen und auf einen der Transportkarren springen. Ilona Hertz, die das ebenfalls mitbekommen haben musste, verzog leicht das Gesicht.

„Gibt es denn in Sárvár niemand, der auf der Fiedel spielen kann?", wollte sie wissen. Erzsébets Miene verfinsterte sich schlagartig. Zum ersten Mal erlebte Emilia, dass Ilona Hertz einen warnenden, strengen Blick von der Hausherrin erhielt.

„Ich ganz allein entscheide, wer mich begleitet", sagte die Gräfin nur. Ilona sackte ein klein wenig zusammen und rote Flecken erschienen auf ihrem Hals.

„Ich finde, István macht schöne Musik", plapperte Kata fröhlich. „Es freut mich, dass er mitkommt."

Emilia fiel ein, wie oft Erzsébets Tochter dem Fiedelspieler beim Abendmahl schmachtende Blicke zugeworfen hatte. Wahrscheinlich gab es ganz andere Gründe als seine Musik, warum sie sich über sein Mitkommen freute.

Sie stellte fest, dass auch ihr selbst die Vorstellung, István mit bei der Reisegesellschaft zu wissen, nicht unbedingt missfiel, beschloss aber, keine weiteren Gedanken mehr an ihn zu verschwenden, da wichtige Aufgaben auf sie warteten.

Erst während dieser Reise wurde Emilia wirklich bewusst, wie viel Land und Macht Erzsébet Báthory besaß. In Pozsony wurden sie von Fähren über die Donau gebracht, was angesichts der Menge an Karren viel Zeit in Anspruch nahm, dann begann die Reise über freies Gelände, das aus Feldern, Wiesen, Wald, Dörfer und auch größere Ortschaften bestand. Die bergige Landschaft von Csejte wurde allmählich von satt grünem Flachland abgelöst, das sich bis zum Horizont erstreckte und endlose Weite andeutete. Wo auch immer die Kolonne haltmachte, sorgte Erzsébets Ankunft für großes Aufsehen, wie es bei dem Besuch eines Königs nicht hätte anders sein können. Vögte und Burgverwalter verneigten sich vor ihr und überreichten Willkommensgeschenke, erklärten in langen und umständlichen Sätzen, welche Ehre es doch sei, so edlen, tugendhaften und weisen Besuch zu erhalten. Erzsébet hörte sich dies mit unbewegter Miene an, um sich dann einen raschen Überblick über den Zustand der Burg und die Abgaben der Bauern zu verschaffen, bevor die Mahlzeit aufgetragen wurde. Nachdem sie ein privates Gespräch mit dem dafür Verantwortlichen geführt hatte, war er meist wortkarger geworden.

Der Ruf der bevorstehenden Hochzeit, ein Anlass, bei dem der gesamte ungarische Hochadel sich versammeln würde, eilte ihnen voraus, und immer mehr Leute schlossen sich der Kolonne an, um als Handwerker, Küchenhilfe, Wäscherin oder Näherin etwas Geld verdienen zu können. Allmählich wurde Emilia auch klar, dass die drei Sprachen Ungarisch, Slowakisch und Kroatisch nicht einmal genügten, um in Ungarn überall zurechtzukommen. Es gab Siedlungen, die hauptsächlich von Rumänen oder auch von Deutschen bewohnt wurden. Ein jüdischer Händler mit einer breiten Pelzmütze, aus der die Schläfenlocken herauszuwachsen schienen, verkaufte ihnen unterwegs etwas Nahrung. Emilia bewundere den kräftigen Grünton seiner türkisch anmutenden Pluderhose, die unter dem roten, pelzverbrämten Mantel hervorragte.

Immer wieder begegneten sie herumziehenden *Cigány*, deren dunkle Gesichter ein wenig an István erinnerten und die mit ihrer Tracht allen Farbreichtum, den Emilia bisher zu Gesicht bekommen hatte, übertrafen. Ihre Sprache unterschied sich ebenfalls von den ihr bekannten, war ein durchaus reizvoller Singsang, der zu ihren flotten Melodien passte. Unaufgefordert begannen sie, Erzsébets Kolonne mit einigem Abstand zu folgen, da sie anlässlich einer fürstlichen Hochzeit wohl auch auf lukrative Auftritte hofften.

Ein Kleinadeliger namens Sittkey, dessen Besitz nur aus einem halb verfallenen Haus und dem Land darum bestand, gab der Gräfin schließlich seine zwei halbwüchsigen Töchter mit. Sie wurden der Aufsicht Anna Darvulias unterstellt und gesellten sich zu Yveta und Eva, wo man ihnen ein paar Näharbeiten übergab.

„Ich habe schon etliche solcher Mädchen als Schützlinge erhalten", kommentierte Erzsébet diesen Umstand, als sie wieder in der Kutsche saßen. „Manche davon waren sogar entfernte Verwandte meiner eigenen Familie. Sie haben keinerlei Aussicht auf Mitgift, daher soll ich für ihre Ausbildung sorgen und passende Ehemänner für sie finden. Aber letztendlich taugen sie bestenfalls als Mägde."

Wieder zuckte Ilona Hertz zusammen, als sei sie geschlagen worden, gab aber kein Wort von sich.

Emilia fiel ein, dass diese Beschreibung auch auf die Sängerin zutraf. Sie mochte adeliger Abstammung sein, doch war sie völlig mittellos und auf die Gnade der Gräfin angewiesen. Vielleicht erklärte dies ihre fast schon hündische Anhänglichkeit.

Die Landschaft zeigte sich in herbstlichen Farben, die teilweise bereits unter einer Schneedecke verborgen waren. Es gab zahlreiche Felder und Weideflächen für das Vieh, wie Emilia es bereits auf der Reise von Augsburg nach Wien gesehen hatte, doch wurde nun, da sie sich der Grenze zum von Türken besetzten Teil Ungarns näherten, auch die durch jahrzehntelange Kriege erfolgte Zerstörung sichtbar. Wo einst Dörfer gewesen sein mussten, standen nur verwaiste Hütten und deren Überreste, vom Feuer zu schwarzen Stümpfen zerfressen. Es war in vieler Hinsicht dem Mut und Kampfgeist von Erzsébets verstorbenen Gemahl zu verdanken, dass die Türkenheere an einer vollständigen Eroberung Ungarns gehindert worden waren und der noch freie Rest des Landes nun wieder langsam aufatmen konnte, wie Emilia unterwegs erfuhr. Ansonsten las die Gräfin ihnen Werke des ungarischen Dichters Bálint Balassi vor, die anschließend von einer eifrigen Kata ins Deutsche übersetzt wurden. Gleichzeitig lernte Emilia, dass in Sárvár die erste Druckpresse des Landes errichtet worden war, um die Bibel in der Landessprache zu verbreiten. Ferenc Nádasdys Vater, ein überzeugter Protestant und Bewunderer der humanistischen Lehre, hatte all dies zum Wohle seines Volkes veranlasst.

Trotz des Wintereinbruchs strahlte die Sonne, als sie schließlich diesen Ort der Bildung und Kultur erreichten: ein Schloss, das auf blauem Gewässer zu schwimmen schien. Zwei Flüsse umschlossen den fünfeckigen, weiß getünchten Bau, der Wohnsitz eines Königs hätte sein können. Weiden senkten demütig ihre Zweige in die Fluten und wurden vom Wind sanft gewiegt. Alle Wagen rollten über eine hölzerne Brücke. Sobald sie das Eingangstor durchquert hatten, eilte eine Schar an Dienstboten der Gräfin entgegen, um sie willkommen zu heißen. Voran schritt ein älterer Herr mit steifer Halskrause, offensichtlich der Verwalter des Palastes. Sein Name war Bicsérdy und entsprechend der Bedeutung von Sárvár glich seine Aufmachung der eines Adeligen. Er trat mit einer ehrfürchtigen Verbeugung an Erzsébets Kutsche heran. Danach gelangte die Kolonne langsam in einen großen Innenhof.

Die Luft schmeckte hier etwas feuchter als in Csejte. Nach den langen Tagen, die sie in der engen Kutsche hatte sitzen müssen, gefiel es Emilia, sich jetzt ausgiebig bewegen zu können, da alles Gepäck schnellstmöglich in die richtigen Räumlichkeiten gebracht werden musste. Erzsébet hatte erfahren, dass bereits einige Gäste eingetroffen waren, und wollte diese sogleich begrüßen. Kata trottete ihrer Mutter brav hinterher und Ilona Hertz folgte im Laufschritt. So lastete alle Verantwortung nun auf Emilias Schultern, was ihr zwar schmeichelte, aber da sie sich in der großen Anlage nicht auskannte, war sie bald der Verzweiflung nahe. Der edle Verwalter war mit der Gräfin verschwunden, Yveta meinte nur, dass auch sie selbst zum ersten Mal hier war, und alle anderen Mitreisenden sahen Emilia erwartungsvoll an. In der Hoffnung auf etwas Unterstützung wandte sie sich an die Dienstboten von Sárvár. Unter denen brachen sogleich Geschnatter und Gezeter aus, Kisten wurden von den Karren gezogen, in die eine oder andere Richtung geschleppt und manche von ihnen versehentlich umgeworfen, sodass teure Stoffe auf dem feuchtkalten Boden landeten. Emilia fluchte auf Deutsch, was hier kaum jemand verstand.

„Brauchst du Hilfe, Deutsche“, fragte eine vertraute, dunkle Frauenstimme in ihrem Rücken. Emilia war noch nie so froh gewesen, die blinde Darvulia vor sich zu sehen. Von ihr erfuhr sie endlich, wo sich hier die Ställe, die Vorratskammern, die Wohnräume der Dienstboten und die fürstlichen Gemächer befanden, sodass die Kisten und Säcke entsprechend verteilt werden konnten. Die Blinde fand sich in dem großen Gebäude erstaunlich gut zurecht. Die Bediensteten von Sárvár sprangen los, sobald Anna Darvulia vor ihnen mit dem Stock klopfte, als seien plötzlich all ihre Meinungsverschiedenheiten aus der Welt verschwunden und alle wussten genau, was zu tun war. Dank der Hilfe der Blinden waren alle Karren leer, als die Abenddämmerung hereinbrach, und Emilia konnte sich guten Gewissens in jene kleine Kammer begeben, die sie nun mit Yveta und Eva teilen sollte. Doch sobald sie sich dort auf ihrer Matratze niedergelassen hatte, um ein wenig Ruhe zu finden, wandte Yveta sich mit unzufriedener Miene an sie.

„Die Sittkey-Mädchen weigern sich, bei den anderen Näherinnen zu schlafen", sagte sie. „Sie sind doch von Adel, keine Bauernmädchen. Sie stehen im Gang und zetern, dass sie gleich zur Gräfin laufen. Aber die wird nicht begeistert sein, derart gestört zu werden."

Emilia spürte den erwartungsvollen Blick wie eine Last, die sie gern abgeschüttelt hätte.

„Kann man ihnen denn nicht einfach ein eigenes Zimmer geben?", fragte sie erschöpft. Yveta schüttelte den Kopf.

„Das geht nicht. Es werden zu viele Gäste erwartet. Du musst das regeln, sonst belästigen sie die Gräfin, und die macht dich am Ende dafür verantwortlich."

Emilia wollte sich einreden, dass Erzsébet ihr schon vergeben würde, aber sie war sich nicht sicher.

„Gut, ich sehe nach und rede mit ihnen. Bringst du mich hin?"

Yveta nickte. Es ging ein paar Stufen hinab und einen längeren Gang entlang, durch den etliche der livrierten Lakaien von Sárvár liefen, bis sie vor einer Tür stehen blieben. Die Ältere der Sittkey-Töchter, eine große, dünne Rothaarige, stand mit verschränkten Armen davor. Sobald Emilia und Yveta aufgetaucht waren, wurden sie mit einem wütenden ungarischen Wortschwall überschüttet.

„Sie sagt, dass sie sich beschweren wird, wenn ihre Schwester und sie keine bessere Unterkunft bekommen", übersetzte Yveta. Emilia spürte ihre eigene Geduld als einen dünnen Faden, an dem übermäßig gezerrt wurde.

„Ihr seid im Dienst der Gräfin und sie bestimmt, wo ihr schlafen sollt und welche Aufgaben ihr erledigen müsst", brachte sie, so gut es ging, auf Ungarisch hervor. Das zornige Aufflammen in den grünen Augen der Sittkey-Tochter machte ihr klar, dass sie verstanden worden war.

„Ich möchte mit der Gräfin sprechen", beharrte das Mädchen. Emilia erwog, ihr dies zu gewähren, aber Yveta zupfte sie am Ärmel.

„Es wäre besser, wenn sie Erzsébet nicht belästigt", flüsterte sie auf Deutsch. „Für sie und auch für dich. Versuche, ihr das klar zu machen."

„Diese Nacht werdet ihr zwei in dem Raum mit den anderen Näherinnen verbringen", sagte Emilia mit Nachdruck. „Ich werde morgen versuchen, mit der Gräfin zu reden, aber versprechen kann ich euch nichts."

Sie sah dem Mädchen eindringlich ins Gesicht und bemerkte zu ihrer Erleichterung, wie der Zorn in den grünen Augen nach einem kurzen, heftigen Aufflackern erlosch. Die Sittkey-Tochter zog zwar eine widerwillige Miene, aber sie verschwand in dem Zimmer, das ihr zugewiesen worden war. Emilia fühlte sich wie ein Feldherr, der eine erfolgreiche Schlacht geschlagen hatte.

„Willst du wirklich morgen die Gräfin damit belästigen?", fragte Yveta. Emilia zuckte mit den Schultern.

„Ja, wenn ich eine Gelegenheit finde. Die Hertz wird doch auch bevorzugt behandelt, weil sie adeliger Abkunft ist."

„Nein. Sie wird bevorzugt behandelt, weil Erzsébet eine Schwäche für sie hat. Die Sittkey-Mädchen sind ihr gleichgültig. Vergiss das bitte nicht."

Emilia wusste zunächst keine Antwort und wurde von Yveta wieder durch den Gang gezerrt, bis sie sich vor ihrem eigenen Zimmer wiederfand. Zu ihrer Überraschung stand nun die Darvulia davor, bewaffnet mit dem Blindenstock, der in ihren Händen einer Waffe glich.

„Du steckst in Schwierigkeiten, Deutsche."

Es war keine Frage, sondern eine Feststellung. Yveta verschwand sofort durch die Tür, denn sie schien die Blinde als unangenehm zu empfinden. Emilia blieb jedoch stehen.

„Ich habe die Schwierigkeiten gelöst", verkündete sie stolz.

„Nein, hast du nicht. Nur aufgeschoben. Du trägst die Verantwortung für die Näherinnen, auch wenn sie von Adel sind. Du musst dafür sorgen, dass sie gehorchen, sonst wird Erzsébet wütend auf dich sein."

Die Worte klangen zu überzeugend, als dass Emilia vor ihnen hätte fliehen können.

„Aber wenn sie nicht gehorchen wollen?", fragte sie hilflos.

„Dann musst du sie strafen. Das tat ich auch, als ich noch sehen konnte. Zwinge die zwei hochmütigen Gören, einen Tag nackt im Hof zu stehen und sich die Scherze der Stallknechte anzuhören. Wenn das nicht reicht, so schmiere sie mit Honig ein, damit alle Insekten sie stechen."

Bei der bloßen Vorstellung, die Auslöserin einer solchen Misshandlung zu sein, zog Emilias Magen sich vor Widerwillen zusammen. „So etwas tue ich nicht!"

„Wie du meinst", erwiderte die Blinde. „Dann wird Erzsébet nicht zufrieden mit dir sein. Sobald wir zurück in Csejte sind, kommen die Mädchen alle wieder unter die Fuchtel der Szentés. Meinst du, dann geht es ihnen besser?"

Emilia stellte mit Verlegenheit fest, dass sie nicht so leicht gegen die unbarmherzig klare Sichtweise der Blinden ankam. Das hochmütige, wütende Gesicht der Sittkey-Tochter tauchte wieder in ihrer Erinnerung auf. Sie zweifelte, ob das Mädchen am nächsten Tag umgänglicher wäre. Vielleicht wäre es nicht einmal schlecht, die drohende Gestalt von Dorottya Szentés im Hintergrund zu haben, damit solche Schwierigkeiten gar nicht erst auftauchten.

„Ich werde eine Lösung finden", versicherte sie der Darvulia. Dann wollte sie in ihrem Gemach verschwinden, doch überkam sie im letzten Moment ein Anflug von schlechtem Gewissen. Auch wenn Anna Darvulia keineswegs einen hilflosen Eindruck machte, so war sie doch blind und dieses Schloss schien ein viel weitläufigeres Bauwerk als das *kastély* von Csejte. „Soll ich dich noch irgendwo hinführen?", bot sie sich daher an.

Die Mundwinkel der Darvulia verzogen sich zu der Andeutung eines Lächelns, das bei ihr ebenso unnatürlich wirkte wie bei Erzsébet.

„Mach dir um mich keine Sorgen. Ich habe hier viele Jahre mit Erzsébet verbracht, als ich noch sehen konnte, und kenne jeden

Winkel hier. Aber ich hoffe, dass du nicht bei deiner Aufgabe versagst. Es ist nicht gut für Erzsébet, der Szentés zu viel Macht zu überlassen."

Bevor Emilia hatte fragen können, was genau damit gemeint war, machte die Blinde sich mit ihrem Stock auf den Weg. Unwillig, sie wieder zurückzurufen, betrat Emilia ihr Schlafgemach, wo Eva und Yveta bereits unter den Decken lagen.

„Was wollte die alte Hexe von dir?", flüsterte Eva.

„Nichts Bestimmtes. Sie hat mir nur ein paar Ratschläge gegeben. Hatte sie früher eine ähnliche Stellung wie die Szentés?"

„Hatte sie", erwiderte Yveta sogleich. „Sie war hart zu uns, aber nicht so schlimm wie die Szentés. Der macht es Freude zu quälen."

Mit diesen Worten wurden die Kerzen ausgeblasen. Emilia lag noch eine Weile wach und lauschte den Geräuschen, die durchs Fenster in den Raum krochen: angetrunkene Stallknechte stritten miteinander, Pferde wieherten, als könnten sie bei diesem Lärm nicht schlafen und irgendwo bellte ein Hund. Die Wölfe schwiegen hier.

Vielleicht würde es genügen, den Sittkey-Töchtern mit der von Anna Darvulia vorgeschlagenen Strafe zu drohen, damit sie Frieden gaben. Aber falls nicht, so würde sie ihre Drohung wahr machen müssen, wenn sie weiterhin ernst genommen werden wollte. Die Aufsicht über die Näherinnen drohte anstrengender und komplizierter zu werden, als sie es sich jemals hatte vorstellen können. Seufzend zog sie sich die Decke über den Kopf, um endlich schlafen zu können.

In den nächsten Tagen rollten ständig Kutschen über die Brücke in den Hof hinein, meist mit einer größeren Gefolgschaft aus berittenen Wachsoldaten und Bediensteten. Emilia nützte ihre wenigen freien Minuten, um die Gewänder der Damen zu bewundern, die über den Hof schritten, um zunächst von Erzsébet begrüßt und dann irgendwo in diesem riesigen Gebäude untergebracht zu werden. Katas ältere Schwester Anna Zrínyi traf als eine der Ersten ein, eine hochgewachsene Frau, schlank wie ihre Mutter und von dem gleichen kühlen, strengen Gebaren, das Kata völlig abging. An ihrer Seite schritt ihr Gemahl Miklós mit der hier bei Männern sehr beliebten Fellmütze auf dem Kopf, einem weit schwingenden, pelzverbrämtem Mantel und Lederstiefeln. Was den Schnitt ihrer Kleidung betraf, so hatten die ungarischen Männer einiges von ihren türkischen Erzfeinden übernommen, dachte Emilia, als sie weite Pluderhosen aus diesen Stiefeln ragen sah. Kata erzählte ihr später ausführlich, dass Anna mit ihrem Gemahl, der viele Ländereien in Kroatien besaß, recht glücklich sei, obwohl sie auch nicht derart für ihr schwärmte, wie es manchmal in Liebesgedichten beschrieben wurde. Insgesamt machte Anna Zrínyi auch keinen schwärmerischen Eindruck, als sie kurz nach ihrer Ankunft die für die Hochzeit vorgesehenen Gewänder begutachtete. Mit schmalen Lippen befühlte sie Stoffe und betrachtete Stickereien, lobte, lächelte manchmal, aber ihr Gesichtsausdruck schien eher gelangweilt.

Erzsébets Sohn Pál, ein Junge von zwölf Jahren, sprang aus seiner Kutsche und rannte wie ein aufgeregter Welpe über den Hof, um seine Familie begrüßen zu können. Anna schloss ihn kurz in die Arme, Erzsébet strich nur über seinen Kopf, obwohl ihre Augen dabei vor Stolz und Glück strahlten. Es war Kata, die ihn an der Hand packte und mit ihm in ihrem Zimmer verschwand, wo sie die nächsten Stunden gemeinsam verkrochen blieben. Kurz darauf trat auch Pals Erzieher in Erscheinung, ein stämmiger Mann, dessen Haar dem der Sittkey-Töchter glich, wohl der Grund, warum man ihn *vörös*, den Roten nannte. Er wurde von Erzsébet förmlich, aber aufmerksam willkommen geheißen.

Schließlich folgte der Palatin Ungarns, Graf Thurzó, um der Gräfin und ihrer Tochter auch die Glückwünsche des Habsburgischen König Matthias zu überbringen, der leider zur Hochzeit nicht erscheinen konnte. Der Palatin war deutlich kleiner und schmächtiger als Páls Erzieher, obwohl er sich angeblich auch im Kampf gegen die Türken bewiesen hatte, und fiel vor allem durch seinen stark gelockten Rauschebart auf, der den Wunsch weckte, die Finger darin zu vergraben. Die Gräfin Thurzó schien auffallend jünger als ihr Gemahl, trug fast so farbenfrohe Kleidung wie eine Frau der *Cigány* und plapperte ununterbrochen. Sowohl Erzsébet als auch ihre ältere Tochter begrüßten sie zwar höflich, vermieden aber ein längeres Gespräch.

„Mutter sagt, sie ist ein Dummchen, das nicht einmal lesen konnte, als es Thurzó heiratete“, erzählte Kata, sobald sie mit Emilia allein war. „Sie hat nichts als Kleider, Schmuck und Tratsch im Kopf, das findet auch Anna schrecklich ermüdend. Aber wenigstens ist sie nicht so steif wie die meisten vornehmen Damen.“

Emilia hatte zunächst nicht viel Gelegenheit, die Gattin des Palatin in Augenschein zu nehmen, doch wurde sie ihr im Festsaal beim gemeinsamen Abendmahl als die neue Gewandschneiderin vorgestellt. Dabei schien ihr die Gräfin Thurzó nicht ganz so harmlos, wie sie wirkte. Schmuck interessierte sie tatsächlich sehr, denn sie beäugte höchst genau, was um die Hälse und an den Ohren der anderen Damen hing. Emilia hingegen schenkte sie kaum mehr Beachtung als den Kerzenhaltern auf dem Tisch.

Der Bräutigam György Homonnay Drugeth traf als einer der Letzten ein, begleitet von mehreren berittenen Männern, die noch vor ihm in den Hof stoben, um sein Kommen anzukündigen. Katas Gesicht klebte an dem Fenster zum Hof. Emilia, die gerade die letzten Verzierungen an der Haube des Hochzeitskleides anbrachte, trat an ihre Seite, nachdem sie gerufen worden war.

„Ich habe ihm schon einige Male bei Bällen und Festen begegnet. Aber ehrlich gesagt kann ich mich kaum an ihn erinnern, ich weiß einfach nicht mehr, wie er aussieht."

Ein junger Mann mit einem breiten, gutmütigen Gesicht stieg von seinem Pferd und begrüßte Erzsébet mit einer Verbeugung. Sein Benehmen zeugte von Unsicherheit, denn er wagte es kaum, seiner zukünftigen Schwiegermutter ins Gesicht zu sehen. Die Drugeths gehörten zu den mächtigen und angesehenen Familien Ungarns, wie Emilia erfahren hatte, aber im Vergleich zu den Báthorys und den Nádasdys war sie unbedeutend.

„Findest du ihn hübsch?", fragte Kata. „Mir gefällt sein Blondhaar nicht. Ich hätte lieber einen Dunkelhaarigen, so wie István."

„Euer Bräutigam ist keineswegs hässlich", erklärte Emilia. „Es kommt auf das Wesen eines Mannes an, nicht auf sein Äußeres."

Gleichzeitig musste sie an den schwarzen Glanz von Istváns prachtvollem Haar denken und verspürte ein sehnsüchtiges Ziehen in ihrem Unterleib.

„Ja, natürlich", stimmte Kata zu, doch fehlte ihrer Stimme das Gewicht echter Überzeugung.

„Ich denke, du könntest mit ihm zufrieden werden. So wie deine Schwester mit ihrem Miklós", sagte Emilia schließlich. Gern hätte sie Kata mehr versprochen, aber sie vermochte das vertrauensselige Mädchen nicht anzulügen.

Kata entfernte sich von dem Fenster, befühlte kurz das bereits fertige Hochzeitsgewand auf ihrem Bett und setzte sich schließlich daneben hin, um ihre Beine durch die Luft baumeln zu lassen.

„Hattest du wirklich noch niemals einen Liebhaber? Ich denke, eine Frau wie du kann machen, was sie will."

„Wie kommst du darauf?", fragte Emilia kopfschüttelnd.

„Na ja, du nähst Kleider und bekommst Geld dafür. Andere Frauen brauchen Männer, die ihnen Geld für Kleider geben. Deshalb müssen sie tun, was die Männer wollen. Du aber musst es nicht."

Dieser Gedankengang war so ungewöhnlich aber gleichzeitig in sich stimmig, dass Emilia kurz auflachen musste.

„Ich bin abhängig vom Wohlwollen meiner Auftraggeber. Deiner Mutter zum Beispiel."

„Ich weiß, ich weiß, aber die mag dich ja", meinte Kata ungeduldig. Dann wandten ihre großen, braunen Augen sich Hilfe suchend an Emilia.

„Ich dachte nur, wenn du bereits einen Liebhaber hattest, dann könntest du mir sagen, was mich als verheiratete Frau erwartet."

Emilias Kehle wurde eng. Wieder meinte sie Kurts gierige Hände auf ihrem Körper zu spüren, doch waren dies keine Geschichten, die man einer jungfräulichen Braut vor ihrer Hochzeitsnacht erzählte.

„Tut mir leid, ich weiß nicht ...", begann Emilia, doch Katas sichtlich enttäuschter Blick ließ sie hinzufügen: „Ich habe gehört, dass es nicht so schlimm sein soll."

Grete hatte es mit Kurt gemacht und auch mit anderen Männern, von denen sie sich Geschenke erhoffte, ohne dabei wirklich unglücklich oder gequält zu wirken.

„Aber du weißt es nicht", bohrte Kata weiter nach. „Du hast es selbst nie erlebt."

Emilia schüttelte den Kopf.

„Warum? Weil du keine Lust hast?"

„Es hat sich eben bisher nie ergeben", widersprach Emilia. Sie war mit der Vorstellung erzogen worden, dass ein anständiges Mädchen sich vermählen musste, bevor es solche Dinge tat. Aber der Verlust ihres Erbes hatte so vieles verändert. Schließlich war sie Kurt übergeben worden wie ein lästiges Anhängsel, dessen man sich entledigen wollte.

„Du hast es nicht getan, weil du ganz genau weißt, wie unangenehm es ist für eine Frau ist, nicht wahr?", rief Kata nun mit Tränen in den Augen. „Und weil du das Glück hast, dass dich niemand zwingen kann! Jetzt lügst du mich nur an, um mich nicht verrückt zu machen!"

„Das stimmt nicht!" Emilia ließ sich neben Kata auf dem Bett nieder und legte den Arm um die Schultern des Mädchens.

„Ich glaube nicht, dass es so schlimm ist, wirklich nicht", versuchte sie, die junge Braut zu beruhigen. „Vor allem für eine adelige Dame mit ihrem Ehemann nicht, denn der wird sie mit Respekt behandeln. Warum fragst du nicht einfach deine Schwester?"

„Weil ich dann nur eine Moralpredigt über Gehorsam und sittsames Benehmen einer fürstlichen Gemahlin zu hören bekäme!", schniefte Kata. „Anna und ich haben uns nie besonders gut verstanden. Mit Pál komme ich viel besser zurecht, aber so etwas kann ich ihn nicht fragen."

Nein, ein dreizehnjähriger Junge würde da wohl kaum weiterhelfen können, überlegte Emilia. Wenn die ältere Schwester keine passende Vertrauensperson war, dann gab es doch im Leben eines jeden Mädchens eine Frau, die hier für Erklärungen und Weisungen zuständig sein sollte. Eine unsichtbare Klinge stach kurz in Emilias Brust, als ihr klar wurde, dass die Erinnerung an die Gesichtszüge ihrer eigenen Mutter nur noch aus einzelnen Bruchstücken bestand, die sich zu keinem vollständigen Bild mehr zusammenfügen ließen. Aber Katas Mutter lebte noch! Sie verstand, dass das Mädchen nicht den Mut hatte, sich mit derart heiklen Fragen an die strenge, kühle Erzsébet zu wenden, aber wenn die Erklärungen ihr unaufgefordert angeboten wurden, wäre sie sicher glücklich.

„Ich bin mir sicher, dass du dir unnötige Sorgen machst", flüsterte sie Kata ins Ohr und drückte die junge Braut an sich. Gleichzeitig fiel ihr ein, dass sie ohnehin mit Erzsébet reden musste, um die Sittkey-Töchter in Schach zu halten. Sie schob diese Unterredung schon seit Tagen vor sich her, ein paar strenge Worte und Ermahnungen hatten die zwei aufsässigen Mädchen soweit in ihre Grenzen gewiesen, aber irgendwann würden sie Erzsébets Entscheidung hören wollen.

Die Gelegenheit, allein mit der Gräfin zu reden, ergab sich schneller als erwartet, da Emilia noch an diesem Abend zu ihr gerufen wurde. Die Nachricht wurde von einem der zahllosen Lakaien überbracht, als Emilia schon gehofft hatte, erschöpft unter ihre Decke kriechen zu können. So musste sie nochmals Rock und Mieder anziehen, um dem hochmütig dreinblickenden jungen Mann hinterherzuhasten. Sie war im Grunde erleichtert, dass er kein Gespräch mit ihr zu beginnen versuchte, da er sich als Bediensteter des bedeutendsten Schlosses von Ungarn einer gewöhnlichen Gewandschneiderin offenbar überlegen fühlte.

Erzsébet wartete in ihrem Schlafgemach, bereits im Nachthemd und in einen seidenen Umhang gehüllt, und als sie sich im Licht der Kerzen umdrehte, war sie wieder eine zarte Frau von vornehmer, unnahbarer Schönheit.

„Es freut mich, dass du so spät noch kommen konntest“, begrüßte sie Emilia, als hätte es tatsächlich eine Möglichkeit gegeben, sich dem Wunsch der Gräfin zu verweigern. „Es gibt ein paar Dinge, die wir noch bereden sollten. Sobald die Vorbereitung der Hochzeit richtig im Gange ist, werden wir keine Zeit mehr dazu haben.“

Sie forderte Emilia auf, ihr gegenüber Platz auf einem Schemel zu nehmen. „Ich bin zufrieden mit deiner Arbeit und deine Gewänder werden bei der Hochzeitsfeier sicher auch von anderen Damen bewundert werden.“

„Das macht mich sehr glücklich, Euer Durchlaucht“, erwiderte Emilia ehrlich.

Erzsébet ging nicht darauf ein. „Es ist durchaus möglich, dass du andere Angebote erhältst. Von der Gräfin Thurzó vielleicht. Bisher warst du für sie eine unbedeutende Person, aber sobald sie weiß, was du kannst … Ich habe gehört, dass sie von ihrem Gemahl ständig ermahnt wird, sich wie eine richtige Dame von Adel zu benehmen und nicht wie das dumme Gör, das sie nun einmal ist. Und dabei soll ich ihr angeblich als Vorbild dienen.“

Wieder erklang das blecherne Lachen.

„Sie könnte einem fast leidtun. Ich kenne Thurzó schon lange, er ist ein fürchterlicher Wichtigtuer, der mit allen Mitteln vertuschen will, dass seine Vorfahren Händler waren, die sich den Adelstitel kauften.“

Emilia nickte höflich. Allzu viel konnte sie zu diesem Thema nicht beitragen,

„Jedenfalls", sagte die Gräfin und verschränkte die Arme vor der Brust, „es würde mich nicht überraschen, wenn das Thurzó-Mädchen ihrem nörgelnden Gatten bald schon in den Ohren liegt, dass er dich unbedingt abwerben muss, damit aus seiner Frau jene vornehme Aristokratin werden kann, die er sich an seiner Seite wünscht. Ich hoffe, dass du nicht vergisst, wer dich in Wien aus dem Elend geholt hat."

Emilia nickte nochmals und biss sich auf die Lippen. Es gab eine Sache, die sie noch nicht mit der Gräfin besprochen hatte, und ein passenderer Moment als dieser würde sich wohl kaum ergeben.

„Welche Entlohnung soll ich für meine Arbeit erhalten, Euer Durchlaucht?"

Bisher war sie beherbergt und ernährt worden, unter weitaus angenehmeren Bedingungen als in den letzten Jahren ihres Lebens, aber sie ahnte, dass ihr in Wahrheit viel mehr zustand.

„Du wirst großzügig entlohnt werden", versprach Erzsébet. „Sobald der habsburgische König einen Teil der Schulden, die er bei mir machte, beglichen hat. Katas Hochzeit stürzt mich leider in Unkosten, aber meine Tochter hat angemessene Feierlichkeiten verdient. Bisher kann ich dir nichts weiter geben als mein Versprechen."

Es war nicht ganz die Antwort, die Emilia hatte hören wollen, doch sie beschloss, damit erst einmal zufrieden zu sein. Bisher hatte sie keine anderen Angebote erhalten, und selbst wenn diese kämen, wusste sie nicht, was sie in fremden Haushalten erwartete. Erzsébet Báthory war eine der angesehensten Damen des Landes und es konnte nicht schaden, sich erst einmal einen Namen als ihre Gewandschneiderin zu machen.

„Ich weiß das Vertrauen, das Ihr mir schenkt, zu schätzen, Euer Durchlaucht, und betrachte es als große Ehre, Euch dienen zu dürfen", sagte sie daher, wie es sich geziemte. Erzsébet schenkte ihr ein zufriedenes Lächeln und schien nun bereit, sie gehen zu lassen. Doch obwohl Emilia todmüde war, gab es Dinge, die nicht warten konnten. Rasch erwähnte sie den Wunsch der Sittkey-Töchter, ihrer Herkunft entsprechend nicht mit gewöhnlichen Näherinnen untergebracht zu werden, und sah, wie ein harter Zug sich um Erzsébets Mund legte.

„Ich habe diese zwei Gören aus Mildtätigkeit aufgenommen und entscheide daher, wo sie in meinem Haus wohnen. Falls es ihnen nicht gefällt, steht es ihnen frei, wieder zu ihrem Vater zurückzulaufen und dort darauf zu warten, dass ein wohlhabender Edelmann sie zu Schlossherrinnen macht."

Die Worte waren so hart wie Hammerschläge, doch wären sie auch eine eindeutige Botschaft an die Sittkey-Töchter, die dann hoffentlich keine Schwierigkeiten mehr machen würden. Erzsébet wandte sich wieder dem Spiegel zu und griff nach einem Kamm, was vermutlich eine Botschaft war, dass Emilia sich nun entfernen könnte. Sie holte entschlossen Luft. Ihr letztes Anliegen war das heikelste.

„Euer Durchlaucht, ich frage mich, ob …" Sie verstummte, weil der Mut sie für einen Augenblick verließ, aber Erzsébets auffordernder Blick machte einen Rückzug nun unmöglich. „Ob Ihr nicht mit Eurer Tochter Kata über ihre Aufgaben als Ehefrau reden könntet. Sie hat sich mit ihren Sorgen an mich gewandt, doch bin ich unvermählt und … und jungfräulich."

Sie spürte, wie ihre Wangen zu glühen begannen, aber wenigstens ließ die allerletzte Aussage keine Zweifel mehr zu, worum es eigentlich ging. Die Gräfin ließ den Kamm langsam wieder auf ihre Kommode gleiten. Da war kein Zorn in ihrem Blick, wie Emilia erleichtert feststellte, nur schlichtes Staunen.

„Es gibt nichts, das sie wissen müsste, außer, dass sie sich den Wünschen ihres Gemahls zu fügen hat."

„Aber …" Emilia fand keine passenden Worte für den Protest, der in ihr hochschwappte, und tat erst ein paar Atemzüge, um sich zu beruhigen. „Das klingt sehr hart. Wenn Ihr ein paar aufmunternde, tröstliche Worte für Kata finden könntet, dann würde es ihr sicher leichter fallen, die Ehe zu vollziehen."

Diesmal war Erzsébets Lachen sehr kurz, ein rauer Laut, wie das Reißen von schwerem Tuch.

„Und was meinst du denn, sollte ich ihr sagen? Jedes Mal, wenn ich nach Sárvár zurückkomme, erinnere ich mich wieder, wie unglücklich ich hier einst als junge Braut gewesen bin."

Sie stand auf und ging zu einem kleinen Schrank, aus dem sie eine Flasche holte, und füllte zwei kleine Holzbecher mit weißer Flüssigkeit.

„Pálinka. Einer von Ungarns Schätzen“, sagte sie und hielt einen der Becher Emilia hin, während sie den ihren mit einem Schluck leerte. Emilia folgte ihrem Beispiel, obwohl der Schnaps wie Feuer in ihrer Kehle brannte und sie gleich darauf einen Hustenanfall bekam.

„Männer bespringen ihre Braut in der Hochzeitsnacht wie Hunde eine Hündin oder Hengste eine Stute “, sagte die Gräfin völlig gelassen. „Das hat Kata sicher schon gesehen und braucht daher keine Erklärungen. Sie war schon immer etwas wehleidig, fürchte ich. Ich weiß noch, wie sie als Kind schrie, wenn ihr ein eitriger Zahn ausgebrannt werden musste. Anna hatte viel mehr Selbstbeherrschung.“

Es war kein Wunder, dass Kata ihrer Schwester aus dem Weg ging, wenn sie ihr stets als unerreichbares Vorbild hingehalten worden war. Emilia betrachtete unwillig, wie die Gräfin ihnen beiden nochmals Pálinka nachschenkte, denn ihr war nach dem ersten Becher bereits leicht schwindelig. Doch abzulehnen wäre allzu dreist gewesen, daher schluckte sie nochmals das flüssige Feuer und zwang einen zufriedenen Ausdruck auf ihr Gesicht.

Erzsébet lehnte sich ungewohnt entspannt auf ihrem Stuhl zurück. Auf dem sonst sehr blassen Gesicht waren ein paar rote Flecken erschienen. „In ihrer Hochzeitsnacht tut eine Frau, was sie tun muss. György Drugeth ist wenigstens nicht durch viele Jahre auf dem Schlachtfeld verroht, wie Ferenc es damals schon war. Ich glaube, er mag meine Kata. Allzu schlimm wird es nicht für sie werden, und falls doch, dann muss sie es als geborene Nádasdy mit Fassung tragen.“

Emilias spürte, wie der Geschmack des Abendessens wieder aufwärts durch ihre Kehle kroch: Leberknödel, Zwiebeln, gebratener Ochse. Erzsébet klang nicht anders als die Dienstmagd in der Herberge, damals in Wien. Gab es keine andere Möglichkeit für eine Frau, als sich zu fügen und die Augen zu schließen, wenn ein Mann sich auf sie wälzte? Außer dem Kloster vielleicht, das für eine Protestantin nicht infrage kam?

„Erinnert Ihr Euch an die Liebesgedichte, die Ihr uns in der Kutsche vorgelesen habt?“, fragte sie spontan, denn der Pálinka hatte auch ihre Zunge gelöst. „Licht, das Wärme sendet, Laub, das Schatten spendet, ist sie, meines Lebens Stern.“

Die Zeilen hatten ihr so gut gefallen, dass sie in ihrem Gedächtnis haften geblieben waren, doch hatte es zwei Becher Schnaps gebraucht, damit sie aus den Tiefen der Erinnerung wieder an die Oberfläche stiegen.

„Würde ein Mann, der solche Gefühle für eine Frau hegt, sie bespringen wie ein Hengst eine Stute?", fuhr sie fort, während die Konturen des Zimmers vor ihren Augen weich wurden wie bei einer Radierung.

„Worte. Schöne Worte. Meistens bedeuten sie nichts, außer dass ein Dichter sein Talent beweisen wollte, um dafür Ruhm zu ernten!" Erzsébet lachte, leiser und sanfter als jemals zuvor. „Aber es gibt einige wenige Männer, die solche Worte tatsächlich ernst meinen können."

Sie vergrub ihr Gesicht in den Händen und strich mit den Zeigefingern ihre Augenbrauen glatt. Dann richtete sie sich auf, um Emilia anzusehen. Die braunen Augen waren glasig geworden, doch hinter dieser dünnen Schicht lauerte ein wacher, starker Schmerz. Rasch füllte die Gräfin nochmals beide Becher mit Pálinka. Diesmal stieß Emilia zwar mit ihr an, trank aber nicht mehr. Falls dies Erzsébet auffiel, störte sie sich nicht daran.

„Jedes Ding in der Welt hat seinen Preis", sagte die Gräfin, „Auch die Liebe. Eine Frau, die sie erfahren durfte, wird sie niemals vergessen können. Aber alles, was danach kommt, wird dadurch noch schwerer erträglich, weil sie weiß, dass es anders sein kann."

Wieder lehnte sie sich in ihrem Stuhl zurück, ihre Augen fielen zu und ihre Lippen formten Worte, die Emilia nicht verstehen konnte. Ihr wurde unwohl, denn sie hatte die Gräfin noch niemals ohne die eiserne Rüstung der Selbstbeherrschung erlebt.

„Suche Anna Darvulia", hörte sie Erzsébet murmeln. „Ich werde einen ihrer Tränke brauchen, denn ich fürchte, mein Kopfschmerz kehrt zurück."

Erleichtert, sich zurückziehen zu können, stand Emilia auf und verließ das Gemach. Im Haus war es bereits recht still geworden, nur aus den unteren Stockwerken, wo das Gesinde untergebracht war, drangen noch vereinzelte Stimmen. Ihr fiel ein, dass sie nicht wusste, wo sie die Blinde finden konnte, und da die Bediensteten von Sárvár sich ihr gegenüber bisher wenig hilfsbereit gezeigt hatten, erwog sie, Yveta zu wecken. Anders als die verträumte, in sich gekehrte Eva wusste dieses Mädchen fast immer über alles Bescheid. Emilia war gerade in einem der verwinkelten Gänge um eine Ecke gebogen, als sie fast mit einem Mann mit einer Fackel in der Hand zusammenstieß. Erschrocken sprang sie drei Schritte zurück, erkannte dann die scharfen Konturen von Istváns Gesicht. Er trug nun etwas feinere Kleidung als sonst, eine rote Kniebundhose und eine Jacke aus demselben Stoff, über der ein breiter, weißer Kragen hing. Das schwarze Haar fiel ihm offen über die Schultern, geschmückt von einem schwarzen Barett mit einer langen Feder.

„Ihr scheint ständig dann aufzutauchen, wenn man Euch nicht erwartet", sagte Emilia, als sie sich von dem ersten Schreck erholt hatte.

„Das könnte man über Euch ebenso sagen", erwiderte er. „Ihr seid spät unterwegs. Zu dieser Zeit sollte eine junge Frau nicht allein herumlaufen, gerade bei Feierlichkeiten können überall betrunkene Männer lauern."

Diese Sorge schien Emilia übertrieben, zumal sie nicht ihren Aufgaben nachgehen konnte, ohne im Haus herumzulaufen.

„Ich war bei der Gräfin und soll nun Anna Darvulia zu ihr schicken", erklärte sie. „Habt Ihr vielleicht eine Ahnung, wo sie sein könnte?"

Er zuckte mit den Schultern. „Die Blinde kennt Sárvár so gut, wie ein Maulwurf seinen Bau. Sie könnte überall stecken. Manchmal sammelt sie auch draußen Kräuter, die sie wohl am Geruch erkennt."

Emilia verzog unzufrieden das Gesicht, denn sie hasste es, wenn sie einen Auftrag der Gräfin nicht wunschgemäß erfüllen konnte.

„Aber sie weiß, dass Erzsébet in Sárvár von vielen unangenehmen Erinnerungen heimgesucht wird", fuhr István fort. „Ich denke, sie wird sie von selbst aufsuchen, noch bevor der Morgen graut, um ihr einen Trank zu brauen. Ansonsten wird unsere Gräfin schnell reizbar. Ich bin nun selbst unterwegs, um sie noch etwas zu unterhalten."

Mit einem Schmunzeln hob er seine Fiedel hoch.

„Die begabteren Musiker müssen sich schonen, um ihr Können bei der Hochzeitsfeier unter Beweis zu stellen. Es sind zwei Italiener hier, neben denen ich mich anhöre wie eine quäkende Kröte."

Da stellte sich natürlich die Frage, warum Erzsébet ausgerechnet ihn hören wollte, zumal sie unter beginnendem Kopfschmerz litt.

„Was ist mit Ilona Hertz?", fragte Emilia. So wenig sie die hochnäsige Sängerin auch mochte, ihre Stimme war angenehm.

„Die Dame aus Wien schmollt, weil sie nicht zur Gräfin bestellt wurde", erwiderte István. „Aber nun muss ich wirklich weiter. Ich werde der Gräfin ausrichten, dass Ihr die Darvulia nicht finden konntet. Legt Euch einfach schlafen."

Mit einer knappen Verbeugung schritt er an Emilia vorbei. Die Begegnung hatte sie in Unruhe versetzt, doch sie konnte keine klaren Gründe dafür erkennen, außer dass dieser Mann ihr Herz stets zum Rasen brachte.

Dicht neben dem Zimmer, das sie sich mit Eva und Yveta teilte, war Ilona Hertz untergebracht worden. Emilia hätte wahrscheinlich keinen Gedanken daran verschwendet, nur glaubte sie, hinter der Tür die Laute verzweifelter Schluchzer zu vernehmen. Kurz blieb sie stehen und lauschte, die Hand auf den Türgriff gelegt. Wäre es Yveta oder Eva gewesen, die dort lauthals klagte, wäre Emilia ohne Zögern eingetreten, aber von der Wiener Sängerin fühlte sie sich stets von einer unsichtbaren Mauer gegenseitigen Misstrauens getrennt.

So beschloss sie, dass Ilona ihren Schmerz allein würde erabtragen müssen, und eilte in ihr eigenes Zimmer, um endlich schlafen zu können.

10. Kapitel

György wartete, bis Miklós Zrínyi an seine Tür klopfte, dann machte er sich gemeinsam mit dem zukünftigen Schwager auf den Weg. Es ging ein paar Stufen hoch, denn Graf Thurzó war über dem großen Empfangssaal untergebracht worden, etwas abseits der unmittelbaren Verwandtschaft von Erzsébet Báthory. György war unbehaglich zumute, als er mitten in der Nacht wie ein Dieb oder Verschwörer durch das ihm kaum bekannte Schloss schlich. Der Zweck des bereits vor einigen Wochen vereinbarten Treffens konnte nicht dem Wohle der Hausherrin dienen, sonst müsste es nicht mit einer solchen Heimlichkeit abgehalten werden.

Miklós Zrínyi schwieg während des ganzen Weges, und György wagte den Mund ebenfalls nicht aufzumachen, aus schlichter Angst, so die Aufmerksamkeit noch nicht schlafender Dienstboten zu wecken. Er war erleichtert, als sie sich endlich im Gemach der Thurzós wiederfanden, denn nun konnte er die Verantwortung für alles, was noch geschehen würde, auf die Schultern des Palatin schieben.

Der Graf saß in einem Leinenhemd und einer schlichten Hose auf seinem Stuhl, ein Stück hinter ihm stand seine Frau, herausgeputzt wie für ein Fest, und hatte ihre rechte Hand auf seine Schulter gelegt. Es schien, als posierten beide für einen Maler, nur hatten sie unterschiedliche Vorstellungen, was die angemessene Kleidung bei einem Szenario ehelicher Vertrautheit war.

Imre Megyery hatte auf dem breiten Bett Platz genommen und winkte die Hereinkommenden zu sich.

„Ich bedauere, wie eng es hier ist", sagte die Gräfin Thurzó. „Wie haben ein lächerlich kleines Gemach erhalten."

Es war auf jeden Fall größer als jenes, in dem György untergebracht war. Welchen großen Saal hätte diese Frau sich gewünscht, um dort gegen die Hausherrin zu intrigieren? Ihre Anwesenheit bei diesem Gespräch missfiel ihm. Miklós hatte seine Anna friedlich einschlafen lassen, bevor er sich entfernte, und Kata sollte natürlich auch nicht eingeweiht werden. Es war eine politische Absprache unter

Männern, und gerade die eitle, dümmliche Gräfin Thurzó hatte hier nichts verloren! Aber sie machte keinerlei Anstalten, sich zu entfernen, und der Palatin schickte sie auch nicht fort. Um diese Zeit wäre eine Dame außerhalb ihres Schlafgemachs auch überall aufgefallen.

„Ich kann nicht einmal Getränke anbieten", klagte sie nun. „Den Dienstboten hier ist nicht wirklich zu trauen."

„Darum geht es jetzt nicht", beendete der Graf ihr Nörgeln. „Wir haben uns hier versammelt, um unser zukünftiges gemeinsames Vorgehen zu besprechen."

Seine Gemahlin nickte und ließ sich auf einem Schemel dicht neben ihm nieder. Mit auf die Handflächen gestütztem Kinn lauschte sie aufmerksam, und György bemerkte ein Funkeln in ihren Augen, das ihm nicht gefiel.

„Ich beabsichtige demnächst ein paar Männer loszuschicken, die in meinem Auftrag Informationen über die Witwe Nádasdy sammeln sollen", verkündete der Palatin mit leiser, aber fester Stimme. György spürte, wie Miklós Zrínyi an seiner Seite zusammenfuhr.

„Mit Verlaub, mir leuchtet weiterhin nicht ein, was Ihr mit einem solchen Vorgehen bezweckt. Meine Schwiegermutter mag eine strenge Herrin sein, aber als Adelige hat sie das Recht, ihre Dienstboten zu strafen, im Ernstfall auch hinrichten zu lassen."

„Nur, wenn es sich um ihre Leibeigenen handelt", erwiderte der Palatin. „Sobald sie eine Person von Stand ohne Gerichtsverfahren tötet, macht sie sich strafbar."

Das meckernde Auflachen von Imre Megyery schien György ebenso unangebracht wie erschreckend.

„Nun lausche alle Welt diesem Heiligen! Hast du alle deiner Untergebenen denn immer nach ihrer Abkunft befragt, bevor sie deinen Zorn zu spüren bekamen? Ich will nicht wissen, wie viele Kleinadelige und freie Bürger ihr Leben ließen, damit du den Rebellen Bocskai nach Transsylvanien zurückjagen konntest."

Die junge Gräfin Thurzó warf Megyery einen empörten Blick zu, aber der Palatin winkte nur ab.

„Das waren Übel, die zum Wohle unseres Landes notwendig waren. Bocskai paktierte als Woiwode von Transsylvanien mit den Türken und hätte uns endgültig zu Knechten der Ungläubigen gemacht, wenn er auch in Ungarn die Macht an sich gerissen hätte."

„Manche sagen, er wollte nur verhindern, dass wir Knechte der Habsburger Papisten werden", entgegnete Imre Megyery unbeirrt. Ein süffisantes Lächeln umspielte seine Lippen, als habe er heimlich Freude daran, den Palatin zu provozieren.

„Sind diese politischen Fragen denn so wichtig?", meldete sich die junge Gräfin zu Wort. „Ich dachte, es ginge um Verbrechen der Hausherrin."

„Das begreifst du nicht ganz, mein Herz. Halte dich einfach aus dem Gespräch heraus, und ich werde dir anschließend alles erklären", wies ihr Gemahl sie zwar freundlich aber dennoch bestimmt in ihre Grenzen. Dann wandte er sich wieder seinen Gästen zu.

„Bocskai war der erste Unruhestifter, den ich bekämpfen musste, um unserem Land ein wenig Frieden und Sicherheit zu verschaffen. Nun sitzt ein ähnlicher Heißsporn und Sturkopf auf dem transsylvanischen Thron. Ich kann nicht zulassen, dass eine der mächtigsten ungarischen Adeligen ihn unterstützt."

„Aber niemand weiß, ob sie es wirklich tun wird", warf Miklós Zrínyi ein. „Sie ist eine kluge, vorsichtige Frau, wie sie schon häufig bewiesen hat. Aus politischen Fragen hielt sie sich bisher immer heraus. Gábor Báthory muss sich in einem wilden Land behaupten, das hauptsächlich von und sonstigen Heiden bewohnt wird. Die Woiwoden von Transsylvanien werden selten besonders alt."

„Und die Báthorys sind eingefleischte Protestanten, zu stolz, um sich politischen Notwendigkeiten zu fügen", entgegnete der Palatin. „Doch die Zukunft Ungarns ist entweder katholisch, oder aber wir müssen zu gottlosen Heiden werden."

Miklós Zrínyi stieß einen zornigen Ruf aus, Megyery lachte nochmals wie eine aufgebrachte Ziege.

„Darum also geht es dir, du altes Schlitzohr!" Imre war aufgestanden und klopfte dem Palatin gelassen auf die Schulter. „Du willst aus uns allen Papisten machen, damit unser Habsburger König dich gleich noch ein bisschen lieber hat."

„Niemals", begehrte Miklós erneut auf. „Niemals werde ich den Glauben meiner Väter verleugnen."

„Ruhig Blut, mein Freund", sagte Graf Thurzó. „So lange gibt es noch keine Protestanten. Die meisten Eurer Vorfahren dürften katholisch gewesen sein."

Miklós widersprach nicht, sah aber aus, als habe jemand ihm sauren Wein eingeschenkt.

„Niemand verlangt von Euch, das Ihr konvertiert“, redete der Palatin weiter. „Unser König zeigt sich großzügiger als sein kaiserlicher Bruder, indem er uns erlaubt, unseren Glauben frei zu wählen. Wir sollten ihn dafür schätzen, zumal er eine große Zukunft vor sich hat. Die Zeit des Kaisers Rudolf, der sich in Prag verkriecht und lieber bei Juden Alchemie studiert als zu regieren, dürfte bald abgelaufen sein. Dann ist unser ungarischer König Herr über alle Habsburger Ländereien. Dass er in der Lage ist, sich gegen Angreifer zur Wehr zu setzen, hat er bereits unter Beweis gestellt. Er bietet endgültige Sicherheit vor den Türken, die hinter den vereinbarten Grenzlinien immer noch mit ihren Säbeln rasseln und nur auf eine Gelegenheit warten, über uns herzufallen.“

Der Palatin lehnte sich gelassen in seinem Stuhl zurück, während seine Frau bewundernd zu ihm aufsah. György hatte wieder das Gefühl, dass hier ein Gespräch stattfand, dem er nicht zu folgen vermochte.

„Aber was hat die Sicherheit vor den Türken denn mit den Verbrechen zu tun, die die Witwe Nádasdy angeblich begangen hat?“, fragte er schließlich, auch wenn ihm dies einen Seufzer von Miklós einbrachte.

„Eure Frage ist völlig berechtigt“, rief der Palatin hingegen. „Wir sollten uns auf die wirklich wichtigen Dinge beschränken. Doch es würde weder auf unser Volk noch auf unseren König einen guten Eindruck machen, wenn ein großer Teil der ungarischen Ländereien von einer mordlustigen Wahnsinnigen beherrscht wird.“

Die Gräfin Thurzó nickte zustimmend.

„Sie hat sehr schönen Schmuck“, sagte sie dann. „Diese Rubinkette, die sie heute Abend getragen hat, würde ich gern …“

Ihr Gemahl unterbrach sie mit einer ungeduldigen Handbewegung. Miklós seufzte nochmals und Megyery lachte, wenn auch etwas leiser. Nun begriff auch György, dass die Gräfin Thurzó es auf den Besitz seiner zukünftigen Schwiegermutter abgesehen hatte. Er spürte seine Abneigung gegen die Gemahlin des Palatin wie einen juckenden Ausschlag auf der Haut. Sollte er aufstehen, hinauslaufen und die Witwe Nádasdy warnen? Kata wäre ihm vielleicht dankbar dafür, dass er ihre Mutter retten wollte. Aber er könnte nichts weiter berichten, als dass ein nicht bewiesener Verdacht gegen die Gräfin bestand.

„Habt Ihr denn irgendwelche Möglichkeiten, um den König von ihrer Schuld zu überzeugen?“, fragte er den Palatin nun. Megyery klatschte in die Hände.

„Na los, Thurzó, sag uns, was du zu tun gedenkst! Der Junge hat es endlich auf den Punkt gebracht.“

„Wie ich schon sagte, ich stelle Nachforschungen an“, antwortete der Palatin.

„Bisher ohne besondere Ergebnisse, scheint es“, erwiderte Megyery mit einem breiten Grinsen. In diesem Augenblick klopfte es zaghaft an der Tür, die Gräfin Thurzó sah ihren Mann fragend an und er schenkte ihr ein Nicken, sodass sie aufmachte.

Eine gewöhnliche Dienstmagd trat langsam ein. Ihr Blick war zunächst auf den Boden geheftet, dann huschte er scheu über die Anwesenden. György fand das Mädchen unnatürlich blass, etwas zu mager, um Männern zu gefallen. Ihre Finger waren ineinander verknotet, während sie hastig knickste.

„Ich bin froh, dass du zu uns gekommen bist, mein Kind“, sagte der Palatin wie ein wohlwollender Vater. „Lass dich von den Anwesenden nicht einschüchtern, sondern berichte uns, wer du bist und was du zu sagen hast.“

„Ich heiße Yveta Irglova. Ich stamme aus Čachtice, auf Ungarisch Csejte.“

Ihr Name und ihre Aussprache wiesen sie als Slowakin aus.

„Und was willst du uns sagen, Yveta Irglova?“, drängte der Palatin. Das Mädchen schien ein wenig zu schrumpfen, zwängte dann entschlossen die Schultern zurück.

„Ich kannte einige Bedienstete, die von der Gräfin getötet wurden. Meine Schwester war eine davon.“

Die graublauen Augen füllten sich mit Tränen. György überkam der Wunsch, dieses zerbrechliche Wesen in die Arme zu nehmen, doch etwas an der Haltung des Mädchens schreckte ihn ab. Die Art, wie sie trotzig den Rücken gerade hielt, drückte Widerspenstigkeit aus.

„Waren diese getöteten Mädchen von Stand?“, mischte sich der rote Megyery ein. „Du siehst aus wie ein Bauernmädchen, eine Leibeigene.“

Es blitzte in den Augen der Dienstmagd, als hätten diese Worte ein Feuer in ihr entfacht.

„Ihr habt recht. Es waren nur Leibeigene. Doch es befinden sich auch einige Mädchen von Adel in der Obhut der Gräfin. Ich werde Euch berichten, was mit ihnen geschieht."

Sie knickste nochmals. Der Palatin schenkte ihr ein großzügiges Lächeln. „Du kannst mit einer angemessenen Belohnung rechnen. Einer meiner Vertrauten wird dich regelmäßig aufsuchen, damit du Bericht erstatten kannst. Ich werde dir später erklären, woran du ihn erkennen wirst. Jetzt gehe in deine Kammer zurück, damit niemand Verdacht schöpft."

Yveta Irglova nickte und huschte aus dem Raum, wobei sie ein paar unverständliche Worte murmelte.

„Wenigstens eine vernünftige Dienstmagd", sagte die Gräfin Thurzó, wodurch sie den roten Megyery wieder zum Lachen brachte.

„Die meisten Diener würden gegen ihre Herren aussagen, wenn man ihnen genug Lohn verspricht. Machen wir uns doch nichts vor! Was ist die Aussage einer Leibeigenen vor Gericht wert? Nicht mehr als das Gackern eines Huhns."

György musste zugeben, dass er erleichtert war. Diese Anklagen gegen Erzsébet Nádasdy gefielen ihm nicht, da seine Lage als ihr Schwiegersohn sich dadurch unnötig verkomplizierte.

„Wartet einfach ab, was ich noch herausfinde", sagte der Palatin. „Und nun sollten wir dem Beispiel dieser Yveta folgen und uns schlafen legen."

Miklós Zrínyi stand sogleich auf, als hätte er schon sehnsüchtig auf diese Gelegenheit gewartet. György tat es ebenfalls. Er wollte an seine bevorstehende Hochzeit denken und dieses Gespräch erst einmal aus seiner Erinnerung verdrängen.

„Man muss Erzsébet allerdings lassen, dass sie so einige hübsche Dienstmägde hat", meinte Imre Megyery, als auch er langsam seine überlangen Beine streckte.

„Lass diese Yveta bitte erst einmal in Ruhe", mahnte der Palatin. „Ich brauche ihre Mitarbeit. Später kannst du mit ihr meinetwegen anstellen, was du willst."

„Aber die meinte ich doch gar nicht." Megyery schritt schwungvoll zur Tür. „An ihrer Seite saß beim Essen so eine Dunkelhaarige mit dem Gesicht einer Madonna. Die könnte fast einen Papisten aus mir machen."

„Dann tu dir keinen Zwang an", lachte Thurzó. „Du weißt, Erzsébet wird dir nicht im Wege stehen. In diesen Dingen ist sie vernünftig, Ferenc hat ihr beigebracht, dass die Natur eines Mannes manchmal nicht zu bändigen ist."

Die junge Gräfin sah kurz aus, als hätte sie in eine Zitrone gebissen, wagte aber keinen Widerspruch.

„Keine Sorge, mein Herz, mich hast du erfolgreich gezähmt", versicherte der Palatin ihr sogleich und tätschelte ihre Hand, als wolle er ein kleines Kind vertrösten. Wieder spürte György einen schwer zu verbergenden Widerwillen und war erleichtert, als er sich im Gang befand. Miklós Zrínyi hastete davon, da er wohl vermeiden wollte, dass seine Frau seine Abwesenheit bemerkte. Der rote Megyery ging hingegen gelassen in sein Schlafgemach und summte dabei leise ein Lied.

Noch zwei Tage bis zur Hochzeit, dachte Emilia besorgt, als sie aufwachte und sich die müden Augen rieb. Ihr Rücken schmerzte vom ständigen Schleppen von Kisten und Möbelstücken, denn Erzsébet hatte sie auch mit der Vorbereitung des großen Empfangssaals für die Feierlichkeiten betraut. Zwar musste sie dabei nur mithelfen, denn die eigentliche Befehlsgewalt lag bei dem Schlossverwalter, doch war der häufig abwesend. Emilia wusste, dass die Bediensteten von Sárvár nicht bereit waren, sich nach ihren Weisungen zu richten, aber sie trieb die aus Csejte mitgekommenen Näherinnen an, sie zu unterstützen, nachdem alle Kleider bereits fertig waren.

Glücklicherweise hatten die Braut und alle ihre Damen sich Emilia gegenüber bisher sehr umgänglich gezeigt. Kata hatte György Drugeth nun einige Male bei den abendlichen Mahlzeiten getroffen. Sie schwärmte nicht für ihn, doch flößte er ihr weder Angst noch Abscheu ein, was bei einer aus politischen Gründen geschlossenen Verbindung nicht die schlechtesten Voraussetzungen waren. Sie hatte jedenfalls aufgehört, Emilia über die Details der Hochzeitsnacht auszufragen, sondern war sehr still und fügsam geworden.

Emilia wusch sich schnell mit dem Wasser, das noch vom gestrigen Abend übrig war, und streifte ihre Kleidung über. Yveta regte

S sich ebenfalls, denn sie wachte meistens früh auf. Nur Eva musste regelmäßig wachgerüttelt werden. Dann seufzte sie jedes Mal tief, als schiene ihr die Welt der Träume weitaus angenehmer als die Wirklichkeit, fügte sich aber ohne Murren.

Zu dritt machten sie sich auf den Weg zum Festsaal, wo die letzten Vorbereitungen getroffen werden mussten. Emilia warf einen kurzen Blick auf die Tür, hinter der Ilona Hertz sich verbarg. Die Sängerin schlief meistens länger, und Emilia konnte sich nicht erinnern, ihr in den letzten Tagen überhaupt begegnet zu sein. Weshalb hatte diese unterkühlte, berechnende Frau wohl so heftig geweint?

Sie hatte auch kaum Zeit, darüber nachzudenken, denn noch bevor sie den Festsaal erreicht hatten, kamen ihr zwei der aus Csejte mitgekommenen Näherinnen aufgebracht entgegen geeilt. Sie schnatterten beide durcheinander und alles, was Emilia verstehen konnte, war der Name Sittkey. Sie unterdrückte einen Seufzer. Bisher hatte sie keine Gelegenheit gehabt, die sehr deutliche Botschaft der Gräfin zu übermitteln, da es zu viele andere Aufgaben gegeben hatte und die Sittkey-Mädchen sich fügsam gezeigt hatten.

„Es gab Ärger mit der Hertz“, erzählte nun Eva. „Gestern Abend stritten sich die Sittkey-Töchter mit ihr, denn sie muss ihnen gesagt haben, dass sie wenigstens die Erziehung einer adeligen Dame bekommen hätte und deshalb gut singen konnte. Der Herr Sittkey hingegen sei nur ein Bauer, der sich einen Titel erbettelt hatte, und demnach könnten seine Töchter auch nichts Besseres tun, als wie Mägde zu arbeiten. Es kam zu einer Rauferei. Erika, die ältere Sittkey-Tochter, hat Ilona Hertz geohrfeigt.“

Emilia verspürte plötzlich Verständnis für die aufsässige Erika.

„Ich werde mit den Sittkey-Mädchen reden“, sagte. „Sie müssen sich bei Ilona Herz entschuldigen, aber dann ist hoffentlich alles geklärt.“

„Erika Sittkey wurde bereits bestraft“, warf Yveta ein. Emilia sah sie staunend an.

„Von wem denn?“

„Von der Gräfin persönlich. Ilona hat sich beschwert und ich habe ihre Aussage bestätigt.“

Emilia wusste nicht, ob sie zornig oder erleichtert sein sollte, in dieser Angelegenheit übergangen worden zu sein.

„Und? Weshalb jetzt diese Aufregung?“, fragte sie. Die Sehnen an Yvetas Kehle bewegten sich.

„Erika wurde zur Strafe in kaltes Wasser getaucht. Solche Dinge hat früher Anna Darvulia mit Dienerinnen gemacht, die ein zu wildes Naturell hatten. Leider war es gestern Abend ziemlich kalt, und Erika hatte wohl keine Gelegenheit, sich gleich trocken zu reiben“, erzählte Yveta. Emilia begann schlagartig zu frieren.

„Ist sie krank geworden?“, fragte sie mit einer üblen Ahnung.

„Laut ihrer Schwester hat sie ein Fieber. Es geht ihr gar nicht gut.“

„Dann muss sich jemand um sie kümmern!“, rief Emilia. „Die Darvulia kennt sich doch mit Heilkräutern aus.“

„Ich werde ihr Bescheid geben“, versprach Yveta. „Wahrscheinlich ist es nicht so schlimm. Die jüngere Sittkey-Tochter übertreibt, um Aufmerksamkeit zu bekommen.“

Emilia war sich dessen nicht so sicher.

„Warum hat mir niemand davon erzählt? Du wusstest es doch!“, wandte sie sich empört an Yveta. „Ich hätte die Gräfin vielleicht zu einem milderen Urteil bewegen können.“

Yveta senkte kurz den Blick.

„Ich wollte dich nicht damit belästigen, du hast so viele andere Aufgaben. Außerdem bist du einfach zu nett zu diesem Miststück von Erika Sittkey gewesen. Sie hat sich hinter deinem Rücken über dich lustig gemacht, dich als Tochter von heimatlosen Bettlern bezeichnet, deren einziges Können darin besteht, sich bei der Gräfin einzuschmeicheln. Mit so einer wärest du allein nicht fertig geworden.“

„Diese Entscheidung überlasse in Zukunft besser mir“, herrschte Emilia zum ersten Mal eine Untergebene an. „Sorge jetzt dafür, dass Erika gepflegt wird, und handele niemals wieder über meinen Kopf hinweg.“

Aus Yvetas unauffälligen, grauen Augen schossen ein paar Blitze, aber sie fügte sich. Emilia machte sie sich indessen auf die Suche nach dem Verwalter Bicsérdy, der draußen im Hof bereits die Aufstellung des Hochzeitspavillons überwachte. Da es kurz nach Neujahr und bitterkalt war, waren dicke Holzwände nötig und auch Platz für genügend Feuerstellen, damit all jene, die nicht im Pavillon Platz fanden, nicht allzu sehr froren. Emilia versank in einem längeren Gespräch mit Bicsérdy, der über ihre Mithilfe sehr erleichtert schien, und eilte

Sdann ins Schlossgebäude zurück, da sie von einem Lakaien erfahren hatte, dass es an Decken für die Tische im großen Festsaal mangelte. Den Rest des Tages verbrachte sie damit, in den zahlreichen Lagerräumen nach ihnen suchen zu lassen, bis sie schließlich im hintersten Schrank der Waschräume auftauchten. Erst beim Abendessen kam sie ein wenig zur Ruhe. Sie aß zusammen mit ihren Näherinnen in einem kleinen Raum in der Nähe der Küche, den die Bediensteten des Schlosses ihnen gnädig überlassen hatten. Die jüngere Sittkey-Tochter fand sich etwas verspätet zu Tisch ein. Ihre Miene war verschlossen wie gewöhnlich, denn sie redete nur die allernötigsten Worte mit ihren Gefährtinnen.

„Wie geht es deiner Schwester Erika?", fragte Emilia betont freundlich auf Ungarisch. Das Mädchen blickte unwillig auf.

„Diese Blinde hat ihr Kräuter gegeben. Sie schläft, und angeblich ist das Fieber gesunken."

Emilia atmete erleichtert auf. Eine weitere tote Bedienstete kurz vor Katas Hochzeit wäre wie ein böses Omen gewesen.

„Aber diese Frau ist mir unheimlich", redete die Sittkey-Tochter weiter. „Mein Vater hätte gesagt, dass so eine auf den Scheiterhaufen gehört. Wegen Zauberei."

Der bereits sehr strapazierte Faden von Emilias Geduld riss mit einem Mal. „Du solltest dankbar sein, dass jemand deine Schwester gesund pflegt, anstatt unhaltbare Anschuldigungen zu verbreiten!", herrschte sie das Mädchen an.

Evas Augen weiteten sich staunend, Yveta musterte sie aufmerksam aus den Augenwinkeln. Das Sittkey-Mädchen warf ihren Löffel auf den Teller. „Meine Schwester wäre nicht krank geworden, wenn man sie nicht misshandelt hätte."

„Das stimmt", gab Emilia zunächst nach. Dann wurde ihr bewusst, dass sie eben dies nicht durfte, wenn sie vor dem Mädchen keine Schwäche zeigen wollte. Es fiel ihr nicht einmal schwer, eine strenge Miene aufzusetzen.

„Seit die Gräfin euch großzügig in ihre Dienste aufgenommen hat, habt ihr nichts weiter getan, als zu klagen und Unruhe zu stiften. Nun hat deine Schwester sogar die Sängerin Ilona Hertz, eine Favoritin der Gräfin, angegriffen. Wenn sie eine Strafe erhielt, so hatte sie es verdient."

Es war erstaunlich still geworden. Emilia sah, wie ihre Hände zitterten, denn sie hatte noch niemals so hart mit einem anderen Menschen gesprochen. Die jüngere Sittkey-Tochter, deren Name Orsolya war, wie Emilia plötzlich einfiel, tat ein paar tiefe Atemzüge. Kurz hegte Emilia die Hoffnung, sie würde nun einfach die Schelte hinnehmen und Frieden geben, aber sie wurde enttäuscht.

„Wir sind von Adel. Du bist es nicht, und auch sonst niemand hier am Tisch, und dennoch sollen wir von gewöhnlichen Mägden wie euch Weisungen annehmen. Einer großen Dame wie der Gräfin sollte bewusst sein, dass …“

„Was der Gräfin bewusst sein muss, entscheidet sie selbst“, unterbrach Emilia. Sie staunte über ihr Verlangen, diesem frechen Wesen eine Ohrfeige zu verpassen. Hätte sie einen Eimer Wasser zur Verfügung gehabt, vielleicht hätte sie ihn sogar spontan ausgeschüttet, um aus der fauchenden Wildkatze eine kleines, nasses Kätzchen zu machen.

Nun sackte Orsolya tatsächlich ein wenig zusammen, als sei ihr Zorn nach einem heftigen Aufflammen verraucht.

„Erika hätte doch dieser hochnäsigen Sängerin nichts getan, wenn sie da …“, sie hob einen anklagenden Finger in Yvetas Richtung, „ihr nicht brühwarm erzählt hätte, wie schlecht die Dame aus Wien über uns redet. Meine Schwester ist recht aufbrausend, aber es tat ihr leid, und vielleicht hätte sie sich sogar entschuldigt, wenn nicht gleich jemand bei der Gräfin gepetzt hätte.“

Mit trotziger Miene und leicht gekrümmtem Rücken starrte Orsolya in ihren weiterhin leeren Teller.

„Es ist doch wirklich verständlich, dass Ilona Hertz sich gleich beschwerte“, entgegnete Emilia.

Das Mädchen runzelte die Stirn.

„Die hat sich doch gar nicht beschwert, sondern saß schmollend in ihrem Zimmer. Erika hat da mehrfach angeklopft, denn sie wollte sich ja entschuldigen, aber die Heulsuse machte nicht auf. Dann kamen irgendwelche Lakaien und schleppten Erika zur Gräfin, die schon wusste, was vorgefallen war.“

Emilia staunte, weil diese Version nicht ganz der Yvetas entsprach, doch gab es genug Leute in diesem großen Schloss, die den Vorfall gesehen und gleich der Gräfin gemeldet haben konnten. Im Augenblick war ein Zwist zwischen ein paar Bediensteten auch nicht besonders wichtig und sie beschloss, der Sache nicht weiter nachzugehen.

„Dann sollte deine Schwester ihr Verhalten in Zukunft mäßigen“, sagte sie nur. „Sobald die Feierlichkeiten beendet sind, wird die Gräfin vermutlich beschließen, wieder nach Csejte zu reisen. Ihr müsst sie nicht begleiten, wenn ihr nicht wollt. Falls ihr lieber zu eurem Vater zurück möchtet, so werde ich mich dafür einsetzen, dass sie euch gehen lässt.“

Orsolya nickte, obwohl ihre Miene nicht freundlicher wurde. Wahrscheinlich wollte sie ebenso wenig in das halb verfallene Haus des adeligen Vaters zurückkehren wie Magd einer Gräfin bleiben. Das Leben entsprach so oft nicht den Träumen, die man sich in seiner Jugend machte! Damit aber würden die Sittkey-Töchter ebenso zurechtkommen müssen wie alle anderen Menschen auch.

„Wir sollten endlich mit dem Essen beginnen, sonst wird es kalt“, sagte Emilia und bediente sich an der Gemüsesuppe. Ein erleichtertes Aufatmen schien durch die versammelte Menge zu gehen und auch die anderen Mädchen griffen eifrig nach den dargebotenen Speisen. Es gab noch Gulasch aus Schweinefleisch, angereichert mit der hierzulande so beliebten Paprika, einer Pflanze, die von Türken ins Land gebracht worden war. Die Mädchen plauderten ungezwungen miteinander, sogar Orsolya lachte ein paar Mal auf, was Emilia hoffen ließ, dass die Sittkey-Mädchen sich am Ende in die Gemeinschaft einfügen würden.

Nach dem Essen machten sie sich auf den Weg in ihre Zimmer. Yveta hastete vor Emilia her, als wolle sie einem persönlichen Gespräch ausweichen, doch Eva hakte sich bei ihr ein.

„Das hast du gut gemacht“, sagte sie. „Wir alle machten uns Sorgen, dass du diese Sittkey-Gören nicht in den Griff bekommst. Aber jetzt scheint Orsolya einsichtig, und ich denke, für Erika war ihre Strafe eine lehrreiche Erfahrung.“

Emilia fragte sich, ob man gleich ein Fieber bekommen musste, um eine lehrreiche Erfahrung zu machen, behielt diese Überlegungen aber für sich.

„Und das Kleid, das du für Kata gemacht hast, ist wirklich wunderschön“, redete Eva weiter. Ihre dunklen Augen leuchteten, als hätte sie zu viel Wein getrunken. „Jedes Mädchen träumt davon, in einem solch prächtigen Gewand zu heiraten, aber nur den wenigsten ist es vergönnt."

Sie lächelte versonnen. Emilia murmelte eine Zustimmung, obwohl sie selbst niemals viele Gedanken an ihr Hochzeitskleid verschwendet hatte. Es überraschte sie ein wenig, dass Eva es tat, denn sie hatte dieses stille, ernste Mädchen bisher niemals mit einem Mann kokettieren sehen. Im Grunde wusste sie nicht viel über Eva, obwohl sie seit einem halben Jahr mit ihr zusammenlebte.

„Ich werde auch bald heiraten", flüsterte das Mädchen nun plötzlich. „Du bist die Erste, die es erfährt."

Sie presste Emilias Arm an sich. Ein fast überirdisches Strahlen erhellte ihr Gesicht, was ihr Ähnlichkeit mit einer Heiligen auf einem Gemälde verlieh. Emilia hatte niemals bemerkt, wie außerordentlich hübsch Eva war.

„Wer ist es denn?", fragte sie nun mit echter Neugier.

„Ein Lakai des Grafen Thurzó. Er heißt Kaspar Pattai und ich habe ihn hier schon letztes Jahr getroffen, aber da wagte er mir noch keinen Antrag zu machen. Erst danach, so sagt er, als er wieder mit seinem Herrn abreisen musste, bemerkte er, wie sehr ich ihm fehlte. Jetzt wird er Graf Thurzó um Erlaubnis bitten, sobald die Feierlichkeiten beendet sind. Sein Vater besitzt ein wenig Land, das er später erben wird. Ich werde mein eigenes Zuhause haben."

Eva sah so ganz und gar glücklich aus, dass Emilia einen Stich von Neid verspürte. So sollte eine junge Frau strahlen, wenn sie von ihrer Hochzeit sprach, dachte sie. Ob Eva wohl bewusst war, dass sie viel besser dran war als Kata Nádasdy, trotz des prächtigen Gewandes?

II. Kapitel

Am Tag der Hochzeit, dem 6. Januar 1610, begann wieder Schnee zu fallen, aber die Temperaturen stiegen glücklicherweise etwas an, sodass die Braut nur einen leichten Überwurf aus Samt brauchen würde, wenn sie über den Hof zum Hochzeitspavillon schritt. Emilia war noch vor dem Morgengrauen aufgestanden, um mit dem Ankleiden von Kata und ihren Damen zu beginnen. Während die Brautjungfern plapperten und kicherten wie ein Haufen lebensfroher Hühner, sah die Braut unerfreulich blass aus und hatte dunkle Ringe unter den Augen. Emilia gab ihr einen großen Becher Kaffee zu trinken, denn sie hatte bereits selbst erfahren, wie belebend er scin konnte. Dann wurden Kata zunächst ihr Untergewand, eine weitere Bluse, mehrere Unterröcke und schließlich die grüne Robe angezogen. Die Farbe des Stoffes spiegelte sich in ihren Augen und verlieh ihrem Haar den Schimmer reifer Kastanien auf einer Wiese. Emilia begutachtete zufrieden ihr Werk, als drei Dienstmädchen sich daran machten, Kata zu frisieren, ihr Perlen ins Haar zu flechten und schließlich die prächtige Haube auf ihren Kopf zu setzen. Als Letztes wurde der Smaragdschmuck angelegt, ein feines Collier aus kleinen Steinen, die wie grüne Tropfen auf dem zarten Hals leuchteten.

„Ihr seid wunderschön", sagte Emilia völlig ehrlich, während sie Kata den Spiegel hinhielt. Das Mädchen musterte sich lange mit nachdenklicher Miene, dann nickte sie.

„Du hast gute Arbeit geleistet. Meine Mutter wird zufrieden sein, ich glaube, nicht einmal Anna war eine so prachtvolle Braut."

Nun erschien endlich ein Lächeln auf ihrem blassen Gesicht.

„Ich brauche nur etwas Puder und Rot auf den Lippen, damit ich nicht aussehe wie ein ausgewaschenes Leintuch."

Die gewünschten Utensilien wurden sogleich von den Dienstmägden gebracht und auf Katas Gesicht aufgetragen. Danach wirkte sie tatsächlich etwas frischer, aber weniger natürlich. Sie stand langsam auf, strich ihre Röcke glatt und sah die Versammelten erwartungsvoll an. „Es wird ein großartiges Fest geben. Worauf wartet ihr noch?"

Zunächst einmal fand ein Pferderennen statt, bei dem mehrere Gefolgsmänner der Drugeths den Ehering an sich reißen wollten, mit dem ein Heiduck Erzsébets vorher davongeritten war. Als der Sieger des Rennens mit der Trophäe zurückkam, überreichte er sie unter allgemeinem Gejubel dem Bräutigam. Danach wurden die Geschenke an das Brautpaar in den Festsaal getragen und auf einem großen Tisch gestapelt. Kata sah meist schweigend zu, als sei sie nicht wirklich an den Ereignissen beteiligt, während um sie herum der neueste Klatsch und Tratsch ausgetauscht wurde.

Im Hof begannen die Musiker zu spielen, Italiener, Polen, Ungarn und *Cigány* gaben ihr Können zum Besten, ein Überfluss an Tönen, die sich auf wundersame Weise harmonisch ineinanderfügten. Kata trat hinaus, gefolgt von ihren Brautjungfern und Dienstmägden. Ihre Familie wartete bereits vor dem Hochzeitspavillon, ebenso wie der Bräutigam. Noch bevor das Brautpaar zusammen zum Pavillon schritt, fand eine Art Spiel statt. Die Brautjungfern bauten sich gemeinsam mit Kata vor György Drugeth auf, der seine Zukünftige erwählen sollte. Mit einem breiten, gutmütigen Lächeln streckte er Kata seinen Arm entgegen. Sie griff zu, wobei sie weiterhin recht teilnahmslos wirkte, und ließ sich von ihm zum Priester führen, der bereits wartete.

Während der Zeremonie drohte der Hof vor Menschen zu bersten, da selbst die unbedeutendsten Hilfskräfte aus irgendwelchen winzigen Kammern herausgekrochen sein mussten, um dieses Ereignis nicht zu versäumen. Abgesehen davon schienen in der Zwischenzeit noch mehr Leute angereist zu sein, denn es wimmelte regelrecht von bunt gewandeten *Cigány* und anderen Gästen, die Emilia noch nie zuvor gesehen hatte und deren Sprachen sie nicht verstand. Emilia kämpfte sich tapfer vorwärts, auch wenn es ihr natürlich nicht zustand, neben dem ungarischen Hochadel im Pavillon zu stehen. Den wichtigsten Augenblick dieses Tages wollte sie nicht versäumen, war Kata als Braut doch in vieler Hinsicht ihr eigenes Werk.

Sobald die Trauung vollzogen war, begann eine riesige Feier, die sich über mehrere Tage hinziehen sollte. Im ganzen Schloss waren Bänke aufgestellt worden, um den zahlreichen Gästen eine Sitzgelegenheit zu geben, im Hof brannten Kohlenbecken und Ochsen und Schweine drehten sich über den Bratspießen. An Essen würde es in nächster Zeit niemandem mangeln, nicht einmal den Ärmsten der Armen, die sich hier eingefunden hatten, und auch Wein sowie Pálinka wurden großzügig ausgeschenkt. Emilia kam nicht gegen das Gefühl an, das ganze Schlossgebäude hätte sich in eine riesige Taverne verwandelt, wo eine zügellos ausgelassene Stimmung herrschte. Bereits auf dem Rückweg ins Hauptgebäude mussten sie, Eva und Yveta einander an den Händen fest umklammert halten, um nicht im Getümmel getrennt zu werden. Zwei sichtlich angetrunkene Männer stellten sich ihnen absichtlich in den Weg und breiteten grinsend die Arme aus, aber Emilias zorniger Blick, unterstützt von Yvetas scharfer Zunge, vermochte sie schließlich zu verjagen.

Sie hatten das Anrecht, im Festsaal zu sitzen, wenn auch nicht an der großen Tafel beim Hochadel. Ein italienischer Harfenspieler lockte eine leise, besinnliche Melodie aus seinem Instrument, die leider im Stimmengewirr unterging. Emilia entdeckte Orsolya Sittkey und ein paar der anderen Nähmädchen an einem kleinen Tisch in einer Ecke und kämpfte sich zu ihnen durch.

„Ist Erika nicht hier?“, fragte sie, bevor sie sich neben die Sittkey-Tochter setzte.

„Die blinde Hexe riet ihr, noch ein wenig zu ruhen“, erwiderte Orsolya. „Ich frage mich allerdings, wie sie das bei diesem Lärm schaffen soll.“

„Indem sie die Augen fest zumacht und sich ein Kissen über den Kopf zieht“, erwiderte Emilia lachend, ergriff einen vollen Weinbecher und stieß mit Orsolya an. Dies war der passende Anlass, um endlich alte Feindschaften zu begraben. Das Sittkey-Mädchen schenkte ihr ein halbherziges Lächeln, sah sich dann weiter im Saal um.

„Die Braut wird mit allen vornehmen Herren am Tisch tanzen müssen“, erklärte Yveta. „Selbst mit den Kirchenfürsten, die gekommen sind. Aber die werden nicht ihre Hand halten, weil das sündhaft wäre, sondern ein blaues Band, dessen anderes Ende sie ergreifen soll. Mit den meisten der Männer hier würde ich auch lieber so tanzen.“

Der Harfenspieler war von einer Gruppe einheimischer Musiker abgelöst wurden, die mit Fiedeln, Trommeln und Flöten eine flottere Melodie anstimmten. Der Bräutigam führte nun Kata auf die freie Fläche inmitten des Festsaales und begann einen Tanz, bei dem er sie umarmte und manchmal schwungvoll emporhob, sodass ihre Unterröcke flogen und weiße Schenkel sichtbar wurden. Die männli-

Schen Gäste klatschten johlend, andere Paare drängten sich dazu und immer mehr Wein floss in die Becher. Die junge, hübsche Gräfin Thurzó erhielt ein paar Aufforderungen zum Tanz, nahm aber erst an, nachdem ihr alter Gemahl zugestimmt hatte. Anna und Miklós Zrínyi sprangen auf recht züchtige, verhaltene Weise gemeinsam herum, wie es sich für ein vornehmes Paar geziemte. Ansonsten aber schienen die hochadeligen Gäste ihre Herkunft für ein paar Stunden zu vergessen, denn das Herumwirbeln der Frauen, das Klatschen, Stampfen und laute Singen unverständlicher Liedtexte wurde immer ausgelassener. Kata wanderte tatsächlich von einem Mann zum nächsten, wurde umarmt, in die Luft geworfen und wieder aufgefangen, wobei Männerhände manchmal an unpassende Stellen wanderten. Ihr Gesicht blieb starr, die Augen ausdruckslos, doch lächelte sie die ganze Zeit. Erzsébet saß sichtlich zufrieden zwischen dem Palatin Thurzó und Imre Megyery, dem Erzieher ihres Sohnes. Der kleine Pál kaute an seinem Schweinebraten, dann wurde er mit einer Amme fortgeschickt, während der Tanz immer wilder wurde.

Orsolya Sittkey wurde von einem Heiducken aufgefordert und ging mit strahlendem Lächeln auf die Tanzfläche. Yveta lehnte ein paar Angebote ab. Emilia tat es ebenfalls, denn die Art, wie Frauen befingert wurden, erinnerte sie unangenehm an Kurt. Die Umworbenste unter ihnen war Eva, die auch alle Tänzer zurückwies, obwohl sie dabei sehr freundlich klang, als wolle sie sich für diese Ablehnung entschuldigen. Gleichzeitig wanderte ihr Blick immer wieder zur Eingangstür. Die dargebotenen Speisen schienen sie nicht zu reizen.

„Kaspar sagte, er kann auch hierherkommen, doch muss er noch ein paar Dinge erledigen“, flüsterte sie Emilia ins Ohr. „Dann wirst du ihn kennenlernen. Ich freue mich so darauf, mit ihm zu tanzen.“

Wieder funkelte jenes verliebte Glück in ihren Augen, das bei Kata völlig fehlte.

Dann fiel plötzlich ein Schatten auf den Tisch. Emilia drehte sich als Erste um und verstand nicht, was Imre Megyery plötzlich bei ihnen wollte. Aus der Nähe betrachtet wirkte sein Gesicht aufgedunsen, war von braunen Flecken übersät und sein Atem roch unangenehm nach Pálinka. Er murmelte ein paar Worte, hielt dann Eva die Hand hin.

Yvetas Miene verfinsterte sich, Eva versteinerte schlagartig und warf ihren Gefährtinnen einen unsicheren Blick zu.

„Ich fürchte, die junge Frau hat bereits einem Freier, der jeden Augenblick hier sein könnte, den nächsten Tanz versprochen", sagte Emilia sogleich und zwang sich, den Rothaarigen anzulächeln. „Wenn Ihr wollt, werde ich Euch auf die Tanzfläche begleiten."

Zwar gefiel ihr dieser Mann nicht besonders, aber einen Tanz mit ihm würde sie überleben.

Die hellbraunen, mit dunkleren Flecken gesprenkelten Augen musterten sie prüfend wie eine Ware, deren Wert eingeschätzt werden musste. Dann wanderte sein Blick wieder zu Eva.

„Ich bedauere, aber meine Wahl ist auf dieses Mädchen gefallen. Mit der fleißigen Gewandschneiderin der Gräfin Báthory tanze ich natürlich gern bei einer anderen Gelegenheit."

Er würdigte Emilias Angebot noch mit einer knappen Verbeugung, dann sah er Eva erneut an. Sie duckte sich wie ein in die Enge getriebenes Tier.

„Na komm schon, es ist doch nur ein Tanz!", flüsterte Yveta ihr auf Slowakisch zu. Emilia hätte Eva gern auch Mut zugesprochen, aber sie fühlte sich in einem Maße verletzt, das sie erstaunte. Die höfliche, doch sehr klare Zurückweisung dieses Angehörigen des Hochadels fühlte sich an, als hätte er ihr ins Gesicht gespuckt.

„Natürlich wird sie mit Euch tanzen, Imre", verkündete plötzlich die strenge Stimme der Gräfin. „Bitte vergebt meiner Magd, sie ist etwas scheu und unerfahren im Umgang mit bedeutenden Männern."

Erzsébet hatte sich am Tisch aufgerichtet und durchbohrte Eva mit ihrem Blick. Das Mädchen stand langsam auf, hielt Imre Megyery eine leicht zitternde Hand hin und wurde von ihm auf die Tanzfläche geführt. Die Musiker hatten sich zu einer jauchzend wilden Melodie gesteigert und die Paare sprangen ohne ersichtliche Regeln herum. Der Rotschopf legte seinen Arm sogleich um Evas Taille und wirbelte sie durch die Luft, sodass ihre Röcke flogen.

„Es ist nur ein Tanz", sagte Emilia auf Deutsch an niemand bestimmten gewandt, denn der Anblick von Eva, die hilflos wie ein Bündel im Griff des kräftigen Männerarms hing, zog ihren Magen zusammen.

„Zunächst einmal ist es nur das", erwiderte Yveta trocken.

Emilia verzichtete auf die Frage, was auf den Tanz noch folgen konnte. Sie wünschte sich, allein in Ruhe mit Erzsébet reden zu können, denn vielleicht hätte sie die Gräfin überzeugen können, Eva vor weiteren Zudringlichkeiten zu schützen. Auf den ersten Tanz folgte gleich ein weiterer, denn Imre Megyery schien nicht willens, das Mädchen gehen zu lassen, und sie fand nicht den Mut, sich einfach zu entfernen. Irgendwann bemerkte Emilia einen jungen Mann im schlichten Gewand eines Lakaien, der eingetreten war und nun starr auf die Tanzfläche blickte, als geschähen dort Dinge, die er nicht zu fassen vermochte. Er war ein hübscher Kerl mit braunen Locken und einem dichten Schnurrbart.

„Ist das Evas Kaspar Pattai?", fragte sie Yveta leise.

„Keine Ahnung, sie hat ihn mir nie vorgestellt. Aber er ist ein Diener des Grafen Thurzó."

Kurz traf sein Blick den Evas, die sogleich erblasste, dann wurde sie wieder im Tanz herumgewirbelt. Der junge Mann drehte sich auf den Fersen um und verschwand.

„Mistkerl", murmelte Emilia mit zusammengebissenen Zähnen. „Er kann sich doch denken, dass sie keine Wahl hat."

„Vorwerfen wird er es ihr trotzdem, wie ich die Männer kenne", erwiderte Yveta schulterzuckend. Von Empörung getrieben sprang Emilia auf.

„Ich werde mit ihm reden und ihm den Kopf waschen", sagte sie schnell und eilte nach draußen, ohne auf Yvetas Stimme in ihrem Rücken zu achten, die ihr etwas Unverständliches nachrief. Erzsébet wäre zu sehr mit ihren Gästen beschäftigt, um über ihr Verschwinden empört zu sein, und sie rechnete außerdem damit, diesen Kaspar Pattai bald gefunden zu haben.

Allerdings erwies sich dieses Vorhaben als weitaus schwieriger als sie erwartet hatte. Im ganzen Schloss drangen unterschiedliche Melodie aus allen Räumen und Korridoren und überall wurde getanzt, gelacht, gegessen und getrunken. Im Vergleich zu der Ausgelassenheit der *Cigány* und anderer einfacher Leute war die Stimmung im Festsaal geradezu sittsam gewesen, obwohl es dort bereits wilder zugegangen war, als Emilia es von den Festen in Augsburg kannte. Das ganze, riesige Gebäude schien im Rhythmus der Stimmen, stampfenden Tanzschritte und quietschenden Instrumente zu beben. Immer wieder musste Emilia Einladungen zum Tanz ablehnen, hartnäckige Hände abschütteln und sich durch Menschentrauben durchkämpfen.

Obwohl sie glaubte, Sárvár schon recht gut zu kennen, hatte sie bald schon hoffnungslos die Orientierung verloren, da sie das Schloss noch niemals in einem derart überlaufenen Zustand erlebt hatte. Vor lauter Menschen war es kaum möglich, auch nur einen Blick in das benachbarte Zimmer zu werfen. Schließlich wurde sie mehr geschubst, als dass sie einen eigenen Weg einschlug, und fand sich völlig unerwartet im Hof des Schlosses wieder, wo vorher die Hochzeitszeremonie stattgefunden hatte. Der Pavillon war nun für das einfache Volk freigegeben worden, denn eine Gruppe von *Cigány* spielte dort für alle Anwesenden auf. Sie schienen etwas begabter als die meisten Musiker außerhalb des großen Festsaals, ihre Darbietung klang weniger schräg und quietschend als alle Töne, die Emilia während ihres Herumirrens zu hören bekommen hatte. Im Grunde hatte sie es bereits aufgegeben, Kaspar Pattai finden zu wollen, und hoffte, irgendwie zurück in den Festsaal zu gelangen, doch der heisere, kraftvolle Gesang einer alten Frau mit tiefdunkler, von Falten durchfurchter Haut und schneeweißem Haar fesselte sie. Es musste ein Lied der *Cigány* sein, da sie kein Wort verstehen konnte, aber alle Anwesenden lauschten ebenso gebannt wie sie selbst. Für ein paar magische Augenblicke war es sogar völlig still geworden und die Sängerin konnte ihre raue Klage ungestört in den Nachthimmel schicken. Emilia spürte, wie die schwermütige Melodie ihr Tränen in die Augen lockte, längst vergessen geglaubten Schmerz aus den Tiefen ihrer Seele emportreiben ließ. Auf einmal spürte sie wieder den frühen Verlust ihrer Familie wie eine schwere Last auf den Schultern und wurde von tiefer Sehnsucht nach ihrem Heim in Augsburg überwältigt.

„Ich hatte nicht erwartet, Euch ausgerechnet hier zu finden", wurde sie plötzlich aus ihren wehmütigen Träumereien gerissen. Rasch wischte sie sich die Augen trocken, bevor sie den Sprecher ansah.

István trug nun ein bunt besticktes Hemd und eine mit Fell verzierte Weste, was ihn mehr denn je wie einen Mann der *Cigány* aussehen ließ. Das Haar war wieder zu einem Pferdeschwanz gebunden und ein breitkrempiger Hut thronte auf seinem Kopf.

Etwas kribbelte in Emilias Bauch, wie immer, wenn sie diesen Mann vor sich sah. „Ich bin losgezogen, um einen Diener des Grafen Thurzó zu suchen. Sein Name ist Kaspar Pattai. Ich wusste nicht, was für ein Durcheinander hier derzeit herrscht."

István grinste breit.

„Ich vermute, in Eurer Heimat wird auf gesittetere Weise gefeiert."

Diese Worte klangen ein wenig abfällig, befand Emilia.

„Es ist keineswegs so, dass man im deutschen Landen stets steif und streng ist", widersprach sie, obwohl ihr während des Streifzuges durch Sárvár tatsächlich ein Unterschied aufgefallen war. Alles schien bunter, ungezügelter und leidenschaftlicher, was an der großen Menge an anwesenden *Cigány* liegen konnte.

„Wenn man in Eurer Heimat auch zu feiern versteht, dann tanzt jetzt mit mir!", erwiderte István sogleich. Sie sah den Schalk in seinen dunklen Augen herumspringen. Jeden anderen Mann hätte sie mit einer scharfen Antwort in angemessene Grenzen gewiesen, aber ihm gegenüber vermochte sie es nicht.

Die Sängerin verstummte, doch die Wirkung ihres Liedes dauerte noch ein paar Atemzüge an, da der Hof so still blieb, als sei er menschenleer. Dann schwangen sich fünf neue Musiker in den Pavillon und rissen alle mit einer rasanten Melodie aus ihrer Starre.

Ein Reigen formte sich, Emilia spürte, wie István sie mit hineinzog und gab nach, ohne weiter nachzudenken. Es schien ein harmloser Tanz, der ihren Körper nicht unerwünschten Männerhänden auslieferte. Emilia fühlte, wie die schnellen, wilden Töne in ihre Beine krochen, die sich wie von selbst zu bewegen begannen. Sie sah einen klaren Sternenhimmel über sich, atmete eisige Nachtluft ein, die von sämtlichen Kohlenbecken nicht ganz verjagt werden konnte. Auf einmal wurde der Drang sich zu bewegen und zu springen übermächtig, obwohl sie bisher niemals gern getanzt hatte. Sie wurde zum Teil eines Ganzen, das sich energisch stampfend durch den Hof schlängelte, dabei jauchzte und mit jedem Sprung versuchte, dem Himmel ein klein wenig näher zu kommen. Dann löste sich der Reigen auf und Paare wuchsen wie von selbst zusammen. Emilia spürte Istváns Hände auf ihrem Rücken und wurde herumgewirbelt. Sie hatte nicht gewusst, wie viel Freude es machen konnte, derart hoch durch die Luft zu fliegen. Der Stoff der blauen Kleides, das sie von Erzsébet erhalten hatte und das weitaus vornehmer war als die Kleidung der anderen Frauen hier, öffnete sich wie eine Blume, die nur nachts erblühte. Sie hörte sich jauchzen. Istváns Gesicht war der einzige feste Punkt in einer Welt, die sich drehte. Als die Musiker eine Pause einlegten, blieb Emilia schwer atmend stehen und verspürte tiefe Enttäuschung, aus den Höhen ihres Rausches wieder auf gewöhnlichen Erdboden zu fallen.

„Ich besorge uns etwas zu essen", versprach István und verschwand für einen Moment. Gleich darauf kam er mit einem gebratenen Hühnerschenkel zurück und hatte gleichzeitig zwei Holzbecher mit dem linken Arm an seine Brust geklemmt.

„Mehr Essen konnte ich nicht auftreiben, ich glaube, das meiste ist schon weg. Aber Pálinka gibt es noch genug."

Emilia nahm ihm einen Becher ab. Obwohl ihr der scharfe Schnaps zunächst nicht geschmeckt hatte, kippte sie ihn nun ebenso schnell herunter wie István. Dann teilten sie sich gemeinsam den Braten auf einer Stufe des Pavillons. Der Tanz ging indessen weiter, aber Emilia begann zu spüren, wie erschöpft sie von dem Herumgerenne und Springen war.

„Ihr habt Euch gut geschlagen", sagte István. „Ich hätte niemals gedacht, dass Ihr so wild tanzen könnt."

„Man sollte Leute vielleicht nicht immer nach ihrer Herkunft beurteilen", gab sie schnippisch zurück. Er lachte.

„Es war doch nicht, weil Ihr Deutsche seid. Aber Ihr seid stets so pflichtbewusst und fleißig, so bemüht, alles richtig zu machen. Ich dachte, Eurer einziges Ziel im Leben sei, eine erfolgreiche Laufbahn als Gewandschneiderin einzuschlagen."

Emilia senkte den Blick, denn sie fühlte sich durchschaut.

„Deshalb kann ich doch trotzdem tanzen."

„Natürlich. Aber das Zusammensein mit gemeinem Volk wird Euch nicht unbedingt helfen, in der Welt voranzukommen. Die wirklich wichtigen Leute halten sich heute beim Brautpaar im Festsaal auf."

„Das weiß ich", erwiderte Emilia leicht pikiert. Die Art, wie István sie beschrieb, gefiel ihr nicht besonders, und dass sie einen wahren Kern darin erkannte, machte es nicht besser.

„Es ist mir nicht so wichtig, wo ich tanze", verteidigte sie sich. „Davon abgesehen, Ilona Hertz ist im Festsaal. Warum seid Ihr es nicht, denn Ihr seid ebenfalls ein Musiker der Gräfin Báthory?"

Sie sah István herausfordernd an. Er war doch selbst ein Günstling der Gräfin, obwohl er ihr gerade das zum Vorwurf machte. Zu ihrem

Erstaunen senkte er den Kopf, als hätte sie einen wunden Punkt berührt.

„Bei Anlässen wie diesen, wo sich der Hochadel versammelt hat, bin ich mit Sicherheit nicht erwünscht. Das Fräulein Hertz ist von Adel, und auch Ihr wirkt deutlich vornehmer als ein Türkenbastard."

Emilia musterte ihn aus den Augenwinkeln. Zwar saß das übliche Grinsen auf seinem Gesicht, doch war sein Tonfall gegen Ende des Satzes ein wenig ins Bittere abgeglitten.

„War Euer Vater denn wirklich ein Türke?", fragte sie frei heraus, da der Pálinka ihre Zunge von aller Vorsicht und Zurückhaltung befreit hatte.

István wandte sich ihr zu.

„Warum wollt Ihr das wissen?", fragte er mit einem Hauch von Misstrauen.

„Weil mir scheint, dass Ihr Euch in dieser Hinsicht gern selbst bemitleidet", erwiderte sie. „Dabei könntet Ihr auch von den *Cigány* abstammen. Oder von einem Italiener."

„Die *Cigány* wären kaum besser als die Türken", erwiderte er lachend. „Aber es ist tatsächlich so, dass ich etwa neun Monate geboren wurde, nachdem die Türken unser Dorf überfallen hatten. Was sie mit den Frauen taten, brauche ich Euch hoffentlich nicht zu erklären."

Emilia lief ein Schauer über den Rücken. Nun war sie tatsächlich auf Gelände vorgedrungen, dem sie besser ausgewichen wäre. Gleichzeitig arbeitet ihr Verstand schnell, als sei er vom Pálinka sogar angespornt worden.

„War Eure Mutter denn unvermählt?"

„Nein, das war sie nicht", erwiderte er, ohne sie nochmals anzusehen. „Aber zur Zeit des Türkenangriffs war ihr Mann nicht da, sonst hätte er kaum überlebt, denn die Männer wurden abgeschlachtet. Meine Mutter hatte Glück, weil sie für tot gehalten wurde und die Türken sie daher nicht in die Sklaverei verschleppten. Danach musste sie mehrere Wochen lang gesund gepflegt werden, und schließlich stellte die Dorfheilerin ihre Schwangerschaft fest."

„Aber dann könnte Euer Vater doch auch … ich meine, seht Ihr dem Gemahl Eurer Mutter denn gar nicht ähnlich?"

Er zuckte mit den Schultern.

„Nicht wirklich. Er ist blond. Aber meine Mutter ist Kroatin, ähnlich dunkel wie ich. Eigentlich weiß keiner, wessen Sohn ich bin. Aber mein Vater und ich verstanden einander nie besonders gut, ich war ihm zu aufsässig und ungehorsam. Nach jedem Streit nannte er mich einen Türkenbastard und prügelte mich kräftig durch, um mir das heidnische Erbe auszutreiben. Als ich dreizehn war, versuchte ich mich zum ersten Mal zu wehren, leider nicht besonders erfolgreich. Er jagte mich wutschnaubend aus dem Haus und ich irrte herum, bis ich von der Gräfin aufgenommen wurde wie ein streunender Hund. Ihr gefielen die Melodien, die ich unterwegs von den *Cigány* auf der Fiedel zu spielen gelernt hatte."

So sehr er sich auch bemühte, gelassen zu klingen, hörte Emilia doch sehr deutlich den Schmerz in seiner Stimme und unterdrückte den Wunsch, ihn tröstend zu berühren.

„Ich wurde auch bei der erstbesten Gelegenheit von meiner Familie fortgeschickt", begann sie stattdessen ihre eigene Geschichte zu erzählen. István lauschte aufmerksam und unterbrach sie nicht. Als die Musiker wieder zu spielen begannen und es kaum mehr möglich war, sein eigenes Wort zu verstehen, ergriff er ihre Hand und bahnte sich einen Weg durch die tobenden Tänzer, bis sie eine einigermaßen ruhige Ecke am äußersten Rand des Hofes erreicht hatten. Eine schmale Holztür tauchte im Gemäuer des Schlosses auf.

„Dahinter ist ein kleiner Lagerraum", sagte István. „Wenn Ihr wollt, dann hole ich uns noch etwas Wein, und wir können da drin ungestört plaudern."

Eine leise Stimme in Emilias Kopf mahnte, dass es unklug war, sich mit ihm an einen menschenleeren Ort zurückzuziehen, aber der Rausch, der sie beim Tanz befallen hatte, war noch nicht ganz verklungen. Zudem tat es unerwartet wohl, sich mit diesem ungewöhnlichen Mann zu unterhalten, dessen Welt ihr völlig fremd war.

„Gut, ich werde drinnen auf Euch warten."

Sie trat ein und erblickte einen Haufen gestapelter Getreidesäcke, die eine gute Sitzgelegenheit boten. Sobald István die Tür geschlossen hatte, wurde es völlig finster. Emilia dachte an Ungeziefer, das hier sicher herumkroch, doch vermochte diese Vorstellung sie nicht wirklich zu erschrecken, denn sie wartete ungeduldig auf Istváns Rückkehr. Als er wieder eintrat, hielt er eine Laterne aus Blech in der

Hand, die er vorsichtig auf dem Boden abstellte. Den Weinschlauch hatte er sich unter den Arm geklemmt, und füllte anschließend nochmals ihre beiden Becher.

„Eure Geschichte erklärt einiges an Eurem Verhalten“, sagte er dann, als er sich neben Emilia setzte. „Ihr wollt nur haben, was Euch einmal zustand.“

Dann legte seine Hand sich auf die ihre. Emilia wollte zurückweichen, aber die Berührung tat zu wohl.

„Würde es Euch denn stören, wenn ich ein Türkenbastard wäre?“, fragte er leise.

Sie schüttelte staunend den Kopf. Warum war es ihm so wichtig, was sie dachte? Die naheliegende Antwort auf diese Frage brachte ihr Herz zum Rasen. Irgendwo in ihrem Kopf schrie der Verstand, dass sie sich benahm wie eine liebeskranke Träumerin, denn mit diesem Mann hätte sie keine Zukunft, die ihren Vorstellungen entsprach. Aber nun, da ihr Blut von Pálinka und Wein aufgepeitscht war und sie immer noch glaubte, im Rauschzustand dem Himmel entgegenzufliegen, schien all das nicht wichtig. Als Istváns Gesicht sich dem ihren näherte, wich sie ihm nicht aus. Die Berührung seiner Lippen war so weich wie Samt. Sie presste sich ihm willig entgegen, schlang ihre Arme um seinen Hals und ließ sich in den Kuss fallen. Bald schon lagen sie eng umschlungen auf den Getreidesäcken. Emilia wusste, dass es falsch und unvorsichtig war, was sie nun tat, aber niemand hatte sie je gewarnt, wie unwiderstehlich die Berührung eines Mannes sein konnte. Seine Finger öffneten langsam ihr Mieder, schoben den Stoff ihrer Bluse zur Seite und streichelten ihre Brüste. Sie hörte sich leise stöhnen, während der Rausch sich in ihrem Körper zu einem glühenden Ball sammelte, der zwischen ihre Schenkel glitt. Seine Lippen entfachten kleine Flammen auf ihrer Haut, die alle Vorsicht auffraßen. Sie sah, wie er seine Weste entfernte und sich das Hemd über den Kopf zog. Die Luft, die sie beide einatmeten, roch nach winterlich klirrender Kälte, und sie bliesen weiße Wolken hinein, aber nichts vermöchte den Brand zu löschen, der ihre Körper erfasst hatte. Emilia streichelte die harte Muskulatur seines Oberkörpers und spürte, wie er zu zittern begann.

„Du sollst nichts tun, was du später bereust“, flüsterte er ihr ins Ohr. Sie lachte glücklich auf, um seine Bedenken zu verjagen. Es gab etwas, das ihr Körper jetzt mit unbekannter Dringlichkeit wollte, jene Vereinigung mit einem Mann, die ihr von anderen Frauen bisher nur als widerwilliges Erdulden beschrieben worden war.

Kata tat nun ihre Pflicht mit ihrem Gemahl. Eva ertrug, was sie als gewöhnliche Dienstmagd zu ertragen hatte. Aber sie selbst hatte auf einmal die Gelegenheit, jene Erfüllung zu erleben, die Dichter mit klangvollen Worten beschrieben. Wie lange hatte sie gezweifelt, ob ein solches Empfinden für eine Frau überhaupt möglich war! Aber nun lag es vor ihr wie ein kostbares Schmuckstück, das sie nur ergreifen musste.

„Ich werde nichts bereuen", versicherte sie István und überließ ihren Körper seinem Willen, der für ein paar Augenblicke auch der ihre war.

Sie sah, wie das Morgenlicht durch einen Spalt in der Tür hereinkroch. Ein paar Nadeln stachen in ihre Schläfen, doch ansonsten war ihr wie nach einem langen, warmen Kräuterbad oder einer köstlichen Mahlzeit. Das leichte Brennen zwischen ihren Beinen vermochte ihr Wohlbehagen nicht zu mildern. Jener Schmerz, vor dem sie oft gewarnt worden war, hatte sich auf ein kurzes Stechen beschränkt, das gleich darauf in einem Ozean von Genuss versunken war. Sie rekelte sich und ihre linke Hand berührte den Körper hinter ihr. Sie spürte kräftiges, glattes Haar und eine Haut, die sich anfühlte wie poliertes Holz. Ihr Kleid, das kostbarste, das sie je besessen hatte, lag zu einem Bündel zerknüllt zu ihren Füßen, während eine raue, schmutzige Decke ihre Haut bedeckte. Sie erinnerte sich, wie István diese über ihnen ausgebreitet hatte, damit sie im Schlaf nicht erfroren. Die Säcke unter ihnen kratzten an ihrer Haut und die Luft im Raum war weiterhin frostig. Emilia rieb sich die Augen, während sie sich langsam aufrichtete. István lag immer noch schlafend neben ihr, sodass sie einen Augenblick lang sein fast aristokratisch anmutendes Adlerprofil und das blauschwarze Haar bewundern konnte. Erinnerungen stürzten auf sie ein und ihr Kopf begann nun ernsthaft zu schmerzen, während es in ihrem Magen grummelte. Sie brauchte dringend etwas zu essen, um klar denken zu können, und dann erst würde sie sich mit dem auseinandersetzen, was gestern geschehen war. Als sie vorsichtig aufstehen wollte, spürte sie, wie Istváns Hand über ihren Arm strich. Wieder wallte eine Woge von Glück durch ihren Körper und ohne weiter nachzudenken, schmiegte sie sich an ihn. Wenn sie die Augen geschlossen hielt, brauchte sie nicht an die Welt da draußen zu denken, an die möglichen Folgen dessen, was in der vergangenen Nacht zwischen ihnen geschehen war, sondern konnte sich der Illusion hingeben, dass sie nun für den Rest ihres Lebens entspannt und zufrieden neben ihm aufwachen würde.

Draußen erklangen die ersten Stimmen, vermutlich Bedienstete, die im Hof aufräumten. Sobald die Hochzeitsgäste ihren Rausch ausgeschlafen hätten, würde die Feier weitergehen, doch in den frühen Morgenstunden konnte das Schloss für eine Weile ruhig durchatmen. Emilia war klar, dass sie diesen Umstand nutzen musste, um möglichst unauffällig in ihr Gemach zu gelangen. Keinesfalls durfte sie gemeinsam mit István nach draußen treten, sonst würde die Geschichte von ihrer gemeinsamen Nacht sich wie ein Lauffeuer verbreiten. Sie bemerkte erleichtert, dass er immer noch nicht ganz aufgewacht war, und streifte rasch ihre Kleidung über. Ihre Frisur hatte sich völlig aufgelöst, doch konnte man das als Folge des wilden Tanzes erklären. Falls jemand da draußen sie fragte, wo sie gewesen war, würde sie erzählen, dass sie in dem Durcheinander nicht mehr den Weg in ihr Gemach gefunden hatte und sich deshalb in dem nächstbesten, freien Raum verkrochen hatte, um völlig erschöpft ein paar Stunden ruhen zu können.

Zum Abschied strich sie sanft über Istváns Wange. Sie würden sicher eine Gelegenheit finden, sich auszusprechen, falls es ihm danach verlangte. Aber Grete hatte ihr erzählt, dass Männer in Liebesdingen viel unkomplizierter waren und es für sie keine besondere Bedeutung hatte, die Nacht mit einer Frau zu verbringen. Auf jeden Fall würde sie in den nächsten Tagen darauf verzichten, noch mal mit István zu tanzen und Pálinka zu trinken, denn eine weitere Unvorsichtigkeit durfte sie sich nicht erlauben.

Nachdem sie ihre Schuhe zugeschnürt hatte, huschte sie nach draußen. Die eisige Luft tat so wohl wie ein Schwall frischen Wassers, sie brachte Klarheit in ihren Kopf und weckte ihre Lebensgeister. Zum Glück beachteten jene Diener, die herumliegendes Gerümpel wegräumten, sie kaum, und der Hof war so leer, dass sie sich mühelos orientieren konnte. Eilig hastete sie auf die Tür zu, die zum Hauptgebäude des Schlosses führte, da hörte sie plötzlich das Schreien einer weiblichen Stimme in ihrem Rücken und fuhr herum.

Ein Mädchen kniete dicht neben den Stufen des Hochzeitspavillons und raufte sich das rötlich braune Haar. Wie besessen kreischte sie ihren Schmerz heraus, wobei Emilia nur vereinzelte Worte verstehen konnte. Doch in aller Deutlichkeit hörte sie den Namen Erika, der immer wieder fiel und das Mädchen in wildes Schluchzen ausbrechen ließ. Als Emilia ein paar Schritte nähergekommen war, bestätigte sich eine ungute Ahnung. Es war Orsolya Sittkey, die scheinbar ihren Verstand verloren hatte, denn alle Diener, die sich ihr nähern wollten, wehrte sie mit fuchtelnden Armen ab.

„Was ist geschehen?", brachte Emilia mühsam auf Ungarisch zusammen. Orsolya fuhr auf, packte sie an den Armen und begann sie mit erstaunlicher Kraft durchzuschütteln.

„Mörder!", schrie sie. „Das seid ihr hier, alle zusammen!"

Ein paar Tropfen von Speichel streiften Emilias Wangen, dann wurde Orsolya von zwei Dienern an den Armen gepackt und festgehalten. Sie trat weiter um sich wie eine Furie, doch als ein breitschultriger Heiduck auftauchte, der sie brüllend zur Ruhe mahnte, sackte sie in sich zusammen und blieb als verzweifelt schluchzendes Bündel auf dem Boden hocken.

„Geht es Erika wieder schlechter?", fragte Emilia nun und beugte sich zu dem Mädchen hinab. Eine unangenehme Ahnung schnürte ihr die Kehle zusammen.

„Erika ist tot", stieß Orsolya hervor. „Diese Hexe der Gräfin hat sie vergiftet!"

„Aber das kann doch nicht sein! Du hast selbst gesagt, dass sie schon fast gesund war." Emilia packte Orsolya an den Schultern und zog sie in dir Höhe. Die Wut des Mädchens war vom Schmerz hinweggeschwemmt worden, denn sie ließ sich willig umarmen und vergrub ihr Gesicht an Emilias Hals.

„Komm, wir sehen nach deiner Schwester", schlug Emilia vor. „Vielleicht schläft sie nur sehr tief."

Orsolya nickte nach Luft haspelnd.

„Sieh sie dir an. Aber sie ist tot, glaub mir, ich bin mir sicher …"

„Bringe mich zu ihr!", unterbrach Emilia. Sie spürte die Unruhe wie ein Krabbeln von Ameisen durch ihre Glieder und fror vor Angst.

Orsolya führte sie ins Schlossgebäude. Es war ein Trakt, den Emilia noch nie betreten hatte, doch war sie zu aufgeregt, um auf die Umgebung zu achten. Erika lag in einem kleinen Zimmer mit Ausblick auf die Flüsse, die das Schloss umgaben. Sie hatte ein sauberes Bett, das mit frischem Leinen bezogen war, und im Raum schwebte der wohltuende Duft von Kräutern. Als Kranke war die Sittkey-Tochter endlich entsprechend ihren Wünschen untergebracht worden. Ihr Haar, das viel röter leuchtete als das von Orsolya, lag wie ein Vorhang auf dem Kissen ausgebreitet. Ihre Haut wirkte fast durchscheinend bleich, an den Schläfen zeichneten sich blaue Adern ab. Die Starre, mit der sie dalag, löste bei Emilia ein leichtes Schwindelgefühl aus. Noch bevor sie Erika berührt hatte, wusste sie, dass ihre Schwester die Wahrheit sprach. Sanft strich sie die roten Strähnen aus der bereits erkalteten Stirn. Erika Sittkey musste friedlich gestorben sein, denn nichts an ihrer Haltung wies auf erlittene Qualen hin. Aber das änderte nichts an dem Umstand, dass ein weiteres Mädchen in Erzsébets Diensten den Tod gefunden hatte.

„Jemand muss es der Gräfin sagen“, verkündete plötzlich Istváns Stimme in ihrem Rücken. Emilia fuhr herum.

„Wie kommst … wie kommt Ihr hierher?“

„Indem ich Euch gefolgt bin, nachdem ich Euch im Hof gesehen habe“, antwortete er mit der üblichen Gelassenheit.

Emilia gelang es, schnell wieder die Fassung zu finden.

„Weiß jemand, wo Anna Darvulia ist?“

István nickte.

„Komm mit. Ich glaube, ich weiß, wo sie sein könnte“, sagte er auf deutsch. Emilia folgte ihm, erleichtert über sein Auftauchen, während Orsolya schluchzend am Bett ihrer Schwester sitzen blieb. Sie sprachen nicht miteinander, während er sie durch das Labyrinth des Schlosses führte, bis sie schließlich vor Erzsébets Gemach stehen blieben.

„Diese Feste sind für Erzsébet sehr anstrengend, denn sie schätzt es nicht, ständig von Menschen umgeben zu sein“, erklärte István. „Die Darvulia war gestern Nacht sicher hier, um ihr beruhigende Kräuteraufgüsse zu brauen. Oft schläft sie dann auch im Gemach ihrer Herrin.“

Emilia klopfte zaghaft.

Es dauerte eine Weile, bis die Tür aufging, doch konnte sie dann sogleich in die bleichen, toten Augen der Blinden blicken. „Lasst Erzsébet schlafen. Sie muss sich ausruhen", sagte die Darvulia leise.

„Ihr seid es, die wir brauchen", erwiderte Emilia. „Es geht um Erika Sittkey."

„Hat sie wieder etwas angestellt?"

Anna Darvulia klang eher erschöpft als wütend.

„Nein, ich … ich fürchte, es geht ihr nicht gut", erwiderte Emilia, die es einfach nicht fertigbrachte, die Wahrheit auszusprechen.

„Ist das Fieber wieder gestiegen?"

Ohne eine Antwort abzuwarten, verschwand die Blinde für einen Augenblick wieder in Erzsébets Zimmer, um dann mit einem Beutel nach draußen zu treten.

„Sie braucht einen Aufguss aus Thymian und Kamille, der wird ihr helfen", sagte sie. Emilia holte Luft.

„Es ist zu spät. Sie ist tot."

Anna Darvulia zuckte zusammen, hob dann ihre Hand und suchte nach Emilias Gesicht, als wolle sie sich versichern, dass kein Geist vor ihr stand.

„Das ist nicht möglich. Sie war bereits genesen."

„Sie ist tot. Ich habe es gesehen", mischte István sich ein. Die Blinde runzelte die Stirn.

„Bringt mich hin!", sagte sie in einem fast herrischen Ton. István ergriff ihre Hand, um sie zu führen, und sie ließ es nach kurzem Zögern geschehen.

Orsolya hatte sich schluchzend auf den Leichnam ihrer Schwester geworfen. Beim Anblick der Blinden begann sie wieder „*boszorkány*", das ungarische Wort für Zauberin zu brüllen. Die Darvulia verzog angewidert das Gesicht und herrschte Orsolya so unwirsch an, dass das Mädchen erschrocken zur Seite sprang. Dann tasteten die knotigen Finger der Alten über Erikas Gesicht, befühlten die Halsschlagader und schließlich den Puls an ihrem Handgelenk. Schließlich beugte sich die Blinde, um ihr Ohr auf Erikas Brust zu legen.

„Tot. Tatsächlich tot", murmelte sie auf ungarisch. Es klang weder entsetzt noch betrübt, sondern schlichtweg ungläubig. „Dabei hatte sie gestern Abend kein Fieber mehr."

Die Hände der Blinden tasteten sich weiter durchs Zimmer.

„Wann hast du sie das letzte Mal lebend gesehen?", wandte sie sich an die wimmernde Orsolya.

„Am Morgen", antwortete das Mädchen. „Dann ging doch die Hochzeitsfeier los, und ihr ging es schon wieder gut, deshalb dachte ich, es ist nicht so schlimm, wenn ich …"

Sie vergrub das Gesicht in den Händen und weinte weiter.

„Ich habe sie am Abend gesehen, ihr etwas zu essen und einen Kräuteraufguss gebracht", redete Anna Darvulia weiter. „Sie war völlig genesen und wollte am nächsten Tag mit zur Feier gehen."

Die tastenden Hände stießen auf dem Nachttisch gegen einen hölzernen Becher, der zu Boden fiel. István hob ihn sogleich auf, um ihn der Blinden zu reichen.

„War darin der Kräuteraufguss?", fragte er. Die Darvulia schnüffelte mit gerunzelter Stirn an dem Becher, dann stellte sie ihn an seinen Platz zurück.

„Ich habe es mir fast gedacht", murmelte sie. „Aber bei dieser riesigen Feier könnte es jeder gewesen sein."

„Was war in dem Becher?", bohrte István weiter nach.

„Bilsenkraut", erwiderte die Blinde. „Ein Beruhigungsmittel, das sie aber in ihrem Zustand sicher nicht brauchte. Sie muss eine tödliche Menge davon bekommen haben."

Orsolya stieß ein wildes Kreischen aus.

„Du hast sie vergiftet, du Hexe, du altes Mistweib, du …"

Sie wollte sich die Blinde stürzen, wurde aber von István daran gehindert. Emilia überlegte, ob man Erikas Schwester nicht ein Beruhigungsmittel geben sollte.

„Es muss jemand gewesen sein, den sie kannte", sagte die Darvulia. „Aber da kommen viele Leute infrage. Die anderen Näherinnen, die Dienstmägde, die ihr hier das Essen brachten. Jemand stellte ihr den Becher hin und sagte, es sei ein weiteres Heilmittel, damit sie morgen ganz sicher kräftig genug für die Feier wäre. Sie hat es ohne Zögern getrunken."

Entschlossen klopfte die Darvulia mit ihrem Stock auf den Boden.

„Ich sage es Erzsébet am Besten selbst. Die anderen Gäste müssen nicht gleich etwas davon erfahren, es würde nur für unnötiges Gerede sorgen. Eine schnelle Beisetzung ist jetzt das Vernünftigste."

Sie setzte sich in Bewegung, ohne um fremde Hilfe zu bitten. Kurz bevor sie den Raum verlassen hatte, sah sie sich nochmals nach Orsolya um.

„Sorgt bitte dafür, dass dieses Mädchen Erzsébet in den nächsten Tagen nicht unterkommt. Mit seinen Anschuldigungen könnte es das nächste Unglück provozieren."

Orsolyas Klagen verstummte und sie sah der Darvulia fassungslos hinterher.

12. Kapitel

György erwachte vom Trappeln der Dienstbotenfüße auf dem Gang. Er musterte den Baldachin über sich, der mit goldenen Quasten verziert war, die Gemälde an den Wänden und den weichen Teppich vor dem Bett, vermutlich ein Stück Beute, das Ferenc von einem seiner Feldzüge mitgebracht hatte. Als Brautpaar hatten sie für ihre Hochzeitsnacht wohl das prächtigste Gemach im ganzen Schloss erhalten, doch war ihm das am vergangenen Abend nicht aufgefallen, zu laut war das Johlen der betrunkenen Männer vor der Tür gewesen, die ihn beim bevorstehenden Vollzug der Ehe zur Höchstleistung anspornen wollten. Er erinnerte sich an Katas riesengroße Augen. Sie hatte wie eine junge Eule ausgesehen, die sich verzweifelt bemühte, ihre Angst durch eine stolze Haltung zu verbergen. Er hatte sich noch nie in seinem Leben so ratlos gefühlt wie in dieser Nacht, denn alle Frauen, die bisher sein Lager geteilt hatten, waren mehr als willig gewesen, zur Geliebten eines Mannes aus angesehener Familie zu werden.

Eben dieses liebreizende Mädchen, das keinerlei Verlangen nach ihm empfand, war aber nun seine Frau.

Er hatte gewusst, was von ihm erwartet wurde, und wahrscheinlich hätte Kata sich gefügt, denn sie kannte ihre Pflichten. Doch war er nicht in der Lage gewesen, sie einfach auf die Matratze zu drücken und rasch zu erledigen, was sie gemeinsam zu tun hatten. Sie wirkte zu zerbrechlich, um auf diese Weise behandelt zu werden, und tief in seinem Herzen sehnte er sich danach, von diesem Mädchen gemocht zu werden, wenn er schon nicht mit Leidenschaft überschüttet wurde.

Nachdem sie eine Weile schweigend neben dem Bett gestanden hatten, war Kata schließlich unter die Decke gekrochen. Ihre Dienstmägde hatten ihr bereits ein Nachtgewand angezogen, bevor György das Schlafgemach betreten hatte, daher hatte sie den taktischen Vorteil gehabt, sich nicht umkleiden zu müssen. Er hatte seine Jacke ausgezogen, doch erst als ihre Augen zugefallen waren, entledigte er sich auch seiner Hose. Zum Glück war das Bett breit genug, um ihnen beiden die Möglichkeit zu gewähren, sich auszustrecken ohne einander zu berühren.

„Das war ein sehr anstrengender Tag“, hatte György schließlich gesagt, um ein Gespräch zu beginnen.

„Ja. Ich musste mit so vielen Männern tanzen. Meine Beine sind wie abgestorben und ich würde so gern einfach etwas Ruhe haben, bevor es morgen weitergeht.“

Obwohl das nicht die Worte waren, von denen ein Bräutigam in seiner Hochzeitsnacht träumte, war György dennoch froh gewesen, dass Kata endlich mit ihm sprach.

„Dann sollten wir jetzt schlafen“, hatte er gesagt und die Kerzen ausgeblasen. Eine Weile hatte er keine Regung auf der Matratze gespürt, dann rollte Kata sich zu einem Ball zusammen, wobei sie ihm den Rücken zuwandte, und ihre Atemzüge wurden ruhiger.

Dieser Ball lag jetzt immer noch reglos auf dem Bett. György ging davon aus, dass ihre erste gemeinsame Nacht hätte schlimmer verlaufen können. Der Umstand, dass Kata in seiner Gegenwart tief und fest schlafen konnte, war ein Zeichen von Vertrauen. Er drehte sich um und musterte das dichte, kastanienbraune Haar auf dem Kissen, die helle Haut und das sehr junge, fast kindliche Gesicht. Ein Strom von Wärme durchflutete seinen Körper. Er schwor sich, bis an sein Lebensende jeden Unbill von diesem zarten Wesen abzuwehren und ihm auch niemals selbst ein Übel zuzufügen. Seine Hand hob sich wie von selbst und strich sanft über Katas Wange. Sie wich nicht zurück, selbst als ihre Augenlider zu flackern begannen. Ein zufriedenes Lächeln erschien auf ihren Lippen, und György fühlte sich stärker und weiser als jemals zuvor in seinem Leben. Vielleicht begriff er die Intrigen des Grafen Thurzó nicht so schnell wie andere Leute, aber er hatte den richtigen Weg gefunden, vielleicht bald die Zuneigung seiner zauberhaften Gemahlin gewinnen zu können.

Zufrieden stand er auf und wusch sich mit dem Wasser, das gestern Abend bereitgestellt worden war. Dann trat er ans Fenster. Es war tiefster Winter, doch der Himmel schien so rein wie Kristall und schenkte der Welt helles Licht, in dem sich die Landschaft mit scharfer Klarheit abzeichnete. Unter sich sah György einen der zwei Flüsse, die Sárvár umarmten und zu einer Insel machten. Das Wasser war von hellem, reinem Blau, fast als hätte in der vergangenen Nacht jemand die Welt auf Hochglanz poliert, um ihm und Kata ein schönes Erwachen zu schenken. Doch etwas störte die frostige Schönheit der Winterlandschaft. Ein Bündel schwamm im Gewässer. Es war schmal und länglich, in Stoffe gewickelt. György lehnte sich mit einer unangenehmen Ahnung weiter aus dem Fenster. Er sah, wie langes Haar sich durch die Fluten schlängelte, und begriff, dass es keinen Zweifel mehr gab.

Die Berichte des Palatin fielen ihm ein und zerstörten den Zauber dieses Morgens, denn unter ihm schwamm die Leiche einer Frau.

„Aber wäre es nicht angebracht, herauszufinden, wer ihr das Gift in den Becher getan hat?", fragte Emilia und sah Erzsébet erwartungsvoll an. Die Gelassenheit, mit der die Gräfin alle Todesfälle der vergangenen Monate hinnahm, verstörte sie zunehmend. Bei Annie war es ein Unfall gewesen, bei Zorah eine Krankheit, doch diesmal hatte ein Mörder sein Unwesen getrieben!

„Ich vermute, dass es eine der anderen Näherinnen war", sagte Erzsébet und begann, ihr dichtes, graues Haar zu kämmen. „So, wie Erika sich benahm, machte sie sich Feinde."

„Aber wer würde sie denn deshalb gleich vergiften?", fragte Emilia fassungslos.

„Vermutlich ein Irrtum", mischte sich nun die Darvulia ein. „Nicht jeder kennt sich wirklich mit Kräutern aus. Bilsenkraut kann Rauschzustände auslösen. Vielleicht wollte jemand nur dafür sorgen, dass die hochmütige Erika sich endgültig blamierte und hat sie stattdessen getötet. Erfahren werden wir es wahrscheinlich nie."

„Aber man müsste doch alle Leute befragen, die in ihrem Zimmer waren!", rief Emilia. István, der sich bisher im Hintergrund gehalten hatte, warf ihr einen mahnenden Blick zu. Sie begriff, dass Erzsébet es ganz sicher nicht schätzte, wenn jemand ihr sagte, was sie tun sollte.

„Es sind Hunderte von Leuten hier im Schloss", entgegnete die Gräfin hingegen ganz ruhig. „Niemand hat ihr ständiges Kommen und Gehen überwacht und jeder von ihnen hätte das Sittkey-Mädchen vergiften können. Wie sollen wir da herausfinden, wer es war?"

Emilia rieb sich die Schläfen.

„Es muss jemand gewesen sein, den sie kannte und dem sie vertraute, sonst hätte sie das Gift nicht getrunken!"

Sie sah hoffnungsvoll Anna Darvulia an, denn die hatte vor Kurzem dasselbe gesagt.

„Es würde vielleicht ausreichen, die Näherinnen, mit denen sie zusammenlebte, zu befragen. Und die Küchenmägde, die ihr Essen brachten, als sie krank war“, fügte sie dann hinzu.

„Und wie soll ich ein Geständnis erwirken?“, fragte die Gräfin nun leicht spöttisch. „Die verschlagenen Biester werden mir ins Gesicht lügen, verlass dich drauf. Ich müsste sie foltern lassen, und das ist derzeit nicht möglich.“

Sie legte die Bürste auf den Tisch und bat Anna Darvulia, ihr einen beruhigenden Trank zu brauen.

„Vielleicht ...“, überlegte Emilia laut. „Wenn man nur mit der Folter droht ...“

Der Vorschlag gefiel ihr selbst nicht besonders, aber sie sah im Augenblick keinen anderen Weg. Erzsébet beugte sich zu ihr vor. Sie sah blass aus, dunkle Schatten lagen unter ihren Augen und erstmals war ihr Alter selbst mit gutem Willen nicht zu übersehen.

„Ich habe Gerüchte gehört“, sagte die Gräfin leise. „Leute sind in meinen Ländereien unterwegs und erkundigen sich, wie viele Mädchen in den letzten Jahren in meinen Diensten ums Leben kamen.“

István hob den Kopf, sagte aber nichts. Die Darvulia blieb völlig unberührt, da sie wohl bereits davon wusste.

„Wie viele waren es denn?“, fragte Emilia mit einer unguten Ahnung. Die Gräfin seufzte.

„Woher soll ich das so genau wissen? Ich habe viele Bedienstete. Manche bekamen Krankheiten, andere erlitten schwere Unfälle. Immer wieder gab es Begräbnisse. Ich habe sie nicht gezählt.“

Es klang wie eine Selbstverständlichkeit, dachte Emilia. Der Tod eines Menschen war ein Unglück, das eben manchmal geschah. Aber war diese Sichtweise so verkehrt? Sie selbst hatte innerhalb von ein paar Tagen ihre ganze Familie verloren.

„Warum werden diese Befragungen durchgeführt?“, fragte sie verwirrt.

„Weil es jemanden gibt, der mir schaden will“, erwiderte Erzsébet sogleich. „Das war so, seit ich das Erbe meines Gemahls und meiner Familie antrat. Alle lauern nur auf die Gelegenheit, mir etwas davon abspenstig zu machen, denn niemand gilt als so wehrlos wie eine alleinstehende Frau. Aber bisher habe ich mich immer zu wehren gewusst. So wird es auch bleiben."

Sie richtete sich entschlossen auf.

„Schon aus diesem Grund ist es notwendig, kein Aufhebens um den Tod von Erika Sittkey zu machen. Ich werde ihrem Vater schreiben, dass sie an einem Fieber starb, und ihm eine Entschädigung zukommen lassen. Was ist mit der jüngeren Schwester?"

„Sie ist sehr aufgebracht", meldete sich erstmals István zu Wort.

„Sie hat Anschuldigungen erhoben", fügte Anna Darvulia hinzu. „Angesichts der Umstände sollte sie in Gewahrsam bleiben, solange die Gäste hier sind."

Emilia schauderte. Niemand hier schien auch nur einen Hauch von Mitgefühl für Orsolya zu empfinden.

„Sie hat ihre Schwester verloren", wagte sie einzuwerfen. „Es ist doch kein Wunder, dass sie wie von Sinnen ist."

„Ja, das mag sein." Erzsébet schien Orsolyas Gemütszustand weiterhin gleichgültig. Sie griff nur in eine Schublade und zog ein Blatt Papier heraus. „Ich halte es angesichts dieser Umstände für eine gute Idee, Orsolya nach Hause zu ihrem Vater zu schicken. Sie wird ihm die Nachricht von Erikas Tod überbringen und die Entschädigung. Sobald sie sich beruhigt hat, kann sie zu mir nach Csejte kommen, falls sie es noch will."

Sie wandte sich an István.

„Wo sind mein Federkiel und das Tintenfass?"

Er lief sogleich los und holte die erwünschten Utensilien aus einem Schrank. Bald darauf kratzte Erzsébets Feder über das Papier. Indessen brachte die Darvulia den erwünschten Kräuteraufguss, denn heißes Wasser stand in einem Kessel über dem Kamin stets bereit. Emilia überlegte, dass Erzsébets Entscheidung durchaus in Orsolyas Sinne war, denn im Schoß ihrer Familie würde sie am schnellsten Trost finden können. Vielleicht sollte sie sich selbst anbieten, Orsolya die Nachricht zu überbringen, denn der Darvulia mangelte es an dem nötigen Feingefühl. Kurz bevor sie den Vorschlag hatte aussprechen können, klopfte es plötzlich an der Tür. Erzsébet erstarrte kurz, hob dann erwartungsvoll den Kopf, um den neuen Gast hereinzubitten.

Yveta trat langsam ein. Sie sah noch bleicher aus als sonst und ihre Augen waren gerötet, was vielleicht an zu viel Wein am vergangenen

Abend liegen konnte. Ihre Hände waren artig vor der Schürze verschränkt.

„Bitte verzeiht die Störung“, sagte sie mit einem Knicks. „Es ist ein Unglück geschehen.

„Das wissen wir bereits“, erwiderte die Gräfin. „Erika Sittkey ist ihrem Fieber erlegen.“

Yvetas Gesicht blieb ausdruckslos, aber sie schüttelte den Kopf.

„Ich meinte Eva. Sie ist im Fluss vor dem Schloss ertrunken, wie ich soeben vom Grafen Drugeth erfuhr.“

Ein Schluchzen brachte ihre Stimme zum Zittern, ansonsten behielt sie ihre steife Miene bei.

Emilia fühlte ihre Knie weich werden und streckte eine Hand aus, um sich an einer Truhe abzustützen. Erikas Tod hatte sie bedauert, obwohl sie das Mädchen nicht besonders gemocht hatte, doch Eva war ihr eine Freundin gewesen. Ihr Verschwinden aus dieser Welt ließ ein klaffendes Loch zurück, durch das eisiger Wind pfiff. Gänsehaut überzog ihren Körper. Sie sah, wie Erzsébet verblüfft den Federkiel sinken ließ.

„Warum hat sie …? Wurde sie hineingeworfen?“, flüsterte die Gräfin.

„Das weiß niemand“, erwiderte Yveta. „Zuerst war sie im Gemach von Imre Megyery und jetzt schwimmt ihr Leichnam im Fluss.“

Für den Zeitraum eines Atemzugs blitzten Hass und Zorn in ihren Augen auf, dann senkte sie sittsam den Blick.

„Man soll den Leichnam sofort herausfischen und … und …“ Erzsébet schnappte kurz nach Luft und Emilia sah, dass ihre Hände leicht zitterten. „Er wird im Keller gelagert und baldmöglichst beigesetzt werden, zusammen mit dem von Orsolya Sittkey. Doch die Feier darf von diesen Unglücksfällen nicht gestört werden. Ich kümmere mich um die Beerdigung, sobald die letzten Gäste abgereist sind.“

Dann fuhr die Feder weiter über das Papier.

„Du kannst wieder an deine Arbeit gehen“, sagte die Gräfin recht beiläufig zu Yveta. „Aber erzähle diese Dinge nicht im Haus herum. Wenn ich erfahre, dass Gerüchte im Umlauf sind, werde ich dich persönlich zur Rechenschaft ziehen.“

Yvetas Gesicht zuckte leicht, aber sie entfernte sich nach dem angemessenen Knicks ohne Widerrede. Emilia holte mühsam Luft. Bisher hatte sie Erzsébets Härte und Gefühlskälte gegenüber dem Leid ihrer Untergebenen als das normale Verhalten einer hochadeligen Dame zu entschuldigen versucht, aber nun würgte ein dorniger Ball aus Empörung und Schmerz in ihrer Kehle, an dem sie zu ersticken glaubte.

„Eva wäre noch am Leben, wenn niemand sie gezwungen hätte, das Lager von Imre Megyery zu teilen!“, rief sie auf deutsch an niemand bestimmten gewandt. Sie hörte die Darvulia empört schnauben. In Istváns Augen schien die Warnung, dass sie über gefährliches Gelände rannte, geradezu zu glühen.

Erzsébet ließ den Federkiel sinken und wandte sich Emilia zu. Ihr Gesicht blieb starr, aber ein dunkler Zorn brodelte in ihren Augen. Emilia trat einen Schritt zurück. Zum ersten Mal bekam sie eine Ahnung von der Angst, die vielen von Erzsébets Untergebenen tagtäglich in den Knochen stecken musste, denn die Gräfin glich einem strengen, finsteren, strafenden Geist.

„Eva hatte ihre Pflicht zu erfüllen wie jede andere Frau dieser Welt auch“, ging Erzsébets Stimme so kalt und schneidend auf Emilia nieder, dass sie zusammenzuckte. „Selbst ein Mädchen des höchsten Adels wie meine Tochter ist dabei keine Ausnahme. Es war anmaßend von Eva, dass sie überhaupt versuchte, sich zu weigern.“

Emilia nickte, denn die Kraft zum Widerspruch war aus ihrem Körper gewichen. Aber Erzsébet war noch nicht fertig.

„Eva hatte eine ungesunde Neigung zur Grübelei und Schwermut. Zu viel schwarze Galle, würde ein Medikus sagen. Sie beging eine schwere Sünde, indem sie sich freiwillig ins Wasser stürzte. Ich werde diesen Umstand dem Pfarrer verschweigen, damit sie ein christliches Begräbnis bekommt.“

Die letzten, beinahe versöhnlichen Worte verstörten Emilia nur noch mehr. Erzsébet tat alle Todesfälle als unvermeidliches Missgeschick ab, warf den Leichen dann noch ein paar Almosen hinterher und erwartete, dass damit alles geregelt wäre.

Aber offenbar war es das auch. István trat ein paar Schritte vor und streckte ihr seine Hand entgegen.

„Mir scheint, unsere Gewandschneiderin ist von den Unglücksfällen sehr durcheinander. Wenn sie es mir gestattet, werde ich sie in ihr Gemach führen, damit sie sich etwas ausruhen kann, bevor die Festlichkeiten weitergehen.“

Die Vorstellung, heute wieder feiern und tanzen zu sollen, als sei mit Eva nichts geschehen, ließ neuen Widerwillen in Emilia aufsteigen. Aber als Erzsébet zustimmend nickte, war sie klug genug, Istváns Angebot anzunehmen.

Er stieß sie fast aus dem Zimmer heraus und hielt ihren Ellbogen fest umklammert, als er sie durch die Gänge schob. Die meisten der Gäste schliefen noch den Rausch der vergangenen Nacht aus, aber zahlreiche Bedienstete eilten bereits mit Wasserschüsseln und Tabletts umher, um den Herrschaften das Aufstehen zu erleichtern.

„Was hast du dir eigentlich dabei gedacht?“, fragte István völlig ruhig auf Deutsch. „Du kannst von Glück reden, dass Erzsébet dich ins Herz geschlossen hat, sonst wärest du nicht so glimpflich davongekommen. Aber vertraue nicht zu sehr auf ihren guten Willen.“

Emilia nickte schweigend. Sie spürte, dass ihr Tränen über die Wangen liefen, und wischte sie mit dem Ärmel ihres Kleides fort.

„Es ging mir nur um Eva“, stammelte sie. „Sie ist wegen dieses adeligen Rotfuches gestorben. Und wegen ihres Verlobten. Er ist einfach aus dem Saal gerannt, als er sie mit einem feinen Herrn tanzen sah. Als ob sie etwas dafür konnte!“

Sie hatten nun das Stockwerk erreicht, in dem sich Emilias Zimmer befand. István fand die richtige Tür ohne Schwierigkeiten, sah sich kurz um, und als er niemanden entdecken konnte, drückte er Emilia dagegen. Sie spürte das Streicheln seiner Hände auf ihren Wangen, das weitere Tränen hervor lockte.

„Es tut mir ebenfalls leid um Eva“, sagte er leise. „Aber ihr erging es nicht anders als vielen anderen Dienstmägden. Wenn ein vornehmer Herr Gefallen an ihnen findet, können sie sich ihm nicht verweigern. Ich wünschte mir auch manchmal eine andere Welt, aber wir müssen alle in dieser leben.“

Emilia schob trotzig ihr Kinn empor.

„Wenn Kaspar Pattai es doch nur ebenso gesehen hätte! Dann wäre Eva nicht in den Fluss gesprungen. Aber er wandte sich offensichtlich von ihr ab. Dabei war sie so glücklich, weil er sie heiraten wollte.“

„Er wollte einfach nicht zusehen, wie der feine Herr ihm seine Liebste wegnahm“, erwiderte István. „Wahrscheinlich war es sogar besser, dass er ging. In ein paar Tagen hätte er sich wahrscheinlich beruhigt. Eva musste sich deshalb nicht ins Wasser stürzen.“

„Aber sie sah das anders!", widersprach Emilia.

„Weil sie wirklich zur Schwermut neigte", erwiderte István. „Was geschah, war ein Unglück, an dem nichts mehr zu ändern ist. Bringe dich deshalb bitte nicht in Gefahr."

Sie schloss für einen Moment die Augen und war froh, dass er sie umarmte. Zum ersten Mal seit dem Tod ihrer Familie fühlte sie sich nicht völlig allein auf der Welt.

„Komm heute Abend wieder auf den Hof, wo die *Cigány* spielen", flüsterte er ihr ins Ohr. „Ich werde auf dich warten."

Emilia schämte sich fast, wie glücklich sie in diesem Augenblick war, als wäre der Tod zweier Mädchen ihr ebenso unwichtig geworden wie der Gräfin. Ihr Vorsatz, die im Rausch begonnene Liebschaft sogleich wieder zu beenden, schien jetzt völlig abwegig, ein Akt wider die Natur, der jede Ordnung in ihrem Leben auf den Kopf gestellt hätte. Wie sollte sie sich von einem Mann trennen, der ihre Fehler zu verstehen schien und gleichzeitig derart um ihr Wohlergehen besorgt war? Auf einmal wünschte sie nur, István mit in ihr Gemach zu nehmen, das nun glücklicherweise leer war. Sie legte die Hände um seinen Nacken und küsste ihn ohne jede Ermutigung, als habe ihr Körper seine Entscheidung bereits getroffen, ohne das Einverständnis ihres Verstandes abzuwarten. Eine paar Atemzüge lang verharrten sie eng umschlungen, dann zerriss das Klappern eines Stockes ihre Vertrautheit.

„Die Darvulia!", murmelte István. „Ich verschwinde jetzt besser."

Noch bevor Emilia zustimmen konnte, war er den Gang entlanggelaufen. Emilia öffnete langsam die Tür zu ihrem Zimmer. Die plötzliche Trennung von István schmerzte, aber sie freute sich bereits auf das abendliche Wiedersehen.

„Warte einen Augenblick!", hörte sie Anna Darvulia in ihrem Rücken rufen und wandte sich um. Es schien ihr immer noch fast unheimlich, wie flink und leise die Blinde sich zu bewegen vermochte.

„Was wünscht Ihr?", fragte sie höflich und wartete, bis Anna Darvulia dicht vor ihr stand.

„Je mehr meine Augen starben, desto lebendiger wurde mein Gehör", sagte sie Blinde nur und legte eine Hand auf ihre Schulter. Emilia musste sich zusammenreißen, um nicht zurückzuweichen.

„Das ist sicher vorteilhaft für Euch."

„Ja, denn ich bekomme sehr viel mit."

Der Stock hämmerte dreimal gegen den Boden. Es klang, als klopfe der Teufel von draußen an. Die dürren Finger der Blinden bohrten sich so fest in Emilias Knochen, dass es schmerzte.

„Niemals!", zischte Anna Darvulia ihr so heftig ins Gesicht, dass sie den Atem der alten Frau riechen konnte. „Niemals darfst du Erzsébet wegnehmen, was ihr gehört."

„Was meint Ihr damit?", fragte Emilia ehrlich erstaunt.

„Du bist zwar flink, aber manchmal schwer von Begriff. Diesen Mann hat Erzsébet sich in ihren Haushalt geholt, weil er ihr hilft, Ruhe zu finden und ihre bösen Träume zu verjagen. Er ist das Kind von Leibeigenen und somit ihr Eigentum."

Emilia wollte lauthals protestieren, doch einzelne Scherben von Erinnerungen fügten sich unerbittlich in ihrem Kopf zu einem stimmigen Bild zusammen. Erzsébet hatte ungeduldig, fast gereizt auf Istváns Auftauchen gewartet, nachdem sie aus Wien zurückgekommen war. Er war den Fragen, welche Aufgaben er im Haus der Gräfin genau hatte, stets ausgewichen, ja sie waren ihm sichtlich unangenehm gewesen. Am Abend kurz vor der Hochzeit war er spätabends allein ins Gemach der Gräfin unterwegs gewesen. Sie fühlte, wie ihre Knie nachgaben, und war fast dankbar für Anna Darvulias festen Griff.

„Sie ist eine kluge Frau, die sehr großzügig sein kann", redete die Blinde weiter. „Doch wenn sie sich verletzt, missachtet oder hintergangen fühlt, erwachen ihre Dämonen und sie wird unberechenbar. Eben daraus will man ihr nun eine Falle bauen. Ich warne dich, Deutsche, ich werde alles tun, um Erzsébet zu schützen, und du wärest nicht der erste Mensch, den ich für sie opfern würde."

Mit diesen Worten ließ Anna Darvulia Emilias Schulter los, wandte sich um und stapfte davon. Das Klappern des Stockes, der sich seinen Weg durch den Korridor bahnte, schmerzte in Emilias Ohren wie wiederholte Stiche eines Schürhakens. Sie musste ihre ganze Kraft zusammennehmen, um in ihr Zimmer zu kommen, wo sie sich aufs Bett warf und sich die Decke über den Kopf zog. Sie war unendlich dankbar, eine Weile allein sein zu können, denn Yveta hatte wohl andere Dinge zu tun und Eva würde niemals wiederkommen. Die Erinnerung an das Schicksal ihrer Freundin machte Emilia bewusst, wie unwichtig ihre eigene Enttäuschung war, doch änderte das nichts daran, dass sie sich unglücklicher und verlorener fühlte als jemals zuvor im Haus der Gräfin.

Yveta erschien erst am frühen Nachmittag. Sie wirkte weiterhin blass, aber völlig gefasst, als sie Emilia ermahnte, wenigstens das Abendessen im Festsaal nicht zu versäumen. „Sogar Kata hat nach dir gefragt und Erzsébet hatte so eine unschöne Falte zwischen den Brauen. Für sie war Eva eine von zahlreichen Dienstmägden, die sie mühelos ersetzen kann.“ In dem letzten Satz lag wieder deutliche Schärfe, fast schon Zorn. Emilia richtete sich auf und begann ihr Kleid glatt zu streichen. Nachdem es eine Nacht auf dem Boden eines Lagerraums herumgelegen hatte, wies es ein paar Flecken auf, aber sie hatte sonst nichts anzuziehen außer ihrem Dienstbotengewand. Zwar wurde das auch von Yveta und den anderen Näherinnen getragen, aber Erzsébet hätte es vielleicht als kränkend empfunden, wenn Emilia ihr kostbares Geschenk bereits nach dem ersten Tag abgelegt hätte. Mit zittrigen Händen kämmte sie ihr Haar durch und flocht es zu einem Zopf. Die Lust sich herauszuputzen war ihr vergangen, aber sie musste einigermaßen vorzeigbar sein, wenn sie den Festsaal betrat.

Sie überstand das Abendessen ohne besondere Schwierigkeiten. An der Tafel, wo der Hochadel saß, herrschte ausgelassene Stimmung. Der rote Megyery war bester Laune, redete laut und machte immer wieder Scherze, über die alle lachten. Emilia ertappte sich bei dem Wunsch, ihm einen Weinkrug an den Kopf zu werfen. Bisher war ihr ein solcher Zorn auf die gottgewollte Standesordnung fremd gewesen, doch nun bekam sie eine Kostprobe von der Bitterkeit, die Yveta zu empfinden schien. Es war nicht zu ändern, sagte sie sich, und zwang das Essen in ihren Magen. Die Sehnsucht nach István wurde heftiger, nachdem sie zwei Becher Wein getrunken hatte. Er beschönigte die Dinge nicht, vermochte sie aber in ein Licht zu rücken, in dem sie erträglich schienen. Allmählich begannen all die aufwühlenden Erlebnisse der letzten Stunden sich in ihrem Inneren zu setzen. Zurück blieb die Erfahrung, wie viel Glück die kurze, aber innige Nähe mit István ihr geschenkt hatte, aber auch das Wissen, dass sie von ihm belogen worden war.

Der Tanz hatte wieder begonnen. Diesmal blieben Kata und ihr Bräutigam ein Paar, das sich von nichts und niemanden auseinanderreißen ließ. Ihre Bewegungen harmonierten miteinander, sie sahen sich immer wieder an, tuschelten und lachten. Emilias Stimmung wurde durch diesen Anblick ein klein wenig besser, denn sie wünschte Erzsébets Tochter aus tiefstem Herzen eine glückliche Ehe.

Sie selbst wurde nicht zum Tanz aufgefordert, was ihr mehr als recht war, denn sie wollte allein mit ihren Gedanken sein. Yvetas sehr blasses, häufig sauertöpfisches Gesicht lockte ebenfalls keine Freier an und sie redete nicht viel, als sei sie ebenfalls mit ihren Gedanken beschäftigt. Die anderen Näherinnen flüsterten miteinander, ohne Emilia einzubeziehen. Vermutlich ging es um das plötzliche Verschwinden dreier Mädchen aus ihrer Mitte, denn auch Orsolya Sittkey fehlte. Vielleicht war sie von der Gräfin bereits zu ihrem Vater geschickt worden und man hatte den anderen Näherinnen erzählt, dass Erika sie begleitet hatte. Wie das Fehlen von Eva erklärt wurde, wusste Emilia nicht, und im Augenblick wollte sie auch nicht hören, welche Lüge verbreitet worden war.

Als das Fest seinen Höhepunkt erreicht hatte, die Musiker auf ihren Instrumenten tobten und die ersten Betrunkenen beim Tanz zusammenbrachen, stand Emilia auf. Draußen war es bereits dunkel geworden, und sie wusste, dass István im Hof auf sie wartete. Sie wollte mit ihm reden und eine Erklärung verlangen, denn sie ahnte, dass sie auf Dauer nicht mit ihm unter einem Dach leben und ihm ständig aus dem Weg gehen konnte. Sie murmelte Yveta als Entschuldigung zu, dass sie ein wenig frische Luft brauchte, lächelte die anderen Mädchen am Tisch zum Abschied an und ging los. Erzsébet unterhielt sich angeregt mit Miklós Zrínyi, sodass sie Emilias Hinausgehen nicht bemerkte.

Der Pavillon war ähnlich belebt wie am vorigen Abend. Diesmal sang nicht mehr die Frau mit der rauen, wehmütigen Stimme, sondern eine Gruppe italienischer Musiker spielte schnelle, fröhliche Tanzlieder, zu denen Leute in einem Reigen herumsprangen. Emilia entdeckte István sogleich auf einer der Stufen. Ihre Kehle zog sich nervös zusammen, aber gleichzeitig bewegten ihre Beine sich wie von selbst in seine Richtung, als gäbe es keinen anderen Weg, den sie nun einschlagen konnten. Er sah sie an, lächelte und rückte zur Seite, um ihr Platz zu machen.

„Warum hast du mich belogen?“, schleuderte Emilia ihm wütend entgegen, ohne sich zu setzen.

Im ersten Augenblick sah er einfach nur ratlos aus, dann fiel sein erfreuter Gesichtsausdruck in sich zusammen wie eine brennende Hütte.

„Die Darvulia hat mit dir gesprochen.“

Es war keine Frage, nur eine Feststellung. Emilia nickte.

„Dann lass uns an einen Ort gehen, wo wir ungestört sind“, sagte er und stand auf. Emilia begriff, dass er recht hatte, denn sie lief Gefahr, vor allen Leuten die Beherrschung zu verlieren, auch wenn ihr Geschrei in der ausgelassenen Stimmung vielleicht untergegangen wäre.

Diesmal führte er sie nicht in den kleinen Lagerraum und sie war erleichtert darüber, da sie nicht an die vergangene Nacht erinnert werden wollte. In einer Ecke in sicherer Entfernung von den Tänzern wies István auf ein paar gestapelte Kisten, wo sie Platz nehmen konnten. Emilia achtete darauf, Abstand von ihm zu wahren, denn je näher sie ihm kam, desto stärker wurde der Wunsch, ihn wieder zu berühren. „Du hättest es mir sagen müssen“, stellte sie nun fest.

Er widersprach nicht, nickte nur und begann mit dem Absatz seines rechten Schuhs Muster in den Boden zu zeichnen.

„Früher oder später hätte ich es auch getan. Nur wollte ich warten, bis … bis du mich besser kennst.“

Emilia fuhr empört auf. „Du hast mich in Gefahr gebracht. Wenn die Gräfin mitbekommen hätte, dass …“

„Ich wusste, dass sie nichts mitbekommt. Ich kenne sie schon lange. Nur die restlichen Ereignisse konnte ich nicht voraussehen.“

Er rieb sich die Stirn mit den Knöcheln einer Hand, sah Emilia dann erneut an. Die Trauer in seinen Augen verstörte sie.

„Und so sollte es deiner Meinung nach dann weitergehen?“, gab sie schnippisch zurück. „Dass wir uns treffen, wenn sie nichts mitbekommt!“

Grete hätte vermutlich gesagt, dass sie sich anmaßend und dumm benahm. Vielleicht hatte István gar nicht geplant, dass zwischen ihnen etwas weitergehen sollte.

„Ja, so in etwa“, murmelte er allerdings. „Eine andere Möglichkeit gibt es nicht.“

Er klang weder spöttisch noch gleichgültig, sondern tief betrübt. Emilia wusste plötzlich nicht mehr, was sie sagen sollte. Sie fühlte sich hintergangen und benutzt, gleichzeitig schien er ihr in diesem Moment so nackt und hilflos, dass sie ihn am liebsten in die Arme genommen hätte.

„Aber nun …“ Er wandte sich ihr zu und lächelte müde. „Nun bist du wohl gekommen, um mir zu sagen, dass es gar nicht weitergehen soll.“

Emilia fühlte sich in ihrer ganzen Empörung durchschaut und gleichzeitig nicht wirklich ernst genommen.

„Ja, so ist es“, erwiderte sie trotzig.

„In diesem Fall verhältst du dich ähnlich wie Pattai“, gab er unerbittlich zurück. Kurz war ihr, als hätte sie einen Schlag ins Gesicht erhalten, dann überwog der Drang, sich zu verteidigen.

„Das ist doch nicht dasselbe. Du bist ein Mann. Willst du denn behaupten, dass Erzsébet dir Gewalt angetan hat?“

Er senkte den Kopf und schwieg eine Weile.

„Nein“, gab er dann zu. „Ich mochte sie zunächst sogar. Sie ist ein eindrucksvoller Mensch.“

Emilia zuckte zusammen, denn diese Worte hatten ihr einen Stich versetzt. Doch je länger sie die ganze Lage in ihrem Kopf drehte und wendete, desto klarer wurde ihr, dass es nur eine einzige Lösung gab.

„Erzsébet hat es nicht verdient, derart hintergangen zu werden“, stellte sie fest. „Und zudem hätten wir beide keine Zukunft, nur die ständige Gefahr, entdeckt zu werden. Wir sollten einfach vergessen, was gestern Nacht geschah.“

István schwieg eine Ewigkeit und seine Augen schienen so unergründlich wie dunkle Gewässer. Tief in ihrem Herzen hoffte Emilia, er würde etwas sagen, um sie vom Gegenteil zu überzeugen, aber sie war zu vernünftig, um damit zu rechnen.

„Dann soll es so sein“, meinte er schließlich sehr schnell, fast schroff, stand auf und ging wieder auf die Tanzenden zu, ohne Emilia weiter zu beachten. Sie bekämpfte eisern den Drang, ihm hinterherzulaufen, sondern machte sich auf den Weg in ihr Gemach. Wieder flossen Tränen über ihre Wangen und ihr ganzer Körper zitterte, was nicht nur an der kühlen Abendluft lag. Sie hatte an diesem Tag mehr verstörende Erlebnisse gehabt, als sie hinzunehmen vermochte, und fühlte sich wie zerschlagen.

Das Leben musste weitergehen, sagte sie sich, als sie endlich ihr Gemach erreicht hatte. Es war leer, Yveta musste noch im Festsaal sein. Emilia schlüpfte rasch unter ihre Decke und zog sich das Kissen über den Kopf, um den Lärm der Festlichkeiten aus ihrem Bewusstsein zu verbannen.

Zum ersten Mal überlegte sie, ob es auf Dauer nicht klüger wäre, Erzsébets Dienste wieder zu verlassen. Aber dazu brauchte sie erst einmal ihre versprochene Entlohnung.

2. Buch

1. Kapitel

König Matthias überflog den Brief und warf ihn dann zu Boden. Es war sehr erstaunlich, fast unglaublich, wie hartnäckig diese Nádasdy-Witwe war! Wie hatte ihr Gemahl es eigentlich mit so einer Xanthippe ausgehalten? Er hatte nicht wie ein Mann gewirkt, der sich von einer Frau Vorschriften machen ließ, ja Matthias war während der Türkenkriege manchmal entsetzt gewesen, wie brutal der ungarische Heeresführer gerade mit weiblichen Gefangenen umgegangen war. Niemals hätte er sich vorstellen können, dass die einstige Ehefrau dieses Mannes sich zu einem feinen, aber hartnäckigen Stachel in seinem Fleisch entwickeln würde.

Er stellte seine Ellbogen auf das Holz des breiten Sekretärs und massierte seine Schläfen mit den Fingern. Im Grunde hatten die Dinge sich für ihn besser entwickelt, als ein dritter Sohn es sich erhoffen konnte. Sein ältester Bruder Rudolf war zwar weiterhin Kaiser des Heiligen Römischen Reiches, doch hatte er seinen Krieg gegen die Türken unnötig in die Länge gezogen und vergeblich auf einen triumphalen Sieg gehofft. Die Unmengen an Geldern und Menschenleben, die dieses Unternehmen verschlungen hatte, hatten seine Untertanen allmählich zum Murren gebracht. Nun lebte er zurückgezogen in Prag, widmete sich der Kunst und der Alchemie, wodurch er zudem noch das Missfallen der Kirche auf sich gezogen hatte. Es war ein offenes Geheimnis, dass Rudolf geistig umnachtet war und daher seinen Aufgaben nicht gewachsen. Der zweite Bruder Ernst war früh verstorben, was Matthias zum unmittelbaren Nachfolger machte. Sein erster Aufstand gegen Rudolf hatte nicht zum völligen Sieg geführt, aber immerhin konnte Matthias sich nun König von Ungarn, Österreich und Mähren nennen. Rudolf waren Böhmen, Schlesien, die Lausitz und die Kaiserkrone geblieben. Matthias wusste, dass es nur eine Frage der Zeit war, bis all dies auch ihm gehören würde. Er war

S

die Zukunft des Hauses Habsburg und, wie sein bester Ratgeber, der Bischof Melchior Khlesl stets betonte, die Hoffnung der deutschen Katholiken.

Mit diesem Nádasdy-Weib würde er auch fertig werden, beschloss Matthias und hob den Brief wieder auf, um ihn nochmals in aller Ruhe zu lesen. Sie drängte überaus hartnäckig, fast schon unverschämt darauf, wenigstens einen Teil jener Summe zurückzuerhalten, die ihr verstorbener Gemahl dem Haus Habsburg einst geliehen hatte. Dabei hatte das Geld nur dabei helfen sollen, die Türken aus dem Land zu vertreiben! Matthias war es vergönnte gewesen, als Statthalter Ungarns einen Friedensvertrag auszuhandeln, nachdem Gott endlich den Sultan Mehmed III hatte sterben lassen und seinen schwachen Sohn an die Macht brachte. Die Ungarn sollten ihm dankbar sein, dass er ihrem blutdurchtränkten Land eine Möglichkeit zum Aufatmen geschenkt hatte, anstatt ihn mit Forderungen zu belästigen! Ob der Palatin Thurzó überhaupt wusste, wie sehr dieses zänkische Weib seinem König zusetzte, nur wegen ein paar Schulden, die zu bezahlen er keineswegs beabsichtigte? Er läutete nach seinem Schreiber. Erzsébet Nádasdy würde die übliche Antwort erhalten, dass das Haus Habsburg sich derzeit nicht in der Lage sah, ihre Forderungen zu erfüllen. Was sollte eine alleinstehende Frau, die sich durch ihr bissiges Benehmen sicher nicht viele Freunde gemacht hatte, auch dagegen unternehmen?

Die Tür öffnete sich mit erstaunlicher Geschwindigkeit, für gewöhnlich war der Schreiber langsamer. Matthias erblickte das schmächtige, verlegene Gesicht eines Lakaien, der noch nicht lange in seinen Diensten stand und daher ständig fürchtete, etwas falsch zu machen. „Euer Hoheit, der Bischof Melchior Khlesl wünscht Euch zu sprechen."

Matthias verzichtete großzügig darauf, dem Knaben klar zu machen, dass niemand einem König gegenüber Wünsche zu äußern hatte, lediglich Bitten. Melchior war wirklich eine Ausnahme, sein ältester und treuester Verbündeter, ohne dessen Ermutigung Matthias niemals gewagt hätte, seine heimlichen Träume von einer Kaiserkrone auf seinem Haupt verwirklichen zu wollen.

„Lasse er ihn herein!", wies er den Lakaien an, der sich pflichtbewusst verbeugte und rückwärts aus dem Raum ging.

Melchior trat ohne jedes Zeichen der Ehrerbietung ein. Er streichelte seinen gepflegten Spitzbart, während er unaufgefordert auf dem Stuhl gegenüber von seinem König Platz nahm.

„Die Aufsässigkeit der protestantischen Stände bereitet mir weiterhin Sorgen, Euer Hoheit", kam er nach einer kurzen Begrüßung auf den Grund seines Besuches zu sprechen. Matthias war nicht überrascht. Zwar hatte Melchior eine protestantische Erziehung erhalten, doch seit seiner Bekehrung durch einen Jesuiten hegte er einen fast krankhaften Hass auf alle, die nicht katholischen Glaubens waren.

„Wir brauchen die Unterstützung der Protestanten", wandte Matthias ein. „Daher müssen wir auch ihren Glauben zunächst einmal dulden."

„Aber Euch ist hoffentlich klar, dass Euer Ziel nur eine völlige Rekatholisierung Eurer Ländereien sein kann", beharrte der Bischof. „Nur so könnte Ihr auf die Unterstützung des himmlischen Herrn hoffen."

Matthias überlegte, dass die protestantischen Heere ihm als Unterstützung bisher mehr genützt hatten, sprach es aber nicht aus. Er durfte seinen eifrigsten und schlauesten Ratgeber nicht verprellen.

„Ich werde das protestantische Problem beizeiten klären", versicherte er und wies dann mit einem schiefen Lächeln auf den Brief der lästigen Witwe.

„Hier habe ich es gerade mit einer besonders starrköpfigen Protestantin zu tun. Die Gräfin Nádasdy ist nicht willens, mir großzügig alle Schulden zu erlassen."

Melchior Khlesl machte eine abfällige Handbewegung.

„Ihr Gemahl war ein großartiger Feldherr, dessen Unterstützung wir brauchten. Sie ist nur ein zänkisches Weib. Beachtet sie nicht."

Das war die einzig richtige Art, die Dinge zu sehen, beschloss Matthias. Er ging aber davon aus, dass die Xanthippe ihn noch weiter mit Briefen belästigen würde. Vielleicht sollte er seinen ersten Sekretär anweisen, sie ihm nicht mehr vorzulegen. Die häufig eintreffenden Klagen einfacher Bauern und Beschwerden von Klerikern über Plünderungen durch herumziehende Heere und den Machtmissbrauch ihrer Landesherrn landeten ebenfalls in den Archiven, ohne ihm vorgelegt zu werden, da er sich als König nicht mit solchen Belanglosigkeiten befassen musste.

Da fiel ihm plötzlich ein, dass es einmal auch ein Schreiben betreffend diese Gräfin Nádasdy gegeben hatte, das er eben nur aus diesem Grund zu lesen bekam. Weil es eine so wichtige Person betraf.

„Sie muss ihren Landsleuten auch ein ziemlicher Stachel im Fleisch sein", erzählte er dem Bischof. „Ein ungarischer Priester, ein Protestant wohlgemerkt, aber angeblich ein sehr angesehener Gelehrter in seiner Heimat, hat einmal offen gegen sie protestiert und mehrere Beschwerden an mich verfasst. Scheinbar können die Ungarn nicht mit ihrem eigenen Weibsvolk fertig werden."

Er lachte auf, doch Melchior Khlesl stimmte nicht mit ein, sondern rieb stattdessen seine Nasenwurzel, das übliche Zeichen, dass er gerade eine neue Eingebung bekommen hatte.

„Was schrieb er denn?", wollte der Bischof wissen. Matthias hob ratlos die Hände. Wie sollte er sich an jedes Schreiben erinnern, das in all den Jahren auf seinem Tisch gelandet war?

„Ich weiß es nicht mehr genau. Damals war ich noch nicht einmal König Ungarns, doch dieser Priester schien meine Zukunft vorauszusehen. Ich glaube, es ging allgemein um Grausamkeit."

Da Melchior Khlesl ihn weiterhin erwartungsvoll musterte, begann er sein Gedächtnis zu bemühen. Irgendetwas hatte ihn damals an dem Brief überrascht.

„Ja, Grausamkeit!", rief er, als sich der Vorhang in seinem Kopf endlich gehoben hatte. „Und zwar nicht nur diese Erzsébet, sondern auch ihr Gemahl, Ferenc, wurden dessen bezichtigt. Aber Genaueres schrieb er nicht. Ich habe mich damals gewundert, wie weltfremd dieser Bücherwurm doch sein musste. Wie hätte Ferenc Nádasdy, den die Türken ehrfurchtsvoll den *schwarzen Bey* nannten, weil er sie das Fürchten lehrte, denn seines Erachtens sein sollen? Milde und wohltätig?"

Wieder stimmte der Bischof nicht in sein Gelächter ein, und Matthias begann sich zu fragen, was dem ausgezehrten Asketen wohl über die Leber gelaufen sein konnte. Das Reiben der Nasenwurzel hörte nicht auf, als hätte ihn dort ein Floh gebissen.

„Ferenc Nádasdy war ein Mann mit sehr viel Grundbesitz, wenn ich mich recht entsinne", sagte der Bischof, dessen Blick sich zu dem bunten Fensterglas der Wiener Hofburg gewandt hatte.

„Ja. Er gehörte zum ungarischen Hochadel."

„Und seine Frau ist eine geborene Báthory, ein Geschlecht, aus dem der gegenwärtige polnische König hervorging. Ebenso der Woiwode von Transsylvanien. Ebenfalls Hochadel."

Matthias nickt und fragte sich, worauf der alte Fuchs hinauswollte.

„Die Báthorys gehören zu den eisernsten Anhängern der protestantischen Irrlehre, von ein paar löblichen Ausnahmen abgesehen", redete Melchior Khlesl weiter. „Ferenc Nádasdy brauchten wir, um die Türken von der Christenheit fernzuhalten. Aber ein zänkisches, altes Weib ist in dieser Welt zu nichts nütze."

Die Aussage schien so kalt und scharf wie die Klinge eines Messers. Matthias riss ungläubig die Augen auf.

„Meine Güte, was schlagt Ihr denn vor? Soll ich sie aus dem Weg räumen lassen? Sie ist ein Mitglied des Hochadels, egal wie alt und zänkisch und nutzlos sie sein mag! Noch bin ich nicht Kaiser und wenn ich es eines Tages werden will, kann ich mir kein solches Vergehen zuschulden kommen lassen."

„Das meinte ich nicht", erwiderte der Bischof und legte beide Hände auf den Tisch. „Es würde auch nichts nützen, sie heimlich zu töten, denn in dem Fall ginge ihr ganzer Besitz an ihre Erben. Sollte es Euch aber gelingen, Sie rechtmäßig zu verurteilen, am Besten noch für ein schweres Verbrechen wie Hexerei, so fällt er an Eure Krone. Ein großer Teil Ungarns könnte sogleich rekatholisiert werden."

Mit einem leisen Seufzer, als hätte all dies Nachdenken ihn erschöpft, lehnte Melchior Khlesl sich in seinem Stuhl zurück. Matthias blieb ein paar Atemzüge lang der Mund offen stehen, denn er begann zum ersten Mal an dem Verstand seines alten Verbündeten zu zweifeln.

„Ich soll eine der angesehensten und reichsten Frauen des Landes wie ein gemeines Weib auf den Scheiterhaufen zerren? Melchior, ich bitte Euch, mit welcher Begründung denn? Ich würde ihre ganze Familie, ja den ganzen Adel Ungarns gegen mich aufhetzen, und könnte mich auf den nächsten Aufstand gefasst machen."

„Nicht unbedingt. Ihr müsst es nur geschickt anstellen", erwiderte der Bischof völlig ruhig und rieb seine Hände. „Lasst Euch nochmals diese Briefe des protestantischen Priesters bringen. Vielleicht könnt Ihr genauer nachfragen, um welche Art von Grausamkeit es sich handelte."

„Es ist schon Jahre her, dass ich den Letzten erhielt. Ich erinnere mich, gehört zu haben, dass der Mann inzwischen verstorben ist."

Im Stillen hoffte Matthias, das Thema sei damit erledigt, da ihm der von Melchior Khlesl vorgeschlagene Weg nicht unbedingt gefiel. Doch der Bischof war nicht so leicht von seinem Vorhaben abzubringen.

„Dann wendet Euch in dieser Angelegenheit an den Palatin, Graf Thurzó. Er ist Euch wohlgesonnen, zudem seit Kurzem wieder Katholik. Sagt, Ihr hättet die Briefe leider erst jetzt zur Kenntnis genommen, und bittet ihn, Nachforschungen anzustellen. So fühlen die Ungarn sich nicht übergangen."

„Und was ist, wenn er nichts herausfindet?", fragte Matthias, dem sich der Sinn eines solchen Vorgehens immer noch nicht erschloss. „Was kann diese Frau denn damals so Schlimmes getan haben? Wenn ich mich recht entsinne, war der Pfaffe, der sich über sie beschwerte, bei ihr Hauspfarrer. Ein ziemlich dreistes Vorgehen von ihm. Vielleicht hat sie ihn irgendwie verärgert, oder er fand, dass sie mit den Bediensteten zu hart umsprang. Wenn ich anfange, jeden Adeligen für so etwas zu verurteilen, dann habe ich bald keine Heeresführer mehr."

„Gemach, gemach", mahnte der Bischof. „Ihr seid stets zu ungestüm. Wartet ab, was der Palatin Euch erzählt. Und noch etwas …"

Er lehnte sich vor und sprach etwas leiser, aber umso eindringlicher.

„Deutet dem Grafen Thurzó an, dass nicht nur Ihr von einer Verhaftung der Gräfin profitieren würdet. Eure Schulden wären getilgt, aber etwas von dem riesigen Grundbesitz der Witwe könnte auch jenen zufallen, die Euch unterstützt haben."

Matthias spürte, wie sein Mund endgültig zuklappte. Wieder einmal hatte er die Durchtriebenheit des Bischofs unterschätzt. Mithilfe dieses Mannes würde er eines Tages Kaiser werden, daran hegte er keine Zweifel mehr.

Emilia öffnete die Fensterläden und beugte sich hinaus. Nach dem endlos langen Winter tat es unglaublich wohl, milde, frische Frühlingsluft einzuatmen und grüne Blätter an den vor Kurzem noch nackten Bäumen sprießen zu sehen. Als sie das Osterfest nach protestantischem Ritus in Csejte gefeiert hatte, hatte noch der letzte Schnee gelegen, doch nun spross und schoss überall frisches Leben aus der lang eingefrorenen Erde. Sie fühlte, wie die Strahlen der Morgensonne ihre Haut wärmten und ihre Lust auf den bevorstehenden Tag weckten.

Ihren Entschluss, den Dienst der Gräfin zu verlassen, hatte sie bisher nicht in die Tat umsetzen können, da Erzsébet ihr noch keinen Lohn für ihre Arbeit ausbezahlt hatte. Die Ausgaben für Katas Hochzeit hatte die Gräfin gezwungen, sogar einige ihrer Ländereien zu verkaufen, da der König bisher keine Ansätze gezeigt hatte, seine Schulden wenigstens teilweise zurückzuzahlen. Emilia verstand die Notlage, in der Erzsébet sich befand. Außerdem ahnte sie, dass sie als junges Mädchen ohne einflussreiche Verwandtschaft schlichtweg zu unbedeutend war, um Forderungen stellen zu können. So gab sie sich damit zufrieden, weiterhin Kost und Logis von der Gräfin zu erhalten. Arbeit gab es immer für sie, da Erzsébet genug Gewänder hatte, die ausgebessert werden mussten. Gelegentlich hatte sie auch Aufträge von Kleinadeligen und reicheren Bürgersfrauen aus der nächstgelegenen Stadt Vágújhely bekommen, die anzunehmen Erzsébet ihr gestattete. Diesen Näharbeiten verdankte Emilia die einzigen Münzen, die sie besaß und in einem Beutel unter ihrer Matratze aufbewahrte. Dennoch war sie nicht unzufrieden mit ihrem Los, es ging ihr besser als in Augsburg und was aus ihr als Kurts Gefährtin geworden wäre, wollte sie sich nicht ausmalen. Nur Evas Tod schmerzte sie immer noch. Das Mädchen war zusammen mit Erika Sittkey in einem Sarg aus dem Schloss von Sárvár geschafft worden, als die Hochzeitsgäste abgereist waren, und auf dem nächstgelegenen Friedhof beigesetzt worden. Ihr Vater, der Schullehrer, hatte eine kurze Nachricht von ihrem Tod erhalten, und nicht weiter nachgefragt. Auch von Orsolya Sittkey gab es keine Neuigkeiten, und Emilia ging davon aus, dass mit der Zeit Gras über die Unglücksfälle wachsen würde.

Erzsébet hatte einige Male unter ihren schweren Kopfschmerzen gelitten und sich in ihr Gemach zurückgezogen, wohin in solchen Fällen fast nur die Darvulia Zutritt hatte. Glücklicherweise waren die Dienstmägde immer vorsichtig gewesen und so leise wie Waldgeister durchs Haus geschlichen, sodass der befürchtete Zornausbruch der Hausherrin ausgeblieben war. Emilia wusste, dass Dorottya

Szentés und Helena Jó den Küchenmädchen häufig wegen Faulheit oder Ungeschicklichkeit Schläge verpassten, aber zu schweren Verletzungen war es nicht gekommen. Sie selbst verfügte nun über genug Einfluss, um eine schützende Hand über ihre Näherinnen halten zu können, was sie mit Stolz erfüllte.

Sie war zufrieden. Bis auf die Augenblicke, da sie völlig unerwartet István über den Weg lief und es ihr einen Stich versetzte, sein wunderschönes, pechschwarzes Haar, die matt gebräunte Haut und den muskulösen Körper zu sehen, aber niemals wieder berühren zu dürfen. Nachts suchten manchmal verbotene Sehnsüchte sie heim, die sie durch Arbeit bis zur völligen Erschöpfung zu bekämpfen versuchte. Sie wusste, dass sie ihre Zukunft nicht durch unvernünftiges Verhalten gefährden durfte, und István machte es ihr leicht, indem er sie kaum noch beachtete. Diese offensichtliche Gleichgültigkeit blieb ein hartnäckiger Stachel in ihrem Herzen, zeigte sie doch allzu deutlich, dass sie für ihn nur ein unbedeutendes Abenteuer gewesen sein konnte. Sie beschloss, in die Zukunft zu blicken, wodurch sie stets erfolgreich ihre Schwermut bekämpft hatte. Früher oder später, wenn sie bereits einen bekannten Namen als Gewandschneiderin hatte, würde sie sich vermählen, am Besten mit einem angesehenen Schneidermeister, der ihr jenes Leben bieten konnte, zu dem sie geboren war.

Es gab nichts, was sie mit einem mittellosen Leibeigenen von zweifelhafter Abstammung verband, überlegte Emilia, als sie sich vom Fenster entfernte, um ihre Tageskleidung anzulegen.

Sie hatte sich soeben die Schürze umgebunden, als es an der Tür klopfte. Emilia bat den ungebetenen Gast herein und staunte, das blasse, sommersprossige Gesicht einer ihrer Näherinnen zu erblicken. Das Mädchen war erst kürzlich eingestellt worden und Emilia brauchte eine Weile, bis sie sich an ihren Namen erinnern konnte. Doricza, Tochter einer slowakischen Mutter und eines ungarischen Vaters. Deseö hatte ihr die Arbeit bei der Gräfin verschafft, da es in der Familie mehr Kinder gab, als die Eltern ernähren konnten. Emilia hatte Mitleid mit dem völlig verängstigten, vierzehnjährigen Mädchen gehabt, das mit einem winzigen Bündel in der Hand das *kastély* betreten hatte, und gleich zur Gräfin gesagt, dass sie eine weitere Näherin brauchen konnte. So war Doricza in Sicherheit vor den Strafen der Szentés und hatte sich zudem als geschickt im Umgang mit Nadel und Faden erwiesen.

Nun knickste sie mit schüchtern niedergeschlagenem Blick.

„Ich hoffe, ich störe Euch nicht“, begann sie leise. „Man hat mir gesagt, dass Ihr früh aufsteht.“

Emilia nickte und winkte das Mädchen herein.

„Nun, was hast du auf dem Herzen?“

Im Grunde schmeichelte es ihr, dass Doricza sich ausgerechnet an sie gewandt hatte, denn es zeigte, dass sie mit ihren Mädchen richtig umging. Sie sollten Respekt haben, fleißig arbeiten, aber nicht vor Angst erstarrt sein wie in der Gegenwart von Dorottya oder Helena Jó. So war es auch im Haus ihres Vaters gewesen.

„Möchtest du einen Schluck Wasser?“, versuchte sie Doricza zu ermutigen, die immer noch verlegen schwieg.

„Es tut mir wirklich leid, Euch zu stören, aber man hat mir gesagt, dass Ihr lesen und schreiben könnt“, stammelte das Mädchen schließlich, den Blick weiterhin auf den Boden gerichtet.

„Ja, das kann ich.“

Emilia überlegte, ob sie es Doricza nicht auch beibringen sollte. Für das Aufzeichnen von Schnittmuster war es von Vorteil, wenn man sie auch mit Notizen versehen konnte.

„Dann könnt Ihr mir vielleicht helfen.“

Doriczas Hände waren bisher in ihrem Rücken verknotet gewesen, nun bewegten sie sich nach vorn und streckten Emilia einen Fetzen Papier entgegen.

„Das habe ich bekommen, aber ich kann ja nicht lesen“, murmelte sie sichtlich verlegen.

„Von wem hast du es?“, fragte Emilia und faltete die Nachricht auseinander, um sie rasch zu überfliegen. Dann musste sie sich auf die Bettkante niederlassen, da ihr Herz kurz aussetzte. Die Schrift verschwamm vor ihren Augen, aber als sie sich wieder gefangen hatte, stachen die schwungvollen Schriftzüge unerbittlich in ihr Bewusstsein.

„Man sagte mir, es sei von István“, hörte sie wie aus weiter Ferne Doriczas Flüstern. „Ihr wisst es vielleicht nicht, aber alle Mädchen im Haus schwärmen für ihn. Ich wäre so stolz, wenn ausgerechnet ich ihm gefiele.“

Emilia spürte etwas Dunkles, Böses in ihrem Inneren brodeln. Am liebsten hätte sie jetzt ausgeholt und dem Mädchen in sein dümmlich unschuldiges Gesicht geschlagen, damit es endlich aufhörte, so glücklich zu strahlen.

Sie tat ein paar tiefe Atemzüge, um sich zu beruhigen.

„Wer hat dir das gegeben?"

„Ficzkó." Doricza schwieg eine Weile, als habe sie begriffen, wie aufgebracht Emilia war. Aber dann gewann ihre Neugier die Überhand.

„Was schreibt er mir denn?"

„Er will dich treffen", sagte Emilia tonlos. Sie staunte, wie ruhig sie plötzlich war, fast als hätten alle Gefühle sich aus ihrem Körper entfernt, damit der Verstand sie lenken konnte wie eine Marionette.

„Wirklich? Mich?"

Doriczas Gesicht strahlte.

„Du darfst ihm nicht trauen", fuhr Emilia fort, doch konnte sie an dem fassungslosen Blick des Mädchens erkennen, dass ihre Worte nicht auf fruchtbaren Grund fallen würden.

„Er hat schon mindestens ein Mädchen ins Unglück gestürzt", fügte sie dennoch hinzu.

„Ja, Yvetas Schwester. Ich habe Gerüchte gehört", gab Doricza zu. „Aber ich dachte, vielleicht kann er das irgendwie erklären."

„Triff dich nicht mit ihm! Er ist ein Lügner!"

Nun konnte Emilia selbst hören, dass sie allzu bitter klang. Doricza sah sie nur verwirrt und leicht verängstigt an. Eine etwas ältere, erfahrenere Frau hätte die Wahrheit sofort durchschaut, überlegte sie. Aber eben weil Doricza so ahnungslos war, durfte sie nicht einfach Istváns Spielen überlassen werden.

„Wenn Ihr meint. Ich werde natürlich nichts tun, was Ihr nicht wünscht", sagte Doricza brav und streckte dann die Hand aus, um den Brief wieder an sich zu nehmen. Emilia erwog kurz, ihn als Beweisstück zu behalten, doch wollte sie das Mädchen nicht unnötig vor den Kopf stoßen. Zu dem, was sie nun tun wollte, brauchte sie den Brief eigentlich nicht. So übergab sie ihn Doricza, die eine weitere Entschuldigung murmelte und aus dem Zimmer hinauslief.

Emilia atmete nochmals tief durch. Obwohl Doricza ein fügsames Mädchen war, konnte sie sich nicht darauf verlassen, dass sie tatsächlich auf ein Treffen mit István verzichten würde. Mit der Gräfin zu reden kam nicht infrage, denn sie wusste, dass Erzsébet durchaus in der Lage wäre, ihren Zorn auch an Doricza auszulassen.

Sie stand auf und verbarg rasch ihr Haar unter einer Haube, um einigermaßen ehrbar auszusehen, wenn sie István zur Rede stellte.

Sie musste die Szentés fragen, obwohl es ihr unangenehm war, doch wusste die grimmige Haushälterin immer Bescheid, wo sich alle Bediensteten der Gräfin aufhielten. Nur Anna Darvulia war ebenso aufmerksam, aber ihr gegenüber konnte Emilia schlecht zugeben, dass sie István suchte. Von Dorottya erhielt sie zwar einen finsteren Blick zur Begrüßung, doch war daran nichts Ungewöhnliches. Wahrscheinlich störte die Frau sich daran, dass Emilia ihre grausame Herrschaft im Haus eingeschränkt hatte, und mochte sie deshalb nicht besonders. Dennoch beantwortete sie die Frage bereitwillig.

„Der Türkenbastard treibt sich gern mit *Cigány* herum. Gerade sind welche im Dorf. Er ist bei ihnen. Warum die Gräfin ihn im Haus duldet, ist mir ein Rätsel, aber es geht mich ja nichts an."

Emilia nickte und bedankte sich freundlich für die Auskunft, was ihr einen weiteren feindseligen Blick eintrug. Dann lief sie ins Dorf.

Inzwischen wurde sie von den Einwohnern nicht mehr angestarrt, sondern als Teil des fürstlichen Haushalts angenommen, obwohl man es immer noch vermied, mit ihr zu reden. Sie musste sich dreist an einen jungen Bauernburschen wenden, der vor seiner Hütte Holz hackte und das Beil erst sinken ließ, als Emilia ihm ihre Frage regelrecht ins Gesicht geschrien hatte.

„Die *Cigány* haben ihr Lager oben bei der Burg", meinte er dann knapp, um ihr sogleich wieder den Rücken zuzuwenden. Emilia fürchtete sich inzwischen nicht mehr vor dem Weg durch den Wald und hoffte, der steile Aufstieg würde ihr helfen, den brodelnden Zorn in ihrem Inneren durch schlichte Erschöpfung zu mildern. Falls diese Hoffnung sich nicht erfüllte, so wäre es besser, ihre Auseinandersetzung mit István nicht im *kastély* zu beginnen. Sie war sich nicht sicher, ob es ihr gelingen würde, ihre Stimme zu dämpfen und ruhig zu sprechen.

Sie rannte den schmalen Pfad hoch, bis sie ein schmerzhaftes Stechen in der Seite verspürte und ihre Lungen zu bersten drohten. Nach

Luft schnappend lehnte sie sich an einen Baumstamm. Die frische Luft, das fröhliche Singen der Vögel und die Einsamkeit des Waldes halfen ihr tatsächlich, etwas zur Ruhe zu kommen.

István musste sich einen Spaß daraus machen, die Bediensteten der Gräfin zu verführen. Vielleicht hatte Ilona Hertz in der Nacht vor Katas Hochzeit sogar seinetwegen geweint, und sie selbst, Emilia, war nur ein weiterer Name auf seiner Liste gewesen, aufgrund ihrer Beliebtheit bei der Gräfin vielleicht eine besondere Herausforderung. Sie erfolgreich verführt zu haben, hatte seinen Stolz beflügelt, und es störte ihn nicht sonderlich, später von ihr zurückgewiesen zu werden, da er ohnehin die Abwechslung liebte.

Zu ihrem Erstaunen machten diese Überlegungen sie nicht mehr zornig, sondern tieftraurig. Sie fühlte sich einsam und verloren, von einem Schmerz niedergezwängt, den sie seit dem Tod ihrer Familie nicht mehr empfunden hatte. Während sie sich die Tränen aus den Augen wischte, verfluchte sie ihre eigene Rührseligkeit. Wie hatte sie nur so dumm sein können, sich dem begehrtesten Mann im Haushalt der Gräfin an den Hals zu werfen, und sich dann noch Hoffnungen zu machen, der kurze Moment, da sie sich geborgen und geliebt gefühlt hatte, würde zu einer wesentlichen Änderung in ihrem Leben führen? Vielleicht war es letztendlich besser, von einem Mann einfach besprungen zu werden, wie die Gräfin es geschildert hatte, anstatt in seinen Armen unerwartetes Glück zu erleben, nur um gleich darauf in den Dreck getreten zu werden!

Nach einer Weile hatte sie sich wieder gefasst und legte den Rest des Aufstiegs nun in einem ruhigeren Tempo zurück. Die Zelte und Wagen der *Cigány* waren auf einer freien Fläche dicht neben dem Eingangstor zum *vár* aufgestellt worden, Ponys grasten auf einem freien Stück Rasen und eine Gruppe von Frauen mit bunten Röcken saß plaudernd um eine Feuerstelle. Ihre Sprache glich in keinster Weise dem Ungarischen oder Slowakischen, sondern war ein kreischender Singsang. Emilia kam zögernd näher. Als mehrere dunkelbraune Gesichter sich zu ihr umdrehten, fühlte sie sich wie bei ihrem ersten Besuch im Dorf: Die Blicke machten allzu deutlich, dass sie eine nicht willkommene Fremde war.

Sie grüßte auf Slowakisch. Die Frauen schnatterten untereinander weiter, brachen sogar in Gelächter aus, was Emilia als ausgesprochen unhöflich empfand. „István“, sagte sie schließlich. „Er soll hier sein. Ich suche ihn.“

Die Frauen schnitten Grimassen und lachten noch lauter. Emilia verspürte Lust, ihnen etwas an die mit farbenfrohen Tüchern bedeckten Köpfe zu werfen, da kam plötzlich ein kleiner, breitschultriger Mann, der seinen Hut tief in die Stirn gezogen hatte, auf sie zu.

„István ist bei Henrik. Komm!“

Sie gehorchte, obwohl ihr nicht sehr wohl dabei war, das Lager der *Cigány* zu betreten. Die Blicke in ihrem Rücken waren wie Messerspitzen, und als sie zu einem der Zelte geführt wurde, empfand sie Erleichterung, ihnen für einen Moment entfliehen zu können.

István saß neben einem Mann mit langem, weißen Rauschebart und gekrümmtem Rücken, der eine langsame Melodie auf seiner Laute klimperte. Beide sangen dazu in der Sprache der *Cigány*. Ihr Lied klang so wehmütig, dass Emilia erneut Tränen in die Augen schossen, doch als sie dem Verursacher ihres Unglücks ins Gesicht sehen konnte, wallte wieder der Zorn in ihr hoch.

„Ich muss dich sprechen. Allein!“, zischte sie ihm zu. Er sah einfach nur überrascht aus, sagte ein paar Worte zu dem alten Mann und ging dann hinaus.

„Wir sollten besser in den Wald gehen, damit niemand etwas mitbekommt“, wies Emilia ihn weiter an. Er wölbte staunend eine Augenbraue, folgte ihr aber ohne Widerspruch. Unter den miteinander verwachsenen Ästen zweier Eichen fanden sie eine Stelle, die Emilia geschützt genug schien. István setzte sich auf einen Baumstumpf in der Nähe und streckte die Beine aus.

„Was oder wem verdanke ich die ungewohnte Ehre?“

Der Spott in seiner Stimme war so schneidend, dass sie Lust bekam, ihn zu ohrfeigen.

„Warum hast du eine Nachricht an Doricza geschickt, um dich mit ihr zu treffen? Willst du sie auch in Gefahr bringen, so wie mich damals in Sárvár?“

Es war in der Tat eine gute Idee gewesen, sich von dem Lager der Zigeuner zu entfernen, denn Emilia hörte sich selbst allzu laut schreien.

„Könntest du mir freundlicherweise erklären, worum es geht? Was soll ich irgendeiner Doricza geschickt haben?“

Emilia stampfte mit dem Fuß auf. Über ihr flatterten ein paar erschrockene Vögel davon.

„Jetzt tue nicht so, als ob du sie nicht einmal kennst! Meine neue Näherin, ein rothaariges Mädchen mit Sommersprossen. Sie war bei mir und hat mir deine Nachricht gezeigt. Da stand drin, dass du dich gern heimlich mit ihr treffen würdest."

Nun glitt alle spöttische Selbstsicherheit von seinem Gesicht, als habe ihm jemand eine Maske weggerissen. Doch waren weder Scham noch Schuld an seiner Miene zu erkennen, sondern blankes Entsetzen.

„Dieses Kind hat die Nachricht erhalten?", stammelte er fassungslos.

„Natürlich. Du hast sie dem Kind doch geschickt. Nur kann es nicht lesen und kam deshalb zu mir. Damit hast du wohl nicht gerechnet, was?"

Er seufzte tief, als ringe er mit letzter Kraft um Selbstbeherrschung.

„Ich wäre schon bemerkenswert dumm, wenn ich mir einbilden würde, dass ein einfaches Bauernmädchen ohne fremde Hilfe eine Nachricht entziffern kann."

„Ach ja? Du kannst doch auch lesen, obwohl du aus einem Bauerndorf stammst, wo man dich sogar einen Türkenbastard nannte!"

Sie staunte für einen Moment, denn es war niemals ihre Art gewesen, derart boshaft zu Menschen zu sein, gezielt nach jenen wunden Stellen zu schlagen, die sie ihr vertrauensvoll offenbart hatten. István zuckte kurz zusammen und in seinen Augen funkelte der Zorn, dann stand er auf. „Es kommt gelegentlich vor, dass selbst der Abschaum dieser Welt Dinge lernen kann, die sonst nur Leuten noblerer Abstammung vorbehalten sind", sagte er mit einer völlig ruhigen, aber eisig kalten Stimme. „Aber mir ist bewusst, dass dies eine Ausnahme ist. Da Ihr mich in dieser Sache jedoch eindeutig schuldig gesprochen habt, sehe ich keinen Sinn darin, unser Gespräch fortzusetzen."

Erschrocken über die Feindseligkeit, die ihr nun entgegenschlug, trat Emilia ein paar Schritte zurück.

„Was soll ich denn bitte denken, wenn ich einen solchen Brief lese und dein Name darunter steht?", fragte sie nun etwas sanfter.

„Vielleicht, dass auch jemand anders ihn geschrieben haben könnte."

Nach kurzem Überlegen schüttelte sie widerwillig den Kopf.

„Das ist allzu weit hergeholt. Warum sollte jemand so etwas tun? Um dich bei der Gräfin anzuschwärzen? Außer Anna Darvulia weiß doch niemand, was … was zwischen euch ist. Ich glaube, dass du eine ältere Frau, die dich schätzt, für deine Vorteile benutzt und gleichzeitig hintergehst, indem du ihre Dienstmädchen verführst. Was ich von einem solchen Verhalten denke, sage ich dir jetzt besser nicht."

Sie war stolz, denn diesmal hatte sie völlig ruhig geklungen, nur die angemessene Verachtung in ihre Worte gelegt.

István hob kurz die Hände, als wolle er sie packen und an sich ziehen. In seinem Blick lag kein Zorn mehr, sondern nur eine tiefe, dunkle Traurigkeit. Entschlossen wich sie weiter vor ihm zurück, um schließlich an einen Baumstamm gelehnt stehen zu bleiben.

„Nachdem du dich bereits für die einfachste Erklärung entschieden hast, will ich nicht länger mit dir streiten", sagte er. „Ich gehe jetzt zum *kastély* zurück, und auch wenn du mir nicht glauben magst, ich werde versuchen, deine Doricza vor einem Unglück zu bewahren."

Bevor sie fragen konnte, was er damit meinte, hatte er sich umgedreht und war vom Wald verschluckt worden. Sie blieb eine Weile reglos zurück, zerrissen zwischen ihrem Zorn und dem Wunsch, ihm hinterherzulaufen, damit er ihr eine Geschichte präsentieren konnte, die schöner klang als die Wahrheit. Schließlich wischte sie sich nochmals die Augen trocken und lief los, denn eine längere Abwesenheit wäre aufgefallen. Es war ihr ein Rätsel, wie sie es weiter ertragen sollte, mit István unter einem Dach zu leben, doch bereits beim gemeinsamen Abendmahl, wurde sie von einer weiteren schockierenden Nachricht überrollt.

Doricza war von der Gräfin fortgeschickt worden.

Diesmal weigerte Erzsébet sich, irgendeine Erklärung abzugeben, und Emilias Bitten, die Angelegenheit mit ihr persönlich besprechen zu dürfen, wurden ebenso entschieden zurückgewiesen wie das Flehen Deseös, der vom *vár* heruntergekommen war, um sich für das Mädchen einzusetzen. Die Gräfin hatte wieder jenen verkniffenen Zug um den Mund und rote, verquollene Augen, was auf heftige Kopfschmerzen hinwies. Inzwischen wusste Emilia gut genug, wie unklug es wäre, sie nun zu provozieren. Vielleicht würde sie später etwas bewirken können.

Doricza hatte am Essen nicht teilgenommen und Emilia hoffte, sie vor der Abreise noch einmal in Ruhe sprechen zu können, um ihr zu erklären, dass sie keinerlei Schuld an ihrem Hinauswurf trug. Vermutlich hatte István mit Erzsébet geredet und das Mädchen eine Verführerin genannt, um alle Schuld von sich zu weisen. Die Gräfin neigte leider dazu, schnell alle bösen Gerüchte über ihre Dienstmädchen zu glauben, aber mit der Zeit würde ihre Bitterkeit vielleicht nachlassen und für Doricza wäre eine Rückkehr möglich. Während Emilia in ihre Kammer hochstieg, legte sie sich im Geist die richtigen Worte zurecht. Als sie das erste Stockwerk erreicht hatte, sah sie Doricza vor der Eingangstür zu ihrem Zimmer kauern.

Ihr Gesicht wirkte noch blasser als gewöhnlich, die Augen waren vom Weinen gerötet, doch als Emilia sich zu ihr hinabbeugte, um sie tröstend in die Arme zu schließen, blitzte der Hass in ihnen auf.

„Vielen Dank. Ich hatte Euch vertraut", sagte Doricza mit zittriger, aber eindeutig feindseliger Stimme.

Emilia wich erschrocken zurück.

„Ich schwöre, ich habe nichts getan, wodurch ich dir geschadet hätte."

„Ach tatsächlich?", erwiderte Doricza spitz. „Und warum hat die Gräfin mich plötzlich eine kleine Hure genannt? Ihr habt ihr erzählt, dass István mir gefällt und ich mich mit ihm treffen wollte! Und ich glaube, ich weiß auch, warum."

Sie stand auf und reckte ihr Kinn in die Höhe, da sie fast einen Kopf kleiner war als Emilia. „Er gefällt Euch, nicht wahr? Obwohl Ihr es natürlich niemals zugeben würdet, denn als Gewandschneiderin der Gräfin seid Ihr natürlich etwas Besseres. Aber dass er für Euch nichts übrig hatte, weil Ihr kalt und hochnäsig seid, und stattdessen mich wollte, das konntet Ihr nicht ertragen."

Doricza musste all ihre Wut mit diesen Worten herausgelassen haben, denn nun liefen Tränen über ihre Augen, die sie trotzig fortwischte.

„Mein Vater wird mich totschlagen, wenn er hört, weshalb ich hinausgeworfen wurde. Mein Gott, ich verstehe nicht, wie ein Mensch so hinterhältig und gemein sein kann. Ich hasse Euch!"

Mit einem lauten Schluchzen rannte sie den Gang entlang. Emilia blieb ein paar Atemzüge lang schreckerstarrt stehen, dann begann sie ihr nachzusetzen, obwohl sie sich nur wenig Hoffnungen machte, Doriczas schlechte Meinung von ihr zu ändern. Doch bevor sie das Mädchen erreicht hatte, wurde es von zwei kräftigen, erbarmungslosen Armen gepackt und durchgeschüttelt.

„Für diese Unverschämtheit gegenüber einer Vertrauten der Gräfin hat die kleine Metze noch hier im Haus eine gehörige Tracht Prügel verdient, würde ich sagen", knurrte Dorottya Szentés. Doriczas Empörung schwand schlagartig, wich der nackten Angst. Sie wimmerte wie ein verletztes Tier, während die Szentés ihr die Arme auf den Rücken drehte, um sie endgültig wehrlos zu machen. Das Funkeln in Dorottyas Augen erschreckte Emilia fast mehr als ihr brutales Vorgehen, denn es drückte eine brodelnde Vorfreude auf all die Dinge, die sie nun mit ihrem Opfer anstellen würde, aus.

„Lass sie in Ruhe!", rief Emilia entschieden. „Ich wünsche keine Bestrafung."

Der Mund der Szentés blieb offen stehen.

„Aber es kann nicht geduldet werden, dass …"

„Ich entscheide selbst, welches Verhalten ich bei meinen Näherinnen dulde oder nicht. Sie war im Haus mir unterstellt und deshalb darf ich über sie bestimmen, solange sie noch hier ist."

Die Hände, die Doricza gepackt hatten, lockerten langsam ihren Griff. Emilia meinte sehen zu können, wie die Gedanken sich hinter Doróttyas breiter Stirn regten. Es wäre möglich gewesen, nun die Gräfin einzuschalten, aber da diese im Augenblick in schlechter Verfassung war, barg ein solches Verhalten das Risiko, ihr Missfallen auf sich zu ziehen. Schließlich stieß sie Doricza so grob von sich, dass das Mädchen auf den Boden fiel.

„Wie du meinst. Aber deine Nachsicht gegenüber diesen Huren wird dich noch teuer zu stehen kommen", knurrte die Szentés und stapfte davon. Ein paar Bedienstete, die neugierig zugesehen hatten, huschten rasch in ihre Gemächer, sodass Emilia allein mir Doricza zurückblieb. Sie beugte sich, um dem Mädchen auf die Beine zu helfen. „Kennst du irgendwelche Leute im Dorf, bei denen du übernachten kannst?"

Das Mädchen nickte mit schreckgeweiteten Augen.

„Dann verstecke dich über Nacht dort, sonst überlegt die Szentés es sich noch anders und kommt dich vor dem Morgengrauen holen."

Doricza wischte sich die Nase mit dem Ärmel ihres Kleides ab und rannte aus dem *kastély* wie eine aufgeschreckte Maus. Emilia atmete tief durch, bevor sie wieder zu ihrer Kammer hochstieg. Es erleichterte sie, Doricza geholfen zu haben, denn die Vorwürfe, die auf sie niedergegangen waren, hatten Wunden geschlagen. Obwohl das Mädchen vieles richtig erkannt hatte, waren ihre Schlussfolgerungen dennoch ungerecht gewesen, aber das hatte sie ihr unmöglich erklären können.

Während Emilia ihr Nachthemd anzog und sich das Gesicht wusch, fiel ihr plötzlich ein, dass es bei István ähnlich gewesen sein könnte, verwarf den Gedanken aber wieder. Es hatte keinen Sinn, sich falschen Hoffnungen hinzugeben.

2. Kapitel

Der Sommer war mächtig und heiß, vergoldete die umliegenden Weizenfelder und übersäte die Wiesen mit leuchtender Blütenpracht. Die Wärme schien die Gemüter der Menschen zu erhellen, denn im Dorf fanden abends immer wieder Feste statt, *Cigány* reisten regelmäßig an, um bei diesen aufzutreten, und die Bauerngesichter verloren etwas von ihrer stumpfen Grimmigkeit. Erzsébet verbrachte viel Zeit mit der Regelung geschäftlicher Angelegenheiten, verfasste Schreiben und brach gelegentlich auf, um andere Schlösser auf ihren Ländereien zu besuchen. Dabei wurde sie fast immer von Ilona Hertz begleitet, manchmal auch von István. Emilia fiel auf, dass die Sängerin stets sehr schlecht gelaunt war, wenn István ebenfalls mit auf die Reise gehen sollte, doch schien ihr dies zu unwichtig, um sich den Kopf darüber zu zerbrechen. Sie selbst mied István, wie es nur ging, und er bemühte sich ebenfalls, ihr aus dem Weg zu gehen. Sie hatte sich an den Zustand gewöhnt, vertiefte sich immer mehr in ihre Arbeit, die ihr allmählich die beste Zuflucht vor einer sehr schwierigen, häufig enttäuschenden Welt schien. Eva fehlte ihr weiterhin, denn sie hatte keine Freundin mehr, die sie hätte ersetzen können. Yveta war merkwürdig verschlossen geworden, redete nur noch das Nötigste mit ihr und schien die meiste Zeit mit ihren eigenen Gedanken beschäftigt. Manchmal vermisste Emilia auch Katas freche Fragen und ihr ungestümes Wesen. Sie lebte auf sich allein gestellt in einem streng organisierten Haushalt, wo die meisten Bediensteten ängstlich herumschlichen. Die Szentés spielte sich bei Erzsébets Abwesenheit stets als Hausherrin auf, und immer wieder drangen gequälte Schreie aus dem Keller, die Emilia den Schlaf raubten. Dabei handelte es sich um Strafen für Diebstahl, Nachlässigkeit und Ungehorsam, wie ihr bei Nachfrage mitgeteilt wurde. Manche Mädchen konnten anschließend ihre Hände wochenlang nicht mehr benutzen, was die Szentés zu weiterem Gezeter veranlasste. Der wahre Grund für ihre Alleinherrschaft war die schwindende Gesundheit von Anna Darvulia, die seit dem Frühjahr zunehmend blasser und dünner wurde. An einigen Tagen war sie in der Lage, aufzustehen und ihren Stock durch das Haus klappern zu lassen, aber nach wenigen Stunden war ihre Energie erschöpft. Emilia ahnte, dass der Tod bereits an die Zimmertür der Blinden klopfte, und staunte, wie sehr diese Vorstellung sie bedrückte. Die Darvulia war eine kluge, wenn auch nicht gerade umgängliche Person, und ihr fehlte die tumbe Grausamkeit einer Dorottya Szentés. Zudem war sie einer der wenigen Menschen, denen Erzsébet vertraute und die sie beeinflussen konnten. Emilia suchte sie manchmal auf, um sich nach ihrem Befinden zu erkundigen. Meist wurde sie unwirsch weggeschickt. Doch eines Tages, Ende August, als Erzsébet bereits seit drei Wochen verreist war, rief eine krächzende Stimme sie herein.

Die Darvulia lag in ihrem Kleid auf dem Bett. Der Blindenstock lehnte in einer Zimmerecke. Am Fenster waren Kräuter zum Trocknen aufgehängt, Töpfe und Säcke füllten hölzerne Regale. Zu den Füßen der Blinden schlief ein schwarz-weißer Kater, der sie manchmal auf ihren Streifzügen durchs Haus begleitet hatte. Als er bei Emilias Eintritt die Augen aufschlug, bemerkte sie, dass sie ähnlich trüb waren wie die seiner Herrin.

„Tibor begann, mir auf meinen Streifzügen durch den Wald zu folgen, als hätte er erkannt, dass ich ebenso wenig sehen kann wie er", sagte die Darvulia, bevor ein Hustenanfall sie zu schütteln begann. Emilia sah sich schnell um und entdeckte einen Krug Wasser auf dem Tisch, füllte einen Becher und reichte ihn ihr.

„Auf dem dritten Regal an der rechten Zimmerwand, von dir aus gesehen, steht links außen eine Lederflasche. Schütte etwa fünf Tropfen von der Flüssigkeit in meinen Becher. Das hilft gegen meinen Husten", wies die Darvulia sie an.

Emilia gehorchte, wieder einmal erstaunt über den Orientierungssinn der Blinden.

Anna Darvulia trank ein paar Schlucke, wischte sich dann mit dem Handrücken den Mund ab. Der Husten hörte tatsächlich auf.

„Ich habe lange überlegt, ob ich mit dir reden soll", erzählte sie dann. „Erzsébet vertraut dir. Ich hatte Zweifel wegen deiner Geschichte mit István, aber du hast dich vernünftig gezeigt."

Emilia schluckte. Sie wurde gelobt, weil sie den Wünschen anderer Menschen entsprochen hatte. Aber was war mit ihren eigenen?

„Wenn ich sterbe, und das wird bald sein, hat Erzsébet niemanden mehr", fuhr die Blinde fort. Emilia schüttelte ungläubig den Kopf. Die Gräfin hatte einen kleinen Sohn und zwei erwachsene Töchter, zudem einflussreiche Verwandte. Was zählte da schon ein Kräuterweib? Die Darvulia überschätzte ihre eigene Wichtigkeit.

„Ich habe ihr damals geholfen", redete Anna Darvulia weiter, „als sie völlig allein in ihrem Unglück war. Ich bin eine der Wenigen, die ihr Geheimnis kennen, ihr aber nicht schaden wollen."

„Welches Geheimnis soll das sein?", fragte Emilia aufgeregt und ließ sich auf der Bettkante nieder. Kater Tibor bewegte die Ohren und schnupperte neugierig an ihren Händen.

„Als Erzsébet ein junges Mädchen war, ja noch ein Kind von elf Jahren, da wurde sie nach Sárvár gebracht, um im Haushalt ihres Bräutigams Ferenc Nádasdy zu leben", erzählte die Darvulia nun leise. „Ihre Schwiegermutter starb bald darauf, ihr Verlobter verbrachte sein Leben zunächst am Kaiserhof in Wien, um zum Edelmann erzogen zu werden, später auf dem Schlachtfeld. Sie fühlte sich sehr einsam, genoss aber auch mehr Freiheit, als sie in ihrem Elternhaus je gekannt hatte. Imre Megyery war für die Verwaltung des Schlosses zuständig, aber er hielt sich oft woanders auf. Erzsébet war sich selbst überlassen und sie erlag jener Versuchung, die junge Mädchen häufig heimsucht."

Emilia begann die Umgebung zu vergessen, da sie ganz in diese Geschichte eintauchte. Sie ahnte, von welcher Versuchung die Darvulia sprach, aber es fiel ihr schwer, sich die unterkühlte, verschlossene Gräfin als schwärmende Verliebte vorzustellen.

„Sein Name war László Bende. Er war der Sohn eines Metzgers aus Trnava, der Sárvár mit Fleisch belieferte, aber der Junge hatte von der Wohltätigkeit des alten Tamás Nádasdy profitiert, der begabten Kindern eine Schulbildung ermöglichte. Er arbeitete als Schreiber in Sárvár, ein kleiner Gelehrter, der Bücher ebenso liebte wie Erzsébet damals."

Anna Darvulia legte eine kurze Pause sein, um ihren Becher zu leeren. Dann schloss sie für ein paar Atemzüge die Augen, als hätte das lange Reden sie über die Maßen angestrengt.

„Erzsébet wurde schwanger", fasste die den Verlauf der Geschichte nun sehr knapp zusammen. Emilia fröstelte. In eine solche Lage zu

S geraten war für jedes Mädchen ein Unglück, doch was erst musste es für die Braut eines angesehenen Fürsten bedeuten?

„Ich war damals ihre Zofe und bemerkte ihren Zustand, noch bevor sie es tat“, ging die Geschichte weiter. „Zunächst gab ich ihr Kräuter, aber sie halfen nicht. Dann riet ich ihr, sich an ihre Mutter zu wenden. Damals hoffte Erzsébet noch, László heiraten zu dürfen, und flehte die alte Gräfin Báthory an, ihr eine bescheidene Bleibe zu überlassen, wohin sie sich mit ihrem Gemahl zurückziehen könnte. Auf ein Leben, wie es ihrem Stand entsprach, wollte sie freiwillig verzichten. Sie war sehr damals noch sehr unerfahren.“

Der tiefe Seufzer der Darvulia ließ ein unschönes Ende dieser großen Liebe erahnen.

Emilia verspürte eine unangenehme Enge in der Brust, als drücke die Trauer um jene junge hoffnungsvolle Frau, die Erzsébet einmal gewesen war, sie nieder.

„Ihre Mutter machte ihr sehr schnell klar, dass nichts Derartiges infrage kam. Sie brachte Erzsébet in eine abgelegene Burg, wo sie das Kind heimlich zur Welt brachte. Es war ein Junge, den sie Matyas nannte. Sie durfte nur einen kurzen Blick auf ihn werfen, danach wurde er fortgebracht und sie sah ihn niemals wieder.“

Emilia hatte nur eine vage Ahnung von dem Schmerz, den eine junge Mutter über den Verlust ihres Kindes empfinden musste. Die harte, kalte Frau, zu der Erzsébet geworden war, würde ein solches Opfer sicher mit Fassung tragen, aber erstmals begann Emilia zu ahnen, dass die Gräfin nicht immer ein solcher Mensch gewesen war.

„Durfte sie ihren László denn wenigstens noch treffen?“, fragte sie leise. Die Blinde nickte.

„Ja, anfangs. Sie waren dann natürlich vorsichtiger. László hatte seine Stelle als Schreiber verloren und musste wieder im Haus seines Vaters leben. Ich gab Erzsébet Mittel, damit sie nicht mehr schwanger wurde. Ich glaube, Erzsébet hoffte, ihre Liebschaft heimlich fortsetzen zu können, auch wenn sie verheiratet wäre. Ferenc war ja die meiste Zeit auf irgendeinem Schlachtfeld. Aber kurz nach ihrer Heirat verschwand László plötzlich. Es hieß, er sei das Opfer eines Überfalls auf offener Straße geworden. Fremde Männer hätten ihn verschleppt.“

Nun setzte Emilias Atem für einen Augenblick aus.

„Steckte der Graf Nádasdy dahinter?“

„Wer weiß das schon?", erwiderte Anna Darvulia gleichmütig. „Erzsébets Ehe war jedenfalls nicht glücklich. Ferenc wurde zum Helden. Erzsébet vermisste ihn nicht. Kam er zu ihr nach Sárvár, so benahmen sie sich, wie es einem Ehepaar ihres Ranges entsprach. Man musste sie gut kennen, um die Abneigung zwischen ihnen zu spüren. Aber Erzsébet wurde nicht schwanger, was ihre wichtigste Pflicht als Gemahlin eines Fürsten war. Hinter ihrem Rücken wurde sie bemitleidet und belächelt. Sie litt darunter, bis ich ihr half."

„Wie?", fragte Emilia. Die Blinde schüttelte den Kopf.

„Bring mir noch einen Becher voll Wasser und mische ein paar Tropfen aus der Flasche dazu. Meine Stimme ist erschöpft."

Emilia gehorchte. Ihre Hände zitterten leicht vor Aufregung und sie hörte ihr Herz hämmern. Anna Darvulia leerte auch diesen Becher sehr schnell.

„Wie hast du Erzsébet geholfen?", drängte Emilia nochmals. Sie musste lauter gesprochen haben als bisher, denn der Kater wandte ihr sein Gesicht zu. Obwohl seine Augen tot waren, glaubte sie, einen vorwurfsvollen Ausdruck darin zu erkennen.

„Es gibt Dinge, die du besser nicht wissen solltest", sagte die Blinde mit Entschiedenheit. Emilia schluckte, begriff aber, dass sie zu Recht in ihre Schranken gewiesen worden war.

„Warum hast du mir diese Geschichte denn überhaupt erzählt?"

Die Darvulia stützte sich mit beiden Armen ab, um in eine aufrechte Haltung zu kommen. Erst jetzt fiel Emilia auf, wie bleich und wächsern ihre Haut geworden war, die von einem dichtem Muster aus feinen Falten durchzogen war. Ihr Atem roch unangenehm nach Fäulnis und Verwesung.

„Wenn ich sterbe, hat Erzsébet nur noch mächtige Feinde, Bedienstete, die sie ausnützen wollen, und Kinder, die ihr nicht helfen können. Du bist die Einzige, die Verstand besitzt und der sie nicht gleichgültig ist. Deshalb solltest du wissen, wo sie verwundbar ist."

Emilia schüttelte ratlos den Kopf.

„Ich bin eine einfache Gewandschneiderin ohne jeden politischen Einfluss und ..."

Mit einer unwirschen Geste brachte die Blinde sie zum Schweigen.

„Es ist wichtig, dass sie nichts Unbedachtes tut. Du bist an ihrer Seite und kannst sie warnen."

Sie streckte langsam einen Arm aus und tastete durch die Luft, bis sie Emilias Schulter gefunden hatte. Dann presste sie ihr Gesicht so nahe an Emilias Wange, dass der Geruch ihres Atems fast unerträglich wurde.

„Erzsébet gebar Ferenc fünf Kinder, von denen drei am Leben blieben. Aber niemals vergaß sie Matyas, Lászlós Sohn."

„Weiß denn jemand, was aus ihm geworden ist?", bohrte Emilia nach.

„Die alte Gräfin Báthory starb, ohne ihr zu sagen, wohin sie das Kind gebracht hatte. Als Erzsébet unabhängig über die Güter der Báthorys und Nádasdys herrschen konnte, stellte sie Nachforschungen an. Da trat Dorottya Szentés in ihre Dienste. Sie behauptet, etwas über das Kind zu wissen."

„Aber was weiß sie denn?"

Wieder seufzte die Darvulia tief.

„Sie erzählt, was Erzsébet hören will, beruft sich auf ihre Fähigkeiten als Hexe, die sehen kann, was sich in fernen Orten abspielt."

Emilia hatte das Gefühl, dicht vor einem Abgrund zu stehen.

„Ich habe gehört, dass man auch dich der Hexerei bezichtigte und Erzsébet dich rettete."

„Ja, so war es", gestand sie Darvulia unumwunden. „Ich wurde angeklagt, weil ich mich mit Kräutern auskenne und Krankheiten heilen kann. Die Fähigkeit, in die Zukunft oder Vergangenheit zu blicken, besitze ich jedoch nicht. Dennoch weiß ich, was mit Matyas geschah, will es Erzsébet aber nicht sagen, denn sie würde es nicht ertragen."

„Aber …"

„Nach meinem Tod wird die Szentés versuchen, in diesem Haus die Herrin zu werden", kam Anna Darvulia gleich auf das Wesentliche zu sprechen. „Erzsébet glaubt, von ihr Dinge über ihren Sohn zu erfahren, und lässt sie daher in ihrer Grausamkeit gewähren. Doch dürfen diese harten Strafen nicht Überhand nehmen, denn es wird bereits nachgeforscht, wie viele Mädchen im Dienst der Gräfin Nádasdy zu Tode gekommen sind. Sobald du es für nötig befindest, die Szentés endgültig in ihre Grenzen zu weisen, musst du Erzsébet zu einer anderen Seherin führen, die sie nicht belügen wird. Ihr Name ist Erzi Majorova und sie lebt nicht weit von hier. Jeder der Bauern wird dir den Weg weisen können, denn sie suchen Erzi auf, wenn sie Kräutertränke oder schützende Amulette brauchen."

Emilia rieb sich die Schläfen. Die Flut an Neuigkeiten hatte sie mit einer solchen Gewalt überrollt, dass sie nicht mehr klar zu denken vermochte.

„Warum erzählst du Erzsébet nicht selbst die Wahrheit? Dann könnte Dorottya Szentés sie nicht mehr belügen und würde vielleicht aus dem Haus gejagt werden. Es ist übel, was sie hier tut."

Die Blinde schüttelte den Kopf.

„Es gibt viele grausame Menschen auf der Welt. Wer weiß, ob Dorottyas Nachfolgerin besser wäre? Zudem hat sie den Haushalt gut im Griff. Sobald Erzsébet jedoch erfährt, was aus ihrem ersten Kind wurde, wird sie um sich schlagen wie ein verwundetes Raubtier, und dadurch am Ende sich selbst verletzen. Sie soll die Lügen der Szentés glauben, solange es nur geht. Das ist mein Wunsch."

Mit geschlossenen Lidern fiel die Blinde wieder auf ihr Bett zurück. Der Kater lief zu ihrem Kopf und stupste sie mit seiner Stirn an, als sei er plötzlich in Sorge, sie auf immer zu verlieren. Auch Emilia lief ein Schauer über den Rücken, aber sie sah, wie die Brust der alten Frau sich weiterhin hob und senkte. „Kann ich noch etwas für dich tun? Soll ich dir Essen bringen?", fragte sie, wieder einmal hilflos angesichts des nahenden Todes. Die Blinde schüttelte schwach den Kopf.

„Ein Mädchen aus der Küche kommt zweimal am Tag, um mich und Tibor zu versorgen. Mehr brauche ich nicht. Ich habe mein Leben großteils allein verbracht und will auch allein sterben."

Emilia verstand und ging langsam zur Tür.

„Eine Sache noch, Deutsche!", rief die Darvulia ihr hinterher, als sie bereits mit einem Fuß im Gang stand. „Der Kater. Tibor. Auf sich allein gestellt verhungert er. Versuche, für ihn zu sorgen und ihn in Schutz zu nehmen. Das ist meine letzte Bitte an dich."

Emilia drehte sich um, warf einen Blick auf das Tier, das sich auf dem Kissen ausgestreckt hatte, und versprach es.

„Seltsam", murmelte die Darvulia nun an niemand bestimmten gewandt, während ihre Finger durch Tibors Fell fuhren. „Früher dachte ich, niemand außer Erzsébet sei mir in dieser Welt wichtig. Aber dieser Kater ist mir ans Herz gewachsen."

Dann drehte sie sich zur Wand und beachtete Emilia nicht weiter.

Eine Woche später wurde Anna Darvulia zu Grabe getragen. Erzsébet war rechtzeitig zu ihrer Beerdigung zurückgekehrt, hatte aber nicht mehr von ihr Abschied nehmen können. Ihr Gesicht blieb unbewegt wie meist. Erst als der Dorfpfarrer Ponicky Zweifel äußerte, ob eine Zauberin einen Platz auf einem christlichen Friedhof bekommen sollte, geriet sie in Rage und drohte, dass sie jederzeit einen anderen Pfaffen für ihr Dorf bekommen könnte, wenn er versuchen sollte, sich ihren Wünschen zu widersetzen. Ponicky, ein schmächtiges, blasses Männlein, gab auf der Stelle nach und Anna Darvulia erhielt sogar ein hölzernes Kreuz auf ihrem Grab. Erzsébet blieb noch eine Weile davor sitzen, nachdem alle anderen fortgegangen waren. Emilia holte rasch Tibor aus dem nun leeren Gemach der Darvulia und zog sich mit ihm in ihr eigenes Zimmer zurück. Der warme Tierkörper in ihrem Armen erschien ihr erstaunlich tröstlich, half ein wenig gegen die Schwermut, die sie nach dem Tod der Blinden überkommen hatte. Mit der Aufgabe, die Anna Darvulia ihr auferlegt hatte, lastete eine Verantwortung auf ihr, vor der sie plötzlich Angst empfand. Ein Krieg gegen die Szentés wäre mit Sicherheit nicht einfach zu gewinnen, aber es tat dennoch wohl, eine Waffe gegen sie in der Hand zu haben.

Die Tage begannen kürzer zu werden und der Wald bekam goldbraune Flecken. Auf den Feldern wurde die Ernte eingeholt, sodass die ausgelassenen Feiern ein Ende fanden, und die Bauern legten ihre seltenen Momente der Ausgelassenheit endgültig ab, um sich wieder in von harter Arbeit ausgezehrte Wesen zu verwandeln. Im *kastély* nahm das Leben seinen gewohnten Lauf. Emilia hatte den Auftrag erhalten, ein elegantes Gewand aus brauner Seide für Erzsébet anzufertigen, doch wusste sie diesmal nicht, für welchen Anlass es gebraucht wurde. Der Tod der Darvulia hatte die Gräfin noch verschlossener werden lassen. Sie verbrachte viel Zeit in ihrem Gemach, wo sie erhaltene Briefe las und Antworten verfasste. Manchmal wurden Ilona Hertz oder István zu ihrer Unterhaltung gerufen, nur selten beide gleichzeitig, und es wurde hinter vorgehaltener Hand getuschelt, dass ihr Verhältnis zueinander alles andere als herzlich sei. Da István inzwischen der Vorzug gegeben wurde, verwandelte Ilona sich in eine übellaunige Kratzbürste, die ihren Ärger an jedem abließ, der ihr über den Weg lief. Die Dienstmädchen mieden sie, soweit es nur ging. Emilia empfand wider Willen ein wenig Mitgefühl mit der enttäuschten Schönen. Die Sängerin wusste vermutlich nicht einmal, womit István sie verdrängt hatte, und grämte sich, dass ihre musikalischen Künste nicht geschätzt wurden.

Als Emilia das Gewand fertiggestellt hatte, drehte Erzsébet sich darin einige Male vor dem Spiegel und lächelte zufrieden, was in letzter Zeit selten vorgekommen war.

„Edel und schlicht, wie es sich für die ältere Verwandte eines hohen Fürsten geziemt", stellte sie fest. „Du hast gute Arbeit geleistet wie immer."

Das Lob reichte nicht mehr, um Emilia glücklich zu machen.

„Mit Verlaub, Euer Durchlaucht. Wann kann ich mit einer Entlohnung rechnen?", wagte sie zu fragen. Erzsébet sah überrascht, aber nicht wirklich verärgert aus.

„Bald schon. Ich weiß inzwischen, dass ich von den Habsburgern nichts erwarten kann, aber ich habe einen anderen Verbündeten, der mich nicht im Stich lassen wird. Ferenc hatte sich auf die falsche Seite geschlagen. Nun werde ich meinem Land helfen, sich von dem Türkenjoch zu befreien, ohne in eine neue Abhängigkeit zu geraten. Ungarn soll wieder groß werden. Dann wird es auch dir an Geld nicht mangeln."

Emilia nickte, obwohl sie nun völlig verwirrt war.

„Heute Abend wird ein wichtiger Gast eintreffen", redete Erzsébet weiter. „Ich ziehe dich ins Vertrauen, denn seit dem Tod meiner Darvulia habe ich niemanden mehr, mit dem ich offen reden kann. Denk daran, wenn du mich verrätst, verlierst du auch deine Entlohnung."

„Ich werde Euch nicht verraten!", widersprach Emilia, fast empört über diese Unterstellung. Erzsébet lächelte nochmals.

„Das wusste ich. Du bist ein kluges Mädchen. Und nun lass uns den passenden Schmuck für das Kleid aussuchen."

Zusammen wählten sie eine Kette aus honigfarbenem Bernstein und dazu passende Ohrringe. Emilia half der Gräfin, ihr Haar in einem samtenen Netz auf dem Hinterkopf festzustecken und setzte ihr eine perlenbestickte Haube auf.

„Meinst du, ich soll mir die Lippen rot malen? Oder wirkt das in meinem Alter zu aufdringlich?"

Emilia staunte, dass die sonst so blasse Haut der Gräfin einen fast rosigen Ton angenommen hatte. Fast fühlte sie sich an ein verliebtes, aufgeregtes Mädchen erinnert, sah im Geiste Eva kurz vor ihrem Tod vor sich und verspürte einen Stich.

„Ich denke, ohne künstliche Farbe im Gesicht scheint Ihr würdevoller“, sagte sie ehrlich. Erzsébet nickte nach kurzem Überlegen.

„Ja, da hast du wohl recht. Und nun sieh bitte in der Küche für mich nach und erinnere diese faulen Gänse daran, den Hirschbraten rechtzeitig in den Ofen zu schieben.“

Emilia gehorchte. Sie wagte nicht genauer nachzufragen, welcher Gast erscheinen sollte, doch folgte die Ahnung einer unklaren Bedrohung ihr wie ein Schatten die Stufen in die Küche hinab.

Bei Einbruch der Dämmerung saß Emilia in ihrer Kammer und flickte ein Nachtgewand der Gräfin. Zwar hätte sie derart einfach Arbeiten einer ihrer Näherinnen überlassen können, aber im Augenblick gab es für sie keine Aufgabe und sie scheute sich davor, allein mit ihren Gedanken zu sein. Zu schmerzlich wurde ihr in solchen Momenten bewusst, dass es in ihrem Leben an Menschen mangelte, die ihr nahe standen. Trotz all ihrer Anstrengung irrte sie weiterhin durch die Welt wie ein vom Sturm aus seinem Nest geworfener Vogel, dem es einfach nicht gelingen wollte, sich ein neues zu bauen.

Sie war gerade aufgestanden, um eine Kerze anzuzünden, als sie Gebrüll und Gelächter vernahm, begleitet von Pferdegewieher. Wieder war die unangenehme Vorahnung ein Geist, der über ihre Schulter spähte. Emilia trat ans Fenster und sah, wie etwa zehn Reiter durchs Dorf stoben, ohne jede Rücksicht auf dessen Bewohner, die oft nur im allerletzten Moment zur Seite sprangen, und von Pferdehufen zermalmte Umzäunungen. Im allerersten Moment dachte sie an einen Überfall und überlegte panisch, wie viele Heidducken Erzsébet als Wache aufgestellt hatte. Deseö und seine Männer befanden sich oben auf dem *vár*, aber wenn jemand ihnen schnell Bescheid geben konnte …

Das Tor des *kastély* wurde ohne jeden Zwang geöffnet und laute Männerstimmen brachten nun das Haus zum Beben. Tibor verkroch sich sofort unter dem Bett und Emilias erster Impuls war, es ihm gleich zu tun, da hörte sie die Szentés laut zum Abendessen rufen.

Erzsébets wichtiger Gast war eingetroffen.

Im Speisesaal saß ein vornehm gekleideter Herr mittleren Alters, dessen lange Nase und spitzes Kinn den Eindruck erweckten, als wollten sie irgendwann vor seinem Gesicht zusammenwachsen. Er hatte den Platz unmittelbar an Erzsébets Seite erhalten, und sie sah ihn mit vor Stolz leuchtenden Augen an. Sein Haar war dunkelblond und lockig, ebenso wie sein Bart. Er war kein hässlicher Mann, durch sein sehr selbstbewusstes Auftreten durchaus eindrucksvoll, doch fand Emilia sein lärmendes Gebaren sehr anstrengend. Gemeinsam mit ihm waren etliche Heiducken ins Haus eingefallen, die sich nun um die Tafel verteilten. Nur Ilona Hertz und Emilia durften an diesem Abend mit der Gräfin speisen, ein Privileg, auf dass sie selbst gern verzichtet hätte. Ein Stück neben dem wichtigen Gast war ein weiterer Mann in einem samtenen Wams platziert, den er immer wieder mit János ansprach. Erst nachdem der Hirsch verzehrt worden war und ein neues Weinfass aufgemacht werden musste, erfuhr Emilia, um wen es sich bei dem Gast handelte: Gábor Báthory, gewählter Woiwode von Transsylvanien.

„Ich brauche Sold für meine Männer, um die Wallachei einzunehmen“, sagte er nach dem fünften Becher Wein und legte seine Hand in sehr vertraulicher Weise auf Erzsébets Schulter. „Danach kommt Moldawien dran. Wir brauchen ein großes Reich, Tante, ein wirklich großes, damit die Habsburger Baptisten uns ebenso ernst nehmen wie die ungläubigen Türken.“

Emilia wurde unwohl, denn sie ahnte, dass hier Dinge besprochen wurden, die zu wissen gefährlich sein konnte.

„Du darfst nicht zu ungestüm vorgehen“, mahnte Erzsébet. „Ist der Adel in deinen Ländereien dir gegenüber loyal? Und vergiss die reichen Bürger nicht, du brauchst ihre finanzielle Unterstützung.“

„Was kümmern mich irgendwelche Krämer niederer Geburt!“, rief Gábor Báthory und brachte den Tisch mit einem Fausthieb zum Beben. Ein paar Teller hüpften und der noch halb volle Weinkrug schwankte gefährlich. „Und meine fürstlichen Ratgeber sind allesamt Memmem, die meinen, ich sollte mich mit Radu Şerban, dem Woiwoden der Wallachei, verbünden anstatt ihn zu verjagen. Genauso werden sie reden, wenn es um Moldawien geht. Dabei herrscht dort ein verfluchtes Weib, die Witwe von Ieremia Movilă, denn ihr Sohn ist noch ein kleiner Junge. Wer soll mir denn noch alles reinreden? Ein Mann, der ein Ziel vor Augen hat, muss seinen Weg gehen, ganz einfach."

Im Augenblick hätte er wohl kein Ziel besonders klar sehen können, überlegte Emilia. Oder vielleicht sah er es auch doppelt. Seine Stimme war immer langsamer und träger geworden, wie ein Rad, das sich nur noch mühsam drehte. Die Augen waren gerötet und kurz fiel gar sein Kopf auf den Tisch, landete auf dem leeren Teller, bis sein Freund Janos ihn wieder wachrüttelte. Erzsébets Lippen wurden etwas schmaler, aber immer noch lächelte sie, wenn auch mit sichtlicher Anstrengung. „Du bist betrunken, Gábor. Ruhe dich in deinem Gemach aus und lass uns morgen weiterreden", sagte sie. Wieder wurde der Tisch von einer starken Männerfaust malträtiert.

„Nun fang du nicht auch noch an, mir Vorschriften zu machen! Was versteht eine alte Witwe vom Krieg? Ferenc war auf dem Schlachtfeld, nicht du!"

„Aber mein Geld ist es, das du nun für deine Schlachten benötigst", erwiderte Erzsébet gelassen. Emilia fragte sich, warum sie selbst denn immer noch keinen Lohn erhalten hatte, denn so arm, wie sie vorgab, war die Gräfin offenbar nicht.

Gábor machte Ansätze, nochmals auf den Tisch zu hämmern, aber sein Freund Janos legte eine beruhigende Hand auf seine Schulter.

„Lasst uns zu Bett gehen, mein Fürst. Es ist spät."

„Ich brauche ein Weib in meinem Bett, um nicht zu frieren!", forderte Gábor wie ein trotziges Kind.

„Du kannst eine meiner Bediensteten wählen", erwiderte Erzsébet und erhob sich. „Du findest sie unten in der Küche, wo sie noch das Geschirr reinigen. Wir reden morgen weiter."

Sie winkte Ilona Hertz zu, sie in ihr Gemach zu begleiten. Die weiße Haut der Sängerin rötete sich vor Freude, als sie ebenfalls aufstand.

„Nicht übel, deine Kleine", meinte Gábor Báthory grinsend. „Aber da hockt noch eine weitere Rose, die gepflückt werden sollte."

Emilia brach der Schweiß aus, als sie seine blutunterlaufenen Augen in ihre Richtung starren sah. Rasch zog sie sich die Haube tiefer ins Gesicht, als könne sie sich hinter einem Stück Stoff verstecken.

„Geh in die Küche, sage ich. Dort gibt es für dich eine ganze Blumenwiese“, sagte Erzsébet mit ihrem gekünstelten Lächeln und stupste ihn an. „Dieses Mädchen steht zu hoch in meiner Gunst, um dein Spielzeug zu sein.“

„Und warum? Wer ist sie denn schon?“

Nun stützte Gábor sich nur am Tisch ab, doch brachte er dadurch den Weinkrug endgültig zum Umsturz, und zwei Becher purzelten hinterher.

„Sie ist eine deutsche Gewandschneiderin. Sehr begabt, daher schätze ich sie“, erklärte Erzsébet mit der Stimme einer nachsichtigen Erzieherin, die großzügig über die Flausen eines kleinen Jungen hinweg sah.

„Ihr habt gehört, was Eure Tante sagt“, mahnte Janos und legte seinen Arm um Gábor, um ihn zu stützen. „Wir gehen zu den Huren in die Küche. Da sind sicher hübsche Weiber dabei.“

Er schob den Woiwoden vorsichtig aber bestimmt durch die Tür. Erzsébet folgte mit Ilona als ihrem Schatten. Emilia eilte sogleich hinterher, um den neugierigen Blicken der zurückgebliebenen Heiducken zu entkommen. Die Aufmerksamkeit, die Gábor Báthory ihr kurz geschenkt hatte, musste sie in den Augen der Männer zu einer kostbaren Trophäe gemacht haben. Sie hastete in ihr Gemach und schob eine Kiste vor die Tür, da sie dem Riegel allein nicht vertraute. Als sie sich endlich schlafen gelegt hatte, kroch Tibor unter ihre Decke. Das rhythmische Beben des schnurrenden Tierkörpers beruhigte sie, sodass sie schnell einschlafen konnte, obwohl das Gebrüll der Männerstimmen weiterhin in jeden Winkel des Hauses drang, gelegentlich unterbrochen vom Kreischen einer Frau.

Als sie aufwachte, war es endlich still geworden. Hinter ihrem Fenster hatte das Schwarz der Nacht sich in Schiefergrau verwandelt und vereinzelte Vogelstimmen kündeten den Anbruch des Tages an. Tibor stand vor der Kiste, die weiterhin die Tür versperrte, maunzte unzufrieden und traktierte das Holz mit seinen Krallen. Emilia rieb sich seufzend die Augen. Am liebsten hätte sie sich umgedreht und weitergeschlafen, bis es gänzlich hell geworden war, doch dann würde Tibor sein Geschäft wahrscheinlich in ihrem Zimmer erledigen. Sie hatte ihn schon gestern Abend nicht nach draußen gelassen, da sie ihn vor den Stiefeln der Heiducken schützen wollte, und nun war sein Bedürfnis wohl sehr dringlich geworden.

Seufzend wickelte sie sich in ein bunt besticktes Tuch, das Erzsébet ihr geschenkt hatte, schlüpfte in ein Paar Holzpantoffeln und schob die Kiste zur Seite. Es war wahrscheinlich sogar eine gute Idee, die Zeit zu nutzen, da Gábor Báthory und seine Kumpanen alle noch ihren Rausch ausschliefen.

Tibor schoss wie ein Pfeil die Stufen hinab und fand ohne Schwierigkeiten die Ausgangstür, die jedoch verschlossen war. Emilia machte sich auf den Weg, um sie für ihn zu öffnen, hatte gerade die Eingangshalle erreicht, als sie plötzlich von zwei starken Armen gepackt und fortgezerrt wurde. Tibor maunzte empört, sie selbst konnte aber nicht schreien, da ihr der Mund zugehalten wurde. Sie atmete den faulen Geruch von altem Schweiß und Alkohol ein, während goldbraune Augen sie triumphierend musterten.

„Sieh an, da muss ich mich nur ein wenig auf die Lauer legen und schon fange ich mir eine tüchtige Gewandschneiderin“, murmelte Gábor Báthory auf Deutsch und schob sie in ein großes Zimmer ein Stück neben der Eingangstür. Emilia trat mit ihren Holzpantoffeln gegen seine Beine, doch hatte das nur zur Folge, dass sie beide verlor und schließlich barfuß auf dem Holzdielen stand. Der Woiwode drückte sie gegen einen prächtigen Wandteppich, dessen Borsten in ihre nackten Arme stachen. Auch den Schal hatte sie unterwegs verloren.

„Ihr Deutschen bildet euch immer sehr viel ein“, flüsterte er und riss die Nachthaube von ihrem Kopf, um sein Gesicht in ihrem Haar zu vergraben. „In Transsylvanien habe ich beschlossen, meine Residenz nach Hermannstadt zu verlegen, denn Alba Iulia, der alte Herrschaftssitz der Woiwoden, liegt nach endlosen Kriegen in Trümmern. Aber da regten die ansässigen Sachsen sich auf, dass ich ihre Privilegien verletzte, indem ich ihnen meine Gegenwart aufzwang. Ich, ihr Woiwode!“ Seine linke Hand griff nach Emilias Kehle, während die rechte ihr Nachthemd hochschob und ihre Schenkel zu streicheln begann. Sie würgte vor Widerwillen, doch die Angst zu ersticken wurde schnell größer als alle Empörung, derart behandelt zu werden.

„Und nun wird eine deutsche Gewandschneiderin ein bisschen nett zu mir sein“, sagte er und lächelte sie an. „Meiner Tante wird es vielleicht nicht gefallen, dass ich so eigenmächtig handelte, aber sie wird mir mit Sicherheit vergeben, denn ich bin sehr wichtig für sie."

Als er ihre Wangen und ihren Hals mit widerwärtig feuchten Küssen bedeckte, stemmte Emilia ihre Arme gegen seine Schultern, doch war es, als hätte sie einen Felsen anheben wollen. Es beschämte sie, wie schwach sie einem immer noch angetrunkenen Wichtigtuer gegenüber war, wie hilflos. Sie öffnete den Mund zu einem Protestschrei, aber er erstickte diesen mit seinen Lippen, die bitter nach Erbrochenem schmeckten. Wieder fürchtete sie zu ersticken, riss ihren Kopf zur Seite und schnappte hustend nach Luft.

„Jetzt stell dich nicht an, es wird dir gefallen", rief er mit einem selbstzufriedenen Grinsen. „Du kannst den deutschen Töchtern in Hermannstadt davon erzählen, damit sie wissen, was sie an mir haben."

„Ich war noch nie in dieser Stadt und kenne dort niemanden", erwiderte Emilia bemüht ruhig und presste sich so tief in den Teppich wie es nur ging. Das gierige, trunkene Flackern in den Augen des Woiwoden weckte nur wenig Hoffnung, dass sich mit ihm vernünftig reden ließe. „Ich bitte Euch, lasst mich gehen, wie Eure Tante es sich wünschen würde", versuchte sie dennoch, wurde aber nur grob geschüttelt.

„Sie soll zum Teufel gehen, meine edle Tante! Das alte Weib macht sich wichtig, weil sie viel Land geerbt hat, aber am Ende sind es wir Männer, die entscheiden, was geschieht, keine verknöcherten Witwen." Er warf Emilia wie einen Sack über seine Schultern, um sie zu seinem Bett zu schleppen. Sie hämmerte mit Fäusten gegen seinen Rücken, schrie nun aus Leibeskräften um Hilfe und versuchte schließlich, sich am Baldachin oberhalb des Betts festzuhalten, wodurch sie ein Stück des Samtstoffes abriss. Gábor warf sie auf die Matratze und hieb ihr seine Faust ins Gesicht. Ihr Kopf knallte gegen einen Bettpfosten, der Schmerz drohte ihren Schädel zu zersprengen und machte sie ein paar Atemzüge lang blind. Sie schluckte Blut.

„Hör auf, dich so anzustellen, sonst schicke ich meine Männer zu dir herein, wenn wir fertig sind."

Sobald Emilia ihr Sehvermögen wiedergewonnen hatte, unternahm sie einen verzweifelten Versuch, vom Bett zu springen, wurde aber sogleich wieder zurückgerissen.

„Die Gräfin wird es nicht dulden!“, widersprach sie, konnte aber selbst hören, wie ängstlich und verzweifelt ihre Stimme geworden war.

„Sie wird. Keine Sorge“, erwiderte der Woiwode und zog sich rasch das Hemd über den Kopf, bevor er sie in die Tiefen der Matratze drückte. Emilia fürchtete, allein von seinem Geruch vergiftet zu werden, so schmerzhaft wurden die Krämpfe in ihrem Magen, als Gábor Báthory sie mit dem Gewicht seines Körpers niederzwängte. Immer noch versuchte sie, zu beißen, zu treten und Hilfe herbeizuschreien, was ihr nur weitere Schläge einbrachte. Wie einfach es doch gewesen war, Kurt abzuwehren! Doch der Woiwode war stärker, rücksichtsloser, ein Kriegsherr, gestählt durch jahrelangen Umgang mit Waffen, und seine Trunkenheit hatte nachgelassen. Emilia spürte, dass der Widerstand aus ihrem Körper zu weichen begann wie das Blut aus dem Leib eines erlegten Tieres. Sie dachte an die Ratschläge der Schankmagd in der Wiener Herberge, an Evas Schicksal, an Erzsébets Beschreibung einer gewöhnlichen Hochzeitsnacht. Wie hatte sie nur hoffen können, durchs Leben zu gehen, ohne jemals der Gewalt eines Mannes ausgeliefert zu sein? Nur einen Liebhaber zu haben, den sie selbst gewählt hatte? Vielleicht war es besser, das Unausweichliche hinzunehmen, als es durch sinnlose Aufsässigkeit hinauszuzögern.

Sie hörte das Knallen einer Tür, erahnte unter halb geschlossenen Lidern einen Schatten hinter dem Rücken des Woiwoden. Plötzlich ließen die rohen, zupackenden Hände von ihr ab. Gábor Báthory schrie wütend auf und begann auf eine andere Gestalt einzuschlagen, die lediglich schützend die Arme vor sich hielt.

„Eure Tante wünscht Euch zu sprechen, edler Herr!“, rief eine Männerstimme, die Emilia entsetzt auffahren ließ. István war ein paar Schritte zurückgetreten, um den Hieben des Woiwoden auszuweichen, aber er hielt sich aufrecht und wagte erstmals, dem Angreifer selbst einen Stoß zu verpassen.

„Du dreckiger Straßenköter! Weißt du nicht, wer ich bin?“, brüllte Gábor Báthory und griff nach einem Schwert, das neben dem Bett lag. Emilia stockte der Atem, dann packten ihre Hände den Arm des Woiwoden, um ihn an einem tödlichen Hieb zu hindern. Sie wurde abgeschüttelt und erhielt einen weiteren Schlag ins Gesicht, der sie wieder auf die Matratze beförderte. Erneut raubte der Schmerz ihr die Sicht. István würde sterben, dachte sie, weil er ihr zu Hilfe gekommen war. Hatte er denn nicht gewusst, wie aussichtslos es war, sich gegen diesen Mann auflehnen zu wollen?

„Was in Gottes Namen geht hier vor?"

Die Stimme war völlig ruhig, aber so scharf wie eine Messerklinge. Emilia richtete sich auf und wischte das Blut weg, das von der Stirn in ihre Augen troff. Erzsébet stand in ihrem Morgenmantel in der Mitte des Zimmers. Ihr dichtes Haar fiel wie ein grauer Schleier über ihre Schultern, und mit ihrer zarten, aber stolzen Gestalt erinnerte sie an eine Königin aus heidnischen Sagen. Gábor trat ein paar Schritte zurück und musste sich am Bettpfosten festhalten.

„Ich hatte eine kleine Auseinandersetzung mit Euren Dienstboten, werte Tante. Mir scheint, Ihr habt sie nicht gut erzogen, denn sie sind dreist und widerspenstig."

Emilia wickelte sich schnell in die Bettdecke, denn es war ihr höchst unangenehm, von der Gräfin in einem zerrissenen, blutbefleckten Nachthemd gesehen zu werden.

„Er … er griff Eure Gewandschneiderin an", meldete sich nun István zu Wort. „Ich wusste, dass es nicht Euer Wunsch war, daher versuchte ich einzuschreiten."

„Dieser dreiste Bauernlümmel ist auf mich losgegangen! Eine gehörige Tracht Prügel wäre eine milde Strafe für so eine Respektlosigkeit."

Gábor Báthory war wieder in der Lage, ohne Hilfe zu stehen und machte ein paar drohende Schritte in Istváns Richtung, der nur mit gesenktem Kopf abwartete, was geschehen würde.

„Es ist meine Entscheidung, wie ich meine Bediensteten strafe", erwiderte Erzsébet. „Ich brauche dabei keine Hilfe, Gábor."

Der Woiwode verzog das Gesicht, schwieg aber. Wieder erinnerte er Emilia an einen kleinen Jungen, der sich zu Unrecht gescholten fühlte.

„Aber du hättest mich auch einfach holen können, anstatt dich einzumischen", wandte die Gräfin sich nun mit strenger Miene zu István.

„Ich wollte Euch nicht wecken. Zudem wäre es bis dann vielleicht zu spät gewesen."

Er wies mit dem Kopf auf Emilia. Erzsébets Augen musterten sie kurz wie einen Gegenstand, der auf möglichen Schaden untersucht werden musste. Sie suchte vergeblich nach einem winzigen Zeichen von Mitgefühl auf dem Gesicht der Gräfin, entdeckte nur Ärger über eine unliebsame Lage.

„Geh auf dein Zimmer, wasch dich und kleide sich an!“, wurde ihr befohlen. „Dann komm zu mir. Wir haben wichtige Dinge zu besprechen.“

Emilia kroch aus dem Bett und sammelte am Eingang des Zimmers ihre Pantoffeln sowie den Schal auf. Sie vermied es, jemandem ins Gesicht zu sehen, denn auf einmal war es ihr auch István gegenüber peinlich, wie eine getretene, geprügelte Hündin davonzuschleichen.

„Und du, Gábor, such dir im Dorf eine Hure, wenn dir die Mägde in der Küche nicht genügen. Ich werde dir Geld geben, dann findest du genug Mädchen, die es freiwillig tun“, hörte sie Erzsébet noch sagen, als es ihr endlich gelungen war, aus dem Zimmer zu gelangen.

Tibor saß zusammengekauert vor ihrer Tür. Sie entdeckte eine Pfütze ein Stück neben ihm und beschloss, sie selbst baldmöglichst wegzuwischen. Ständig lebte sie mit der Angst, der Kater könnte von der Szentés oder ihrem Schatten Helena Jó einfach erschlagen werden, sobald er irgendwelche Schwierigkeiten machte. Vor Anna Darvulia hatten beide Frauen Angst gehabt, da man ihr magische Kräfte zuschrieb. Sie selbst galt sicher nicht als Hexe, lediglich als Favoritin der Gräfin. Aber ein toter Kater wäre für Erzsébet nur eine Belanglosigkeit, über die sich niemand aufzuregen hatte.

Sie tat ein paar tiefe Atemzüge, als sie die Tür hinter sich geschlossen hatte, und schob erneut die Kiste davor. Leise konnte sie das Klappern ihrer Zähne hören, sah ihre Hände zittern und fühlte Tränen über ihre Wangen laufen. An hundert verschiedenen Stellen ihre Körpers setzte allmählich Schmerz ein. Tibor lief unruhig um ihre Beine herum, und sie beugte sich zu ihm, um seinen Nacken zu kraulen, was sie ein wenig beruhigte. Dann zog sie ihr ohnehin zerfetztes Nachthemd aus und benetzte sich mit dem Wasser, das noch im Eimer übrig war. Es reichte kaum, um das Blut von ihrem Gesicht zu waschen, und jede Berührung entfachte kleine Flammen auf ihrem Gesicht. Solange es nur möglich war, mied sie den Spiegel, doch als sie sich ihr Kleid übergestreift und die Schürze umgebunden hatte, blieb ihr nichts anderes übrig, als ihn hochzuheben und sich darin zu mustern.

Ihr linkes Auge war zugeschwollen und die Wange darunter rot angelaufen. An der Stirn blutete ein Schnittwunde unerbittlich weiter. Sie drückte ein Stück Stoff dagegen und wartete, bis der rote Strom nachließ. Ein Einschnitt in ihrer Haut blieb zurück, den sie zum Glück unter der Haube verbergen konnte. Trotzdem sah sie beschädigt aus, und als sie sich wieder in Bewegung setzte, verspürte sie zahlreiche Stiche in ihrem Körper. Sie wusste, dass sie trotzdem den Weisungen der Gräfin folgen musste, und zwang sich, die Sicherheit ihres Gemachs wieder zu verlassen. Zunächst würde sie Tibor etwas zum Fressen besorgen, beschloss sie, und schleppte sich in die Küche. Falls eine der Mägde sie auf die Verletzungen in ihrem Gesicht ansprach, würde sie sagen, sie sei eine Treppe heruntergefallen.

Aber niemand fragte irgendetwas, als sie eine Schale Milch und ein Stück Fleisch an sich nahm. Die Küchenmägde waren bereits im Begriff, eine Gemüsebrühe als Morgenmahl zuzubereiten, schwiegen dabei und hielten die Köpfe gesenkt. Emilia bemerkte, dass auf einigen Gesichtern ähnliche Blessuren zu sehen waren wie die ihren. Das Gebrüll der Männer in der vergangenen Nacht fiel ihr ein, die vereinzelten Schreie aus weiblichen Kehlen. Wie hatte sie annehmen können, dass nur sie derart misshandelt worden war und die Küchenmägde sich den Heiducken freiwillig hingegeben hatten? Wut begann in ihr zu brodeln, gegen Männer, die sich einfach nahmen, was ihnen gefiel, gegen mächtige Frauen, die diese Männer schützten, gegen die ganze Welt. Sie nickte den Mädchen rasch zum Abschied zu und verschwand.

Als sie Tibor gefüttert hatte und im Begriff war, sich auf den Weg zur Gräfin zu machen, klopfte es plötzlich an ihrer Tür. Der Schreck fuhr ihr in alle Glieder und sie kämpfte gegen den Drang, sich unter ihrem Bett zu verkriechen, doch war ihr klar, dass Gábor Báthory keine Schwierigkeiten hätte, ihre Tür einzuschlagen, wenn er es wollte. So holte sie Luft und öffnete.

Yveta sah noch etwas bleicher aus als sonst, wies aber keine Verletzungen auf. Ihre Näherinnen waren in Sicherheit gewesen, fiel Emilia ein, denn sie hatten weder am Abendessen teilgenommen noch in der Küche gearbeitet.

„Bist du verletzt?", fragte Yveta leise und die sonst sehr kühlen, blauen Augen wurden von Mitgefühl ein wenig wärmer.

Emilia schüttelte den Kopf.

„Ein paar Kratzer und blaue Flecken. Nichts Schlimmes."

Sie wollte nicht erwähnen, dass nicht alle solches Glück gehabt hatten.

Yveta trat ein und schloss die Tür hinter sich.

„Wir alle hörten dich schreien", flüsterte sie. „Aber niemand außer István wagte einzugreifen."

Emilia war nicht klar, ob dies eine Entschuldigung sein sollte.

„Ich verstehe. Ihr hättet ohnehin nicht viel ausrichten können", sagte sie und hoffte, dass Yveta gehen würde, damit sie die Gräfin aufsuchen konnte. Aber das Mädchen trat nur näher an sie heran.

„Weißt du, wer dieser Mann ist? Er fiel über den Haushalt her wie die sieben Plagen Ägyptens, aber seinen Namen verriet uns niemand."

„Gábor Báthory", erwiderte Emilia erstaunt. Yveta nickte.

„Ja, den Verdacht hatte ich auch. Jetzt muss ich an die Arbeit. Wenn du etwas brauchst, dann weißt du, wo du mich findest."

Sie war sehr schnell und fast lautlos verschwunden. Emilia blieb einen Moment lang verstört stehen, denn ihr war der Zweck des Besuches nicht ganz klar, aber dann fiel ihr ein, dass sie Erzsébet nicht allzu lang warten lassen durfte.

Die Gräfin saß in einem breiten Sessel und trank Kaffee. Sie trug weiterhin ihren Morgenmantel und hatte ihre Füße auf das gegenüberliegende Bett gelegt, was sie etwas weniger steif wirken ließ als gewöhnlich.

„Setz dich", forderte sie Emilia ohne weitere Begrüßung auf. Emilia gehorchte und nahm mit demütigen Dankesworten eine ihr angebotene Tasse Kaffee entgegen. Dabei merkte sie, dass ihre Hände immer noch leicht zitterten.

„Ich bedauere, was heute vorgefallen ist", erklärte Erzsébet, deren Blick zum Fenster gerichtet war. Emilia wusste nicht, was sie sagen sollte. Der Zorn schmerzte wie Gift in ihrem Magen, aber vor der Gräfin konnte sie ihn nicht herauswürgen.

„Gábor ist manchmal etwas ungestüm, und er hat einen Narren an dir gefressen. Es wäre besser, wenn du die nächsten Tage in deinem

Zimmer bleibst und die Tür verriegelst. Eine Dienstmagd wird dir Essen bringen."

Emilia nickte erleichtert, denn sie wäre kaum fähig gewesen, noch einmal mit dem Woiwoden am selben Tisch zu sitzen.

„Wie lange wird er bleiben?", wagte sie zu fragen.

„Nicht mehr lange. Vielleicht noch zwei Tage. Ich muss ein paar wichtige Dinge mit ihm besprechen."

Emilia beugte den Kopf als Zeichen der Zustimmung und wartete, entlassen zu werden, denn sie sehnte sich danach, sich allein in ihrem Gemach ausruhen zu können. Aber Erzsébet war noch nicht fertig.

„Du musst wissen, dass ich große Hoffnungen in ihn setze. Er soll Ungarn von der Knechtschaft der Türken und Habsburger befreien, indem er ein unabhängiges osteuropäisches Reich schafft."

„Dieser Mann?", entfuhr es Emilia. „Er soll ein großer Herrscher werden?"

Der türkische Sultan, wenn auch zehnfach ein Ungläubiger, konnte kaum schlimmer sein, dachte sie, hielt es aber klüger, dies für sich zu behalten.

„Genau dieser Mann", erwiderte Erzsébet, stemmte ihre Füße auf den Boden und sah Emilia erstmals ins Gesicht. „Denn er ist stark und entschlossen, sich zu nehmen, was er will."

„Ist es denn dies, was einen guten Herrscher ausmacht? Rücksichtslosigkeit und Machtgier?"

Wieder wusste Emilia, dass sie sich weiter vorwagte, als ihr zustand, aber Erzsébet wurde auch diesmal nicht wütend.

„Ebenso ist es", erwiderte sie gleichmütig und nahm einen Schluck Kaffee. „Nur ein Mann, der ohne Zögern seinen Weg geht, wird ans Ziel gelangen. Gábor war gerissen genug, zum Woiwoden gewählt zu werden, obwohl er dabei viele Konkurrenten gegeneinander ausspielen musste. Nun hat er den ersten Schritt zur Macht getan. Bei allen weiteren werde ich ihn unterstützen, denn er ist manchmal etwas ungestüm in seinem Vorgehen. Ihm fehlt der Rat einer älteren, erfahrenen Person."

Emilia neigte nachdenklich den Kopf zu Seite. Das Gespräch begann sie derart in seinen Bann zu ziehen, dass sie ihre Schmerzen ebenso vergaß wie alle Vorsicht. „Aber wenn es nur um Macht und Gier geht, welchen Unterschied macht es denn, ob nun Gábor

Báthory über Ungarn herrscht oder der Habsburger Kaiser?“ Oder der türkische Sultan, fügte sie im Geiste hinzu. Es hieß, dass die Türken vergewaltigten und mordeten. Aber ein Gábor Báthory tat dasselbe.

Erzsébet legte beide Arme auf die Lehnen ihres Sessels.

„Er ist Protestant. Die Habsburger wollen uns ihren Papismus aufzwingen. Thurzó ist schon konvertiert, weil er ihre Stiefel leckt. Gábor ist ein Báthory, ein Magyar, von meinem Blut. Er kennt dieses Land und seine Sitten.“

„Aber er respektiert nichts weiter als seine eigenen Wünsche“, fügte Emilia hinzu.

„Ja, das stimmt. Aber so muss ein Mann sein, wenn er siegen will.“

Erzsébet rieb sich die Schläfen, wandte dann ihren Kopf wieder in Emilias Richtung. Als sie weiterredete, klang ihre Stimme viel leiser, fast wehmütig.

„Ich weiß, worum es dir geht. Du wünschst dir einen Mann, der klug und gerecht ist. Der Mitleid mit den Schwachen hat und ihnen helfen möchte. Ich habe einst so einen Mann geliebt, doch als Gefahr drohte, war er ebenso hilflos wie ein Weib. Diese Welt ist hart, Emilia. Ein Mann muss kämpfen können, um sich durchzusetzen, und deshalb muss er hart und rücksichtslos sein. Wie Ferenc, mit dem man mich vermählte. Er kannte kein Erbarmen. Aber er hielt die Türken von unseren Grenzen fern.“

Nicht ganz, dachte Emilia. Ferenc war tot und die Türken beherrschten immer noch einen großen Teil Ungarns. Aber sie verstand, was die Gräfin ihr sagen wollte, auch wenn es ihr nicht unbedingt gefiel. Lieber wollte sie ohne einen Mann an ihrer Seite leben als einen wie Gábor Báthory nehmen zu müssen, mochte er auch ein Woiwode sein. Aber wie viele Frauen hatten die Möglichkeit, sich ihre Männer frei zu wählen?

„Noch eine Sache muss ich dir sagen“, unterbrach Erzsébet diese düsteren Gedanken. „Gábors Besuch bei mir sollte erst einmal geheim bleiben. Sprich nicht darüber, auch nicht mit den Bediensteten des Hauses, die ich nicht eingeweiht habe.“

Emilia stimmte mit einem Nicken zu, dann erinnerte sie sich mit einem gewissen Unbehagen an ihr Gespräch mit Yveta. Sollte sie der Gräfin nicht anvertrauen, dass sie bereits jemanden eingeweiht hatte? Sie hatte schon Luft geholt, doch blieben die Worte in ihrer Kehle stecken, zurückgehalten von einem Gefühl von Verbundenheit mit einem Mädchen, das ebenso machtlos der Willkür von Herrschern ausgeliefert war wie sie selbst. Wer konnte wissen, was Erzsébet mit einer unerwünschten Mitwisserin anstellen würde?

„Ich werde Gábor Báthorys Namen niemals erwähnen", versprach sie daher nur, denn das war im Grunde nicht einmal eine Lüge. Dann durfte sie endlich gehen.

3. Kapitel

An einem der ersten kühlen Tage Anfang Oktober stand Doricza plötzlich wieder vor der Tür des *kastély*, begleitet von Deseö und ihrem Vater, einem kleinen, aber breitschultrigem Kerl mit grimmigem Gesicht. Beide erbaten ein persönliches Gespräch mit der Gräfin, das ihnen gewährt wurde. Emilia saß mit ihrem Nähzeug im Hintergrund, denn seit Anna Darvulias Tod verlangte die Gräfin häufiger nach ihrer Gesellschaft. Sie wurde auch nicht hinausgeschickt, als die zwei Männer mit der völlig verängstigten Doricza hineinkamen. Deseö erklärte mit knappen, aber dringlichen Worten, wie sehr das Mädchen seine Fehler bereue und dass es in Zukunft niemals wieder Anlass geben würde, das Missfallen seiner Herrin zu wecken.

„Und wenn sie es doch tut, gebt ihr eine kräftige Tracht Prügel", fügte der Vater hinzu, der mit gesenktem Blick dastand und unsicher seinen Hut in den Händen drehte. „Das ist die einzige Sprache, die sie versteht."

Doricza sackte leicht zusammen, als fürchte sie bereits einen Hieb, der aus irgendeiner Richtung auf sie niedergehen könnte.

Obwohl Emilia eine Rückkehr des Mädchens in den Haushalt nicht unproblematisch fand, wurde sie in diesem Augenblick von Mitgefühl überwältigt. Viel besser als unter der Fuchtel der Szentés konnte es Doricza in ihrem Elternhaus nicht ergangen sein, denn sie sah deutlich blasser und magerer aus als bei ihrem Rauswurf vor einigen Monaten.

„Sie war sehr geschickt mit der Nadel", wagte sie sich daher einzumischen. „Ich könnte sie als Näherin wieder gut gebrauchen."

Doricza hob kurz den Kopf und warf ihr einen Blick zu, der sich schwer deuten ließ. Der Ausdruck ihres Gesichts war so stumpf und ergeben wie bei einem Lasttier, dessen Willen längst gebrochen war.

„Dann soll sie eben bleiben", beschloss Erzsébet nach kurzem Überlegen. „Wir haben letzte Woche zwei Küchenmädchen an eine Krankheit verloren. Sie soll für Emilia nähen, wenn es notwendig ist, und in der verbleibenden Zeit in der Küche aushelfen."

Doriczas Schultern sackten leicht nach unten, aber sie sagte nichts. Emilia beschloss, dass sie ihr möglichst viele Näharbeiten geben würde, um ihr den Weg in die Küche zu ersparen. Zwar waren die zwei Mägde tatsächlich an hohem Fieber gestorben, doch konnte das daran liegen, dass die Szentés sie bis zu völliger Erschöpfung arbeiten ließ und einmal zur Strafe im Dorf aufgestellt und dann mit kaltem Wasser begossen hatte. An diesem Abend hatte ein frischer Wind geweht, dem beide Mädchen schutzlos ausgeliefert gewesen waren.

Am Nachmittag brachte sie Doricza wieder zu ihren früheren Gefährtinnen, die sie erfreut aufnahmen und mit Fragen überschütteten. Das Mädchen jedoch antwortete einsilbig, wich längeren Gesprächen aus und beugte sich sobald wie möglich über einen Unterrock, der mit Volants verziert werden sollte. Sie arbeitete gewissenhaft, zuckte jedes Mal, wenn Emilia in ihre Richtung sah, ängstlich zusammen und dann in geduckter Haltung weiterzunähen, als wollte sie möglichen Hieben ausweichen. Alle Freude an der Arbeit hatte sie verloren, jene Neugier auf das Leben, die sie bei ihrem ersten Aufenthalt im *kastély* gezeigt hatte, schien innerhalb weniger Monate aus ihrem Wesen gewichen zu sein, verscheucht durch zu viele Demütigungen und Schläge. Emilia spürte, wie ihr Groll gegen István wieder zu wachsen begann, denn er trug doch die Schuld an Doriczas Unglück, da er ihr zunächst den Kopf verdreht und sie dann bei der Gräfin angeschwärzt hatte. Seitdem er sie vor Gábor Báthory gerettet hatte, war sie freundlicher zu ihm gewesen, wenn sie auch aus reiner Vorsicht immer Abstand wahrte. An diesem Abend aber vermied sie es, ihn beim Abendessen überhaupt anzusehen. Er saß wie gewöhnlich neben Erzsébet, die schweigsam und mürrisch war. Die verquollenen roten Augen und ihr kreideweißes Gesicht wiesen darauf hin, dass sie erneut von Kopfschmerzen gepeinigt wurde. Seit Anna Darvulias Tod vermochte niemand mehr, ihr lindernde Tränke zu brauen. Die Szentés hatte es versucht, war aber mit Beschimpfungen überschüttet worden, weil ihre Fähigkeiten als Heilerin versagten. Als die Gräfin eine der Küchenmägde erbarmungslos an den Haaren zerrte und ohrfeigte, da sie beim Servieren einen Krug laut auf den Boden hatte krachen lassen, sah Emilia eine düstere Zukunft für den ganzen Haushalt voraus, falls Erzsébet nicht bald geholfen wurde. In ihrem Kopf erklang die heisere Stimme der Darvulia und nannte einen Namen: Erzi Majorova. Würde diese andere Heilerin, vor deren Fähigkeiten die Blinde Achtung gezeigt hatte, die Qualen der Gräfin lindern können? Obwohl Emilia dies für möglich hielt, zögerte sie, deren Namen zu nennen. Die Warnung der Blinden hallte noch deutlich in ihrem Kopf wider. Das Geheimnis, das diese Unbekannte hütete, könnte der Gräfin mehr Leid zufügen, als sie je erfahren hatte.

Emilia zog sich nachdenklich in ihr Gemach zurück, wo Tibor bereits auf sie wartete. Er kuschelte sich an ihren Bauch, als sie im Bett lag, und wiegte sie mit lautem Schnurren schnell in den Schlaf. Zum ersten Mal seit Jahren träumte sie wieder von ihrer Familie, genoss das Gefühl, selbstverständlicher Teil einer vertrauten Umgebung zu sein, die dauerhafte Sicherheit versprach. Aber während sie mit ihren Eltern, den Geschwistern und dem Verlobten, der auch im Traum kein Gesicht mehr hatte, gemeinsam in der Nähstube saß, erklang ein lauter Schrei. Emilia verspürte Unruhe, Widerwillen, Angst. Als sie die Augen aufschlug, sah sie nur Finsternis und spürte, wie ihre Nackenhaare sich aufstellten. Tibor, der aus dem Bett gesprungen war, maunzte kläglich, dann rannte er in eine Zimmerecke. Etwas polterte, krachte, eine Tür fiel laut zu. Schritte holperten über den Boden, dann wurde es wieder still. Emilia schloss die Augen, um erneut einschlafen zu können, denn bis kurz vor dem Erwachen war der Traum sehr schön gewesen. Aber sie vermochte es nicht, innere Unruhe hielt sie wach. Vielleicht war gerade eben Doricza malträtiert worden. Sie sprang auf und wickelte ihren Schal um sich, fest entschlossen, dem fast gebrochenen Mädchen weiteres Leid zu ersparen.

Ihre letzte Kerze war an dem Abend abgebrannt, daher musste Emilia sich durchs Dunkel tasten. Sie kannte die Stufen inzwischen gut genug, um hinabzusteigen ohne dabei zu stürzen. In der Eingangshalle glomm eine einsame Fackel an der Wand, doch kein Schatten regte sich. Emilia blieb stehen, lauschte aufmerksam und vernahm den Hauch eines Stöhnens in ihrem Rücken. Ratlos drehte sie sich um. „Ist hier jemand?“, flüsterte sie.

„Geh schlafen. Es ist nichts Schlimmes geschehen.“

Es war eine Männerstimme, die sie kannte, und daher ging sie ihr entgegen. István kauerte in einer Ecke, hatte den rechten Arm an seine Brust gepresst und versuchte vergeblich, eine Wunde mit dem Stoff seines Hemdes zu verbergen. Der kupferne Geruch von Blut verriet, dass es kein bloßer Kratzer war.

„Was ist geschehen?“, flüsterte Emilia und beugte sich zu ihm hinab.

„Nichts. Gar nichts. Ich bin auf der Treppe gestürzt. Leg dich schlafen, ich komme auch allein in mein Zimmer.“

Ihr fiel ein, dass sie nicht einmal wusste, wo István hier schlief. Er selbst musste es aber sicher wissen, überlegte sie. Warum stand er dann nicht einfach auf? Spontan streckte sie ihm ihre Hand entgegen und staunte leicht, als er sie sogleich ergriff. Ihn auf die Beine zu stellen, erwies sich als anstrengender denn erwartet. Schließlich musste er sich gegen die Wand lehnen und hielt weiterhin seinen Arm umklammert.

„Du musst verbunden werden“, stellte sie fest. „Komm mit.“

Sie löste die Fackel aus dem Eisenring, denn im Moment brauchte niemand außer ihr im Haus Licht, und ergriff nochmals Istváns Hand. Nach ein paar Schritten schwankte er bereits, sodass sie ihn stützen musste. Eine Ewigkeit schien zu vergehen, bis Emilia endlich die Tür zu ihrem Zimmer öffnen konnte und István zu ihrem Bett lotste. Er fiel wie ein Stein auf die Matratze. Als sie die Fackel in seine Richtung hielt, fielen ihr zahlreiche Kratzer in seinem Gesicht auf. Der Ärmel seines Hemdes war blutdurchtränkt und auf dem Boden waren ein paar dunkle Tropfen zurückgeblieben. Emilia nahm einen Lappen, tauchte ihn in ihren Wassereimer und wischte schnell sein Gesicht ab.

„Jetzt zieh dein Hemd aus“, sagte sie. Er gehorchte ohne Zögern und ließ zu, dass sie seine Wunde wusch, dann einen Streifen Stoff darum wickelte, um die Blutung zu stillen. Tibor strich dabei unruhig um ihre Beine, sprang schließlich wieder aufs Bett, wo er sich zu Istváns Füßen zu einem Ball zusammenrollte.

„Lebt der Kater ständig in deinem Zimmer?“, fragte István.

„Die meiste Zeit.“

„Dann geht es ihm besser als vielen Menschen in diesem Haus“, erwiderte István mit einem schiefen Grinsen. Emilia war nicht nach Scherzen zumute. Sie reichte ihm einen Becher Wasser, den er dankbar leerte, setzte sich dann zu ihm auf die Bettkante und streichelte Tibor, was ihre innere Unruhe besänftigte.

„Wer hat dich derart zugerichtet?“, fragte sie, ohne István anzusehen, denn sie ahnte, wie unangenehm es ihm sein mochte, darüber zu sprechen.

„Kannst du dir das nicht denken?“, kam es nach einer kurzen Pause. „Es war nicht die Szentés, denn das würde sie nicht wagen. Ficzkó ist mir wohlgesonnen. Außerdem könnte ich mich gegen beide zur Wehr setzen.“

Emilia kraulte weiter das Fell ihres Katers.

„Warum tut sie so etwas?“

Den Namen der Übeltäterin wollte sie nicht aussprechen, als würden all die hässlichen Dinge, die sie erahnte, dadurch erst ganz und gar wahr.

„Wenn sie ihre Kopfschmerzen hat, dann ist sie meistens sehr reizbar, wie dir auch schon aufgefallen sein könnte. Ich habe ihr einen Wunsch verweigert, und sie war nicht in der Stimmung, das mit Fassung zu tragen.“

„Was für ein Wunsch war das?“ Emilias Kehle wurde eng. Vielleicht wäre es besser, nicht allzu viel über sein Verhältnis zu Erzsébet zu erfahren, denn sie spürte bereits, wie unsichtbare Nadeln in ihre Brust stachen.

„Es hing mit Doricza zusammen. Aber es gibt Dinge, über die ich nicht reden kann.“

„Warum?“

István zwang sich mit einem Stöhnen in eine sitzende Haltung, indem er sich auf seinem gesunden Arm aufstützte.

„Um dich nicht in Schwierigkeiten zu bringen. Und auch aus Achtung vor Erzsébet, deren Geheimnisse ich wahren will.“

Emilia fuhr herum, eine so abrupte Bewegung, dass Tibor verärgert auf den Boden sprang.

„Sie behandelt dich derart und du nimmst auch noch Rücksicht auf sie?“

„Behandelt sie dich denn so viel besser?“, fragte István völlig ruhig. „Du arbeitest so gut wie die besten Gewandschneider, aber bisher hast du keinen Gulden Lohn erhalten. Um ein Haar hätte sie dich Gábor Báthory ausgeliefert, denn sie ließ dich lange schreien, bevor sie sich einmischte.“

Emilia verschränkte die Arme vor der Brust.

„Sie hat mich noch niemals geschlagen", erwiderte sie fast trotzig, denn plötzlich war ihr, als müsse sie sich verteidigen.

„Weil sie weiß, dass du dann gehen würdest", sagte István nur.

„Und warum gehst du nicht? Ist es dir so wichtig, hier im *kastély* zu leben und stets einen gefüllten Teller zu haben?"

Eine leise Stimme in ihrem Kopf flüsterte, dass sie sich ungerecht verhielt. Sie hatte das Leben der Allerärmsten bisher noch nicht in all seiner Härte kennengelernt, um sich ein Urteil über István erlauben zu können. István beugte sich leicht vor.

„Ich wurde als Leibeigener geboren", erzählte er. „Daher kann ich nicht einfach gehen, wohin es mir gefällt."

„Aber das ist doch Unsinn! Wenn du einfach verschwindest, vielleicht mit deinen Freunden, den *Cigány*, wie will dich denn jemand finden und zurückholen? Glaubst du denn wirklich, dass ..."

Im Grunde wusste sie nicht, ob Erzsébet sich die Mühe machen würde, einen entlaufenen Liebhaber mit Gewalt zurückzuholen.

„Vielleicht würde sie mich suchen lassen, vielleicht nicht", sagte er auch schon. „Falls ja, dann nur, um mich zu strafen, denn sie verzeiht keinen Verrat."

Emilia musste zugeben, dass ein solches Verhalten nicht untypisch für Erzsébet wäre. István rückte noch ein Stück näher an sie heran und hob seinen gesunden Arm. Sie wich nicht vor seiner Berührung zurück, sondern ließ zu, dass er eine verirrte Haarsträhne aus ihrem Gesicht strich.

„Als Erzsébet auf mich aufmerksam wurde, da war ich ein zerlumpter Landstreicher, der versuchte, sich mit seinen mittelmäßigen Gesangskünsten zu ernähren. Hier im *kastély* fand ich ein Zuhause und endlich die Gelegenheit, etwas anderes zu lernen als wie man auf dem Feld schuftet, um die Abgaben an den Landesherrn zu zahlen. Damals hätte ich alles getan, um dem Dreck und dem Hass im Haus meiner Eltern zu entkommen. Erzsébet war die eindrucksvollste Frau, der ich jemals begegnet war. Ich hielt es für eine Ehre, als sie mich nachts in ihr Schlafgemach einlud."

Emilia drehte ihr Gesicht weg, denn diese Worte waren ihr unangenehm, aber sie hinderte ihn nicht daran, weiterzureden.

„Später fielen mir jene Momente auf, da eine andere Frau zutage trat, die kleinlich war und grausam. Die sich an ihre Macht klammerte, weil sie keinem Menschen dieser Welt zu trauen vermochte. Und mir wurde klar, dass ich auch mit dieser Frau leben muss."

„Sie misshandelt dich! Wie kannst du das einfach hinnehmen, als wärest du ein Ochse, der sich nach Gutdünken prügeln lässt!"

István zog seinen Arm zurück, aber sein Blick blieb weiterhin nachsichtig und betrübt.

„Ich glaube, du hattest bisher kaum mit Tieren zu tun, von deinem Kater abgesehen. Auch ein Ochse nimmt Schläge nur hin, weil er keine Möglichkeit hat zu fliehen. Jedenfalls solange er jung ist, bevor sein Wille gebrochen wurde. Ähnlich verhält es sich mit Leibeigenen."

„Aber du bist kein hilfloses Mädchen wie Doricza. Ein Mann kommt auch allein in der Welt zurecht. Du musst nur an einen Ort gelangen, wo sie dich nicht mehr finden kann."

„Auch meine Mutter gehört zu ihren Leibeigenen", erwiderte er. „Das Dorf, aus dem ich stamme, liegt nicht weit von Csejte. Es wäre ein Leichtes für Erzsébet, sie wegen eines vermeintlichen Vergehens hinrichten zu lassen. Ebenso wie den Mann, der mich zwar niemals als seinen Sohn betrachtete, aber in seinem Haus aufzog, obwohl er den Türkenbastard hätte einfach erschlagen können."

Emilia schüttelte entsetzt den Kopf.

„Meinst du denn wirklich, sie würde ihren Zorn an deinen Eltern auslassen?"

„Ich weiß es nicht", sagte er schulterzuckend. „Es ist oft so schwer, sie einzuschätzen. Manchmal habe ich sie großzügig erlebt, dann wieder kleinlich und grausam. Wenn sie verletzt ist, wird sie völlig unberechenbar."

„Aber wenn du weißt, wie sehr sie an dir hängt, warum ... warum hast du den Brief an Doricza geschrieben?", fragte Emilia, um nicht offen auszusprechen, worum es ihr wirklich ging. István hatte sie damals in Sárvár auf schändlichste Weise hintergangen, indem er die Art seines Verhältnisses mit Erzsébet verschwieg.

„Ich habe keinen Brief an Doricza verfasst", beharrte er. „Ich habe nur dafür gesorgt, dass sie aus dem Haus gejagt wird, um sie zu schützen."

„Aber wer schrieb denn den Brief? Was sollte das alles?"

„Das kann ich dir nicht sagen, denn es ist besser, wenn du es nicht weißt."

Emilia ballte die Hände zu Fäusten.

„Das ist doch eine Ausrede!", rief sie. „Du bist es leid, der Geliebte einer älteren, schwierigen Frau zu sein und willst dich mit jüngeren vergnügen. Siehst du denn nicht, was du damit anrichtest? Du hintergehst Erzsébet, und wenn sie es jemals herausbekommt, dann ..."

„Ich hatte bisher nur wenige Frauen außer der Gräfin und das waren alle Töchter der *Cigány*, die bald schon weiterzogen. Bei den Dienstmägden des Hauses hielt ich mich immer zurück, selbst wenn ich in Versuchung war, denn ich wusste, wie gefährlich es gewesen wäre. Nur einmal, bei der Hochzeit in Sárvár, da machte ich eine Ausnahme, weil ... weil ich es mir mehr wünschte als irgendetwas zuvor in meinem Leben."

Eine Weile blieb es still. Emilia nagte an seinen Worten herum, zerrissen zwischen Freude und Misstrauen. Wie gern hätte sie geglaubt, dass die gemeinsame Nacht in Sárvár ihm wichtig war, aber ihre Vorsicht sprach dagegen.

„Es tut mir trotzdem leid, dass ich dich in Gefahr gebracht habe", fügte er hinzu. „Ich hätte es dir vorher sagen sollen."

Sein Eingeständnis war wie eine offene Unterwerfung, die Emilia zwang, auch ihre Waffen niederzulegen. Sie saß stumm da, während István sie langsam in eine Umarmung zog, schmiegte dann ihren Kopf an seine Schulter und ließ sich widerstandslos küssen. Es erstaunte sie erneut, wie stark die Wünsche ihres Körpers plötzlich werden konnten, die Sehnsucht nach Zärtlichkeit und nach jenem Sturm, den er schon einmal erlebt hatte. Sie stand nur kurz auf, um die Fackel im Wassereimer zu löschen, damit auch niemand etwas mitbekam. Dann hastete sie zurück zu István, schob ihre Hände unter sein Hemd und drängte sich an ihn, bemüht seinen verletzten Arm nicht zu berühren.

„Nicht hier", flüsterte er nach einer Weile und löste sich wieder von ihr. „Wenn jemand mitbekam, dass du mich in dein Gemach gebracht hast, sollte ich nicht zu lange bleiben. Unter den Frauen hier gibt es einige, die dich um deine Stellung bei der Gräfin beneiden und dich mit Freuden bei ihr anschwärzen würden."

Emilia stieß ein unwilliges Murren aus, doch der Verstand flüsterte ihr unerbittlich zu, dass István recht hatte.

„Ich gehe jetzt in mein Zimmer. Falls jemand der Gräfin erzählt, dass ich heute Nacht bei dir war, brauchst du nur zu sagen, dass du meine Wunden versorgt hast, die von einem Sturz auf der Treppe stammten. Ich werde die Geschichte bestätigen. Niemand kann uns etwas vorwerfen."

Er wandte sich um und ging langsam los. Jeder Schritt, den er tat, versetzte Emilia einen Stich, und sie musste sich an einen Bettpfosten klammern, um ihm nicht hinterher zu laufen. Kurz vor der Tür drehte er sich noch einmal zu ihr um.

„Morgen Nachmittag werde ich wieder zum *vár* hochsteigen, um Deseö zu treffen. Wenn du eine Gelegenheit findest, dort vor dem Eingangstor auf mich zu warten …"

Statt seinen Satz zu Ende zu sprechen, schlug er die Augen nieder. Emilia hielt den Atem an. Sie fühlte sich von zwei gewaltigen Kräften entzwei gerissen, war unfähig sich zu rühren oder ein Wort zu sagen.

Jede Faser ihres Wesens verlangte danach, sich auf ein höchst gefährliches Spiel einzulassen, denn dass Erzsébets Rache erbarmungslos sein würde, stand außer Zweifel. Aber hätte sie es denn überhaupt anders verdient, wenn sie jene Frau, die sie in ihrem Haushalt aufgenommen hatte, derart hinterging? Mit einem Seufzer vergrub sie das Gesicht in den Händen.

„Es wäre doch nicht recht", flüsterte sie in ihre Handflächen, um István nicht ansehen zu müssen. „Wenn sie dich liebt und uns beide versorgt, dann dürfen wir uns nicht so verhalten."

„Und wenn ich dir sage, dass ich ihr nicht mehr bedeute als irgendein anderer Diener hier? Nur dass meine Aufgabe eine andere ist."

Emilia ließ ihre Hände sinken.

„Wie kannst du dir da sicher sein?"

István stieß ein bitteres Lachen aus.

„Weil sie den Mann, den sie liebt, nicht mit einem Schürhaken attackiert hätte, sobald er nicht tat, was sie wollte."

Er kam wieder auf Emilia zu, ging vor ihr in die Hocke und ergriff ihre Hände.

„Erzsébet hat einmal einen Mann geliebt, aber das ist viele Jahre her und er ist schon längst tot. Seitdem sind Dinge geschehen, die ihr Herz verhärtet haben. Sie war nicht glücklich mit Ferenc Nádasdy, auch wenn sie alles tat, um es sich nicht anmerken zu lassen. Ich weiß nicht, ob sie heute noch für irgendjemanden solche Gefühle aufbringen könnte, wie damals für …"

„Für László Bende“, ergänzte Emilia an seiner Stelle. Kurz huschte ein erstaunter Ausdruck über sein Gesicht.

„Die Darvulia sprach mit mir, bevor sie starb“, erklärte Emilia. Er nickte, fragte nicht weiter nach, hielt nur ihre Hände fest.

„Ihre Kinder liebt sie, denke ich“, überlegte Emilia.

„Ja, vermutlich. Obwohl es sein mag, dass sie ihnen gegenüber nur ihre Pflicht erfüllt. Aber wir sind ihre Diener, deren Zweck allein darin besteht, ihre Wünsche zu erfüllen. Mach dir nichts vor, Emilia, auch dich könnte sie schnell ersetzen. Warum sollten wir nicht das Recht auf ein wenig Leben für uns selbst haben?“

Sie sah den Ernst in seinen Augen, die Sehnsucht und eine sehr nackte, ehrliche Angst vor Zurückweisung. Er verstörte sie, ihn derart offen zu erleben, mit dem spielerischen Verführer umzugehen war ihr leichter gefallen.

„Ich werde kommen“, versprach sie schließlich. Die vielen Möglichkeiten, die sie noch vor einer Weile gesehen hatte, waren zu einem einzigen Weg zusammengewachsen, den sie gehen musste. Jede andere Entscheidung hätte nun feige oder verlogen geschmeckt.

Sie sah Istváns Augen freudig aufleuchten, wurde noch einmal in eine heftige Umarmung gerissen, dann stand sie still, während die Tür hinter ihm zufiel.

Sie ahnte, dass ihr Leben von nun an nicht einfacher sein würde.

4. Kapitel

„Mein Vater, oder jener Mann, der als solcher galt, schuftete sein Leben lang, was seine Kräfte nur hergaben“, erzählte István und zeichnete mit seinem Zeigefinger ein Muster auf Emilias nackten Rücken. „Aber wir hatten nur selten genug auf dem Tisch, um uns satt zu essen, denn die Nádasdys brauchten Geld für ihre Türkenkriege.“

„Aber ohne diese Kriege hätten die Türken vielleicht schon ganz Ungarn erobert“, warf Emilia ein.

Durch das Geäst der Bäume drangen vereinzelte Sonnenstrahlen, die als Lichtpunkte auf Istváns Gesicht tanzten. Sie vergrub ihre Hand in seinem Haar, befühlte mit Genuss seine Glätte und Dichte. In diesen Augenblicken, da sie sich gemeinsam in den Wald stahlen, konnte sie glauben, dass István ganz und gar ihr gehörte, aber sobald sie wieder das *kastély* betreten hatten, musste sie Abstand von ihm wahren. Er sprach nie über die Zeit, die er in Erzsébets Gemach verbrachte, und sie war ihm dankbar dafür.

„Und wäre es denn so schlimm, wenn wir unter der Herrschaft der Osmanen leben würden?“, fragte er. „Glaubst du wirklich, für die einfachen Leute ist es dort wesentlich anders?“

„Die Osmanen sind Ungläubige!“, rief Emilia. Dann fiel ihr ein, dass sie kaum mehr über die Türken wusste als eben das. „Jeder erzählt, wie sie vergewaltigen, morden und Menschen in die Sklaverei verschleppen“, fügte sie hinzu.

„Das tun unsere Soldaten ebenso, wenn sie über türkische Siedlungen herfallen“, erwiderte István.

„Aber die Türken haben den Krieg begonnen! Sie drangen in Ländereien ein, die ihnen nicht gehörten.“

„Ich fürchte, da hat meine neunmalkluge Deutsche recht“, sagte István und rollte sich neben ihr auf den Rücken. „Aber die *Cigány* haben mir immer wieder gesagt, dass das Leben unter türkischer Herrschaft nicht so schlimm sein soll, wie unsere Herren uns weismachen wollen.“

„Für fahrendes Volk vielleicht nicht. Das bleibt ja nirgendwo lange."

„Und ist das so verkehrt?"

István zog sie an sich und strich ihr das Haar aus dem Gesicht.

„Fleiß, Demut, Rechtschaffenheit, wohin hat all das meinen Vater gebracht? Als ich die ersten *Cigány* traf, da fragte ich mich, ob sie auf ihre Art nicht klüger sind. Sie haben wenigstens keinen Herrn."

„Und auch kein Heim außer ihrem Wagen. Sie betteln und stehlen und werden überall verachtet", erwiderte Emilia.

„Ist es denn besser, wenn man sein Leben lang nur schuftet, um schließlich bettelarm und ausgemergelt ins Grab zu fallen?"

Emilia richtete sich auf und sah verwirrt auf ihn hinab. Eben noch war er ihr näher gewesen als irgendein Mensch zuvor, nun entdecke sie plötzlich einen Graben zwischen ihnen.

„Ich könnte nicht so leben", erklärte sie. „Niemals. Ist es denn das, was du willst. Mit ihnen herumziehen?"

Er schmunzelte nur. „Es gab Zeiten, da habe ich darüber nachgedacht. Aber ich weiß, dass du so ein Leben nicht willst, und würde es dir daher auch nicht zumuten wollen. Aber …"

Nun richtete auch er sich auf und zog sie an sich.

„Mit den *Cigány* könnten wir die Grenze zu den türkischen Gebieten überqueren. Sie ziehen dort regelmäßig hin, und die osmanischen Soldaten tun ihnen nichts. Dorthin könnten keine Heiducken uns verfolgen."

Emilia vergrub ihr Gesicht an seiner Schulter und genoss es, seinen Geruch einzuatmen. Ihre Hände strichen über seinen Körper, ertasteten Sehnen, Muskeln und Narben. Er hatte viele davon, angeblich das Werk seines vermeintlichen Vaters. Manche mochten auch von Erzsébet stammen, doch Emilia spürte, dass er nicht darüber reden wollte. Vieles an ihm verstand sie inzwischen, ohne dass er es erklären musste, so auch seinen Drang nach Freiheit, nach einer Flucht aus dem goldenen Käfig, in den er geraten war. Gleichzeitig fürchtete sie den Moment, da es ihm vielleicht gelingen würde, sich Erzsébets Zugriff zu entziehen. Sie wusste nicht, wie sie es ertragen würde, wenn er irgendwann wieder aus ihrem Leben verschwand. Sein Vorschlag, dass sie ihn begleiten könnte, weckte rasende Freude in ihr, in die sich sogleich Angst zu mischen begann.

„Ich kann es nicht", flüsterte sie nach kurzem Überlegen. „Ich habe mein Leben lang davon geträumt, Gewandschneiderin zu sein, und nun, da ich es endlich bin, kann ich nicht alles hinwerfen und fortlaufen."

Es tat wohl, dass er sie nicht gleich von sich stieß, wie sie befürchtet hatte, sondern ihren Nacken mit Küssen bedeckte, bevor er nach seinem Hemd griff und ihr das Kleid zuwarf.

„Ich hatte es mir schon gedacht", sagte er nur. „Es wäre ja auch sehr riskant für meine Familie, wenn ich einfach verschwände. Dann müssen wir so weitermachen wie bisher. Jetzt solltest du zurückgehen, denn du hast gesagt, dass die Gräfin vor dem Abendmahl mit dir reden wollte."

Emilia nickte und streifte sich schnell ihr Kleid über, lief dann zu einem Bach in der Nähe, um sich noch etwas Wasser ins Gesicht zu schütten.

„Was machst du jetzt?", fragte sie István.

„Ich gehe zu Deseö und seinen Männern, um eine Runde Karten zu spielen. Es würde zu sehr auffallen, wenn wir gemeinsam ins *kastély* zurückkehren."

Emilia musste ihm widerwillig recht geben, obwohl sie gern Hand in Hand mit ihm den Hügel herabgestiegen wäre. Noch einmal umarmten sie sich, dann lief sie los und legte sich gleichzeitig eine Entschuldigung zurecht, falls jemand fragen sollte, wo sie in der letzten Stunde abgeblieben war. Dieses Spiel ging nun schon mehrere Wochen und sie begann sich fast sicher zu fühlen, da bisher keinerlei Gerüchte aufgekommen waren. Nur fürchtete sie, dass es bald zu frostig sein könnte, um sich mit István im Wald zu treffen. Dann würde es auch seltsam wirken, wenn sie längere Zeit im Freien herumstreifen wollte. Ihr blieb nichts anderes übrig, als sich auf Istváns Einfallsreichtum zu verlassen, denn im Lügen war er viel geschickter als sie.

Als sie das *kastély* betrat, schlugen ihr laute Wutschreie entgegen. Sie versteinerte vor Schreck, denn sie kannte Erzsébets tiefe, manchmal etwas heisere Stimme. „Was ist geschehen?", fragte sie Yveta, die ihr in der Eingangshalle gegenübertrat.

„Ficzkó wurde von einem Diener des Grafen Thurzó angegriffen, der ihm die Schuld an Evas Tod gab. Das geschah bei dem Ausflug nach Vágújhely, den die Gräfin heute Morgen unternahm."

Yveta sah völlig unberührt aus.

„Warum soll denn plötzlich Ficzkó schuld sein, dass Eva ertrunken ist?“, wollte Emilia wissen.

„Weil er in den Diensten der Gräfin Báthory steht und als ihr Mann fürs Grobe gilt. Überall, wo sie sich aufhält, sterben junge Mädchen. Das hat sich inzwischen herumgesprochen. Man nennt sie bereits eine Hexe und eine Blutsaugerin.“

In Yvetas Stimme schwang nur schwach verborgener Triumph mit. Emilia sah sich rasch um, ob nicht jemand diese Unterhaltung belauscht hatte. Zum Glück war sie auf Deutsch geführt worden, was die Szentés und Helena Jó kaum verstehen konnten. Nur Ilona Hertz wäre wirklich gefährlich, doch schien sie sich nicht in der Nähe zu befinden.

„Am Besten gehst du jetzt zu unserer Gräfin“, schlug Yveta ihr vor. „Dich wird sie wenigstens nicht verletzen.“

Emilia beschloss, nicht auf das Gift in diesen Worten zu achten, denn sie machte sich ernste Sorgen, was Erzsébet nun anstellen mochte. Verbunden mit dem häufig auftretenden Kopfschmerz konnte dieser Vorfall sie wirklich unberechenbar machen. Vor der Tür angekommen klopfte Emilia zaghaft, hörte das Scheppern eines zu Boden fallenden Metallgegenstandes, dann wurde sie nicht besonders freundlich hereingebeten.

Erzsébet saß mit offenem Haar auf ihrer Bettkante. Ihr eingefallenes Gesicht ließ sie im allerersten Moment verletzlich wirken, aber der Zorn in ihren Augen war dunkel und böse.

„Ich begreife nicht, wie Thurzó es wagen kann. Meine Ahnen waren bereits Herrscher dieses Landes, als die seinen noch im Dreck wühlten!“

Emilia begriff nicht ganz, was dies mit dem Angriff auf Ficzkó zu tun hatte.

„Kann ich Euch etwas bringen, Euer Durchlaucht? Kaffee vielleicht? Oder einen Kräuteraufguss gegen Eure Kopfschmerzen?“

„Ich brauche nichts – außer vielleicht einen Schluck Pálinka. Dort drüben auf der Truhe steht noch eine Flasche. Schenk mir ein. Du kannst dir auch etwas nehmen.“

Emilia gehorchte und füllte zwei kleine Gläser mit der klaren Flüssigkeit. Erzsébet leerte das ihre mit einem Schluck, dann beugte sie sich über ein Blatt Papier auf ihrem Tisch und tauchte ihren Federkiel in das Tintenfass.

„Ich werde mich bei Thurzó beschweren. Er muss seinen Diener für so ein Verhalten bestrafen. Aber wahrscheinlich hat er ihn noch dazu ermutigt."

„Aber weshalb glaubt Ihr, dass Pattai ermutigt wurde, Ficzkó anzugreifen?"

„Weil er auf Ficzkó losging und ihn den Handlanger einer Mörderin nannte!", erwiderte Erzsébet, während sie die Feder über das Papier jagen ließ. „Das hätte er sich nicht getraut, wenn er nicht gewusst hätte, dass sein Herr ein solches Verhalten unterstützt."

Sie schrieb ihren Brief zu Ende, faltete ihn dann zusammen und drückte ihr Siegel drauf.

„Nur, weil Thurzó jetzt Palatin ist und die Unterstützung unseres Habsburger Königs hat, darf er sich mir gegenüber nicht derart respektlos verhalten!", sagte sie mit Nachdruck und klopfte mit der geballten Faust gegen ihre Schläfe, während ihre Lippen unverständliche Worte formten.

„Natürlich ... das ist es ... das muss der Grund sein", hörte Emilia sie leise sagen. Dann drehte die Gräfin sich zu ihr um. Der Blick ihrer Augen erinnerte an Messerspitzen.

„Hast du wirklich niemandem davon erzählt, dass Gábor Báthory hier gewesen ist? Kann jemand herausgefunden haben, was ich dir damals über seine Pläne anvertraute?"

Emilia spürte eine eisige Hand in ihrem Nacken. Das Geständnis lag ihr bereits auf der Zunge und sie wäre auch bereit gewesen, den Zorn der Gräfin hinzunehmen, aber was dann mit Yveta geschehen würde, wollte sie sich nicht ausmalen. Zudem ging sie davon aus, dass Yveta unschuldig war. Wie und vor allem aus welchem Grund hätte sie mit dem Palatin in Kontakt treten sollen?

„Ich habe mit niemandem darüber gesprochen", log sie. Seltsamerweise schämte sie sich mehr dafür, ihrer Herrin nun die Unwahrheit zu sagen, als für ihre heimliche Beziehung mit István.

„Ja, das dachte ich mir schon. Ich weiß, dass du vertrauenswürdig bist", sagte Erzsébet leichthin.

Emilias spürte ihre Wangen brennen und trat unauffällig einen Schritt vom Licht des Fensters fort.

„Aber irgendjemand hat geredet. Ich werde es schon herausfinden. Dabei ist es doch mein Recht, meinen Neffen hier zu empfangen! Thurzó beobachtet mich wie eine Verdächtige, klebt mir an den Fersen und will mir schaden, wo er nur kann. Das hätte er niemals gewagt, wenn Ferenc noch am Leben wäre!"

Emilia staunte, denn bisher hatte Erzsébet noch niemals den Tod ihres einstigen Gemahls betrauert.

„Eine Frau allein ist in vieler Hinsicht hilflos in dieser Welt", sagte die Gräfin nun und warf ihr einen betrübten Blick zu. „Ich tat, was ich konnte, um mich zu wehren, und machte mir vor allem Feinde."

„Vielleicht solltet Ihr Euch für eine Weile zurückziehen", schlug Emilia vor. „An einen Ort, der völlig unverdächtig wirkt. Widmet Euch Euren Töchtern als fürsorgliche Mutter."

Sie erwähnte nicht, dass Erzsébet ihren Sohn aber besser weiterhin Imre Megyery überlassen sollte, denn ein adeliger Junge war eine wichtige Schachfigur im Spiel der Politik. Auch nicht, dass sie aufpassen sollte, damit in ihrer näheren Umgebung keine Mädchen mehr ums Leben kamen. All dies waren Themen, die Erzsébet zornig machen konnten.

„Du hast recht", stimmte die Gräfin unerwartet schnell zu. „Meine Tochter Anna hat mir bereits vorgeschlagen, dass wir gemeinsam die Heilquellen in Pöstyén besuchen. Seit Anna Darvulia tot ist, plagt der Kopfschmerz mich fast ununterbrochen und meine Augen brennen, sobald ich helles Licht sehe. Vielleicht wird das heilende Wasser mir helfen." Sie streckte den Rücken, um wieder die Haltung einer Gräfin anzunehmen. „Ich habe beschlossen, dass du mich begleiten sollst. Als meine persönliche Zofe. Der Rest der Diener kann hierbleiben. Dorottya Szentés kann sie beaufsichtigen, denn sie verfügt über die notwendige Autorität."

Emilia starrte stumm, während die Gedanken durch ihren Kopf rasten. „Was ist mit Ilona Hertz?", fragte sie schließlich. „Sie würde sicher gern mit Euch reisen."

„Ich weiß", erwiderte die Gräfin. „Aber in letzter Zeit erscheint sie mir etwas anstrengend in ihrer Anhänglichkeit. Außerdem mag meine älteste Tochter keinen Gesang."

„Und … und István? Eure jüngere Tochter Kata mochte seine Melodien."

„Ja, ich kann mich erinnern." Erzsébet lächelte. „Doch es ist noch nicht sicher, ob Kata mich überhaupt begleitet. Außerdem hatte ihre Vorliebe für István etwas … Unpassendes an sich. Anna mag es nicht, diesen jungen Mann in meiner Nähe zu sehen, denn sie achtet sehr auf sittsames Verhalten. Er wird also hierbleiben, was ihn sicher nicht weiter stört. Er mag es, durch die Gegend zu streifen und sich mit den *Cigány* zu treffen. Mache du dich zur Abreise fertig. Diesen Kater, der dir ans Herz gewachsen ist, kannst du natürlich mitnehmen."

Emilia murmelte Worte des Dankes, während sie das Gefühl hatte, innerlich entzweigerissen zu werden. Es war eine außergewöhnliche Ehre, dass sie als Einzige Erzsébet begleiten durfte, und sie freute sich darauf, Kata vielleicht wiederzusehen. Doch die Aussicht, István für absehbare Zeit nicht mehr treffen zu können, löste einen heftigen Schmerz aus, den sie seit dem Tod ihrer Familie nicht gekannt hatte.

„Was ist. Geht es dir nicht gut?"

Erzsébets Blick war bohrend.

„Doch. Es geht mir sehr gut. Ich … ich würde nur gern nach meinem Kater sehen."

Eine bessere Ausrede war Emilia nicht eingefallen und sobald sie ausgesprochen war, erschien sie ihr geradezu verräterisch dumm. Aber die Gräfin entließ sie mit einer großzügigen Handbewegung und gab ihr die Möglichkeit, in ihr Gemach zu flüchten. Tibors weiches Fell, in dem sie ihr Gesicht vergrub, spendete tatsächlich Trost. Es wäre nicht lange, sagte sie sich, vielleicht ein paar Wochen. Sie würde die Trennung überstehen.

Vor der Abreise, die bereits für die folgende Woche angesetzt war, fand Emilia nur einmal Gelegenheit, sich mit István zu treffen. Er versuchte, sie mit der Aussicht auf ihr baldiges Wiedersehen aufzumuntern, hielt sie aber noch eng umschlungen, als bereits die Dämmerung aufzuziehen begann. Schließlich war sie es, die zur Rückkehr mahnte, denn es würde verdächtig wirken, wenn sie im Dunkeln allein durch den Wald schlich. Als sie sich aus seiner Umarmung löste, meinte sie, die Haut würde ihr abgezogen, so sehr war er bereits zu einem Teil ihrer selbst geworden. Sie starrte seiner geschmeidig über Baumwurzeln tretenden Gestalt nach, bis das Dickicht der Bäume sie verschluckt hatte, und die Welt kam ihr plötzlich kalt und finster vor.

Er wollte wie üblich zu Deseö, um seine Abwesenheit vom *kastély* wieder durch Kartenspiele und Männergespräche entschuldigen zu können, während sie selbst den Weg in die entgegengesetzte Richtung einschlug. Mit jedem Schritt wurde ihr bewusster, wie sehr sie ein Ende dieser Heimlichtuerei herbeisehnte. Vielleicht würde Erzsébet seiner irgendwann einfach überdrüssig werden und ihn mit einer bescheidenen Entlohnung entlassen. Emilia ahnte, dass dies fast ihre einzige mögliche Hoffnung war, denn seine Fluchtpläne klangen für sie immer noch wie der Sprung in einen Abgrund, in dessen Tiefen sie wahrscheinlich zerschmettert würden.

Sie hatte fast schon das Dorf erreicht, als eine Gestalt sich aus dem Grau der Abenddämmerung schälte, so unerwartet, dass Emilia nur mit Not einen Angstschrei unterdrücken konnte. Dann erblickte sie ein vertrautes, schneeweißes Gesicht unter einer kunstvollen Frisur aus pechschwarzem Haar.

„Da bist du ja endlich!“, rief Ilona Hertz leicht verärgert. „Ich wollte dich schon suchen gehen.“

Emilia blieb staunend stehen. Die vornehme Dame verirrte sich so gut wie nie in den Wald, denn der Aufstieg zum *vár* schien ihr allzu anstrengend, vor allem, weil sich nur eine uralte, zugige Burg am Ziel befand. Soweit Emilia sich erinnern konnte, hatte sie sogar Ausflüge ins Dorf weitgehend gemieden.

„Gibt es irgendeinen Grund, warum ich dringend im *kastély* gebraucht werde?“, fragte sie besorgt. Ilona schüttelte den Kopf.

„Nein, aber ich konnte es Erzsébet nicht zumuten, dass ihre neue Favoritin plötzlich verloren geht.“

Diese Worte ließen Emilia an eine zuckersüße, giftige Speise denken, die ihr mit freundlichem Lächeln serviert wurde.

„Warum sollte ich denn plötzlich verloren gehen?“, erwiderte sie. „Ich bin nicht zum ersten Mal im Wald gewesen und kenne mich hier inzwischen einigermaßen aus.“

„Das ist wohl richtig. Mir ist aufgefallen, dass du in letzter Zeit sehr oft allein hinausgehst.“

Ilona hatte sich an ihre Seite begeben, sodass sie nun nebeneinander ins Dorf traten. Emilia rückte so unauffällig wie möglich ein Stück von ihr ab, denn auf einmal fiel es ihr schwer, in der Nähe dieses Mädchens zu atmen.

„Ich brauche manchmal Zeit für mich allein“, versuchte sie, ihre Ausflüge zu erklären. „Noch ist es tagsüber angenehm warm. Ich liebe die Ruhe im Wald.“

„Tatsächlich?“ Ilonas Blick war wie die Berührung einer eisigen Hand. „Ficzkó erzählte der Szentés, dass er einmal hörte, wie du dich dort mit einem Mann unterhältst.“

Nun perlte der Schweiß über Emilias Rücken.

„Das ist schon möglich“, sagte sie und war zufrieden, weil ihre Stimme völlig gelassen klang. „Manchmal treffe ich unterwegs jemanden. Die Gegend ist ja nicht völlig menschenleer.“

„Du solltest dennoch vorsichtig sein“, meinte Ilona. „Es treibt sich manchmal übles Gesindel in Wäldern herum. Deine Ausflüge sind nicht ganz ungefährlich.“

Dann hatten sie das *kastély* erreicht und die hübsche Sängerin verabschiedete sich mit einem leichten Kopfnicken.

Pöstyén war eine kleine, am Fluss Vág gelegene Stadt, neben der die Quellen als Gaben der Erde aus dem Boden schossen und so immer wieder hohen Besuch anlockten. Erzsébet bezog mehrere Räume in einer Herberge, die für die vornehmsten Gäste eingerichtet war, und überließ Emilia eine kleine Kammer gleich neben ihrem Schlafgemach. Anna Zrínyi wartete bereits vor Ort und Kata traf einige Tage später ein, lachend, strahlend und von mehreren Dienstmägden begleitet. Sie begrüßte Mutter und Schwester freundlich, wahrte aber jenen Abstand, der in ihrer Familie üblich war. Als sie eine Gelegenheit fand, sich in Emilias Kammer zu schleichen, fiel sie ihr jauchzend um den Hals.

„Ich erwarte ein Kind!“

Emilia beglückwünschte das Mädchen und verspürte einen leisen Stich des Neides. István war stets vorsichtig, um sie nicht zu schwängern, aber wie gern hätte sie einfach nur Freude empfinden können, sollte jemals neues Leben in ihr heranwachsen, anstatt eine dunkle Bedrohung darin zu sehen.

„Die Ehe ist keineswegs eine solche Plage, wie ich immer befürchtet habe“, plauderte Kata munter weiter und schwang sich auf den einzigen Stuhl in dem kleinen Raum. „Ich hatte schreckliche Angst vor der Hochzeitsnacht, vor allem wegen der Dinge, die meine Mutter angedeutet hatte, aber schließlich war es wunderschön. Ich bin so froh, dass György jetzt mein Mann ist! Als er wollte, dass wir beide katholisch werden, da habe ich mich zunächst gesträubt, aber er hat mir erklärt, warum die Habsburger die einzig mögliche Rettung für unser Land sind, und schließlich habe ich es verstanden."

Emilia fragte sich, was Erzsébet wohl zu der Konversion ihrer Tochter sagen würde, vermied es aber, Kata darauf anzusprechen. Stattdessen setzte sich sie sich auf ihre Bettstatt, denn die Fürstentochter schien zu einem längeren Gespräch aufgelegt.

„György sagt, dass es klug ist auf Graf Thurzó zu hören und dass meine Mutter sehr dickköpfig ist, weil sie es nicht tut", plauderte sie auch schon weiter. „Und das stimmt natürlich, sie wollte schon immer tun, was sie für richtig hielt, anstatt einen Rat anzunehmen."

„Sie hat ihren eigenen Kopf", erwiderte Emilia und überlegte, wie viel einfacher ihr Leben wäre, wenn sie gänzlich aufhören könnte, sich Erzsébet verbunden zu fühlen.

„Ja, eben das macht sie schwierig", stimmte Kata zu. „Aber György meint, es ist noch nicht zu spät. Er will, dass ich meine Mutter davon überzeuge, sich mit dem Palatin gut zu stellen. Sie soll aufhören, unseren König wegen der Rückzahlung von Schulden zu bedrängen, denn so bringt sie ihn nur gegen sich auf. Am Besten sollte sie auch katholisch werden, aber das macht sie natürlich nicht."

Kata seufzte tief und legte eine Hand auf ihren bisher völlig flachen Bauch. „Ich habe György gesagt, dass ich nicht viel Einfluss auf meine Mutter habe. Das betrübte ihn sehr, ja er schien geradezu in Sorge, obwohl ich nicht begreife, warum. Aber da fiel mir ein, wie sehr sie dich schätzt."

Sie beugte sich vor und sah Emilia aus ihren hellbraunen Mädchenaugen an.

„Könntest du vielleicht mit meiner Mutter reden? Damit sie wenigstens aufhört, sich ständig mit Graf Thurzó zu streiten."

Emilia stieß einen Seufzer aus. Sie fühlte auf einmal mehr Last auf ihren Schultern, als sie stemmen konnte.

„Ich weiß nicht, ob ich sehr viel erreichen kann", gestand sie. „Eure Mutter mag es nicht, wenn jemand ihr Vorschriften macht, und zwischen ihr und dem Palatin scheint ein länger anhaltender Zwist zu bestehen."

Kata neigte den Kopf zur Seite.

„Ja, ja, das weiß ich natürlich. Aber György fragte mich noch andere, seltsame Dinge. Ob viele Mädchen im Haushalt meiner Mutter ums Leben gekommen waren."

„Und was habt Ihr geantwortet?"

Eine eiskalte Hand strich über Emilias Nacken. Wieder einmal wurde sie von unangenehmen Vorahnungen geplagt.

„Na, dass manchmal welche starben, so wie es überall geschieht. Meistens an Krankheiten. Die Strafen der Szentés waren natürlich auch nicht gerade milde, aber es ist das Recht einer Landesherrin, über ihre Leibeigenen zu richten. Das muss György doch wissen, ich begreife wirklich nicht, weshalb er sich sorgt."

Kata sah Emilia abwartend an.

„Ich denke, wenn Eure Mutter sich in Zukunft maßvoll benimmt, wird ihr kein Unglück geschehen", erwiderte Emilia und wünschte sich, auch an diese Worte glauben zu können. Die Gräfin war jene Frau, mit der sie einen Liebhaber teilte, aber von der auch ihre Zukunft abhing.

„Ja, so sieht György das auch." Kata stand nun auf und lächelte Emilia an. „Ich danke dir, dass du mir zugehört hast. Vielleicht kannst du trotzdem mit meiner Mutter reden. Die Szentés sollte sich ein bisschen zurückhalten mit ihren Strafen. Die zwei toten Mädchen bei meiner Hochzeit waren nicht gerade erfreulich."

„Das war aber nicht die Schuld der Szentés", erinnerte Emilia. Es waren Unglücksfälle gewesen. Aber warum häuften diese sich derart?

„Natürlich." Kata ging zur Tür. „Ich werde meiner Mutter und Anna jetzt von der Schwangerschaft erzählen. Ich hoffe, ich sehe dich beim Abendessen wieder."

Emilia nickte ihr zum Abschied zu. Es freute sie, dass Kata ihr als Erster die frohe Botschaft überbracht hatte. Sie war enger mit Erzsébets Familie verwachsen, als sie es jemals für möglich gehalten hatte.

Für einen Moment vergaß sie beinahe, dass sie gleichzeitig eine Verräterin war.

Sie brachen am folgenden Tag erstmals zu den Heilquellen auf. Emilia saß neben Erzsébet in der Kutsche, gegenüber von Kata und Anna. Die jüngere Tochter redete fast ununterbrochen über die Gäste der

Herberge und die erfreuliche Entwicklung des Wetters, denn nach zwei Regentagen schien nun eine goldene Oktobersonne. Erzsébet lauschte mit einer Falte zwischen ihren Brauen, Anna Zrínyi wirkte geistesabwesend, blickte ununterbrochen zum Fenster hinaus und nagte immer wieder an ihren Lippen. Emilia spürte eine drückende Missstimmung in der Enge der Kutsche, obwohl sie keinen Streit zwischen Mutter und Töchtern mitbekommen hatte.

Das Wasser der Quellen wurde aus der Erde gepumpt und in große Zuber für die Gäste gefüllt. Mehrere Badehäuser waren auf einer großen Wiese verteilt, daneben hatten ein paar Händler Stände mit Essen und Getränken aufgebaut und eine Gruppe bunt gekleideter Musikanten sorgte für Unterhaltung. Sobald alle vier Frauen der Kutsche entstiegen waren, wurden sie von beflissen lächelnden Bademägden begrüßt, die aufgeregt um den hohen Besuch herumsprangen und die Gräfin zum größten der Häuser geleiteten, wo sie beim Entkleiden halfen und weiße Tücher aus Leinen zum späteren Abtrocknen bereitlegten. Emilia wurde bewusst, dass ihr hier wirkliche eine Ehre zuteilwurde, denn sie durfte neben drei Frauen des ungarischen Hochadels in einem Zuber plätschern und wurde dabei mit ebensolcher Ehrerbietung bedient, als sei sie eine von ihnen. Die Mägde hatten wahrscheinlich keine Ahnung, dass sie kaum höherer Abkunft war als sie selbst. Das Wasser war angenehm warm, wie es angeblich schon aus den Quellen kam, und umspülte sanft ihren Körper, streichelte und kitzelte ihn an Stellen, die sie erst gemeinsam mit István an sich entdeckt hatte. Sie erschrak über das lüsterne Verlangen, das ganz plötzlich in ihr wach wurde, und sah sich zur Ablenkung im Raum um. Dicht neben ihr schwamm Kata mit geschlossenen Augen in ihrem Zuber wie eine Wassernixe, mit vor Nässe schwerem Haar und völlig in ihr eigenes Wohlbehagen versunken. Anna Zrínyi hingegen schien weiterhin sehr steif, als habe jemand eine Steinfigur ins Bad gestellt. Erzsébet starrte nachdenklich zur hölzernen Decke. Ihr graues Haar war unter einer Haube verborgen und Emilia staunte über den schmalen Hals und die zarten, weißen Schultern, die wie aus Marmor gehauen aus dem Wasser ragten. Erzsébet sah so makellos aus, dass man sie aus der Ferne für die ältere Schwester ihrer Töchter hätte halten können. Eine unsichtbare Nadel stach in Emilias Brust. Eine solche Frau musste István Lust geschenkt haben, und wäre sie nicht derart in ihrem Misstrauen und Standesdenken gefangen, hätte sie vielleicht sogar sein Herz gewinnen können.

Die Bademägde verteilten Becher mit süßem, gewürzten Wein und Schüsseln, auf denen in Honig getränkte Nüsse lagen. Eine von ihnen bot sich zaghaft an, Erzsébets Nacken zu massieren, und Emilia bemerkte, wie ihre jungen Hände dabei vor Angst zitterten. Der Gräfin Báthory musste bereits ein unheilvoller Ruf vorausgeeilt sein, doch war sie im Augenblick zu sehr in ihre eigenen Überlegungen versunken, um die Bademagd überhaupt wahrzunehmen.

Anna Zrínyi äußerte als Erste den Wunsch, ihrem Zuber wieder zu entsteigen. Drei Mägde schrubbten sie sorgfältig ab, rieben eine duftende Flüssigkeit auf ihren Körper und zogen ihr schließlich einen schlichten, weißen Kittel an.

„Ihr könnt Euch noch draußen in die Sonne setzen, Euer Durchlaucht", sagte die Älteste von ihnen mit einer leichten Verbeugung. „Es gibt dort auch Quellwasser zu trinken, das Euch erfrischen wird. Sobald Eure Mutter es wünscht, machen wir Euch für die Heimfahrt fertig."

Emilia verspürte nun auch den Wunsch nach frischer Luft, da von dem Wasser ein Geruch ausging, den sie allmählich als unangenehm zu empfinden begann. Sie winkte eine der Bademägde herbei und kam in den Genuss derselben Behandlung wie Anna Zrínyi. Als sie anschließend in die Sonne hinaustrat, sah sie Erzsébets Tochter auf einer Bank zwischen zwei Badehäusern sitzen. Das schlichte, weiße Gewand ließ sie weniger streng und unnahbar wirken, sodass Emilia sich nach einigem Zögern näherte. Sie wurde mit einem freundlichen Lächeln begrüßt.

„Ich habe das Quellwasser probiert, aber es schmeckt schrecklich", sagte Anna. „Zum Glück leide ich weder unter Gicht noch plagen mich so heftige Kopfschmerzen, wie meine Mutter sie ihr Leben lang hatte. Daher brauche ich auch keine dringende Heilung."

Emilia setzte sich an ihre Seite und beschloss, auf das Quellwasser einfach zu verzichten. Das Bad hatte sie völlig entspannt und sie genoss das sanfte Streicheln, mit dem die Sonnenstrahlen ihre Haut endgültig trockneten. Das weite Gewand ließ mehr Luft durch als ihre übliche Kleidung, was bei diesem Wetter eine Wohltat war.

„Kata sagte mir, dass du meiner Mutter sehr nahe stehst."

Emilia zuckte zusammen und wandte sich staunend Anna Zrínyi zu, mit der sie bisher kaum mehr als ein paar Worte gewechselt hatte. Sie hatte die gleichen klugen Augen wie ihre Mutter, doch verbarg sich in deren Tiefen keine Drohung. Trotzdem war Emilia nicht wohl dabei, nun in ein vertrauliches Gespräch gelockt zu werden, dem sie sich nicht entziehen durfte.

„Das heißt es wohl“, gab sie zu. „Und ich empfinde es als große Ehre, ihr Vertrauen gewonnen zu haben. Doch trifft Eure Mutter in Allem ihre eigenen Entscheidungen und weiht mich auch niemals in ihre Pläne ein.“

Das entsprach im Wesentlichen der Wahrheit und machte Anna gleichzeitig klar, wie wenig Sinn es hätte, Emilia irgendwelche Geheimnisse über ihre Mutter entlocken zu wollen.

„Natürlich. Ich weiß, dass sie auf niemanden hört.“ Anna seufzte. „Aber ich möchte ihr helfen und kann überhaupt nichts ausrichten. Ich glaube, ich erinnere sie an meinen Vater. Deshalb mag sie mich nicht besonders.“

Nun blickte Emilia staunend auf. Anna Zrínyi schien ihr in vieler Hinsicht die jüngere Ausgabe ihrer Mutter. Sie hatte die gleiche hohe Stirn, ähnliche Augen und vor allem auch jene kühle, strenge Art, die Erzsébet Báthory auszeichnete.

„Kata war ihr immer lieber“, redete Anna weiter, als spreche sie mit einer alten Freundin. „Und Pál natürlich, denn er ist ein Junge. Aber mich sieht sie nicht gern und sie hört kaum zu, wenn ich mit ihr rede.“

„Das tut mir leid“, sagte Emilia und fragte sich gleichzeitig, womit sie diese Vertrauensseligkeit ausgelöst hatte.

„Aber jemand sollte meine Mutter warnen“, fuhr Anna Zrínyi leise fort. „Etwas Übles braut sich über ihrem Kopf zusammen.“

Emilia verschränkte die Arme vor der Brust. Wie schön es doch gewesen war, eine Weile völlig sorglos im Sonnenschein sitzen zu können!

„Warum glaubt Ihr das?“

Anna streckte ihren Rücken.

„Mein Gemahl hat Andeutungen gemacht, dass der Besitz meiner Mutter in Gefahr ist und wir vorsichtig sein müssen, damit ich mein Erbe nicht verliere“, erzählte sie leise. „Ich hatte den Eindruck, dass er meine Mutter bereits für vernichtet hält, obwohl ich nicht verstehen kann, warum. Er wollte nicht darüber reden. Und kürzlich, da traf ich bei einem Fest Maria Czabor, die jetzt mit dem Palatin vermählt ist. Eine sehr unangenehme, dreiste Person niederer Abkunft. Nach ein paar Bechern Wein erzählte sie mir, dass sie irgendwann den Schmuck meiner Mutter ihr eigen nennen würde, und auch deren prächtiges Hochzeitskleid, das ein Vermögen wert ist. Als Thurzó mitbekam, wie sie mit mir redete, herrschte er sie an, sich nicht derart zu betrinken und Unsinn zu plappern. Sie gehorchte ihm wie immer, aber ihr Blick blieb höhnisch."

Emilia staunte, wie gequält Anna Zrínyi plötzlich aussah.

„Es geht mir ja nicht um den Schmuck und das Kleid! Auch nicht um mein sonstiges Erbe. Miklós hat wunderschöne Ländereien in Kroatien, wo Orangen wachsen und es herrlich warm ist. Mehr brauche ich nicht. Aber ich will nicht, dass meiner Mutter ein Leid widerfährt. Sie liebt ihr Land. Wenn man es ihr wegnähme und sie in ein Kloster sperren würde, wie es manchmal mit reichen Witwen geschieht, das würde sie nicht überleben."

Die Vorstellung, wie Erzsébet den Verlust ihrer Macht und gesellschaftlichen Stellung verkraften würde, verdüsterte auch Emilias Stimmung. Sie rieb sich die nackten Arme.

„Die Leute behaupten, dass in dem Dienst Eurer Mutter viele Mägde ums Leben kamen", wagte sie nun zu sagen, denn Anna Zrínyi schien ihr nun so zugänglich wie Kata, hatte aber den scharfen Verstand ihrer Mutter. „Ich bekam einige Todesfälle mit, die sich alle durch Krankheiten und Unfälle erklären lassen. Aber es gibt noch viele andere Gerüchte. Ihr seid bei Eurer Mutter aufgewachsen. Fielen Euch jemals Dinge auf, die etwas … ungewöhnlich waren?"

Sie hörte, wie die Frau an ihrer Seite Luft einsog. Anna neigte den Kopf und ihr Gesicht verschwand hinter einem Vorhang dunkelbraunen, feuchten Haars.

„Meine Mutter hatte kein leichtes Leben", begann sie nach einer Weile zu flüstern. „Mein Vater war anfangs sehr hart zu ihr, weil … das ist jetzt nicht wichtig. Sie hat ungewöhnliche Neigungen, wie sie eher bei Männern zu finden sind. Aber sie wollte niemanden töten, da bin ich mir sicher. Jene Mädchen, die starben, es waren immer nur Leibeigene, anfangs sogar Ungläubige, gefangene Türkinnen. Das hat

Anna Darvulia mir erzählt. Niemand kann eine geborene Báthory dafür verurteilen. Thurzó hat doch ein ganzes Dorf auf dem Gewissen, da er die Bewohner verdächtigte, Anhänger des Rebellen Bocskai zu sein. Erst, als er alles niedergebrannt hatte, stellte sich heraus, dass sie völlig unschuldig waren."

Sie tat ein paar erregte Atemzüge. Emilia fragte sich, ob die kluge junge Frau tatsächlich glaubte, dass die Gerichtsbarkeit dieser Welt stets gerechte Urteile fällte. Gleichzeitig hatte sie das Gefühl, vor einem Sumpf zu stehen, in dem sie versinken würde, wenn sie ihm zu nahe trat. Wollte sie wirklich wissen, von welcher Art Erzsébets ungewöhnliche Neigungen waren?

„Falls wirklich nur Leibeigene starben, kann niemand Eurer Mutter etwas anhaben", stimmte sie schließlich zu. „Aber es sollte besser keine solchen Unglücksfälle mehr geben. Versucht, mit Eurer Mutter zu reden. Ich werde ebenfalls tun, was ich kann."

Anna Zrínyi schenkte ihr ein dankbares Lächeln, dann öffnete sich die Tür des Badehauses.

„Es ist Zeit, wieder in die Herberge zu fahren", verkündete Erzsébet. Ein Stück hinter ihr stand Kata mit einem unschuldigen, glücklichen Strahlen. Wieder verspürte Emilia einen Stich des Neides. Sie konnte sich nicht erinnern, jemals so frei und glücklich gewesen zu sein, außer bei ihren heimlichen Treffen mit István. Sonst führte sie ein Leben in Erzsébets Schatten. Doch welche Zukunft hätte sie ohne den Schutz der Gräfin?

Kata rief sie in das Badehaus, wo sie alle wieder angekleidet werden sollten. Das fröhliche Geplauder von Erzsébet jüngster Tochter lenkte Emilia für eine Weile von allen Sorgen ab, doch als sie wieder in der Kutsche saßen und auf die kleine Stadt zurollten, fiel ihr plötzlich etwas derart Beunruhigendes ein, dass sie erschrocken zusammenfuhr.

Erika Sittkey war zwar bettelarm gewesen, aber von Adel. Und sie war in den Diensten der Gräfin Báthory ums Leben gekommen, ein nicht aufgeklärter Giftmord, der als Krankheit vertuscht worden war. Was Orsolya ihrem Vater wohl erzählt haben mochte, falls sie überhaupt bei ihm angekommen war? Emilia verkrampfte nervös ihre Hände und versuchte vergeblich, sich weiter auf Katas Geplapper zu konzentrieren. Als sie die Herberge erreicht hatten, atmete sie erleichtert auf.

5. Kapitel

Eingehüllt von dunkeln Wolken thronte die Burg von Csejte wie ein großer Fels am Horizont, Raben umkreisten die Zinnen und in der Ferne erklang ein Donnergrollen. Emilia drückte den Korb, in dem Tibor klagend maunzte, an sich, als könne das Geflecht sie wärmen. Sie hatte sich auf die Rückkehr gefreut, doch nun überkam sie ein klammes Gefühl der Angst, als sie auf die vertrauten Gebäude zurollte. Kata hatte sich mit zahlreichen Umarmungen von ihr verabschiedet, Anna war weitaus zurückhaltender gewesen, doch hatte Emilia das stumme Bitten in ihrem Blick gesehen. Sie sollte der mächtigen Gräfin Báthory ins Gewissen reden und wusste nicht, wie sie das anstellen konnte, wenn doch deren Töchter dabei versagt hatten.

Vielleicht wusste István einen Rat, sagte sie sich, und spürte die Sehnsucht, ihn endlich wieder in die Arme schließen zu können, wie ein Brennen in ihrem Unterleib. Als die Kutsche vor dem *kastély* zum Stillstand kam, sprang Emilia schwungvoll heraus und stellte der Gräfin eine kleine Holztreppe hin, damit sie bequemer aussteigen konnte. Erzsébet strich ihre Röcke glatt und stolzierte auf das Eingangstor zu, während Knechte herbeigeeilt kamen, um Kisten abzuladen. Tibor kratzte ungeduldig an dem Geflecht des Korbes, als könne er die Heimat riechen.

Wieder waren die Dienstboten in der Eingangshalle versammelt. Emilia entdeckte István ein Stück neben Ficzkó, doch sah er sie nicht an und wirkte niedergeschlagen.

Ilona Hertz warf der Gräfin ein glückliches Lächeln zu, wurde von ihr aber ignoriert.

„Vergebt mir, aber es ist ein Unglück geschehen“, sagte Dorottya Szentés und löste sich aus der Menge, um auf Erzsébet zuzugehen. Helena Jó folgte ihr wie ein treuer Hund, starrte aber schmallippig auf den Boden.

„Was gibt es?“, fragte Erzsébet ungeduldig.

„Unter den Mägden ist eine Krankheit ausgebrochen“, erwiderte die Szentés recht gelassen. „Wir hatten leider einen Todesfall. Magda, die seit dem letzten Osterfest in der Küche aushilft. Sie ist gestern Abend gestorben.“

„Dann soll sie beerdigt werden, falls das noch nicht geschehen ist“, sagte Erzsébet und streifte ihre Handschuhe ab. „Sind noch andere erkrankt?“

„Ja, etwa vier. Ich habe sie zu Deseö ins *vár* bringen lassen, damit sie niemanden hier anstecken können.“

Erzsébet nickte. „Ich werde morgen nach ihnen sehen. Bis dahin werden sie von Deseö sicher gut versorgt.“

„Sollte man nicht einen Arzt holen?“, mischte Emilia sich ein. Sie hörte ihren eigenen Herzschlag als Trommeln in ihren Ohren. Warum hatte sie nicht bereits die Kutschfahrt genutzt, um mit Erzsébet über die drohende Gefahr zu reden? Jetzt wurde es dringend notwendig, aber sie wusste nicht, wann sie wieder mit ihr allein sein würde.

„Ich kenne mich in der Heilkunde aus“, verkündete die Szentés. „Daher kümmere ich mich auch um die Mädchen.“

„Aber eines davon konntet Ihr bereits nicht retten“, widersprach Emilia und erhielt einen bösen Blick aus schmalen Augen.

„Wer sagt denn, dass ein Arzt es vermocht hätte?“

„Es wäre dennoch vernünftiger gewesen, ihn gleich zu holen. Damit niemand denken kann, die Dienstmägde würde hier nicht ausreichend versorgt.“

„Wer sollte denn so etwas behaupten?“, vernahm sie Erzsébets Stimme. „Aber es stimmt, dass Dorottya als Heilerin Anna Darvulia nicht das Wasser reichen kann. Daher wäre ein Medikus nicht schlecht. Ich werde das selbst entscheiden, wenn ich die Mädchen morgen gesehen habe.“

Sie trat auf die Treppe zu, als wolle sie zu ihrem Gemach steigen. Emilia hastete ihr hinterher, ohne darüber nachzudenken, wie aufdringlich sie sich benahm.

„Da es eine gefährliche Krankheit zu sein scheint, an dem bereits ein Mädchen starb, wäre es vielleicht besser, noch heute nach ihnen zu sehen.“

In ihrem Rücken hörte sie die Szentés einen Laut ausstoßen und sah, wie Erzsébet sich zu ihr umdrehte.

„Ich begreife zwar nicht, warum du derart drängst, aber du magst recht haben. Die Bäder haben mir gut getan, ich fühle mich besser als seit Monaten. Ich trinke nur noch einen Kaffee, dann steigen wir zum *vár* hoch. Befreie in der Zwischenzeit deinen Kater, sein Geschrei ist etwas anstrengend."

Zu ihrem Staunen erhielt Emilia sogar ein nachsichtiges Lächeln. Sie machte sich auf den Weg in ihre Kammer, wo bald darauf das Bündel mit ihren Habseligkeiten hereingetragen wurde. Emilia schenkte Tibor die Freiheit, wieder zwischen vier Wänden herumzulaufen, begann dann in Ruhe auszupacken. Vielleicht wäre alles nicht so schlimm. Es kam immer wieder vor, dass Menschen an Krankheiten starben, das musste auch Graf Thurzó wissen. Nun galt es, die anderen Mädchen zu retten.

Erzsébet war tatsächlich bald schon zum Aufbruch bereit, hatte lediglich ihr Kleid gewechselt und feste Lederschuhe angezogen. Offenbar beabsichtigte sie, den Weg zu Fuß zurückzulegen, was Emilia entgegen kam, denn so hätte sie Gelegenheit, kurz mit ihr zu reden. Unglücklicherweise wurden sie aber von Ficzkó begleitet, der sie zudem durch sein Humpeln aufhielt. Emilia wusste nicht, wie viel er von dem mitbekam, was in seiner Gegenwart gesprochen wurde, aber sie hatte ihn zu oft in der Nähe der Szentés und Helena Jós gesehen, um ihm gänzlich zu trauen.

Am Tor zur Burg wurden sie von einem bleichen Deseö begrüßt, der sich über Erzsébets Rückkehr sehr erleichtert zeigte.

„Magda wurde in einem Raum aufgebahrt. Ihr solltet sie Euch ansehen, bevor sie beigesetzt wird. Um die anderen ist es auch nicht gut bestellt. Dorottya Szentés war jeden Tag hier und sagte, dass sie in Eurem Auftrag handelt. Eine andere Frau, Katalin Beniczky, hat die Mädchen mit Essen versorgt, aber es gab deshalb öfter Streit mit der Szentés."

Während er redete, lief er atemlos neben ihnen her. Emilia fühlte sich an den Tag erinnert, da sie gemeinsam mit Yveta ins Verlies hinabgestiegen war, um Zorah zu befreien und dort eine Leiche vorgefunden hatte. Nun führte Deseö sie in eines der Gemächer des *vár*, dessen steinerne, nackte Wände nur von Moos überwachsen waren. Das tote Mädchen lag auf einem Holztisch. Die Finger hatten sich bereits blaugrün verfärbt, die Augen in dem marmorbleichen Gesicht waren geschlossen und der restliche Körper steckte noch in einem Gewand, das ihn sittsam bedeckte, obwohl es an manchen Stellen von

Blut befleckt war. Eine verkrustete Wunde entstellte Magdas linke Wange, auf der rechten Hand waren Spuren größerer Verbrennungen erkennbar. Emilia stieß einen leisen Schrei aus.

„Dorottya Szentés strafte Magda, als sie bereits fieberte", erklärte Deseö. „Ich glaube, sonst wäre sie nicht so schnell gestorben. Die Misshandlungen haben sie geschwächt."

Erzsébet näherte sich schweigend dem Leichnam, streichelte seine versteinerte Stirn und betrachtete eingehend die Verletzungen.

„Hat sie die anderen Mädchen auch gestraft?", fragte sie Deseö. Er nickte nur.

„Sie befinden sich unten im Verlies. Viele sind in einer schlechten Verfassung."

„Warum hast du das dumme Weib nicht daran gehindert?", fuhr Erzsébet ihn nun an wie eine fauchende Katze. „Du wurdest auf Drängen meines verstorbenen Gatten in den Adelsstand erhoben und lässt dir von einer Dorfmagd Vorschriften machen!"

„Sie sagte, dass alles auf Eure Weisung hin geschieht, da sie Euch in Eurer Abwesenheit vertritt", erwiderte der Burgaufseher leise aber bestimmt.

„Und du glaubst natürlich alles, was sie dir erzählt!", schnaubte Erzsébet nochmals und wandte sich dann zur Tür. „Begleite mich zu den anderen Mädchen!"

Deseö trottete ihr mit gesenktem Kopf hinterher. Emilia erwog, dass Erzsébet sich ihm gegenüber sehr ungerecht verhielt, beschloss aber, sie später darauf anzusprechen. Als sie wieder die feuchtkalten Stufen zum Verlies hinabgeführt wurden, war sie vor Angst kaum fähig, ein Wort hervorzubringen. Würden sie nun bald vor einer Gruppe lebloser Körper stehen, für die jede Hilfe zu spät kam? Sie versuchte sich zu erinnern, welche Mädchengesichter sie gerade eben im *kastély* gesehen hatte. Yveta war darunter gewesen, was sie erleichterte. Aber was war mit dem Rest ihrer Näherinnen? Wie viele dieser Mädchen würde sie nicht mehr lebend wiedersehen?

Nun war es ein anderes Verlies, das Deseö öffnete. Im Gegensatz zu dem finsteren Loch, in dem Zorah ihr Leben ausgehaucht hatte, besaß es wenigstens ein vergittertes Fenster, durch das Licht und genießbare Luft eindrangen. Vier jämmerlich zerlumpte Gestalten lagen auf verschmutztem Stroh, hoben nur leicht die Köpfe, als die

Tür aufging und bei Erzsébets Erscheinen erklang ein leises Wimmern. Emilia erkannte weitere Wunden, deren Art ihr bereits vertraut war. Die Szentés schlug meistens in Gesichter, stach Messer in Hände oder fügte mit erhitzten Eisenstangen Verbrennungen zu.

„Wie lange sind sie schon hier drin?", fragte Erzsébet.

„Etwa eine Woche, Euer Durchlaucht", erwiderte Deseö. „Schon zwei Tage nach Eurer Abreise meinte Dorottya Szentés, sie wegen Faulheit strafen zu müssen. In Wahrheit waren sie wohl krank, aber das glaubte sie erst, als Magda gestorben war. Auch dann ließ sie die armen Kreaturen nicht frei. Katalin Beniczky kam regelmäßig, um ihnen Essen zu bringen. Ich glaube, sonst wären die meisten auch schon tot." Erzsébet starrte stumm in ein Gesicht nach dem anderen.

Emilia erkannte zwei ihrer Näherinnen, deren Augen bei ihrem Anblick freudig zu leuchten begannen. In der hintersten Ecke hockte ein völlig regloses Wesen, das den Kopf zwischen die Knie gehängt hatte. Sie trat vorsichtig auf das Mädchen zu und berührte seine verschmutzte Haube. Der Kopf hob sich. Sie erblickte ein bekanntes Gesicht mit rot geweinten Augen. „Ich habe nichts getan", wimmerte Doricza. „Gar nichts, das schwöre ich."

„Du bist jetzt gerettet", versicherte Emilia und streichelte ihre Wangen, die beunruhigend glühten.

„Sorg sofort dafür, dass diese Mädchen nach oben geschafft werden", hörte sie in ihrem Rücken Erzsébet Deseö befehlen. „Sie brauchen etwas zu essen und müssen gewaschen werden. Dann schicke einen Boten nach Vágújhely, damit er einen Medikus holt."

„Wie Ihr wünscht", versprach er. „Und vergesst bitte nicht, dass Katalin Beniczky sie alle am Leben erhalten hat, aber nur, weil ich sie zu ihnen gehen ließ, gegen den Willen der Szentés."

Emilia erinnert sich, dass jene Katalin Beniczky erst seit wenigen Monaten im Dienst der Gräfin war, eine entfernte Verwandte von Deseö, der die Aufsicht über die Küchenmägde zugewiesen worden war. Dadurch war sie sich öfter mit der Szentés ins Gehege gekommen und hatte regelmäßig den Kürzeren gezogen. Es blieb zu hoffen, dass sich dies nun ändern würde.

„Du begleitest mich wieder ins *kastély*", wurde sie nun von Erzsébet angewiesen. „Dort knöpfe ich mir Dorottya vor. Diesmal ist sie eindeutig zu weit gegangen."

Emilia wollte zunächst protestieren, da sie gern bei Doricza und den anderen Mädchen geblieben wäre, dann aber fiel ihr ein, wie günstig diese Gelegenheit war. Wenn es ihr jetzt nicht gelang, Erzsébet auf die drohende Gefahr aufmerksam zu machen und die Macht der Szentés zu brechen, würde sie es niemals schaffen. So schloss sie die leise schluchzende Doricza einmal kurz in die Arme und versicherte ihr, dass ihr keine Gefahr mehr drohte, um dann mit der Gräfin das Verlies zu verlassen. Ficzkó wartete im Innenhof der Burg, wurde von Erzsébet aber angewiesen, Deseö beim Hinaustragen der geschwächten Mädchen zu helfen.

„Bringt sie sobald wie möglich nach unten ins *kastély*", sagte die Gräfin noch, als sie bereits im Burgtor stand. „Dort sind die Räume wärmer und angenehmer. Der Medikus kann auch gleich dorthin kommen." Dann machte sie sich im Eilschritt auf den Rückweg. Emilia hastete hinterher, bis sie sie eingeholt hatte, und fand endlich den Mut, ihr von den Bedenken ihrer beiden Töchter zu erzählen. Kurz blieb Erzsébet mit gerunzelter Stirn stehen.

„Habe ich so feige Kinder erzogen, dass sie es nicht wagen, selbst mit mir zu reden?", fragte sie ernsthaft erstaunt.

„Sie hielten es für klüger, sich zunächst an mich zu wenden", erwiderte Emilia diplomatisch. Es schien ihr unklug, die Gräfin darauf hinzuweisen, wie einschüchternd ihr Auftreten auf andere Menschen wirken konnte. „Das Wichtigste scheint mir, dass Ihr jetzt Bescheid wisst und Euch gegen die Gefahr wappnen könnt", fügte sie dann hinzu.

Erzsébet nickte, denn die Aufregung musste sie ungewohnt nachgiebig gemacht haben. Mit großen Schritten eilte sie weiter aufs *kastély* zu. Emilia lief mit und überlegte, ob sie nun auch jenes Geheimnis preisgeben sollte, das Anna Darvulia ihr kurz vor ihrem Tod anvertraut hatte. Aber hatte die Blinde nicht auch davor gewarnt, wie aufgebracht Erzsébet auf die Neuigkeiten reagieren könnte? Sie beschloss, zunächst einmal den Mund zu halten. Die Szentés hatte genug getan, um sich selbst in Schwierigkeiten zu bringen.

Sobald sie im *kastély* angekommen waren, ließ Erzsébet die Übeltäterinnen zu sich rufen, gemeinsam mit Katalin Beniczky. Emilia folgte ihnen einfach ins Gemach der Gräfin und wurde zu ihrer Erleichterung nicht hinausgeschickt.

„Ich verreise für nicht einmal zwei Wochen und wenn ich zurückkomme, wurden fünf meiner Dienstmägde beinahe umgebracht", herrschte die Gräfin die versammelten Frauen an. „Wofür haltet ihr euch denn? Für Fürstinnen, die über Leben und Tod entscheiden können? Wenn Katalin nicht wäre, müsste Pfarrer Ponicky wieder ein paar Gräber schaufeln lassen."

Die Beniczky erröte leicht, als gefiele es ihr nicht, derart gelobt zu werden.

„Ich tat, was ich konnte, Euer Durchlaucht. Doch wurde mir deshalb ebenfalls mit Strafen gedroht."

„Weil es eine Ordnung geben muss!", meldete sich Dorottya Szentés nun laut zu Wort. „Es geht nicht an, dass jemand Befehle erteilt, die von Untergebenen missachtet werden. Die Mädchen waren faul und wollten sich vor der Arbeit drücken. Sie mussten diszipliniert werden, nichts weiter."

Helena Jó schnappte nach Luft, sagte aber nichts, sondern stellte sich hinter die Szentés, als verspreche sie sich von ihr Schutz.

„Und bei dieser Disziplinierung kam eines der Mädchen ums Leben", bemerkte Erzsébet trocken. „Du nennst dich eine erfahrene Heilerin, bist aber nicht einmal in der Lage zu erkennen, wenn jemand schwer erkrankt ist."

„Magda war faul und aufsässig", beharrte Dorottya. „Sie machte auch István schöne Augen."

Emilia verspürte einen kalten Hauch in ihrem Nacken.

„Das tun fast alle jungen Mädchen hier", meinte Erzsébet nur. „Wenn du sie alle umbringst, musst die ihre Arbeit allein erledigen. Jetzt jedenfalls wirst du nur noch in der Küche aushelfen, unter der Aufsicht von Katalin Beniczky. Sie soll von Helena Jó unterstützt werden, falls das gutgeht. Andernfalls wird auch Helena in Zukunft Gemüse putzen anstatt Handlangerin der Aufseherin in meinem Haushalt zu sein. Die Entscheidung liegt bei ihr."

Helena Jó trat aus Dorottyas Schatten hervor und sah zunächst einmal nur ratlos aus.

„Das wagt Ihr nicht!", rief die Szentés, deren Wangen rote Flecken bekommen hatten. „Ihr wisst sehr gut, wie sehr Ihr mich braucht. Andernfalls … da wird ein Unglück geschehen und Ihr seht Euren Erstgeborenen niemals lebend wieder."

Emilia blickte mit Unbehagen zur Gräfin, die nur schwieg. Ein Schatten hatte sich über ihr Gesicht gelegt und ließ sie auf einmal wie eine alte, müde Frau aussehen.

„Ich behalte meine Stellung“, beharrte die Szentés. „Und ich werde mich im Umgang mit den Metzen mäßigen, auch wenn sie allesamt faule Weiber sind, denen keine Tracht Prügel je geschadet hat.“

Emilia wartete auf einen Widerspruch der Gräfin, aber Erzsébet blieb stumm. Helena Jó trat wieder enger an ihre Gefährtin Dorottya heran. Katalin wich zur Tür, als habe sie begriffen, dass der Streit nun doch zu ihren Ungunsten ausgehen könnte. Emilia schnappte nach Luft. Sie musste jetzt reden, sonst wäre alles verloren.

„Dorottya Szentés besitzt keine anderen Fähigkeiten, als Untergebene zu quälen, was ihr Freude bereitet“, sagte sie laut. „Sie kann nichts darüber sagen, was aus … verschollenen Menschen wurde. Das erfuhr ich von Anna Darvulia, bevor sie starb. Sie nannte mir auch den Namen einer Frau, die Euch wirklich erzählen kann, was Ihr zu wissen wünscht, Euer Durchlaucht.“

Es wurde so still, dass sie ihre eigenen Atemzüge als laut zu empfinden begann. Erzsébet war versteinert, hatte nur ihre Hände zu Fäusten geballt, die auf niemanden einschlugen. Helena Jó schlich unauffällig zur Tür. Katalin Beniczky folgte mit gesenktem Kopf ihrem Beispiel.

Da begann Dorottya Szentés schallend zu lachen.

„Unsere kleine Putzmacherin will sich wichtig machen, wie üblich. Als ob Anna ihr irgendetwas anvertraut hätte! Ihr wisst, dass sie die Deutschen nicht leiden konnte!“

„Anna war zu klug, um jemanden nur nach seiner Herkunft zu beurteilen“, sagte Erzsébet nur.

„Ihr verliert Euren Sohn für immer, wenn Ihr mich fortjagt!“, rief Dorottya. Erzsébet machte eine ungeduldige Handbewegung.

„Niemand schickt dich fort. Du kannst allerdings gehen, wenn du meine Entscheidungen nicht annehmen willst. Jetzt will ich mit Emilia reden.“

Die Szentés schnaubte, stampfte mit dem Fuß auf und sah Emilia mit einem Blick an, der dunkel vor Hass war. Emilia verschränkte wie zur Abwehr die Arme vor der Brust, rief sich die Worte der Blinden in Erinnerung, dass die Szentés nicht wirklich über magische Kräfte verfügte. Trotzdem kroch Angst durch ihren Körper und sie dachte wieder an Zorahs von einem Messer durchbohrte Hand, an Magdas Brandwunden und ihr blutig geschlagenes Gesicht. Sollte die Szentés jemals die Gelegenheit bekommen, würde ihr sicher noch schlimmere Schmerzen zufügen, aber es gab keinen anderen Weg mehr, als Erzsébet die Wahrheit zu sagen.

„Ich möchte ebenfalls hören, was sie zu berichten hat", sagte Dorottya nun etwas ruhiger, doch ihre Augen blieben kalt. Erzsébet runzelte zwar die Stirn, schickte ihre Haushälterin aber nicht hinaus. Emilia war sich im ersten Moment nicht sicher, ob sie überhaupt ein Wort herausbekäme, so sehr schnürte die Furcht ihr die Kehle zu. Dann begann sie mit heiserer Stimme zu berichten, was sie von Anna Darvulia erfahren hatte. Erzsébet lauschte mit unlesbarer Miene, die Szentés fuhr wütend dazwischen, sobald ihr die Fähigkeit des Hellsehens abgesprochen wurde, aber eine Handbewegung der Gräfin brachte sie zum Schweigen. Sobald Emilia von jener Frau zu erzählen begann, die tatsächlich etwas über das verschwundene Kind wusste, lauschte auch Dorottya mit fassungslosem Blick.

„Dieses Weib könnte ebenso gut eine Hochstaplerin sein, der es gelang, die Darvulia einzuwickeln", sagte sie schließlich zur Gräfin. „Ich bitte Euch, Erzsébet, ich stehe seit vielen Jahren in Euren Diensten und …"

„Und du warst bisher nicht in der Lage, auch nur einen Trank zu brauen, der mir bei meinen Kopfschmerzen hilft", unterbrach die Gräfin. „Wenn Anna sagte, dass du mir Märchen aufgetischt hast, dann hatte sie sicher gute Gründe dafür. Und jetzt verschwinde. Ich werde morgen entscheiden, was mit dir geschieht."

Dorottya tat ein paar tiefe Atemzüge, dann aber beschloss sie zu gehorchen. Kurz vor der Tür drehte sie sich nochmals um.

„Ihr habt mächtige Feinde, Frau Gräfin", sagte sie leise. „Vergesst nicht, was ich über Euch weiß."

„Und du vergiss nicht, dass ich dich wegen Hexerei auf den Scheiterhaufen bringen könnte, wenn ich es will!", entgegnete Erzsébet. Eine Weile maßen sie sich gegenseitig, als würde ein unsichtbarer Ringkampf zwischen ihnen stattfinden. Dann ging die Szentés mit gesenktem Kopf hinaus.

„Erzi Majorova, sagtest du?"

Erzsébet schlug sich mit der geballten Faust gegen die Schläfe.

„Ich kannte sie einst sehr gut. Sie kam damals mit mir nach Sárvár und war auch dabei, als … als Matyas geboren wurde. Er muss schon lange ein erwachsener Mann sein, mein Junge."

Ihre Augen begannen zu leuchten. Sie setzte sich auf einen Stuhl und sah Emilia erwartungsvoll an. Etwas an ihr wirkte seltsam. Emilia begriff erst nach einer Weile, dass sie die Gräfin noch niemals so glücklich gesehen hatte.

„Dorottya erzählte mir, dass sie ihn sehen kann, wenn sie ins Feuer blickt und ein paar magische Sprüche aufsagt. Dass es ihm gut geht, er auf einem Bauernhof lebt, wo er genug zu essen hat und niemand ihn misshandelt. Aber sie konnte mir nicht sagen, wo sich dieser Ort befand. Jahrelang ließ ich mich von ihr zum Narren halten, denn ich hatte nichts als ihre Berichte, an die ich mich klammern konnte."

In Erzsébets Stimme lag so viel Trauer und Bitterkeit, dass Emilia auf einmal Mitleid mit ihr empfand. Wie sie zu ihren Töchtern und Pál stand, war schwer einzuschätzen, aber dieses Kind, das sie zum letzten Mal bei seiner Geburt gesehen hatte, liebte sie.

„Aber Erzi war vor Ort, als ich Matyas zur Welt brachte. Dann hat meine Mutter sie fortgeschickt. Auch mein Kind verschwand an einen unbekannten Ort. Erzi muss wissen, wohin er gebracht wurde!"

Erzsébets Hände krampften sich nervös ineinander und die blauen Adern traten auf ihnen hervor.

„Warum hat Anna mir nie erzählt, dass sie wusste, wo Erzi jetzt ist?", fragte sie nun, weder zornig noch vorwurfsvoll, sondern einfach überrascht. „Sie muss doch geahnt haben, wie sehr ich mich nach meinem ersten Sohn sehnte, nach Lászlós Kind. Stattdessen duldete sie viele Jahre lang, dass Dorottya mir irgendeinen Unsinn erzählte."

Nun steckten die Worte in Emilias Hals, wollten weder herauskommen noch unausgesprochen bleiben. Sie wäre dieser Frage gern ausgewichen, wusste aber, dass es nicht möglich war, denn dass die Gräfin sie stellen würde, war zu erwarten gewesen.

„Anna Darvulia befürchtete, dass Ihr … Euch zu sehr aufregen könntet, wenn Ihr von Eurem Sohn erfahren würdet. Sie dachte vermutlich, es wäre am Besten, ihn von Euch fernzuhalten. So hat Eure Mutter es doch auch gesehen."

„Meiner Mutter ging es nur um die Zukunft des Hauses Báthory!", zischte Erzsébet. „Ich dachte immer, Anna hätte mein Glück am

Herzen gelegen. Wem in dieser Welt kann man denn überhaupt trauen?"

„Aber Anna liebte Euch!", rief Emilia. „Sie wollte Euch schonen, das war alles."

„Indem sie mir meinen Sohn vorenthielt!"

Erzsébet sprang auf die Beine.

„Auch du hättest früher reden sollen, aber das ist jetzt unwichtig. Wo finde ich Erzi Majorova?"

Emilia erzählte, was sie wusste, und bekam ein zorniges Schnauben zur Antwort.

„Wenn du mir das gleich nach Annas Tod gesagt hättest, hätte ich sie schon längst gefunden. So muss ich wieder warten, bis irgendeiner dieser tumben Bauernschädel im Dorf sich an sie erinnert. Und alles deinetwegen!" Etwas Beunruhigendes glomm in ihren Augen.

Emilia atmete erleichtert auf, als Yveta an die Tür klopfte und der Gräfin mitteilte, dass die verletzten Mädchen jetzt im *kastély* waren und man nur noch auf den Medikus wartete.

„Ich werde helfen, sie zu pflegen", bot Emilia sich sogleich an. „Die Szentés sollte ihnen fernbleiben. Gibt es hier denn sonst jemanden, der sich mit der Heilkunst auskennt?"

„Ich habe einige Dinge von Anna Darvulia gelernt", sagte Erzsébet. „Die Mädchen brauchen jetzt aber vor allem Essen und Ruhe. Das sollen sie bekommen. Der Medikus wird sich auch Magda anschauen und bestätigen, dass sie an einem Fieber starb. Damit wäre das Wichtigste erledigt."

Emilia beschloss, besser nicht darauf hinzuweisen, dass Magda das Fieber ohne Misshandlungen vielleicht überlebt hätte. Der Medikus sollte selbst entscheiden. Dorottya Szentés war entmachtet, an Magdas Tod ließ sich nichts mehr ändern und die anderen Mädchen schienen nicht mehr in Gefahr. Ihre eigentliche Sorge war nun, was Erzsébet von Erzi Majorova erfahren würde, sobald diese gefunden worden war.

Sobald Emilia von der Gräfin entlassen worden war, machte sie sich auf den Weg ins Nähzimmer, denn dort waren die kranken Mädchen untergebracht worden. Sie begegnete auf der Treppe Katalin Beniczky, die bereits eine große Schüssel Suppe hinauftrug.

„Die Gräfin wird gleich selbst nachsehen, in welchem Zustand ihre Dienerinnen sind", teilte sie ihr Erzsébets Entschluss mit. „Kann ich auch irgendetwas tun?"

Katalin schickte sie mit einem Schulterzucken in die Küche hinunter, wo noch etwas Brot und ein Schlauch Wein bereitlagen, und Emilia folgte sogleich der Anweisung.

Als sie mit raschen Schritten die Eingangshalle des *kastély* durchquerte, kam ihr plötzlich eine vertraute Gestalt entgegen, deren Anblick sie auf der Stelle stehen bleiben ließ. Sie hatte seit ihrer Rückkehr keine Gelegenheit gehabt, allein mit István zu reden, und war auch völlig von anderen Dingen eingenommen gewesen. Nun schien ihre Welt plötzlich nur noch aus der Sehnsucht zu bestehen, ihn wenigstens für einen Augenblick in den Arm schließen zu können. Aber sie wusste, dass die Gefahr, zufällig beobachtet zu werden, hier im Haus zu groß war. Auch István blieb in sicherem Abstand von ihr stehen.

„Es ist schrecklich, was mit den Mädchen geschehen ist, vor allem mit Magda", sagte er leise. „Ich bekam nichts davon mit, denn ich bin etwas in der Gegend herumgezogen. Aber auch sonst hätte ich nichts verhindern können. Die Szentés spielte sich auf wie die Herrin des Hauses und meinte, sie hätte die Zustimmung der Gräfin."

„Jetzt ist ihr deutlich gemacht worden, dass es nicht so ist", erzählte Emilia. Dann fiel ihr ein, was sie ihn dringend fragen musste.

„Du bist doch häufig im Umland unterwegs. Kennst du eine Erzi Majorova?"

Seine Brauen zogen sich staunend himmelwärts.

„Ja. Fast alle Bauern hier kennen sie, denn sie versorgt sie bei Krankheiten. Aber sie hält sich meist im Verborgenen auf, kommt nur, wenn es dunkel ist."

„Warum? Anna Darvulia kannte sie und hielt viel von ihr."

„Natürlich", erwiderte er. „Die Darvulia war eine sehr kluge Frau, der kaum etwas entging. Aber Erzi Majorova scheint vor etwas Angst zu haben. Sie will von den Mächtigen dieser Welt nicht entdeckt werden. Ich habe immer vermutet, dass sie irgendwann wegen Hexerei angeklagt wurde und geflohen ist."

„Erzsébet schützte Anna Darvulia", überlegte Emilia laut. „Sie könnte doch auch diese Erzi schützen."

„Ja, vermutlich", stimmte István zu. „Aber diese Frau will von ihr nicht entdeckt werden, sonst hätte sie sich nicht die ganzen Jahre versteckt."

Dann rückte er etwas näher an Emilia heran und berührte sanft ihren Arm.

„Ich erzähle dir das, weil ich dir vertraue. Es wäre ein Unrecht, Erzi zu verraten."

Emilia stieß einen leisen Seufzer aus, denn sie wusste nicht, was sie nun tun sollte. Erzsébet würde ihr kaum vergeben, wenn sie jemals dahinterkam, dass sie ihr nochmals eine wichtige Neuigkeit vorenthalten hatte. Davon abgesehen wäre das Leben im Verborgenen für diese Erzi ohnehin bald zu Ende.

„Kannst du dieser Frau ausrichten, dass Erzsébet nun nach ihr sucht?", fragte sie István schließlich. „Sie hat genau zwei Möglichkeiten. Entweder sie verschwindet auf der Stelle oder sie wartet, bis sie gefunden wird. Die Entscheidung aber sollte man ihr überlassen."

István nickte, ohne weiter nachzufragen. Dann hob er seine Hand und strich über Emilias Wange.

„Du hast mir gefehlt. Mehr als jede andere Frau zuvor. Das hat mir fast Angst gemacht."

„Du hast mir auch gefehlt, aber im Augenblick gibt es sehr viele Dinge, die mir größere Angst machen", erwiderte Emilia, doch bevor sie das genauer erklären konnte, vernahm sie Schritte hinter sich.

„Was auch immer ihr hier gerade macht, die Mädchen oben warten auf ihr Essen", meinte Yveta recht gelassen. „Katalin hat mich losgeschickt, um nachzusehen, wo du bleibst."

„Ich laufe ja schon", sagte Emilia. „Du komm am Besten mit, dann kannst du mir tragen helfen."

Sie nickte István zum Abschied zu und machte sich auf den Weg in die Küche. Seltsamerweise glaubte sie, ein neugieriges Augenpaar in ihrem Rücken zu spüren, bevor sie die Treppe erreicht hatte. István konnte es nicht sein, denn der hatte sich bereits entfernt, und Yveta lief vor ihr her. Als sie sich umdrehte, konnte sie niemanden entdecken.

Erzsébet brauchte nur zwei Tage, um herauszufinden, wo jene geheimnisvolle Heilerin sich befand. Eine versprochene Belohnung

Sreichte, damit gleich mehrere Bauern sich meldeten, um ihr Auskunft zu geben. Emilia überlegte, ob István überhaupt rechtzeitig Gelegenheit gehabt hatte, um die Gesuchte zu warnen. Aber ihre Sorgen erwiesen sich als überflüssig, denn am Morgen des dritten Tages, noch bevor Erzsébet in den Wald aufgebrochen war, wo die Heilerin sich angeblich versteckt hielt, stand vor dem Tor des *kastély* eine alte, gekrümmte, in Lumpen gehüllte Frau, die sich als Erzi Majorova vorstellte.

Ihr Auftauchen sorgte für Unruhe in dem Haushalt, der sich gerade erst von der Schreckensherrschaft der Szentés zu erholen begann. Die Mädchen waren alle wieder genesen, nur Magda ruhte auf dem Friedhof des Dorfes und der Medikus hatte eben jenes Gutachten ausgestellt, das Erzsébet sich von ihm wünschte. Dorottya Szentés war ihres Amtes enthoben und hätte in der Küche mithelfen sollen, doch war sie lieber wieder ins Haus ihres Sohnes gezogen, der in einem Dorf in der Nähe lebte. Niemand vermisste sie, nicht einmal Helena Jó, die es vorgezogen hatte zu bleiben. Sie beaufsichtigte die Mädchen nun gemeinsam mit Katalin Beniczky. Alle schienen langsam aus einer langen Starre zu erwachen, manchmal waren Lacher in der Küche zu hören und sogar Doriczas Gesicht wurde wieder etwas lebendiger. Nun versammelten sie sich, um die geheimnisvolle Heilerin sehen zu können, die von den Wachen in die Eingangshalle geführt wurde.

Die kleine, vogelknochige Frau hatte schlohweißes Haar, in dem Blätter und kleine Zweige stecken geblieben waren. Äußerlich erinnerte sie an einen Waldgeist oder eine völlig verwahrloste Landstreicherin, doch das von zahllosen Falten durchzogene Gesicht wirkte freundlich und weise. Emilia ahnte, dass sie sich gern der Pflege einer solchen Heilerin anvertrauen würde, sollte sie jemals ernsthaft krank werden. Ilona Hertz rannte als Erste los, um Erzsébet zu benachrichtigen, deren Gestalt bald schon oberhalb der Treppe auftauchte. Erzi Majorova humpelte auf einen Stock gestützt ein paar Schritte vorwärts, blickte dann hoch, soweit ihr krummer Rücken es erlaubte.

„Erzsébet“, sagte sie leise. „Mein Mädchen. Du bist alt geworden.“

„Nicht so alt wie du.“

Die Gräfin eilte mit raschen Schritten nach unten, dann schloss sie das zerlumpte Weib vor ihrem versammelten Haushalt in die Arme. Ihr Rücken bebte leicht und ihre Augen begannen feucht zu glänzen.

„Lasst uns allein!“, befahl sie den Versammelten. „Ich führe Erzi selbst in mein Gemach. In der Küche soll man eine Mahlzeit für sie zubereiten, etwas Nahrhaftes, Fleisch am Besten. Und bringt uns roten Gewürzwein. Ach ja …“

Sie überlegte kurz.

„Emilia soll mitkommen“, beschloss sie dann. „Sie weiß als Einzige, worum es hier wirklich geht.“

Getuschel schwoll kurz an, aber die Mädchen setzten sich in Bewegung. Yveta grinste breit, bevor sie Richtung Küche verschwand. Nur das Gesicht von Ilona Hertz wirkte wie eingefroren. Als Emilia mit der Gräfin und ihrem Besuch die Treppe hochstieg, sah sie die junge Dame noch wie eine Statue in der Eingangshalle stehen.

Erzsébet setzte sich auf ihren gepolsterten Stuhl, Emilia entdeckte einen Schemel in der Ecke und Erzi Majorova nahm einfach auf dem Boden Platz. Trotz ihres krummen Rückens wirkte sie erstaunlich gelenkig.

„Ich habe immer gewusst, dass wir uns irgendwann wiedersehen“, sagte sie zur Gräfin. „Eines Tages, da würdest du mich rufen.“

„Du hättest auch selbst kommen können“, erwiderte Erzsébet. „Im Gegensatz zu dir war ich leicht zu finden.“

Die alte Frau neigte den Kopf zur Seite.

„Manche Dinge brauchen ihre Zeit. Zunächst dufte ich wegen deiner Mutter nicht reden. Nachdem sie gestorben war, schwieg ich aus Angst vor Ferenc Nádasdy. Er hatte László auf dem Gewissen. Wusstest du davon?“

Erzsébet nickte. „Er prahlte sogar vor mir damit.“ Ihr eben noch von Gefühlen aufgeweichtes Gesicht begann wieder steif zu werden, als müsse sie hinter ihre Fassade flüchten, um das Leben ertragen zu können.

„Aber Ferenc ist ebenfalls seit Jahren tot“, fügte sie hinzu.

„Ja, ich weiß. Aber danach geschahen Dinge, die mich dazu brachten, im Wald zu leben wie ein wildes Tier. Zunächst dachte ich, es sei nur für ein paar Wochen oder Monate. Aber ich lernte mich zurechtzufinden und die Bauern schätzten meine Heilkünste. So wurde ich zur Einsiedlerin. Doch ich wollte dir immer nahe sein, damit ich dir eines Tages erzählen kann, was geschehen ist.“

„Wo ist Matyas?“, fragte Erzsébet ungeduldig. „Von deinem Schicksal kannst du mir später berichten. Aber ich will wissen, wo mein Erstgeborener ist. Nun, da ich über ein beachtliches Erbe verfüge, soll er nicht mehr in Armut leben müssen.“

„Erzsébet, mein armes Mädchen.“ Die alte Frau seufzte tief und schüttelte den Kopf. „Ich fürchte, aus eben diesem Grund musste er sterben.“

Emilia bekam Gänsehaut und betrachtete die feinen Haare, die sich auf ihren Unterarmen aufgestellt hatten. Sie hatte es geahnt, seit Anna Darvulia vor Erzsébets Reaktion auf Erzis Neuigkeiten gewarnt hatte. Wäre Matyas noch am Leben gewesen, hätte nichts dagegen gesprochen, ihn seiner Mutter vorzustellen, nun, da sie als Witwe unabhängig geworden war. Dennoch wurde Emilia von einem Gefühl des Grauens niedergedrückt. Erzi starrte mit traurigen Augen zu Erzsébet, deren Mund zuckte.

„Was meinst du damit? Das ist doch eine Lüge! Du willst verhindern, dass ich ihn sehen kann. Mein Leben lang bin ich betrogen und verraten worden!“

Sie war aufgesprungen und tat nun ein paar Schritte in Erzis Richtung. Kurz fürchtete Emilia, sie würde auf das hilflose alte Weib einschlagen. Vielleicht hätte sie es auch getan, wäre Erzi nicht völlig ruhig und furchtlos vor ihr sitzen geblieben.

„Nicht ich habe dich verraten, Erzsébet“, erzählte sie leise. „Niemals hätte ich etwas Derartiges getan. Es waren einige Mägde in Sárvár, die Ferenc damals erzählten, was geschehen war. Sie fühlten sich ihm mehr verbunden als dir, denn er war ein Nádasdy.“

„Sie beneideten mich um László!“, rief Erzsébet. „Dabei war ich stets freundlich zu ihnen gewesen, hatte ihnen Kleider geschenkt, die ich nicht mehr brauchte, und ließ sie ihre Familien besuchen, wann immer sie wollten. László hatte mich ermahnt, stets gütig zu meinen Untergebenen zu sein. Aber wenn ich sie härter angepackt hätte, hätten sie aus Angst den Mund gehalten!“

„Vielleicht aber hätten sie dich eben deshalb verraten“, widersprach Erzi. „Versuche, dich von deinem Hass auf sie zu befreien, Mädchen, oder er wird dich krankmachen. Deine Liebschaft mit László war gefährlich, das hättest du wissen müssen. Ihr seid das Risiko beide bewusst eingegangen.“

Emilia staunte über die Klugheit der alten Frau und über ihren Mut. Nicht einmal Anna Darvulia hätte gewagt, so offen und hart mit der Gräfin ins Gericht zu gehen. Doch Erzsébet blieb unerwartet ruhig, beschränkte sich nur auf ein leichtes Schnauben.

„Wegen dieser verräterischen Metzen verlor ich den Mann, den ich über alles liebte, und bekam einen Gatten, der mich vor Gästen respektvoll behandelte und sich seinen Abscheu für die Zeit aufsparte, da er mit mir allein war."

„Das ist bedauerlich, mein Mädchen, doch so ist eben der Lauf der Welt. Schließlich bekamst du aber Kinder von Ferenc. Also überwand er seinen Abscheu irgendwann, auch wenn es zehn ganze Jahre brauchte. Versuche, an diese Kinder zu denken, anstatt wegen der Vergangenheit in Bitterkeit zu verharren."

Erzsébet trat leicht mit den Fuß auf.

„Zehn lange Jahre wurde ich hinter meinem Rücken verspottet und selbst von den Frauen einfacher Landadeliger mit einem mitleidigen Lächeln bedacht, weil ich, der Spross des wichtigsten Adelsgeschlechts Ungarns, vermählt mit dem Oberhaupt des zweitwichtigsten, nicht in der Lage war, meine allererste Pflicht zu erfüllen und Erben zu gebären! Ich war überflüssig auf dieser Welt, nichts weiter."

„Aber das hat sich doch geändert", warf Emilia ein. „Ihr seid Mutter geworden und habt auch einen Sohn geboren. Irgendwann hat Ferenc Euch vergeben."

„Vergeben?" Erzsébet stieß ihr klirrend kaltes Lachen aus. „So würde ich es nicht nennen. Anna Darvulia riet mir, was ich tun sollte, um ihn in mein Schlafgemach zu locken. Sie kannte das Wesen der Männer erstaunlich gut."

„Was riet sie dir denn?"

Emilia war froh, dass Erzi diese Frage gestellt hatte, denn sie selbst hätte es nicht gewagt. Erzsébet schwieg kurz mit gerunzelter Stirn. Dann nahm sie wieder auf ihrem Stuhl Platz.

„Dinge, die euch nicht gefallen werden. Ferenc war am Wiener Hof erzogen worden und hatte die Manieren eines Höflings, doch der Krieg prägte ihn stärker und weckte Gelüste in ihm, die Leuten von zartem Gemüt nicht unbedingt zusagen."

Erzi musterte die Gräfin besorgt.

„Willst du uns sagen, worum es dabei ging?"

„Um das Quälen von Frauen“, erwiderte Erzsébet recht gelassen. „Hauptsächlich Ungläubige, gefangene Türkinnen, die er manchmal sogar zu seinem Vergnügen nach Sárvár mitnahm. Einige seiner Offiziere beteiligten sich daran und ich hörte das Schreien bis in mein Schlafgemach.“

Nun sag sogar Erzi verstört aus. Emilia hörte sich laut Luft holen.

„Anna Darvulia wusste stets, was notwendig war“, redete die Gräfin weiter. „Sie riet mir, mich dazuzugesellen ... und Ferenc deutlich zu machen, dass sein Tun mich nicht abstieß. So begann er schließlich doch, Gefallen an mir zu finden, denn ich trug zu seinem Vergnügen bei.“

„Sind die Frauen gestorben?“, flüsterte Erzi.

„Aber nein, so schlimm war es nicht. Sie mussten ihm ... uns ... nur immer wieder zu Willen sein und wurden dabei recht grob angepackt. Manche nahmen sich selbst das Leben, weil sie begriffen hatten, wie ihre Zukunft aussehen würde. Einer gelang es sogar zu fliehen. Jene, die ausharrten, wurden irgendwann an seine Soldaten weitergereicht, als er genug von ihnen hatte. Und ich bekam endlich Kinder.“

Emilia rieb sich die Arme, um den Frost abzuwehren, der bis in ihre Adern zu kriechen schien. Am liebsten wäre sie aufgesprungen und aus dem Zimmer gerannt, denn was sie hier zu hören bekam, klang schlimmer als jeder Albtraum, unter dem sie je gelitten hatte. Gleichzeitig aber wusste sie, dass sie dem wahren Wesen der Gräfin noch nie so nahe gekommen war wie in diesem Moment.

„Ich verstehe nicht, wie Anna dir zu so etwas raten konnte“, murmelte Erzi. „Ich habe stets ihre Klugheit geachtet und ich weiß, dass sie dich aus tiefstem Herzen liebte. Aber Kind, sie schickte dich mitten ins Feuer der Hölle.“

„Sie kannte den Lauf der Welt, wie du es nennst“, erwiderte Erzsébet scharf. „Ferenc war mein Gemahl und galt als Held wegen seiner Siege gegen die Türken. Was er mit diesen Gefangenen tat, war das Recht des Siegers. Ich hätte daran nichts ändern können, und indem ich mich an seinem Treiben beteiligte, konnte ich endlich meine Pflichten als Gemahlin eines Fürsten erfüllen. Anna versorgte übrigens später die Wunden der Frauen. Sie war sehr gewissenhaft dabei. Bei der einen, die floh, da habe ich sie fast im Verdacht, ihr geholfen zu haben." Sie straffte die Schultern, wie zum Ausdruck zu bringen, dass all diese Erinnerungen ihr nichts anhaben konnten.

„Und nun erzähle mir, was mit Matyas geschah. Ich glaube nicht, dass er tot ist. Meine Mutter versprach mir damals, dass er an einen sicheren Ort gebracht wurde. Was auch immer ich ihr vorwerfen kann, belogen hat sie mich niemals."

Ihr Blick richtete sich auffordernd auf Erzi. Die alte Frau senkte den Kopf und faltete die Hände.

„Der Ort, an den ich Matyas brachte, war so sicher wie nur möglich. Ich nahm ihn mit zu meiner Familie und gab ihn als meinen Sohn aus. Ich war damals schon Witwe, kein junges Mädchen mehr, und deshalb verzieh mein Bruder mir diesen vermeintlichen Fehltritt. Er hatte einen Gasthof in der Nähe der polnischen Grenze. Dort wuchs Matyas auf, ohne zu ahnen, wessen Kind er wirklich war, und lernte, mit anzupacken. Aber vor sechs Jahren, also kurz nach dem Tod von Ferenc Nádasdy, fielen plötzlich maskierte Männer über unseren Gasthof her. Sie wüteten wie eine Räuberbande, schlugen alles kurz und klein. Matyas versuchte, mit ihnen zu verhandeln, doch sobald er seinen Namen genannt hatte, erdolchten sie ihn. Dann hielten sie meinem Bruder eine Klinge an die Kehle und wollten wissen, wo ich zu finden wäre. Ich hatte bereits eine neue Anstellung bei einem reichen Notar in Györ gefunden, was wohl mein Leben rettete. Mein Bruder ließ mir eine Warnung zukommen. Sie hatten niemand außer Matyas getötet und suchten nun wahrscheinlich nach mir, um mich ebenfalls aus der Welt zu schaffen. Deshalb bin ich geflohen, zog wie eine Landstreicherin durch die Gegend, um an den Ort zu gelangen, wo du dich aufhältst."

Erzsébets Gesicht war grau geworden.

„Warum bist du nicht gleich gekommen und hast mir alles erzählt?"

„Anna, die ich bald schon bei einem ihrer Streifzüge durch die Wälder traf, riet mir zu warten. Sie wollte dich schonen und mich nicht in Gefahr bringen. Denn ich weiß, wer die Männer beauftragt hat, unseren Gasthof zu überfallen. Mein Bruder erkannte einen von ihnen an der Stimme und dem fremdländischen Akzent. Er war erst ein paar Tage zuvor bei ihm abgestiegen, als wollte er sich vor dem Überfall umsehen. Damals hatte ein anderer Gast meinem Bruder erzählt, dies sei kein Geringerer als der italienische Hauptmann der Wache des roten Megyery."

„Das war vielleicht eine Verwechslung!"

Erzsébet war wieder aufgesprungen und ballte ihre Hände zu Fäusten, mit denen sie auf die leere Luft im Raum einschlug.

„Es war Thurzó, da bin ich mir sicher!", schrie sie dabei. „Er hat versucht, mir zu schaden, wo er konnte, seit ich nach Ferenc' Tod seinen Heiratsantrag ablehnte."

„Aber er hätte doch keinen Grund gehabt, Matyas zu töten", widersprach Erzi. „Megyery hingegen vertrat nun die Interessen deines Sohnes. Begreifst du denn nicht, Erzsébet? Er ahnte, dass du nach Matyas suchen würdest, um ihm etwas von deinem Erbe zu überlassen. Aber dadurch hätte Pál Einbußen gehabt. Vielleicht hatte Ferenc ihn vor seinem Tod auch beauftragt, deinen Bastard aus dem Weg zu räumen. Sie waren enge Freunde."

Erzsébet heulte auf wie ein verwundetes Tier. „Aber wie konnte er wissen, wo mein Sohn sich befand? Meine Mutter hatte mir geschworen, es geheim zu halten. Sogar vor mir schwieg sie wie ein Grab."

„Jemand hat geredet", sagte Erzi leise. „Vielleicht eine Dienstmagd. Oder ein Knecht. Wir waren nicht ganz allein auf der alten Burg, wo du das Kind zur Welt brachtest. Ferenc hätte es herausfinden können."

„Verräter allesamt, dieses gemeine Pack!" Erzsébet versetzt dem kleinen Tisch neben ihr einen Tritt, der ihn in eine Zimmerecke beförderte. „László und sein Gerede von Gerechtigkeit und Güte! Es hat ihn sein Leben gekostet, denn hätten sie nur genug Angst vor mir gehabt …"

„Lass gut sein, mein Kind", mahnte Erzi nochmals. „Weder Zorn noch Rache machen László und seinen Sohn wieder lebendig. Denk an deine Zukunft und an die Kinder, die dir geblieben sind."

„Ich werde sie vernichten!", schrie Erzsébet nun. Ihr Gesicht war derart vor Wut verzerrt, dass Emilia an Geschichten über vom Teufel besessene Menschen denken musste.

„Ihr wollt doch nicht Eure Kinder vernichten?", murmelte sie fassungslos.

„Die Kinder meinte ich nicht", gab Erzsébet etwas ruhiger zurück. „Sondern den neunmalklugen Rotfuchs Megyery und unseren ehrenwerten Palatin, den Speichellecker der Habsburger. Sie werden bald schon vor meinem Neffen knien, wenn er dieses Land sein eigen nennt. Und dann wird er mit ihnen verfahren, wie ich es ihm rate."

Erzi sah Emilia besorgt an. Erzsébet drehte zwei aufgebrachte Kreise durch das Gemach und trat dabei noch ein paar Möbelstücke zur Seite. Eine bemalte Vase stürzte zu Boden und zersprang in Hunderte von bunt schillernden Scherben. Emilia vermochte kaum zu glauben, dass die sonst so auf einen makellosen Haushalt bedachte Gräfin dies keines Blickes würdigte. Stattdessen rüttelte sie an der Schublade einer Kommode, die nach anfänglichem Widerstand knarzend nachgab. Erzsébet zog mit bebenden Händen ein Blatt Papier heraus, dann holte sie ein Tintenfass aus einem Schrank und tunkte ihren Federkiel hinein.

„Schick mir Ficzkó!", wies sie Emilia an. „Oder nein, mit seinem Gehumpel ist er zu langsam. Besser eines der Mädchen. Diese kleine Doricza! Sie ist verschwiegen, folgsam und flink, seit ihr eine Lektion erteilt wurde. Sie soll das Schreiben zu Deseö bringen und der soll noch heute Nacht einen Boten zu Gábor schicken."

Immer noch ruhte Erzis Blick auf Emilia, als erwarte sie von ihr Abhilfe in einer Lage, die ihnen allen über den Kopf zu wachsen begann.

„Aber hattet Ihr nicht alles mit Eurem Neffen besprochen, als er hier war?", wagte Emilia daher zu fragen. Die Furcht, dass Erzsébet nun wie von Sinnen eine grobe Unvorsichtigkeit begehen konnte, raubte auch ihr alle Ruhe. Die Gräfin schüttelte nur den Kopf, während ihr Federkiel wie gehetzt über das Papier jagte.

„Ich riet Gábor zu Geduld und Umsicht. Seine Pläne, die Ländereien seiner Nachbarn mit Gewalt an sich zu reißen, schienen mir unklug. Zudem hatte er noch keine Gewissheit, dass der türkische Sultan nicht eingreifen würde, wenn jemand massiv an dem gegebenen Machtgefüge rüttelt."

„Aber daran hat sich doch nichts geändert", beharrte Emilia.

„Natürlich nicht. Aber meine Einstellung hat sich verändert. Vielleicht wäre mein Leben ganz anders verlaufen, wenn ich nicht versucht hätte, vernünftig zu sein und mich Notwendigkeiten anzupassen. Damit ist es nun vorbei. Ich will die Mörder meines Sohnes vernichten, koste es, was es wolle."

Sie drückte dem Brief ihr Siegel auf, sobald die Tinte getrocknet war.

„Na los, geht schon und holt mir Doricza!“, wiederholte sie ihren Befehl. Emilia stand zögernd auf, sah sich zu Erzi um, die den Kopf gesenkt hatte. Beide warteten ein paar Atemzüge lang, ob der anderen noch etwas einfallen würde, wie man Erzsébet an ihrem Vorhaben hindern könnte. Dann schlichen sie resigniert hinaus.

6. Kapitel

Im November fiel der erste Schnee und legte eine weiße Decke über die Landschaft von Csejte. Ein eisiger Wind fegte pfeifend durchs Dorf, die Bauern trieben ihr Vieh in hölzerne Verschläge, nagelten Bretter vor die Fensteröffnungen ihrer Hütten und verließen diese nur noch in den wenigen Stunden, da eine gnädige Sonne etwas Licht in die graue Winterwelt brachte. Auf dem *kastély* wurde glücklicherweise reichlich geheizt, sodass man nicht ständig Pelze und dicke Mäntel zu tragen brauchte. Doch wurde das Leben enger, da weniger Leute freiwillig nach draußen gingen. Emilia hatte sich seit ihrer Rückkehr von den Heilbädern nicht mehr allein mit István getroffen, weil das Wetter es einfach nicht zugelassen hatte. Sie fanden nur selten Gelegenheit, sich gemeinsam in einen stillen Winkel im Haus zu verkriechen, wo sie wenigstens ungestört miteinander reden konnten. Mehr als sich manchmal eng zu umarmen und zu küssen wagten sie nicht, denn die Gefahr einer plötzlichen Entdeckung war zu groß. Emilia fiel es schwer, nachts Schlaf zu finden, und sie wälzte sich auf ihrer Matratze hin und her, bis der Morgen graute. Niemals hätte sie sich vorstellen können, dass ihr Körper sich derart nach der Nähe eines anderen verzehren konnte, als wäre sie allein ein unvollständiges Wesen. Ihr einziger Trost bestand darin, dass sie noch mit István unter einem Dach lebte. Wie oft er sich bei der Gräfin aufhielt, versuchte sie nicht wahrzunehmen, denn es war ihr von Anfang an gelungen, dies aus ihrem Denken zu verbannen. Sie hatten beide ihre Pflichten zu erfüllen, nichts weiter.

Seit Erzsébet von dem Tod ihres Sohnes erfahren hatte, plagte sie der Kopfschmerz wieder täglich und fesselte sie ans Bett. Zum Glück vermochte Erzi Majorova lindernde Tränke zu brauen, so wie einst Anna Darvulia, doch hielt diese Erleichterung selten länger als zwei Tage an. Die alte Frau bestand darauf, trotz der harten Wetterverhältnisse in ihrer Hütte im Wald zu bleiben, wo sie sich sicherer vor Verfolgern fühlte. Daher musste sie regelmäßig geholt werden. Bis zu ihrer Ankunft zogen sich alle Bewohner des Hauses die Schuhe aus, wenn sie auch nur in die Nähe von Erzsébets Gemach kamen, denn die Wutanfälle der Gräfin waren ihnen allen noch in deutlicher Erinnerung.

Aber Erzsébet gelang es nun stets, sich zu beherrschen. Sie war sogar recht freundlich im Umgang mit ihren Untergebenen, als habe sie endlich begriffen, dass diese keine Schuld an ihrem Kummer trugen. Meist hielt sie sich in ihrem Gemach auf, nahm dort auch die Mahlzeiten ein und ließ außer Erzi nur selten jemand zu sich rufen. Die Stimmung im Haus entspannte sich langsam wieder, sogar Doricza begann etwas aufzublühen. Ihre Wangen waren voller geworden und sie lachte manchmal, wenn bei der Arbeit getuschelt wurde, als würde das fröhliche, neugierige Mädchen von einst wieder aus seiner Starre erwachen. Emilia war froh über diese Entwicklung, obwohl sie ahnte, dass der dunkel verhangene Himmel über dem *kastély* jederzeit Blitz und Donner speien konnte. Erzsébet war nur deshalb recht gefasst, weil sie wartete, um ein Reich zu schaffen, in dem Gábor Báthory regierte. Dem würde mit Sicherheit ein längerer Bürgerkrieg vorausgehen. Emilia verspürte keinerlei Verlangen, diesen mitzuerleben und dann vielleicht unter der Herrschaft eines Mannes zu leben, der sie fast geschändet hatte. Sie wäre sogar lieber mit den *Cigány* fortgezogen, nur blieben die jetzt dem Dorf fern, hatten sich vermutlich in wärmere Regionen geflüchtet. So musste sie erst ausharren und warten, was weiter geschehen würde. Mit ihr, mit István. Und auch mit Erzsébet.

Der Dezember brach an, es blieb weiterhin kalt und friedlich. Keine Nachricht von Gábor war eingetroffen und niemand erzählte von einem Heer, das über Ungarn hergefallen sei. Erzsébets Kopfschmerz hatte dennoch nachgelassen, sie lief nun öfter im Haus herum und überwachte das Treiben ihrer Bediensteten. Obwohl sie weiterhin niemanden strafte, schien sie einen dunklen Schatten auf ihre Umgebung zu werfen, das Tratschen ließ nach und sorgloses Lachen war nur noch in Ausnahmefällen zu vernehmen. Es würde das zweite Weihnachtsfest werden, das Emilia im Dienst der Gräfin verbringen sollte. Sie erinnerte sich noch, mit wie viel Tatendrang sie vor einem Jahr bei der Vorbereitung von Katas Hochzeit mitgeholfen hatte, voller Hoffnung, so ihre Laufbahn als Gewandschneiderin voranzubringen. Doch ihre Träume waren nicht wirklich in Erfüllung gegangen, stattdessen hatte sie sich in die Netze eines fremden Landes verstrickt, von dessen Existenz sie früher kaum etwas gewusst hatte. Fliehen konnte sie nicht, das Wetter ließ es nicht zu und außerdem hatten ihre Gefühle sich zu einer Fessel entwickelt, die sie an diesen Ort band. Sie wollte weiterhin eine erfolgreiche Gewandschneiderin sein, aber auch die Frau an Istváns Seite.

Katalin Beniczky und Helena Jó besprachen am ersten Adventstag mit den Dienstmägden die Vorbereitung des Weihnachtsmahles. Es sollte Fisch geben, zudem eine Gemüsebrühe und viele Naschereien. Emilia hatte sich dazugesellt, da es für sie keine besonderen Aufgaben mehr zu erledigen gab und sie nicht gern tatenlos herumsaß. Sie musterte die vertrauten Gesichter der Versammelten. Yveta stand ein Stück neben Helena und machte darauf aufmerksam, dass es nicht einfach sein würde, in den bereits zugefrorenen Gewässern Karpfen zu fangen. Katalin versprach ihren Bruder loszuschicken, der die Eisschicht mit einer Hacke einschlagen konnte.

„Dann kann er doch auch zum Essen kommen, denn er ist ein hübscher Kerl", rief eine der jungen Küchenmägde munter. Als um sie herum lautes Gelächter erklang, schlug sie sich eine Hand vor den Mund und wurde so rot wie eine Paprika. Emilia wurde leichter ums Herz, denn so ausgelassen war die Stimmung im *kastély* letztes Jahr nicht gewesen. Gerade für Doricza, die in den letzten Monaten viel Leid erfahren hatte, wäre es sicher eine Wohltat, ein schönes Fest erleben zu können. Aber wo steckte Doricza eigentlich? Emilia vermochte das Mädchen unter den Versammelten nicht zu entdecken, obwohl ihre Mitarbeit bei der Vorbereitung des Weihnachtsmahles sicher erwartet wurde. Vermutlich hatte sie dringend etwas erledigen müssen, beschloss Emilia, und dachte nicht weiter darüber nach. Nachdem die Planung beendet war, ging sie ein paar Fleischstücke aus der Küche holen, um sie Tibor zu bringen.

Der Kater leckte sich zufrieden das Mäulchen und rollte sich auf ihrem Bett zusammen. Emilia band sich eine Schürze um. Da es nichts zu nähen gab, konnte sie sich im Haushalt nützlich machen. Katalin Beniczky hatte kürzlich darüber geklagt, dass es an fähigen Wäscherinnen mangelte. Kräftiges Schrubben über den Trögen würde sie vielleicht ausreichend erschöpfen, damit sie in der folgenden Nacht schlafen konnte wie ein Stein. Sie wollte sich gerade auf den Weg in

S

die Waschküche machen, da hörte sie die kräftigen Schläge gegen das Eingangstor, die wie das Hämmern einer Axt klangen.

„Aufmachen! Sofort! Es ist wichtig."

Panik erfasste sie, denn im ersten Moment war sie sich sicher, dass eine feindliche Armee das Gebäude umzingelt haben musste. Sie erwog, Tibor in seinen Korb zu stecken und sich schnell irgendwo zu verkriechen.

„Ich muss die Gräfin sprechen! Auf der Stelle!", wurde draußen weiter gebrüllt. Emilia erkannte, dass die schreiende Stimme zwar tief, aber dennoch eindeutig weiblich war. Und dass sie diese kannte. Ihre Erleichterung mischte sich mit Widerwillen, denn vor der Tür stand Dorottya Szentés.

Mit einem unguten Gefühl machte Emilia sich auf den Weg in die Eingangshalle, wo bereits zwei Wachleute neben einer weiter laut nach Erzsébet verlangenden Szentés standen. Dahinter lag ein weiterer Mensch auf dem Boden und wimmerte leise, doch vermochte Emilia nur den grauen Stoff eines schlichten Gewandes zu entdecken.

„Was gibt es?" Erzsébet war aufgetaucht, ohne dass man sie von dem Besuch in Kenntnis hatte setzen müssen. Ihr strenger Blick brachte die tobende Szentés auf der Stelle zum Schweigen.

„Verzeiht mein Eindringen", begann sie deutlich ruhiger. „Aber es gibt etwas, das Ihr wissen müsst. Ich bin einer hinterhältigen Übeltäterin auf die Schliche gekommen und kann nun zeigen, was es bringt, sich diesen faulen Metzen gegenüber gnädig zu zeigen."

Sie griff hinter sich und schob das dort liegende Bündel Mensch grob vorwärts, um es Erzsébet, die noch auf der Treppe stand, vor die Füße zu werfen. Ein heller Schrei erklang, als ihr Opfer mit dem Kopf gegen die Kante einer Stufe stieß. Dann rappelte es sich kurz auf und versuchte, fortzukriechen, wurde vom Dorottya aber an den Haaren gepackt und in die Höhe gezerrt.

Emilia stockte der Atem, als sie Doricza erkannte. Blut floss bereits von den Lippen des Mädchens und es hatte eine Hand gegen seine Brust gepresst, wie um eine Verletzung zu verbergen.

„Sag es!", herrschte die Szentés ihr Opfer an. „Sag deiner Herrin, wie du sie hintergangen hast!"

Doricza brach nur in hemmungsloses Schluchzen aus, worauf Dorottya ihr einen kräftigen Tritt versetzte.

„Lass das!“, fuhr Erzsébet dazwischen. „Erzähle mir selbst, was dieses Mädchen getan haben soll.“

„Ich wohne nun in einem Dorf in der Nähe, seitdem ich schmählich aus dem Haus gejagt wurde“, begann die Szentés. „Sobald ein wenig die Sonne scheint, muss ich losziehen, um im Wald Brennholz zu sammeln. Dabei bin ich gelegentlich dieser Metze begegnet. Sie sagte, sie sei in Eurem Auftrag unterwegs, um irgendwelche Botschaften irgendwohin zu bringen. Mir schien das verdächtig, und da beschloss ich, ihr bei nächster Gelegenheit heimlich zu folgen.“Sie machte eine Pause und sah Erzsébet erwartungsvoll an. Doricza schlug die Hände vors Gesicht. Emilia staunte, dass eine so kräftige Frau sich im Wald bewegen konnte, ohne aufzufallen, aber wer hier aufwuchs, lernte es vielleicht von Kindesbeinen an. Ein Schauer lief ihr über den Rücken. Wie viele Menschen hatten wohl Gelegenheit gehabt, ihr nachzuschleichen, als sie sich heimlich mit István getroffen hatte?

„Ich sah sie mit einem jungen Mann“, erzählte Dorottya weiter. Emilia fröstelte noch etwas mehr.

„Dann hat sie sich leider, trotz der Versprechungen ihres Vaters, als verderbtes, haltloses Wesen erwiesen“, meinte Erzsébet recht gelassen. „Ich werde ein Auge auf sie haben. Falls sie sich weiter mit irgendwelchen Burschen herumtreibt, wird sie zu ihrem Vater zurückgeschickt.“

Sie warf Dorottya einen kühlen Blick zu.

„Ich danke dir, dass du mich davon in Kenntnis gesetzt hast. Du sollst eine Belohnung erhalten. Aber du hattest dich freiwillig entschlossen, meine Dienste zu verlassen.“

Damit schien das Gespräch für sie beendet, denn sie drehte sich auf dem Absatz um.

„Aber Ihr wisst noch nicht, wer ihr heimlicher Geliebter ist“, rief die Szentés triumphierend. Erzsébet wandte den Kopf.

„Irgendein Bauernlümmel aus dem Dorf. Was kümmert mich sein Name?“

„Er ist ein Diener des Grafen Thurzó. Jener Pattai, der schon einmal unseren Ficzkó angegriffen hat.“

Nun packte Erzsébet Doricza selbst an den Haaren und zerrte sie in die Höhe.

„Stimmt das?“, schrie sie das Mädchen an. „Stimmt es, was sie dir vorwirft?“

Emilia hätte dem hilflos weinenden Mädchen am liebsten zugerufen, dass sie einfach lügen sollte. Doch Doricza nickte zwischen zwei hicksenden Schluchzern.

Er … er war nett zu mir. Niemand ist bisher so nett gewesen. Ich wusste doch zuerst gar nicht, wer er war."

„So, das wusstest du also nicht", sagte Erzsébet mit bösem Spott. „Und wann hat er es dir erzählt?"

„Nach einiger Zeit. Ich lernte ihn kennen, als Ihr bei den Heilquellen wart. Er nannte mir seinen Namen und sagte, dass er früher auch einem hohen Fürsten gedient hatte und jetzt wieder bei seiner Familie lebte. Angeblich hatte er Freunde auf dem *vár*, deshalb ging er öfter hin. Warum sollte ich denn etwas Böses annehmen?"

Sie fiel vor Erzsébet auf die Knie und streckte um Gnade flehend ihre Hände nach deren Beinen aus. Die Gräfin trat mit angewiderter Miene zurück. „Es stand dir nicht zu, dich ohne mein Wissen mit einem Fremden zu treffen", erklärte sie. „Aber …"

Sie richtete ihren Blick wieder auf Dorottya.

„Woher wissen wir überhaupt, dass es derselbe Pattai ist? Vielleicht hatte er nur zufällig denselben Namen."

Emilia atmete erleichtert auf. Noch schien Doricza nicht verloren.

„Es ist derselbe", erwiderte die Szentés völlig gelassen. „Als ich die zwei Turteltauben störte und ihm jene Tracht Prügel verpasste, die er verdiente, da schrie er mir ins Gesicht, dass Erzsébet Báthory bald schon ein machtloses altes Weib wäre, vor dem kein Mensch mehr Angst haben müsste. Dafür wurde Graf Thurzó sorgen."

Emilia schloss die Augen, um die hilflose, verlorene Doricza nicht sehen zu müssen. Wie sehr hätte sie diesem von allen nur benutzten und missachteten Mädchen einen Mann gegönnt, der es tatsächlich liebte.

Erzsébets Gesicht war wie eingefroren. Mit einem Ruck riss sie ihrem Opfer ein paar Haarbüschel aus. Der Schrei des Mädchens stach in Emilias Knochen.

„Was ist aus diesem Pattai geworden?", fragte die Gräfin. „Warum wurde er nicht auch zu mir gebracht?"

Zum ersten Mal sah Emilia die Szentés verlegen dreinblicken.

„Er schaffte es, zu entkommen. Aber bitte bedenkt, ich war völlig allein mit den zweien, die kleine Metze kreischte und biss mich, während ihr verlogener Hurenbock mir Tritte versetzte. Nur einen Moment lang war ich unachtsam, da rannte er weg."

Aber Doricza hatte er zurückgelassen, dachte Emilia bitter.

„Das heißt, er ist jetzt auf dem Weg zu Thurzó, der ihn wahrscheinlich hierhergeschickt hatte", stellte Erzsébet nüchtern fest. Dann packte sie die völlig reglose Doricza und schleuderte sie gegen die Wand.

„Was hast du ihm erzählt?"

Aufgeregtes Geflüster rauschte in Emilias Rücken. Ihr innigster Wunsch war, dass alle hier versammelten Dienstmägde Doricza zu Hilfe kommen würden, denn in diesem Fall könnte sie sich bemühen, Erzsébet ruhig zu stellen. Allein einzugreifen schien ihr sinnlos, es würde die Gräfin nur noch weiter zur Weißglut treiben. Aber niemand rettete Doricza vor den Schlägen der Gräfin, die ihre Lippen aufrissen.

„Was … hast … du … ihm … erzählt? Von dem Brief, den du zum *vár* gebracht hat? Weiß er davon?"

„Ja … nein … ich weiß nicht."

Doricza ging wimmernd in die Knie und schützte ihr Gesicht mit beiden Armen.

„Ich erzählte ihm, dass ich eine dringende Nachricht von Euch zum *vár* gebracht hatte und dass Deseö sie weiterschickte. Mehr nicht, das schwöre ich bei Gott dem Herrn."

Eine Weile stand Erzsébet mit gerunzelter Stirn reglos da und Emilia begann zu hoffen, dass ihr Wutanfall sich gelegt hatte.

„Dann musste er nur irgendwie in Erfahrung zu bringen, wohin die Nachricht ging. Einem so verschlagenen Kerl dürfte das gelungen sein", sagte die Gräfin leise, nur an sich selbst gewandt. „Anschließend gab er Thurzó Bescheid. Deshalb habe ich noch nichts von Gábor gehört. Entweder wurde meine Nachricht abgefangen oder seine Antwort. Und alles wegen deiner widerwärtigen Lüsternheit."

Sie begann erneut auf Doricza einzudreschen, die hilflos zu Boden sackte. Als nur noch ein regloses, wimmerndes Bündel vor ihr lag, versetzte sie ihm Tritte. Emilia trat ein paar Schritte vor und schauderte. Erzsébets Gesicht war weiterhin leblos, aber in ihren Augen glomm ein unheilvolles Feuer, als habe Satan von ihr Besitz ergriffen und ihr Denken völlig ausgeschaltet, sodass nur noch Empfindungen von Schmerz und Zorn zurückblieben. Sobald Doricza sich gar nicht mehr regte, beugte sie sich zu ihr, um ihren Kopf nochmals gegen das Gemäuer zu schlagen.

Verzweifelt sah Emilia sich nach István um. Er war der Einzige, dem es vielleicht gelingen konnte, die Gräfin aus ihrem Wahn wachzurütteln. Aber sie konnte ihn nirgends entdecken. Sie erinnerte sich, dass er wieder einmal von einem Treffen mit Deseö geredet hatte. Es gab keinen Mann im Haus, der Erzsébet überwältigen konnte, außer den Heiducken vor der Eingangstür, die niemals ihre Herrin angreifen würden. Dorottya hätte es vielleicht vermocht, aber sie war nicht willens. Niemand würde Erzsébet daran hindern, ein hilfloses Mädchen zu töten.

Emilia rannte los. Sie schlang ihre Arme um Erzsébets Körper, der angespannt war wie die Sehne eines Bogens, und zog ihn von der blutenden Doricza weg.

„Es nützt nichts, sie totzuschlagen. Ihr müsst überlegen, was Ihr jetzt tun könnt, um Euch vor Thurzó zu schützen."

Die Gräfin gab erstaunlich schnell nach, als sei sie fast dankbar für Emilias Einmischung. Zitternd ließ sie sich fortführen und wiederholte nur immer wieder, dass sie verraten worden war. Ihre Augen glänzten wie bei einer Fieberkranken, schienen Emilia nicht wahrzunehmen, sondern suchten auf den Wänden des Hauses nach etwas, das sie nicht fanden.

„Metzen. Verräterische Metzen allesamt, die mir László nahmen und später meinen Sohn. Ich werde Euch vernichten. Alle, alle, die mir schaden wollen, werde ich vernichten", drohte sie, als Emilia sie die Treppen hinaufschob. Trotz dieser Worte fühlte ihr Körper sich zart, fast zerbrechlich an, aber Emilia hatte oft genug erlebt, wie viel Kraft in ihm steckte. Jeden Augenblick konnte das Gemüt der Gräfin umschlagen und sie wieder in eine gefährliche Furie verwandeln, doch zum Glück blieb Erzsébet erst einmal friedlich, als habe sie all ihre Energien verbraucht. Emilia hatte das Gemach der Gräfin fast schon erreicht, da spürte einen Schatten in ihrem Rücken und wandte sich um. Yveta war an sie herangetreten, um das Geschehen neugierig zu beobachten.

„Lauf und hole Erzi. Die Gräfin braucht einen Trank zur Beruhigung", flüsterte Emilia ihr zu. Sie hoffte, dass die freundliche, heilkundige Frau auch in der Lage wäre, Doricza zu retten. Yveta zögerte einen Moment mit gerunzelter Stirn, dann lief sie los. Emilia stieß erleichtert die Tür zum fürstlichen Gemach auf.

„Mein Kopf", murmelte Erzsébet. „Manchmal ist es, als würde von Innen etwas gegen meinen Schädel drücken, wie um ihn zu sprengen. Ich sehe Blitze, sonst nichts." Sie schwankte selbst ein paar Schritte vorwärts, fiel dann auf ihr Bett und presste beide Hände gegen ihre Schläfen. „Gib mir etwas gegen die Schmerzen", wimmerte sie so kläglich, dass Emilia plötzlich Mitleid verspürte. Sie trat an Erzsébet heran und nahm sie nochmals in die Arme. Diesmal wurde der steife Körper weich, als schmelze er unter der Berührung dahin, und schmiegte sich an den ihren. Der zarte Geruch von Rosenwasser glitt im Emilias Nase.

„Dir kann ich trauen, das wusste ich von Anfang an", murmelte Erzsébet und ihre Finger umschlossen Emilias Hand. „Du bist wie ich, denkst klar und verfolgst deine Ziele. Ein kluges, beherrschtes, etwas unterkühltes Mädchen. So wurde ich auch immer genannt."

Emilia wusste nicht, was sie sagen sollte. Warum konnte Erzsébet nicht erkennen, dass ihre älteste Tochter ihr mindestens ebenso ähnelte?

„Du wirst mich nicht verraten und hintergehen", redete Erzsébet mit geschlossenen Augen weiter. „Dir allein kann ich vertrauen. Das tut so wohl."

Die Zunge im Emilias Mund bekam einen widerwärtigen Geschmack. Am liebsten hätte sie auf der Stelle ihre Liebschaft mit István eingestanden, um das Gift ihres Verrats auszuspeien, aber der Verstand hinderte sie daran. So begann sie, Erzsébets Rücken mit den Fingern zu kneten, wie es die Bademagd getan hatte. Die Muskulatur fühlte sich wie ein eiserner Panzer an. Vielleicht löste diese Verkrampfung auch die häufigen Kopfschmerzen aus, überlegte Emilia und presste ihre Fingerkuppen so kräftig hinein, bis der Widerstand langsam nachließ. Sobald sie das Weiche, Menschliche an der Gräfin spüren konnte, stieß Erzsébet einen tiefen Seufzer aus. Ihre Atmung begann ruhiger zu werden und ihre Augenlider flackerten leicht. Emilia strich die dichten Haarsträhnen zur Seite, um den Nacken der Gräfin massieren zu können. Eine Weile lang war sie mit Stolz erfüllt, denn es war ihr gelungen, eine tobende Löwin zu zähmen.

Erzi Majorova traf kurz darauf ein und warf einen sorgenvollen Blick auf die Gräfin.

„Sie hatte schon als Kind Kopfschmerzen, aber es scheint schlimmer geworden zu sein. Erst einmal brauche ich ein Tuch."

Emilia brachte den gewünschten Gegenstand. Erzi schlang ihn blitzschnell um Erzsébets Kopf.

„Nimm du das andere Ende", wies sie Emilia an. Dann zogen sie gemeinsam, bis der Stoff Erzsébets Kopf kräftig eingeschnürt hatte.

„Der Druck kommt von innen. Wir erzeugen Gegendruck", kommentierte Erzi die Behandlung. Tatsächlich ließ der verkrampfte Zug um Erzsébets Lippen allmählich nach. Erzi machte sich nun daran, einen Kräuteraufguss zuzubereiten, den sie der Gräfin gleich darauf einflößte. Erzsébet trank wie ein folgsames Kind und schloss dann wieder die Augen.

„Schon als junges Mädchen war sie sehr verschlossen, eigenwillig und klug", erzählte die alte Frau, während sie das Haar der schlafenden Gräfin streichelte. „Sie lernte viel schneller als ihre Geschwister, die Lehrer waren beeindruckt. Man stellte sie anderen jungen Damen als Vorbild hin, doch manche Leute waren auch verwirrt und meinten, ein solcher Verstand wäre bei einem Jungen angebrachter. Aber Erzsébet nahm sich stets alle Rechte, die auch ihrem Bruder zustanden, ohne um Erlaubnis zu fragen. Diese Neigung, eigenmächtig zu handeln, ist ihr schließlich zum Verhängnis geworden."

Emilia bemerkte staunend die warme Zuneigung in Erzis Augen. Es waren die jüngeren Dienstmädchen, die Erzsébet fürchteten. Die Gefährtinnen aus ihrer Jugend hingegen schienen sie zu lieben.

„Hat sie stets dazu geneigt, ihre Bediensteten anzugreifen, wenn es ihr schlecht ging?", fragte sie.

Erzi schüttelte seufzend den Kopf. „Sie neigte auch als Kind zur Härte, doch verstand sie ihren Zorn meist zu beherrschen. Unter László Einfluss änderte sie sich, wurde weicher und mitfühlender. Alles wäre anders gekommen, wenn man ihr diesen Mann nicht genommen hätte."

„Es ist der Lauf der Welt", wiederholte Emilia die Worte, die Erzi selbst vor Kurzem gesagt hatte.

Eine Tochter des Hochadels durfte ihren Gefährten nicht frei wählen.

„Die Ehe mit Ferenc hat mein Mädchen nun völlig verändert", redete die alte Frau weiter. „Ich habe Gerüchte gehört, die mir Angst machen."

„Gerade eben hat sie eine Dienstmagd fast totgeschlagen", erwähnte Emilia. „Ein junges Mädchen. Vielleicht kannst du noch nach ihr sehen, bevor du das Haus verlässt."

Erzi nickte.

„Ich werde versuchen, dem armen Geschöpf zu helfen."

Sanft schob sie Erzsébets Kopf auf das Kissen, bevor sie aufstand.

„Bleib du noch eine Weile bei ihr. Ich lasse die Kräuter hier. Wenn sie einen weiteren Aufguss braucht, mache einfach nur das Wasser heiß."

Emilia nahm das Angebot erleichtert an. Sie wünschte sich, Erzi würde im *kastély* bleiben, denn ihre Gegenwart machte die Gräfin weniger unberechenbar. Sie verstand nicht, wie die alte Frau sich allein im Wald sicherer fühlen konnte.

Aber dann fiel ihr ein, dass sie jetzt alle in Gefahr schwebten.

„Es ist möglich, dass der Palatin Erzsébet des Hochverrats anklagen wird", erzählte sie dem Rücken der alten Frau, die bereits in der Tür stand. Für einen Moment drehte Erzi sich nochmals zu ihr um.

„Ich glaube, mein kluges Mädchen wird einen Ausweg finden", sagte sie, legte dann kurz die Stirn in Falten. „Falls es ihr jedoch nicht gelingt, dann sollten wir alle rechtzeitig fliehen. Das einfache Volk wird immer als Erstes dahingemetzelt."

Die Tür fiel zu. Emilia legte eine Decke über Erzsébet, da es kühl zu werden begann. Sie sah, wie ihre Hände dabei zitterten, denn Erzis Worte hallten in ihrem Kopf wider.

7. Kapitel

Doricza starb nicht, doch machten ihre Verletzungen es ihr erst einmal unmöglich, weiter im *kastély* zu arbeiten. Erzsébet ließ sie schließlich zu Deseö ins *vár* bringen, wo genug Platz für ein Krankenzimmer war. Erzi erklärte sich bereit, das Mädchen regelmäßig zu versorgen. Niemand schien zu wünschen, dass Doricza starb, doch hatte die Gräfin noch nicht endgültig entschieden, was mit ihr geschehen sollte.

Im Augenblick hatte Erzsébet andere Sorgen. Sie schrieb weiterhin Briefe, die nun von Ficzkó ins *vár* getragen wurden, damit Deseö sich um ihre Weiterleitung kümmern konnte. Inzwischen machte die Gräfin gegenüber Emilia kein Geheimnis mehr aus ihren Plänen. Auf all den Burgen, die ihr unterstellt waren, mussten bewaffnete Männer bereitstehen, sobald die Armee Gábor Báthorys Ungarn erreicht hätte. Ein weiteres Schreiben war an den Woiwoden geschickt worden, da er auf das erste noch nicht reagiert hatte.

„Wäre es nicht klüger, sich zunächst einmal bedeckt zu halten und abzuwarten, wie Euer Neffe das Angebot aufnimmt?“, wagte Emilia zu fragen, als sie einen weiteren Kräuteraufguss für die Gräfin zubereitete. Sie war Erzi für die zurückgelassenen Kräuter unendlich dankbar, denn ohne Kopfschmerzen wurde die Gräfin zu einer recht einsichtigen Herrin.

„Gábor bat mich schon seit Monaten um meine Unterstützung“, erwiderte Erzsébet. „Ich hielt ihn hin, da mir die ganze Angelegenheit noch zu unsicher schien. Er wird begeistert losstürmen, sobald er weiß, dass ich meine Meinung geändert habe. Mein erstes Schreiben wurde abgefangen, sonst wäre er bereits hier.“

„Aber das könnte bedeuten, dass …“, Emilia stellte die Tasse vor der Gräfin auf dem Tisch ab, „wenn der Palatin tatsächlich herausbekommen hat, was Ihr plant, könnte er noch vor Eurem Neffen hier eintreffen.“

Wieder vermeinte sie, einen dunklen Schatten in ihrem Rücken zu spüren. Erzsébet drehte sich zu ihr um und musterte sie eindringlich.

„Ich bin eine Angehörige des Hochadels. Sollte Thurzó planen gegen mich vorzugehen, dann muss er mich vor ein Gericht in Nagybiccse laden, damit ich mich zu den Vorwürfen äußern kann."

„Und was würdet Ihr dann tun?"

Emilia überlegte schnell, welche Möglichkeiten Erzsébet hätte, den Kopf aus der Schlinge zu ziehen. Falls ihr erster Brief an Gábor Báthory tatsächlich in Thurzós Hände gelang war, sähe es schlecht für sie aus. Aber wahrscheinlich wusste der Palatin nichts weiter, als dass sie ein Schreiben an Gábor abgeschickt hatte, der immerhin ihr Neffe war. Als Beweis für einen Hochverrat reichte es wohl kaum. Falls er es sich aber in den Kopf setzte, trotzdem ein Urteil gegen sie zu erwirken, würde er vermutlich einige ihrer Vertrauten foltern lassen, denn Erzsébet selbst war als Hochadelige unantastbar. Wieder stieg Panik in Emilia hoch. Wenn sie wenigstens eine Gelegenheit hätte, all dies ungestört mit István zu besprechen! Sobald der Schnee geschmolzen war, würden sie gemeinsam fliehen. Obwohl sie ahnte, dass die Trennung von Erzsébet ihr nicht leichtfallen würde, gab es keine andere Wahl mehr. Das Leben im Dienst der Gräfin war zu gefährlich geworden.

Erzsébet versiegelte ein weiteres Schreiben, trank dann langsam ihren Kräuteraufguss und lehnt sich völlig gelassen in ihrem Stuhl zurück.

„Sollte Thurzó tatsächlich die Dreistigkeit besitzen, mich vor ein Gericht zu laden, so werde ich die notwendigen Schritte tun, um mich in Sicherheit zu bringen. Deseö ist bereits vorgewarnt. Er hält meine Kutsche stets bereit, damit ich des nachts unauffällig aufbrechen kann. Bei Gábor bin ich in Sicherheit. Und es werden gleichzeitig Boten an all meine Kastellane geschickt werden, damit der Aufstand beginnen kann."

Emilia war erleichtert, wie genau die Gräfin alles geplant hatte. Gleichzeitig wurde ihr bewusst, dass ihre eigene Flucht nun womöglich schneller würde stattfinden müssen, als sie angenommen hatte. Welches Schicksal erwartete wohl Erzsébets Vertraute, sobald sie sicher in Transsylvanien saß und der Palatin in Csejte eingefallen war?

„Ein paar meiner Bediensteten sollen mich begleiten", erzählte Erzsébet ihr nun. „Deseö vor allem, denn er ist ein fähiger Mann, auf den ich mich verlassen kann. István. Erzi natürlich. Und du."

Mit einer Hand stützte Emilia sich am Tisch ab, während ihre Gedanken sich überschlugen. Würde sie mit István fliehen können, sobald der Befehl zum Aufbruch kam? Im tiefsten Winter wäre es nicht leicht. Vielleicht hätten sie keine andere Möglichkeit, als in dieses Hermannstadt mitzukommen, wo Gábor Báthory den Sachsen seine Herrschaft aufgezwungen hatte. Ihr Körper schmerzte plötzlich an den zahllosen Stellen, wo die Fäuste des Woiwoden ihn bereits einmal getroffen hatten.

„Du musst dir keine Sorgen machen", sagte Erzsébet mit erstaunlichem Einfühlungsvermögen. „Gábor wechselt seine Huren häufiger als seine Hemden, wahrscheinlich hat er dich schon lange vergessen. Falls nicht, so werde ich dich schützen, wie ich es schon einmal tat. Aber du solltest nicht in Csejte zurückbleiben, denn Thurzó wird alle Leute, die mir nahestanden, foltern lassen, damit er die gewünschten Aussagen bekommt."

Eine unsichtbare Faust hatte in Emilias Magen geschlagen. Sie krümmte sich leicht, doch zum Glück hielt der Tisch sie aufrecht.

„Was ist mit all den Leuten, die Ihr nicht mitnehmen wollt?", fragte sie fassungslos. „Sogar die Szentés lebt wieder im *kastély*."

Dorottya hatte bleiben dürfen, nachdem sie von Doriczas Verrat berichtet hatte, doch herrschte sie nicht mehr über die Bediensteten. Sie hatte sich bisher gefügt, als sei sie froh, nicht mehr in einer Bauernhütte leben zu müssen.

„Ich kann sie schlecht alle mitnehmen", meinte Erzsébet schulterzuckend. „Eine so große Reisegruppe wäre zu auffällig und zu langsam. Sie stammen alle aus der Gegend hier und müssen sehen, wie sie untertauchen."

Den meisten mochte das irgendwie gelingen, überlegte Emilia. Die Wälder waren dicht, die Bauern verschwiegen. Aber dann fiel ihr eine Person ein, die bisher nicht erwähnt worden war. Eine Fremde, der es hier ebenso an Wurzeln mangelte wie ihr selbst und die es noch weniger geschafft hatte, Freunde zu gewinnen.

„Was soll aus Ilona Hertz werden?", fragte sie. Zwar mochte sie die hochmütige Schöne nicht besonders, doch schien es ihr auch nicht recht, sie den Folterknechten des Palatin zu überlassen.

Eine Falte grub sich zwischen Erzsébets Brauen. „Ilona wird allmählich anstrengend. Ständig weint und klagt sie, dass ich sie nicht genug beachte. Ich bin sie schon eine ganze Weile leid. Nach dem Weihnachtsfest werde ich ihr mitteilen, was mit ihr geschehen soll."

„Und was soll das sein?", fragte Emilia, der die Sängerin auf einmal leid tat. Ilona verehrte die Gräfin und würde unter der Zurückweisung leiden wie ein verlassener Hund. Sobald sie sich von dem Kummer erholt hätte, konnte sie sich einen anderen Gönner suchen. Einem derart liebreizenden Mädchen würde das nicht schwerfallen. Sie erinnerte sich an die bunt gekleideten, grell geschminkten Freudenmädchen, die sie in Wien gesehen hatte. Die Ahnung, dass Ilonas Zukunft von ähnlicher Art sein mochte, schien ihr nicht erfreulich, doch sah sie keine Möglichkeit, der hochmütigen Frau zu helfen.

„Du wirst beizeiten erfahren, was mit Ilona geschehen soll", erwiderte Erzsébet und wandte ihr den Rücken zu, ein deutliches Zeichen, dass sie nun allein sein wollte. Emilia verabschiedete sich mit einem Knicks von der Gräfin und hoffte auf eine günstige Gelegenheit, um István die völlig veränderte Situation mitteilen zu können. Die Vorbereitungen für das Weihnachtsfest waren bereits in vollem Gange, ständig trafen Lieferungen von neuen Vorräten ein und durch sämtliche Gänge schoben sich emsig huschende Bedienstete. Das *kastély* sollte gesäubert werden und der Tisch im Speisesaal brauchte eine frische Decke, die von Emilias Näherinnen gerade bestickt wurde. In der Küche waren die Mägde schon seit Tagen bis nach Sonnenuntergang beschäftigt. Offenbar legte Erzsébet Wert darauf, keinen gehetzten, unsicheren Eindruck zu erwecken. Niemand, der hier zufällig auftauchte, hätte den Eindruck gewonnen, dass die Hausherrin bereit war, jeden Augenblick fluchtartig aufzubrechen.

Emilia stieg in die Küche hinab, betrat dann die zweite Vorratskammer, wo István gelegentlich auf sie wartete. Dort wurden hauptsächlich Stoffe gelagert, für die es im Augenblick keine besondere Verwendung gab. István erzählte oft, dass er sich dorthin zurückzog, um in Ruhe auf der Fidel üben zu können. Und niemand im Haus hatte einen besseren Grund, das Stofflager aufzusuchen, als die Gewandschneiderin.

Unter dem Türspalt schimmerte es hell, was Emilias Herz freudig schlagen ließ. Der Drang, István für einen Augenblick allein sehen zu können, hatte sich inzwischen zu einer regelrechten Besessenheit entwickelt, nach der sie ihren Tag ausrichtete. Nun drängte es sie auch noch, ihm mitzuteilen, was Erzsébet plante. Sie stieß die Tür auf und hastete auf das Licht der Kerze zu, die in einer Ecke brannte.

„István!“, flüsterte sie ungeduldig, doch zunächst kam keine Antwort. Dann vernahm Emilia das leise Wimmern einer weiblichen Stimme und erstarrte.

„Wer ist da?“, rief sie nun deutlich lauter. Neben der Kerze raschelte es und eine Gestalt erschien wie aus dem Nichts. Sie hatte langes, pechschwarzes Haar wie István, war aber deutlich kleiner und trug Frauenkleidung.

„Ich wollte nur einen Augenblick allein sein, nichts weiter“, erwiderte Ilona Hertz. Ihre Stimme zitterte in dem Bemühen, völlig gefasst und normal zu klingen.

„Und ich wollte nach geeigneten Stoffen für ein neues Festgewand der Gräfin suchen“, sagte Emilia sogleich. Sie wusste, dass sie sich ähnlich gekünstelt anhörte. „Ich bedauere, Euch gestört zu haben.“

„Oh, das ist schon in Ordnung. Ich wollte ohnehin gehen.“

Ilona strich ihre Röcke glatt und kam mit leichten Schritten auf Emilia zu.

„Ich soll am Weihnachtsfest nicht singen, weißt du das schon?“

Das Säuseln ihrer Stimme wurde von mühsam unterdrücktem Schmerz durchbrochen. Als sie näher herangekommen war, konnte Emilia Wein in ihrem Atem riechen.

„Sie findet mich auf einmal lästig. Langweilig. Anstrengend. Dabei hatte ich in Wien so viele Gönner, die ich alle verließ, um ihr zu folgen!“

Ein Schluchzer ließ die Sängerin kurz würgen, dann wischte sie sich schnell die Augen trocken und verzerrte ihre Lippen zu einem Lächeln. „Es gibt jetzt andere Gefolgsdamen, die ihr lieber sind.“

Um so giftig zu klingen, wie Emilia es von ihr kannte, war Ilona nun zu sehr von Kummer und Bitterkeit in die Knie gezwängt worden. Ihre vornehme Blässe wurde von roten Flecken auf Hals und Wangen zerstört.

„Vielleicht wird die Gräfin ihre Meinung wieder ändern“, versuchte sie die junge Frau aufzumuntern. „Es sind noch zwei Tage bis zum Weihnachtsfest. Im neuen Jahr könnt Ihr versuchen, ihre Gunst zurückzugewinnen. Niemand kann Euch hier das Wasser reichen, was Eure Gesangskunst betrifft.“

Das stimmte, obwohl es nichts daran änderte, dass Erzsébet Ilona nicht nach Transsylvanien mitnehmen wollte. Aber vielleicht würde sie es sich tatsächlich noch anders überlegen.

„Ich danke dir für deine Ermutigung“, sagte Ilona auch schon und klang dabei ungewohnt freundlich. „Ja, ich denke im neuen Jahr wird mir das Glück wieder hold sein. Jetzt gehe ich besser auf mein Gemach, damit du hier in Ruhe nach deinen Stoffen suchen kannst.“

Sie verabschiedete sich mit einem Kopfnicken und schlüpfte hinaus. Emilia bewegte sich zu der Kerze, die weiterhin auf einer Truhe stand, und setzte sich ein Stück daneben auf den Boden. Ihr Herzschlag beruhigte sich allmählich, obwohl die Panik weiterhin wie ein wildes Tier in der Nähe lauerte, jederzeit bereit, sich auf sie zu stürzen. Sollte sie Erzsébet tatsächlich in das Reich Gábor Báthorys folgen? Was erwartete sie, wenn sie es nicht tat?

Als die Tür sich knarrend öffnete, sprang sie sogleich auf die Beine, um auf weitere unerwartete Gäste einen beschäftigten Eindruck zu machen. Doch diesmal war es tatsächlich István, der mit langen Schritten auf sie zueilte. „Wir dürfen hier nicht zu lange allein bleiben“, flüsterte er, als er sie in die Arme schloss. „Ich habe unterwegs Ilona Hertz getroffen, die mir sagte, dass du hier bist.“

Eine ungute Ahnung beschlich Emilia.

„Sie weiß doch nicht, dass du nach mir gesucht hast, oder?“

„Nein, keine Sorge. Ich sagte nur, dass ich hier allein auf der Fidel üben will. Dann hat sie mich mit ihren schwarzen Augen erdolcht und eilte davon.“

Er lachte kurz auf.

„Erzsébet will sie wegschicken“, teilte Emilia ihm mit, erzählte dann von dem möglichen Aufbruch nach Transsylvanien. Istváns Gesicht verdunkelte sich und er schlug mit der rechten Hand gegen eine Kiste.

„Verflucht! Jetzt im Winter können wir uns kaum in den Wäldern verstecken. Ich habe aber auch kein Verlangen, unter der Knute dieses Gábors zu leben. Erzsébet meint, dass sie ihn kontrollieren kann, aber da täuscht sie sich womöglich.

Emilia nickte, denn ebendies waren auch ihre Bedenken gewesen.

„Wir können nur warten und hoffen, dass nichts geschieht, bevor der Schnee schmilzt“, sagte István schließlich. „Danach sollten wir endgültig verschwinden. Ich will weder zu Gábor Báthory gebracht werden noch möchte ich, dass er hier in der Gegend einfällt."

„Vielleicht kommt es nicht dazu", murmelte Emilia und presste sich an ihn. Sie wusste, wie unwahrscheinlich ihre Hoffnung war. Die Gräfin hatte den Stein bereits ins Rollen gebracht und auf irgendeine Weise würde er eine Lawine auslösen. Sie konnten beide nur beten, nicht von ihr begraben zu werden.

Am nächsten Tag half sie bei der Zubereitung von Lebkuchen und Mohnstollen in der Küche, um sich irgendwie zu beschäftigen. Die Stimmung war ungewohnt fröhlich, da Dorottya Szentés sich weiterhin zurückhielt und die Mädchen daher mit mehr Freude arbeiteten als jemals zuvor. Das Mittagessen wurde schnell in der Küche eingenommen, weil die Gräfin allein in ihrem Gemach zu essen wünschte. Sie saßen auf Schemeln, auf Tischen und teilweise auch auf dem Boden und verzehrten gemeinsam eine Fischsuppe, da mehr Karpfen eingetroffen waren als erwartet. Danach ging die Arbeit weiter. Emilia wurde ein slowakisches Weihnachtslied beigebracht, das sie auch in der Kirche würde singen können. Allmählich wurde sie von einer festlichen Stimmung erfasst und begann sich sogar ein wenig auf die bevorstehenden Feierlichkeiten zu freuen. Onkel Hayo und Tante Irmie waren an Weihnachten meist zu betrunken gewesen, um es in die Kirche zu schaffen. Nun hoffte sie auf eine schöne Christmette in der Dorfkirche, die sie eine Weile von ihren Sorgen ablenken würde.

Kurz vor Einbruch der Dämmerung teilte Yveta ihr mit, dass die Gräfin sie zu sprechen wünschte. Emilia verspürte Enge in ihrer Kehle. Stand ihr nun eine überstürzte Abreise bevor? Sie würde keine Gelegenheit haben, sich vorher mit István abzusprechen. Auch nicht zu fliehen, wenn die Kutsche bereits bereitstand. Wie eine Schlafwandlerin bewegte sie sich die Stufen zum Gemach der Gräfin hoch. Vielleicht, so sagte sie sich, konnten sie unterwegs entkommen. Aber dann wären sie völlig allein in unbekanntem, verschneitem Gelände.

Erzsébet saß wie gewohnt auf ihrem Stuhl, hatte sich aber einen pelzbesetzten Umhang um die Schultern geschlagen und drehte eine Fellmütze in ihren Händen.

„Wir werden einen kleinen Ausflug machen", teilte sie Emilia mit. „Zu Erzis Hütte."

„Falls Ihr wieder unter Schmerzen leidet, so sind noch genug Kräuter da“, erwiderte Emilia verwirrt.

„Nein, darum geht es nicht. Sondern um andere Fähigkeiten, die Erzi besitzt. Aber dabei kann ich keine Zeugen gebrauchen. Dir vertraue ich.“

Erzsébet stand auf und presste die Mütze auf ihren Kopf. Ihre Frisur wurde davon zusammengedrückt, was sie normalerweise gestört hätte, ihr jetzt aber völlig gleichgültig schien. Ihre Hände zitterten leicht. Auf den sonst sehr bleichen Wangen waren ein paar rote Flecken zu sehen.

„Es ist Zeit. Wir müssen aufbrechen“, meinte sie knapp.

„Aber ich habe keine passende Kleidung“, stammelte Emilia ratlos, denn die Vorstellung, im tiefsten Winter durch den dunklen Wald zu laufen, gefiel ihr nicht. Erzsébet hielt ihr sogleich eine dicke Wolldecke und einen Schal entgegen, die auf ihrem Bett gelegen hatten. „Hier, darin kannst du dich einwickeln. Rechts in der Zimmerecke stehen zwei Paar gefütterte Stiefel. Du kannst eines davon haben. In Erzis Hütte brennt sicher ein Feuer, wir werden nur eine Weile durch den Wald laufen müssen, wo es im Augenblick recht ungemütlich ist.“ Zu Emilias Missfallen zog die Gräfin sich selbst sogleich diese Stiefel an. Nun gab es keine Ausrede mehr, jedenfalls fiel ihr keine ein, und sie steckte ihre Füße ebenfalls in das pelzige Schuhwerk. Sie passten erstaunlich gut hinein und wurden sogleich derart gewärmt, dass es nur ein Stück vom prasselnden Kaminfeuer entfernt unangenehm wurde. Emilia war beinahe erleichtert, das Zimmer verlassen zu können. Mit raschen Schritten stieg die Gräfin die Treppe hinab. Emilia stolperte fast, so schnell musste sie laufen, um ihr folgen zu können. Ihr fiel ein, dass sie keine wärmende Kopfbedeckung hatte, aber sie beschloss, sich einfach den Schal umzuwickeln. Welchen Sinn machte es, Erzsébet aufhalten zu wollen, die so energisch auf ihr Ziel zueilte? In der Eingangshalle wartete Ficzkó, ebenfalls mit Pelzmütze und gefüttertem Umgang versehen. Emilia überlegte, ob er ihr seine Kopfbedeckung im Ernstfall überlassen würde. Wenn die Gräfin es befahl, dann bliebe ihm keine andere Wahl, und sie zweifelte nicht, dass Erzsébet ihr diesen Gefallen tun würde. Als die Gräfin das Eingangstor aufstieß, schien die abendliche Winterluft aber wohltuend in ihrer schneidend scharfen Kälte.

„Wenn Ficzkó uns begleitet, kann doch auch István mitkommen", bemerkte Emilia zaghaft, während sie das *kastély* verließen. Egal, wohin es ging, sie hätte sich mit ihm an ihrer Seite wohler gefühlt. Erzsébet blieb tatsächlich kurz stehen und runzelte nachdenklich die Stirn.

„Es ist nicht notwendig, dass er mitkommt", beschloss sie dann. „Ficzkó kann uns führen. Schon aufgrund seines beschränkten Verstandes ist er verschwiegener."

Der Junge überhörte die wenig schmeichelhafte Beschreibung seiner Person wie gewöhnlich und lenkte sie durch das Dorf hinein in den Wald, der einer finsteren Wand glich, sich aber widerstandslos für sie öffnete. Dann ging es vorbei an Bäumen und Büschen, die an verwachsene Kobolde oder wuchtige Riesen erinnerten. Emilia folgte dem Körper der Gräfin, den sie oft nur als dunklen Umriss wahrzunehmen vermochte, da die Nacht alle Farben schluckte. In der Ferne heulten die Wölfe, ein Laut, an den sie sich bereits gewöhnt hatte. In dieser Umgebung gewann er aber wieder an Bedrohlichkeit und Wildheit, brachte ihr Blut fast mehr zum Gefrieren als die frostigen Temperaturen.

Eine gefühlte Ewigkeit verging. Zweige streiften Emilias Wangen wie eisige Geisterarme. Zweimal stolperte sie über Wurzeln, vermochte sich aber an Baumstämmen festzuhalten. Es erstaunte sie, dass sie kein bisschen fror, ja sogar ein wenig schwitzte. Das Herz schlug laut und regelmäßig in ihrer Brust, als wolle es den Rest der Welt daran erinnern, wo sie zu finden war.

Dann glitt plötzlich silbernes Mondlicht über eine Lichtung, die sich an einen Hügel geschmiegt hatte. Emilia weinte fast vor Erleichterung, als sie an deren Ende eine winzige Holzhütte erblickte, aus deren Inneren Licht strömte.

„Erzi Majorova", sagte Ficzkó und deutete auf das Ziel hin. Erzsébet begann zu laufen und Emilia hatte wiederum Mühe, ihr zu folgen, doch die Sehnsucht nach sicheren, warmen vier Wänden trieb sie voran.

Erzi öffnete auf das erste Klopfzeichen hin und aus der Hütte schlug ihnen der Geruch von Harz und Kräutern entgegen. An der Decke des winzigen Raumes waren zahlreiche Pflanzen zum Trocknen aufgehängt worden, die beiseitegeschoben werden mussten, wenn man hineingehen wollte. Ein kleines Feuer brannte in der Mitte der Hütte, das beißenden Rauch verbreitete. Emilia hustete, trat einen Schritt zur Seite und stieß gegen ein wackeliges Regal. Im letzten Moment konnte sie es festhalten und dadurch verhindern, dass etliche Flaschen, Säcke und Töpfe zu Boden purzelten.

„Kommt ein bisschen weiter nach hinten. Dort können wir uns hinsetzen", schlug Erzi vor. Emilia staunte, mit welcher Selbstverständlichkeit Erzsébet sich auf einem Haufen schmutzigen Strohs hinter der Feuerstelle niederließ. Erzi hockte sich halb auf den Boden, um der Gräfin genug Platz zu lassen. Emilia schmiegte sich auf den letzten freien Rest des Strohs. Zwar roch es unangenehm, war dem eisigen, harten Waldboden aber mit Sicherheit vorzuziehen. Für Ficzkó blieb keine Sitzgelegenheit und die Gräfin schickte ihn auch sogleich nach draußen.

„Pass auf, ob jemand in der Nähe auftaucht."

Emilia hatte keine Ahnung, wer sich freiwillig nachts hierherbegeben würde außer vielleicht wilden Tieren. Die würden sich wegen des Feuers vermutlich nicht in die Hütte trauen, aber Ficzkó wäre ihnen da draußen ebenso hilflos ausgeliefert wie der Kälte. Wieder einmal überkam sie ein Anflug von Mitgefühl für den in so vieler Hinsicht vom Leben benachteiligten Jungen, der aber Erzsébet gehorchte, ohne nur einmal zu murren.

„Ich brauche deine Hilfe", sagte Erzsébet zu Erzi, sobald die Tür der Hütte wieder zugefallen war.

„Aber warum lässt du mich dann nicht rufen, sondern kommst mitten in der Nacht hierher?"

„Weil ich keine unerwünschten Zeugen haben möchte."

Erzsébet beugte sich vor. Die Flammen prasselten und warfen tanzende Schatten auf ihr Gesicht.

„Du hast doch einst auch die Kunst der Zauberei beherrscht. So wie Anna Darvulia", flüsterte sie. Emilia spürte, wie sich ihr die Nackenhaare aufstellten. All das kam ihr vor wie ein übler Traum. Gleich würde sie aufwachen und in ihrem Bett liegen, wo Tibor zu ihren Füßen schnurrte.

„Mädchen, was hast du auf einmal für Ideen?", fragte Erzi erschrocken. „Als wir beide jung waren, brachte Anna mir einige Zaubersprüche bei, die sie von ihrer Lehrerin kannte. Aber dieses Wissen hatte sie fast ihr Leben gekostet! Zudem vertraute sie nicht wirklich darauf, verließ sich lieber auf die Heilkunst. So habe ich es auch mein Leben lang gehandhabt."

„Aber jetzt möchte ich, dass du jemanden mit einem Fluch belegst", kam es unerbittlich von Erzsébet. Emilia schlang die Arme um ihre Schultern. Der Traum wurde immer schlimmer.

„Wen denn, Mädchen? Warum soll ich das tun? Hast du als mächtige Fürstin denn nicht andere Möglichkeiten, deinen Feinden zu schaden?"

„Die habe ich, aber sie sind mir nicht zuverlässig genug", erwiderte Erzsébet sogleich. „Ich will, dass Imre Megyery und Graf Thurzó für den Mord an meinem Sohn bestraft werden. Wenn mein Neffe Gábor hier eintrifft, finden sie vielleicht Möglichkeiten, sich durch eine Flucht zum Habsburger König in Sicherheit zu bringen. Das gönne ich ihnen nicht."

Erzi schüttelte seufzend den Kopf.

„Mir ist nicht wohl dabei. Ich habe so etwas noch niemals getan. Ich kann dir nicht einmal versprechen, dass es wirkt.

„Das musst du auch nicht. Ich will nur, dass du es versuchst."

Erzsébets Gesicht war hart und entschlossen, sodass Emilia alle Hoffnung verlor, die Gräfin würde sich ihr Vorhaben ausreden lassen. Ihr Unbehagen mischte sich langsam mit Neugier. Sie hatte oft Gerüchte über die Macht von Hexen gehört, jenen Anhängerinnen Satans, die aus der Ferne Ernten vernichten und Menschen töten konnten. Onkel Hayo hatte dies stets als dummes Gerede abgetan, was Tante Irmie aber nicht davon abgehalten hatte, sich schützende Amulette gegen Verwünschungen zu besorgen, die meist auch von als Zauberinnen verschrienen Frauen verkauft wurden. Niemals aber war Emilia Zeugin geworden, wie eben so ein Fluch ausgesprochen wurde. Sie starrte entsetzt und gleichzeitig erwartungsvoll in Erzis Richtung. Das Gefühl, durch einen Traum zu irren, war völlig verschwunden, denn sie fühlte sich hellwach, mit messerscharfen Sinnen, die auf jede Kleinigkeit reagierten.

Die alte Frau ergriff ein paar Zweige, die als Brennholz herumlagen, brach sie entzwei und band die kleinen Stücke dann mit einem Faden zusammen, bis eine menschenähnliche Figur daraus geworden war. Dabei bewegten ihre Lippen sich unentwegt, formten Worte, die Emilia nicht zu verstehen vermochte. Schließlich stimmte sie eine Art Singsang an und wiegte ihren Körper dabei hin und her. Dann holte sie eine Flasche aus ihrem Regal und leerte den Inhalt über den Flammen aus, die zischten und zuckten. Gleich darauf warf sie die Holzfigur hinein, sprang auf die Beine und begann mit kreischender Stimme zu schreien:

„Hilf mir, oh hilf, Herrin des Waldes, und nehme mein Opfer an. Gib der Gräfin Erzsébet Gesundheit und Macht, denn sie ist deine treue Dienerin. Sende Katzen, denn sie sind deine Kreaturen. Neunzig schwarze Katzen sollen kommen, ganz gleich, wo sie jetzt auch sein mögen. Von Orten jenseits des Waldes, jenseits der Berge und Flüsse. Sie sollen kommen und das Herz des Palatins fressen, danach das des roten Megyery. Heilige Herrin, vollende es, auf dass deine Macht ewig währet!“

Emilia begann zu zittern, vermochte den Blick aber nicht abzuwenden. Erzis Gesicht schien in den Flammen zu glühen, ihre sonst so sanften, friedlichen Augen sprühten Funken. Sie sah jünger aus als jemals zuvor, stärker, aber auch furchteinflößender. Das Feuer schoss in die Höhe und einen Augenblick lang meinte Emilia, es könne die Decke der Hütte erreichen und einen Brand verursachen. Seltsamerweise empfand sie keine Angst, denn Erzi schien ihr mächtig genug, um den Flammen zu trotzen. Sie war gemeinsam mit ihnen gewachsen.

„Höre, oh Herrin des Waldes, erhöre mein Flehen!“, schrie sie nochmals auf, brach dann zuckend zusammen. Speichel tropfte über ihr Kinn, ihre Augen waren geschlossen und ihr Körper bebte, als litte sie an hohem Fieber. Emilia wagte, eine Hand auszustrecken und über die Stirn der alten Frau zu streichen. Sie fühlte sich heiß an. Gleichzeitig schrumpften die Flammen und Stille kehrte ein. Erzsébet saß völlig reglos da.

„Ich glaube, Erzi braucht etwas zu trinken“, sagte Emilia, obwohl sie im Grunde ratlos war, was nun geschehen sollte. Da niemand ihr widersprach, stand sie auf und bewegte sich zum Regal. Ein Stück daneben entdeckte sie zu ihrer Erleichterung einen Eimer, der mit klarer Flüssigkeit gefüllt war. Sie tauchte einen Holzbecher hinein und trug das Wasser zu der nun völlig reglosen alten Frau. Sanft setzte sie ihr den Trank an die Lippen, und als er angenommen wurde, war ihr plötzlich leichter zumute. Ein Teil der Flüssigkeit lief über Erzis Kinn, aber sie schien dennoch ruhiger zu atmen, nachdem der Becher leer war.

„Vielleicht sollten wir sie ins *kastély* mitnehmen“, schlug Emilia vor. „Sie scheint völlig geschwächt.“

„Der Wald ist ihr selbst gewähltes Zuhause“, erwiderte Erzsébet, die aufstand und sich wieder die Pelzmütze aufsetzte. „Sie wird hier heute Nacht sicher nicht sterben, denn dank des Feuers hat sie es warm, und morgen wird sie sich wieder selbst versorgen können. Wollte sie keine Einsamkeit, hätte sie sich in einem Dorf niedergelassen. Aber wir müssen nun zurückkehren.“

Die Gräfin trat hinaus, wo Ficzkó wartete wie ein mit dem Boden verwachsener Baumstamm. Emilia drehte sich nochmals nach Erzi um, deren Brust sich regelmäßig hob und senkte. Das Feuer prasselte nun maßvoll aber stetig, würde sicher noch eine ganze Weile wärmen. Sie ergriff dennoch eine paar Lumpen, die sie in einer Ecke fand, und breitete sie schützend über der alten Frau aus. Erfrieren würde sie nicht, es blieb nur zu hoffen, dass ihr Rauschzustand bis zum Morgengrauen nachgelassen hätte. Dann folgte Emilia der Gräfin ins Freie.

Der Heimweg kam ihr kürzer vor und der Wald hatte an Schrecken verloren, denn im Vergleich zu dem, was sie soeben gesehen hatte, wirkte er vertraut und harmlos. Sobald sie wieder in ihrem Gemach war, kroch sie sogleich unter die Decke, denn sie war zu erschöpft, um ihr Kleid auszuziehen. Ihr Körper bebte und schwitzte noch eine Weile, aber schließlich breitete der Schlaf seine erlösenden Arme für sie aus. In der Ferne vermeinte sie ein lautes Maunzen zu hören, das ihr viel bedrohlicher schien als alle Laute, die sie jemals von einer Katze vernommen hatte. Ein Luchs vielleicht, überlegte sie, jedenfalls kein Tier, dem sie gern allein im Wald begegnen wollte. Gleich darauf fauchte es wild und zornig. Sie hob kurz den Kopf, sah Tibors Augen golden in der Finsternis leuchten. Er blickte zum Fenster, duckte sich wie vor einem unsichtbaren Feind und stieß ein Knurren aus.

8. Kapitel

An Heiligabend zogen sie nach einem ausgiebigen Mahl über eine alte, steinerne Brücke in die Kirche zur Christmette. Die Bauern strömten in Scharen herein, hielten sich an den Händen und sangen jene Weihnachtslieder, die Emilia bereits in der Küche öfter gehört hatte. Dorottya Szentés und Helena Jó trugen nun mit farbenfrohen Stickereien verzierte Röcke und spitzenbesetzte Hauben, was deutlich machte, dass sie besser gestellt waren als einfach Bauersfrauen oder die Mägde im Haus der Gräfin. Die Gräfin hatte ein Festgewand mit Seidenschürze angezogen. Ilona Hertz folgte in dem grünen Kleid, das sie Emilia einst auf dem Marktplatz in Wien abgekauft hatte. Ein Stück hinter ihr schritt István, wieder so bunt und wild anzusehen wie einer der *Cigány*. Emilia hatte in aller Schnelle jenes Kleid übergestreift, das sie auch zu Katas Hochzeit getragen hatte, denn sie verspürte keine besondere Lust, sich herauszuputzen. Seit der Nacht in Erzis Hütte schlief sie schlecht und glaubte stets, wilde Kreaturen vor ihrem Fenster fauchen zu hören. Tibor schien ebenfalls beunruhigt, aber vielleicht lag es daran, dass er ihre unbestimmte Furcht spüren konnte. Sie hatte den Vorfall nur kurz mit István besprechen können, der besorgt die Stirn gerunzelt hatte, aber nicht aus Angst vor den neunzig schwarzen Katzen.

„Wenn irgendjemand davon erfährt, dann landet Erzi auf dem Scheiterhaufen“, hatte er gesagt. „Und das nur, weil sie Erzsébet einen Wunsch nicht abschlagen konnte.“

Emilia ging davon aus, dass Erzi ohnehin sterben würde, wenn Imre Megyery oder der Palatin sie fanden. Erzsébet war ihre einzige Aussicht auf Schutz, schon deshalb hatte sie ihre Wünsche erfüllen müssen. Was sollte eigentlich aus der Heilerin werden, wenn die Gräfin nach Transsylvanien aufbrach? Während sie das Kirchengebäude betrat, nahm sie sich vor, Erzsébet bei nächster Gelegenheit auf dieses Problem anzusprechen.

In der Kirche hatte Erzsébet einen Sonderplatz in der allerersten Reihe, wohin nur Ilona und Emilia ihr folgen durften. Alle anderen

Sie nahmen auf den hinteren Bänken zwischen den Bauern Platz. Mehrere Knaben aus dem Dorf versammelten sich neben dem Altar und stimmten einen festlichen Gesang an, dann trat Pfarrer Ponicky vor, um mit der Messe zu beginnen. Wesentlich anders als in einer katholischen Kirche lief es nicht ab, das hatte Emilia schon festgestellt, doch würde sie beim Abendmahl auch vom Wein kosten können. Zudem sprach der Pfarrer immer auf Slowakisch. Vielleicht beherrschte er gar kein Latein, denn insgesamt machte der kleine, magere Mann keinen besonders gebildeten Eindruck. Sie wartete auf seine Predigt, ging aber nicht davon aus, dass sie besonders aufregend ausfallen würde. Umso überraschter war sie, als er sich plötzlich vorbeugte und mit lauter Stimme zu verkünden begann.

„Und es ist so, dass Gott den Adel schuf und auch die Bauern, doch schuf er beide nach seinem Ebenbild. Sie sind alle an seine Gebote gebunden. So heißt es im Epheserbrief: Ihr Herren, handelt in gleicher Weise gegen eure Sklaven! Droht ihnen nicht! Denn ihr wisst, dass ihr im Himmel einen gemeinsamen Herrn habt. Bei ihm gibt es kein Ansehen der Person."

Es wurde so still, dass man den Wind draußen pfeifen hörte, dann vernahm Emilia in den hinteren Rängen ein leises Raunen, das langsam zu Getuschel anschwoll. Dicht neben ihr sog Ilona lautstark die Luft ein. Erzsébet saß völlig regungslos, als sei sie zu einer Kirchenstatue geworden. Emilia wandte den Kopf nach hinten, um zu sehen, ob István ihr Unbehagen teilte. Er mied ihren Blick und starrte den Pfarrer an, als lausche er andächtig seinen Worten, doch konnte sie ein leichtes Runzeln seiner Stirn bemerken.

„Also ist zu bedenken, dass auch den Adeligen von Gott Gebote und Aufgaben zugewiesen wurden", fuhr Ponicky nun fort. „Handeln sie wider das Gesetz, so droht ihnen zunächst die Strafe der irdischen Gerichtsbarkeit, später aber auch die ewige Verdammnis, falls sie ihre Sünden nicht bereuen."

Die Bank knarrte, als Erzsébet aufstand. Ihre Lippen waren zu schmalen Strichen geworden, die Augen schossen zornige Pfeile in Richtung des kleinen Pfarrers, der sich auf einmal duckte, als fürchte er eben jene Hiebe zu erhalten, die Herren ihren Sklaven laut seiner Predigt ersparen sollten. Hoch erhobenen Hauptes stolzierte die Gräfin aus der Kirche hinaus. Ilona trippelte ihr als Erste hinterher, während auch die anderen Mitglieder des Haushalts sich zunächst ratlos umsahen. Es war falsch, was Erzsébet nun tat, überlegte Emilia. Fast kam es einem Schuldeingeständnis gleich. Klüger wäre es gewesen, sich die Predigt gelassen anzuhören, als sähe sie keinen Grund, irgendein Wort des Pfarrers auf sich zu beziehen. Aber sie wusste, dass die Gräfin hierfür viel zu zornig war. Als Dorottya und Helena Jó sich in Bewegung setzten, schloss auch Emilia sich ihnen an und spürte die stummen, neugierigen Blicke der Bauern in ihrem Rücken. Da der gesamte Haushalt der Gräfin nun aufbrach, blieben in der halb leeren Kirche nur die hinteren Bänke besetzt. Die winterliche Kälte schnitt scharf in ihre Wangen, sobald die Kirchentür zugefallen war. Schneeflocken wurden ihr ins Gesicht geweht und das Heulen der Wölfe übertönte die Stimme des Pfarrers, der drinnen unbeirrt weiterredete.

Ein Arm streifte wie zufällig ihre Schulter und sie blickte hoch, erleichtert, wieder Istváns Gesicht sehen zu können. Er sprach nicht, während sie gemeinsam mit den anderen ins *kastély* zurückgingen, doch meinte sie, seine Sorgen fast wie eine Last im Nacken zu spüren. Ponicky war kein Aufwiegler und Kämpfer für die Entrechteten. Jahrelang hatte er Erzsébet in jeder Hinsicht gehorcht wie ein dressierter Hund. Wenn er es nun wagte, sie in einer Predigt offen anzugreifen, so musste er einen sicheren Beschützer hinter sich wissen.

Emilia zog ihren wollenen Umhang fester um sich. Über ihr lag ein Nachthimmel, dessen Gestirne von Wolken verhüllt worden waren. Bei einem solchen Wetter war an kein fluchtartiges Verlassen von Csejte zu denken. Dennoch ahnte sie, dass Erzsébets Abreise nach Transsylvanien nun näher gerückt war als jemals zuvor. Wahrscheinlich würde ihr und István gar nichts anderes übrig bleiben, als mitzukommen, und unterwegs zu überlegen, was sie tun konnten. Ihr Magen verkrampfte sich und alle Freude an dem Weihnachtsfest war verflogen. Im Grunde sehnte sie sich nur noch danach, in ihr Bett zu fallen, um Kraft für den morgigen Tag zu gewinnen. István würde sie nicht bei sich haben können, aber Tibors kleiner, weicher Leib versprach ein wenig Trost. Was würde aus dem Kater werden, wenn sie nach Transsylvanien fuhren? Erzsébet würde ihr wahrscheinlich erlauben, ihn mitzunehmen, aber sie wollte ein derart hilfloses Wesen nicht im Haushalt von Gábor Báthory wissen.

Als sie in der Eingangshalle des *kastély* standen, atmete Emilia erleichtert auf, denn es wurde wenigstens warm. Erzsébet legte ihren Pelzumhang ab, den eine Dienstmagd sogleich in Empfang nahm. Dann drehte sie eine kleine Runde, blickte zu Dorottya, dann wieder zu Ilona und schließlich zu István.

„Ich brauche heute Abend noch ein bisschen Unterhaltung", erklärte sie dann. „István soll mich auf mein Gemach begleiten. Ebenso Ilona."

Das Gesicht der jungen Dame begann vor Freude zu glühen.

„Und außerdem Emilia."

In Ilonas dunklen Augen glomm Zorn auf und sie presste die Lippen fest aufeinander, als wolle sie Worte der Empörung zurückhalten. Zu Emilias Erstaunen sah auch István nicht erfreut aus, denn er runzelte die Stirn. Sie selbst überlegte kurz, ob sie es wagen sollte, Erzsébet wegen ihrer Müdigkeit um Nachsicht zu bitten. Aber es war nicht der richtige Moment, sie würde die Großzügigkeit der Gräfin in den nächsten Tagen vielleicht im Übermaß benötigen und sollte daher zunächst bescheiden mit ihren Ansprüchen sein. So folgte sie Erzsébet mit gesenktem Kopf ins fürstliche Gemach. Ihr war nicht klar, was die Gräfin jetzt für eine Unterhaltung von ihr erwartete, denn sie verstand sich weder darauf zu singen noch ein Instrument zu spielen. Eben aus diesem Grund hoffte sie, bald schon wieder gehen zu dürfen.

Im Kamin prasselte noch ein Feuer, das Erzsébets Gemach wohlig warm machte. Emilias Sehnsucht, einfach die Augen schließen und schlafen zu können, wurde dadurch noch größer, und sie unterdrückte mühsam ein Gähnen. Erzsébet setzte sich wieder in ihren Sessel und nahm die bunt bestickte Haube vom Kopf. Ihr dadurch befreites Haar schmiegte sich weich an die Konturen ihres Gesichts und floss über ihre Schultern. „Hol den Pálinka!", wies sie Ilona an, die sogleich gehorchte. Vier Gläser wurden gefüllt. Erzsébet leerte das ihre in einem Zug. „Ponicky war heute unvorstellbar dreist", erklärte sie dann und wippte unruhig mit dem rechten Fuß.

„Ihr müsst ihn strafen!", entgegnete Ilona sogleich. „Dann lernt er wieder, Respekt vor Euch zu haben."

„Wenn er wüsste, dass ich es so einfach tun kann, hätte er sich niemals eine derartige Predigt erlaubt", stellte Erzsébet nüchtern fest.

„Er wurde aufgehetzt, vermutlich von Thurzó. Natürlich könnte ich den Pfaffen immer noch an die Gurgel gehen. Ein einziger Befehl an Deseö würde reichen, um ihn in einem Verlies des *vár* verschwinden zu lassen. Ferenc hätte es getan, ohne einen Moment zu zögern. Aber ich muss vorsichtig sein, denn ich bin nur eine alte Frau, die keine Armee anführen kann. Jedenfalls nicht, bis ich wieder einen Mann gefunden habe, der für mich kämpft."

Sie richtete sich auf. „So, wie die Dinge stehen, sollte ich mich beeilen, unter den Schutz dieses Mannes zu gelangen. Ich werde daher sehr bald aufbrechen, sobald der Schneefall nachgelassen hat."

István senkte schweigend den Kopf. Ilona warf einen ratlosen Blick in die Runde.

„Was wird aus Erzi Majorova?", fragte Emilia sogleich.

„Erzi will nicht mitkommen", erwiderte die Gräfin. „Das hat sie mir bereits mitgeteilt. Sie hat eine gute Freundin in Myjava, einem Dorf in der Nähe, bei der sie ihren Lebensabend zubringen möchte. Dieses Dorf ist weit genug von Csejte entfernt, damit sie dort sicher vor Thurzó ist. Und deinen blinden Kater kannst du mitnehmen, bevor du auch seinetwegen fragst."

Trotz allem Unbehagen warf Emilia der Gräfin einen dankbaren Blick zu.

„Und was ist mit mir?", meldete sich Ilona zu Wort. „Kann ich all meine Kleider mitnehmen?"

Erzsébet musterte die Dame nur kurz.

„Ja, das kannst du. Ich schenke dir auch etwas Schmuck, wenn du willst. Deseö wird dafür sorgen, dass du baldmöglichst zurück nach Wien gelangst. Du bekommst Geld von mir für die Zeit, bis du einen neuen Gönner gefunden hast"

Die Nachricht wurde mit solch gelassener Selbstverständlichkeit ausgesprochen, dass es Emilia einen Stich versetzte. So verschlagen und hochnäsig Ilona auch sein mochte, der Gräfin war sie aus tiefstem Herzen zugetan.

„Nach Wien?", fragte sie nun mit zittriger Stimme, stieß gleich darauf ein Lachen aus. „Wollt Ihr denn ebenfalls dorthin, sobald Ihr alles geregelt habt. Soll ich in Eurem Haus schon alles vorbereiten?"

Der Blick ihrer weit aufgerissenen Augen flehte geradezu, von der Wahrheit verschont zu werden.

Erzsébet schnaubte ungeduldig. „Was soll ich in Wien, wenn ich im Begriff bin, eine Rebellion gegen den Habsburger König Matthias anzuzetteln? Du aber gehörst dorthin, denn es ist deine Heimat, und ich benötige deine Dienste nicht mehr."

Ilonas Knie sackten leicht ein und sie stieß einen leisen Wimmerlaut aus wie ein hungriges Kätzchen. Wieder verspürte Emilia Mitleid. Warum musste Erzsébet so unerbittlich hart zu einem Menschen sein, der sie trotz all seiner Fehler liebte?

„Weg? Ich soll weg? Ich habe in Wien alles aufgegeben, um Euch zu folgen", stieß die Sängerin schluchzend hervor.

„Dann musst du wieder aufbauen, was du aufgegeben hast", erwiderte Erzsébet unbeirrt. „Eben zu diesem Zweck gebe ich dir Geld mit. Dort, wo ich jetzt hinfahre, kann ich dich nicht gebrauchen, und gefallen würde es dir auch nicht."

Emilia seufzte innerlich. Wie gern hätte sie Geld von Erzsébet erhalten, um mit István nach Wien reisen zu können! Weshalb nahm Erzsébet nicht Ilona mit, die es sich so sehnlichst wünschte?

„Was ist mit denen?", rief Ilona, als hätte sie einen ähnlichen Gedanken gehabt, und deutete dabei auf István und Emilia.

„Die beiden werden mich als Einzige begleiten", sagte Erzsébet. „So habe ich es entschieden und dein Geschrei wird nichts daran ändern. Mäßige dich oder gehe auf dein Zimmer. Du verursachst mir noch Kopfschmerzen." Sie musterte Ilona so abfällig, als sei sie ein lästiges Insekt, das verscheucht werden müsste.

Die Sängerin schenkte sich mit zitternden Händen nochmals Pálinka nach und leerte den Becher in einem Zug. Dann trat sie ein paar Schritte auf Erzsébet zu und blickte ihr ins Gesicht. „Ich habe so viel für Euch getan. Jeden Wunsch habe ich Euch erfüllt. Jeden. Ihr wisst, wovon ich rede." Ihre Stimme war ein heiseres Flüstern. Die schwarzen Augen glänzten.

Sie musste bereits leicht angetrunken sein, überlegte Emilia.

Das Unbehagen war ein Schatten in ihrem Rücken, der langsam wuchs. Ilona war im Begriff, durch ihr Verhalten noch mehr zu zerstören, obwohl sie bereits alle in einem Scherbenhaufen standen.

„Diese Dinge sind jetzt nicht mehr von Belang", wies die Gräfin das Mädchen zurecht. „Du hast für alles, was du für mich tatest, deinen Lohn erhalten. Jetzt sollst du einfach nur gehen."

„Ich stieß nur Euretwegen diese freche Annie die Treppe herunter!", sagte Ilona und fiel von Erzsébet auf die Knie.

Die Gräfin fuhr auf. „Was hast du getan? Alle sagten, es sei ein Unfall gewesen." Erzsébets Augen verdunkelten sich, was nichts Gutes verhieß. Am liebsten hätte Emilia die Sängerin gepackt und aus dem Raum gestoßen, doch gleichzeitig lauschte sie gebannt. Wieder taten sich Abgründe auf, von denen sie keine Ahnung gehabt hatte.

„Ich brachte sie in ihr Gemach, wie Ihr befohlen hattet, und sagte ihr, dass sie Ende der Woche gehen dürfte. Aber sie benahm sich wie vom Teufel besessen, wollte schreien und um sich schlagen. Ich musste ihr den Mund zuhalten, damit sie nicht das ganze Haus aufweckte."

Emilia erinnerte sich an jene Nacht, da Annie gestorben war. Die Schreie. Die Laute von Schritten im Gang. Und schließlich die Leiche zu Füßen der Stiegen.

„Dann nahm sie Vernunft an und wurde ruhig", erzählte Ilona weiter. „Doch sie packte ihre Habseligkeiten sogleich ein. Sie würde auf der Stelle gehen, sagte sie. Sie zog sogar ein Kleid über, trotz der Wunden auf ihrem Rücken. Sie drohte, Euch zu schaden. Es sei wider die Gebote Gottes und die Gesetze der Natur, was wir mit ihr getan hätten. Sie würde es melden, trotz aller Schande, die es auch für sie bedeuten könnte, und dafür sogen, dass der König von dem Vorfall erfuhr oder das Reichskammergericht. Selbst einer so mächtigen Frau von adeligem Blut wie Euch stünde es nicht zu, sich derart zu verhalten. Das waren ihre Worte und die konnte ich doch nicht dulden."

„Dummes Gerede einer dreisten Göre!", schnaubte Erzsébet. „Du hättest sie in ihrem Zimmer einsperren sollen, wie ich es dir befohlen hatte. Bis zum nächsten Morgen hätte sie sich beruhigt."

„Eben das glaubte ich nicht", widersprach Ilona ungewohnt aufsässig. „Und außerdem konnte ich sie nicht einsperren. Sie schubste mich einfach zur Seite und lief los. Ich folgte ihr, um sie aufzuhalten, bis sie die Stiegen erreicht hatte. Dann stieß ich sie herunter. Nur Euretwegen. Um Euch zu schützen."

Sie streckte die Hände nach Erzsébets Beinen aus, wurde aber weggetreten.

„Du hast eigenmächtig gehandelt und mir zudem verschwiegen, was wirklich geschehen ist", donnerte die zornige Stimme der Gräfin auf sie hinab. „Dadurch wurde alles noch schlimmer. Man wird mir den Tod dieser Metze anlasten! Aber das ist jetzt unwichtig. Du hast mir gerade noch mehr Grund gegeben, dich loszuwerden. Morgen werde ich mit Deseö reden, damit er eine Reisemöglichkeit nach Wien für dich findet. Dort solltest du den Mund halten, um deinetwillen."

Die knappe Sachlichkeit dieser Worte ließ sie noch grausamer wirken als alle Hiebe, die Erzsébet jemals unter den Mägden ausgeteilt hatte. Ilona rollte sich zu einem schluchzenden Bündel zusammen und verbarg ihr Gesicht in den Händen.

„Bring sie auf ihr Zimmer, denn eine besondere Unterhaltung ist sie derzeit nicht", wies Erzsébet István an, der mit gesenktem Kopf auf das Mädchen zutrat. Emilia bebte innerlich. Sie wagte nicht zu fragen, was Erzsébet und Ilona mit Annie gemacht hatten. Etwas Ähnliches musste mit Yvetas Schwester Alena geschehen sein. Sie hatte die Spuren von Prügeln aufgewiesen, aber daran war ein einfaches Mädchen gewöhnt und erfror deshalb nicht freiwillig im Wald. Schande, hatte Ilona gesagt. Diese hatte auch Eva ins Wasser getrieben, nachdem sie vom roten Megyery in sein Bett gezwungen worden war. Nur war Annie aus zäherem Stoff gewesen und hatte aussagen wollen. Nur was? Was war ihr in jener Nacht widerfahren?

„Komm. Lass uns jetzt einfach gehen", sagte István mit sanfter Stimme zu der weiterhin weinenden Ilona und versuchte sie aufzuheben. Sie zuckte vor ihm zurück, heulte nochmals auf und versuchte, Erzsébets Füße zu umfassen.

„Lasst mich bleiben! Bitte, lasst mich bei Euch bleiben, denn ich liebe Euch. Mehr, als ich jemals einen Mann geliebt habe."

Erzsébet starrte sie eine Weile stumm, fast fassungslos an. Ihr Mund zuckte.

„Es tut mir leid", sagte sie leise, aber entschlossen. „Ich kann niemanden mehr so lieben wie einst László. Und jetzt geh, Mädchen! In Wien wirst du jemand anderen finden, der sich deiner annimmt."

„Aber den Türkenbastard und diese deutsche Schneiderin, die nehmt Ihr mit!", schrie Ilona plötzlich und sprang auf die Beine. Sie streckte den Finger in Emilias Richtung aus. Ihre Augen starrten wissend und drohend.

Nun war es an Emilia, leise zu wimmern. Sie begriff in diesem Augenblick, was die Sängerin wusste. Und dass sie gerade einen Augenblick überlegte, ob sie ihr Wissen aussprechen sollte. Am liebsten wäre sie vor Ilona flehend auf die Knie gefallen, doch bekam sie dazu keine Gelegenheit.

„Sie treiben es miteinander!“, stieß das Mädchen triumphierend hervor. „Und dabei reden Sie über Euch und lachen Euch aus, schimpfen Euch ein hässliches, altes Weib, von dessen Geld sie leben. Ich schwöre es, ich habe sie mehrfach belauscht!“

István hatte Ilona schlagartig losgelassen und war ein paar Schritte zurückgetreten. Er musterte sie angewidert wie eine Ratte, die ihm im dunklen Haus über den Weg gelaufen war. Emilia öffnete den Mund zum Protest, aber ihr fehlte plötzlich der nötige Antrieb, irgendetwas zu sagen. Welchen Sinn machte es noch, Ilona der Lüge zu bezichtigen? Eine geschickte Mischung aus Wahrheit und deren Verdrehung war immer die beste Waffe der kleinen Intrigantin gewesen. Sie richtete ihren Blick abwartend auf Erzsébet. Was jetzt geschehen würde, vermochte sie sich nicht auszumalen.

Die Gräfin warf den Kopf in den Nacken und stieß ihr blechernes, kaltes Lachen aus.

„So, du meinst also, das würde mich stören?“, fragte sie Ilona spöttisch. „Die jungen Gören sind doch allesamt Metzen, die István hinterherlaufen. Was kümmert mich das? Nur du hast stets den Kopf hoch getragen als feines Fräulein aus Wien und dich von keinem anfassen lassen. Dabei hättest du es meinetwegen mit sämtlichen Bauernburschen im Dorf treiben können und mir wäre das egal gewesen. Um mich zu kränken, seid ihr allesamt zu unwichtig. Du nicht anders als die anderen.“

Nun heulte Ilona wie ein wildes Tier und stürzte sich auf Erzsébet, um mit ihren zarten Armen auf sie einzuschlagen. Eine rasche, kräftige Ohrfeige beförderte sie zu Boden.

„Dorottya!“, schrie Erzsébet. Die Tür öffnete sich verdächtig schnell, vermutlich hatte die Szentés gelauscht.

„Das Fräulein Hertz war mir gegenüber unverschämt“, erklärte die Gräfin. „Nimm sie bis morgen in Gewahrsam.“

Ilona wurde grob am Arm gepackt und nach draußen gezerrt. Sie hatte aufgehört zu schluchzen, warf Emilia nur einen hasserfüllten Blick zu, bevor sie verschwunden war.

„Und nun“, fuhr Erzsébet fort. „Zu euch beiden. Stimmt es, was Ilona sagte?“

Emilia musterte István, der stumm mit dem Kopf nickte. Auch ihr fehlte alle Kraft zum Widerspruch. Vielleicht war es besser, wenn Erzsébet vor der Abreise nach Transsylvanien alles erfuhr.

„Wir haben niemals über Euch gespottet", fügte sie nur hinzu, ohne echte Hoffnung, dass ihr Glauben geschenkt würde. Erzsébet zuckte mit den Schultern.

„Das macht auch keinen Unterschied."

Sie blieb dicht vor Emilia stehen und sah ihr ins Gesicht. Wieder einmal reichte der bohrende Blick ihrer Augen, damit Emilia der Schweiß aus den Poren stieg.

„Ich habe sehr viel von dir gehalten", sagte die Gräfin. „Dir mehr vertraut als irgendeiner anderen Dienerin außer Anna Darvulia und Erzi. Aber du hast mich hintergangen."

Die Worte gingen wie Hiebe auf Emilia nieder, die sich plötzlich sehr klein und schäbig fühlte. Bevor sie zu einer Erwiderung ansetzen konnte, hatte Erzsébet ihre Finger in Emilias Haube gekrallt und zerrte ihren Kopf seitwärts. Die Nägel bohrten sich bis in ihre Kopfhaut. Schmerz trieb ihr Tränen in die Augen. Sie sah, wie István zuckte, wie um ihr zu Hilfe zu kommen, und hob zur Beruhigung die Hand, damit er sich nicht einmischte. Nichts wäre fataler, als Erzsébet jetzt noch weiter zu erzürnen.

„Ich habe Euch nicht hintergangen", sagte sie schließlich, und begriff in diesem Moment, dass es ebenso war. Aus diesem Grund hatte sie sich auch niemals ernsthaft schuldig gefühlt. „Ich nahm Euch nichts weg. István war stets bei Euch, wenn Ihr es wünschtet. Wir sind doch nichts weiter als Eure Untergebenen, wie Ihr selbst gesagt habt. Was kümmert es Euch, was wir tun, wenn unsere Aufgaben erledigt sind?"

„Es kümmert mich durchaus, wenn Dinge hinter meinem Rücken geschehen", erwiderte Erzsébet, zerrte noch einmal so heftig an Emilias Haar, dass sie gellend aufschrie, ließ sie aber dann endlich los. Mit bewusster Langsamkeit wandte sie sich an István.

„Dieses Mädchen ist also deine Wahl?", wollte sie wissen. Die Frage klang harmlos und Emilia begriff nicht gleich, warum István ein derart entsetztes Gesicht zog.

„Nein!", flüsterte er. „Nicht auf diese Weise."

„Auf welche Weise dann?"

Das Lächeln auf Erzsébets Lippen schien plötzlich bösartig. Aus ihren Augen blickte wieder der dunkle Dämon, der sie damals hatte auf Doricza einschlagen lassen, aber sie verhielt sich zunächst vollkommen ruhig. Gelassen füllte sie nochmals drei Gläser mit Pálinka und hielt Emilia sogar eines davon hin, bevor sie sich wieder im Sessel niederließ.

„Du hast in der kurzen Zeit, die du in meinen Diensten verbrachtest, mehr von mir erfahren als jede andere meiner Mägde", sagte sie an Emilia gewandt. „Doch ein paar Dinge gibt es, die du noch wissen solltest."

Sie nippte an ihrem Glas. Emilia fiel auf, dass István sehr blass geworden war und an seiner Unterlippe nagte. Sie warf ihm einen fragenden Blick zu, doch in diesem Augenblick begann Erzsébet weiterzureden.

„Anna Darvulia erklärte mir, was ich tun konnte, um das Interesse meines Gemahls zu wecken. Ich musste schwanger werden, sonst wäre ich irgendwann abgeschoben worden. Einmal betrog ich Ferenc mit einem seiner Soldaten. Es geschah aus reiner Not, um ein Kind zu bekommen, doch er bekam Wind davon und sorgte dafür, dass mein Liebhaber die nächste Schlacht gegen die Türken nicht überlebte. Zwar war ich ihm gleichgültig, ja zuwider, aber als seine Frau hatte ich mich an die Regeln zu halten."

Sie lächelte bitter und schüttelte den Kopf.

„Dadurch hatte er endgültig eine Trumpfkarte gegen mich in der Hand. Eine Untreue nach vollzogener Eheschließung wäre ein Scheidungsgrund. Danach wäre ich mittellos auf die Gnade meiner Familie angewiesen gewesen. Also zwang ich mich, Annas Rat zu folgen, obwohl ich zunächst dachte, es wäre sehr unangenehm, sich an den brutalen Vergnügungen von Ferenc zu beteiligen. Doch dann kam ich dazu, als er ein junges Mädchen, eine gefangene Türkin, an sein Bett gefesselt hatte. Ich sagte ihm, ich wolle zusehen, und das schien ihm zu gefallen. Er lud mich ein, die Gefangene ebenfalls zu berühren. Ihr Lust zu bereiten, da meine Hände sanfter waren. Schließlich auch Schmerz. Sie war mir völlig ausgeliefert, das wusste sie, und ich sah stets die Angst in ihren Augen. Ich war sehr überrascht, welchen Genuss ich dabei empfand. Es war anders als das Glück, das László mir geschenkt hatte, weniger innig und gefühlvoll. Es war wie ein gieriges Greifen nach einer köstlichen Speise, selbstsüchtig, ohne Rücksicht auf andere. Aber es war schön."

Emilia trat unwillig einen Schritt zurück, denn nun begann Erzsébet ihr endgültig Angst zu machen. Das Leben hatte diese Frau zerbrochen und danach wieder zusammengefügt, doch waren dadurch einige Teile ihrer selbst verloren gegangen oder völlig verformt worden.

„Es gefiel Euch also, wehrlose Gefangene zu quälen, die Frauen waren wie Ihr selbst", sagte sie und maß Istváns mahnenden Blick keine Bedeutung bei.

„Ja", erwiderte Erzsébet unumwunden. „Das tat es. Und ob ich mich daran beteiligte oder nicht, war kein Unterschied, denn sie wären ohnehin gequält worden. Ferenc schwängerte mich endlich, denn er hatte eine Seite an mir entdeckt, die ihm gefiel. Nur wurde unser Hauspfarrer, der angesehene Gelehrte István Magyari, irgendwann darauf aufmerksam, dass immer wieder Frauen des Nachts kreischten. Diener müssen ihm Gerüchte zugetragen haben. Er predigte offen gegen Ferenc und mich, nannte uns grausam."

Sie lachte auf. „Aber nachdem Ferenc ihm erklärt hatte, dass es nur Ungläubige waren, die wir quälten, nahm er die Vorwürfe wieder zurück. Also hatten wir sogar kirchlichen Segen."

Emilia presste eine Hand vor den Mund, denn sie fürchtete für einen Moment, sich übergeben zu müssen.

„Diese Türkinnen waren doch trotzdem Menschen", stieß sie schließlich hervor. Erzsébet neigte den Kopf zur Seite.

„Ja, durchaus. Aber wir waren im Krieg. Da sterben ständig Menschen. Und Frauen werden geschändet. Es ist ihr Los zu solchen Zeiten."

Bevor Emilia erneut widersprechen konnte, legte István seine Hand auf ihre Schulter und schüttelte warnend den Kopf.

„Dann kehrte Ferenc eines Tages fiebernd von einer seiner endlosen Schlachten zurück", redete Erzsébet weiter. „Diesmal konnten selbst Annas Kräuter und Tränke ihm nicht helfen. Die Türken feierten vermutlich, als der schwarze Bey starb. Ich war nun die reichste Witwe Ungarns, Herrin über zahlreiche Ländereien. Ferenc hatte mir bei ihrer Verwaltung stets freie Hand gelassen, selbst zu der Zeit, da er mich verabscheute. Er konnte Talente in Menschen erkennen und zu seinem Vorteil nutzen, ich denke, auch das machte ihn zu einem hervorragenden Heeresführer. Doch nun war ich endlich frei. Ich hätte wieder heiraten können, wie es wohl die meisten erwarteten. Der Emporkömmling Thurzó hoffte, sich so mein Vermögen aneignen zu können, aber den wollte ich ganz sicher nicht. László war tot und etwas in mir war mit ihm gestorben. Ich zog es vor, selbst mein Vermögen verwalten. Gegen Männer, die mich für ein wehrloses Weib hielten, verstand ich mich zu wehren. Von Ferenc hatte ich gelernt, zu kämpfen. Ich hätte zufrieden sein können, aber etwas fehlte."

Sie lehnte sich zurück und schloss die Augen.

„Das Misshandeln der Frauen fehlte Euch", sagte Emilia verstört. Es war mehr eine Feststellung als eine Frage. Erzsébet antwortete auch nicht, sondern erzählte einfach weiter.

„Es gab keine ungläubigen türkischen Gefangenen mehr, nur noch meine Bediensteten. Manchmal musste ich sie schlagen, da sie ungehorsam waren oder stahlen. Dann erwachten plötzlich Gelüste in mir, viel mehr zu tun als nur das. Aber ich wusste, ich durfte es nicht, denn sie waren Christinnen, wenn auch von niederer Geburt. Meine Kopfschmerzen wurden immer schlimmer, ich konnte nachts nicht mehr schlafen und schrie manchmal sogar meine Kinder grundlos an. Schließlich suchte ich Hilfe bei unserem Hauspfarrer, dem ach so heiligen István Magyari. Er nannte mich widerwärtig, ein Weib, dem Satan abartige Gelüste eingeflüstert hatte. Anschließend begann er, den Habsburger König vor mir zu warnen. Ehrlich gesagt glaube ich, dass er mich nie besonders gemocht hatte, denn ich war ihm zu starrköpfig und widersprach zu oft. Diese Erfahrung lehrte mich erneut, wie gefährlich es sein kann, Menschen zu vertrauen."

Sie presste ihre Finger gegen die Schläfen, als wolle sie den langsam erwachenden Schmerz schnell herauspressen.

„Aber nun, da ein angesehener Kirchengelehrter mich offen verdammt hatte, war ich frei zu tun, was mir gefiel. Dorottya Szentés trat in meine Dienste. Sie war viel härter zu den Mädchen, als ich es jemals gewesen bin, und ich ließ sie gewähren. Nicht nur, weil sie mir Geschichten über meinen verschwundenen, ersten Sohn erzählte, die ich verzweifelt zu glauben versuchte. Es erleichterte mich, dass es Kreaturen gab, die mich an Grausamkeit übertrafen."

„Hattet Ihr denn kein bisschen Mitgefühl?", rief Emilia entsetzt. Ihr wurde bewusst, wie sehr sie Erzsébet trotz allem ins Herz geschlossen hatte. Nun aber stand sie endgültig einer Fremden gegenüber, die ihr Widerwillen einflößte.

„Oh, doch, das hatte ich … das hatte ich“, murmelte Erzsébet nun etwas leiser. „Ich gab mir Mühe, Dorottya in ihre Grenzen zu weisen. Anna Darvulia tat es ebenfalls, und solange sie noch lebte, war es nicht so schlimm. Aber ich fand Wege, mir zu holen, was ich brauchte.“

Die Gräfin sah István an, der betreten den Kopf senkte. Emilias Magen zog sich zusammen.

„Ihr habt Annie gequält. Auf eben diese … abartige Weise, nicht wahr? Das war es, was sie öffentlich machen wollte, und deshalb hat Ilona sie getötet. Vorher gab es noch andere. Yvetas junge Schwester, diese Alena, sie hat sich umgebracht, weil sie mit der Schande nicht leben konnte!“

„Sie war nichts weiter als ein dummes Mädchen“, erwiderte Erzsébet barsch. „Ich hätte ihr einen guten Ehemann besorgen können. Bei Annie verlor ich während der Bestrafung etwas die Kontrolle. Ihren Tod wollte aber ich nicht, da handelte Ilona eigenmächtig.“

Ruckartig stand die Gräfin auf.

„Dich, Emilia, ließ ich in mein Herz. Du warst wie die Tochter, die ich mir immer gewünscht habe. Aber dir war die Leidenschaft eines schönen Mannes wichtiger als meine Liebe.“

Wieder begann Emilia sich plötzlich schäbig zu fühlen, suchte geradezu verzweifelt nach Gründen, um die Anklage zu widerlegen.

„Eure Liebe ist mir wichtig“, sagte sie schließlich. „Und in vieler Hinsicht bewundere ich Euch. Aber István gehört mein Herz.“

Ihre Wangen wurden heiß. Sie spürte Istváns Blick als sanfte Berührung, wagte es aber nicht, ihn anzusehen. Vielleicht bedeutete dieses Geständnis ihrer beider Verderben, doch bereuen konnte sie es nicht.

„Wie schön!“, rief Erzsébet und stand auf. „Dann habt ihr einander ja gefunden und ich brachte euch zusammen. Nun kann unser Spiel beginnen.“

Sie wandte sich an István und durchbohrte ihn mit ihrem Blick.

„Sie ist deine Wahl und du bist ihre. Fessele sie!“

Auf Emilias Armen wurden die Härchen zu steifen Borsten, die sich himmelwärts richteten.

„Das tue ich nicht", hörte sie István sagen. „Ich habe Euch bereits mehrfach erklärt, dass ich solche Dinge nicht mehr tun werde."

Die Bedeutung dieser Worte sickerte langsam in Emilias Bewusstsein. An Annies Misshandlung war Ilona beteiligt gewesen. Doch zu jener Zeit, als Alena sich umgebracht hatte, hatte die schöne Sängerin noch in Wien gelebt.

„Ach ja, natürlich!" Erzsébet begann laut zu lachen. „Der junge Mann will sich nicht die Finger beschmutzen. Aber getrieben habt ihr es doch bereits zusammen, im Wald vermutlich, und als es zu kalt dafür wurde in irgendwelchen dunklen Ecken des *kastély*. Nun könnt ihr mich ein wenig unterhalten, denn zu diesem Zweck seid ihr ja hier."

Emilia wandte sich fragend an István, der seine Hände zu Fäusten geballt hatte. Zunächst verstand sie nicht, worum es ging, dann sah sie, wie Erzsébet auf das mit einem prächtigen Baldachin verzierte Bett wies. Die Erkenntnis, was nun von ihnen erwartet wurde, kroch wie ein widerwärtiger Wurm in ihren Körper und weckte den Wunsch, laut zu schreien und um sich zu schlagen.

„Bitte, Erzsébet, lasst Emilia in Frieden", flehte István. „Ihr wisst selbst, dass sie Eure Achtung verdient hat. Alles, was geschah, ist meine Schuld. Ich habe sie verführt. Ihr könnt sie nach Wien zurückschicken, gemeinsam mit Ilona, aber erlaubt ihr nun, sich zurückzuziehen."

Emilia schüttelte den Kopf. Sie würde István jetzt nicht allein lassen.

„Ist es das, was du willst?", wurde sie plötzlich von der Gräfin gefragt. „Wieder nach Wien zurückkehren, in jenes elende Leben, das du führtest, bevor ich mich deiner annahm? Ich lasse dich gehen, aber István siehst du niemals wieder. Oder aber du sorgst nun gemeinsam mit ihm für meine Unterhaltung."

Emilia begann so heftig zu zittern, dass sie zunächst kein Wort herausbrachte, denn ihre Zähne schlugen ständig aufeinander. Die Gedanken wirbelten in ihrem Kopf herum und verursachten ein leichtes Schwindelgefühl. Sie konnte in Wien auf István warten, aber würde es ihm gelingen, zu entkommen und sich bis zu ihr durchzuschlagen? Die Vorstellung, lange und am Ende vielleicht vergeblich hoffen zu müssen, bereitete ihr fast körperliche Schmerzen. Sie

Sie konnte und wollte nicht von ihm fort. „Komm!“, sagte sie und ergriff seine Hand, um ihn zum Bett zu führen. Was sie tun mussten, drohte ihre Liebe zu zerstören, indem es sie unter allzu viel Schmutz und Erniedrigung begrub, aber eben das galt es zu verhindern. Sie würden es überstehen, wenn es ihnen gelang, die Umgebung aus ihrem Bewusstsein zu schneiden und sich vorzustellen, sie seien wieder allein im Schutz des Waldes, wo die Welt nur ihnen allein gehörte. István zögerte einen Moment, blickte zur Tür, als erwöge er einen Fluchtversuch, musste aber einsehen, wie sinnlos das gewesen wäre. Vor dem Ausgangstor standen die Heiducken der Gräfin, und selbst wenn sie an ihnen vorbeikämen, würden sie im Wald vermutlich erfrieren, da niemand in der Umgebung ihnen Schutz gewähren würde.

Sie schlang die Arme um seinen Hals. Für sie wäre es einfacher, da sie sich nur hinzulegen brauchte wie ein gehorsames Weib in seiner Hochzeitsnacht, aber von einem Mann wurde mehr erwartet. Hatte er es vor Erzsébets Augen mit Alena getan? Sie befahl sich, nicht daran zu denken, denn nun galt es einfach, diesen Abend zu überstehen. Langsam zog sie István zu sich, versuchte ihn zu küssen, doch er wich ihr aus.

„Ich kann es nicht“, flüsterte er ihr ins Ohr. „Nicht mit dir. Es würde alles zwischen uns zerstören.“

„Hol den Pálinka“, erwiderte Emilia, denn sie war ebenso wenig in der Lage, nun die Verführerin zu spielen. Wenn sie erst einmal betrunken genug waren, würde es ihnen vielleicht gelingen, nur noch einander wahrzunehmen und nicht mehr die dunkle Wächterin in ihrem Rücken. Erzsébets kalter, abwartender Blick verhöhnte alles, was sie füreinander empfanden, und gab Emilia das Gefühl, eine von Kurts Huren bei ihrer Arbeit zu sein.

„Pálinka könnt ihr haben, soviel ihr wollt“, sagte die Gräfin völlig gelassen und holte selbst die Flasche. Zunächst nahm sie einen tiefen Schluck daraus, dann hielt sie das Getränk István hin.

„Sei vorsichtig. Zu viel davon, und deine Manneskraft versiegt. Ich will heute Nacht nicht enttäuscht werden.“

Er nahm die Flasche nicht an, blieb einfach nur mit gesenktem Kopf stehen.

„Ich werde es nicht tun, Erzsébet. Was zwischen Emilia und mir ist, betrifft nur uns allein. Ich habe ein Recht auf ein eigenes Leben.“

„Den Teufel hast du, Türkenbastard“, erwiderte die Gräfin scharf. „Wenn ich mich nicht deiner angenommen hätte, wärest du schon längst in irgendeinem Straßengraben erfroren, denn dein miserables Musizieren hätte dich niemals am Leben erhalten. Nun stehst du in meinen Diensten, also gehorche mir. Oder widert deine vermeintliche Liebste dich bereits zu sehr an?“

Emilia fuhr zusammen, denn diese Worte taten trotz allem weh. Sie begriff, dass eben dies Erzsébets Absicht gewesen war, und versuchte sich besser zu wappnen.

„Schickt mich doch einfach fort“, sagte István. „Und bleibt allein mit Eurer Bitterkeit, die Euch dazu gebracht hat, in allen Menschen nur noch Feinde und Verräter zu sehen. Ihr könnt Euren Krieg führen und vielleicht gewinnen, aber Glück werdet Ihr auch dann nicht finden.“

Erzsébet holte aus und schlug ihm ins Gesicht. Er rührte sich nicht, doch hinterließ ihre Hand einen roten Abdruck auf seinem Gesicht.

„Tue, was ich dir sage! Oder soll ich deine deutsche Liebste Dorottya übergeben? Die schmachtet schon lange danach, sie in die Fänge zu bekommen, und wird viel Vergnügen an ihr haben.“

„Das werdet Ihr nicht tun!“, schrie István und tat einen Schritt auf die Gräfin zu. „Ich schwöre Euch, Erzsébet, wenn Emilia ein Leid geschieht, dann werdet Ihr dafür büßen.“

Die Gräfin lachte auf, dann ergriff sie den Schürhaken neben dem Kamin und hieb damit gegen Istváns Schulter. Er schwankte kurz, gab aber keinen Laut von sich. Emilia tat es an seiner Stelle, als sie sah, wie Blut sein Hemd durchtränkte. Ihr entsetztes Wimmern verstärkte sich, denn Istváns Augen funkelten zornig und er versetzte Erzsébet einen Stoß, der sie ein paar Schritte rückwärts schwanken ließ.

„Lass das!“, rief sie und sprang vom Bett herunter, stellte sich zwischen ihn und die Gräfin und streckte die Hände aus, um Erzsébet an einem weiteren Angriff zu hindern.

„Ihr könnt mit uns tun, was Euch beliebt“, sagte sie leise. „Wenn wir sterben, wird Euch niemand dafür belangen. Aber als ich Euch traf, da bewunderte ich Euch, weil Ihr so stark und klug wart. Vielleicht tat László Bende dies auch, als er Euch liebte. Jene Frau, die er in Euch sah, hätte sich nicht derart verhalten.“

Erzsébet runzelte die Stirn und richtete ihren Blick nachdenklich auf Emilia. Ihr Zorn schien von Staunen verdrängt worden zu sein.

„Selbst wenn dir das Messer an der Gurgel sitzt, da bist du noch dreist. Bei Gott, Mädchen, dein Mut hat mir von Anfang an gefallen."

Sie wandte sich an István.

„Ich werde deine deutsche Liebste verschonen. Aber du bleibst heute Nacht bei mir, denn ich brauche Ablenkung."

Er beugte zustimmend den Kopf. Die Gräfin rief nochmals nach Dorottya.

„Nimm die Deutsche ebenfalls in Gewahrsam", befahl sie. „Aber sollte ich morgen einen einzigen Kratzer an ihr entdecken, so jage ich dich davon wie eine lästige Bettlerin."

Die Augen der Szentés waren kalt, als sie Emilia an den Schultern packte, um sie hinaus zu zerren.

„István", murmelte Emilia angstvoll und versuchte vergeblich, einen letzten Blick auf ihn zu erhaschen, bevor die Tür zufiel. Würde Erzsébet weiter auf ihn einschlagen? Ihre größte Befürchtung war, dass er sich nun zur Wehr setzen könnte. Aber er war vernünftig, rief sie sich in Erinnerung, und kannte die Gräfin sehr gut. Nun, da sie selbst außer Gefahr war, würde er tun, was von ihm erwartet wurde.

Die Szentés stieß sie in den dunklen, kalten Raum, wo einst Zorah eingesperrt gewesen war. Emilia fiel und spürte die Härte des Bodens wie Hiebe an vielen Stellen ihres Körpers. Sie rollte sich zu einem Bündel zusammen und verbarg ihr Gesicht in den Händen. Die Finsternis tat wohl. Sie wollte einfach die Augen schließen und abwarten, bis sie wieder befreit würde, aber sie fror zu sehr, um einschlafen zu können.

„Wie? Du bist nun auch hier gelandet?", vernahm sie plötzlich Ilonas Stimme. „Ich dachte, du bist ihre neue Liebste, der sie alles verzeiht."

„Nicht alles", erwiderte Emilia. „Dein Verrat war nicht ohne Wirkung, aber was hat er dir genützt?"

Sie hörte, wie Ilona an ihre Seite kroch. Allmählich begannen ihre Augen sich daran zu gewöhnen, dass nur ein winziger Strich von mondblasser Helligkeit am unteren Ende des Fensters für Licht sorgte. Mit einiger Mühe konnte sie die Konturen von Ilonas Gesicht erkennen.

„Er hat etwas genützt, wenn sie dich ebenfalls verstoßen hat. Und ich werde ihre Gunst zurückgewinnen. Das weiß ich."

„Indem du nochmals jemanden tötest?", fragte Emilia spöttisch.

„In Notfall tue ich auch das. Erzsébet braucht mich, denn nur ich kann ihr geben, wonach es ihr verlangt." Ilona entfernte sich schweigend in eine Ecke des Zimmers.

Emilia schloss die Augen. „Hier hinten sind etwas Stroh und eine Decke", hörte sie die Sängerin sagen. „Komm zu mir. Ich will nur, dass du davongejagt wirst. Erfrieren musst du nicht."

Emilia zögerte einen Augenblick, dann folgte sie der Aufforderung. Tatsächlich konnte sie bald darauf unter ein raues, stinkendes Stück Stoff kriechen und spürte Stroh, von dem ebenfalls ein abstoßender Geruch ausging. Aber das Zittern ihres Körpers ließ nach.

„Was wird sie nur mit István tun?", murmelte sie leise und versuchte, Ilonas höhnisches Lachen zu überhören.

„Das, was sie seit Jahren mit ihm getan hat. Er war ihr Spielzeug, lange bevor ich kam. Doch reicht er ihr allein nicht. Gewöhnlich holte sie sich noch ein junges Mädchen dazu."

Während Emilias Magen sich widerwillig zusammenzog, glitt Ilonas Hand wie eine Schlange über ihren Rücken. Sie rückte rasch ein Stück zur Seite, konnte aber nicht jene Bilder abwehren, die plötzlich im Dunkeln auftauchten. István beugte sich über ein bildhübsches junges Mädchen, das ihn mit schreckgeweiteten Augen anstarrte und auf dem Bett in die letzte Ecke zu flüchten versuchte, so wie sie selbst einst vor Gábor Báthory. Im Hintergrund stand Erzsébet wie ein finsterer Schatten und befahl ihm, das Opfer zu fesseln und anschließend mit der Rute zu schlagen.

Hatte er Yvetas Schwester misshandelt und in den Selbstmord getrieben? Und wie viele andere davor und danach? Er hatte niemals ein Hehl daraus gemacht, Erzsébets Befehlsempfänger zu sein, aber wie weit er in dieser Rolle gegangen war, hatte er verschwiegen.

„Auch ich bin deinem István beigelegen, um Erzsébet zu unterhalten", stach Ilonas Stimme in ihre Ohren. „Ich weiß, er ist ein gutaussehender Mann. Viele Mädchen schwärmten für ihn und gerieten so in Fallstricke, die ihnen zum Verhängnis wurden. Aber ich machte mir nichts aus ihm, tat es nur um Erzsébets willen. Meinetwegen könntest du ihn mitnehmen, wenn du davongejagt wirst."

„Es ist noch nicht einmal sicher, ob ich das wirklich werde", versuchte Emilia sich trotzig zu verteidigen. Aber sie wusste, dass ihre Zukunft im Dienst der Gräfin ungewiss war. Nach den Ereignissen des vergangenen Abends wäre sie gern fortgegangen, um irgendwo anders neu zu beginnen. Allein die Vorstellung, von István getrennt zu werden, tat so weh, als würde ihr die Haut abgezogen. Sie rollte sich auf dem schmutzigen Stroh zusammen und vergrub das Gesicht in den Händen. Im Hintergrund hüstelte Ilona, doch nach einer Weile begann sie endlich ruhiger zu atmen.

9. Kapitel

Das Licht traf Emilia so unerwartet und heftig wie ein Faustschlag. Sie blinzelte, vermochte nur von Schmutz verdunkelte Wände um sich zu erkennen. Das Stroh unter ihr bekam ebenfalls Farbe, wirkte dadurch aber noch widerwärtiger.

„Ich bringe euch Essen", verkündete Yvetas Stimme. Emilia versuchte sich aufzurichten, aber ihr wurde schwindelig. Ihr Magen schmerzte und die Zunge klebte ihr am Gaumen. Einmal hatte die Szentés einen Eimer abgestandenen Wassers in ihr Verlies geschoben, um den sie sich fast mit Ilona geprügelt hatte. Nahrung hatte es keine gegeben. Wie lange hungerten sie schon? Ihre allgemeine Schwäche machte ihr klar, dass etliche Stunden, vielleicht sogar mehrere Tage vergangen sein mussten.

Ilona kroch auf Yveta zu und riss ihr einen Lángos aus der Hand, um sich ihn gierig in den Mund zu stopfen.

„Emilia?", fragte Yveta leise. „Was ist mit dir? Willst du nichts essen?" Es gelang ihr, den nächsten Lángos vor Ilonas zupackenden Händen zu retten und ihn Emilia zu reichen, die dankbar zugriff. Obwohl ihr ganzer Körper nach Nahrung schrie, versuchte sie, nur kleine Stücke abzubeißen und gründlich zu kauen. Ilona übergab sich bereits hinter ihr.

„Wollte man uns verhungern lassen?", fragte sie, als der erste Lángos in ihrem Magen verschwunden war und Yveta ihr einen Becher Wasser reichte.

„Nein. Es sollte wohl nur eine Lektion sein. Ich bat mehrfach, euch Essen bringen zu dürfen, aber erst heute wurde es mir gewährt."

Ilona schluchzte lautstark auf.

„Und nun?", bohrte Emilia weiter nach. „Was geschieht mit uns?"

Sie versuchte, einen genaueren Blick auf Yvetas Beutel zu erhaschen. Zum Glück schien er noch nicht ganz leer und der neue Eimer Wasser würde vielleicht auch hierbleiben können.

„Ihr könnt gehen, wenn ihr wollt", sagte Yveta völlig unerwartet. Ilona, die sich gerade einen Becher Wasser hatte holen wollen, stieß

Seinen leisen Laut aus, der irgendwo zwischen Staunen und Erleichterung lag. „Hat sie mir vergeben?“, flüsterte sie und versuchte, mit dem Ärmel ihr Gesicht zu säubern.

„Nein“, erwiderte Yveta unerbittlich. „Sie wünscht, dass du gehst. Du sollst zu Deseö ins *vár* hochsteigen und er wird dafür sorgen, dass du nach Vágújhely gebracht wirst. Du bekommst auch Geld von ihm, damit du dir dort eine Herberge leisten kannst, bis du eine Reisegelegenheit nach Wien gefunden hast.“

Ilona wimmerte in ihre Handflächen hinein.

„Das meint sie nicht ernst“, widersprach sie nach einer Weile. „Sobald ich fort bin, wird sie mich vermissen.“

„So mag es tatsächlich sein“, gab Yveta zu. „Bleibe eine Weile in Vágújhely und warte, ob sie dich wieder holen lässt.“

Emilia nickte zustimmend und überlegte gleichzeitig, was nun mit ihr selbst geschehen sollte.

„Ich will nicht fort“, beharrte Ilona mit der Stimme eines trotzigen Mädchens. „Ich werde hier bleiben, bis sie mich wieder zu sich holt.“

„Oder bis du tot bist“, fügte Yveta hinzu. „Es ist nur dem Flehen von István zu verdanken, dass der Szentés weiterhin verboten wurde, ihren Spaß mit euch zu haben. Seine deutsche Gewandschneiderin scheint er wirklich zu mögen, denn er tat es vor allem ihretwegen.“

Sie streifte Emilia mit einem staunenden Blick, redete dann sogleich weiter: „Aber auf ihren Befehl hin wurde euch keine Nahrung gebracht. Im Augenblick will sie keine weiteren toten Mädchen in ihrem Haus, daher durfte ich euch nun versorgen. Nutzt die Gelegenheit, dass sie euch gehen lassen will, ansonsten werdet ihr hier unter irgendwann vergessen und wenn sie sich wieder an euch erinnert hat, werdet ihr schnell irgendwo begraben.“

Emilia fror. Jedes von Yvetas Worten klang völlig überzeugend, doch gleichzeitig begehrte alles in ihr dagegen auf, das *kastély* ohne István zu verlassen.

„Sie wird mich nicht einfach vergessen“, protestierte Ilona, doch war nicht mehr zu überhören, dass sie selbst nicht ganz von ihren Worten überzeugt war.

„Tue, was Yveta dir rät“, drängte Emilia. „Gehe nach Vágújhely. Sobald die Gräfin dich vermisst, werden wir ihr sagen, wo du zu finden bist.“

Nun nickte Ilona, stand auf und fegte Strohhalme von ihrem Kleid. „Ich muss mich umziehen“, sagte sie. „So kann ich nirgendwo hingehen.“

„Deseö wird dir helfen“, wurde sie von Yveta beruhigt. „Lauf los! Je schneller du das *vár* erreichst, desto besser. Es wird immer noch sehr früh dunkel.“

„Ich weiß“, murmelte Ilona. „Ich weiß.“ Sie fuhr sich mit den Fingern durchs Haar, denn mit einem vollen Magen war nicht nur ihre Lebenskraft sondern auch ihre Eitelkeit neu erwacht.

„Was ist eigentlich mit dir?“, fragte sie, als sie an Emilia vorbeihastete. „Willst du etwa allein hier bleiben?“

Yveta blickte ebenfalls abwartend drein. Emilia fischte noch einen weiteren Lángos aus dem Beutel. Vielleicht würde ein voller Magen ihr helfen, damit sie endlich wieder klare Gedanken fassen konnte. Die Schwäche ihres Körpers drückte sie immer noch nieder und nach jeder schnellen Bewegung wurde ihr schwindelig.

„Ich möchte nicht gehen, ohne wenigstens mit István gesprochen zu haben“, stellte sie schließlich fest. Yveta seufzte.

„Auch wenn ihr einander wirklich liebt, ist das kein Grund zu sterben. Bringe dich in Sicherheit. Gehe nach Vágújhely und dort kann auch István nach dir suchen, wenn er möchte.“

„Er hat es bereits geschafft, mich vor der Szentés zu bewahren“, sprach Emilia aus, was ihr durch den Kopf ging. „Vielleicht wird er Erzsébet dazu bringen, mir zu vergeben.“

Ilona stand bereits ungeduldig an der Tür. Yveta schüttelte seufzend den Kopf.

„Du bist genauso verblendet wie die Wiener Sängerin. Warum ist es dir so wichtig, dass die Gräfin dir verzeiht?“

„Weil …“ Zunächst wusste Emilia die Antwort selbst nicht, dann kam langsam eine schlichte Ordnung in ihren Kopf. „Weil ich vieles an Erzsébet bewundere. Ihre Klugheit und ihre Willenskraft. Weil ich weiß, dass ich Dinge tat, die sie mir zu Recht vorwerfen kann. Deshalb möchte ich, dass sie versteht, warum dies geschah, bevor ich gehe. Mit István, denn allein will ich nicht fort.“

„Aber sie wird István nicht fortlassen“, widersprach Yveta. „Und du kannst ihr nicht trauen. Bitte fliehe, Emilia. Ich will nicht in ein paar Tagen vor deinem Leichnam stehen.“

Ihre Stimme hatte so ernst und warnend geklungen, dass Emilia erstaunt aufblickte.

„Du kannst mir doch weiterhin Essen bringen, damit ich nicht verhungere“, schlug sie vor. „Bitte erzähle István, dass ich nicht gehen will, ohne ihn noch einmal gesehen zu haben. Ich glaube, er wird einen Weg finden, zu mir vorzudringen. Und wenn er will, dass ich einfach verschwinde, dann kann er es mir durch dich ausrichten lassen.“

Yveta hatte die Stirn gerunzelt.

„Erzsébet kann mir auch verbieten, dir weiter Essen zu bringen.“

„Aber das wird sie nicht tun“, beharrte Emilia. „Das Misstrauen kann sie manchmal krank machen, doch sobald sie weiß, dass ich auf ihre Vergebung hoffe, wird sie mich nicht sterben lassen.“

Kurz zweifelte sie, ob diese Worte wirklich der Wahrheit entsprachen. Sie kannte Erzsébet inzwischen recht gut, aber auch vertraute Menschen konnten völlig unberechenbar sein. Im Augenblick wollte sich die Gräfin jedoch vor Verdächtigungen schützen, dass in ihrem Haushalt Mädchen getötet wurden. Schon deshalb würde sie weitere Todesfälle vermeiden wollen, solange sie noch in Csejte war. Emilia wurde leichter ums Herz, nun, da sie einen Entschluss gefasst hatte.

„Was ist, wenn du dich täuschst?“, fragte Yveta nur.

„Dann bitte ich dich, mir zu helfen, falls István es nicht schafft“, erwiderte Emilia nur. Yveta nickte schweigend, als hätte sie begriffen, dass jeder Widerspruch sinnlos war.

„Ich bringe Ilona hinaus und werde Erzsébet deinen Entschluss mitteilen“, sagte sie, bevor die Tür wieder zugefallen war. Emilia kroch zu dem Fenster hin, wo der Streifen von Licht langsam ergraute. Aus dem Dorf drangen ein paar Stimmen an ihr Ohr, doch konnte sie deren Worte nicht verstehen. Der volle Magen schenkte ihr ein wenig Kraft, doch staunte sie, wie sehr sie Ilonas ständiges Klagen und Weinen vermisste. Ihr war, als wäre sie am Ufer einer einsamen, dunklen Insel angeschwemmt worden, wo sie völlig allein mit ihren Ängsten warten musste, bis ein rettendes Schiff eintraf. Ob jemand Tibor versorgte, der sonst völlig hilflos war? Sie hoffte, dass István ihren Kater nicht vergessen hatte. Seufzend rollte sie sich auf dem Stroh zusammen und spürte mit Erleichterung, wie bleierne Müdigkeit ihren Körper in den Schlaf riss.

György zog seinen Hut tiefer ins Gesicht, da der heftige Wind die Schneeflocken in scharfe Geschosse verwandelte, die in seine Haut stachen. Selbst der pelzverbrämte Mantel konnte nicht verhindern, dass sein ganzer Körper vor Kälte zitterte. Wie gern hätte er jetzt neben Kata vor dem Kamin gesessen und hätte seine Hand auf ihren Bauch gelegt, der sich bereits leicht zu wölben begann. Allein Thurzós Warnungen, dass seine Schwiegermutter Gefahr lief, nicht nur ihr Vermögen sondern auch ihr Leben zu verlieren, hatte ihn überzeugt, sich an diesem nächtlichen Ausflug zu beteiligen. Im Schneetreiben vermochte er die Gestalt auf dem Pferd vor ihm kaum noch zu erkennen, wusste aber, dass es Miklós Zrínyi war. Ein Stück davor ritt der Palatin als Anführer ihrer kleinen Gruppe. Seine Heiducken hielten sich außerhalb von Györgys Blickfeld auf, aber mitunter hörte er sie fluchen. Wahrscheinlich hätten auch die hartgesottenen Krieger nun lieber in einem warmen Wirtshaus gesessen als bei heftigem Schneetreiben durch den finsteren Wald zu reiten.

Graf Thurzó hatte angeblich eindeutige Beweise, dass Erzsébet Báthory sich an einem Aufstand gegen den Habsburger König Matthias beteiligen wollte. Zudem suchte eben dieser König nun nach Gründen, sie zu verhaften, und hatte den Palatin beauftragt, zu überprüfen, ob die Gräfin ihre Bediensteten grundlos quälen oder gar ermorden ließ. Die Befragungen des Palatin hatten tatsächlich ergeben, dass Erzsébet Nádasdy als sehr harte Herrin bekannt war. Einige Zeugen hatten von Mädchen berichtet, die nach einer Bestrafung dauerhafte Gebrechen davongetragen hatten. Auch Kata hatte ihm dies nach einigem Zögern bestätigt. György gefiel dieses Betragen seiner Schwiegermutter zwar nicht, aber er wusste, dass eine adelige Dame das Recht hatte, mit ihren Leibeigenen derart zu verfahren. Daher begriff er den Sinn ihres nächtlichen Ausflugs nicht ganz. Vermutlich sollte der Gräfin nur eine Warnung überbracht werden und ein unangekündigter Überfall war dabei wirksamer als ein schlichter Brief. Noch war nichts Schlimmes geschehen, hatte der Palatin ihnen versichert. Niemand außer ihm selbst wusste von der Intrige des Woiwoden von Transsylvanien, an der die Gräfin sich beteiligen wollte. György rief sich in Erinnerung, dass er hier nur mitmachte, um Katas Mutter vor einem schlimmen Fehler zu bewahren und den König daran zu hindern, das Erbe seiner Frau einzuziehen. Falls die Gräfin

Nádasdy des Hochverrats überführt wurde, könnte sie all ihren Besitz verlieren, und ein großer Teil des bisher noch unabhängigen Ungarns käme endgültig in die Hände der Habsburger. Schon aus Liebe zu ihrer Heimat seien sie verpflichtet einzuschreiten, hatte der Palatin ihnen eingeschärft, bevor sie aufgebrochen waren.

Der Wind verschonte György ein paar Atemzüge lang. Er wischte sich die eisige Nässe vom Gesicht und blickte zum Himmel hoch, wo eine blasse Mondsichel silbernes Licht verströmte. Im Hintergrund krächzte ein Käuzchen, ein Laut, der plötzlich so unheimlich wirkte wie der Gesang einer bösen Waldfee, die Wanderer in Sümpfe lockte. György fuhr ein Schauer über den Rücken, als hätte der Atem einer bösen Kreatur ihn gestreift. Er mochte den winterlich dunklen Wald nicht und hoffte, dass sie Csejte schon bald erreicht hätten. Das Gebot der Gastfreundschaft würde seine Schwiegermutter dazu zwingen, ihnen eine warmes Mahlzeit und ein bequemes Bett zu überlassen, und je stärker die Eiseskälte sich in seinen Körper fraß, desto unwichtiger wurde alles andere außer eben diesen zwei Dingen.

„Ist hier jemand?“, rief plötzlich eine helle Frauenstimme. György fuhr zusammen, denn nun war er sich sicher, dass ihnen bald eine teuflische Kreatur gegenüberstehen würde, die in dieser kristallenen Winterwelt ihr Zuhause hatte.

„Wir sind im Namen der Königs Matthias unterwegs!“, erwiderte Graf Thurzó völlig ruhig. Gleichzeitig musste er sein Pferd zum Stillstand gebracht haben, denn auch Miklós Zrínyi ritt nicht mehr weiter. Das Pfeifen des Windes übertönte für einen Moment alle anderen Geräusche, aber dann konnte György deutlich hören, wie sich Schritte näherten. Waldgeister wären sicher schwerelos, rief er sich in Erinnerung, doch änderte dies nichts an seinem Unbehagen. Bald darauf vernahm er das Keuchen einer Frau.

„Wer bist du, Weib?“, fragte der Palatin. „Was treibst du des Nachts allein im Wald?“

„Ich erflehe Eure Hilfe, edler Herr.“

Es musste ein junges Mädchen sein, denn ihre Stimme klang glockenhell. Györgys Furcht wurde von dem Bedürfnis verdrängt, ein wehrloses Wesen zu schützen, und er trieb sein Pferd voran. Die nächtliche Wandererin stand inzwischen direkt vor Thurzó. Im Mondlicht wirkte ihr Gesicht so weiß wie Schnee, das Haar pechschwarz und auch die Augen schienen dunkel. Sie erinnerte an eine liebreizende Märchenfee. Was brachte eine solch zerbrechliche Kreatur dazu, zu dieser Zeit allein durch den Wald zu irren? Es war ihr Glück, dass der Palatin seine Männer gut im Griff hatte, aber sie hätte genauso gut einer Bande von Wegelagerern in die Arme laufen können.

„Mein Name ist Ilona Hertz, hierzulande nennt man mich Harczy", redete sie weiter. Ihr Ungarisch war flüssig, aber man konnte dennoch eine fremde Herkunft heraushören. „Ich bin eine Gefolgsdame der Gräfin Báthory. Leider weckte ich ihr Missfallen und wurde fortgeschickt, doch unterwegs verirrte ich mich. Bitte, bringt mich zu meiner Herrin zurück. Ich bin mir sicher, sie wird mir vergeben!"

Sie fiel auf die Knie, obwohl sie dadurch im Schnee versank.

„Steh auf, Mädchen. Wir werden dir helfen."

Graf Thurzó war vom Pferd gestiegen und streckte ihr freundschaftlich die Hand entgegen.

„Du bist keine Ungarin, nicht wahr?", fragte er.

„Nein. Ich stamme aus Wien. Meine Mutter war von adeligem Geblüt und ich wurde in der Gesangskunst ausgebildet, wodurch ich die Gunst der Gräfin gewann", erwiderte das Mädchen.

„Deine Familie hat einen Adelsbrief?"

„Aber ja, edler Herr. Und ich muss wieder zu meiner Herrin, denn ich bin mir sicher, dass sie mich bereits vermisst."

„Gewiss. Das tut sie."

Auch diesmal hatte der gewiefte Intrigant ohne jeden Spott gesprochen. György konnte selbst in der Dunkelheit erkennen, wie das Gesicht von Ilona Harczy glücklich erstrahlte. Dann blitzte die Klinge eines Schwertes auf. Die junge Frau konnte noch einen Schreckenslaut ausstoßen, bevor das Blut aus ihrer Kehle zu strömen begann. Des Nachts war es so schwarz wie ihre Augen. Sie sackte in die Knie, starrte einen Lidschlag lang fassungslos in das Gesicht ihres Mörders, bis sie vornüber kippte und von den weichen Tiefen des Schnees umarmt wurde.

Der Palatin steckte das Schwert in die Scheide zurück.

„Nehmt den Leichnam mit!", befahl er seinen Heiducken. „Wir brauchen so viele Opfer von Stand wie möglich."

Die Männer gehorchten ohne Murren, als fänden sie nichts Verstörendes am Verhalten ihres Herrn. György versuchte, einen Blick auf Miklós Zrínyi zu erhaschen, der aber den Kopf gesenkt hielt. War er ein Narr gewesen, weil er ein paar Stunden lang geglaubt hatte, sie seien in einer gerechten Sache unterwegs? Am liebsten hätte er sein Pferd herumgerissen und wäre davongaloppiert, aber er wusste, dass er um Katas willen dabei sein musste, wenn über das Schicksal seiner Schwiegermutter entschieden wurde.

Der Schneesturm gewann an Kraft und raubte ihnen die Sicht. György war, als müsse er sich durch eine Mauer aus eiskaltem Kristall kämpfen, und jeder Schritt, den sein Pferd vorwärts tun konnte, glich einem kleinen Triumph. Dann tauchten plötzlich die Umrisse einer Kirche auf, daneben ein Herrenhaus, das von ärmlichen Bauernhütten umgeben war. Nun würden sie wenigstens nicht elendig im Wald erfrieren. Thurzó musste einen Weg vorbei am *vár* genommen haben, wo sich die meisten von Erzsébet Nádasdys Wachleuten aufhielten. Eine kluge Taktik, offenbar wollte er ungestört zur Gräfin vordringen, doch was genau war seine Absicht? Vor dem *kastély* des Gräfin Nádasdy standen ein paar große, kläffende Hunde und drei steif gefrorene Wachleute, die sogleich begriffen, dass sie gegen die Truppe des Palatins nicht ankämen. Sie fragten nur kurz nach dem Zweck seines Besuchs, als er ungeduldig abwinkte, ließen sie ihn eintreten.

György atmete erleichtert auf, sobald er sich wieder hinter sicheren Mauern befand, die das höllische Toben des Windes abwehrten. Aus ein paar Richtungen kamen Dienstboten herbeigelaufen, die teils Fragen riefen, teil einfach nur fassungslos starrten. Ein blondes Mädchen knickste als Erste ehrerbietig.

„Willkommen in Csejte, edler Herr. Soll ich der Gräfin Euren Besuch melden?"

György erkannte jene Yveta Irglova, die dem Palatin bereits damals in Sárvár ihre Dienste angeboten hatte. Sie musste eingeweiht sein, daher reagierte sie so gelassen. Wahrscheinlich wusste sie besser als er selbst, was heute Abend geschehen würde.

„Befindet sich in diesem Haus ein Verlies?", fragte der Palatin sie sogleich, ohne Erzsébet sehen zu wollen.

„Im Kellerbereich."

„Und wird dort jemand festgehalten?"

„Die deutsche Gewandschneiderin."

Thurzós Gesicht bekam einen zufriedenen Ausdruck.

„Vielleicht noch jemand?"

„Nein, edler Herr. Aber die meisten Gefangenen wurden immer zum *vár* gebracht, wo es einen richtigen Kerker gibt. Im Augenblick wird dort ein junges Mädchen namens Doricza bewacht."

„Nur eines? Nun, wir werden nachsehen."

Der Palatin wollte einen Schritt vorwärts tun, als sich ihm plötzlich ein stämmiges Weib in den Weg stellte.

„Wie wagt Ihr es, hier so einfach einzudringen? Hat die Gräfin Báthory Euch eingeladen?"

Kurz staunte György über den Mut dieser Frau in den Gewändern einer etwas besseren Domestikin. Dann sah er, wie der Palatin ausholte, um sie mit einem kräftigen Hieb zur Seite zu fegen. Sie landete auf dem Boden, während die anderen Bediensteten erschrocken zurückwichen. Nun musste jedem von ihnen klar geworden sein, dass man nicht in friedlicher Absicht gekommen war.

Die Alte schaffte es sehr schnell, sich aufzurappeln. Ein böser Zorn glomm in ihren Augen und György wäre nicht einmal überrascht gewesen, wenn sie ihrerseits auf den Palatin losgegangen wäre. Sie schien kräftig genug, einen Menschen wenigstens zu verletzen, doch überwog im letzten Moment ihre Vorsicht und sie trat mit grimmiger Miene zur Seite. Gleichzeitig begannen Thurzós Heiducken sich im Haus zu verteilen, Türen aufzustoßen und Möbelstücke, die ihnen im Weg standen, einfach umzuwerfen. Wieder blickte György zu seinem Schwager und hoffte auf irgendeinen Hinweis, wie sie sich nun verhalten sollten. Es konnte nicht rechtens sein, das Haus einer mächtigen Adeligen auf solche Weise zu stürmen, doch wie sollten sie den Palatin daran hindern? Imre Megyery, der Rotfuchs, war nicht mitgekommen, aber alles, was hier geschah, hatte sein Einverständnis. Miklós vermied es, György ins Gesicht zu blicken, sondern eilte dem Palatin hinterher. György tat es schließlich ebenfalls, die Hand an den Knauf seines Schwertes gelegt. Wenn es notwendig war, würde er um Katas willen ihre Mutter mit seinem Leben verteidigen.

Erzsébet saß in einem großen Raum beim Abendessen. Über ihr erblickte György steinerne Engelsfiguren an der Wand. Sie war allein, obwohl noch ein paar gefüllte Teller in ihrer Nähe lagen. Wer auch immer mit an der Tafel gesessen hatte, war beim ersten Lärm

Slosgerannt, doch die Hausherrin blickte den Eindringlingen gefasst entgegen. Langsam stand sie auf. György staunte, wie viel Würde seine unnahbare Schwiegermutter ausstrahlen konnte, obwohl sie im Augenblick nur bleich und übermüdet wirkte.

„Was führt Euch zu mir, Thurzó? Leider habt Ihr Euren Besuch nicht angekündigt, sonst hätte ich einen Empfang vorbereitet, der Eurer würdig ist."

Für den Bruchteil eines Augenblicks schien der Palatin tatsächlich ratlos, was er antworten sollte.

„Ich bin gekommen, um Euch zu verhaften, Erzsébet. Obwohl ich es um meiner alten Freundschaft zu Eurem verstorbenen Gemahl willen sehr ungern tue", sagte er schließlich.

Die Gräfin stieß ein ratloses Lachen aus. „Verhaften, Graf Thurzó? Mit welcher Begründung? Wisst Ihr als Palatin denn nicht, dass eine Person meines Standes zunächst vor ein Gericht geladen werden müsste, um sich dort den Anschuldigungen zu stellen?"

Mit einem unnatürlichen Lächeln trat sie ihm entgegen.

„Aber ich werde Euch diese eine Unhöflichkeit vergeben. Lasst Euch an meinem Tisch nieder. Ich habe im Augenblick keine Gäste und bin natürlich sehr erfreut, mein Abendmahl in Eurer Gegenwart fortsetzen zu können, zumal meine zwei geliebten Schwiegersöhne Euch begleiten. Vielleicht können wird die unglücklichen Umstände, die Euch dazu brachten, so stürmisch in mein Heim einzudringen, in Frieden klären."

Unter ihrem vorwurfsvollen Blick lief sogar Miklós rot an. György schöpfte für einen Moment Hoffnung, dass die Lage sich nun entspannen könnte, da seine Schwiegermutter sehr einsichtig schien.

Sie klatschte in die Hände, wohl um Diener zu rufen, aber niemand kam. Thurzó musste bereits Wachen vor der Tür postiert haben, was auch die Gräfin allmählich begriff, denn ihr Gesicht fror ein. Sie musterte den Palatin mit einem langen, dunklen Blick, als warte sie immer noch auf eine Erklärung.

„Ich verhafte Euch wegen Mordes an einem Mädchen, dessen Eltern einen Adelsbrief besaßen", fuhr Thurzó unbeirrt fort. „Wir fanden den Leichnam im Eingangsraum Eurer Behausung."

Erzsébet riss mit ehrlichem Staunen die Augen auf, blickte vom Palatin zu ihren Schwiegersöhnen und dann wieder zurück. Auch

György brauchte eine Weile, bis er begriff. Wenn ihnen die arme Wienerin nicht in die Arme gelaufen wäre, hätte Thurzó dann einfach eine der Dienstmägde erstochen und nachträglich einen Adelsbrief für sie erstellt?

„Und ich bin überzeugt, dass dies nicht der einzige Leichnam ist, denn wir hier noch finden werden", fügte Thurzó hinzu. Wieder lachte Erzsébet, diesmal auf eine scharfe, fast bösartige Weise.

„Ich bin mir sicher, dass Ihr sehr gründlich suchen werdet. Aber habt Ihr tatsächlich vergessen, wer ich bin? Die Herrin dieses Hauses und der Ländereien, die es umgeben. All jene Menschen, die hier leben, sind meine Untertanen, über die ich nach eigenem Ermessen Recht sprechen darf."

Sie hatte sich stolz aufgerichtet und sah ihrem Ankläger gerade ins Gesicht. Wieder einmal musste György ihren Mut bewundern.

„Auch dieses Recht hat seine Grenzen", entgegnete Thurzó. „Und Ihr, Erzsébet, habt sie überschritten, indem Ihr wehrlose Mädchen zu Euren eigenen Vergnügen habt missbrauchen und foltern lassen. In meinem Auftrag wurden Zeugenaussagen gesammelt, die an Widerwärtigkeit alles übertreffen, was mir jemals zu Ohren gekommen ist. Ich bin hier, um Eurem schändlichen Treiben ein Ende zu bereiten, bevor es an die Öffentlichkeit dringt und dadurch das Andenken an Euren tapferen, aufrechten Gemahl geschädigt wird, der sein Leben für unser Land geopfert hat."

Die Gräfin stieß einen leisen Laut aus, der irgendwo zwischen Spott und Zorn lag. Sie holte Luft, um zu einer Erwiderung anzusetzen, doch in diesem Augenblick riss Thurzó die Tür auf und fünf seiner Männer strömten herein.

„Ergreift sie und bringt sie hinauf ins *vár*", befahl er ihnen. „Dort soll sie in Zukunft gefangen gehalten werden."

Erzsébet warf den Kopf in den Nacken und schnaubte.

„Ihr träumt, Thurzó! Der König wird dieses willkürliche Vorgehen nicht dulden. Und selbst wenn Ihr ihn mit Euren Lügen überzeugt, wird mein Neffe Gábor mir zu Hilfe kommen."

Die fünf Heiducken hatten sich bereits um sie herum aufgebaut. Jeder Fluchtversuch wäre sinnlos gewesen, und das schien sie zu wissen, denn sie regte sich nicht, sah ihre Angreifer nur mit solch kühlem Stolz an, dass sie einen Augenblick zögerten, Hand an die mächtigste Frau Ungarns zu legen.

„Nun macht schon!“, rief Thurzó barsch. „Sobald sie ihren Besitz verloren hat, dann ist sie nichts weiter mehr als ein altes Weib, für das der Woiwode von Transsylvanien keinen Finger krumm machen wird.“

György zuckte wegen der Härte dieser Worte zusammen. Katas liebreizendes Gesicht tauchte vor ihm auf und flehte ihn an, ihrer Mutter zu helfen. Er öffnete den Mund, aber ihm fehlten die richtigen Worte für diesen Moment. Es gab keine Möglichkeit, Thurzó zu einer respektvolleren Behandlung der Gräfin zu bringen. Er musste abwarten, bis der König benachrichtigt wurde, und dann deutlich machen, dass eine Frau ihres Ranges nicht wie eine gewöhnliche Verbrecherin in ein Verlies geworfen werden konnte.

„Nun gut, dann lasst uns aufbrechen“, rief Erzsébet höhnisch. „Ist es mir gestattet, einen Mantel und eine Pelzmütze anzulegen, oder wollt Ihr mich in meiner Hauskleidung durch den Wald schleifen?“

Der Palatin antwortete ihr nicht, ging aber zur Tür und rief Yveta zu, die notwendigen Kleidungsstücke zu bringen. Kurz darauf stand die Magd mit Mantel und Mütze im Raum. Sie hielt sich aufrecht, als der erstaunte Blick ihrer Dienstherrin sie streifte, ja sah der Gräfin mit mehr Gelassenheit in die Augen, als selbst Miklós es vermocht hatte. Leise formten ihre Lippen zwei Worte, die nur György verstehen konnte, da er unmittelbar neben ihr stand: für Alena.

Erzsébet sah zunächst ratlos aus, dann blitzte der Zorn in ihren Augen auf.

„Das wirst du büßen, Metze!“, rief sie Yveta zu, als die Wachmänner sie aus dem Raum schoben.

„Anstatt zu drohen, solltet Ihr besser ein Einsehen haben“, mischte sich der Palatin erneut ein. „Unterschreibt ein Testament, in dem Ihr Euren Besitz Euren Kindern überlasst, wenn Ihr nicht wollt, dass er den Habsburgern in die Hände fällt.“

Erzsébet antwortete erst, als sie in der Eingangshalle stand. „Wie ungünstig für Euch, Thurzó, dass Ihr keine Möglichkeit habt, ihn Euch selbst anzueignen. Denn das wäre doch Euer sehnlichster Wunsch.“

Sie sah ihren Gegner forsch an. Thurzó lächelte nur.

„Wie klug Ihr doch sein, Erzsébet. Aber unterschätzt mich nicht. Vielleicht bekomme ich eines Tages dennoch, was ich wirklich gerne hätte."

Bevor die Gräfin ihm antworten konnte, wurde sie zur Tür hinausgezerrt. György räusperte sich. Erstmals an diesem Abend spürte er den Blick seines Schwagers Miklós auf sich ruhen.

„Wir müssen uns vor dem Palatin hüten", flüsterte der ihm leise zu. „Sonst überlässt er entweder alles dem Rotfuchs Megyery als Pál Nádasdys Erzieher oder aber er findet tatsächlich einen Weg, sich einen Teil davon unter den Nagel zu reißen."

Aus den Augenwinkeln sah György, wie der Palatin sich zufrieden die Hände rieb.

„Das wäre erst einmal vollbracht", murmelte er, mehr an sich selbst gewandt. „Die Wache am *vár* zu überwältigen ist für meine Männer sicher nicht weiter schwierig, denn dieser Deseö wird schnell einsehen, auf welche Seite er sich schlagen soll. Nun brauchen wir weitere Opfer. Was ist mit dieser Gewandschneiderin?"

Yveta Irglova trat mutig einen Schritt vor.

„Sie ist ein sehr kluges Mädchen, das sicher schnell begreifen wird, worum es hier geht", sagte sie schnell. „Ihr könntet in ihr eine wertvolle Zeugin gewinnen."

György begriff, dass sie gerade versuchte, dass Leben dieser Deutschen zu retten.

„Nun ja, vielleicht", meinte der Palatin. „Zunächst müssen wir die Bediensteten verhören, um die nötigen Aussagen zu bekommen. Die Gefangene soll noch eine Weile in ihrem Verlies schmoren. Das wird sie umgänglicher machen."

Yveta Irglova öffnete kurz den Mund, ließ ihn aber wieder zufallen. Indessen trat der Palatin einen Schritt auf sie zu.

„Dort oben, auf dem *vár*, da gibt es doch sicher auch die nötigen Werkzeuge zur peinlichen Befragung?"

10. Kapitel

Emilia starrte auf den hellen Spalt unterhalb des vernagelten Fensters, das einzige Stück Freiheit in ihrem Verlies und der allerletzte Hinweis, dass da draußen immer noch eine bunte, freie Welt existierte. Sie regte sich leise, doch der Schmerz in ihrem Magen zwang sie sogleich nieder. Manchmal überlegte sie, die klaffende Leere in ihrer Mitte mit dem schmutzigen Stroh zu füllen, doch ein letzter Rest an Vernunft hielt sie davon ab. Bis vor Kurzem war wenigstens noch Wasser in dem Eimer gewesen, den Yveta zurückgelassen hatte, aber nun wusste sie, dass sie ihre Zunge vor einer Weile mit den letzten Tropfen benetzt hatte, indem sie das Holz ableckte. Zu dem bohrenden, quälenden Hungergefühl würde sich bald schon Durst gesellen, der Menschen schneller sterben ließ.

Sie raffte ihre letzten Kräfte zusammen, um zu der Tür zu kriechen, hinter der Yveta irgendwann verschwunden war, ohne wiederzukommen. Warum hatte das Mädchen sie trotz aller Versprechen derart im Stich gelassen? Emilia ahnte, dass irgendetwas im Haus vorgefallen sein musste, denn sie hatte in letzter Zeit ungewöhnlich viele, laute Männerstimmen gehört und das schwere Trampeln von Füßen. Einmal hatte sie sogar versucht, Aufmerksamkeit auf ihre Notlage zu lenken, indem sie gegen die Tür gehämmert und laut geschrien hatte, aber niemand war gekommen. Nun lauschte sie in der verzweifelten Hoffnung auf ein paar Laute, die ihr Aufschluss geben konnten, was wirklich geschehen war. Sie vermochte einfach nicht zu glauben, dass Erzsébet sie hier elendig sterben lassen würde. Vielleicht hatte die Szentés ihr eine Lügengeschichte erzählt und sie glauben lassen, dass ihre Gewandschneiderin das Haus bereits verlassen hatte. Aber was war mit István?

Als Emilia das Klappern von Holzpantoffeln auf steinernen Fliesen zu vernehmen glaubte, bäumte ihr Lebenswille sich noch einmal auf und sie schrie um Hilfe, bis ihre Stimme heiser wurde und schließlich brach. Dann rollte sie sich zu einem Bündel auf dem Boden zusammen und presste ihre Hände gegen den Bauch, um die Krämpfe ertra-

Sgen zu können. Ein wohltuend dunkler Schleier schob sich vor ihre Augen und sie spürte, dass ihr bald schon die Kraft fehlen würde, um gegen den Tod anzukämpfen. Ein paar Atemzüge lang war sie fast erleichtert darüber, dann wurde es plötzlich so hell, dass ihre Augen brannten und sie Angst hatte, ihr Kopf könnte zerspringen. Hände packten sie und zerrten sie auf die Beine. Schemenhaft vermochte sie Männergesichter wahrzunehmen, die sie noch niemals zuvor gesehen hatte. Panik mischte sich mit Staunen und schlichter Erleichterung, aus ihrem Verlies befreit worden zu sein.

„Verstehst du Ungarisch?“, knurrte einer der Männer sie an und schüttelte sie dabei ein wenig, was neue Blitze von Schmerz durch ihren Kopf jagte. Ihr gelang die Andeutung eines Nickens.

„Gut. Graf Thurzó, der Palatin von Ungarn, erwartet dich nun.“

Bevor Emilia genauer nachfragen konnte, wurde sie wie ein schwerer Sack die Treppe hochgezerrt. Ihre Füße schlugen gegen die scharfen Kanten der Stufen, doch war sie trotz allem erleichtert, nicht selbst gehen zu müssen, denn sie hätte kaum die Kraft dazu gehabt. In der Eingangshalle des *kastély* wartete eine der Dienstmägde Erzsébets, ein blasses, stilles Mädchen, dessen Namen Emilia nicht einmal kannte. Sie hielt ihr eine warme Decke entgegen.

„Du sollst hoch ins *vár*“, erklärte einer der Männer. „Und zwar, ohne dir unterwegs ein tödliches Fieber zu holen. Der Palatin will dich erst einmal lebendig.“

Emilia hüllte sich bereitwillig in die Decke, denn ihr Körper zitterte bereits vor Kälte, obwohl er sich noch innerhalb sicherer Mauern befand.

„Wo ist denn die Gräfin?“, fragte sie unterdessen. „Warum empfängt sie den Palatin nicht im *kastély*?“

„Das wird dir alles beizeiten erklärt werden“, sagte der unbekannte Mann in Emilias Rücken. Sie drehte sich zu ihm um.

„Wer seid Ihr eigentlich?“

„Wir sind im Dienst des Palatin hier. Frage nicht so viel. Unser Herr wird dir alles sagen, das du zu wissen hast.“

Bevor sie irgendetwas erwidern konnte, wurde Emilia erneut gepackt und nach draußen geschleppt.

Zu ihrer Erleichterung musste sie nicht zu Fuß ins *vár* hochsteigen, sondern wurde auf ein klappriges Pferd gesetzt. Die Männer gruppierten sich um sie herum, als sei sie eine Verbrecherin, die auf dem Weg zu ihrer Bestrafung nicht entfliehen durfte. Sie begriff den Sinn dieses Verhaltens nicht, was aber zu froh, wieder frische Luft in ihren Lungen spüren und Tageslicht sehen zu dürfen, um sich zu beklagen. Nur wünschte sie sich, man würde ihr etwas zu essen geben, was bisher nicht geschehen war.

Das Dorf sah etwas verändert aus, denn einige der Häuser machten einen zerstörten Eindruck. Anstatt einfach nur neugierig zu starren, wichen die Bauern nun vorsichtig zurück, ja rannten geradezu in ihre Hütten, sobald sie der Männer ansichtig wurden. Emilia kam es vor, als sei die Gegend von einem feindlichen Heer erobert worden. Eine unangenehme Ahnung begann in ihr zu wachsen. War Erzsébet nach Transsylvanien aufgebrochen, um dort bei ihrem Neffen Schutz zu suchen? Das würde erklären, warum sie selbst in ihrem Verlies einfach vergessen worden war. Nun würde sie sich vor dem Palatin verantworten müssen, was aber nicht zu schwer sein dürfte, denn sie war nur eine unbedeutende Bedienstete der Gräfin gewesen und wäre daher kaum in ihre politischen Ambitionen eingeweiht worden. Eigentlich begriff sie nicht ganz, was der Palatin überhaupt von ihr wollte. Und wo war István? Hatte Erzsébet ihn mitgenommen?

Vor dem *vár* waren ebenfalls fremde Männer aufgestellt, die Emilias Begleiter mit einem Nicken hereinließen. Deseö war nirgends zu entdecken, nur einige seiner Wachsoldaten konnte Emilia im Innenhof erblicken. Auch sie vermieden es, ihr in die Augen zu sehen. Es ging eine breite Treppe hoch zu Räumen, die Emilia noch nie betreten hatte. Sie sah einige von Erzsébets Dienstmädchen vorbeihuschen. Manche musterten sie neugierig aus den Augenwinkeln, sprachen aber kein Wort, sondern beeilten sich, weiterzukommen. Seltsamerweise konnte sie weder die Szentés noch Helena Jó entdecken, die sonst allgegenwärtig gewesen waren. Auch Ficzkó fehlte. Emilia konnte sich kaum vorstellen, dass Erzsébet ihn mitgenommen hatte, aber vielleicht war er einfach davongelaufen.

Die Männer stießen eine Tür auf und plötzlich erblickte Emilia ein vertrautes Gesicht. Yveta stand mit einem Tablett neben einem großen Tisch. Langsam stellte sie es ab, füllte anschließend eine

Schüssel mit einer dicken Flüssigkeit. Als Emilia den Geruch von Fleisch und Paprika einatmete, wand ihr Magen sich gierig und stieß Laute aus, die im ganzen Raum hörbar sein mussten.

„Du bekommst jetzt etwas zu essen!“, sagte Yveta und lächelte ihr zu.

Emilia brannten etliche Fragen auf der Zunge, doch wurden sie vom übermächtigen Hungergefühl verdrängt. Am liebsten hätte sie die Schüssel gepackt und ausgetrunken wie einen Weinbecher, aber ein würdevoller Mann, der sich hinter dem Tisch erhob, hinderte sie daran.

„Lasst uns allein!“, befahl er. Die Männer verschwanden sogleich. Yveta knickste, warf Emilia noch einen mahnenden Blick zu, dann trat auch sie nach draußen.

Der Mann hatte einen langen Rauschebart und trug dunkle Kleidung, die mit einer altmodisch steifen Halskrause verziert war. Emilia ahnte, dass sie ihn schon einmal gesehen hatte, doch dämpfte der Hunger ihr Denkvermögen. Erst nach ein paar Atemzügen wurde ihr bewusst, dass sie sich nun in Gegenwart des Palatin befand. Sie beeilte sich, ebenfalls zu knicksen, auch wenn ihre Beine dabei fast vor Schwäche nachgaben.

„Du bist Deutsche?“, fragte er in Emilias Muttersprache. Sie nickte.

„Setz dich hin und iss erst einmal. Dann werden wir uns unterhalten.“

Emilia schossen vor Dankbarkeit Tränen in die Augen. Sie zwang sich, in Ruhe Platz zu nehmen, den Löffel zu ergreifen und ihren Magen mit maßvollen Happen langsam zu füllen. Sie wollte nicht Gefahr laufen, sich gleich wieder erbrechen zu müssen, was ihr in Gegenwart dieses hohen Herrn höchst peinlich gewesen wäre. So aß sie artig, obwohl ihre Hände dabei vor Verlangen zitterten. Schweiß trat aus ihren Poren, als sei allein die Aufnahme von Nahrung eine große Anstrengung. Ihr wurde bewusst, dass sie völlig verdreckt sein musste und wahrscheinlich gotterbärmlich stank. Warum hatte man ihr nicht die Möglichkeit gegeben, sich wenigstens kurz zu waschen, bevor sie dem mächtigsten Mann Ungarns gegenübertrat?

„Du warst die Gewandschneiderin der Gräfin Nádasdy und stammst aus Deutschland?“, fragte er.

„Ja. Mein Name ist Emilia Sternerin, Tochter des Josef Sterner, Schneidermeister aus Regensburg“, stellte sie sich einigermaßen selbstbewusst vor.

„Wie lange warst du im Dienst der Gräfin Nádasdy?“

„Etwa anderthalb Jahre.“

Emilia hatte ihre Schüssel geleert und sah den Palatin dankbar an, als er ihr noch zwei Lángos entgegenschob.

„Dann warst du nicht so lange hier, wie die anderen Bediensteten, die wir bisher verhört haben, aber es reichte sicher aus, um etwas von den grauenhaften Vorgängen im *kastély* mitzubekommen.“

Emilia fröstelte leicht.

„Was genau meint Ihr?“

Der Palatin machte ein sehr ernstes Gesicht.

„Wir sind im Begriff, eine Liste der Opfer zu erstellen. Darunter befanden sich auch zwei deutschsprachige Frauen. Fräulein Modl und Ilona Harczy, in ihrer Heimat Hertz genannt. Die Letzte musst du noch gekannt haben. Hast du etwas von ihrem Tod mitbekommen?“

Emilia staunte, dass ihr plötzlich Tränen in die Augen schossen, denn sie hatte die eitle Sängerin nie besonders gemocht. Aber sie war die ganze Zeit davon ausgegangen, dass Ilona es sicher bis nach Vágújhely geschafft hatte.

„Als ich Ilona Hertz zum letzten Mal sah, da lebte sie noch und wollte das *kastély* verlassen“, erzählte sie sogleich. „Warum sollte Erzse… also die Gräfin sie plötzlich getötet haben? Ich könnte mir eher vorstellen, dass sie unterwegs Räubern in die Hände fiel.“

Wieder wurden ihre Augen nass, denn ein so grauenhaftes Ende hatte sie der schönen Sängerin nicht gewünscht. Seltsamerweise runzelte der Palatin die Stirn.

„Sie wurde im Eingangsbereich des Hauses gefunden, mit aufgeschnittener Kehle und anderen Verletzungen, die auf eine längere Folter hindeuten.“

Emilia musste sich am Tisch festhalten, denn plötzlich wurde ihr wieder schwindelig.

„Aber ich verstehe nicht … es hieß, sie dürfe das Haus verlassen. Warum sollte ihr Leichnam in der Eingangshalle liegen?“

„Wir ertappten die Gräfin inmitten der schändlichen Tat der Folter“, erzählte der Palatin. „Hier oben im *vár*, da entdeckten wir

Sein weiteres Opfer, ein sehr junges, bedauernswertes Mädchen mit rotem Haar."

„Doricza?", flüsterte Emilia entsetzt. Der bärtige Mann nickte.

„Sie war bereits genesen", sinnierte Emilia ratlos. „Deseö kümmerte sich um sie. Sie hatte die Gräfin schwer verärgert, doch war über ihr Schicksal noch nicht entschieden worden. Wenn sie starb, so war es vielleicht eine Krankheit."

„Nein", stellte der Palatin mit Nachdruck fest. „Sie wurde ermordet, wie viele andere Mädchen auch. Wir suchen noch nach weiteren Opfern. Pfarrer Ponekinus hat uns erzählt, dass es viele davon gab und gibt."

Es dauerte ein bisschen, bis Emilia begriff, dass Ponicky sich einen latinisierten Namen zugelegt hatte. Sah er nun eine größere Zukunft vor sich als in Erzsébets Diensten? Und was war eigentlich mit Erzsébet? Der Palatin behauptete, sie beim Foltern Ilonas überrascht zu haben. Also konnte sie nicht geflohen sein.

„Wo ist die Gräfin?"

Der Palatin lächelte.

„Sie wurde in Gewahrsam genommen, damit sie keinen weiteren Schaden mehr anrichten kann."

Nun wirbelten zahllose Fragen in Emilias Kopf herum. Wie konnte eine derart angesehene Adelige einfach verhaftet werden, ohne jeden Prozess? Oder würde der noch stattfinden? Sie hielt es für möglich, dass Erzsébet sich erfolgreich würde verteidigen können.

„Nun sammeln wir die Aussagen wichtiger Zeugen", unterbrach der Palatin diese Gedanken. „Ich glaube, du könntest eine davon sein. Dabei reicht es im Grunde, wenn du alles bestätigst, was wir bereits von anderen wissen."

Emilia wischte sich mit dem Handrücken den Mund ab, denn ihr war die Lust auf weitere Lángos vergangen. Ihr Körper war hellwach und angespannt, ihre Hände zitterten wieder, diesmal vor Nervosität.

„Was haben die anderen Zeugen denn gesagt?"

Der Palatin lehnte sich gelassen in seinem Stuhl zurück.

„Die Gräfin Nádasdy ließ regelmäßig Mädchen misshandeln. Die bedauernswerten Kreaturen wurden mit Messern gestochen, mit heißen Eisenstangen verbrannt, geprügelt und in kaltes Wasser getaucht."

Emilia nickte. Diese Aussagen konnte sie guten Gewissens bestätigen.

„Der Haushalt wurde mit harter Hand regiert", gab sie zu. „Körperliche Strafen waren keine Seltenheit, doch war meistens die Haushälterin Dorottya Szentés dafür verantwortlich. Die Gräfin ließ sie gewähren. Sie hielt es für ihr Recht, Dienstmägde, mit denen sie nicht zufrieden war, derart zu behandeln."

Auf einmal hoffte sie, der Palatin würde widersprechen und ihr sagen, dass es nicht Erzsébets Recht gewesen war. Doch das tat er nicht.

„Faule oder diebische Leibeigene dürfen hart bestraft werden. Aber die Gräfin ging noch weiter. Sie tötete zwei Mädchen von ungarischem Adel, die Töchter des Herrn Sittkey."

„Aber nein. Erika, die Ältere, starb, weil … weil sie an einem Fieber litt. Orsolya, die Jüngere, verließ daraufhin den Dienst der Gräfin. Ich weiß nicht, was aus ihr wurde."

„Mir wurde gesagt, sie seien beide ermordet worden", widersprach der Palatin mit einem Stirnrunzeln. „So wie einige andere Mädchen von Stand vor ihnen. Während der Hochzeit in Sárvár wurde übrigens auch eine ungarische Dienstmagd im Wasser ertränkt."

„Das war die arme Eva, aber sie ging wahrscheinlich selbst ins Wasser, weil … weil …"

Eine innere Stimme warnte Emilia, Imre Megyery besser nicht zu erwähnen. „Ich fürchte, sie ist geschändet worden", fügte sie daher ausweichend hinzu.

„Mir scheint es weitaus glaubwürdiger, dass sie ein weiteres Opfer ihrer Herrin wurde, deren widerwärtige Neigungen das Maß des Vorstellbaren übersteigen."

Der Palatin legte eine Pause ein und musterte Emilia eindringlich. Sie begann zu schwitzen. Er musste von den Spielen wissen, an denen István beteiligt gewesen war. Hatte er auch ihn als Komplizen gefangengenommen? Aber Erzsébet hatte nichts Schlimmeres getan als ihr verstorbener Gemahl, der als Volksheld galt. Und hätte jemand den Woiwoden von Transsylvanien dafür verurteilt, dass er eine Frau gegen ihren Willen auf sein Lager zerrte?

„Die anderen Zeugen sagten aus, dass sie den Mädchen bei lebendigem Leib das Fleisch von den Knochen biss", redete der Palatin langsam weiter. Emilia erschauerte und schüttelte empört den Kopf. Wer hatte solch grässliche Geschichten verbreitet?

„Davon weiß ich nichts. Ich kann mir nicht vorstellen, dass es stimmt." Sie legte beide Hände auf den Tisch, um sich abzustützen, bevor sie weitersprach.

„Erzsébet war eine strenge Herrin, die ihre Dienstmägde hart strafte. Aber ich habe niemals mitbekommen, dass sie ein Mädchen willentlich tötete. Manchmal kam es nach den Strafen zu Fieberschüben und zu starken Blutungen und daran können einige gestorben sein. In diesem Fall müsste man derartige Strafen verbieten."

Sie sah dem Herrn gerade ins Gesicht und war zum ersten Mal wirklich gespannt auf seine Antwort.

„Nun", meinte er und rieb sich die Hände. „Die anderen Zeugen erzählten es anders. Aber bei einigen mussten wir etwas nachhelfen, um die Wahrheit herauszufinden."

Er stand auf. „Ich kann dir einen jungen Mann zeigen, der uns sehr wichtige Hinweise gegeben hat. Vielleicht willst du dir an ihm ein Beispiel nehmen."

Emilia stockte der Atem. István wurde also wirklich gefangengehalten und war zu irgendwelchen Aussagen gezwungen worden, die ihn das Leben kosten konnten. Der Palatin öffnete eine Tür am hinteren Ende des Raumes. Der Gestank von Schweiß, Blut und Exkrementen schlug Emilia entgegen. Sie erblickte eine Gestalt, die reglos in der Ecke kauerte und den Kopf in den Armen vergraben hatte. Aber ihr Haar war nicht lang und schwarz, sondern bestand auf spärlichen, schmutzig braunen Stoppeln.

„Ficzkó!", rief sie entsetzt. Der Junge sah sie aus gebrochenen, stumpfen Augen an. Sein Gesicht war wund geschlagen und an mehreren Fingern fehlten die Nägel, sodass blutige Fleischklumpen zurückgeblieben waren. Ein rotes Rinnsal floss langsam aber beharrlich aus seinem Mundwinkel.

„Er zeigte sich als Erster vernünftig und wird deshalb eine milde Strafe bekommen", sagte der Palatin in ihrem Rücken. „Die zwei anderen Komplizinnen der Gräfin waren bisher hartnäckiger, aber wie du siehst, haben wir Möglichkeiten, Leute zum Reden zu bringen."

Sein Lächeln verursachte Emilia Übelkeit und sie fürchtete, das kostbare Essen sogleich wieder zu erbrechen.

„Ihr wollt, dass ich Eure Behauptungen bestätige", flüsterte sie. Sie wusste, dass sie alles unterzeichnen würde, um nicht so behandelt zu werden wie Ficzkó. Als der Palatin die Tür wieder schloss, war sie ihm dankbar dafür. Obwohl sie sich gut erinnern konnte, wie brutal der geistig zurückgebliebene Junge selbst manchmal gewesen war, hätte sie den Anblick seines Leids nicht länger zu ertragen vermocht.

Der Palatin setzte sich wieder auf seinen Stuhl und ergriff eine lederne Flasche, die vor ihm stand.

„Möchtest du etwas Wein?", fragte er nun mit der Stimme eines gütigen Großvaters. Emilia hörte ihre eigenen Zähne klappern. So sehr sie sich nach etwas Entspannung sehnte, schien es ihr wichtig, jetzt einen klaren Kopf zu bewahren. Kurz erwog sie daher abzulehnen, dann fiel ihr ein, dass der Palatin dies als Affront auffassen könnte. Sie ließ daher zu, dass er einen Becher für sie füllte, bedankte sich überschwänglich und nippte daran. Das Getränk schmeckte bitter auf ihrer Zunge und sie fürchtete, sich daran zu vergiften.

„Vielleicht kannst du uns auch noch mehr über eine sehr aufschlussreiche Geschichte erzählen, die dieser Junge angedeutet hat", schlug der Palatin nun vor. „Die Gräfin Nádasdy soll vor einiger Zeit eine Hexe aufgesucht haben. Der Junge bekam nicht sehr viel davon mit, weil er draußen warten musste. Du sollst aber mit der Gräfin in der Hütte der Hexe gewesen sein."

Jetzt flossen kleine Bäche von Schweiß Emilias Rücken hinab. Sie befand sich in weitaus größerer Gefahr als bisher angenommen.

„Ich … wir haben abends eine alte Heilerin besucht, da die Gräfin Kräuter gegen ihre Kopfschmerzen brauchte", log sie verzweifelt. Sie war zwar selbst nie Zeugin der Hinrichtung einer Hexe gewesen, hatte aber genug Geschichten darüber gehört, um zu wissen, welches Schicksal ihr blühte, wenn sie der Teilnahme an einem satanischen Ritual beschuldigt wurde. Erzsébets hoher Rang würde sie vor dem Scheiterhaufen schützen, aber das galt nicht für die mittellose Tochter eines Gewandschneiders.

„Der Junge erzählte, dass er Beschwörungsformeln hörte." Die Stimme des Palatins klang weiterhin freundlich. Emilia musste eine Hand vor ihren Mund pressen, um den Wein nicht auszuspucken.

„Die Heilerin murmelte einige Worte, als sie die Kräuter mischte. Ich konnte sie leider nicht verstehen."

Trotz aller Anstrengung hatte sie nicht mehr als ein Flüstern hervorgebracht. Der Palatin runzelte die Stirn.

„Seltsam. Der Junge erinnerte sich, dass Namen fielen. Meiner ebenso wie der von Imre Megyery."

Emilia saugte mit aller Kraft Luft in ihre Lungen. Es war vorbei, dachte sie. Sie konnte allenfalls auf Gnade hoffen.

„Die Gräfin fühlte sich bedroht und betete gemeinsam mit der alten Frau", sagte sie schließlich. „Sie flehte Gott den Herrn an, sie vor Euch und Eurem Freund zu beschützen, denn sie ahnte, dass Ihr gegen sie vorgehen wollt. Ich bin nur mitgekommen, weil sie mich dazu aufforderte."

„Ach ja? Das ist ja plötzlich eine ganz andere Geschichte."

Das Lächeln des Palatins erinnerte sie an eine vereiste Fläche, auf der sie jederzeit ausrutschen und sich etliche Knochen brechen konnte.

„Vielleicht bestätigst du uns noch, wie der Name dieser vermeintlichen Heilerin war, damit wir ihrem dubiosen Treiben ein Ende setzen können."

Tränen schossen Emilia in die Augen, als sie an die alte, stets freundliche Erzi Majorova denken musste. Es war nicht schwer sich auszumalen, welches Schicksal ihr nun bevorstand.

„Die alte Frau hat nichts Schlimmes getan. Sie betete mit der Gräfin. Das ist doch kein Verbrechen!"

„Ob ihr Tun gegen die Gebote Gottes verstößt oder nicht, werden klügere Leute als du entscheiden", kam es nun sehr barsch vom Palatin. „Ich will nur, dass du die Aussage von Ficzkó bestätigst und entsprechend ergänzt. Die Gräfin Nádasdy suchte eine Hexe namens Erzi Majorova auf, um mich und andere Männer in meinen Diensten mit einem Fluch zu belegen. Pfarrer Ponekinus erwähnte, dass er des Nachts manchmal Katzen ungewöhnlich laut fauchen hörte."

Emilia zwang sich zu lachen, obwohl diese Neuigkeit sie erschreckte. Waren die unheimlichen Laute, die sie selbst nach dem Besuch bei Erzi manchmal gehört hatte, also keine Einbildung gewesen? Aber falls die alte Frau tatsächlich teuflische Kreaturen heraufbeschworen hatte, so hatten diese sich als machtlos erwiesen.

„Es gibt im Dorf eben Katzen. Manchmal fauchen sie", erwiderte sie so gleichmütig wie möglich.

Alle Freundlichkeit glitt von dem bärtigen Gesicht des Palatin, als er mit der Faust auf den Tisch schlug.

„Ich habe nicht bis morgen Zeit, hier mit dir zu debattieren, Mädchen. Entweder du sagst aus oder wir werden nachhelfen müssen. So neunmalklug, wie du dich gibst, dürftest du verstanden haben, was ich meine."

Auf einmal begann Emilia wütend zu werden, was ihr half, die Angst abzuschütteln.

„Ihr wollt Erzsébet verurteilen, weil sie manchmal grausam war. Aber selbst verhaltet Ihr Euch nicht besser!"

Es ging so schnell, dass sie kaum begriff, was geschah. Der Palatin beugte sich über den Tisch, holte aus und schlug ihr ins Gesicht. Sie fiel von ihrem Stuhl und landete auf dem harten Boden. Ihr Körper krümmte sich vor Schmerz. Blut füllte ihren Mund. Sie schluckte es herunter, während der Palatin nach seinen Wachen rief.

„Werft die Deutsche in den Kerker. Dort soll sie ein paar Tage nachdenken, ob sie Vernunft annehmen will oder nicht."

Hände packten Emilia und zerrten sie auf die Füße. Auf einmal bereute sie es, nicht sämtliche verfügbaren Lángos in sich hineingestopft zu haben, denn sie wusste nicht, wann sie wieder etwas zu essen bekäme. Dieser Mann besaß die Macht, ihren Willen zu brechen, und wusste es auch. Während die Wachen sie die Treppen herunterschleiften, huschte noch einmal Yveta an ihr vorbei und warf ihr einen besorgten Blick zu, bevor sie wieder im Zimmer des Palatin verschwand. Emilia wollte sich verzweifelt zur Wehr setzen, als sie in jenes finstere Loch geworfen wurde, wo Zorah einst ihr Leben ausgehaucht hatte. Kein tröstender Schimmer von Licht drang durch die dicken Mauern und sobald die Tür hinter den Männern zugefallen war, verbreitete sich eine Stille, die unangenehmer war als jeder Lärm.

Emilia spürte, wie die feuchte Kälte des Bodens sich in ihre Knochen fraß. Würde sie bald schon an einem tödlichen Fieber erkranken wie Zorah? Aber selbst wenn ihr Körper sich als stark genug erwies, den Entbehrungen zu trotzen, so stand ihr nur ein qualvolles Ende auf dem Scheiterhaufen bevor. Sie rollte sich zu einem Bündel zusammen und versuchte ruhig zu atmen, um nicht in nutzlose Panik zu geraten. Ein Geräusch in ihrem Rücken ließ sie zusammenzucken. Ratten, dachte sie und staunte, dass sie noch in der Lage war, Grauen zu empfinden. Da es stockdunkel war, würde sie nicht vor den Tieren flüchten können.

„Dorottya?", krächzte eine heisere Frauenstimme. „Oder ist es Helena?"

Emilia schossen vor Erleichterung Tränen in die Augen, denn es war Katalin Beniczky, die hier sprach. Die Erkenntnis, nicht völlig allein in dem Verlies gestrandet zu sein, erhellte ihre Stimmung ein wenig. Sie gab sich zu erkennen und kroch in die Richtung, wo sie Katalin vermutete.

„Meine Güte, dann haben sie dich auch verhaftet", sagte ihre Gefährtin im Verlies. „Ich dachte, Yveta würde dich schützen."

„Was hat Yveta damit zu tun?", fragte Emilia und wurde aufgeklärt, dass dieses Mädchen inzwischen als Komplizin des Palatin bekannt war.

„Sie hat dafür gesorgt, dass die Szentés, Helena Jó und Ficzkó sogleich verhaftet wurden", erzählte Katalin weiter. „Ich ebenso, aber bisher ging man etwas schonender mit mir um. Ich konnte die anderen Gefangenen schreien hören, als man sie folterte. Es waren die schlimmsten Stunden meines Lebens."

Emilia streckte die Hand aus und tastete nach Katalin, um ihr beruhigend über den Rücken zu streichen. Es fiel ihr schwer, Mitgefühl für die Szentés und ihre Komplizen zu empfinden, denn sie hatten genug andere Menschen vor Schmerz brüllen lassen. Dennoch wusste sie, dass der Anblick des blutenden, gebrochenen Ficzkó sie bis in den Schlaf verfolgen würde.

„Ich weiß nicht, was mit mir geschehen wird", schluchzte Katalin an ihrer Schulter. „Ich habe ihnen alles gesagt, was sie hören wollten. Sogar Yveta setzte sich für mich ein und erzählte, wie ich den gefangenen Mädchen heimlich Essen brachte. Trotzdem hält man mich weiter gefangen."

„Sie brauchen eine Weile, um alles zu regeln, und dann werden sie uns holen", versuchte Emilia sie zu beruhigen, obwohl ihr selbst vor dem Moment graute, da die Tür zum Verlies sich wieder öffnen würde.

„Weißt du, was mit István geschehen ist?", fragte sie schließlich und meinte, ihr Herzschlag würde aussetzen, während sie auf eine Antwort wartete.

„Er ging fort“, erzählte Katalin. „Kurz bevor sie die Gräfin verhafteten. Es heißt, er hätte die Donau überquert. Das berichtete Ficzkó, noch bevor sie ihn folterten.“

Emilia wischte sich die Augen trocken. István war rechtzeitig geflohen und daher außer Gefahr. Ihre Erleichterung mischte sich mit Bitterkeit, als ihr bewusst wurde, dass er sie im Stich gelassen hatte. Zwar hätte er ihr ohnehin kaum helfen können, aber sie hätte gern wenigstens Abschied von ihm genommen. Wichtiger war, dass er am Leben bleiben konnte, mahnte sie sich und legte sich neben Katalin auf den harten Boden. Hier gab es nicht einmal Stroh wie in ihrem Verlies im *kastély*.

„Bringen sie dir Wasser und Essen?“, fragte sie mit einem letzten Funken Hoffnung.

„Manchmal“, erwiderte Katalin leise. „Aber man weiß nie, wann sie wiederkommen. Versuche zu schlafen. Das Grübeln macht dich nur verrückt.“

Emilia schloss die Augen, wodurch sich kaum etwas veränderte, denn dunkel war es bereits vorher gewesen. Bald schon konnte sie Katalins regelmäßig rasselnde Atemzüge neben sich vernehmen, ahnte aber, dass der Schlaf sie selbst noch lange meiden würde. Istváns Gesicht tauchte in ihrer Erinnerung auf und sie fürchtete, der Schmerz würde ihr die Brust zerreißen.

Er war fort, wahrscheinlich für immer, war mit den *Cigány* gezogen, wie er es schon früher geplant hatte.

II. Kapitel

Die Zeit kroch dahin. Katalin lallte manchmal ungarische Lieder wie eine Betrunkene, dann weinte sie, um schließlich wieder in einen bleiernen Schlaf zu fallen. Emilia merkte mit Erleichterung, dass sie allmählich schattige Umrisse wahrnehmen konnte. Ständig ins Dunkel zu starren war wie ein Vorgeschmack auf den Tod gewesen. Ein paar Ratten huschten herum, doch reichte es, mit dem Fuß gegen den Boden zu schlagen, um sie fernzuhalten. Wenn sie hungrig genug war, wäre sie dann wohl in der Lage, ein solches Tier zu fangen und roh zu verspeisen?

Sie zog es vor, nicht daran zu denken. Der Schmerz beherrschte wieder ihren Magen. Mitunter verspürte sie den Drang, in ihre eigenen Finger zu beißen, um wenigstens etwas zwischen den Zähnen zu spüren. Sie wussten nicht, wann Tag war und wann es finster wurde. Gelegentlich hörten sie Stimmen und Fußgetrappel, doch die verzweifelte Hoffnung, jemand würde ihnen Essen bringen, erfüllte sich nicht. Bald schon fühlte Emilia sich so schwach, dass sie ebenso dahindämmerte wie Katalin. Wahrscheinlich würde irgendwann jemand kommen, um ihre Leichname aufzuheben und aus dem *vár* zu tragen, damit sie im Wald verscharrt wurden. Diese Vorstellung erschreckte sie nicht mehr, denn mit jedem anstrengenden Atemzug verstärkte sich das Gefühl erlösender Gleichgültigkeit.

Als die Tür des Verlieses sich knarrend öffnete, zuckte Emilia vor Schreck zusammen und kroch rückwärts, bis sie mit dem Kopf gegen das Gemäuer stieß. Katalin krabbelte den Besuchern hoffnungslos entgegen, schrie aber auf, sobald sie gepackt wurde.

„Der Palatin wünscht dich noch einmal zu sehen", verkündete Yvetas Stimme. Katalin schluchzte auf, leistete aber keinen Widerstand, als mehrere Wachmänner sie in die Höhe zerrten. Emilia kauerte an die Wand gepresst und wartete, bis das Dunkel zurückkäme. Aber eine Fackel brannte beharrlich weiter, nachdem die Männer mit Katalin verschwunden waren. Die Helligkeit näherte sich Emilias Gesicht, ließ ihr keine Möglichkeit auszuweichen. „Nimm doch Vernunft an“, bat Yvetas Stimme leise. Die Fackel wurde ein Stück weggerückt, sodass Emilia nicht mehr geblendet wurde.

Yveta sah blass aus, aber das hatte sie schon immer getan. In ihren Augen glomm ein Feuer, als fiebere sie. „Du musst einfach aussagen, was der Palatin will. Dann wird dir nichts Schlimmes geschehen.“

Emilia lachte leise.

„Ich soll gestehen, an einer Beschwörung Satans teilgenommen zu haben. Dadurch belaste ich Erzsébet, Erzi und auch mich.“

„Aber dich werden sie verschonen“, beharrte Yveta. „Erzi ist bereits verloren, außer sie ergreift rechtzeitig die Flucht. Die Gräfin bekommt, was sie verdient.“

Emilia rieb sich die Schläfen.

„Was hast du mit alldem zu tun?“, wollte sie nun endlich wissen. „Wieso arbeitest du plötzlich mit dem Palatin zusammen?“

„Um meine Schwester zu rächen. Erzsébet hat sie auf dem Gewissen, das wusste ich von Anfang an. Ich hatte Gerüchte gehört, welche Spiele sie mit István veranstaltete, sobald ihnen eine junge Frau in die Fänge geriet. Und dafür soll sie nun büßen. Ich will Gerechtigkeit. István ist geflohen, aber vielleicht finden sie ihn auch noch.“

Emilia seufzte.

„Was hier geschieht, ist keine Gerechtigkeit. Es folgt nur ein Unrecht auf das andere.“

„Aber zur Abwechslung ist das Opfer einmal hoher Abkunft.“

Yveta ging vor Emilia in die Hocke.

„Mein Vater erzählte mir von einem Aufstand, den die Bauern dieses Landes vor etwa hundert Jahren unternahmen, um sich gegen den Adel zu wehren, der sie aller Rechte und Freiheiten beraubte. Aber sie verloren, ihre Anführer wurden hingerichtet und seitdem sind wir nur Sklaven unserer Herren. Ich kann nicht einfach hinnehmen, was mit Alena geschah. Erzsébet soll leiden, wie meine Schwester gelitten hat, und viele andere vor ihr.“

„Erzsébet hat schon gelitten“, flüsterte Emilia. „Dadurch wurde sie zu jener unbarmherzigen Frau, die wir kennenlernten.“

„Und jetzt wird sie für ihre Untaten büßen. Sie wird ihre Macht verlieren, an der sie so sehr hängt. Dazu war mir jedes Mittel recht. Sogar der Tod der Sittkey-Göre.“

„Du warst es?", rief Emilia ungläubig. „Du hast sie vergiftet?"

Yveta nickte nur.

„Ich tat es nicht gern, aber es war notwendig. Sie brauchten ein Opfer von Stand, um Erzsébet verhaften zu können. So hochnäsig, wie Erika sich benommen hatte ..."

„... verdiente sie natürlich den Tod", ergänzte Emilia bissig.

„Nein, sie verdiente ihn nicht. Aber alle Kriege fordern unschuldige Opfer."

„So einfach ist es also für dich", sagte Emilia. „Auch Erzi wird sterben, weil du dem Palatin geholfen hast. Katalin foltern sie vielleicht genau in diesem Moment. Und ich werde die Nächste sein."

„Nicht, wenn du dich vernünftig zeigst", widersprach Yveta und hielt ihr dann eine Hand entgegen. „Du brauchst etwas zu essen, sonst hältst du nicht mehr lange durch. Und eine gründliche Wäsche wird dir guttun."

Emilias Zorn auf das Mädchen wurde von grenzenloser Dankbarkeit hinweggeschwemmt. Tränen schossen ihr in die Augen, als sie, von Yveta gestützt, zur Tür ihres Verlieses schwankte.

„Kannst du hier so einfach machen, was du willst?", fragte sie indessen ungläubig, denn sie fürchtete, bald schon von Wachleuten aufgehalten und in das finstere Loch zurückgestoßen zu werden. Aber nichts dergleichen geschah, es waren nicht einmal irgendwelche Männer zu sehen, als sie die Stufen hochstiegen.

„Der Palatin vertraut mir, denn ich war ihm in vieler Hinsicht eine große Hilfe", erzählte Yveta, nicht ohne Stolz in der Stimme. „Und ich werde ihm selbst wichtige Zeugenaussagen liefern."

Sie schob Emilia in eine winzige Kammer am Ende der Stufen zum Verlies, als habe sie dennoch Angst, die befreite Gefangene könne von jemandem gesehen werden. Rasch schloss sie die Tür hinter ihnen.

Auf einem winzigen Tisch brannten drei Kerzen in einem Ständer, sodass Lichtstrahlen auf die schmutzigen Wände fielen. Yveta stellte Emilia eine Schüssel mit einer noch lauwarmen Gemüsebrühe hin, die sie, auf dem Boden hockend, gierig verschlang. Sie konnte spüren, wie ihr der Sabber das Kinn hinablief, aber das war ihr egal. In den letzten Tagen hatte sie endgültig begriffen, wie kostbar Nahrung war. Yveta brachte ihr noch einen Schlauch Wein, einen Becher und etwas Brot.

Hinten in der Ecke steht ein Eimer mit Wasser“, sagte sie dann. „Es ist leider nicht warm, aber mehr kann ich dir nicht bieten.“

Emilia spülte ihren Mund mit einem Becher Wein aus und spürte erleichtert, wie ihre Kräfte neu erwachten. Sie streifte ihr Kleid ab und entfernte schnell den gröbsten Schmutz von ihrem Körper. Danach zog sie sich wieder an, obwohl sie nun in aller Deutlichkeit erkannte, wie zerrissen und völlig verdreckt der Stoff war, der sich auf ihre Haut legte. Yveta betrachtete sie mit vor der Brust verschränkten Armen.

„Ich könnte dir etwas Besseres zum Anziehen besorgen, dann führe ich dich zum Palatin und du machst deine Aussage. Danach musst du auch nicht mehr in den Kerker zurück.“

„Und was sollte ich genau sagen?“, wollte Emilia nun wissen. „Ich bin nicht bereit, Erzi zu belasten.“

„Das wirst du nicht unbedingt müssen. Wir werden den Palatin einfach von diesem Thema ablenken, indem wir ihm etwas anderes erzählen.“

Mit diesen Worten eilte sie auf Emilia zu und legte ihr beide Hände auf die Schultern.

„Ich werde sagen, dass Erzsébet die Namen all ihrer Opfer aufschrieb. In einem Buch. Dass es über sechshundert waren. Das wird dem Palatin gefallen, vielleicht wird sie dann tatsächlich auch wegen des Mordes an Leibeigenen angeklagt.“

Emilia schüttelte den Kopf. Litt die junge Frau an einem Fieber?

„Das glaubt dir niemand. So viele Mädchen sind doch gar nicht in der Gegend verschwunden.“

„Leibeigene sind unwichtig. Niemand zählt sie, wenn sie sterben. Deshalb wird es niemand überprüfen“, erwiderte Yveta mit einem schiefen Grinsen. „Wenn du meine Aussage bestätigst, wird der Palatin sehr glücklich sein. Du musst sicher nicht mehr in den Kerker zurück. Man wird dich freilassen.“

Sie trat einen Schritt zurück und musterte Emilia abwartend.

„Ich könnte gehen, wohin ich will“, überlegte Emilia laut. Die Sehnsucht nach frischer Luft und der Möglichkeit, sich frei bewegen zu können, überwältigte sie wie ein Rausch. Konnte es etwas Wundervolleres geben, als die warmen Strahlen der Sonne auf der Haut zu spüren? Sie würde nach István suchen können. Dann fiel ihr wieder ein, dass er sie im Stich gelassen hatte und inzwischen sicher weit fort war. Verzweifelt versuchte sie, klar zu denken. Sie würde ihre Freiheit mit einer Lüge erkaufen müssen, die ungeheuerlich war.

„Hast du keine Angst, dass man dich eines Tages dafür bestraft, derartige Verleumdungen über eine mächtige Gräfin verbreitet zu haben?", fragte sie Yveta. Das Mädchen zuckte mit den Schultern.

„Ich werde dem Palatin erklären, dass ich einen falschen Namen angeben möchte, um sicher vor Verfolgungen durch Erzsébets Familie zu sein. Ich werde mich Zuzana nennen. Du kannst dir auch etwas einfallen lassen, wenn du willst."

Emilia umklammerte ihre Knie mit den Armen. Es klang so einfach, so verlockend. Und dennoch war es nicht richtig.

„Ich bin nicht bereit, von mehr Opfern zu sprechen, als es nach meinem Wissen gab", beschloss sie. „Was ich an harten Strafen und Todesfällen gesehen habe, das werde ich vor Gericht bezeugen. Aber ich fürchte, dem Palatin wird es nicht reichen."

Yveta schüttelte seufzend den Kopf.

„Warum? Um Erzsébets willen? Sie ist bereits verloren, ebenso wie Erzi. Daran wirst du nichts ändern können."

„Aber ich möchte nicht Teil dieser Verschwörung sein."

Emilia lehnte sich mit halb geschlossenen Augen an die Wand. Jetzt also wartete wieder der Kerker auf sie, in dem sie vielleicht langsam verhungern würde. Warum fiel es ihr so schwer, sich zu verhalten wie Yveta?

„Liegt dir so viel an Erzsébet?", bohrte das Mädchen auch schon weiter nach. „Oder ist es nur deine eigene Hartnäckigkeit, dass du stets und überall anständig sein willst? Ein solches Verhalten erscheint mir hochmütig. Kaum jemand kann es sich in dieser Welt erlauben."

„Ich weiß", stimmte Emilia leise zu. „Aber ich kann nicht anders. Es ist die Art, wie Gott der Herr mich geschaffen hat."

Das verschlossene, stolze Gesicht der Gräfin tauchte in ihrer Erinnerung auf. Sie hatte das Vertrauen dieser kühlen Frau gewinnen können, war von ihr vor der Gewalt Gábor Báthorys gerettet worden, obwohl dieser ein wichtiger Verbündeter gewesen war. Auch nachdem ihr Verhältnis mit István verraten worden war, hatte Erzsébet sie nicht der Grausamkeit der Szentés überlassen.

„Ich werde nicht lügen, um dadurch der Gräfin zu schaden", beharrte sie nun mit mehr Entschlossenheit.

Yveta sah sie lange mit vor der Brust verschränkten Armen an, als warte sie immer noch auf einen Sinneswandel. Dann trat sie ein paar Schritte zurück und ergriff einen dicken Stock, der in einer Ecke des Zimmers lehnte. Emilia zuckte mit einer unguten Ahnung zusammen.

„Ich bin bereit, freiwillig ins Verlies zurückzugehen", sagte sie rasch. Es fiel ihr schwer sich vorzustellen, dass Yveta auf sie einschlagen würde. Aber die junge Frau hatte vor Kurzem einen Giftmord gestanden.

„Ich weiß. Du verhältst dich immer vorbildlich", erwiderte Yveta spöttisch. Dann streckte die den Stock Emilia entgegen.

„Jetzt wirst du aber etwas Unrechtes tun müssen. Schlag nicht zu hart gegen meinen Kopf, nur so, dass eine sichtbare Verletzung zurückbleibt. Ich will nicht Gefahr laufen, die Gunst der Palatins zu verlieren. Er soll sehen, dass du mich überwältigen musstest, um mir zu entkommen."

Emilia riss ungläubig die Augen auf. Sie ergriff den Stock, aber ihr Verstand arbeitete sehr langsam, als wolle er gar nicht verstehen, was ihm soeben vorgeschlagen wurde.

„Bedenke bitte, dass es im *vár* vor Wachen wimmelt", redete Yveta weiter. „Deseö, der dir wohlgesonnen ist, hat zwar weiterhin den Oberbefehl, aber er wird dabei kontrolliert. Wie du es nach draußen schaffst, ist also dir überlassen. Ich kann nicht mehr tun, als dir eine Gelegenheit zur Flucht zu geben, weil ich dich mehr ins Herz geschlossen habe, als weise ist."

Dann stand sie da und wartete, ihren Blick gerade auf Emilia gerichtet. Der Stock schien plötzlich sehr schwer, sodass Emilia ihn schließlich zu Boden legte. Es klang so einfach, doch gleichzeitig waren ihre Arme nicht fähig, das Notwendige zu tun. Yveta wandte sich schweigend um und hantierte auf dem Tisch herum, wobei sie völlig unnötig Gegenstände herumschob. Emilia tat ein paar Atemzüge, dachte an die Dunkelheit und feuchte Kälte des Verlieses. Die Angst, dort ihr Leben aushauchen zu müssen, während die Leere in ihrem Magen immer größer und qualvoller wurde, ließ sie endlich wieder nach dem Stock greifen und ausholen. Das Holz streifte nur kurz Yvetas Haube, landete dann aber schwungvoll auf ihrer Schulter. Sie schrie auf. Emilia sah sie vornüber auf den Tisch fallen. Entschlossen bekämpfte sie den Impuls, die junge Frau wieder aufzurichten und sich bei ihr zu entschuldigen. Sie musste jetzt losrennen, schoss es ihr durch den Kopf, aber sie wusste nicht einmal wohin. Hastig trat sie aus dem Zimmer und lief erst einmal ein paar Stufen hinab in jene Dunkelheit, die zu den Verliesen führte. Erleichtert in dem Wissen, dass sie nun nicht so schnell auffallen würde, lehnte sie sich gegen die Wand. Verzweifelt versuchte sie einen Plan zu entwickeln, aber die Panik lähmte ihr Denkvermögen. Nach ein paar tiefen Atemzügen vermochte sie ein paar Gedanken zu fassen. Sie kannte das *vár* nicht besonders gut, wusste aber, dass ein gerader Gang auf den Innenhof führte. Sobald sie diesen überquert hätte, musste sie nur noch irgendwie an den Wächtern am Ausgangstor vorbeikommen und wäre erst einmal im Wald. Sie hatte keine Ahnung, wie sie dort allein überleben sollte, zumal es immer noch eisig kalt war. Nach Vágújhely wäre es nicht weit, aber eben dort würde man sogleich nach ihr suchen. Oder sollte sie sich zu Erzi durchschlagen und sie warnen?

Zunächst einmal musste sie nach draußen, bevor man begann, das Gebäude nach ihr abzusuchen.

Emilia hastete den Gang entlang, angetrieben von der Sehnsucht nach Tageslicht und frischer Luft. Ein paar unbekannte Wachmänner kamen ihr entgegen, ihr stockte der Atem, aber sie zwang sich, etwas ruhiger weiterzugehen. Wenn sie jetzt die Flucht ergriff, machte sie sich eben dadurch verdächtig. Die Männer musterten sie nur kurz ohne sonderliches Interesse, und sie erreichte das Ende des Ganges ohne aufgehalten zu werden. Die Tür zum Hof lag am anderen Ende der Eingangshalle, in fast greifbarer Nähe. Emilia holte Luft.

Ein paar Dienstmägde kamen mit Eimern voll Wasser von draußen herein. Sie wurde von einigen Blicken gestreift, in denen Erkenntnis aufleuchtete. Diese Mädchen hatten auch für Erzsébet gearbeitet und wussten daher, wer sie war, doch schwiegen sie glücklicherweise. Emilia, die sich schon verloren geglaubt hatte, schöpfte Hoffnung und hastete auf die Ausgangstür zu. Dann hörte sie das verzweifelte Wimmern einer Frauenstimme und drehte sich um, ohne weiter nachzudenken.

Drei Wächter schleppten eine blutüberströmte Gestalt Stufen hinab und dann quer durch die Eingangshalle. Die Wasserträgerinnen blieben kurz stehen und stießen leise Schreckenslaute aus.

„Sie hat gestanden und kommt jetzt in den Kerker bis zu ihrer Hinrichtung“, erklärte einer der Männer. „Ihre Freundin ist hartnäckiger, das wird noch etwas dauern.“

Die Mädchen senkten die Köpfe und eilten die Treppe hoch, aber Emilia konnte nicht umhin, einen raschen Blick auf das Opfer der Männer zu werfen. Es dauerte einen Augenblick, bis sie Helena Jó erkannt hatte, denn aus ihrem Mund floss ein Strom von Blut und ihr Gesicht war von blaugrünen Flecken entstellt. Emilia Magen verkrampfte sich vor Entsetzen und sie hastete mit gebeugtem Kopf weiter. Als sie hinter ihrem Rücken das wütende, unartikulierte Brüllen einer Frauenstimme vernahm, stieß sie mit aller Kraft das Ausgangstor auf. Es gab schneller nach, als sie erwartet hatte, und ein Schwall eisiger, reiner Winterluft schlug ihr entgegen. Dichtes Schneetreiben hatte eingesetzt, was den Vorteil hatte, dass der Hof menschenleer war und man kaum etwas sehen konnte. Selbst an dem nächsten Tor, das ins Freie führte, konnte sie keine Wachen erkennen. Sie raffte ihre Röcke, um loszuraufen, als sie eine Hand an ihrem Ellbogen spürte und zurückgerissen wurde. Panisch versuchte sie sich zu befreien, doch der Griff wurde dadurch nur noch stärker.

„Es tut mir leid“, vernahm sie Deseös Stimme. „Helena Jó hat dich erkannt und wollte nicht, dass du ungeschoren davonkommst.“

Tränen der Verzweiflung schossen Emilia in die Augen. Deseö zog sie sanft aber bestimmt rückwärts in die Eingangshalle, wo bereits drei Wächter warteten.

„Bringt sie in den Raum im ersten Stock, wo die Verhöre durchgeführt werden“, hörte sie den Burgverwalter sagen. „Ich werde mich dort um sie kümmern.“

Emilia stieß einen leisen Protestschrei aus. Würde man ihr nun die Nägel ziehen und die Zähne ausschlagen, wie es bei Ficzkó und Helena Jó geschehen war? Sie wusste, dass sie sie in dem Fall alle Anklagen gegen Erzsébet bestätigen würde, wie die anderen es auch getan hatten. Warum war sie nicht gleich auf Yvetas Vorschlag eingegangen? Auf diese Weise hätte sie die Sympathien des Palatin gewinnen können, während ihr Fluchtversuch bereits einem Schuldgeständnis gleichkam. Sie war verloren, dachte sie, während sie leblos im Griff der Wächter hing, die sie die Stufen hochschleiften. Schließlich wurde sie in eine winzige Kammer gestoßen und die Tür fiel hinter ihr zu.

Emilia stellte mit Erleichterung fest, dass es hier wenigstens ein winziges, vergittertes Fenster gab. Sie setzte sich auf einen Schemel, den sie in der Ecke des Raumes entdeckte, und lehnte sich gegen die Wand. Wenigstens hatte sie etwas essen und sich waschen können, sodass ihr weniger elend zumute war. Wenn Deseö erschien, um sie zu verhören, würde sie vielleicht einen Weg finden, den Kopf aus der Schlinge zu ziehen, auch wenn sie nun keine Hoffnungen mehr hegte, auf Lügen verzichten zu können. Jetzt galt es nur noch, ihr nacktes Leben zu retten.

Sie war gerade etwas zur Ruhe gekommen, da entdeckte sie dicht neben ihren Füßen eine dunkle Lache von getrocknetem Blut. Ein Schrei von Furcht und Entsetzen drängte sich aus ihrer Kehle, sie vergrub das Gesicht in den Händen und sank von Schluchzern geschüttelt zu Boden.

12. Kapitel

Hinter den Gitterstäben des Fensters sah Emilia die Nacht aufziehen. Eisiger Wind wehte herein, denn es verfügte weder über Glasscheiben noch über Läden, die sich hätten schließen lassen. Inzwischen herrschte in der kleinen Kammer eine beißendere Kälte als unten im Verlies. Emilia hatte sich in einer Ecke zusammengerollt. Eine völlig zerschlissene, stinkende, ebenfalls von Blut befleckte Decke, die sie hier entdeckt hatte, spendete ihr ein wenig Wärme.

Eine Weile, nachdem sie hier eingesperrt worden war, hatten die Schreie begonnen. Zwar hatte sie in Erzsébets Diensten manchmal Menschen vor Schmerz brüllen gehört, aber niemals hatte es so zornig und gleichzeitig hoffnungslos geklungen. In den kurzen Momenten, da die dunkle Frauenstimme nicht einfach nur heisere, ohrenbetäubende Laute von sich gab, flehte sie Gott den Herrn um Hilfe und Erbarmen an. Daran hatte Emilia erkannt, dass es die Szentés war, die irgendwo in der Nähe gefoltert wurde. Trotz allen Abscheus, den sie für diese Frau empfand, hatte sie ihr eine rasche Erlösung gewünscht, denn soweit sie begriffen hatte, würde Dorottya ohnehin hingerichtet werden. Die Folter hatte schließlich ein Ende gefunden, als die Dämmerung aufgezogen war. Das Opfer lebte noch, wie Emilia dem Wimmern und Weinen entnommen hatte, das noch eine Weile zu hören gewesen war. Hatte Dorottya nun gestanden, um ihre Qualen endlich zu beenden? In diesem Fall wäre Emilia selbst wohl die Nächste, die man peinlich befragen würde, sobald ein neuer Tag angebrochen war.

Sie presste sich noch dichter an das Gemäuer, als könne sie dort hineinkriechen und sich für alle Zeit verstecken. Niemals in ihrem Leben hatte sie derartige Angst empfunden. Würde man sie tatsächlich verschonen, wenn sie sogleich alles gestand? Und falls ja, müsste sie dann Dinge zugeben, die sie neben Erzi auf den Scheiterhaufen bringen würden? Sie grübelte, wann sie den entscheidenden Fehler begangen hatte, durch den sie in diese verzweifelte Lage geraten war. Hätte sie bei Kurt bleiben sollen, wie das Schankmädchen in Wien ihr geraten hatte?

Es machte keinen Sinn, solchen Grübeleien nachzuhängen, das wusste sie, aber der Schlaf mied sie beharrlich. Seufzend schloss sie die Augen, um vielleicht doch ein wenig Ruhe zu finden, da vernahm sie plötzlich Schritte vor der Tür. Sie kamen sehr leise und zögerlich näher. Emilia zog sich die Decke über den Kopf. Ihre Hoffnung, dadurch nicht entdeckt zu werden, war völlig verblendet, aber zum ersten Mal in ihrem Leben fühlte sie sich nicht in der Lage, ihr Schicksal mit Fassung hinzunehmen.

Ein paar Atemzüge lang hoffte sie, die Schritte würden an ihrer Tür vorbeiziehen, aber das war nicht der Fall. Sie hörte, wie Riegel betätigt wurden, und stieß einen Protestlaut aus. Schwaches Licht fiel in die Kammer, nachdem die Tür leise aufgeschoben worden war. Emilia presste sich gegen die Wand. Sie ließ die Decke fallen und suchte vergeblich nach einem Gegenstand mit dem sie sich zur Wehr setzen konnte.

Füße bewegten sich auf sie zu. Emilia verbarg das Gesicht in den Händen, denn sie wollte nicht jenen Mann vor sich sehen, der sie in die Folterkammer schleppen würde.

„Meine Güte, wie mager du geworden bist!“, flüsterte eine ihr wohlbekannte Stimme. Sie glaubte zu träumen, als sie aufblickte. István hielt eine Kerze in der Hand, die er ihr zögernd entgegenhielt. Auch seine Kleidung war zerschlissen, aber weniger schmutzig als ihre. Sein langes Haar hatte er zu einem Pferdeschwanz gebunden und auf seinem Gesicht waren deutliche Zeichen der Erschöpfung zu erkennen.

„Wie kommst du hierher?“, fragte sie fassungslos.

„Deseö hat mir geholfen“, erwiderte er schnell. „Aber jetzt beeile dich, wir haben nicht viel Zeit.“

Er streckte ihr seine Hand entgegen. Emilia ließ sich widerstandslos auf die Beine ziehen, obwohl sie immer noch fürchtete, er könnte sich jeden Augenblick in Schall und Rauch auflösen.

„Nimm die Decke mit“, wisperte er ihr zu. „Wir werden uns draußen verstecken müssen und dort ist es verflucht kalt.“

Sie gehorchte ohne weiter nachzudenken, denn die Aussicht, der Enge dieser Kammer zu entkommen, war allzu verlockend. István nahm ihre Hand in die seine, was ihr endgültig klarmachte, dass er kein Traumgespinst sein konnte. Ihr Herzschlag beschleunigte sich.

Die Freude, dass er tatsächlich zu ihr zurückgekommen war, hätte sie in diesem Moment mit allem versöhnt, selbst mit einer erneuten Verhaftung. Doch István hatte andere Pläne. Seine Füße waren in dicke Stofffetzen gewickelt, sodass er fast geräuschlos über den nackten Steinfußboden gehen konnte. Emilia trug weiterhin ihre Lederschuhe, trat daher sehr vorsichtig auf, was ihr Fortkommen verlangsamte. Die Kerze spendete nur sehr spärliches Licht. Sie tasteten sich an der Wand entlang, als sie die Stufen in die Eingangshalle hinabstiegen.

Das *vár* schien im Augenblick wie ausgestorben, da alle Bewohner in ihren Betten lagen, aber spätestens am Ausgangstor zum Wald hätte Graf Thurzó sicher vertrauenswürdige Wachen postiert. Es war Emilia ein Rätsel, wie sie an ihnen vorbeikommen sollten, aber sie folgte István stumm. Jede Frage, das sie aussprach, hätte unerwünschte Auf merksamkeit auf sie beide ziehen können. Doch István versuchte gar nicht, auf den Hof zu gelangen, sondern zog sie zu einem von Motten halb zerfressenen Wandbehang, der hinter einer Säule der Halle verborgen war. Emilia rätselte noch, ob sie sich dort irgendwie verstecken sollten, als sie sah, wie István den gewebten Stoff zur Seite schob. Eine schmale Holztür kam zum Vorschein. Sie öffnete sich knarrend, nachdem István einen Schlüssel in das rostige Schloss geschoben hatte. Völlige Finsternis, Kälte und ein modriger Geruch schlugen ihnen entgegen. Für einen Augenblick erschreckte Emilia, denn ihr war, als würde sie in ein weiteres Verlies geführt. Als die Tür hinter ihnen zugefallen war, tanzte die Kerzenflamme als einziger Lichtquell vor ihren Augen und ließ helle Flecken auf moosbewachsenen Wänden herumspringen.

„Das ist ein geheimer Gang, der uns nach draußen führen wird", sagte István nun etwas lauter. „Deseö hat ihn mir einmal gezeigt und mir jetzt auch den Schlüssel gegeben."

Emilia schossen Tränen der Erleichterung in die Augen. Die Aussicht auf baldige Freiheit belebte ihr Denkvermögen.

„Vielleicht könnten wir auch Katalin mitnehmen", schlug sie vor. István schüttelte den Kopf.

„Ich weiß nicht einmal, wo sie jetzt ist."

„Yveta kann es uns sagen", meinte Emilia. „Sie hat schon mir eine Fluchtmöglichkeit gegeben."

„Das wird auch die letzte sein“, entgegnete István. „Sie steht auf der Seite des Palatin, vergiss es nicht. Dich hat sie ins Herz geschlossen, aber ich gehöre zu jenen, die sie hasst.“

Emilia seufzte. „Aber Katalin …“

„… hat ihnen bereits erzählt, was sie hören wollten. Es ist mit einem milden Urteil zu rechnen. Das weiß ich von Deseö.“

Er zog Emilia weiter und sie folgte ihm. Gemeinsam stiegen sie Stufen hinab, die derart glitschig waren, dass Emilia mehrfach ausrutschte und sich an István festhalten musste. An einigen Stellen wateten sie durch Wasser, das bis zu ihren Knöcheln reichte und so eiskalt war, dass unsichtbare Klingen in ihre Knochen stachen. Dann wieder mussten sie sich ducken und auf allen Vieren kriechen, während ihre Gliedmaßen gegen die Wände des Ganges rieben. Ein Luftzug löschte Istváns Kerze und es wurde so dunkel, wie es manchmal im Verlies gewesen war. Emilia spürte, wie ihre erste Erleichterung von Furcht verdrängt wurde. Die Enge erschwerte das Atmen und weckte in ihr den Wunsch, wild um sich zu schlagen.

„Wohin führt dieser Gang?“, rief sie in die Schwärze hinein.

„Nach draußen. Das hat Deseö mir versichert.“

„Das heißt, du weißt es nicht sicher. Du bist nie ganz hindurchgekrochen.“

„Deseö ist vertrauenswürdig“, stellte er mit scharfer Stimme fest.

„Aber ist denn er jemals hindurchgekrochen?“

Sie hörte István aufseufzen.

„Sei nicht immer so neunmalklug und bewege dich vorwärts!“

Obwohl seine Worte ihr nicht gefielen, gehorchte sie, denn es gab kaum eine andere Möglichkeit. Zum Glück weitete der Gang sich nach einer Weile wieder, sodass sie aufrecht gehen konnten. István hielt weiter ihre Hand fest und ihr Atem beruhigte sich. Dann blieb er plötzlich stehen. „Verflucht, da geht es nicht mehr weiter!“

Emilia schluchzte auf. Wenn sie nicht nach draußen gelangen konnten, blieb ihnen nur der Weg zurück ins *vár*, wo man sie sogleich wieder verhaften würde. Sie hörte István laut stöhnen, dann schnaufen. Lautes Rumpeln erklang. Steine knallten zu Boden und Emilia schrie auf, obwohl sie von keinem getroffen wurde. Dann begriff sie plötzlich, wie sie die Steine überhaupt hatte sehen können. Licht floss ihr entgegen, kristallklar und blendend. Sie konnte erkennen, was István mit großer Mühe zur Seite geschoben hatte: ein dichtes Geflecht aus Zweigen und Erde, in das sich einzelne Steine gemischt hatten. Nun verteilte sich all dies auf einer ansonsten unberührten Schneefläche. Der Morgen war angebrochen, während sie durch den Gang gekrochen waren, und sie wurden von einem eisengrauen Himmel begrüßt, über den eigenartige Wolkengebilde zogen. Ein Stück hinter der freien Fläche, auf der sie standen, begann wieder der Wald, dessen Bäume sie umschlossen.

„Wo sind wir?“, fragte sie István, der sich sein verschmutztes Gesicht mit Schnee säuberte.

„Keine Ahnung. Irgendwo unterhalb vom *vár*, aber wahrscheinlich nicht auf der Seite, wo Csejte liegt. Deseö hat mit erzählt, dass der Gang vor vielen Jahren, als die Landesherren noch auf der Burg lebten, als Fluchtmöglichkeit angelegt wurde. Die Leute im Umland kennen ihn und manchmal wurde er von Landstreichern benutzt, die ins *vár* eindringen wollten, sodass man die Tür stets verschlossen hielt. Mit der Zeit muss der Ausgang zugewachsen sein. Wir hatten Glück, dass wir es bis ins Freie schafften.“

Emilia drehte sich einmal um die eigene Achse.

„Wir sind mitten in der Wildnis. Was machen wir nun?“

„Laufen“, schlug István vor. „Wir können hier nicht sitzen bleiben. Sonst erfrieren wir.“

Wieder umfasste seine Hand die ihre. Gemeinsam begannen sie, durch eine kniehohe Schneeschicht zu stapfen. Darunter verbargen sich Baumwurzeln und Zweige, in denen ihre Füße manchmal stecken blieben, doch gelang es ihnen, sich gegenseitig zu stützen.

„Ich glaube, allmählich kenne ich mich aus“, sagte István nach einer Weile. „Bald müsste ein Lagerplatz der *Cigány* kommen. Dort steht eine Hütte. Wenn wir Glück haben, sind auch ein paar Vorräte drin.“

Es ging nun einen steilen Hügel hinab. Sie rutschten beide aus und glitten über die Unebenheiten des Erdbodens hinweg, der ihnen Schrammen und wunde Stellen zufügte. Bei den Wurzeln einer riesigen Eiche fielen sie fast aufeinander.

„Die Hütte!“, rief István, „Sie ist dort hinten.“

Emilia konnte nichts weiter als Baumstämme erkennen, ließ sich aber weiterziehen. Allmählich begann jeder Schritt ihr Mühe zu berei-

S

ten. Sie hatte niemals geahnt, wie schwer Schnee wog, wenn man ständig gegen ihn ankämpfen musste. Zudem saß ein hartnäckiger Schmerz in ihrem rechten Oberschenkel, der bei ihrem Sturz verletzt worden sein musste. Wenn sie nicht bald rasten konnten, würde sie zusammenbrechen und jämmerlichst erfrieren. Diese wenig erfreuliche Aussicht verlieh ihr noch genug Kraft, es bis zu der Schwelle einer baufälligen Holzbude zu schaffen, im Vergleich zu der selbst Erzis Behausung geradezu komfortabel gewirkt hatte.

István schloss die Tür hinter ihnen und schob einen dreibeinigen Tisch davor. Emilia fiel auf einen Berg aus verschmutzter Kleidung, die teilweise steifgefroren war, aber immer noch eine angenehmere Unterlage darstellte als der nackte Erdboden. Sie beobachtete, wie István inzwischen herumhantierte, zerbrochenes Geschirr vom Boden auflas und in einige der herumliegenden Säcke blickte.

„Ein paar harte Brotkrusten und vergammelte Äpfel, mehr gibt es hier nicht“, stellte er schließlich fest und setzte sich neben Emilia, um ihr seine bescheidenen Funde zu zeigen.

„Wenn du es schaffst, Feuer zu machen, können wir Schnee schmelzen und die Krusten in heißem Wasser aufweichen“, schlug sie vor, um ihm Mut zu machen. Allzu lange konnten sie ohnehin nicht in dieser Hütte bleiben. Der Wind pfiff durch die Ritzen in den Wänden, sodass es nur wenig Aussicht auf Wärme gab. Außerdem war es nur eine Frage der Zeit, bis die Gegend nach ihnen abgesucht wurde.

Ihr Kopf neigte sich langsam Istváns Schulter zu. Trotz aller Sorgen, was nun aus ihnen werden sollte, kam die Freude über seine Rückkehr mit neuer Heftigkeit zurück. Emilia spürte, wie er seinen Arm um ihren Körper schlang.

„Wo bist du die ganze Zeit gewesen, nachdem Erzsébet verhaftet wurde?“, fragte sie endlich.

„Ich versteckte mich bei den *Cigány*. Als Erzsébet hörte, wie die Männer in ihr Haus eindrangen, ließ sie mich durch einen Hinterausgang entkommen, was vermutlich mein Leben gerettet hat.“

„Ficzkó hat ausgesagt, du hättest die Gegend verlassen“, warf Emilia zaghaft ein. „Ich dachte, du wärest inzwischen schon weit fort.“

Er sagte nichts, zog sie aber etwas enger an sich.

„Das tat er, um mich zu schützen. Er war mir immer wohlgesonnen und ich hätte ihm niemals ein solches Ende gewünscht. Anders als Dorottya hatte er einfach nicht genug Verstand, um zu begreifen, was er in Erzsébets Diensten wirklich tat."

Emilia erinnerte sich an Yvetas Andeutung, dass Ficzkó die von ihm bewachten Mädchen missbraucht hätte. Ließ sich das wirklich durch mangelnden Verstand entschuldigen? Gleichzeitig fiel ihr jene elende Gestalt ein, die dank der Folterknechte aus ihm geworden war. Sie vermochte darin keine verdiente Strafe zu sehen.

Yveta musste Ficzkó als Erzsébets Komplizen genannt haben, ebenso wie sie dafür gesorgt hatte, dass gegen Dorottya Szentés und Helena Jó Anklage erhoben wurde. Wäre man Istváns habhaft worden, wäre ihm ebenso ein Geständnis abgepresst worden wie diesen dreien. Nur ihr allein hatte die junge Frau keine Schuld am Tod ihrer Schwester gegeben.

Emilia rückte ein Stück von István fort, um ihn besser ansehen zu können. Vielleicht würde es ihnen nicht gelingen, den Männern des Palatin zu entkommen, und bald schon säßen sie in einem finsteren Verlies, das sie nur verlassen würden, um zu ihrer Hinrichtung geführt zu werden. Aber bevor sie starb, wollte sie endlich die ganze Wahrheit wissen.

„Was geschah damals mit Yvetas Schwester?"

Mit Beunruhigung sah sie, wie er ihrem Blick auswich und die Reste eines bereits zerbrochenen Kruges zur Seite trat. Sein Gesicht war auf den platt getretenen Boden gerichtet, als er zu erzählen begann.

„Ich war noch ein halbes Kind, als ich in Erzsébets Dienste trat und mir dort mehr Möglichkeiten geboten wurden, als ich mir jemals erträumt hatte. Die Gräfin förderte begabte Kinder aus dem einfachen Volk und ihr Gemahl ließ sie gewähren. Damals bildete ich mir noch ein, als Sänger begabt zu sein und so eine glorreiche Zukunft zu haben."

Er stieß ein bitteres Lachen aus.

„Als Ferenc Nádasdy starb, war ich sechzehn Jahre alt. Erzsébets Trauer hielt sich in Grenzen. Sie hatte bereits von ihrem Bruder Ländereien geerbt und nun war sie die mächtigste Frau Ungarns. Sie lebte dadurch auf. Und erstmals gab sie mir zu verstehen, dass ich ihr gefiel, weitaus mehr als meine mittelmäßige Musik. Sie war der beeindruckendste Mensch, den ich jemals getroffen hatte. Selbst wenn ich den Mut besessen hätte, ihr Angebot abzulehnen, ich sah keinen Grund dazu, denn ich fühlte mich geehrt, ihre Wahl zu sein."

Emilia kämpfte gegen den Drang, aus der Hütte zu laufen. Niemand hatte ihr jemals erzählt, welch ein unangenehmes Gefühl die Eifersucht war.

„Das erste Jahr lebte ich in dem Traum, von einer großartigen Frau geliebt zu werden, obwohl ich spüren konnte, dass sie immer unruhiger wurde und ich nicht in der Lage war, sie zufriedenzustellen. Manchmal nannte sie mich László. Dann wurde sie wütend, weil ich eben dieser nicht war. Es war an einem Abend in Wien, da wollte sie gemeinsam mit mir eine Kutschfahrt unternehmen und wir landeten in einer Straße, wo Huren standen. Erzsébet ließ mich eine davon rufen. In einer dunklen Gasse tat ich mit dieser Frau, was meine Herrin verlangte. Es waren ein paar Schläge mit der Rute und dann musste sie sich von mir besteigen und auch noch von Erzsébet berühren lassen. Sie wurde großzügig entlohnt und machte keinen unzufriedenen Eindruck, als sie fortging. Mir schien, dass sie in ihrem Leben schon härter angepackt worden war. Erzsébet wirkte danach ausgeglichener und friedlicher, als ich sie jemals erlebt hatte. Als sie weitere solche Ausflüge verlangte, widersetzte ich mich nicht, denn ich konnte nichts Schlimmes daran finden."

Kälte kroch über Emilias Rücken. Sie hatte sich István näher gefühlt als irgendeinem anderen Menschen und dabei aber so vieles von ihm nicht gewusst.

„Die kleine Alena war aber keine Hure", flüsterte sie.

„Nein, das war sie nicht. Sie beging nur den Fehler, mich allzu offensichtlich anzuschwärmen. Das ärgerte Erzsébet. Sie drängte mich, ihr einen Liebesbrief zu schreiben, um zu sehen, wie weit sie gehen würde. Ich habe es getan, denn ehrlich gesagt dachte ich nicht, dass ein so unschuldiges Mädchen tatsächlich einem geheimen Treffen mit mir zustimmen würde. Aber Alena kam. Gemäß Erzsébets Wünschen flößte ich ihr Pálinka ein, später noch einen Trank, den die Darvulia gebraut hatte. Sie war bereits betäubt, als ich mit ihr tat, was Erzsébet wollte. Sie leistete keinen Widerstand, denn sie konnte nicht wissen, dass ihre Dienstherrin uns heimlich zusah. Später gab

Erzsébet sich zu erkennen und schlug Alena, angeblich zur Strafe für ihre Schamlosigkeit. Sie tat auch andere Dinge mit ihr, die das Mädchen noch mehr verstörten, denn sie hatte sicher nicht geahnt, dass dies zwischen zwei Frauen überhaupt geschehen konnte. Alena weinte und wimmerte, wagte aber nicht, sich gegen die Gräfin zu wehren. Genauso wenig wie ich den Mut aufbrachte einzuschreiten."

Seine Stimme war heiser geworden und er sackte etwas zusammen. Emilia zitterte, ob vor Kälte oder Aufregung vermochte sie nicht zu sagen.

„Ihr habt Alena gemeinsam in den Tod getrieben!", rief sie empört. István seufzte und vergrub das Gesicht in den Händen. Sie hätte ihn gern durch eine Berührung getröstet, aber sein Bericht hatte ihr zu viel Abscheu eingeflößt.

„Nachdem ich erfuhr, dass Alena gestorben war, weigerte ich mich, wieder ein solches Spiel mit einem unschuldigen Mädchen zu spielen", redete er nach einer Weile weiter. „Erzsébet wurde zornig und strafte mich, doch schließlich nahm sie es hin. Sie holte manchmal käufliche Frauen ins Haus, die um einer ausreichenden Entlohnung willen all ihren Wünschen zustimmten. Bei ihrem letzten Aufenthalt in Wien traf sie aber auf Ilona, die weniger Hemmungen hatte als ich. Sie genoss es, Erzsébets Geliebte zu sein, ließ sich von ihr schlagen und misshandelte auf ihren Befehl hin auch diese Annie. Zunächst dachte ich, sie täte es nur aus Ehrgeiz, aber in Wahrheit liebte sie Erszébet abgöttisch. Viel mehr, als ich es jemals tat."

Er starrte weiterhin den Boden zu seinen Füßen an. Emilia vermochte zunächst nichts zu sagen. Viele Rätsel hatten sich gelöst, doch ließ dies wieder neue Fragen in ihrem Kopf aufkommen.

„Du hast dafür gesorgt, dass Erzsébet Doricza davonjagte, um sie zu schützen", stellte sie fest und schämte sich ein wenig, ihn damals deshalb so angegangen zu haben. Er nickte.

„Ich hatte Angst, dass sie das Mädchen in eine Falle locken könnte, um sie gemeinsam mit Ilona zu missbrauchen. Deshalb erzählte ich der Gräfin, dass Doricza es bereits mit mir und etlichen anderen Männern getrieben hätte und gegen entsprechende Entlohnung zu allem bereit sei. So ein Verhalten wollte sie bei ihren Dienstmägden nicht und jagte Doricza deshalb davon. Als die Kleine wieder zurückkam und weiterhin unschuldig wirkte, änderte sie ihre Meinung aber. Sie

Sie wollte erneut, dass ich Doricza anlocke, und war sehr wütend, als ich mich weigerte."

Emilia erinnert sich an die Nacht, da sie István verletzt aufgefunden hatte. Das also waren die Hintergründe gewesen.

„Warum folterte Erzsébet nicht gemeinsam mit der Szentés, wenn es ihr solche Freude machte?", flüsterte sie.

„Erzsébet war nie so extrem wie die Szentés. Sie wollte Frauen mit der Rute schlagen, manchmal mit heißem Wachs verbrennen, bevor sie ihre Körper berührte. Die Straßenhuren ließen es für Geld mit sich machen. Was die Szentés hingegen mit ihren Opfern tat, das würde kein Mensch freiwillig erdulden. Aber vielleicht spürte sie, dass Erzsébet einige ihrer Neigungen teilte, und wurde dadurch in ihren Diensten immer dreister."

Emilia begann in dem Berg an alten Kleidern, auf dem sie saßen, herumzufingern. Wie durch einen Nebel nahm sie verschmutzte Stoffe wahr, die aber mit kunstvollen Stickereien und Borten verziert waren. Wenn sie nur eine Gelegenheit hätte, all dies gründlich zu reinigen und zu flicken, dann ...

Istváns eindringlicher Blick machte ihr klar, dass sie die Augen nicht vor der gegenwärtigen Lage verschließen konnte, auch wenn sie sich von ihr überfordert fühlte. Wie gern hätte sie sich nun an jenen Mann geschmiegt, der so unerwartet in ihr Leben zurückgekehrt war, nachdem sie bereits alle Hoffnung auf ein Wiedersehen begraben hatte! Aber die Vorstellung von den widerwärtigen Dingen, die er getan hatte, schob sich dazwischen.

„Hast du auch mit Ilona ...?"

Sie wusste selbst nicht, warum ihr eben dies auf einmal wichtig schien, und ihre Stimme erstickte, sodass sie die Frage nicht ganz aussprechen konnte. Aus den Augenwinkeln sah sie ihn nicken.

„Ich tat, was die Gräfin befahl. Wie alle, die in ihren Diensten standen. Erzsébet verstand sich hervorragend darauf, Menschen Gehorsam zu lehren."

Er wandte sich ihr zu, obwohl sie zurückwich.

„Das war es, was mich an dir beeindruckte. Du warst immer mutig und ehrlich, der erste Mensch, der es wagte, Erzsébet zu widersprechen. Und trotzdem schätzte sie dich, vielleicht, weil auch sie deinen Wert erkannte."

Er hob seine Hand und legte sie auf Emilias Schulter. Sie versteifte sich, vermochte ihn aber nicht abzuschütteln.

„Ich dachte, wenn ein so aufrechtes, anständiges Mädchen sich mit mir einlässt, obwohl ich ihm nicht mehr als eine heimliche Liebschaft bieten kann, dann kann ich kein so wertloser Halunke sein, wie meine Eltern mich gern nannten. Aber vielleicht habe ich dich einfach getäuscht und jetzt, da du die Wahrheit kennst, siehst du mich anders."

Es schmerzte, als er seine Hand wieder zurückzog, doch Emilia hinderte ihn nicht daran.

„Ich brauche eine Weile, um über all das nachzudenken", sagte sie schließlich. Er nickte und stand auf.

„Ich werde nach draußen gehen, um etwas Holz zu sammeln. Wir werden ein Feuer brauchen."

Emilia nickte. Dann zuckte sie vor Schreck zusammen, denn sie konnte hören, wie Schritte draußen im Schnee knirschten. István sah sich unruhig in der Hütte um.

„Im Notfall können wir die Bretter der Wand niedertreten und nach draußen rennen", schlug er leise vor. Emilia fand das nicht besonders beruhigend. Wenn die Männer des Palatin nun anrückten, wäre bald die ganze Hütte umstellt. Aber es klang nur nach den Schritten einer einzelnen Person. Bald darauf rief eine tiefe Männerstimme etwas in einer unbekannten Sprache. István antwortete.

„Das ist Bela, ein Anführer der *Cigány*. Ein guter Freund von mir", erklärte er Emilia. „Er wusste, dass ich aus dem *vár* fliehen wollte, und sucht mich wahrscheinlich."

Er öffnete die Tür, ohne Emilias Antwort abzuwarten. Ein kleiner, bärtiger Mann mit riesiger Pelzmütze trat ein. Ein Korb ruhte in seinen Händen. Nach einem kurzen Wortwechsel wurde er Emilia überreicht. Als sie ein ihr vertrautes Mauzen hörte, brach sie in Tränen aus.

„Das ist Tibor!"

„Ich fand ihn, nachdem ich aus dem *kastély* geflohen war", bestätigte István. „Er irrte hilflos herum, denn jemand musste ihn hinausgeworfen haben. Ich bat die *Cigány*, auf ihn aufzupassen, bis du wieder frei bist."

Emilia drückte den Korb erleichtert an sich.

„Wir müssen jetzt los“, redete István weiter. „Belas Leute sind unsere Rettung, denn sie können uns aus der Gegend schmuggeln. Dann sehen wir weiter.“

Verwirrt und nicht ohne Misstrauen starrte Emilia in das dunkle Gesicht des Fremden namens Bela. Geschichten, die sie über sein Volk gehört hatte, wurden in ihrer Erinnerung wach: Diebe, Herumtreiber, Menschen ohne Anstand und Sitten, so wurden die *Cigány* auch in ihrer Heimat genannt. In Ungarn, wo es viel mehr von ihnen gab, galten sie ebenfalls als gesetzlose Betrüger. Das tiefe Schwarz der Augen dieses Mannes und ein fremdländischer Zug an seinen hervorstehenden Wangenknochen machten ihr Angst, dann erinnerte ein weiteres vorwurfsvolles Mauzen sie daran, wer ihr Tibor heil und gesund überreicht hatte. Sie stand auf.

„Wohin werden sie uns bringen?“, fragte sie István.

„Wo auch immer sie gerade hinziehen. Wir haben nicht viel Zeit, Emilia. Dein Verschwinden müsste inzwischen bemerkt worden sein und es kann nicht mehr lange dauern, bis Graf Thurzó Spürhunde losschickt.“

Diese Worte reichten, um sie endgültig zu überzeugen. Sie hob Tibors Korb hoch und ergriff nach kurzem Überlegen auch ein paar der herumliegenden Kleidungsstücke. István warf ihr einen staunenden Blick zu.

„Ich werde das säubern und richten, sobald ich eine Gelegenheit finde. Wir werden uns irgendwann umziehen müssen und den Rest kann ich hoffentlich irgendwo verkaufen.“

Schalk blitzte in seinen Augen auf.

„Du vergisst keinen Augenblick, an deine Arbeit zu denken.“

Er half ihr aber sogleich, noch mehr von diesen Vorräten einzusammeln. Bela beobachtete sie mit gerunzelter Stirn, bis István wieder ein paar unverständliche Worte mit ihm wechselte.

„Das sind alte Kleidungsstücke, die die Frauen einer anderen Sippe freiwillig zurückgelassen haben“, erklärte István ihr beim Hinausgehen. „Er begreift nicht, warum du sie mitnehmen willst. Ich glaube, es wird ganz schön Eindruck machen, wenn Belas Leute sehen, was du daraus schaffen kannst.“

Diese Worte beflügelten Emilias Tatendrang. Sie folgte den zwei Männern den Hügel hinab, bis sie eine verschneite Lichtung erreichten, auf der fünf Pferdewägen verstreut waren. Die farbenfrohen Tücher, mit denen sie behängt waren, täuschten nur von Weitem über ihren heruntergekommenen Zustand hinweg. Emilia rief sich in Erinnerung, dass dies der einzige Weg in die Freiheit war, bevor sie sich von István auf so ein Gefährt ziehen ließ. Im Inneren saß eine Frau, die kaum älter als Emilia sein konnte, aber bereits zwei kleine Kinder um sich scharte. Sie neigte den Kopf zur Begrüßung, doch ihre Augen blickten den Ankömmlingen misstrauisch entgegen. Emilia zwängte sich in eine Ecke und begann, die mitgebrachten Kleidungsstücke zu einem Bündel zu rollen. Sie spürte, wie der Wagen unter ihr zu holpern begann, und atmete erleichtert auf. Es galt erst einmal, sich so weit wie möglich von Csejte zu entfernen, bevor sie sich Gedanken über die Zukunft machte.

István kam bald darauf herein, um ihr einen Lángos und eine Flasche mit Pálinka hinzuhalten. Seite an Seite aßen sie, während die Blicke des fremden Mädchens etwas freundlicher wurden, als hätte sie sich allmählich an die neuen Gäste gewöhnt. Die Kinder begannen zu lachen und miteinander in einer fremden Sprache zu plappern. Durch einen etwa handbreiten Riss in der ledernen Plane des Wagens sah Emilia die im Morgenlicht glänzende Schneelandschaft vorbeiziehen. Vor dem grauen Horizont zeichnete sich eben jene steinerne Formation ab, die sie auch bei ihrer Ankunft in Csejte als Erstes erblickt hatte. Das uralte, mächtige *vár*, dessen Besitzer zwar wechseln mochten, das aber dennoch seit Jahrhunderten über die Landschaft wachte, verbreitete auch jetzt eine fast bedrohliche Stimmung. Irgendwo darin saß eine Frau gefangen, die bis vor wenigen Tagen noch zu den mächtigsten Menschen dieses Landes gehört hatte.

„Was wird aus Erzsébet werden?“, fragte Emilia István leise. Er zuckte mit den Schultern.

„Sie werden eine Person ihres Ranges nicht so einfach hinrichten. Nicht wegen ein paar unbedeutender Mägde, die gestorben sind, und diese dienen als Vorwand für ihre Verhaftung. Aber wenn der Palatin seinen Willen durchsetzt, wonach es jetzt aussieht, wird sie niemals wieder einen freien Schritt tun können.“

Emilia verspürte ein schmerzhaftes Ziehen in ihrer Brust.

„Vielleicht wird Gábor Báthory ihr helfen“, sagte sie, als wolle sie sich selbst Hoffnung zusprechen. István schüttelte den Kopf.

„Sobald man ihren Besitz eingezogen hat, ist sie wertlos für ihn."

Die Wahrheit in diesen Worten ließ Emilias Augen feucht werden. Erzsébet war in ihrem Leben das Opfer von Härte gewesen und hatte sich in eine harte Frau verwandelt, die mutig genug gewesen war, den Kampf gegen mächtige Männer aufzunehmen, weil sie Ursache ihres Unglücks gewesen waren. Nun war sie endgültig geschlagen worden. Vielleicht war dieses Schicksal die verdiente Strafe für all das, was sie Mädchen wie Alena angetan hatte. Aber wer strafte den roten Megyery für Evas Tod?

Emilia warf noch einen letzten Blick auf das *vár* und nahm leise Abschied von jener Frau, die ihr eigenes Leben stark beeinflusst hatte. Sie war von ihr sogar verschont worden, als sie ihr völlig ausgeliefert gewesen war. Vielleicht war dies ein Zeichen der Liebe gewesen. Der Schmerz in ihrer Brust machte ihr klar, dass auch sie sehr starke Gefühle für die Gräfin entwickelt hatte.

Dann wandte sie den Kopf und musterte Istváns scharf geschnittenes Profil. Nun gab es kein Zurück mehr, sie stand nicht mehr im Dienst einer Gräfin, die ihr ein angenehmes Dasein ermöglichte, sondern zog mit Vagabunden herum. Eben jenes Leben, vor dem sie hatte fliehen wollen, als sie Kurt verließ, stand ihr nun wieder bevor. Aber ganz gleich, was der Mann an ihrer Seite auch getan hatte, ihr graute nicht vor der Zukunft, solange sie ihn in ihrer Nähe wusste.

Epilog

Csejte, August 1614

György übergab sein Pferd einem von Deseös Knechten und betrat das *vár*. Die Räumlichkeiten wirkten noch kahler, als er es von seinem letzten Besuch nach der Verhaftung seiner Schwiegermutter in Erinnerung hatte. Jemand musste in der Zwischenzeit alle Wandbehänge und Möbel entfernt haben. Thurzós Ehefrau war einmal hier gewesen und hatte den Schmuck der Gräfin an sich genommen, wie Deseö Miklós Zrínyi und ihm in einer Botschaft mitgeteilt hatte. Nach einigen Protesten beim Palatin waren die Wertgegenstände wieder herausgegeben worden. Doch wenn Deseö geschwiegen hätte, überlegte György, dann wäre nichts geschehen. Vermutlich hatte die Frau des Palatin eben darauf gehofft.

Auf der Treppe kam ihm Pfarrer Ponicky, der sich weiterhin Ponekinus nannte, entgegen und lächelte breit.

„Wie aufmerksam von Euch, uns hier aufzusuchen. Man könnte meinen, die Welt hätte Eure Schwiegermutter vergessen. Aber manchen Menschen ist die Familie noch etwas wert."

György wollte nicht aussprechen, dass es weder Kata noch ihrer Schwester Anna jemals gestattet worden war, ihre gefangene Mutter zu besuchen. Er selbst hatte die Erlaubnis nur als Entschuldigung für die entwendeten Schmuckstücke erhalten.

„Folgt mir, folgt mir", rief Ponicky und winkte. „Ihr werdet sehen, für die edle Frau wird gut gesorgt. In der ersten Zeit war sie etwas schwierig, aber nun ist sie fügsamer geworden, als hätte sie verstanden, dass sie bald vor ihrem Richter stehen wird."

Es ging die Stufen hinauf in ein kleines, karges Gemach. Allein die unvergitterte Fensteröffnung, durch die Tageslicht ungehindert hereinfließen konnte, machte deutlich, dass dies kein gewöhnliches Verlies war. György erblickte ein schmales Bett, einen Tisch und einen Stuhl, allesamt schlichte Holzmöbel, wie sie in einem einfachen Gasthof zu finden wären. Was war wohl aus der Einrichtung des *kastély* geworden, das seit der Verhaftung der Gräfin unbenutzt war? Erst nach einem Augenblick bemerkte er den Kamin in einer Ecke des Zimmers und war fast erleichtert, dass seine Schwiegermutter wenigstens nicht frieren musste. Ein schwaches Feuer glomm auch jetzt darin, obwohl es draußen sommerlich heiß war.

„Euer Durchlaucht! Ihr habt Besuch!“, verkündete Ponicky mit einer künstlich fröhlichen Stimme, die György unangenehm fand. Eine Weile blieb es still und er sah erst jetzt, dass auf dem Bett eine Gestalt lag, die ihr Gesicht zur Wand gedreht hatte.

„Euer Durchlaucht!“

„Verschwinde, Ponicky!“, kam es nun leise aber doch sehr bestimmt.

Der Pfarrer sah für einen Augenblick wütend aus, aber dann zwang er sich wieder zu lächeln.

„Manchmal ist sie auch jetzt noch schwierig, da lässt sich leider nichts machen“, flüsterte er György zu, bevor er an das Bett herantrat. „Euer Schwiegersohn ist da, um Euch zu sehen.“

Nun drehte die Gräfin sich endlich um. György konnte nicht umhin, vor Schreck einen Schritt rückwärts zu treten, denn er hatte seine Schwiegermutter als jene stolze, zornige Gestalt in Erinnerung, die vor über drei Jahren im *vár* eingesperrt worden war. Jene Frau, die ihn nun mit stumpfem Blick ansah, hätte irgendwo an einer Straßenecke als Bettlerin sitzen können. Ihr Gesicht war eingefallen und grau, die Haare hingen unfrisiert über ihren Rücken und sahen so verfilzt aus, als hätten sie seit dem Tag der Verhaftung keine Bürste mehr gesehen. Sie trug ein vergilbtes, von Flecken übersätes Unterkleid. Brachte man ihr keine frischen Gewänder? Graf Thurzó hatte entschieden, dass keine Dienstmägde mehr in ihre Nähe gelassen werden sollten, da sie als gefährlich galt. Pfarrer Ponicky konnte ihr schlecht beim Einkleiden helfen, aber wenn sie ihn aufgefordert hätte, ihr Sachen aus dem *kastély* zu bringen, so wäre er dazu sicher in der Lage gewesen.

„Ein Mitglied meiner Familie hat also noch nicht vergessen, dass es mich gibt“, riss Erzsébets Stimme ihn aus diesen Gedanken. „Ich dachte, man hätte euch erzählt, ich sei tot, und deshalb ließ sich all die Jahre niemand hier blicken.“

Für einen Moment glaubte György nun doch, jene Frau wiederzuerkennen, die er einst ebenso bewundert wie gefürchtet hatte. Sie hatte noch denselben scharfen Blick, den unterkühlten, stets leicht spöttischen Tonfall.

„Es war uns nicht gestattet, Euch zu besuchen“, erklärte er und rückte den Stuhl an ihr Bett heran. Er bemerkte, dass ein unangenehmer Geruch von der Gräfin ausging, als hätte sie sich seit längerer Zeit nicht mehr gewaschen. Die Illusion, seine Schwiegermutter hätte sich nicht wirklich verändert, wurde dadurch wieder zerstört.

„Und was führt Euch nun plötzlich hierher?“ Ihre Stimme klang so bestimmend, dass man kaum glauben konnte, sie komme aus jenem ausgemergelten Körper auf dem Bett. „Ich habe mein Testament bereits gemacht, kann aber noch ein weiteres aufsetzen, falls Thurzó das erste hat verschwinden lassen.“

„Darum geht es nicht“, versuchte György sie zu beruhigen. „Miklós Zrínyi, Imre Megyery und ich, wir verwalten bereits Eure Besitztümer. Aber Kata macht sich Sorgen um Euch. Sie selbst ist wohlauf. Wir haben eine kleine Tochter, Eure Enkelin. Sie heißt Maria.“

Er hatte auf ein glückliches Funkeln in ihren Augen gehofft, aber es blieb aus.

„Mir ist kalt“, murmelte sie nur, völlig unbeeindruckt von dieser Neuigkeit. „Ständig, obwohl das Feuer im Kamin brennt.“

Dann nahm sie ihr Kissen und legte es sich stöhnend auf die Beine, um sich anschließend wieder auf der schmutzigen Matratze auszustrecken. Zum ersten Mal lächelte sie.

„So ist es besser. So soll es bleiben bis zum Ende.“

Ihre Augen fielen zu, sie hustete und spuckte Schleim, dann begann sie ruhiger zu atmen.

„Ich glaube, die Dame braucht jetzt etwas Ruhe“, meldete der Pfarrer sich wieder zu Wort. „Sie ermüdet schnell in letzter Zeit.“ Er stupste György sanft an, dann führte er ihn hinaus.

„Ich will ein zweites Testament machen“, flüsterte Erzsébet im Hintergrund. „Sonst nimmt Thurzó alles an sich. Man soll mit Papier und Tinte bringen. Sofort!“

„Wie Ihr wünscht, Euer Durchlaucht“, sagte Ponicky schnell.

„László, mein Liebster“, vernahm György in seinem Rücken, bevor die Tür zufiel. „Du hattest keine Ahnung, wie schlecht diese Welt ist. Wenn wir verschlagener gewesen wären, hätten sie uns nicht trennen können. Niemals.“

„Von diesem László redet sie immer wieder im Halbschlaf. Niemand weiß, wer er ist. Ich glaube, sie hat ihn erfunden, denn ihr Geist verwirrt sich zunehmend“, plapperte der Pfarrer, während er György die Treppe herunterführte. „Zunächst neigte sie zu Wutanfällen und wollte ständig vor ein Gericht gestellt werden, um sich selbst verteidigen zu können, weil sie meinte, das sei ihr Recht.“

„Das wäre es auch gewesen“, konnte György nicht umhin zu sagen. „Frei vor einem Gericht zu sprechen, bevor ein Urteil über sie gefällt wurde.“

Ein scheinbar fassungsloser, gleichzeitig etwas verschlagener Blick streifte ihn aus den Augen des Pfarrers.

„Wir wissen beide, dass der Palatin nur im Interesse der Familie handelte, indem er einen öffentlichen Skandal verhinderte. Wie stünde der ungarische Adel in der Welt da, wenn herauskäme, welche abscheulichen Dinge diese Frau mit wehrlosen Bediensteten getan hat! Zudem hätte der König ihr Vermögen einziehen können, sobald sie rechtskräftig verurteilt war.“

György biss sich auf die Lippen. Er hatte all diese Gründe bereits mehrfach von Miklós gehört. Sie klangen einleuchtend, doch machte sich jedes Mal, wenn sie vorgetragen wurden, ein unangenehmer Geschmack auf seiner Zunge breit, als hätte er in faules Fleisch gebissen. Weder sein Schwager noch er selbst hatte jemals offen ausgesprochen, dass es noch eine andere, weniger edelmütige Erklärung für das Verhalten des Palatin gab.

„In den ersten Wochen, nachdem die Gräfin eingesperrt worden war, zertrümmerte sie bei Wutanfällen mehrere Möbelstücke“, erzählte Ponicky weiter. „Wir gaben ihr Wein zur Beruhigung. Am liebsten hätten wir eine Kräuterfrau geholt, aber auch das hatte der Palatin verboten. Besonders schlimm wurde es, wenn sie ihre Kopfschmerzen hatte. Manchmal schrie sie wie am Spieß und riss sich das Haar aus.“

„Warum konnte keine Kräuterfrau kommen? Weil die Gräfin sie eigenhändig hätte umbringen können?“, fragte György spöttisch. Der Pfarrer sah ihn leicht tadelnd an.

„Die Befehle des Palatin haben sicher ihren Grund“, meinte er nur. „Aber vielleicht könntet Ihr ihn daran erinnern, dass er mir ein Amt an seinem Hof versprochen hat, wenn die Gräfin beerdigt ist. Es dürfte nicht mehr lange dauern, sie wird immer schwächer und isst kaum noch."

Es fiel György schwer, die sichtliche Erleichterung in der Stimme des Pfarrers zu ertragen. Er sehnte sich plötzlich nur noch danach, diese uralte Burg zu verlassen, um wieder Sonnenschein und reine Luft um sich zu haben. Für die sterbende Frau dort oben konnte niemand mehr etwas tun. Er überlegte, wie wahrheitsgetreu er Kata alles schildern sollte. Sie war wieder schwanger und er wollte sie nicht unnötig aufregen. Es würde reichen, wenn er allein an der Last des schlechten Gewissens zu tragen hätte, weil er niemals den Mut aufgebracht hatte, sich in dieser Angelegenheit gegen den Palatin zu stellen.

Der Pfarrer erzählte ihm, dass die Bauern bereits ihren Kindern mit der Gräfin drohten, wenn sie unartig waren.

„Man nennt sie eine von diesen blutsaugenden Gestalten, die sich nachts im Wald herumtreiben oder gar in Häuser eindringen, um dort ihre Opfer zu suchen. Die Leute hier haben ein sehr schlichtes Gemüt. Ich hingegen bin ein Mann, der des Lesens und Schreibens kundig ist, und warte schon lange auf Aufgaben, die meinen Fähigkeiten entsprechen. Vergesst bitte nicht, meinen Namen gegenüber dem Palatin zu erwähnen. Er wird sicher dankbar sein, denn es wäre schade, wenn er mich vergisst, nur weil er ein sehr beschäftigter Mann ist."

György nickte und lehnte die Einladung des Pfarrers zu einem gemeinsamen Mittagsmahl so höflich wie möglich ab. Dann schwang er sich wieder auf sein Pferd und ritt ins Dorf hinab. Jene zwei Heiducken, die er als Begleitschutz mitgenommen hatte, warteten dort im Haus eines Bauern. Csejte hatte die aufwühlenden Ereignisse vor drei Jahren überlebt, so wie es auch vorher Überfälle der Türken und Hungersnöte überstanden hatte. Es schien wieder ein kleines, friedliches Dorf, eingebettet in die Hügel der Karpaten, zu sein. Nichts erinnerte daran, dass hier Dorottya Szentés und Helena Jó bei lebendigem Leib verbrannt worden waren, nachdem man ihnen vorher die Finger herausgerissen hatte. Ficzkó war aufgrund seiner Jugend die Gnade gewährt worden, durch das Schwert des Henkers zu sterben. Katalin Beniczky hatte man nach einigen Wochen aus dem Verlies entlassen, doch wollte der Palatin nicht auf eine letzte Hinrichtung verzichten. Ein uraltes Weib aus Myjava, das in der Gegend als Heilerin bekannt gewesen war, hatte ebenfalls den Tod auf dem Scheiterhaufen gefunden, ohne dass ihm überhaupt der Prozess gemacht worden wäre.

Doch nun saßen die Bauern gesellig beisammen und plauderten mit seinen Begleitern. Ein paar Mädchen schenkten Wein aus. Es war Sonntag und daher blieben die Felder unbestellt. György fand die Fröhlichkeit dieser Menschen befreiend. Er gesellte sich für eine Weile hinzu und nachdem er den ersten Becher geleert hatte, begann das elende, ausgezehrte Gesicht seiner Schwiegermutter in seiner Erinnerung zu verblassen. Ihm fiel ein, dass er auf dem Heimweg noch in Pozsony haltmachen musste. Dort lebte seit etwa einem Dreivierteljahr eine deutsche Gewandschneiderin gemeinsam mit ihrem ungarischen Ehemann, und Kata ließ ihre Gewänder am liebsten von ihr anfertigen, wodurch sie der jungen Frau geholfen hatte, auch weitere adelige Kundschaft zu finden. György winkte seinen Männern zu, die sich nur ungern von den Bauernmädchen verabschiedeten. Beim Ritt durchs Gebirge warf er noch einen letzten Blick auf das *vár* und nahm stumm Abschied von der einst mächtigsten Frau Ungarns, die dort im Sterben lag.

Erzsébet Báthory: Mythos und Wahrheit

1729 stieß der ungarische Mönch László Turóczi in den Archiven von Bytča (ungarisch Nagybiccse) auf die Unterlagen eines ihm vorher völlig unbekannten Prozesses. Er fand die Details so schockierend, dass er die Geschichte jener Gräfin Báthory, die laut den Unterlagen etliche Dienstmägde zu Tode folterte, als „Tragica Historia" veröffentlichte. Dabei ließ er, wie etliche Autoren nach ihm, seiner Fantasie in vieler Hinsicht freien Lauf. Die bis heute verbreitete Vorstellung, Erzsébet Báthory (deutsch: Elisabeth Báthory, slowakisch: Alžbeta Báthoryová) hätte im Blut von Jungfrauen gebadet, um ewig jung zu bleiben, geht auf ihn zurück, denn in den Prozessakten ist davon nicht die Rede. Es ist möglich, dass er dabei Schauergeschichten aus der Region mit in seinen Bericht einfließen ließ, denn in dem Ort, der heute unter der slowakischen Namen Čachtice bekannt ist (deutsch Schächtitz, ungarisch Csejte), hatte man die Blutgräfin offenbar nicht vergessen. Die Erinnerung an die berüchtigte Schlossherrin war bereits mit den in Osteuropa weit verbreiteten Vampirgeschichten verschmolzen. Der Mönch brachte durch seine Erzählung einen Stein ins Rollen: Es folgten etliche Geschichten und später auch Filme über die Báthory. Darin wurde sie zunehmend zu einer ebenso monströsen wie faszinierenden Gestalt, eine völlig weltabgewandte, geistig umnachtete Adelige, die auf einem Spukschloss in den Karpaten unschuldige Mädchen zu Tode folterte. Sie gilt als Vorbild für weibliche Vampirgestalten der Weltliteratur, inspirierte surrealistische Filmemacher ebenso wie die Regisseure sadomasochistischer Lesbenpornos.

Erste Versuche, sich der historischen Gestalt durch ein genaues Studium der Quellen zu nähern, setzten verhältnismäßig spät ein und wurden in westlichen Ländern durch die Existenz des eisernen Vorhangs behindert. In Ungarn entsprach die Vorstellung einer sadistischen Fürstin, die jahrelang ungestraft einfache Bauernmädchen morden konnte, der kommunistischen Ideologie und wurde nicht weiter hinterfragt. 1987 veröffentlichte der Amerikaner Raymond T. McNally „Dracula was a Woman", das erste Báthory-Buch, das versucht, diese so schockierende Person im historischen Kontext ihrer Zeit zu sehen. Danach nahm das Interesse am Quellenstudium allmählich zu. Michael Farin legte 1989 in „Heroine des Grauens" eine deutsche Übersetzung der Unterlagen über den Prozess gegen die Báthory und auch der späteren literarischen Bearbeitungen des Stoffes vor. Soweit wurde den Aussagen der Prozessakten Glauben geschenkt und niemand zweifelte daran, dass diese ungarische Adelige über 600 Mädchen auf dem Gewissen hatte. Dadurch schaffte sie es als Serienmörderin auch ins Guinness-Buch der Rekorde.

Erst Ende der 80er Jahre wurde von ungarischen Historikern die Glaubwürdigkeit der damaligen Unterlagen infrage gestellt und man legte sie Juristen zur Prüfung vor. Deren Urteil war eindeutig: In einem modernen Rechtsstaat hätten die gegen die Báthory gesammelten Beweise niemals gereicht, um jemanden zu verurteilen. Es wurde von „stalinistischer Willkür" gesprochen oder – historisch passender – eine Parallele zu Hexenprozessen gezogen. Tatsache ist, dass die vorgelegten Zeugenaussagen entweder nur Gerüchte darstellen oder aber unter Folter erpresst wurden, was sie aus moderner Sicht unzulässig macht. Allerdings beruhte die damalige Rechtsprechung auf anderen Prinzipien. Vielleicht gab es jene Beweise, die wir heute verlangen würden, aber es wurde nicht nach ihnen gesucht. Daher ist bis dato umstritten, inwieweit die Báthory nun schuldig war oder nicht.

Was aber sind nun die historischen Fakten? Erzsébet Báthory wurde 1560 als Tochter des ungarischen Hochadels geboren. Über ihre Familie kursieren im Internet die wildesten Geschichten, die sie als Sippe dekadenter Psychopathen darstellen, aber historisch belegt sind derartige Exzesse nicht. Die Báthorys lebten zu einer Zeit, da Gewaltanwendung viel selbstverständlicher war als heute und zudem in einem von langen Kriegen erschütterten Land, doch gibt es keine Hinweise, dass sie außergewöhnlich brutal gewesen wären. Die kleine Erzsébet erhielt eine herausragende Erziehung und war gebildeter als viele männliche Adelige ihrer Zeit. Einem Gerücht zufolge brach sie schon als Kleinkind bei der besonders grausamen Hinrichtung eines Roma-Mannes in Gelächter aus, was als frühes Zeichen ihrer sadistischen Neigungen interpretiert werden kann. Dieser Vorfall wird aber in keiner bekannten Quelle erwähnt. Unter ihren Standesgenossen genoss die junge Erzsébet einen guten Ruf und wurde anderen Mädchen als Vorbild hingestellt. Wie damals üblich verlobte man sie bereits im Alter von 11 Jahren mit Ferenc Nádasdy, einem standesgemäßen Bräutigam. Sie zog daraufhin zu seiner Familie nach Sárvár. Ferenc war fünf Jahre älter als seine Braut. Intellektuell konnte er ihr nicht das Wasser reichen, aber er hatte bereits bewiesen, dass er ein sehr fähiger Feldherr war, der die Türken das Fürchten lehrte und dadurch zum ungarischen Nationalhelden wurde. Erzsébet unterstand zunächst der Obhut ihrer zukünftigen Schwiegermutter, die aber bald starb. Danach war sie für eine junge Frau der damaligen Zeit recht unbeaufsichtigt und soll eine heimliche Liebschaft mit einem Mann niederer Abkunft namens László Bende begonnen haben. Auch diese Geschichte ist nicht historisch belegt, allein der Name des vermeintlichen Liebhabers ist in den Archiven von Trnava zu finden. Angeblich ging aus dieser Beziehung ein Kind hervor, das Erzsébet auf Befehl ihrer Mutter heimlich zur Welt brachte und gleich darauf fortgeben musste. Name und Schicksal dieses Kindes sind völlig unbekannt. Ferenc soll von der Geschichte erfahren und den Liebhaber seiner Braut getötet haben, was damals das normale Verhalten eines adeligen Mannes gewesen wäre. Dennoch führte er Erzsébet 1575 zum Traualtar. Als Báthory-Tochter war sie eine zu gute Partie, um wegen eines Fehltritts abgelehnt zu werden. Kurz nach der Hochzeit verschwand der Bräutigam wieder aufs Schlachtfeld. Er überließ Erzsébet die Verwaltung der gemeinsamen Besitztümer, worin sie sich als sehr geschickt und gewissenhaft erwies. Die Ehe blieb zehn Jahre lang kinderlos, danach gebar Erzsébet aber noch fünf Kinder. Man kann nur spekulieren, warum es so lange dauerte. Der bis heute erhaltene Briefwechsel des Ehepaars lässt auf eine von höflicher Distanz geprägte Beziehung schließen, wie in arrangierten Ehen nicht unüblich. Hinweise auf einen tiefen Zwist oder gar gegenseitige Abneigung gibt es darin aber nicht.

1602 klagte István Magyari, ein angesehener Kirchengelehrter, die Gräfin öffentlich der Grausamkeit an. Allerdings bezog er auch ihren Gemahl Ferenc in diesen Vorwurf ein und nannte keine konkreten Beispiele, wie und gegen wen sie grausam gewesen sein sollen. István Magyari war Hauspfarrer der Nádasdys, ging daher mit dieser Kritik ein großes Wagnis ein. Auch hierzu kursieren viele Geschichten, wie Erzsébet sich bei Ferenc beschwerte, der daraufhin ein Machtwort sprach, sodass der Pfarrer nicht mehr frei seine Meinung sagen konnte, sondern heimlich gegen die Blutgräfin agieren musste. Belegt ist jedoch nur dieser eine Vorwurf, dessen genaue Hintergründe unbekannt sind. Zum Zeitpunkt von Erzsébets Verhaftung war Magyari bereits tot. Einige Geistliche wiesen darauf hin, wie heftig in ihren Kreisen bereits vorher gegen das Treiben der grausamen Gräfin protestiert worden war, aber es gibt hierzu keine Quellenbelege.

1604 starb Ferenc Nádasdy an einer Krankheit. Erzsébet, die kurz vorher ihren kinderlosen Bruder beerbt hatte, war nun mit Abstand die reichste Witwe Ungarns und hielt viel Macht in ihren Händen, befand sich aber auch in einer gefährdeten Position. Unter den Adelsfamilien des kleinen, noch freien Teil Ungarns herrschte ziemliche Anarchie, man raubte sich gegenseitig die Besitztümer und Witwen galten als leichte Opfer, da sie sich nicht militärisch verteidigen konnten. Dieser Gefahr scheint Erzsébet sich bewusst gewesen zu sein und trat sehr entschlossen auf, um potenziellen Gegnern gleich klarzumachen, dass sie mit ihr kein leichtes Spiel hätten. Ihre Besitztümer verwaltete sie mit fast akribischer Genauigkeit und stand dabei in freundschaftlichem Briefkontakt zu den mächtigen Männern des Landes, u. a. auch jenem Graf Thurzó, der sie später verhaften sollte. Sie holte sich bei ihnen Ratschläge, traf aber ihre eigenen Entscheidungen und scheint insgesamt hohes Ansehen genossen zu haben. Aus ihren Briefen geht hervor, dass ihr das Schicksal ihrer Untergebenen nicht völlig gleichgültig war, und sie zeigte sich durchaus manchmal wohltätig. Konkrete Hinweise auf sadistische Neigungen findet man soweit keine.

Im Herbst des Jahres 1610 schickte Graf Thurzó, nun Palatin Ungarns, Männer los, die im Umland Zeugen befragen sollten, um Beweise für die Folterung und Ermordung junger Mädchen im Dienst der Gräfin zu sammeln. Was ihn dazu veranlasste, ist unbekannt. Die naheliegendste Erklärung wäre natürlich, dass es Beschwerden von Angehörigen der Opfer gab, aber diese sind nicht belegt und werden auch im späteren Prozess nicht erwähnt.

Erzsébet muss geahnt haben, dass sich etwas über ihr zusammenbraute, denn etwa zu jener Zeit ließ sie von einem Arzt ein Attest ausstellen, dass eine ihrer Dienstmägde an einer Krankheit gestorben sei und nicht an der Folge von Folterungen. Von den Beauftragten des Palatin wurden etwa 300 Aussagen über die grausame Behandlung von weiblichen Bediensteten durch die Gräfin zusammengetragen. Diese wurden allem Anschein nach freiwillig gemacht, denn einige der Befragten gaben an, nichts zu wissen, und wurden in Frieden gelassen. Das Problem an diesen Aussagen ist allerdings, dass sie nur Gerüchte wiedergeben und nicht von Augenzeugen stammen. Bei den angeblichen Folterungen handelte es sich um Strafen wegen Diebstahls und mangelhafter Arbeit. Die Mädchen wurden geschlagen, mit heißen Gegenständen verbrannt, in kaltes Wasser eingetaucht u. Ä.. Eine solche Behandlung von aufsässigen Untergebenen war aber damals nicht unüblich und stand einer Person von Erzsébets Rang auch zu. Adelige Landesherren durften sogar selbstständig Todesurteile fällen, denn ihre Leibeigenen waren de facto rechtlos. Daher wird in den Aussagen häufig betont, die Gräfin hätte auch Mädchen „von Stand" getötet. Dabei tauchen aber nur sehr wenige Namen auf und kein einziger davon gehört zum Hochadel des damaligen Ungarn. Dass eine Person von Erzsébets Rang für die Ermordung eines Kleinadeligen verurteilt wurde, war theoretisch möglich, geschah aber ziemlich selten.

Am 29. Dezember des Jahres 1610 fiel der Palatin unangekündigt in Csejte ein, um Erzsébet zu überrumpeln. Nach seinen eigenen Angaben fand er dort mehrere Folteropfer vor. Die Gräfin wurde in Gewahrsam genommen und man begann mit der Befragung jener Bediensteten, die in ihrem Auftrag Dienstmädchen malträtiert haben sollen. Deren Aussagen dürften die meisten modernen Horrorfilme an Blutrünstigkeit fast übertreffen und schockierten daher spätere Generationen. Dabei ist allerdings zu beachten, dass sie unter Folter erpresst wurden. Am schwersten wurde die Gräfin jedoch von einer Zuzana belastet, die von 600 Opfern erzählte, während die anderen Zeugen etwa 80 erwähnten. Zuzana sprach auch von einem Buch, in dem Erzsébet die Namen all der ermordeten Mädchen aufgezeichnet haben soll. Die Identität dieser Zeugin ist unbekannt, sie wurde vermutlich nicht gefoltert und wird später nicht mehr erwähnt, ebenso wenig wie das ominöse Buch, das niemals gefunden wurde. Die vermeintlichen Komplizen Erzsébets wurden öffentlich exekutiert, während die Gräfin selbst bis an ihr Lebensende in ihrer Burg eingesperrt blieb. Sie wurde niemals rechtskräftig verurteilt, erhielt daher auch keine Gelegenheit, sich zu den gegen sie erhobenen Vorwürfen zu äußern, was ihr nach damaligem Recht aber zugestanden hätte.

Vor diesem Hintergrund scheint es durchaus denkbar, dass Erzsébet das Opfer einer Intrige wurde. Es war nicht ungewöhnlich, reiche Witwen durch falsche Anklagen ihres Vermögens zu berauben, nur waren diese selten so drastisch wie im Fall der Báthory. Vielleicht bedurfte es bei einer sehr klugen, mächtigen Frau auch sehr schwerwiegender Vorwürfe, um sie außer Gefecht zu setzen. Unklar blieb aber lange das mögliche Motiv, denn Thurzó profitierte persönlich nicht von Erzsébets Verhaftung. Ihr Vermögen ging an ihre Kinder, die es ohnehin nach ihrem Tod geerbt hätten. Erst in den letzten Jahren wurde auf ihre mögliche Verbindung mit Gábor Báthory, dem Woiwoden von Transsylvanien, hingewiesen, der einen Aufstand gegen die Habsburger plante. Es gibt dafür allerdings keine Beweise, außer, dass Erzsébet und ihr Neffe einander sehr nahe standen und sie sich als Báthory vermutlich gegen eine Rekatholisierung Ungarns gesträubt hätte. Konkrete Äußerungen zu diesen religiösen Spannungen sind von ihr jedoch keine überliefert, denn sie schien sich wenigstens nach außen hin aus politischen Konflikten herausgehalten zu haben. Gábor Báthory, der insgesamt sehr unsympathisch klingt, wurde kurz nach der Verhaftung seiner Tante von seinen eigenen Landsleuten ermordet, da sie seiner tyrannischen Herrschaft überdrüssig waren.

Nach Erzsébets Verhaftung legte sich erst einmal ein Mantel des Schweigens über die Vorfälle. Wir wissen nicht, wie ihre Kinder darüber dachten, ob alle von ihrer Schuld überzeugt waren oder es schon damals Zweifler gab. Man kann davon ausgehen, dass in allen Bevölkerungsschichten über ein solches Ereignis geredet wurde, doch keine dieser Äußerungen ist bis heute erhalten geblieben. Bereits kurz nach ihrem Tod scheint die Blutgräfin in Vergessenheit geraten zu sein, um erst über hundert Jahre später zu einer beliebten Figur in Schauerromanen zu werden und schließlich im Internet für hitzige Diskussionen über die Frage ihrer Schuld zu sorgen.

Ich habe in meinem Roman eine Art Mittelweg zwischen beiden Theorien gewählt, da mir dies am wahrscheinlichsten schien. Vermutlich gewann Erzsébet durch die harte Behandlung ihrer Bediensteten bei der einfachen Bevölkerung den Ruf, eine sehr strenge, unangenehme Herrin zu sein. Vielleicht hatte sie wirklich sadistische Neigungen oder aber sie erlaubte jenen Frauen, die in ihrem Haushalt die einfachen Dienstmägde überwachten, grausame Maßnahmen der Disziplinierung. Das allein hätte zur damaligen Zeit aber nicht ausgereicht, um eine hohe Adelige zu Fall zu bringen, wenn es keine politischen Gründe gegeben hätte, gegen sie vorzugehen. Graf Thurzó griff auf tatsächlich existierende Gerüchte zurück, übertrieb diese vielleicht ein wenig und zwang schließlich die Hauptzeugen unter Folter, der Gräfin ein solches Ausmaß an Grausamkeit zuzuschreiben, das auch für die damalige Standesgesellschaft nicht mehr akzeptabel war. Dabei stelle ich allerdings nicht den Anspruch, die historische Wahrheit zu schildern. Es ist möglich, dass Erzsébet jene völlig hemmungslose Psychopathin war, als welche sie später bekannt wurde. Ebenso könnte sie aber auch eine ganz normale, vielleicht sogar gutmütige Frau gewesen sein, die Opfer einer geschickt eingefädelten Intrige wurde. Die genaue Wahrheit wird wahrscheinlich nie ans Licht kommen.

Personenliste

Bei Figuren ungarischer Herkunft wurde auch die ungarische Schreibweise ihrer Namen verwendet.

Emilia Sternerin, Waise aus Regensburg

Ihr Onkel Hayo und ihre Tante Irmgard

Kurt, Hausierer

Ilona Hertz, Sängerin aus Wien*

Erzsébet Báthory, spätere Witwe Nádasdy*

Ferenc Nádasdy, ihr verstorbener Gemahl*

Miklós Zrínyi, ihr Schwiegersohn, Gemahl ihrer Tochter Anna*

György Homonnay Drugeth, zweiter Schwiegersohn, Gemahl ihrer Tochter Kata*

Graf Thurzó, ab 1606 Palatin Ungarns*

Megyery Imre, der Rote genannt, Erzieher von Erzsébets Sohn Pál*

Magyari István, protestantischer Kirchengelehrter, einstiger Hauspfarrer Erzsébets*

Pfarrer Ponicky, der sich später Ponekinus nannte, Priester in Csejte*

Anna Darvulia, Erzsébets Bedienstete und Vertraute*

Dorottya Szentés, ebenfalls angesehene Bedienstete*

Helena Jó, Freundin Dorottyas, ebenfalls Bedienstete in Csejte*

Katalin Beniczky, Bedienstete*

Ficzkó, geistig zurückgebliebener Diener Erzsébets*

István, Diener Erzsébets (frei erfunden, aber inspiriert durch einen „Istok", der in den Prozessakten als Liebhaber der Gräfin erwähnt wird)

Yveta Irglova, Dienstmagd (frei erfindene Person, die jene mysteriöse Zuzana aus den Prozessakten darstellen soll)

Eva, Dienstmagd

Doricza, Dienstmagd

Deseö, Kastellan der Burg von Csejte*

Kaspar Pattai, Diener des Grafen Thurzó*

Erzi Majorova, Heilerin*

Alle mit einem Stern versehenen Personen sind historisch dokumentiert.

Die Ortschaften im damaligen Ungarn sind heute unter zwei oder drei Namen bekannt. Dem historischen Kontext entsprechend habe ich den ungarischen verwendet. Jene, die in der heutigen Slowakei liegen, tragen nun auch offiziell ihren slowakischen Namen, der damals eher unbedeutend war.

Čachtice, deutsch Schächtitz, ungarisch Csejte

Nové Mesto nad Váhom, deutsch Neustadt an der Waag oder Waag-Neustadtl, ungarisch Vágújhely

Bratislava, deutsch: Pressburg, ungarisch: Pozsony

Sárvár, deutsch Kotenburg bzw. Rotenturm an der Raab

Piešťany, deutsch Pistyan oder Pistian, selten auch [Bad] Püschtin, ungarisch Pöstyény – bis 1907 Pöstyén

Die Autorin

Tereza Vanek wurde 1966 in Prag geboren und kam als kleines Kind zusammen mit ihren Eltern nach München. Nachdem sie als Erstklässlerin noch mit dem Lesen auf Kriegsfuß stand, wurde sie schnell zum Bücherwurm und verschlang die üblichen Kinder- und Mädchenbücher sowie – durch ihre Mutter ermuntert – ebenso die Klassiker der Weltliteratur.

Fasziniert von epischer Breite und tiefgründigen Charakteren begann sie schon bald, sich eigene Geschichten auszudenken. Dabei begeisterte sie sich für vergangene Epochen, fremde Kulturen und Frauen, die gegen Normen verstießen. Als Teenager erfolgten erste Schreibversuche über Amazonen oder Kämpferinnen für das Frauenwahlrecht im 19. Jahrhundert.

Gleichzeitig schloss sie die Schule ab, begann ein Studium der Anglistik, Romanistik und Slawistik und verbrachte ein Jahr in Frankreich. Sie promovierte über das Thema der Darstellung verbrecherischer Frauen im englischen Drama des 17. Jahrhunderts.

Mit einem eindrucksvollen Dr. phil. vor ihrem Namen war sie hoch qualifiziert, doch auf dem Arbeitsmarkt nicht unbedingt gefragt. Neugier und Abenteuerlust trieben sie wieder ins Ausland, wo sie in London, dann in dem postkommunistischen Prag als Fremdsprachenlehrerin tätig war. Schließlich kehrte sie nach München zurück und begann nach dem richtigen Beruf zu suchen.

Sie unterrichtete weiter Sprachen, übersetzte, war Call Center Agent und Teamassistentin und verkaufte im Internet nostalgische Kleidung, ihre zweite Leidenschaft neben der Literatur. Doch der Wunsch, Bücher zu schreiben, kristallisierte sich immer klarer heraus. Schließlich überwand sie ihre Selbstzweifel und machte sich endlich konsequent an die Arbeit.

Im September 2007 kam es zur Veröffentlichung ihres Debütromans „Schwarze Seide“, dem zahlreiche weitere Titel folgen sollten.